HEYNE
BÜCHER

NANCY TAYLOR ROSENBERG

IM NAMEN DER GERECHTIGKEIT

Roman

Aus dem Englischen
von Ellen Schootz

WILHELM HEYNE VERLAG
MÜNCHEN

HEYNE ALLGEMEINE REIHE
Nr. 01/12044

Titel der Originalausgabe
INTEREST OF JUSTICE
Die Originalausgabe erschien im Verlag
Dutton/Penguin Books USA Inc., New York

Umwelthinweis:
Dieses Buch wurde auf
chlor- und säurefreiem Papier gedruckt.

Printed in Germany 1999
Umschlagillustration: Paul Rátz de Tagyos
Umschlaggestaltung: Atelier Ingrid Schütz, München
Gesamtherstellung: Elsnerdruck, Berlin

ISBN: 3-453 15383-9

http:\\www.heyne.de

Für meine Mutter Laverne Taylor
und zur Erinnerung
an meinen Vater William Hoyt Taylor
sowie für meine Schwiegereltern
Hyman und Doris Rosenberg

Danksagung

Ich möchte den vielen Leuten danken, die mir geholfen haben, diesen Roman zu schreiben. Zunächst meinem hervorragenden Agenten und guten Freund Peter Miller von PMA Literary and Film Management für seine stetige Unterstützung und seine unermüdlichen Bemühungen; außerdem Jennifer Robinson, ebenfalls von PMA, die sich sehr um mich gekümmert hat. Besonderer Dank gilt meiner Lektorin Michaela Hamilton von Dutton Signet für ihre brillanten Tips und ihr Verständnis. Ohne sie wäre der Roman nicht das geworden, was er jetzt ist. Elaine Koster, meine Verlegerin, hat sich großartig verhalten wie überhaupt sämtliche Mitarbeiter von Penguin USA.

Außerdem geht mein Dank an Dr. George Awad für seinen fachmännischen Rat auf dem Gebiet der Pathologie. Schließlich möchte ich meinem vielgeplagten und stets hilfsbereiten Ehemann Jerry danken sowie meinen wunderbaren Kindern Blake, Chessly, Hoyt, Amy und Nancy, daß sie es ihrer Mutter ermöglicht haben, ihren Traum zu verwirklichen und Schriftstellerin zu werden, und viele ihrer Probleme ohne mich gelöst haben. Insbesondere Nancy möchte ich dafür danken, daß sie ihre Sommerferien geopfert hat, um mir bei der Überarbeitung dieses Romans zu helfen.

Kapitel 1

Richterin Lara Sanderstone hatte ein bestimmtes Ritual. Wenn sie über eine komplizierte juristische Angelegenheit nachdachte oder kurz vor einer richterlichen Entscheidung stand, pflegte sie sich in ihrem hochlehnigen Ledersessel zu der amerikanischen Flagge auf der linken Seite ihres Mahagonischreibtischs zu drehen. Die schien ihr Inspiration zu geben. Was die kalifornische Flagge rechts daneben betraf, so hielt sie sehr wenig von deren Fähigkeit, sie oder überhaupt jemanden zu inspirieren, obwohl sie diese Meinung wohl kaum in der Öffentlichkeit äußern würde.

Viele Richter hatten gar keine Flaggen in ihren Amtszimmern. Sie hatte die Flaggen, das Mobiliar, ihr Amtszimmer und sogar ihren Sekretär von dem Richter geerbt, dessen Stelle sie vor zwei Jahren übernommen hatte, als man sie zur Richterin an den Superior Court berief, nachdem sie elf Jahre Anklägerin gewesen war. Am Wochenende vor ihrer Vereidigung war sie in Jeans zum Gerichtsgebäude gefahren und hatte liebevoll die verkratzte Oberfläche des einstmals prachtvollen Schreibtischs abgeschmirgelt und neu lackiert. An dem Sessel konnte sie allerdings nicht viel machen. Ihr Vorgänger war ein schwerer Mann gewesen, und die Sprungfedern waren unter seinem Gewicht ausgeleiert. Man hatte ihr einen neuen Sessel versprochen, aber der war nie angekommen. Bei diesem Sessel hatte man das Gefühl, in einem Eimer zu sitzen.

Sie warf einen Blick auf die Uhr. Es wurde langsam Zeit, in den Gerichtssaal zurückzukehren. Für den Nachmittag stand eine Vorverhandlung auf dem Terminkalender, in der über einen Antrag entschieden werden mußte. Solche Dinge verliefen meist routinemäßig und unspektakulär und wurden in einem fast leeren Gerichtssaal abgehandelt. Doch bei diesem besonderen Antrag bestand die Gefahr, daß dadurch der Staatsanwaltschaft jegliche weitere Handhabe genommen würde, und außerdem war die Entscheidung schon einmal vertagt worden. Eigentlich hätte der Antrag bereits bei der Voruntersuchung erörtert werden müssen, doch damals war der Angeklagte von einem Pflichtverteidiger vertreten worden, einem Mann, der der Anklage wohlwollend gegenüberstand und vollkommen überlastet war. Nun hatte Benjamin England den Fall übernommen, ein Rhodes-Stipendiat, der so gut gestellt war, daß er es sich erlauben konnte, sich ausschließlich mit diesem Fall zu beschäftigen.

Es ging dabei um die Vergewaltigung und Ermordung der zwanzigjährigen Jessica van Horn. Die Studentin hatte das Wochenende bei ihren Eltern in Mission Viejo verbracht und war dann mit ihrem 1989er Toyota Camry wieder in Richtung UCLA-Campus aufgebrochen. Das Auto wurde später verlassen und mit einem platten Reifen am Rande des Freeways gefunden. Die ausgiebige zweimonatige Suche nach dem hübschen blonden Mädchen endete mit einer Tragödie. Ihre geschändete und bereits leicht verweste Leiche wurde auf einem Feld in der Nähe von Oceanside gefunden, etwa vierzig Meilen von der Stelle entfernt, an der man das Auto entdeckt hatte. Alle Beteiligten hatten gegen jegliche Vernunft gehofft, daß sie noch am Leben wäre. Zu dem Zeitpunkt, als ihre Leiche gefunden wurde, hatte sich Jessicas Bild fest in den Köpfen der Beamten, der Reporter, ja einem Großteil der Bevölkerung eingeprägt: das lockige blonde Haar, das schüchterne Lächeln, die großen blauen Augen, sogar die weiße, mit Spitze besetzte Bluse, die sie auf den Abertausenden von Flugblättern trug, die man verteilt hatte.

Inzwischen schaute Richterin Sanderstone nicht mehr auf die Flagge. Sie hatte ihren Sessel zur rechten Seite des Schreibtisches hin gedreht, wo ein großes gerahmtes Portrait ihres Urgroßvaters stand, eines Cherokee-Häuptlings. Sie nahm die stolze Haltung, die wie aus Stein gehauenen Wangenknochen, die durchdringenden Augen und die Weisheit in sich auf. Dort ließ sie ihren Blick ruhen, wenn sie Kraft brauchte.

Im Gerichtssaal war es gerammelt voll und laut. Fast jeder Platz war besetzt. Einige Reporter mußten sogar auf einem Knie im Gang hocken, Schreibblocks und Stifte gezückt. Mindestens ein Dutzend Polizeibeamte waren anwesend, manche in Uniform, manche in Zivil.

Einer der Assistenten flüsterte dem Gerichtsdiener zu, die Richterin sei auf dem Weg. Zwei weitere Gerichtsdiener kamen mit dem Angeklagten herein, einem kleinen, schmächtigen Mann Mitte Dreißig, und führten ihn zum Anwaltstisch. Er hatte den Kopf gesenkt, hielt seine gefesselten Hände vors Gesicht und lutschte tatsächlich an einem Finger. Er bewegte sich mit kleinen Schritten, wobei die Ketten um seine Fußknöchel klirrten wie ein riesiges Armband mit Anhängern. Auf dem Kopf hatte er eine kahle Stelle, auf der die Deckenlampen den Schweiß glitzern ließen. Auf dem Rücken seines leuchtendgelben Overalls stand ORANGE COUNTY JAIL.

»Alles aufstehen«, sagte der Gerichtsdiener und trat vor den Richtertisch, nachdem man den Angeklagten neben seinem Anwalt deponiert hatte. »Bleiben Sie stehen. Der Superior Court von Orange County, Abteilung fünfundzwanzig, tagt unter Vorsitz von Richterin Lara Sanderstone. Die Verhandlung ist eröffnet.«

Lara betrat den Gerichtssaal durch die kleine Tür hinter dem Richtertisch und stieg mit wallender Robe die Stufen hinauf. Man sagte ihr oft, daß ihr Gesicht mit seiner blassen und zarten reinen Haut, dem niedlichen Puppenmund, den hohen, vorstehenden Wangenknochen und den langen Wimpern hinter den Brillengläsern eine trügerische Zerbrechlichkeit ausstrahlte. Ihre schwarzen Haare wurden im Nacken von einer schicken Goldspange zusammengehalten, ihr einziges Zugeständnis an die Weiblichkeit in einer traditionell männlichen Rolle. Mit achtunddreißig war sie noch recht jung für das Richteramt, und es kostete sie einige Mühe, die notwendige Autorität auszustrahlen. Vor nicht allzu langer Zeit hatte jemand bemerkt, sie sähe eher wie ein Mitglied des Kirchenchors aus als wie eine Richterin.

Staatsanwalt Russ Mitchell stürmte durch die Doppeltür. Er war von einem anderen Gerichtssaal und einem anderen Fall hierher gelaufen und hatte sich verspätet. Leicht außer Atem eilte er zum Anwaltstisch, knallte einen dicken Ordner hin, rückte seine Krawatte zurecht und schaute nach oben zum Richtertisch.

Mit festem Blick und verärgerter Stimme wurde er von Lara gemaßregelt. »Es freut mich, daß Sie es geschafft haben, heute zu uns zu kommen, aber die Verhandlung hat bereits begonnen, und Sie sind wie immer zu spät. Ich werde Ihnen ein paar Minuten zum Sammeln geben, und dann werden wir anfangen.«

Während Mitchell hektisch in seinen Papieren wühlte, fiel ihr Blick auf die Eltern des Opfers. Sie saßen nebeneinander in der ersten Reihe, wie Papageien auf einer Stange. Ihre Gesichter waren ernst. Der Mann und die Frau – beide Anfang Fünfzig – hatten sich an den Händen gefaßt. Was um sie herum vorging sahen und hörten sie nicht. Sie starrten nur geradeaus und warteten. Auf Gerechtigkeit.

Neben ihnen saß ein dunkelhaariger junger Mann von zwanzig, der Freund des Opfers. Von den Zeitungsartikeln her konnte sich Lara an sein Gesicht erinnern. Er trug einen schwarzen Anzug, vermutlich denselben, den er bei der Beerdigung getragen hatte. Er war seit drei Jahren mit dem Opfer befreundet gewesen. Beide studierten im ersten Jahr an der UCLA und hatten in einer kleinen Wohnung in der Nähe des Campus zusammengelebt. Reportern hatte er erzählt, daß er für einen Verlobungsring für seine Freundin gespart hätte.

Schließlich blickte der Staatsanwalt auf. Er war bereit.

»Im Namen des Volkes gegen Henderson«, rief Lara unverzüglich den Fall auf und nahm von dem Assistenten die

Akte entgegen. Im Gerichtssaal wurde es still, alle Augen waren auf den Richtertisch gerichtet. »Wir werden mit dem Antrag der Verteidigung fortfahren, Beweismaterial nicht als Gegenstand der Verhandlung zuzulassen. In diesem Fall das Geständnis des Angeklagten. Mr. England, soviel ich weiß haben Sie einen weiteren Zeugen.«

»Ja, Euer Ehren«, sagte England, der bereits aufgestanden war. Sein dunkles Haar wies hier und da einige graue Strähnen auf, doch mit seinen dreiundvierzig Jahren war er immer noch ein jugendlicher und gutaussehender Mann.

Nachdem der Zeuge vereidigt worden war, trat er in den Zeugenstand. Er trug eine Uniform. Gestern waren die beiden Polizisten vernommen worden, die den Angeklagten festgenommen hatten. Lara hatte das sichere Gefühl, daß sie einen Meineid geleistet hatten. Heute würde sie noch mehr von dieser Art zu hören kriegen – noch mehr ausgekochte Lügen. Nachdem der Mann für das Protokoll seinen Namen genannt und sich als Vollzugsbeamter des Bezirksgefängnisses von Orange County identifiziert hatte, trat England hinter dem Anwaltstisch hervor und ging auf den Zeugenstand zu.

»Officer White, wann haben Sie den Angeklagten in der Nacht zum 15. Juli zum erstenmal gesehen?«

»Ich glaube, das war gegen drei Uhr morgens. Um drei sollte ich nämlich abgelöst werden. Er saß auf einer Bank in einer Aufnahmezelle.«

»Ich verstehe«, sagte England bedächtig »War er allein in der Zelle?«

»Ja.«

»Und was machte der Angeklagte, als Sie die Aufnahmezelle betraten?«

»Er schlief.«

»Schlief?« sagte England und legte den Kopf zur Seite. Dann drehte er sich zu den Zuschauern um, ging zurück zum Tisch und nahm etwas in die Hand.

»Ich – ich glaubte, er würde schlafen«, antwortete der Beamte.

»War er möglicherweise bewußtlos?« England zog die Augenbrauen hoch. Die Augen des Zeugen waren auf die Blätter geheftet, die der Anwalt in der Hand hielt, und er wandte seinen Blick nicht davon ab, während England beim Sprechen damit herumwedelte.

»Vermutlich«, antwortete der Beamte. Dann ging er plötzlich näher an das Mikrophon heran. »Ich dachte, er wäre betrunken.«

»Ach so«, sagte England. »Sie haben also versucht, ihn zu wecken?«

»Ja. Als er nicht reagierte, hab' ich einen Kollegen geholt, und wir haben ihn in die Zelle gebracht!«

»Wie haben Sie ihn dorthin gebracht?«

»Wir haben ihn unter den Armen gepackt.«

»Haben Sie sich sein Gesicht angesehen, während Sie ihn zu seiner Zelle trugen oder zogen?«

»Natürlich.« Der Mann ließ seinen Blick über die Gesichter der Zuschauer gleiten in der Hoffnung, die Polizisten, die den Angeklagten festgenommen hatten, oder vielleicht ein paar seiner Kollegen zu entdecken und daraus moralische Unterstützung zu ziehen.

»Und da sind Ihnen nicht die Blutergüsse in seinem Gesicht aufgefallen und daß das rechte Auge zugeschwollen war?«

»Daran kann ich mich nicht erinnern.«

Der Staatsanwalt rutschte auf seinem Stuhl hin und her und klopfte ärgerlich mit einem Stift auf den Tisch.

England kam allmählich in Fahrt, als ob er innerlich unter Dampf stünde. Bei der nächsten Frage konnte Lara es fast zischen hören. »Sie haben auch nicht zufällig bemerkt, daß sein linker Arm gebrochen war, oder?«

»Nein«, sagte der Beamte mit Schweiß auf der Stirn.

»Officer White, haben Sie auch nur eine Sekunde daran gedacht, daß der Angeklagte dringend einen Arzt brauchte, daß er in der Tat bewußtlos war und daß sein Arm ernstlich gebrochen war, dermaßen gebrochen, daß er hin und her schlenkerte wie ein Stück Gummi? Das wäre Ihnen doch sicher aufgefallen?«

»Nein«, sagte der Beamte. »Ich dachte, er sei in eine Schlägerei in einer Bar geraten oder so was. Der Aufnahmebeamte muß sich darum kümmern, daß der Verdächtige, falls nötig, ärztlich versorgt wird. Ich bin bloß Gefängniswärter.«

England wirbelte herum. »Officer White, haben Sie den Angeklagten geschlagen und ihm diese Verletzungen zugefügt?«

Der Beamte sprang von seinem Stuhl auf. »Nein. Ich hab' ihm nichts getan. Ich hab' ihn nur auf die Liege in der Zelle gelegt, und dann bin ich gegangen.«

»Nun, das ist sehr interessant. Die Polizeibeamten haben nämlich gestern ausgesagt, daß er sich möglicherweise bei der Festnahme, ich zitiere, ›ein paar blaue Flecken‹ zugezogen hat, aber sonst nichts. Das bedeutet dann doch wohl, daß Sie ihm den Arm gebrochen haben, oder? Ich meine, wenn die ihm nicht den Arm gebrochen haben, müssen Sie's ja wohl gewesen sein.«

Der Beamte war ganz rot im Gesicht geworden. Dafür würde er seinen Kopf nicht hinhalten. »Das ist nicht wahr. Sein Arm war schon gebrochen, als er eingeliefert wurde. Ich hab' ihn ganz bestimmt nicht gebrochen.«

Unruhe breitete sich im Gerichtssaal aus. Der Staatsanwalt war aschfahl. England ging zum Angriff über. »Sie meinen, das waren die beiden Polizisten? Richtig? Und zwar nicht bei der Aufnahme, sondern vorher?«

Der Zeuge schwieg. Er blickte nach unten. »Das nehme ich an«, sagte er schließlich.

»Und Sie«, sagte England und zeigte mit dem Finger auf ihn, »Sie haben diesen Mann, der verletzt und bewußtlos war, allein in einer Zelle gelassen, wo er hätte sterben können. Warum? Ich werde Ihnen sagen warum. Weil Sie gleich Dienstschluß hatten, und da hatten Sie keine Lust mehr. Sie wollten sich nicht mit dem Papierkram abgeben und nicht zur Krankenstation gehen, nicht all die Dinge erledigen, die viel Zeit in Anspruch nehmen. Ist es nicht so, Officer White?«

Der Beamte ließ den Kopf sinken. Er gab keine Antwort.

»Einspruch«, meldete sich der Staatsanwalt zu Wort. »Der Zeuge wird unter Druck gesetzt.«

»Stattgegeben«, sagte Lara.

»Keine weiteren Fragen, Euer Ehren«, sagte England und setzte sich auf seinen Platz. Diese Runde ging mit Sicherheit an ihn.

Lara sah den Staatsanwalt an; ihr Nacken war völlig verkrampft, und sie ließ ihren Kopf kreisen, um sich zu entspannen. »Ihr Zeuge, Mr. Mitchell.«

Der Officer stürzte das Glas Wasser hinunter, das man im Zeugenstand bereitgestellt hatte. Die beiden Polizisten, die den Angeklagten festgenommen hatten, saßen in der hinteren Reihe und durchbohrten ihn mit finsteren Blicken. White hatte nun viel mehr zu fürchten als Benjamin England, dachte Lara. Er war seinen eigenen Leuten in den Rücken gefallen. Die kommenden Monate würden nicht leicht sein.

Der Staatsanwalt stand auf, rückte sein Jackett zurecht und sprach mit sanfter, leiser Stimme. »Officer White, sind Sie ganz sicher, daß der Angeklagte nicht von der Liege gefallen ist und sich dabei den Arm gebrochen hat? Ihren ursprünglichen Äußerungen zufolge sind Ihnen keinerlei Verletzungen aufgefallen. Nehmen Sie diese Aussage jetzt zurück?«

Diesmal sah der Zeuge den beiden Polizeibeamten in die Augen. Ihm war mittlerweile alles egal. Er wollte einfach nur raus, raus aus dem Zeugenstand und raus aus dem Gerichtssaal. Als Vollzugsbeamter brauchte er normalerweise nicht vor Gericht auszusagen, und für ihn war das hier eine äußerst peinigende Erfahrung. »Ja. Mir ist das mit seinem Arm aufgefallen. Als ich in die Aufnahmezelle kam, war sein Arm bereits gebrochen.«

»Sind Sie sich dessen jetzt absolut sicher? Ihre frühere Aussage war also falsch?« Mitchell schüttelte sich mit einer heftigen Bewegung die Haare aus der Stirn. Er hatte gewußt, daß es schlecht aussah. Er hatte nicht gewußt, wie schlecht.

»Ja«, sagte der Beamte und blinzelte hektisch mit den Augen. Immer mehr Schweiß trat ihm auf Stirn und Oberlippe und rollte ihm in kleinen Perlen über die Wangen.

»Könnte es nicht sein, Officer White«, sagte der Staatsanwalt und warf damit den letzten Rettungsanker, »daß er in der Aufnahmezelle von der Bank gefallen ist und sich diese Verletzung zugezogen hat, bevor Sie kamen?«

White dachte einen Augenblick nach. Offenbar hatte er den Entschluß gefaßt, reinen Tisch zu machen. Zu sagen, was er wußte, und den schwachen Versuch zu unternehmen, vor den Augen des Gerichts und vielleicht auch vor seinem eigenen Gewissen alles wiedergutzumachen. »Das könnte schon sein, aber es war nicht so. Alle wußten, daß man ihn zusammengeschlagen hatte, bevor er ins Gefängnis eingeliefert wurde.« Er räusperte sich und fuhr fort. »Sie wissen doch, daß er ein Mädchen umgebracht und vergewaltigt hat.« Beim letzten Satz blickte er zuversichtlich ins Publikum, als ob sich alle darin einig wären, daß sie diesen Mann ebenfalls hätten leiden sehen wollen, daß sie ihm ein paar Knochen gebrochen und ihn ein bißchen hätten bluten lassen, wenn sie nur die Gelegenheit dazu gehabt hätten.

Der Staatsanwalt ging nicht darauf ein. Er war bereits zu weit gegangen, und es gab keinen Weg zurück. England machte sich nicht die Mühe, gegen die Mutmaßung Einspruch zu erheben, der Angeklagte könnte schuldig sein. »Keine weiteren Fragen, Euer Ehren«, sagte der Staatsanwalt. Er setzte sich nicht einfach hin, er ließ sich förmlich auf seinen Stuhl fallen.

Mitchell drehte sich zu den Eltern des Opfers um und sah ihnen in die Augen. Lara spürte, wie die Spannung von ihrem Nacken in den Oberkörper wanderte. Die Eltern hatten sich keinen Zentimeter bewegt. Sie saßen immer noch stocksteif da, ihre Schultern berührten sich, und ihre Hände hielten sie fest umklammert. Sie wirkten wie Statuen, in Bronze gegossene Darstellungen des Leidens. Ihnen war die Tragweite dessen, was gerade passiert war, noch nicht klargeworden.

Dem jungen Mann neben ihnen allerdings schon, wie man seinem Gesichtsausdruck ablesen konnte.

»Also gut«, sagte Lara und sah zu dem Zeugen herunter.

»Sie können gehen.« Dann wandte sie sich an den Gerichtssaal. »Wir werden die Verhandlung für eine Viertelstunde unterbrechen, und dann werde ich meine Entscheidung bekanntgeben. Mr. Mitchell, ich möchte Sie gern in meinem Amtszimmer sprechen.« Sie schlug einmal leicht mit dem Hammer, dann verließ sie den Richtertisch. Sobald sie durch die Tür war, nahm sie die Hände vors Gesicht und ließ sie daran heruntergleiten. Sie wünschte, sie könnte sich den Gestank von Gesicht und Händen wischen. Das war schlicht und ergreifend Gift.

Sie ging rasch zu ihrem Amtszimmer. Der Staatsanwalt war unmittelbar hinter ihr. Ohne sich zu ihm umzusehen, fing sie an zu sprechen. Als sie ihr Vorzimmer betrat, nickte sie ihrem Sekretär zu. »Werden Sie Anklage gegen Madriano und Curtis erheben?« fragte sie. Das waren die beiden Polizeibeamten, die den Angeklagten festgenommen hatten. Sie hatten ihn nicht nur halb totgeschlagen, sondern gestern offenbar auch einen Meineid geleistet.

Der Staatsanwalt antwortete: »Vermutlich. Ich hab' noch nicht so richtig darüber nachgedacht.« Er war offenbar mehr mit dem vorliegenden Fall beschäftigt, mit dem, was davon übrig war, als mit der Frage, ob er gegen die beiden Beamten vorgehen sollte.

Inzwischen waren sie im Amtszimmer, und Lara setzte sich hinter ihren Schreibtisch, riß sich die Brille von der Nase und drehte ihren Sessel so, daß sie dem jungen Staatsanwalt genau gegenübersaß. »Diese Polizeibeamten sollten strafrechtlich verfolgt und von ihren Stellen suspendiert werden, und, ganz offen gesagt, man sollte sie an die Wand stellen und erschießen. So einen verkorksten Fall hab' ich in meinem ganzen Leben noch nicht gesehen.« Sie war so wütend, daß ihre Hände zitterten, als sie ein Blatt Papier auf ihrem Schreibtisch anfaßte.

Statt einer Antwort hob der Staatsanwalt ruckartig den Kopf. Es war nicht zu übersehen, daß er den Beamten gern dieselbe Ehre erwiesen hätte. Schließlich sagte er geknickt: »Aber er ist doch schuldig.«

Lara reagierte nicht auf diese Feststellung. Ihr waren die Hände gebunden. Selbst wenn sie ganz unverfroren den Antrag der Verteidigung ablehnte, das Geständnis nicht für die Verhandlung vor Gericht zuzulassen, würde jedes Urteil in der Berufung gekippt. »Das würde selbst einem Laien einleuchten. Man kann einfach nicht jemanden schlagen und ihm dann ein Geständnis abpressen.« Sie beobachtete, wie der Staatsanwalt immer tiefer in seinen Sessel rutschte.

»Wenn Sie zulassen, daß es nicht vor Gericht verwendet werden darf, sind wir am Ende«, sagte Mitchell. »Das weiß er auch«, fuhr er anklagend fort; er meinte den Verteidiger.

»Unser Hauptzeuge ist letzte Woche gestorben. Und ohne das Geständnis... tja, dann wird das Verfahren wohl eingestellt.«

Das war für Lara nichts Neues. Sie alle hatten sich seit drei Wochen den Kopf darüber zerbrochen. Mit undeutlicher Stimme hatte der Angeklagte auf dem Tonband das Verbrechen zugegeben. Das Band endete abrupt. Lara war davon überzeugt, daß der Angeklagte wegen der Verletzungen, die ihm die Polizisten zugefügt hatten, zusammengebrochen war. Diese hatten die ganze Zeit an dem Fall gearbeitet, täglich mit der Familie gesprochen. Beide waren erfahrene Ermittlungsbeamte, die selber Töchter im Teenageralter hatten.

Sie hatten die Sache einfach verbockt.

Ohne den Augenzeugen und ohne das absolut notwendige Geständnis hatte die Anklage nichts in der Hand. Lara hatte Mitchell nur deshalb in ihr Zimmer gebeten, damit sie beide ein paar Minuten Zeit hatten, sich mit dem Unvermeidlichen abzufinden und das gemeinsame weitere Vorgehen zu klären. Der Staatsanwalt würde die Anklage zurückziehen und von vorne anfangen. Wenn sie nämlich mit einem so schwachen Fall vor Gericht gingen und das ganze mit einem Freispruch endete, war nichts mehr zu machen. Es wäre besser, zunächst die Anklage zurückzuziehen und auf weiteres Beweismaterial zu hoffen, um dann etwas Konkreteres in der Hand zu haben. Das größte Problem dabei war die Empörung, mit der die Öffentlichkeit ganz sicher darauf reagieren würde, daß ein gefährlicher Mörder frei herumlief, während die Staatsanwaltschaft den Fall neu konstruierte. Doch statt daß die Öffentlichkeit ihre Wut an den wirklich Schuldigen in diesem Fall auslassen würde, den beiden Polizeibeamten nämlich, würde man Lara zum Sündenbock machen.

»Werden Sie heute die Anklage zurückziehen?« Sie hoffte nicht. Das wäre das Allerschlimmste: Sie würde das Beweismaterial nicht zulassen, und der Angeklagte würde wenige Stunden später das Gefängnis als freier Mann verlassen.

»Ich weiß nicht. England wird auf Einstellung des Verfahrens drängen.« Er beugte sich in seinem Sessel nach vorne. Dann ließ er sich zurückfallen und warf die Hände in die Luft. »Wir haben keine Beweise. Wir haben nur Scheiße... nichts als Hundescheiße.«

Lara stand auf, um in den Gerichtssaal zurückzugehen. Mitchell erhob sich ebenfalls. Einige Sekunden später ging er hinter ihr den Flur entlang.

Nachdem die Verhandlung wieder aufgenommen worden war, wandte Lara sich an die im Gerichtssaal Versammelten. »Nach sorgsamer Überlegung«, sagte sie, und das Gewicht der Worte, die sie sprach, drückte sie so tief in ihren Sitz, daß von unten nur noch ihr Kopf zu sehen war, »wird dem Antrag der Verteidigung, das Beweismaterial nicht zuzulassen, stattgegeben.« Sie machte sich auf den Ausbruch eines Tumults gefaßt und fuhr mit Blick auf die Anwesenden fort: »Den in diesem Gerichtssaal gemachten Aussagen zufolge wurde der Angeklagte schwer mißhandelt. Das Geständnis wurde unter starkem Zwang abgegeben und wird deshalb für unzulässig erklärt.«

England sprang auf. »Wir beantragen die Einstellung des Verfahrens, Euer Ehren. Ohne dieses Beweismaterial gibt es keine Handhabe gegen meinen Mandanten.«

Der Angeklagte blickte mit ausdruckslosen Augen auf. Lara hatte in den Akten gelesen, daß er Psychopharmaka bekam. Der Lärm im Gerichtssaal wurde von Sekunde zu Sekunde größer. Der Staatsanwalt hatte sich auf seinem Platz umgedreht und sprach mit den Angehörigen des Opfers. Die Frau weinte, und der Vater hielt ihren Kopf gegen seine Schulter. Er flüsterte ihr etwas zu, streichelte über ihr Haar, alles in dem schwachen Bemühen, sie zu trösten. Dem Freund des Opfers klappte schockiert der Mund auf, und er sprang auf. Der Staatsanwalt riß ihn am Jackett, und er setzte sich wieder.

Mitchell stand auf. »Die Staatsanwaltschaft zieht die Anklage zurück, Euer Ehren.«

Nun war der ganze Gerichtssaal in Aufruhr, und der Angeklagte ließ seine Blicke wild durch den Raum schießen. Wen würde er vergewaltigen oder – Gott bewahre – umbringen, während der Staatsanwalt nach neuen Beweisen fahndete? überlegte Lara. Dachte er etwa gerade darüber nach? Sehnte sich sein krankes und gequältes Hirn genau in diesem Moment nach einem weiteren Mord, suchten seine Augen im Gerichtssaal nach einem weiteren Opfer? Lara schlug immer wieder laut mit dem Hammer, stand auf und beugte sich über das Geländer. Die Gerichtsdiener gingen auf die Angehörigen des Opfers zu, musterten sie und dann den Angeklagten. Schließlich beruhigte sich der Lärm, und Lara nahm wieder Platz. »Nehmen Sie ins Protokoll auf, daß die Anklage auf Antrag der Staatsanwaltschaft fallengelassen wurde«, sagte sie mit einem tiefen Seufzen, den Blick auf die vor ihr liegende Akte geheftet. »Der Angeklagte bleibt vorläufig in Untersuchungshaft, doch der Sheriff wird angewiesen, ihn schnellstens zu entlassen. Als Kaution hinterlegte Gelder werden auf die übliche Weise von der Gerichtskasse zurückerstattet. Die Sitzung ist geschlossen.« Sie machte sich gar nicht erst die Mühe, den Hammer zu benutzen. Das hätte ohnehin niemand gehört.

Reporter liefen unter heftigem Gedränge und Geschiebe aus dem Gerichtssaal, um in ihren Redaktionen anzurufen. Lara saß wie angewurzelt auf ihrem Platz und konnte den Blick nicht von den Eltern des Opfers abwenden. Der Staatsanwalt saß neben ihnen auf der Bank und beriet sich mit ihnen. Die Frau hielt sich ein Papiertaschentuch an die

Augen, dann putzte sie sich die Nase. Menschen verließen den Gerichtssaal; die Gerichtsschreiberin packte ihre Maschine zusammen. Die Polizeibeamten waren bereits alle vor der Entscheidung gegangen. Die waren schließlich nicht blöd, dachte Lara. Sie wußten, wie es ausgehen würde. Spätestens morgen würde der Staatsanwalt Anklage gegen die beiden Polizisten erheben. Der Gerichtsdiener plauderte mit einem der Assistenten. England packte seinen Aktenkoffer, seine Aufgabe war erledigt.

Plötzlich stand der Freund des Opfers mit vor Wut verzerrtem Gesicht auf. »Wie konnten Sie das tun?« schrie er Lara an. »Er hat sie ermordet. Er hat sie vergewaltigt und ermordet. Er hat es verdient, geschlagen zu werden. Er hat es verdient zu sterben.« Er schnappte nach Luft, sein Gesicht war dunkelrot angelaufen, und er beugte sich über die Lehne des Sitzes vor ihm. Seine Augen waren riesengroß und glühten vor Haß. Ein Gerichtsdiener eilte auf ihn zu, und der Staatsanwalt bemühte sich, ihn wieder auf seinen Stuhl zu zerren. »Und Sie lassen ihn einfach laufen. Sie sollte man umbringen… vergewaltigen, erwürgen. Sie verdammtes Miststück…«

Der Gerichtsdiener hielt den Jungen fest, und seine beiden Kollegen gingen nun auch auf ihn zu. Sie beobachteten die Hände des Jungen, ob sich nicht womöglich eine Waffe darin befand. »Jemand sollte Ihre ganze Familie umbringen… abschlachten… dann wüßten Sie endlich, was mit der Gerechtigkeit und Ihren dämlichen Gesetzen los ist. Was soll ich denn tun, das Schwein selbst umbringen? Sie sind keine Richterin. Sie sind kein Stück besser als er…«

Lara saß einfach nur da, völlig niedergeschmettert von seinem Verständnis, was recht und was unrecht war. Er hatte vom Gericht erwartet, daß es den Tod des Mädchens rächen würde, das er geliebt hatte, und war gegen eine Mauer von Gesetzen gelaufen. Diejenigen, die das Recht hätten bewahren sollen, hatten es zerstört. Die Gerichtsdiener sahen sie an und warteten auf eine Anweisung. Ein Nicken und sie würden ihn in Handschellen legen. Sie hatten ihn gepackt. Er wand sich, Speichel tropfte ihm aus einem Mundwinkel, und er versuchte ihnen seine Arme zu entwinden, bereit, sich auf die andere Seite des Ganges zu stürzen und Lara mit bloßen Händen auseinanderzureißen. Sie schaute zu den Gerichtsdienern, schüttelte den Kopf und verließ den Richtertisch. Es war sein gutes Recht, seinen feindseligen Gefühlen freien Lauf zu lassen. Sie stieß die Tür auf, und sobald sie durch war, lehnte sie sich im Flur gegen die Wand. Ihre Augen war glasig und starr, und ihre Brust hob und senkte sich nach all dem Haß, der sie mit einer Intensität getroffen hatte, daß sie seine Hitze immer noch spüren konnte. Sie blickte den Flur entlang, sah aber nichts als einen verschwommenen roten Nebel. In ihrem Kopf tauchten Bilder von der verwesten Leiche des Opfers auf, und sie versuchte, sie zu verdrängen.

Sie drückte sich von der Wand ab, zog ihre Robe gerade und schleppte sich den Flur hinunter. Fünfundzwanzig Morde hatten sich am vergangenen Wochenende in Los Angeles ereignet. An einem einzigen Wochenende, dachte sie verzweifelt. Ein lausiges Wochenende und fünfundzwanzig Tote. Die Stadt wurde von einer Lawine von Gewalt überrollt, und sie hatte gerade einen Mörder wieder auf freien Fuß gesetzt. »Großartig«, sagte sie verbittert. »Genau das, was du dein Leben lang tun wolltest, Lara – Mörder laufenlassen und ihnen den Entlassungsschein besorgen.« Auf dem Weg zur Tür ihres Arbeitszimmers blieb sie vor dem Schreibtisch ihres Sekretärs stehen.

»Haben Sie etwas gesagt?« fragte Phillip und drehte sich von seinem Computer weg. Er war ein schlanker, gepflegter Mann Ende Zwanzig mit rotblonden Haaren und graublauen Augen.

»Was machen Sie heute abend, Phillip?«

»Heute abend? Ich – ich hab' was vor. Warum?«, fragte er befangen.

Lara betrachtete sein Gesicht. Sie glaubte nicht, daß sie heute abend gut damit fertig würde, alleine zu essen und in ein leeres Haus zurückzukehren. Sie brauchte ein bißchen Gesellschaft, ein lockeres Gespräch, etwas, das ihr helfen würde, die Ereignisse des Tages aus ihrem Kopf zu verbannen. Bevor sie ihn fragen konnte, ob er mit ihr zu Abend essen wollte, redete er schon weiter.

»Ich bin nachher mit jemandem verabredet, so gegen neun. Aber wenn Sie noch was für mich zum Tippen haben, kann ich länger bleiben.«

Er wurde rot im Gesicht. Lara fragte sich, ob er eine neue Freundin hatte oder ob er überhaupt eine hätte. Sie hatte ihn noch nie von einer sprechen hören. »Nein«, sagte sie, da sie es sich anders überlegt hatte. Sie würde jemand anders fragen, es erschien ihr bereits töricht, daß sie überhaupt daran gedacht hatte, Phillip zu bitten, mit ihr zu Abend zu essen. »Schon gut. Gehen Sie nach Hause. Es ist nichts.«

»Was ist da drinnen passiert? Wie haben Sie entschieden?«

»Ich habe das Geständnis nicht als Beweis zugelassen. Der Staatsanwalt hat die Anklage zurückgezogen, also wird Henderson auf freien Fuß gesetzt.«

»O Gott«, sagte er mit hochgezogenen Augenbrauen, das Kinn auf die Hände gestützt. »Weil die Polizisten ihn zusammengeschlagen haben? Die haben den Kerl tatsächlich bestraft, oder? Da ist wohl die Sicherung durchgebrannt. Das Verbrechen war ja auch abscheulich. Man kann es ihnen fast nicht verdenken.«

»Jedenfalls hoffe ich, daß es ihnen Spaß gemacht hat, ihn zu bestrafen«, gab Lara unumwunden zu. »Das könnte nämlich die einzige Strafe sein, die Thomas Henderson in diesem Fall bekommt.«

Mit diesen Worten ging sie in ihr Zimmer und machte die Tür hinter sich zu.

Kapitel 2

Mehr als eine Stunde hatte Lara hinter ihrem Schreibtisch gesessen und in die Luft gestarrt. Sie hatte sich überlegt, ob sie die Eltern des Opfers anrufen sollte, um ihnen zu sagen, wie leid es ihr tat, ihnen erklären sollte, daß sie keine andere Wahl gehabt hatte, als die Entscheidung zu treffen, die sie getroffen hatte. Doch sie wußte, daß das nicht angebracht war.

Phillip meldete sich über die Gegensprechanlage. »Ich hab' jemand von der *Daily News* auf Apparat eins. Die hätten gerne einen Kommentar von Ihnen über die Henderson-Sache.«

»Sagen Sie ihnen, ich sei schon weg.« Sie wußte sehr wohl, daß das nur einen Aufschub bedeutete. Morgen käme sie um eine Stellungnahme nicht herum.

Lara hängte ihre Robe auf den Haken, nahm ihre Handtasche, verabschiedete sich von Phillip und ging über den hinteren Flur zum Amtszimmer von Richterin Irene Murdock. Lara traf sie mit über den Schreibtisch gebeugtem Kopf an.

»Immer noch fleißig, wie ich sehe«, sagte Lara und trat ein.

»Oh, Lara«, sagte Irene, »hast du mich erschreckt.« Sie blickte auf, nahm ihre Brille ab und legte sie auf den mit Papieren übersäten Schreibtisch.

Irene ging auf die Fünfzig zu, aber das sah man ihr nicht an. Sie war groß und der Mode entsprechend dünn. Abgesehen von ein paar Falten, die von ihrem Mund nach unten und quer über ihre Stirn liefen, war die Zeit gnädig mit ihr umgegangen. Sie trug ihre aufgehellten blonden Haare in sanften, weiblichen Locken, die ihrem schmalen Gesicht einen schmeichelhaften Rahmen gaben. Ihre Lippen waren stets mit einem frischen, feuchten Lippenstift geschminkt, in einem hellen Korallenrot, doch der Schlüssel zu ihrer Stärke lag in ihren Augen. Sie waren smaragdgrün. »Wie ist es heute gelaufen?« fragte sie. »Ich meine mit dem Fall Henderson.«

»Hast du's noch nicht gehört?« Lara setzte sich nicht hin, sie lehnte sich gegen die Wand. »Der Staatsanwalt hat die Anklage zurückgezogen.« Lara hob den Arm und sah auf ihre Uhr. Es war fünf Uhr durch. »Henderson dürfte jetzt jede Minute durch die Gefängnistür spazieren. Frei wie ein Vogel.«

Irene gab keine Antwort. Alle hatten vorhergesehen, daß es so ausgehen würde. Sie saß einfach nur da und betrachtete Laras Gesicht. Irene war schon viel länger Richterin als Lara. Sie hatte ihr immer wieder gesagt, daß es Aufgabe eines Richters sei, das Gesetz auszulegen und dementsprechend Entscheidungen zu treffen. Man konnte sich dabei nicht erlauben, sich gefühlsmäßig zu engagieren.

»Das war wirklich eine harte Sache, Irene. Die Eltern ... die Verwandten ... Ich kann mir vorstellen, wie die sich jetzt fühlen. Sie war so jung. Und dann diese verfluchten Cops ...«

Irene fiel ihr ins Wort. »Hast du das mit Westridge gehört?«

Charles Westridge war Richter am städtischen Gericht und galt als streitsüchtig und ehrgeizig. »Nein, erzähl's mir.«

»Er hat heute eine Beschwerde gegen den Sheriff eingereicht wegen Verletzung gerichtlicher Anordnungen, weil er Gefangene vor Ablauf ihrer Haftzeit entlassen hat.«

»Aber der Sheriff ist doch laut Gerichtsbeschluß dazu befugt, Leute zu entlassen oder das Gefängnis wegen Überfüllung zu schließen. Was verspricht sich Westridge bloß davon?«

»Aufsehen vermutlich. Presse. Wer weiß? Ich hab' gehört, daß er es auf meinen Posten abgesehen hat und im nächsten Jahr gegen mich antreten will. Er überprüft sämtliche Entscheidungen von mir und bricht wahrscheinlich jedesmal in Jubel aus, wenn eines meiner Urteile in der Revision gekippt wird.«

Lara setzte sich hin und schüttelte den Kopf. »Haben wir nicht schon genug Probleme hier, ohne daß wir uns auch noch gegenseitig an die Gurgel gehen? Und das mit dem Sheriff... das ist einfach hirnverbrannt. Mir kommt es so vor, Irene, als ob das ganze System um uns herum zusammenbricht. Es ist, als ob man über Trümmer liefe. Die Gewalt, die Korruption, die Mehrdeutigkeiten im Gesetz...« Lara unterbrach sich, dann fuhr sie fort: »Es wird von Sekunde zu Sekunde schlimmer, und wir haben einfach nicht die Macht, es zu stoppen. Sicher, die beiden Polizisten waren Arschlöcher, weil sie das mit Henderson gemacht haben, aber die Cops sind halt wandelnde Zeitbomben. Sie haben einfach die Schnauze voll von allem. Ich meine, sind wir überhaupt noch zivilisierte Menschen? Ich bin mir nicht sicher, ob man das noch als Zivilisation bezeichnen kann.«

Irene fixierte einen Punkt über Laras Kopf. »Du bist wohl heute die Stimme des Untergangs.« Dann senkte sie den Blick auf Lara und lächelte. »Es sieht übel aus. Doch selbst am Ende der Welt, meine liebe Lara, muß jemand zu Gericht sitzen.«

»Das stimmt«, sagte Lara und unternahm den schwachen Versuch, Irenes Lächeln zu erwidern. »Es wär' mir allerdings lieber, wenn ich das nicht sein müßte.« Dann fügte sie hinzu: »Reden wir von was Erfreulicherem: Hättest du Lust, heute abend mit mir essen zu gehen? Du hast vielleicht schon was mit John vereinbart, aber...«

Irene drückte die Selbstwähltaste an ihrem Telefon. Während das Klingelzeichen ertönte, sagte sie: »Ich ruf' ihn nur kurz an. Wenn er nicht zu Hause ist, würd' ich sehr gern mit dir essen gehen. Ehrlich gesagt, ich sterbe vor Hunger. Ich hab' heute nicht zu Mittag gegessen.« Einige Sekunden später lauschte sie ihrer eigenen Stimme auf dem Anrufbeantworter. Sie hinterließ eine Nachricht für ihren Mann, einen bekannten Arzt, und legte auf. »John arbeitet zuviel, Lara, ich hab' keine Ahnung warum. Letztes Jahr hat er zu mir gesagt, er wolle kürzertreten, seinem neuen Partner mehr Patienten überlassen, aber er kommt selten vor acht Uhr abends nach Hause. Er ist …« Sie verstummte letztlich. Irene Murdock redete normalerweise nicht über ihr Privatleben, noch nicht einmal mit ihren engsten Freundinnen.

Die Rollen waren jetzt vertauscht, denn nun beobachtete Lara, wie sich Besorgnis auf Irenes Gesicht breitmachte. John Murdock war Anfang Sechzig, und Irene machte sich ständig Sorgen um ihn. In seiner Familie hatte es viele Fälle von Krebs gegeben. Sein Vater und sein Großvater sowie ein paar seiner Onkel waren daran gestorben, und erst im letzten Jahr war auch sein Bruder der Krankheit zum Opfer gefallen. Und obwohl Irene ein Fels an Stärke und Willenskraft war, schien sie immerzu auf den nächsten Schlag zu warten in der Gewißheit, daß es diesmal ihren Mann treffen würde. Viele Leute hielten sie für schrill und anmaßend. Sie hatte die Angewohnheit, viele Kosewörter zu benutzen, Liebster, Schätzchen, Süße. Lara wußte, daß sie diese Eigenart bewußt pflegte, um weniger hart zu wirken.

Ihr Mann dagegen war sanft wie ein Lamm, ein liebenswürdiger und freundlicher Mensch. Sie überragte ihn sogar in der Größe, besonders auf hohen Absätzen. Es konnte überhaupt kein Zweifel daran bestehen, wer in dieser Familie die Hosen anhatte, dachte Lara.

Irene klappte die vor ihr liegende Akte zu, stand auf und nahm ihren Aktenkoffer und ihre Handtasche. Dann schaltete sie das Licht aus. Sie ging mit langen, raschen Schritten den Flur entlang, so daß Lara fast laufen mußte, um mit ihr Schritt zu halten.

»Ich dachte, wir könnten vielleicht was bei Bob's Big Boy essen«, sagte Lara. »Was hältst du davon? Es ist nur einen Block entfernt, und die haben dieses wunderbare Spezialgericht.«

»Laraschätzchen«, sagte Irene und sah sie mit einem breiten Lächeln an, »du bist unglaublich. Nein, ich werde nicht bei Bob's Big Boy essen. Wenn du auf diesen widerlichen

Junk food und diesem fettigen fritierten Zeug bestehst, dann kannst du allein essen. Ich verstehe nicht, wie du so leben kannst. Wirklich nicht.«

»Also gut. Wir können ja zu dem neuen Fischrestaurant weiter unten an der Straße gehen.«

»Schon besser. Da bin ich dabei.«

Kurz darauf fuhren beide mit ihren Autos aus der Tiefgarage hinaus.

Es war spät, aber Lara war immer noch wach. Sie hatte sich stundenlang im Bett herumgewälzt und versucht einzuschlafen, wobei ihr immer wieder einzelne Fakten aus dem Fall Henderson im Kopf herumgingen. Zunächst hörte sie nur den kleinen Terrier ihrer Nachbarn kläffen, dann stimmten die übrigen Hunde im Block mit ein. Lara hielt die Luft an und lauschte. Sie zog das Laken bis zum Kinn hoch und starrte an die Decke. Sie wohnte zwar in einer ruhigen Gegend von Irvine, aber sie war eine alleinstehende Frau. Die normalen Geräusche der Nacht kannte sie alle sehr gut, die Sirenen der Kranken- und Streifenwagen, die die nahe gelegenen Durchgangsstraßen entlangrasten, die Düsenflugzeuge, die über ihr Haus hinwegfegten, gelegentlich ein Ehepaar, das spät in der Nacht nach Hause kam, und das vertraute Scheppern ihres Garagentors. Doch wenn die Hunde anfingen zu bellen, was sie selten taten, dann bedeutete das normalerweise, daß draußen jemand herumschlich.

Dann hörte sie es, ein leises Klopfen an der Haustür.

Das Klopfen wurde zu einem wilden Hämmern. Lara sah auf die Uhr und stellte fest, daß es nach ein Uhr war. Sie dachte daran, die Polizei zu rufen, und griff zum Telefon. Dann hörte sie durch das Schlafzimmerfenster, wie eine vertraute Stimme ihren Namen rief. Es war eine warme Sommernacht, und sie hatte das Fenster offengelassen, um etwas frische Luft zu bekommen.

»Lara, ich bin's. Ivory. Laß mich rein.«

Sie schnappte sich ihren Morgenrock, tapste barfuß zur

Tür und lauschte, um sicherzugehen, daß sie sich das ganze nicht eingebildet hatte.

»Lara, mach die Tür auf. Mach bitte die Tür auf. Ich bin's, Ivory.«

Sie gab den Alarm-Code ein, und nachdem sie die doppelten Sicherheitsriegel zurückgeschoben hatte, stand ihre jüngere Schwester vor ihr.

»Meine Süße«, sagte sie und nahm sie in den Arm, »was ist denn jetzt wieder passiert?« Sie strich Ivory eine dunkle, lockige Haarsträhne aus dem Gesicht und schaute nach blauen Flecken. »Hat Sam dich geschlagen?«

Ivory drehte sich immer wieder zur Straße um, ihre Brust hob und senkte sich, und sie schnappte nach Luft, als ob sie gelaufen wäre. »Nein, nein ... es ist nicht Sam. Jemand ist hinter mir her, Lara. Mach die Tür zu. Schnell.«

Lara knallte die Tür zu, schob die Sicherheitsriegel wieder vor und stellte rasch die Alarmanlage neu ein. Ihr Herz hämmerte mittlerweile ebenfalls. »Wer ist hinter dir her? Wo ist Sam?«

Ivory war sehr erregt, und ihre dunklen Augen blickten hektisch im Zimmer umher. »Hör, ich kann dir das nicht erklären. Ich muß Sam anrufen. Ich brauche bloß mal dein Telefon.«

»Bleib doch einfach hier, okay?« sagte Lara, legte ihre Hände auf die Arme ihrer Schwester und hielt sie fest. »Jetzt erzähl mir ganz genau, was los ist. Wenn jemand hinter dir her ist oder dir etwas tun will, dann rufen wir die Polizei. Vielleicht ist er noch draußen und sie können ihn festnehmen. Was für ein Auto fuhr er? Beschreib ihn mir.« Lara ging auf das Telefon zu.

»Hör auf«, sagte Ivory. »Ich will nicht die dämlichen Cops anrufen.« Sie ließ sich auf das Sofa fallen und riß ihrer Schwester das Telefon aus der Hand.

Lara starrte sie an und dachte dabei, wie schön sie doch war, selbst jetzt, wo sie Angst hatte und aufgeregt war. Sie war eine auffallende Brünette. Schulterlange lockige Haare umrahmten ihr fast perfektes Gesicht. Während Laras

Augen grau waren, waren die von Ivory strahlend blau. Doch das Schönste an ihr war ihre Haut. Sie war absolut makellos.

»Sam«, sprach Ivory jetzt in das Telefon, »ich bin hier bei Lara. Hol mich bitte ab. Es ist was passiert. Jemand ist hinter mir her.« Sie hielt inne, und dann wurde ihre Stimme noch höher. »Ich hab' doch gesagt, ich warte, bis du mich abholen kommst. Nein, ich fahr' nicht allein nach Hause. Es ist mir egal, wie spät es ist.« Dann knallte sie den Hörer wieder auf die Gabel.

Lara machte das Licht im Wohnzimmer an und setzte sich auf das Sofa ihrer Schwester gegenüber. »Nun erzähl mir doch endlich, was los ist«, sagte sie mit fester Stimme. »Geht es um Geld?«

»Sam kommt gleich«, sagte Ivory, dem Blick ihrer Schwester ausweichend. »Er wird in etwa zwanzig Minuten hier sein.«

Lara spürte, wie ihre Wut und ihr Frust von Minute zu Minute stärker wurden. Sie war immer diejenige gewesen, die Ivory beschützt hatte, die aufgepaßt hatte, daß ihr niemand etwas zuleide tat. Von Kindheit an war Lara, die nur wenige Jahre älter war, diejenige gewesen, zu der Ivory mit ihren Problemen kam. Doch das hatte sich alles geändert, nachdem sie Sam Perkins geheiratet hatte.

»Ivory, du mußt mir sagen, was mit dir los ist. Weißt du denn nicht, daß ich mir Sorgen um dich mache? Du kannst nicht einfach um diese Uhrzeit gegen meine Tür hämmern und mir sagen, daß jemand hinter dir her ist, und dich dann weigern, mir zu erzählen, was los ist.«

Ivory stand auf und begann, auf und ab zu gehen. »Ich kann's nicht«, sagte sie mit Nachdruck, schüttelte dabei ihre Mähne und warf den Kopf ruckartig herum, um ihre Schwester anzusehen. »Mach dir keine Sorgen, okay?« sagte sie bissig. »Ich werd' nie wieder herkommen und dich belästigen. Ich werd' dich noch nicht mal mehr anrufen. Du kannst einfach vergessen, daß du eine Schwester hast.«

Lara stützte ihren Kopf in die Hände und schielte durch

die Finger zu Ivory hin. »Ich hab's nie gesagt, daß du mich nicht anrufen oder nicht hierher kommen sollst, wenn du etwas brauchst. Du bist nicht fair, Ivory. Ich liebe dich. Es ist Sam, nicht wahr? Das hängt alles irgendwie mit Sam zusammen.«

»Laß Sam aus dem Spiel. Du hackst immer nur auf ihm rum, erzählst mir, was für ein Arschloch er ist. Er ist mein Mann, Lara.« Sie begann plötzlich wild mit den Armen zu fuchteln. »Sieh dich doch an, wie dein Leben aussieht. Du willst, daß ich so ende wie du, ganz allein, ohne einen anderen Menschen, nur für einen Job leben, eine Karriere. Sam und ich, wir werden es schon schaffen, wir kommen ganz groß raus. Dann gehen wir von hier weg und fangen von vorne an.«

Lara versuchte, die Worte ihrer Schwester an sich abprallen zu lassen. Jedesmal wenn sie zusammen waren, endete das mit einer solchen Auseinandersetzung. Lara wollte einzig und allein die Beziehung zu ihrer Schwester kitten und ihr helfen, ihr Leben wieder ins Lot zu bringen. »Was ist mit deinem Sohn, Ivory? Was ist mit Josh? Du solltest ihn nicht aus seiner gewohnten Umgebung herausreißen. Er hat sein Leben lang in diesem Haus gewohnt. Er hat seinen Vater verloren. Und was ist mit dem Pfandhaus? Du hast gesagt, wenn ich dir und Sam das Geld für das Pfandhaus leihe, dann würdet ihr es schaffen. Außerdem habt ihr bisher keine einzige Rate bezahlt. Ivory, du weißt, daß ich auch finanzielle Verpflichtungen habe.«

»Josh geht's gut... echt gut. Warum interessiert dich das überhaupt? Du hast ihn seit Jahren nicht gesehen.«

Es war ein langer Tag gewesen. Lara war erschöpft und konnte eigentlich keine Schreierei mehr ertragen. Doch das Thema Josh war ein wunder Punkt, und sie verlor immer mehr ihre Beherrschung. »Und warum hab' ich Josh seit Jahren nicht gesehen, Ivory?« giftete sie zurück. Sie warf sich gegen die Sofalehne und verschränkte die Arme so eng über ihrer Brust, daß die Fingernägel sich in ihre Haut bohrten. »Weil du mir verboten hast, meinen eigenen Neffen zu sehen. Du hast ihn völlig grundlos gegen mich aufgehetzt.« Sie holte tief Luft, ihr Brustkorb hob sich, und ihre grauen Augen funkelten. »Ich dachte, wir hätten vereinbart, daß ich dir das Geld für das Pfandhaus leihe und wir dafür die Vergangenheit begraben. Was ist aus diesem Versprechen geworden?«

»Du«, Ivory, die immer noch aufgebracht auf und ab ging, spie die Worte förmlich aus. »Du hast versucht, mir mein Kind wegzunehmen. Meine eigene Scheißschwester hat versucht, mir mein Kind zu stehlen. Weißt du, was Sam gesagt hat? Er hat gesagt, du wolltest mich mit dem ganzen Geld nur ködern, damit du Josh in die Finger kriegst und ihn mir wegnehmen kannst, weil du keine eigenen Kinder hast.« Sie ging ans Fenster und spähte durch die Rolläden, dann ging sie wieder in die Mitte des Zimmers.

Lara rutschte immer tiefer auf dem Sofa. Egal was sie auch tat, sie landeten immer an diesem Punkt. »Darüber haben wir doch schon tausendmal geredet. Nachdem Charley ums Leben gekommen war, hast du getrunken, Kokain genommen und einen Mann nach dem anderen mit nach Hause geschleppt. Ich habe nie versucht, ihn dir wegzunehmen, ich hab' mir nur Sorgen um ihn gemacht. Und ich hab' mir Sorgen um dich gemacht.«

Lara war so besorgt um ihren Neffen gewesen, daß sie gedroht hatte, das Jugendamt zu verstandigen, wenn Ivory sich nicht zusammenrisse. Sie hatte ihr nur einen Schock versetzen wollen, sie aufrütteln und ihr klarmachen wollen, was sie mit diesem leichtsinnigen Verhalten riskierte, aber Ivory hatte ihr das nie verziehen.

Plötzlich fiel ihr auf, wie Ivory angezogen war. War das die neueste Mode? Sie sah aus wie ein Flittchen, wie eine Prostituierte. Lara hatte geglaubt, daß es mit dem Herumziehen von Bar zu Bar vorbei war, nachdem sie Sam geheiratet hatte. Als Ivorys erster Mann noch lebte, war sie eine glückliche Ehefrau und Mutter gewesen. Lara wußte, daß Schmerz Menschen zerstören kann, selbst starke Persönlichkeiten, und Ivory war alles andere als stark, doch sie war völlig aus der Bahn geworfen worden. Lara war zu der Ansicht gelangt, daß das Leben ihre Schwester schließlich eingeholt und sie dann links liegengelassen hatte. Ivory war ein Kind im Körper einer Frau. Man hatte als Kind bei ihr eine Lernbehinderung festgestellt, und emotional und intellektuell war sie auch heute noch weit hinter ihrem tatsächlichen Alter zurück. In einem festen Rahmen und einer geschützten Umgebung konnte sie überleben. Doch allein oder unter einem so negativen Einfluß wie dem von Sam geriet Ivory in ernsthafte Schwierigkeiten. Und wenn dann noch Drogen und Alkohol im Spiel waren, war die Katastrophe vorprogrammiert.

Dann fielen Lara die Brüste ihrer Schwester auf, und ihre Augen weiteten sich. Ivory war immer wohlgeformt gewesen, viel üppiger als Lara, aber nicht so. Ihre Schwester sah jetzt aus wie Dolly Parton. Lara hatte Ivory zwei bis drei Monate nicht gesehen. Sie mußte sich Brustimplantate haben machen lassen. Es war absolut absurd. Sam und Ivory hatten ständig Geld nötig, was sie angeblich für die Hypothek und zum Überleben brauchten, und jetzt lief Ivory mit Siliconbrüsten herum.

»Wenn du mir schon sonst nichts erzählst, dann sag mir wenigstens, warum du so angezogen bist«, sagte Lara mit zusammengekniffenen Augen. »Und wann hast du dir die Brust vergrößern lassen?«

»Leck mich doch am Arsch, Lara. Wie soll ich mich denn deiner Meinung nach anziehen? So wie du? Du hast nie gewußt, wie man sich anzieht. Und sieh dir doch nur deine dämliche Frisur an. Kein Wunder, daß du keinen Mann kriegst. Du bist eifersüchtig. Das sagt Sam auch. Er sagt, du bist immer eifersüchtig auf mich gewesen.«

Nun war Lara wirklich wütend, kurz vorm Explodieren. Ivory war zwar unreif und ungebildet, aber diesmal war sie zu weit gegangen. Das konnte sie einfach nicht mehr hinnehmen. »Du hast Geld von mir genommen«, schrie sie, am ganzen Körper zitternd, »mir verboten, Josh zu sehen, und jetzt hast du's für plastische Chirurgie und wer weiß was noch alles zum Fenster rausgeschmissen.«

»Du bist ein Miststück, Lara. Du bist kalt geworden. Du bist nicht mehr so wie früher... Du bist herzlos. Du hast dich in einen Stein verwandelt.« Ivory kam näher, bis sie nur noch wenige Zentimeter vom Gesicht ihrer Schwester entfernt war, ihr Atem stank nach Bier und Zigaretten. »Es ist mir scheißegal, ob ich dich jemals wiedersehe«, sagte sie. »Wie findest du das? Warum steckst du dir das nicht in deinen richterlichen Arsch?«

Lara stand nur da, die Hände an den Seiten. Sie konnte noch nicht einmal mehr Wut empfinden. Der gesamte Tag lief noch einmal vor ihr ab. Was sie auch tat, wohin sie sich auch wandte, überall stieß sie auf Feindseligkeit und Zorn. Doch hier war sie zu Hause, und das war jemand von ihrem Fleisch und Blut. »Ivory, laß uns damit aufhören...« Lara verstummte. Jemand klopfte an die Tür.

Ivorys Gesicht wurde lebhaft. Sie raste zum Eingang, schob die Sicherheitsriegel zurück und wartete, bis Lara die Alarmanlage abgestellt hatte. Darauf riß sie die Tür auf und warf sich ihrem Mann in die Arme. »Oh, Sam«, sagte sie. Dann nahm sie ihn bei der Hand und ging mit ihm nach draußen, wo sie zu flüstern und zu gestikulieren anfing.

Lara bemühte sich, etwas zu verstehen, aber es war unmöglich. Sie wollte gerade die Tür schließen, um wieder ins Bett zu gehen und wenigstens noch ein paar Stunden Schlaf zu bekommen, bevor die Sonne aufging.

Da trat Sam Perkins über die Schwelle. Lara ging rückwärts ins Haus zurück.

Sein dunkles, ungepflegtes Haar fiel ihm über den Kragen und in die Stirn, und er hatte einen dicken schwarzen Schnurrbart. Obwohl er erst Mitte Dreißig war, war sein Gesicht vom ausschweifenden Leben und jahrelangen Trinken stark zerfurcht. Er trug ein zerknittertes rotes Polohemd und eine verwaschene Levi's, an deren Gürtel etwa fünfzehn Schlüssel an einem Metallhaken baumelten. Er hätte auf eine verwegen männliche Art attraktiv sein können. Für Ivory war er es jedenfalls. Aber man hätte ihr bestenfalls zustimmen können, wenn man ihn im schummrigen Licht einer

Bar sah, nachdem man selbst ungefähr fünf Drinks intus hatte. Für Lara war er der letzte Dreck. Obwohl sie ein Stück von ihm entfernt stand, konnte sie die Alkoholfahne riechen. Er drückte die Finger gegeneinander und ließ seine Knöchel knacken, wodurch sein Bizeps sich wölbte und eine Tätowierung unter dem Ärmel seines Hemds sichtbar wurde. EASY RIDER stand da. Allerdings war an diesem Mann überhaupt nichts easy.

»Wehe, wenn du meine Frau noch einmal auf die Palme bringst«, sagte er zischend mit zusammengebissenen, vom Tabak vergilbten Zähnen. »Wir haben echt die Schnauze von dir voll. Du magst zwar ein hohes Tier am Gericht sein, aber was uns angeht, hast du gar nichts zu sagen. Da«, sagte er und warf eine Handvoll Geldscheine auf den Fußboden. »Da hast du deine Rate. Bist du jetzt zufrieden?«

»Verschwinde«, sagte Lara. »Und bitte mich bloß nicht noch mal, dir aus der Patsche zu helfen, Sam. Das werd' ich nämlich nicht mehr tun.« Sie warf einen Blick auf die Scheine auf dem Teppich. Es waren fast alles Ein-Dollar-Noten. Er schuldete ihr über hunderttausend Dollar und hatte ihr jetzt vielleicht zehn – sie zählte –, nein, zwölf Dollar zurückgezahlt.

Ivory stand jetzt rechts neben ihm. Sie hatte einen Arm um seine Schultern gelegt, und ihre Siliconbrüste quollen aus dem Ausschnitt ihres Tops. »Wir brauchen dein Geld nicht«, sagte sie stolz. »Wir werden selber mehr als genug haben. Und das schon bald.«

Lara versuchte ihre Tränen zurückzuhalten. Sie schaffte es einfach nicht, diesem Mann begreiflich zu machen, was er ihrer Familie und besonders ihrer Schwester angetan hatte. Als ihre Mutter starb, hatte Lara ihr versprochen, daß sie sich um Ivory kümmern würde, dafür sorgen würde, daß es ihr und Josh gutging. Doch sie hatte keinen Einfluß mehr auf sie.

»Verschwinde«, sagte sie noch einmal mit fester Stimme.

»Komm, Baby«, sagte Sam zu Ivory. »Wir wollen die alte Jungfer nicht um ihren Schönheitsschlaf bringen. So wie sie aussieht, hat sie ihn verdammt nötig.«

Er zerrte Ivory am Arm, und sie ging mit ihm zur Tür. Dann drehte sie sich noch einmal zu Lara um. Einen Augenblick trafen sich ihre Blicke, und die Zeit stand still. Lara nahm die Traurigkeit in den Augen ihrer Schwester wahr. Sie sah, wie Ivorys Lippen sich bewegten, aber es kamen keine Worte. Es war, als ob sich die Vergangenheit auf dem Gesicht ihrer Schwester widerspiegelte, zwei kleine Mädchen mit frischen Gesichtern, die zusammen von der Schule nach Hause gehen. Sams Lachen kam aus einer anderen Zeit; es durchdrang die Stille, und die Uhr fing wieder an zu ticken, schneller als vorher. Dann knallte die Tür zu, und sie waren fort.

Kapitel 3

Drei Wochen waren vergangen, seit Thomas Henderson wenige Stunden nach Laras Entscheidung aus dem Bezirksgefängnis von Orange County spaziert war. Aber Gott sei Dank war er nicht lange frei herumgelaufen, dachte sie, als sie während der Vormittagspause über den Flur in ihr Amtszimmer eilte, und soweit sie wußte, hatte er niemanden vergewaltigt oder umgebracht. Heute morgen hatte Russ Mitchell sie angerufen, um ihr zu sagen, daß Henderson ins Camarillo State Hospital, eine staatliche psychiatrische Anstalt, eingewiesen worden war. Vielleicht könnte sie diese Nacht schlafen, statt sich bis ein oder zwei Uhr morgens im Bett herumzuwälzen und um vier schon wieder wach zu sein.

Die Anklage hing noch in der Schwebe. Man war auf eine zunächst vielversprechende Spur gestoßen. Ein Tankwart glaubte, das Opfer zusammen mit Henderson gesehen zu haben. Doch der zwanzigjährige junge Mann war ein äußerst schwacher Zeuge. Er konnte sich weder an Datum noch an Uhrzeit erinnern und war überhaupt ständig so vollgedröhnt, daß er kaum wußte, wie er selbst hieß. Man würde jedoch weitermachen, irgendwann tauchte schon etwas auf.

Obwohl der Angeklagte sich freiwillig hatte einweisen lassen und jederzeit wieder raus konnte, war es dennoch für alle eine Erleichterung zu wissen, daß er im Augenblick hinter verschlossenen Türen saß und unter starken Medikamenten stand.

Das Echo in der Presse war horrend gewesen. In den

Lokalzeitungen hatte man den Polizeibeamten gehörig die Leviten gelesen und ihnen die Hauptverantwortung gegeben. Sie waren beide vom Dienst suspendiert worden und hatten mit einer Anklage zu rechnen. In früheren Jahren wäre es vielleicht auch zu einer Untersuchung gekommen, aber die Polizisten wären niemals wegen ihrer Handlungsweise zur Rechenschaft gezogen worden. Heute war die Situation anders. Dieses Ereignis hatte unmittelbar nach dem Rodney-King-Fiasko stattgefunden, ein aufsehenerregender Fall von polizeilicher Brutalität, der im Süden von Los Angeles zu Krawallen geführt hatte – aufgebrachte Menschenmassen hatten ein Haus nach dem anderen in Brand gesetzt, willkürliche und sinnlose Akte von Gewalt. Manche Leute vermuteten, daß diese Gegend nie wieder aufgebaut würde.

Lara blickte hoch und sah Irene Murdock auf sich zukommen. »Willst du zu mir?« fragte sie.

»Lara«, sagte Irene, die sich bemühte, nicht zu lachen, »ich möchte dir das hier geben, aber nur wenn du es nicht allzu ernst nimmst und darüber lachen kannst.«

Lara schaute auf die Hände ihrer Kollegin. Sie hielt eine dünne Zeitung darin. Bei näherem Hinsehen erkannte Lara, daß es sich um die *National Tattler* handelte. »Was steht da drin?« Lara griff nach der Zeitung, aber Irene zog sie weg.

»Versprich mir, daß du dich nicht darüber aufregst, okay?«

»Ich versprech's. Jetzt laß es mich sehen, Irene.« Sie gab ihr die Zeitung. In der Schlagzeile ging es um ein Pferd mit einem Menschenkopf. So etwas Merkwürdiges hatte Lara noch nie gesehen. »Sehr komisch. War es das, was du mir zeigen wolltest?«

»Auf Seite drei, Lara«, sagte Irene und ihr Lächeln verschwand.

Auf der dritten Seite war ein Bild von Lara und darunter stand: *Richterin läßt brutalen Vergewaltiger und Mörder aus formalen Gründen frei.* »Wow«, sagte Lara spöttisch, »ich bin ein Star. Das werd' ich mir gleich zu Hause in mein Sammelalbum kleben.« Aber eigentlich war es überhaupt nicht komisch. Das war ein überregionales Blatt. Auch wenn es nur aus Effekthascherei und lächerlichen Geschichten bestand, blätterte jeder es gelegentlich durch.

Irene strich sich eine Haarsträhne aus der Stirn und berührte ihre Freundin an der Schulter. »Ich hätte es dir wohl besser doch nicht gezeigt, Schätzchen. Ich weiß auch nicht warum, aber ich fand es lustig. Ich meine, die ganze Zeitung ist lächerlich. Sieh dir bloß diese Titelgeschichte an. Wer wird schon glauben, was diese Leute schreiben?«

Lara sah ihr in die tiefgrünen Augen. »Nun ja, aber es stimmt, Irene. Ich habe ihn aus formalen Gründen freigelassen.«

»Hey.« Irene trat näher an Lara heran und legte einen Arm um sie. »Wir alle lassen ab und zu Leute aus formalen Gründen frei. Du quälst dich doch wohl nicht immer noch mit diesem Fall herum?«

»Nein, nein«, sagte Lara leise und lächelte ihre Freundin an. »Danke, daß du mir die Zeitung gezeigt hast, Irene. Das ist besser, als wenn die Leute im Supermarkt über mich herfallen.«

Lara blieb mit erstarrtem Lächeln stehen, bis Irene sich umdrehte und den Flur zurückging. Dann verflog das Lächeln, und sie ging ebenfalls in ihr Büro zurück.

Sie hatte gerade Leerlauf zwischen zwei Prozessen, was selten vorkam. Durch die Einstellung des Falls Henderson war auf ihrem Terminkalender reichlich viel Platz frei geworden, deshalb hatte der Gerichtspräsident, der siebenundsechzigjährige Leo Evergreen, sie rasch dazu verdonnert, als Urlaubsvertretung bei der Verlesung von Anklageschriften für Kapitalverbrechen einzuspringen. Alle nannten das den Zoo.

Sie nickte Phillip im Vorbeigehen zu. Er hatte die Kopfhörer aufgesetzt und tippte an seinem Computer. Zumindest nahm sie an, daß er tippte. Sie ging ein paar Schritte zurück und warf einen Blick auf den Bildschirm. Einmal hatte sie ihn bei einem Videospiel erwischt. Aber nein, er tippte etwas. Was, wußte sie nicht. Vermutlich eine Hausarbeit für sein Jurastudium.

Als sie in ihrem Zimmer war, knallte sie die Tür zu. Es war ein befriedigendes Gefühl. Außerdem konnte Phillip es noch nicht einmal hören. Sie ließ sich in ihren Sessel fallen und spürte, wie sie mit dem Gesäß in die Kuhle rutschte. Der Bezirk könnte mir wenigstens ein Kissen kaufen, dachte sie. Dann schob sie ihren Frust beiseite. Das brachte nichts. Sie würde halt ein paar Wochen nicht in den Supermarkt gehen, bis der Zeitungsartikel in Vergessenheit geraten war. Irene hatte recht. Der Artikel war nichts, worüber man sich aufregen mußte. Im übrigen kaufte sie im Supermarkt ohnehin bloß Fertiggerichte und Sachen, die sie in die Mikrowelle schieben konnte. Sie kochte nicht. Sie hatte es nie gelernt und hatte auch keine Lust dazu. Sie aß lediglich, um sich am Leben zu erhalten, und konnte sich ohne weiteres von Hamburgern und Nachos ernähren, ohne je ein Pfund zuzunehmen. Vielleicht hatte sich ihr Ex-Mann genau deshalb von ihr scheiden lassen, überlegte sie sich auf einmal, vielleicht hatte er bekocht werden wollen.

Während alle anderen in den Verhandlungspausen Kaffee trinken gingen, arbeiteten die meisten Richter einfach weiter. Sie grübelten über Schriftsätzen und Anträgen, lasen Bewährungsberichte, erwiderten Telefonanrufe und berieten sich mit Anwälten. Wenn sie sich beeilten, schafften sie es gerade mal, zur Toilette zu gehen. Lara ließ ihren Blick durch das mit Holz ausgekleidete Büro schweifen und sah zu den mit juristischen Büchern vollgestopften Regalen hin. Auch wenn man ihr noch keinen neuen Sessel besorgt hatte, so war zumindest das Büro kürzlich renoviert worden. In mancher Hinsicht war es sogar schöner als ihr Zuhause. Es war mit einem neuen malvenfarbenen Teppichboden ausgelegt worden. Gegenüber von ihrem Schreibtisch standen zwei mit Ziernägeln beschlagene Ledersessel, und in einer Ecke war ein Konferenztisch, an dem sie manchmal arbeitete, wenn sie sich mitten in einem großen Prozeß befand. Sie mußte sich mit künstlicher Beleuchtung begnügen, weil es keine Fenster gab. Da sie jedoch keine Deckenbeleuchtung und kein grelles Licht mochte, hatte sie sich für ihren Schreibtisch zwei zusammenpassende Lampen mit durchsichtigen grünen Kunststoffschirmen gekauft. Sie gaben dem Raum ein anderes Aussehen, eine fast unwirkliche Atmosphäre. Das kam von den Schatten, die sie in die Ecken und auf die Gesichter der Leute warfen, die vor ihr saßen. Statt wie ein Büro wirkte der Raum wie ein Studierzimmer oder wie eine Bibliothek in einem richtigen Herrenhaus.

Sie öffnete die riesige Akte, die vor ihr auf dem Schreibtisch lag, und schloß sie sogleich wieder. Sie wollte sich auf einen Prozeß vorbereiten, der am kommenden Montag beginnen würde, doch zuvor mußte sie ihre Rechnungen bezahlen. Sie nahm ihr Scheckbuch heraus und dachte über den Fall Adams nach. Das war wieder so ein wunder Punkt im Strafrechtssystem. Als erfahrene Staatsanwältin hatte sie nur die schweren Fälle bearbeitet. Das war ihr eigentlich auch lieber gewesen. Wenn allerdings etwas schiefging, hatte man als Staatsanwalt eine Menge Prügelknaben gehabt. Zuweilen hatte sie den Richter verflucht. Jetzt war sie selbst Richterin.

Der einzige Mensch, an dem sie nun ihren Frust ablassen konnte, war Leo Evergreen. Er verteilte die Fälle und war praktisch ihr Chef. Doch der Mann war der Inbegriff professioneller Perfektion, sein Urteil untadelig und sein Wissen fast grenzenlos. Es gab selten einen Grund, auf Leo Evergreen wütend zu sein und sich mit ihm zu streiten. Seine Fälle verteilte er meist wohldurchdacht und fair. Wenn er ihr einen Rat gab, war dieser stets fundiert und traf genau ins Schwarze.

Tatsächlich war Leo Evergreen einer der intelligentesten Männer, denen Lara je begegnet war. Während seiner langen Präsidentschaft am Superior Court von Orange County waren dort prozentual die wenigsten Justizirrtümer im Staat vorgekommen. Die übergeordneten Gerichte hielten ihn für einen Gott. Er hätte ohne weiteres eine Stelle am Berufungsgericht oder einer anderen höheren Instanz bekommen können, aber er zog es vor zu bleiben. Soweit sie das beurteilen konnte, war er fest in seinem kleinen Reich verwurzelt, ein

Gewohnheitsmensch. Außerdem hatte er Lara mal erzählt, daß er nie aus Orange County wegziehen würde. Er hielt es für eine der schönsten Gegenden, wo man auf dieser Welt wohnen konnte. In vieler Hinsicht stimmte Lara mit ihm überein. Es gab nichts Vergleichbares.

Orange County liegt südlich der Stadtgrenze von Los Angeles. Das Gerichtsgebäude befindet sich auf dem Civic Center Drive in Santa Ana, nicht weit von Anaheim und Disneyland entfernt, dem ganzen Stolz des Bezirks. Wenn man erst mal nach Irvine, Newport, Laguna Beach oder Mission Viejo kam, bestand die Bevölkerung nur noch aus Leuten der protestantischen weißen Oberschicht, sogenannten WASPs, und Yuppies. Überall BMWs und jene kleinen Mercedesfahrzeuge, die die jungen Aufsteiger fahren, die allen zeigen wollen, daß sie es noch weit bringen werden.

Hinter Mission Viejo liegt direkt am Meer das malerische Fischerdorf Dana Point mit einem hübschen Yachthafen, südlich davon die beiden noch ursprünglich spanischen Städtchen San Juan Capistrano und San Clemente. San Juan Capistrano war der Ort, an den die Schwalben regelmäßig jedes Jahr zurückgekommen waren. Seit ein paar Jahren waren sie nicht mehr gekommen. Lara glaubte, daß die Schwalben wüßten, was all den Leuten, die dort riesige Häuser bauten, nicht klar war: Los Angeles breitete sich immer weiter aus und damit auch das Verbrechen.

Unterhalb hochaufragender Glas- und Metallkonstruktionen, in denen sich High-Tech-Firmen niedergelassen hatten, erstreckten sich meilenweit leere Strände. Von Orange County war man über den Freeway in nur einer Stunde in Los Angeles, doch die Luft war hier viel kühler und sauberer, und der Wind brachte den salzigen Geruch vom Meer. Verbrechen, Straßenbanden und Crack nahmen zwar in Santa Ana, Anaheim und Costa Mesa sprunghaft zu, doch in den übrigen Gegenden war die Kriminalitätsrate noch recht niedrig. Die Leute trugen Shorts und Polohemden und fuhren Cabrios. Das war kalifornisches Vorstadtleben, so wie es sein sollte.

Obwohl Lara jetzt in ihrem Amtszimmer war, trug sie immer noch ihre Robe. Sie mochte ihre schwarze Robe. Sie war ein Symbol für Gerechtigkeit. Jeden Morgen, wenn sie sie über ihre Kleider zog – gewöhnlich eine schlichte weiße Bluse und ein schwarzer Rock –, spürte sie ihr Gewicht, die Last der Verantwortung, die sie übernommen hatte. Sie machte diese Arbeit nicht wegen des Geldes oder wegen des Status. Ihr verschaffte das Gefühl, einen wertvollen und notwendigen Beitrag zur Gesellschaft zu leisten, eine starke Befriedigung und gab ihr die nötige Motivation. Sie war idealistisch, hartnäckig und stur. Einige Leute hielten sie für töricht, weil sie sich an Werte klammerte, die nicht mehr existierten, und nach vernünftigen und fairen Lösungen in einem unvernünftigen und grausamen Umfeld suchte.

Vermutlich hatten sie recht.

Sie knallte den Stapel Rechnungen auf die Papierberge, die ohnehin schon ihren Schreibtisch zudeckten, und fing an, die Zahlenspalten in ihrem Scheckbuch mit der Rechenmaschine zu addieren. Ihr Gehalt betrug neunundneunzigtausend Dollar im Jahr. Zu Anfang hatte sich das wie ein Vermögen angehört, doch nach Abzug von Steuern, Altersversorgung und Versicherungen war es gar nicht so viel. Die meisten Familien lebten von zwei Gehältern, während Lara solo war. Und außerdem war das hier Südkalifornien, wo die Lebenshaltungskosten besonders hoch waren. Ein vernünftiges Haus, das man im Mittleren Westen für achtzig- bis neunzigtausend bekommen würde, konnte hier bis zu dreihunderttausend Dollar kosten. Und selbstverständlich fuhr in Los Angeles jeder ein schickes Auto, selbst wenn man in einer Bruchbude wohnte. Mit hundert Riesen im Jahr konnte man zwar schlecht behaupten, arm zu sein, doch Laras Lebensstandard war weit von einem Luxusleben entfernt. Außerdem hatte sie immer im öffentlichen Dienst gearbeitet. Die meisten anderen Richter, die in großartigen Häusern in den besten Gegenden wohnten und Wochenendhäuser in Palm Springs hatten, hatten eine gutgehende Kanzlei gehabt und ein fettes Finanzpolster angesammelt, bevor sie das

Richteramt übernahmen. Lara hingegen hatte bis vor ein paar Jahren noch Studiendarlehen vom College und von der Universität zurückzahlen müssen. Ihre Eltern waren einfache Leute gewesen. Sie hatte ihre Ausbildung selbst finanziert.

Beim Durchblättern ihres Scheckbuchs sah sie all die Schecks, die sie in den vergangenen zwei Jahren auf Ivory ausgestellt hatte, und zuckte zusammen. Sie konnte wohl ihr Sparkonto in den Wind schreiben, dachte sie. Und an einen Beitrag für die Altersversorgung brauchte sie in diesem Jahr auch nicht denken. Sie hatte außerdem mit den Raten gerechnet, zu denen sich Sam verpflichtet hatte, um den Kredit zurückzuzahlen, den sie ihm für das Pfandhaus gegeben hatte. Sie würde das Geld nie wiedersehen.

Plötzlich kam ihr ein Gedanke. Sie drückte mit ihrem Stift ein paar Ziffern auf dem Telefon. Die Sekretärin von Richter Evergreen meldete sich. »Ist er im Haus, Louise? Hier ist Lara Sanderstone.«

»Ja, einen Augenblick bitte, Judge Sanderstone.«

»Lara«, sagte eine ältere Männerstimme. »Ich habe gerade an Sie gedacht. Wollen Sie nicht zu mir runterkommen?«

»Ach, Leo, ich wollte einfach nur mal fragen, wie es Ihnen geht«, sagte sie mit sanfter Stimme. »Ich hab' gehört, daß Sie letzte Woche die Grippe hatten.«

»Das ist aber sehr nett, daß Sie an mich denken«, sagte er. »Mir geht es schon viel besser. Kommen Sie doch in mein Büro, dann können wir uns ein bißchen unterhalten.«

Bevor sie ihm sagen konnte, daß sie in weniger als zehn Minuten wieder im Gerichtssaal sein mußte, hatte er bereits aufgelegt. Sie schnappte sich ein paar Akten für die Nachmittagssitzung und verließ eilig das Büro.

»Warten Sie«, rief Phillip, »geben Sie mir die Sachen, ich bringe sie zusammen mit den anderen mit dem Wagen runter.«

»Nein«, erklärte sie ihm. »Die muß ich noch mal durchsehen.« Sie jonglierte die unhandlichen Akten auf ihren Armen, schlug eine auf und fing im Gehen an zu lesen.

Auf den Fluren hinter den Gerichtssälen liefen zwar Staatsanwälte, Pflichtverteidiger und Assistenten herum, doch ansonsten hatte hier niemand Zutritt, und der gesamte Bereich wurde von einer Fernsehüberwachungsanlage bis in den letzten Winkel kontrolliert und von extra geschützten Sicherheitsposten bewacht. Es kam zu oft vor, daß Angeklagte ausrasteten und sich mit geladener Pistole auf die Suche nach dem Richter machten. Mitten im Gehen und Lesen blickte sie auf, sah das Namensschild an der Tür und ging hinein. Evergreens Sekretärin nickte ihr zu, und sie trat in sein Amtszimmer.

Mit seinen siebenundsechzig Jahren war Evergreen noch gut in Form. Offensichtlich tat er was dafür. Seine Haare waren gefärbt. Welche Farbe er eigentlich hatte haben wollen, spielte keine Rolle. Jedenfalls war ein seltsamer künstlicher Rotton dabei herausgekommen. Fast blutrot, allerdings nicht wie frisches Blut. Eher wie altes Blut, das gewöhnlich nachdunkelt. Sein Gesicht war glatt und rundlich. Nie war auch nur der Ansatz von einem Bart zu sehen. An einigen Stellen glänzte seine Haut, als ob er sie jeden Morgen mit einer teuren Antifaltencreme einriebe.

Er hatte volle Lippen. Seine Augen waren klein, von einem wäßrigen Grau und standen weit auseinander. Hinter diesen Augen saß ein großer juristischer Verstand, um den Lara ihn beneidete.

»Was halten Sie von der Adams-Geschichte?« fragte Evergreen. Er stand nicht auf, sondern drehte sich in seinem hochlehnigen Ledersessel zu ihr herum. »Das ist ein wichtiger Fall, Lara. Die Presse hat viel darüber berichtet.«

»Presse«, sagte sie, »davon hab' ich bis ans Ende meines Lebens genug.« Sie hatte keine Lust, über den Artikel in dem Klatschblatt zu diskutieren, obwohl sie sicher war, daß Evergreen davon gehört hatte. »Bisher hat niemand eine Vertagung beantragt. Es sollte also laufen wie geplant.« Evergreens Stellung als Gerichtspräsident brachte eine ungeheure Menge an Koordination und Organisation mit sich. Das erforderte viel Geschick, denn Anwälte waren für Verzögerungen bekannt, und Verzögerungen blockierten das System wie zusammengeknülltes Papier in einer Toilette.

Sie sah auf die Uhr und stellte fest, daß sie jeden Augenblick wieder in den Gerichtssaal mußte. »Ich bereite mich gerade darauf vor. Ich dachte, ich könnte es noch einmal mit Ihnen durchgehen, bevor wir nächste Woche anfangen. Wann paßt es Ihnen?«

Sie machten einen Termin aus, und Lara wollte gerade gehen, als Leo sie erneut ansprach. »Sie haben da heute nachmittag einen Fall auf Ihrem Terminkalender. Augenblick mal bitte«, sagte er und schob, während sie wartete, einige Papiere auf seinem Schreibtisch zurecht, damit sie alle exakt ausgerichtet in einem ordentlichen Stapel in einer Ecke lagen.

Im Gegensatz zu Laras Schreibtisch war der von Evergreen so aufgeräumt, daß sie sogar die polierte Oberfläche sehen konnte. Er war ein Perfektionist, und jeder Gegenstand hatte einen festen Platz auf seinem Schreibtisch. Laut Phillip ließ er noch nicht mal seine Sekretärin daran. Er wischte sogar selbst Staub und polierte den Tisch.

»Ich sehe nur schnell den Namen nach. Hier ist er: Pakkard Cummings. Er ist wegen verdeckten Tragens einer Waffe angeklagt.«

»Ja«, sagte Lara und frage sich, ob dieser Packard auf dem Rücksitz eines Autos gezeugt worden war. Bei diesem Namen mußte das wohl so sein. Ihr war die Akte auf dem Weg hierher aufgefallen, aber sie hatte sie bis jetzt noch nicht durchgesehen.

Leo fuhr mit seiner typisch monotonen Stimme fort, so leise, daß sie Mühe hatte, ihn zu verstehen. Das tat er mit Absicht. Er wollte, daß sie sich anstrengte, ihm genau zuhörte. »Das hiesige Büro einer Bundesbehörde ist wegen dieses Mannes an uns herangetreten. Sie haben uns mitgeteilt, daß er in einem wichtigen Drogenfall für sie als Informant gearbeitet hat. Außerdem hat man angedeutet, daß er möglicherweise aus diesem Grund bewaffnet war. Wenn ich mich nicht täusche, geht es heute um die Festlegung der

Kaution. Man hat uns um den Gefallen gebeten, ihn ohne Kaution freizulassen.«

»Augenblick mal, Leo. Ich hab' die Akte gerade dabei.« Sie jonglierte mit den Akten auf ihren Armen, stellte die übrigen auf den Fußboden und ließ sich in einen Sessel fallen. Sie blätterte die ersten Seiten durch, bis sie zu dem Computerausdruck kam, auf dem die Vorstrafen des Mannes standen. Die überflog sie rasch und blickte auf. »Mein Gott, Leo, dieser Mann hat ein fünfseitiges Vorstrafenregister, und das mit ganz schweren Vergehen. Er wurde zweimal wegen Vergewaltigung verurteilt, wurde verdächtigt, einen Mithäftling in Chino erstochen zu haben, und er steht sogar noch unter Bewährung. Der Staatsanwalt hat eine Aktennotiz gemacht, daß man vorhat, ihn als Gewohnheitsverbrecher strafrechtlich zu verfolgen. Er ist Mitglied der Aryan Brotherhood.« Das war eine weiße rassistische Gefängnisbande, überwiegend Neonazis und extrem brutal. »Wir können ihn nicht ohne Kaution freilassen, selbst wenn er für die CIA arbeiten würde.«

Evergreen schwieg. Sein Mund klappte auf, und er atmete schwer, was er häufig tat, wenn er nachdachte. Schließlich sagte er kaum hörbar: »Nun, das ist natürlich Ihre Entscheidung, aber wir sind immer bemüht, mit der Polizei zu kooperieren.«

Lara biß sich auf eine Ecke ihrer Unterlippe, zog sie regelrecht in den Mund und preßte die Zähne aufeinander. Sie hatte unter anderem deshalb um dieses Amt gekämpft, weil sie unabhängige Entscheidungen treffen wollte. Entscheidungen, von denen sie das Gefühl hatte, daß sie gerecht und fair waren, aber verhinderten, daß solche Männer frei herumliefen. Sie wollte gerade ihre Meinung darlegen, da tauchten in ihrem Kopf Visionen von einer weiteren Runde im Zoo auf, falls die Adams-Sache vertagt werden sollte.

»Na gut«, sagte sie, die Worte förmlich aus ihrem Mund zwingend, »ich werde ihn also ohne Kaution freilassen.«

»Sehr schön«, sagte er und wandte sich auf der Stelle etwas anderem zu. »Sie haben sich in dieser Henderson-

Sache ganz gut behauptet, Lara. Wie kommt die Staatsanwaltschaft mit ihren Recherchen voran?«

»Nicht gut, Leo. Überhaupt nicht gut. Aber ich halte Sie auf dem laufenden.«

Lara schnappte sich die Akten vom Fußboden und ging den Flur hinunter. Wegen der Sache mit dem Mann, den er ohne Kaution freigelassen haben wollte, hatte sie wohl überreagiert, überlegte sich Lara jetzt. Sie war ein Dickschädel. Der Bewährungshelfer würde den Mann ohnehin im Auge behalten, damit wäre die Frage der Kaution hinfällig.

Sie paßte nicht auf, wo sie hinging, und stieß auf dem Weg zum Gerichtssaal voll mit Phillip zusammen. Die Akten rutschten ihr von den Armen und verteilten sich auf dem mit Teppichboden ausgelegten Gang.

»Tut mir leid«, sagte Lara, während sie das Durcheinander betrachtete, das sie verursacht hatte, und zugleich auf ihre Uhr sah. Sie bückte sich, um einige Papiere aufzuheben, und warf sie auf den Wagen. Einen Augenblick sah sie Phillip forschend an. Er hatte dunkle Ränder unter seinen sanften Augen und wirkte außergewöhnlich angespannt. Ihr fiel auf, daß seine Hand leicht zitterte, als er die restlichen Akten vom Fußboden aufhob. »Fühlen Sie sich nicht gut, Phillip?« sagte sie und fragte sich, ob er vielleicht eine Grippe kriegte.

»Oh«, sagte er im Aufstehen. »Doch, es geht mir gut. Warum fragen Sie?«

Während der letzten zwei Jahre hatte Lara sich redlich bemüht, diesen jungen Mann kennenzulernen, doch es war ihr immer noch nicht gelungen, das Eis zu brechen. »Ich dachte nur... ich meine, Sie sehen müde aus.«

»Das Jurastudium«, sagte er, ohne sie anzusehen, und räusperte sich. »Es ist nicht einfach mit einem Ganztagsjob.«

»Lassen Sie sich nicht unterkriegen.« Sie lächelte ihn freundlich an.

Während Lara auf dem Flur hinter ihm herging, öffnete sie die Spange in ihrem Nacken, zog ein paar widerspenstige Haarsträhnen hinein und ließ sie wieder zuschnappen. Sie mußte einfach versuchen, auf Leos Vorzugsliste zu kommen, damit sie zu dem inneren Kreis von Richtern gehörte, die im Bezirk das Sagen hatten. Irene hatte den Sprung vor Jahren geschafft. Sie war mit Evergreen gut befreundet, während Lara immer noch nicht dazugehörte. Dann, so überlegte sie, könnte sie endlich ganz so entscheiden, wie sie wollte.

»Hol mir ein Bier, verdammt noch mal«, brüllte Sam Perkins aus dem Wohnzimmer, »und setz mein Essen auf.«

»Hol dir dein Bier doch selbst«, brüllte Josh aus der Küche zurück, wo er sein eigenes Abendessen bereits in den Ofen geschoben hatte. »Bin ich dein Sklave?«

»Du kleiner Mistkerl. Du bist nichts als ein mickriger kleiner Mistkerl. Hol mir das Bier und mach mir mein Scheißessen, Junge, sonst hau' ich dich windelweich.«

»Mach doch«, sagte Josh genau in dem Moment, als sich sein Stiefvater aus dem großen Sessel vor dem Fernseher erhob und mit von Trunkenheit und Zorn verzerrtem Gesicht auf ihn zukam. »Schlag mich doch.«

Sein Stiefvater folgte der Herausforderung und schlug ihm mit der Faust mitten ins Gesicht. Dann holte er aus und schlug noch mehrmals auf ihn ein, erwischte ihn an der Backe und der Stirn. Er schlug so fest zu, daß er den Jungen fast vom Stuhl geworfen hätte. Unvermittelt hörte er auf und sah Josh an. Er wußte genau, wie weit er gehen konnte. Er wollte nicht, daß die Schule Joshs Verletzungen den Behörden meldete. Er wußte, wie er ihn bestrafen konnte, ohne daß man es sah.

Er zwang Josh, sich an den Tisch zu setzen und das Fertiggericht zu essen, das er sich warm gemacht hatte. »Weil du so ein toller Kerl bist, zu fein, deinem Dad was zu essen zu machen, will ich jetzt, daß du das alles frißt, samt dem Scheißtablett. Friß es«, verlangte er. »Auf der Stelle!«

»Sag bloß nicht noch mal, daß du mein Dad bist«, stieß Josh hervor, wobei ihm das Blut von Sams Schlägen aus der Nase tropfte. »Mein Dad ist tot, und du bist überhaupt nichts. Du bist ein Penner, ein Verlierer, ein perverses Schwein.«

»Friß es«, sagte Sam lachend. Er griff über den Tisch, packte Josh an den Haaren und stieß sein Gesicht in das Essen. »Friß die Folie, das Tablett, das ganze Scheißding, du verdammter kleiner Klugscheißer.«

Josh zitterte vor Zorn und Demütigung am ganzen Körper, sein Gesicht war mit Kartoffelpüree und Sauce verschmiert. »Ich kann die Folie nicht essen. Ich sterbe, wenn ich die esse. Bitte, Sam, es tut mir leid.«

»Es tut dir nicht leid. Du bist bloß ein verwöhnter Waschlappen, ein Muttersöhnchen.« Er beugte sich vor und schrie aus Leibeskräften: »Friß die verdammte Folie. Du stehst mir erst von diesem Tisch auf, wenn nichts mehr von diesem Essen übrig ist.«

Josh aß es.

Er riß die Alufolie in kleine Stücke und fing an, sie mit dem Essen hinunterzuschlucken. Dabei liefen ihm Tränen die Wangen herunter. Er würde fortlaufen... und nie wiederkommen. Er vermißte seinen Vater. Seit seine Mutter Sam Perkins geheiratet hatte, war das Leben zu einem derart demütigenden Alptraum geworden, daß er noch nicht mal seinen besten Freunden davon erzählte.

Sam hatte sich wieder in seinem Sessel im Wohnzimmer niedergelassen. Von dort brüllte er Josh zu: »Wenn ich wiederkomme und noch ein Stück Folie sehe, dann steck' ich deinen dreckigen kleinen Schwanz in den Müllschlucker.«

Josh riß ein weiteres Stück ab und aß es, während er Sam aus dem anderen Zimmer lachen hörte. Ohne Sams Rücken aus den Augen zu lassen, schnappte er sich den Rest des Alutabletts und stopfte es in den Bund seiner Jeans, um es später wegzuwerfen. Das hier war sein Zuhause, war es immer gewesen, solange er denken konnte. Wenn er wegliefe, wo sollte er hin, wovon sollte er leben? Bevor sein Vater starb, war das Haus von Lachen erfüllt gewesen und von dem wunderbaren Duft des Essens, das seine Mutter gekocht hatte. Doch in den letzten beiden Jahren hatte sie praktisch nicht mehr gekocht und eindeutig aufgehört sauberzumachen. Jetzt sah das Haus aus wie ein Schweinestall. Überall lagen

Bierdosen und Zeitungen herum. Im Spülbecken türmte sich das schmutzige Geschirr. Seine Mutter ging jeden Abend aus und erzählte Josh immer irgendeine alberne Geschichte von einer Klubversammlung oder daß sie sich um eine kranke Freundin kümmern müsse. Heute abend hatte sie ihm erzählt, sie ginge zu einem Treffen des Elternbeirats an seiner Schule. Heute war Dienstag. Josh wußte, daß der Elternbeirat erst am nächsten Mittwoch zusammentrat, und außerdem war seine Mutter noch nie hingegangen.

Abend für Abend ging sie fort, ließ ihn allein mit Sam im Haus und zu essen gab es nichts als Fertiggerichte. Sie glaubte, er wüßte nicht, was da vor sich ging, glaubte, er wäre immer noch ein kleiner dummer Junge. Aber da irrte sie sich.

Er wußte alles.

Kapitel 4

Nachdem der Fall Henderson erledigt war, hatte Benjamin England angerufen und Lara zum Essen eingeladen. Sie war aufgeregt wie ein Schulmädchen gewesen, hatte sich sofort ein neues Kleid gekauft, sich die Haare schneiden lassen und sich sogar mit ihrem Make-up besondere Mühe gegeben, um so attraktiv wie möglich auszusehen. Und die Beziehung entwickelte sich recht positiv. Heute abend gingen sie zum fünften Mal miteinander aus. Sie hatten gerade in einem guten Restaurant schön zu Abend gegessen, an einem blaßrosa gedeckten Tisch mit feinem Porzellan, süßen Reiswein geschlürft und sich über Bücher unterhalten, die sie gelesen hatten, und über Leute, die sie beide kannten.

»Warum hast du eigentlich den Fall Henderson übernommen?« fragte Lara ihn plötzlich. »Du hast seit Jahren keine Strafsachen mehr gemacht.« Als sie zum ersten Mal miteinander ausgegangen waren, hatte Lara darauf bestanden, nicht über die Arbeit zu reden, doch allmählich gingen ihnen die Themen aus. Sie hatte alles über die traurige Zeit erfahren, als seine Frau krank war und schließlich an Brustkrebs starb, wußte über den Sohn Bescheid, der in Stanford studierte. Ihre eigenen persönlichen Enthüllungen hatten nicht mehr als eine halbe Stunde in Anspruch genommen, dann war das Gespräch darüber erschöpft. Ihre Ehe hatte ganze sechs Monate gedauert, das gab beim besten Willen nicht allzuviel her.

»Ehrlich gesagt, seine Mutter ist eine Klientin von mir und hat mich gebeten, ihn zu vertreten. Sie hat mich nicht nur darum gebeten, sie hat mich auch bezahlt. Mir tut die Frau leid. Sie hat ein gutgehendes Unternehmen aufgebaut, eine Kette von kleinen Hotels, aber ihr Sohn ist ein verkorkster Schwachsinniger. Außerdem macht mir Strafrecht Spaß.«

»Ach so«, sagte Lara. »Hat es dir denn nichts ausgemacht, mit dafür verantwortlich zu sein, daß ein gefährlicher Mann, ein möglicher Mörder, freigelassen wird?«

England ließ den Wein in seinem Glas kreisen und sah Lara mit seinen wunderbaren Augen an. Er rückte nach vorne und beugte sich über den Tisch. »Hast du denn den geringsten Zweifel, daß sogar der Pflichtverteidiger auf Freilassung gedrängt und das Geständnis für unzulässig erklärt hätte? Diese Cops haben ihn geschlagen, bis er das Bewußtsein verlor. Sie haben ihm den Arm gebrochen. Sie ...«

Lara nickte zustimmend. England hatte recht. Auch wenn der Pflichtverteidiger sich nicht darum gekümmert hatte und der Angeklagte so daneben war, daß er gar nicht gemerkt hatte, daß seine Rechte verletzt worden waren, wäre letztlich doch alles ans Licht gekommen. Sie taten alle nur ihre Arbeit. England hatte seine gut gemacht, die Cops hingegen nicht.

»Ich kann gar nicht glauben, daß du mir überhaupt so eine Frage stellst«, sagte er mit fragend hochgezogenen Augenbrauen. Die Kellner begannen, Tischtücher abzuziehen und für den nächsten Tag zu decken. Sie würden wohl gleich gehen müssen.

»Es ist bloß so traurig für die Familie, wenn so etwas passiert«, sagte Lara. »Ich hab' einfach Mitleid mit ihnen.«

Er reagierte etwas abrupt, ein wenig schockiert über ihr emotionales Engagement. »Dann hast du vielleicht den falschen Beruf.«

Lara lächelte. »Nur ein kleiner Rückfall in die Weiblichkeit. Ich liebe meine Aufgabe, aber das bedeutet nicht, daß sie einfach ist. Im übrigen fürchte ich, die schmeißen uns gleich raus.«

England legte einen Arm um sie, während sie über den

Parkplatz zu seinem Mercedes gingen. Als er vorschlug, sie sollten den Abend in seinem großen Haus in den Tustin Hills fortsetzen, war Lara sofort einverstanden. Nach fünf Verabredungen war das in Ordnung. Es war klar, worauf der Abend hinauslief.

Er hatte große brennende Kerzen um das Whirlpool-Bekken aufgestellt, und auf dem steinernen Rand standen zwei gekühlte Gläser und eine Flasche Wein. Aus zwei Stereolautsprechern, die so geformt waren, daß sie zwischen den Grünpflanzen wie Felsbrocken aussahen, kam sanfte Musik. Der Himmel war bewölkt, und die Luft schwer und feucht. Er schob ihr vorsichtig mit den Fingerspitzen den Pullover von den Schultern. Sie atmete seinen Geruch ein, irgendwie nach Moschus und sehr männlich. Sie brauchte wirklich keinen Wein mehr; sie war bereits von dem Augenblick berauscht – sie war bereit und willig.

»Sieh dir das an«, sagte er, »selbst deine Schultern sind schön, ich weiß gar nicht, warum du sie immer versteckst.« Er beugte sich herunter und küßte sie auf beide Schultern, bewegte seinen Mund zu ihrem Hals und schob den Pullover über ihre Brüste. Seine Hände glitten über ihren Rücken und öffneten den Verschluß des hauchdünnen BHs. Diesen warf er in eine dunkle Ecke des Patios, ergriff rasch mit beiden Händen ihre Brüste und quetschte sie wie Zitronen.

»Drück nicht so fest«, flüsterte sie ihm ins Ohr. »Sie sind empfindlich. Sei zärtlich.«

Er ignorierte sie, legte stattdessen seinen Mund an eine Brust und begann zu saugen. Er fuhr mit seinen Zähnen über die Brustwarze, als ob er hineinbeißen wollte. Sie öffnete den Reißverschluß seiner Hose, ließ ihre Hände über seine Hüften gleiten und zog ihn näher an ihren Körper heran.

»Gott, du fühlst dich so gut an«, sagte er mit heiserer Stimme. »Ich will dich.«

Das war offensichtlich. Er war sehr erregt, seine Augenlider schienen schwer vor Lust. Sein Penis drückte stark und fest gegen sie, und seine Hand bewegte sich an der Innenseite ihres Oberschenkels hinauf, bis sie zwischen ihren Beinen am Zwickel der Strumpfhose angekommen war. »Sollen wir ins Wasser gehen?«

»Welches Wasser?«

»Die Nachbarn können uns sehen. Laß uns reingehen.«

»Niemand kann uns sehen. Ich will dich hier.« Inzwischen hatte er die Strumpfhose runtergezogen. Dann zog er ihr rasch den Pullover aus und warf ihn wie den BH in die Ecke. Jetzt war sie von der Taille an aufwärts nackt. Er griff unter ihren Rock und bohrte seine Finger in sie. Sie stöhnte, versuchte sich ganz der Lust hinzugeben, doch plötzlich riß sie sich von ihm los.

»Was ist?« murmelte er, ohne sich stören zu lassen, sein Atem ging heiß und schnell, und seine Finger waren gleich wieder da, noch beharrlicher als zuvor.

»Deine Fingernägel tun weh.«

Er gab keine Antwort, sondern zog ihr den Rock aus und ließ ihn auf den Boden fallen. »Beug dich nach vorn. Ich möchte dich hier an dieser Stelle nehmen.«

»Verhütung...«, sagte sie. Das waren die Neunziger, sicherer Sex und Kondome.

»Hab' ich«, sagte er. Er war bereits dabei, sie herumzudrehen, und trat ganz dicht von hinten an sie ran. Sanft, aber bestimmt drückte er ihr auf den Rücken, bis sie sich nach vorne beugte und ihre Hände auf die kühle Steinumrandung des Whirlpool-Beckens legte. Gleich darauf spürte sie, wie er in sie eindrang, und ihr Körper begann zu reagieren. Die Stöße waren lang und gleichmäßig. Ihr Mund öffnete sich, und sie bewegte sich mit ihm, fast im Einklang mit der Musik, einem gefühlvollen Lied von Kenny G. Dabei fielen ihre langen dunklen Haare nach vorne über ihren Kopf und fegten den Beckenrand; einige Strähnen trieben auf dem Wasser. Sie versuchte, sich ganz dem Gefühl, den Geräuschen und der Erregung hinzugeben. Es würde bestimmt gut werden, und sie hatte es dringend nötig. Sie würden sich die ganze Nacht wild und leidenschaftlich lieben, dann würde sie warm und sicher in seinen Armen einschlafen und am frühen Morgen, bevor die Sonne aufging, aufwachen, um sich noch einmal zu lieben. Sie würden in Las Hades und Palm Springs Ferien machen und Weihnachten und Thanksgiving zusammen verbringen. Sie würde sich einen Bikini mit Spaghettiträgern kaufen und ein Dutzend schulterfreie, hautenge schwarze Kleider, die zehn Zentimeter über dem Knie endeten. Seine Hände umklammerten ihre Taille, und das Tempo nahm zu. Sie fing an, heftig zu atmen, wachsende Lust erfüllte sie, und sie schwelgte in Gedanken an die vor ihnen liegenden Tage voller Sonne.

Dann war es vorbei.

Er schrie nicht, stöhnte nicht, seufzte nicht. Er hörte einfach auf. Sie wartete, weil sie dachte, daß es weitergehen würde, doch dann wußte sie, daß es vorbei war. Obwohl noch in ihrem Körper, zog er sich zurück, schrumpfte.

»Das war wunderbar«, sagte er keuchend, zog sie nach oben, bis sie wieder aufrecht stand, und küßte ihren Nacken. Sekunden später hörte das Keuchen auf. »Hast du jetzt Lust, in den Whirlpool zu gehen?«

Sie fing an zu stottern: »Ich ... oh, wir könnten doch ...« Sie sah zu, wie er in das wirbelnde Wasser stieg und nach seinem Weinglas griff. Es hatte keinen Sinn vorzuschlagen, sie könnten doch reingehen und im Schlafzimmer weitermachen, so lange bis auch sie es voll genießen könnte. Mission erfüllt, dachte sie. Fall abgeschlossen. Eine weitere Kerbe auf dem alten Gürtel, der bereits mit Kerben übersät war für all die willigen Sekretärinnen, Justizangestellten und geschiedenen Frauen vor ihr. Mit geschlossenen Augen legte er den Kopf zurück, als ob sie bereits fort wäre.

»Mann, war das ein Scheißtag. Ich bin ganz kaputt. Einer meiner Klienten kam heute hereingestürmt und drohte, mich zu verklagen, weil er fünfzig Riesen an seine Exfrau zahlen muß. Die Dreistigkeit, die diese Arschlöcher besitzen. Das erstaunt mich immer wieder. Ohne mich hätte er hundert Riesen zahlen müssen. Glaub mir, wenn's nicht ums Geld ginge, würde ich nur Strafsachen machen. Aber die

Gauner können ja nicht bezahlen, also...« Er nippte an seinem Wein, öffnete einen Moment die Augen und schloß sie wieder. Das andere Weinglas blieb leer. Er machte keine Anstalten, es zu füllen.

Lara stand völlig nackt da, die Arme um ihre Brüste geschlungen. Nachts war es immer kühl in Südkalifornien. Sie schaute sich um. Der Hof war von einem weißen Palisadenzaun umgeben – sehr hübsch, vermutlich eine Idee seiner Frau, aber es reichte nicht aus, um Ungestörtheit zu garantieren. Sie stellte sich vor, wie die Nachbarn sie durch die Latten im Zaun beobachteten und sie völlig entblößt hier stehen sahen. Hatten sie auch gesehen, wie sie sich wenige Minuten zuvor über den Whirlpool beugte?

»Ich glaub', ich geh' jetzt nach Hause«, sagte sie zu ihm. »Ich hatte ebenfalls einen langen Tag.« Sie begann ihre Kleider zusammenzusuchen. Einige Sachen lagen in Pfützen, wo das Wasser aus dem Whirlpool hingespritzt war. Sie hob ihren durchnäßten BH auf und steckte ihn in die Handtasche.

»Jetzt?« fragte er mit weit aufgerissenen Augen. Die Muskeln in seinem Gesicht, die bisher entspannt waren, wurden plötzlich ganz starr. »Du willst, daß ich dich jetzt nach Hause fahre? Jetzt gleich?«

»Ja, du hast gesagt, du wärst müde. Der Abend ist gelaufen.« Sie sah ihn nicht an, während sie in ihren Rock stieg.

»Schlaf doch einfach hier. Ich kann dich morgen früh ins Büro fahren. Ich bin jetzt ohnehin zu müde, um noch irgendwohin zu fahren.« Er lehnte sich im Whirlpool zurück und schloß wieder die Augen.

Sie war frustriert und wütend. »Ich sagte, ich will jetzt nach Hause, Benjamin. Hättest du vielleicht die Freundlichkeit, mich zu fahren?«

»Kannst du dir nicht ein Taxi nehmen?« fragte er, ohne die Augen zu öffnen.

Ganz impulsiv trat sie das leere Glas ins Wasser und brüllte ihn an: »Du bist ein Arschloch, ein egozentrisches Arschloch.« Sie stürzte ins Haus, rief ein Taxi und wartete im Hauseingang darauf. Dieses Hirngespinst kannst du auch abhaken, sagte sie zu sich. Das Taxi hielt an, sie stieg hinten ein und nannte dem Fahrer ihre Adresse.

Eine halbe Stunde später hielt das Taxi vor ihrem bescheidenen Ranchhaus in Irvine, ein himmelweiter Unterschied zu Englands Prunkpalast.

Lara war fest auf dem Rücksitz eingeschlafen, so daß der Fahrer sie wecken mußte. Dann mußte sie in dem Durcheinander in ihrer Tasche das Geld zusammensuchen, um ihn zu bezahlen. Sie schüttete ihr ganzes Bargeld aus und zählte es ihm auf die Hand.

Das Haus war dunkel. Sie hielt ihre Schuhe in der Hand, da ihre Füße sie fast umbrachten, und jetzt hatte sie auch noch rasende Kopfschmerzen. Postkoitales Syndrom, dachte sie. Post-Garnichts-Syndrom war wohl passender. Sie wollte gerade den Schlüssel ins Schloß stecken, da bemerkte sie eine kleine Karte im Türschlitz. Sie zog sie heraus und versuchte sie zu lesen, was aber bei der Dunkelheit nicht möglich war. Sie ließ ihre Schuhe auf die Veranda fallen, schloß die Tür auf und knipste das Licht an.

Ihr Herz fing an zu rasen, und sie hätte fast geschrien. Sie warf einen kurzen Blick auf die Karte und stellte fest, daß sie vom Sheriffbüro stammte. Bei ihr war eingebrochen worden. Nachdem ihre Alarmanlage losgegangen war, war die Polizei gegen halb acht hier gewesen, nur wenige Minuten, nachdem Benjamin sie abgeholt hatte.

Sie betrachtete den Schaden. Alles, was sie besaß, war auf den Fußboden geworfen worden, die Wohnung sah aus wie ein Schlachtfeld. Selbst die Kissen auf ihrem neuen Sofa hatte man aufgeschlitzt. Überall lag die Füllung herum wie dicke Schneebälle.

Sie stand einfach nur da und starrte. Obwohl in Los Angeles vermutlich andauernd in Wohnungen eingebrochen wurde, hatte es sie bisher noch nicht getroffen. Sie fühlte sich geschändet. Man hatte ihre Sachen durchwühlt, ihre Kopfschmerzen wurden so heftig, daß sie sich eigentlich hätte setzen müssen. Aber sie durfte nichts anfassen. In der Hoffnung, daß der Türknopf nicht die einzige Stelle im Haus mit Fingerabdrücken war, ging sie in die Garage und rief vom Autotelefon in ihrem Jaguar das Sheriffbüro an. Dann drückte sie auf den Öffner für das Garagentor und wartete im Dunklen, bis die Polizei kam.

Eine Stunde war vergangen. Lara stand mit einem der Polizeibeamten auf der hinteren Veranda, während die Leute von der Spurensicherung noch drinnen im Haus beschäftigt waren. Einer von ihnen hämmerte ein Stück Sperrholz über das zerbrochene Fenster, durch das der Einbrecher geklettert war. Lara pflückte verwelkte weiße Rosen aus einem Strauch, ohne auf die Dornen zu achten. »Was?« sagte sie und sah zu dem Polizeibeamten, den sie bei all dem Lärm kaum verstehen konnte. »Sie glauben wirklich, daß es mehr als ein Einbruch war?«

Es war drei Uhr morgens, und sie war so müde, daß sie kaum denken konnte.

»Ja, man hat nichts Wertvolles mitgehen lassen, aber die ganze Wohnung auseinandergenommen.« Der Polizist war ein gepflegter Mann Ende Dreißig. Seine Uniform saß ihm um die Taille herum ziemlich eng. Man konnte die Umrisse seiner kugelsicheren Weste erkennen. »Nur wenige Einbrecher richten einen derartigen Schaden an und verschwinden dann wieder, ohne den Fernseher, den Videorecorder, die Stereoanlage oder so was mitzunehmen. Das ergibt einfach keinen Sinn.« In seiner Jackentasche steckte eine Tüte Erdnüsse. Er knackte sie auf und warf sie sich in den Mund. »Möchten Sie eine Erdnuß?« fragte er Lara und bot ihr eine an.

»Nein, danke«, sagte sie. »Aber worauf hatten die's dann abgesehen, was sollte das?«

»Woher soll ich das wissen?« sagte er gelassen. Inzwischen hatte er eine ganze Hand voller Schalen und stopfte sie sich in die andere Jackentasche, anstatt sie auf Laras Veranda zu schmeißen. »Sieht mir alles irgendwie mutwillig aus. Als ob jemand nach Ihnen gesucht hätte, Sie nicht gefunden hat und dann da drinnen ein bißchen ausgerastet wäre. Ich meine, die Kissen mit dem Messer aufzuschlitzen... Eigentlich sehe ich solche Verwüstungen immer nur bei Drogensachen. Wenn die nach verstecktem Stoff suchen.«

Lara war ganz in Gedanken versunken. Der Freund von Jessica van Horn kam ihr in den Sinn und die Drohungen, die er im Gerichtssaal ausgestoßen hatte. Nachdem Henderson sicher eingesperrt war, blieben nur noch sie und England, an denen er sich rächen konnte. War es denkbar, daß der Junge ihr irgendwann vom Gericht aus gefolgt war, um dann hierher zu kommen und seine Drohungen in die Tat umzusetzen? Sie schlang ihre Arme um sich, am ganzen Körper zitternd. Ein junger Mann wie er, so wahnsinnig verliebt und so völlig außer sich über den Tod seiner Freundin – denkbar war es.

»Was soll ich tun?« sagte sie.

»Gibt's jemand, der ein Hühnchen mit Ihnen zu rupfen hat?« Er sah sie nicht an, sondern schaute in den Himmel. Der Nebel hatte sich teilweise gelichtet, und man konnte die Sterne sehen. »Haben Sie nicht den Vorsitz im Fall Henderson geführt?«

Man kannte sie also. »Ja...« Natürlich hatte sie mit Hunderten von Leuten vor Gericht zu tun gehabt, sowohl als Staatsanwältin wie auch als Richterin. Wenn jemand ihre Feinde zählen wollte, hätte er viel zu tun.

»Judge Sanderstone, hören Sie... Wenn ich an Ihrer Stelle wäre«, fuhr der Beamte fort, »ich würde versuchen, eine Weile woanders unterzukommen. Zumindest bis wir das Beweismaterial bearbeitet und was herausgefunden haben. Ich möchte nicht eines Nachts hier rauskommen müssen und Sie genauso aufgeschlitzt finden wie Ihr Sofa.« Er hatte die Erdnüsse aufgegessen und wischte sich die Hände ab. Es war ihm völlig ernst. Er schaute Lara ins Gesicht. Dann schweifte sein Blick ab und Lara fiel ein, daß sie keinen BH anhatte. Unter dem dünnen Pullover, den sie trug, zeichneten sich ihre Brustwarzen deutlich ab. Seine Augen verweilten einen Augenblick auf ihrer Brust, dann kam er ein paar Schritte näher. Lara trat zurück und legte ihre Arme wieder über ihre Brust.

»Ich hab' eine Alarmanlage, ich habe sogar einen Panikknopf.«

»Yeah«, sagte er. »Die sind einen Scheißdreck wert. Das läuft nämlich so, die Sicherheitsfirma ruft uns an, wenn sie irgendwann dazu kommt, und bis wir hier sind, ist der Kerl längst weg. Ich würde mich an Ihrer Stelle eine Weile unauffällig verhalten. Ich persönlich glaube, da hat jemand einen ganz schönen Zorn auf Sie. Der kommt bestimmt wieder.«

»Großartig«, sagte Lara bissig und warf den Kopf wütend zur Seite. Das hatte ihr gerade noch gefehlt – ein übergeschnappter Idiot, der hinter ihr her war.

»Kann ich jetzt reingehen?« Sie ließ ihren Blick über den Hof schweifen mit all den hohen Bäumen und dem Gebüsch. Selbst jetzt, wo der Polizeibeamte neben ihr stand, hatte sie Angst. Die könnten sich immer noch hier draußen irgendwo versteckt halten. Sie könnten eine Waffe haben und jeden Augenblick anfangen zu schießen. Schon bevor das hier passiert war, hatte sie manchmal mitten in der Nacht Angst bekommen, merkwürdige Geräusche gehört und ihre Phantasie mit sich durchgehen lassen. Sie hatte mit so vielen abscheulichen Verbrechen zu tun gehabt, daß diese sie bereits verfolgten, immer im Zwielicht der frühen Morgenstunden.

Manchmal sah sie in ihren Alpträumen Autopsiefotos und Schauplätze blutiger Verbrechen und stellte sich vor, daß sie das Opfer wäre.

Lara wußte nicht, was sie tun oder wo sie hingehen sollte. »Meinen Sie nicht, daß ich diese Nacht hier sicher bin? Ich meine, warum sollte er in derselben Nacht wiederkommen?« Sie gingen ins Haus. Lara blieb stehen und vergewisserte sich, daß die Glasschiebetür abgeschlossen war.

Die übrigen Männer hatten bereits ihre Gerätschaften eingepackt und waren gegangen. Der Polizeibeamte wollte ebenfalls gerne fort und ging zur Tür. »Diese Nacht wahrscheinlich nicht. An Ihrer Stelle würde ich aber morgen von hier verschwinden und mich eine Weile bedeckt halten.«

»Danke«, sagte Lara. Nachdem er gegangen war, schloß sie

die Haustür ab und schob den Sicherheitsbügel vor. Als ob sie sich tatsächlich bedeckt halten könnte. Sie befand sich an diesem Punkt jenseits aller Logik, war in den Bereich des Absurden abgedriftet. Ich kann mir ja morgen bei der Arbeit eine Kapuze über den Kopf ziehen, dachte sie. Die unbekannte Richterin würde man sie nennen.

Sie taumelte ins Bett in der sicheren Erwartung, in wenigen Minuten einzuschlafen. Doch da irrte sie. Ein Hund bellte, und sie schreckte mit rasendem Herzklopfen hoch. Ein Auto hatte eine Fehlzündung, sie sprang aus dem Bett und fiel mit dem Gesicht nach unten auf den Teppich. Als das graue Licht der Morgendämmerung langsam in ihr Schlafzimmer drang, hatte sie beschlossen auszuziehen.

Sie war den ganzen Tag wie in Trance vor Erschöpfung. Es war Dienstag, und da mußte sie abends an der University of Irvine unterrichten. Mehrere Male hatte sie bereits den Telefonhörer in der Hand, um abzusagen, sich dann aber anders entschieden. Sie würde sich heute abend in einem Hotel einmieten, bis sie eine Lösung gefunden hatte. Ich kann genausogut meinen Kurs geben, dachte sie, und danach werde ich hoffentlich die ganze Nacht durchschlafen.

Der Abend war ziemlich enttäuschend. Sie gab einen Kurs über die gesetzlichen Befugnisse von Beamten im Einsatz, in erster Linie für Studenten, die Kriminalwissenschaft als Hauptfach hatten und eine Karriere im Polizeidienst anstrebten. Sie hatte angeboten, diesen Kurs zu unterrichten, weil sie das für eine Möglichkeit hielt, Polizeibrutalität zu stoppen, bevor sie überhaupt losging, indem sie diesen zukünftigen Polizisten erzählte, was passieren könnte, wenn sie ihre Befugnisse überschritten.

Heute abend waren nur sechs Studenten erschienen. Unmittelbar nach der Henderson-Geschichte war der Unterrichtsraum gerammelt voll gewesen – es hatte nur noch Stehplätze gegeben. Die Studenten hatten genau wissen wollen, was denn nun mit den beiden Beamten passieren würde, die den Angeklagten festgenommen hatten. Würden sie von ihm gerichtlich belangt? Könnten sie tatsächlich ins Gefängnis kommen? Würden sie ihren Job jemals wiederkriegen? Heute abend mußten sie sicher für eine große Klausur in einem anderen Fach lernen, dachte sie.

Nachdem der letzte Student gegangen war, machte Lara sich auf den Weg in den Computerraum, um ihren Freund und Dozentenkollegen abzuholen. Emmet Daniels litt an amyotrophischer Lateralsklerose. Die Krankheit verursachte den Zerfall der Nervenzellen im Rückenmark und in dem Bereich des Gehirns, der für die willkürliche Muskelkontrolle zuständig ist. Gott sei Dank wirkte sie sich nicht auf den Verstand aus, dachte Lara, als sie in den Raum blickte und den kleinen Mann im Rollstuhl vor einem Computer-Terminal sitzen sah. Emmets geniale Fähigkeiten waren berühmt, insbesondere im Bereich Computerwissenschaft. Die Universität von Irvine konnte sich glücklich schätzen, ihn zu haben, obwohl er für den Unterricht einen Assistenten brauchte, der sich um die Klasse kümmerte. Von Jahr zu Jahr verschlechterte sich seine Fähigkeit zu sprechen. Vielleicht würde er bald überhaupt nicht mehr sprechen können und völlig auf eine synthetische Computerstimme angewiesen sein. Sein eigentlicher Beruf war die Entwicklung von Computer-Software für große Firmen im ganzen Land. Außer dienstags, wenn er unterrichtete, arbeitete Emmet in seiner Eigentumswohnung in der Nähe des Gerichtsgebäudes. Eine korpulente Frau, die in seinem Haus wohnte, fuhr ihn jede Woche zum Campus, und Lara fuhr ihn nach Hause.

Eine Minute lang stand sie bloß da und beobachtete ihn. Dabei erinnerte sie sich daran, wie sie sich vor drei Jahren kennengelernt hatten. Beide hatten sie zum ersten Mal an einer Fakultätssitzung teilgenommen und zufällig nebeneinander gesessen. Nachdem Emmet erfahren hatte, daß Lara Staatsanwältin war, hatte er mit ihr ein Gespräch über die Todesstrafe angefangen. Seine Fähigkeit, analytisch zu denken, hatte sie so beeindruckt, daß sie ihm zu seinem Auto gefolgt war und noch fast eine Stunde angeregt mit ihm diskutiert hatte. Damals hatte er zwar auch schon im Rollstuhl gesessen, aber seine Sprachfähigkeit war noch nicht beeinträchtigt, und er hatte hitzig mit ihr debattiert. Während der letzten drei Jahre hatte sie traurig beobachtet, wie diese furchtbare Krankheit ihn verzehrte. Aber sie hatte noch kein Wort der Klage von ihm vernommen.

»Fertig«, sagte sie gegen den Türrahmen gelehnt.

Er drehte seinen Rollstuhl mit Hilfe eines Knopfdrucks. Emmet trug eine so dicke Brille, daß man kaum seine Augen sehen konnte. Sie wurden vielfach vergrößert, große milchige Kugeln, die alle Geheimnisse des Universums zu enthalten schienen. Obwohl sie nie über sein Alter gesprochen hatten, nahm Lara an, daß Emmet Anfang Dreißig war.

»Ja«, sagte er. »Ich bin ... fertig. Müde ... heute abend.«

Je später es war, um so anstrengender wurde es für ihn zu sprechen. Meist sprach er in kurzen, abgehackten Sätzen, und seine Augen schweiften unkontrolliert in alle Richtungen. Wenn sie jedoch in seinem Arbeitsraum oder bei ihm zu Hause waren, benutzte er den Computer, in den er mit blitzartiger Geschwindigkeit Sätze eingab, schneller als Lara sie lesen konnte. Dazu benutzte er eine Art Metallkäfig, den er sich über den Kopf stülpte und der es ihm ermöglichte, statt seiner geschwächten Finger einen Stift zu benutzen.

Er wußte bereits über den Fall Henderson Bescheid. Er wußte über alle ihre Fälle Bescheid. Lara unterhielt sich sehr gerne mit ihm. Er war nicht nur brillant, sensibel und absolut logisch, er war auch ein guter Zuhörer. Vielleicht war das teilweise durch seine Krankheit bedingt, aber Lara war sich sicher, daß er in jedem Fall ein guter Zuhörer gewesen wäre. Denn er hörte nicht bloß zu, sondern wägte jedes Wort ab. Sie informierte ihn über den Einbruch und die Meinung des Polizeibeamten, daß sie in Gefahr sei.

»Das klingt ... nicht gut«, sagte er. »Bleib ... bei ... mir.«

»Oh, Emmet«, sagte Lara, »das ist wirklich sehr lieb von dir, aber ich möchte dir nicht zur Last fallen. Im übrigen werde ich wohl wirklich tun, was der Beamte mir geraten hat. Ich meine, mich eine Weile bedeckt halten und mir eine andere Bleibe suchen. Heute abend gehe ich in ein Hotel.«

Sie schob den Rollstuhl über den Campus-Parkplatz zu

ihrem Jaguar, öffnete die Tür und half Emmet auf den Beifahrersitz.

Sie schloß die Tür, klappte den Rollstuhl zusammen und legte ihn in den Kofferraum. Während der Fahrt sprach Emmet sie erneut an: »Das ist ... Unsinn. So kann ... ich dir ... auch mal ... einen Gefallen tun. Du hast ... mich all die Monate gefahren. Bleib ... bei ... mir, Lara.«

Sie seufzte. Von allen Leuten, die sie kannte, war Emmet zweifellos der netteste. »Also gut, aber nur heute nacht«, sagte sie. »Morgen überleg' ich mir was anderes.«

In seiner Wohnung deutete Emmet ihr an, ihm in sein Büro zu folgen. Dort stülpte er sich die Metallvorrichtung über und begann, auf dem Computer herumzuhacken. Die Worte rasten nur so über den Bildschirm. »In dieser Anlage ist eine Wohnung zu verkaufen. Sie wird schon seit einem Jahr angeboten, und jetzt will man sie vermieten. Wir können dort anrufen und fragen, ob du sie für ein paar Wochen, einen Monat oder so mieten kannst. Sie ist möbliert ... eine Musterwohnung.«

»Sehr gut«, sagte Lara über die Lehne seines Stuhls gebeugt. »Das wäre ausgezeichnet.«

Das Haus, in dem Emmet wohnte, war nur ein paar Blocks von ihrem Büro entfernt, und sie brauchte sich nur was zum Anziehen von zu Hause holen. »Ich bin überzeugt, da steckt eh nichts dahinter. Vielleicht hat der Einbrecher nur deshalb nichts mitgehen lassen, weil ihn die Alarmanlage abgeschreckt hat.«

»Vorsicht ist besser als Nachsicht«, tippte Emmet.

Dann sagten sie sich gute Nacht, und Lara ließ sich auf eines der beiden kleinen Betten in Emmets Gästezimmer fallen. Nicht weit von ihr entfernt blinkten und brummten im Dunkeln seine riesigen Computer-Terminals. Mit all den Geräten, die er hier hatte, dachte sie, könnte er eine Rakete starten. Es sah tatsächlich aus wie bei der NASA.

Morgen würde sie versuchen, die leerstehende Eigentumswohnung zu mieten. Heute nacht war sie sicher – der zerbrechliche kleine Mann im Nebenraum bewachte sie. Seine bloße Anwesenheit war beruhigend, auch wenn er nicht die Kraft hatte, einen Angreifer abzuwehren. Zumindest war sie nicht allein. In wenigen Minuten war sie eingeschlafen, das sanfte Klicken von Emmets Stift auf der Tastatur war wie ein Wiegenlied, während er bis spät in die Nacht arbeitete.

Kapitel 5

Josh betrachtete seufzend die Straße, die vor ihm steil anstieg, und ließ seine Füße von den Pedalen auf den Asphalt gleiten. Tag für Tag mußte er mit seinem Zehngangrad zur Schule und zurück fahren. Morgens war das prima, da brauchte er einfach nur den Berg hinunterzurollen. Während der Wind ihm ins Gesicht peitschte, stellte er sich dann vor, er säße auf einem Motorrad statt auf einem Fahrrad. Sein Vater hatte ein Motorrad gehabt, eine große, röhrende 450er Harley. Aber was spielte das für eine Rolle, dachte er, während er wieder auf die Pedale trat und den qualvollen, eine Meile langen Anstieg nach Hause begann. Er würde niemals eine Harley oder ein anderes Motorrad fahren. Zumindest nicht, solange seine Mutter lebte. Nicht nach dem Unfall und dem Tod seines Vaters. Er könnte froh sein, wenn sie ihn in zwei Jahren Auto fahren ließ. Dann war er nämlich sechzehn und könnte den Führerschein machen.

Als er heute morgen auf der Toilette war, war das ganze Becken voller Blut gewesen von den scharfen Kanten der Folie, die er hatte runterschlucken müssen. Seiner Mutter was vorzuheulen würde nichts nützen, selbst wenn er ihr erzählte, wozu Sam ihn gestern abend gezwungen hatte. Sie würde nie was gegen Sam unternehmen. Sie redete nur noch davon, daß sie bald fortziehen würden, endlich das große Los gezogen hätten und ähnlichen Schwachsinn.

Auf halber Höhe zog er sein T-Shirt aus und band es sich um die Taille. Es war bereits feucht vom Schwitzen, und er hatte erst die Hälfte bis nach Hause geschafft. Seine Mutter schrie ihn mindestens einmal die Woche an, weil er so dünn war. Wenn sie so wie er jeden Tag sechs Meilen mit dem Rad fahren würde, zwei davon den Mount Everest rauf, dann wäre sie vielleicht auch dürr. Außerdem, so dachte er, während er die Lenkstange umklammerte, die Muskeln spielen ließ und zusah, wie die Adern hervortraten, war er überhaupt nicht dürr, er war »definiert«. So nannten die das im Sportclub, wenn jemand so wenig Fett am Körper hatte, daß sich die Haut wie ein durchsichtiges Stück Stoff über die Muskeln spannte.

Als sein Vater noch lebte, war Josh mit ihm ins Fitness-Center am Ort getrottet und hatte ihm beim Training zugesehen, wie er beim Bankdrücken das Doppelte seines Körpergewichts hochstemmte, dabei ächzte und stöhnte, sich mit den anderen Männern maß und mit ihnen Witze erzählte. Aber sie konnten es sich nicht mehr leisten, Mitglied in einem Sportclub zu sein. Josh trainierte jeden Abend allein in seinem Zimmer, wo er immer wieder die paar Gewichte hob, die er zu Weihnachten bekommen hatte, und von dem Tag träumte, wo er so stark sein würde wie sein Vater, stark genug, um sich gegen jeden Mann verteidigen zu können.

Selbst gegen einen Mann wie Sam.

Als er bei dem Block ankam, in dem er wohnte, erstarrte er. Sams Lieferwagen stand in der Einfahrt. Er schaute zurück und überlegte, ob er wieder runterfahren sollte. Er konnte es einfach nicht ertragen, Sam schon so früh am Tag zu sehen, wenn noch so viele Stunden vor ihnen lagen, wenn er vielleicht schon trank und fluchte und auf Streit aus war. Doch Josh wußte, wenn er wieder runterfuhr und bis zum Abendessen herumtrödelte, dann müßte er den mörderischen Hügel noch einmal hinauffahren und wäre anschließend zu müde zum Trainieren. Also sollte er sich besser durch die Hintertür ins Haus schleichen und versuchen, in sein Zimmer zu kommen, bevor sie ihn sahen.

Er öffnete leise das Seitentor, lehnte das Fahrrad an die Hauswand, schob die beiden Abfalleimer beiseite, nahm den Schlüssel oben vom Sims und ging durch die hintere Tür in die Küche. Alles war ganz ruhig. Sehr gut, dachte er erleichtert und sah sich in dem Raum um. Hier herrschte das größte Durcheinander, das er je gesehen hatte. Alles war über den Boden verstreut. Entweder hatten die einen ihrer wüsten Kräche gehabt, bei denen sie sich alles, was sie finden konnten, an den Kopf schmissen, oder sie zogen tatsächlich aus. Vermutlich hatte Sam die Raten für das Haus nicht bezahlt, und jetzt wurden sie vor die Tür gesetzt. Das hatte ihnen gerade noch gefehlt, daß man sie auf die Straße warf.

Er haßte Sam Perkins. Es gab nichts auf der Welt, das er mehr haßte als Sam Perkins. Von ihm aus konnte die ganze Welt von einer Atombombe in die Luft gesprengt werden, solange nur Sam Perkins mit dabei draufging. »Paff«, flüsterte er und sah im Geiste vor sich, wie Sams Körper ins Jenseits befördert wurde.

Er schnappte sich eine Dose Cola aus dem Kühlschrank und ging in den hinteren Teil des Hauses. Um zu seinem Zimmer zu kommen, mußte er am Schlafzimmer vorbei. Er hoffte bloß, daß die Tür zu war. Sam war vermutlich früher nach Hause gekommen, um es seiner Mutter zu besorgen. Was sollte es sonst für einen Grund geben. Vermutlich machte er da drinnen gerade widerliche Sachen mit seiner Mutter, und das am hellichten Tage. Bei dem Gedanken hätte Josh am liebsten auf den beigefarbenen Teppich gekotzt und es dort liegenlassen, damit Sam reintrat, wenn er aus dem Schlafzimmer gelatscht kam.

Die Tür war nicht zu. Sie stand auf.

Josh warf einen Blick ins Schlafzimmer. Sein Mittagessen kam ihm hoch, und sein Herz hörte auf zu schlagen. Er wußte, was er da sah. Sein Verstand schrie, wollte ihm das sagen, wovon er wußte, daß er es sah, doch er sah einfach nur die Bilder, ohne zu denken oder zu verstehen. Irgendwo in der Ferne schrie jemand – das konnte nicht er sein, das mußte jemand anders sein. In seinem Körper steckte ein wildes Tier, das ihm seine scharfen Klauen durch die Stirn in die Augen bohrte, sich durch seinen Magen fraß und mit riesigen Händen sein Herz umklammerte, bis er wußte, daß es zerspringen würde. Dann hörte er es. Es war seine eigene Stimme. Zeitlich verzögert.

»Mom!« Der Schrei gellte durch die Luft und kam wie ein Echo zurück, bewegte sich fort und kam wieder zurück. Er preßte die Hände gegen die Ohren. Er wollte es nicht hören. Seine Augen blickten starr auf die Szene vor ihm, aber er wollte das furchtbare Geräusch nicht hören, das aus seinem eigenen Mund kam.

Abteilung siebenundzwanzig des Orange County Superior Court war noch in der Pause, aber die Zeit verrann. Die Fünfzehn-Minuten-Marke war bereits überschritten, und jetzt waren schon fast zwanzig Minuten vergangen, seit sich der Hammer gesenkt hatte. Der Gerichtssaal, nur wenige Schritte entfernt, war gerammelt voll, und es war laut dort. Alle redeten auf einmal. Immer noch kamen Anwälte in den Saal geeilt, knallten ihre Akten auf die Tische und besprachen sich kurz mit ihren Mandanten, die sie teilweise jetzt zum erstenmal sahen. Phillip trat in Laras Amtszimmer und blieb schweigend vor ihrem großen, mit Papieren übersäten Schreibtisch stehen. Ihre Augenlider flatterten, aber sie blickte nicht auf. Er stand da und wartete.

»Ja«, sagte sie schließlich, nahm ihre Brille ab und sah ihn mit ihren schiefergrauen Augen an. »Was gibt's, Phillip?«

»Ich weiß, daß Sie mit der Adams-Sache beschäftigt sind und mich gebeten haben, nicht gestört zu werden. Aber Sergeant Rickerson von der Polizei in San Clemente ist auf Apparat eins.«

Sie sagte nichts. Er blieb still stehen, die Arme seitlich am Körper. Ihre Augen kehrten zu dem vor ihr liegenden Schriftsatz zurück. Einige lange Augenblicke verstrichen.

»Tut mir leid, aber soll ich ihm sagen, er soll noch mal anrufen?«

»Keine Anrufe, bitte«, murmelte sie, den Blick nach unten gerichtet und ganz in Gedanken. »Mir bleiben nur noch ein paar Minuten. Keine Anrufe.«

Er ging hinaus. Sekunden später stand er wieder da, das

Gesicht leicht verzogen. »Er muß Sie unbedingt sprechen. Er sagt, es ginge um Ihre Schwester.« Mit sorgenvoller Miene hielt er inne und wartete darauf, daß sie aufblickte.

Sie legte ihre Hände an den Schreibtisch. Sie saß kerzengerade und drückte ihre gespreizten Finger fest auf die Papiere. »Okay, Phillip, ich werde mit ihm reden.«

Während er eilig zur Tür ging, nahm sie den Hörer auf. »Mein Sekretär sagte, es ginge um meine Schwester … Ivory Perkins … Ist das richtig?« Ihre Stimme war beherrscht. Kein Grund zur Panik. Vermutlich ging es noch nicht mal um Ivory. Normalerweise nannten sie Sams Namen, wenn sie anriefen. »Mr. Perkins hat gesagt, wir sollten uns wegen diesem Protokoll an Sie wenden«, hieß es dann gewöhnlich. »Mr. Perkins hat gesagt, wir sollten uns mit Ihnen in Verbindung setzen wegen dieser Beschwerde, daß er Diebesgut entgegengenommen habe.«

Der Polizeibeamte sprach. Sie sah auf den Sekundenzeiger der großen Wanduhr. Sie war bereits zu spät. In der Zeit hätte sie schon mehrere Anklageschriften verlesen können. »Entschuldigen Sie, Officer, wiederholen Sie, was Sie gerade gesagt haben.«

»Es ist was passiert. Ziemlich übel. Ihre Schwester und ihr Mann sind getötet worden. Es sieht nach einem Doppelmord aus.«

»Doppelmord?« wiederholte sie, als ob sie so etwas noch nie gehört hätte. »Ivory?« Nicht Ivory. Sam Perkins, ja. Aber nicht ihre Schwester.

»Wir sind hier im Hause. Ich nehme an, ihr Sohn ist aus der Schule gekommen und hat sie gefunden. Ziemlich übler Anblick.« Sergeant Rickerson hielt inne. »Er war ganz außer sich, als wir ankamen, aber er hat sich etwas beruhigt, und wir haben ihn zu den Nachbarn geschickt.«

»Ich … er … sie ist tot.« Sie stand da mit dem Hörer in der Hand, ihr Kopf war völlig leer und ihre Hände schwitzten. Sie umklammerte den Hörer mit beiden Händen und stammelte: »Wann ist das passiert?«

»Der Gerichtsarzt wird keine genaue Todeszeit angeben

können, bevor er die Obduktion durchgeführt hat. Vielleicht vor ein paar Stunden, so wie die Leichen aussehen.«

Sie war bereits ein Stück um ihren Schreibtisch herumgegangen und bewegte sich nun in Richtung Tür. Plötzlich war die Schnur zu Ende, und sie zog den Apparat über die Schreibtischplatte. Dabei warf sie ihren Kaffee und mehrere Akten um, die sich auf dem Teppich verteilten. In einer Art Schockzustand wollte sie gerade, den Hörer noch immer in der Hand, zur Tür hinausgehen. Da wurde ihr bewußt, was sie tat, und sie ließ den Hörer fallen, der über den Teppich zurückrutschte. Dann wandte sie sich um, bückte sich, hob ihn auf und sagte mit heiserer Stimme: »Ich bin unterwegs.«

Sie nahm ihre Tasche nicht mit und sprach kein Wort mit ihrem Sekretär. Sie ging einfach – immer noch in ihrer schwarzen Robe – aus dem Amtszimmer und lief bis zum Ende des Korridors, wo der Sicherheitsposten in einem Glaskasten saß. Sie blieb stehen und starrte ins Leere.

»Alles okay, Judge Sanderstone?« fragte der schwarze Sicherheitsbeamte und beugte sich über das Schaltpult zu ihr hinüber. »Sie sehen sehr blaß aus.«

Sie zog ihre Robe aus und gab sie dem Mann. »Rufen Sie Phillip an und sagen Sie ihm, er soll mir meine Autoschlüssel in die Garage bringen lassen und meine Nachmittagssitzung absagen. Beeilen Sie sich«, schrie sie und ging rasch weiter, während er den Summer für die Sicherheitstüre drückte. »Meine Schwester ...« Während sie durch die Türen ging, redete sie mit sich selbst. »Meine Schwester ist ermordet worden.«

Sie drückte den Knopf und stieg in den Aufzug. Er war ausschließlich für die Richter reserviert und führte in die Tiefgarage. Die Türen gingen zu. Der Aufzug bewegte sich nicht. Sie ließ sich gegen die Rückwand fallen und schrie: »Ivory! Mein Gott, nein! Sie kann nicht tot sein. Das lasse ich nicht zu.« Sie schrie und spuckte gleichzeitig, die Fäuste hatte sie fest zusammengeballt. Es war für sie fremd und furchterregend, so von ihren Gefühlen überwältigt zu werden. Ihr Brustkorb hob und senkte sich, und sie wußte, daß sie kurz davor war, in Ohnmacht zu fallen.

Die Tür ging auf und Phillip trat in den Aufzug. Er gab ihr ihre Handtasche. »Kann ich Ihnen irgendwie helfen? Ist ein Unfall passiert? Soll ich Sie irgendwohin fahren?«

Sie stieß sich von der Wand ab und sah nach unten. Tränen flossen ihr das Gesicht herunter. Sie konnte es fühlen.

»Nein«, sagte sie. »Sagen Sie bitte nur meine Nachmittagstermine ab. Meine Schwester ist ermordet worden.« Sie streckte den Arm aus, drückte den Knopf zur Parkebene, stieß dabei Phillips Hand von der Fahrstuhltür. Einen Augenblick lang trafen sich ihre Blicke.

»Das tut mir leid... sehr leid. Rufen Sie mich an, wenn ich irgendwas tun kann.«

»Was könnten Sie tun?« sagte sie, während sich die Tür schloß und sein Gesicht langsam Zentimeter für Zentimeter verschwand. Was konnte irgendwer tun, wenn jemand gestorben war? Ihm wieder Leben einhauchen? Sein Herz wieder zum Schlagen und sein Blut zum Zirkulieren bringen?

Alles andere spielte eigentlich keine Rolle.

Sie konnte sich nicht an die dreißigminütige Fahrt erinnern, nicht an den Verkehr auf dem Freeway, die Ausfahrt nach San Clemente, auch nicht an die steil ansteigende Straße zu dem Haus, dem sie sich jetzt näherte. Es war Realität, ein Realität gewordener Alptraum.

Streifenwagen säumten den Block, die Räder gegen den Bordstein gedreht, damit sie nicht ins Rollen gerieten. Eines der schwarzweißen Fahrzeuge, vermutlich das erste, das angekommen war, war den Bordstein hochgefahren. Sie stellte ihren grünen Jaguar vier Häuser weiter bei jemandem in die Einfahrt und ließ ihn dort stehen, den Schlüssel im Zündschloß, mit laufendem Motor und ihre Handtasche auf dem Sitz. Dann rannte sie das kurze Stück zurück. Einige Polizeibeamte hatten gelbes Band um den Rasen vor dem Haus gezogen und sich dort postiert, um Nachbarn und Kinder daran zu hindern, das Haus zu betreten. Die Schaulustigen drängelten, um irgendwas sehen zu können, ihre Gesichter waren ganz rot vor Aufregung. Einem kleinen Kind war es gelungen, der Hand seiner Mutter zu entwischen und unter dem gelben Band durchzukriechen. Nun hüpfte es fröhlich auf dem Rasen auf und ab. Ein Beamter schnappte sich den Jungen und hob ihn wieder über das Band auf den Bürgersteig zurück.

Lara sah das Band überhaupt nicht. Sie lief voll hinein und ging stur weiter, die Augen starr auf den Eingang des kleinen Hauses aus Lehmziegeln gerichtet, unfähig etwas anderes wahrzunehmen.

»Hey, Sie da«, brüllte eine herrische Stimme. »Sie können da nicht rein. Gehn Sie zurück.« Ein kräftiger Arm griff nach ihr und schaffte es, sie unten am Ärmel zu erwischen.

Mit einer ruckartigen Bewegung befreite sie ihren Arm und starrte den Mann wütend an. »Meine Schwester«, sagte sie und ging unaufhaltsam weiter, riß das Band zur Seite und stieg darüber. »Meine Schwester.«

An der Tür stieß sie erneut auf Widerstand. Ein uniformierter Beamter streckte ihr einen Arm entgegen und versperrte den Eingang. »Hier können Sie nicht rein, Lady. Hier hat ein Verbrechen stattgefunden.«

»Meine Schwester«, sagte sie noch einmal und versuchte, ihn zur Seite zu schieben. Seine Augen wurden größer, er wandte sich um und schaute ihr dann wieder ins Gesicht.

»Richterin Sanderstone, nicht wahr?« fragte er, stellte sich ein bißchen gerade und rückte seinen Pistolengürtel zurecht. »Warten Sie bitte hier, ich hole Sergeant Rickerson. Der ist hier zuständig. Sie wollen doch da nicht reingehen.«

Sie sah das Mitgefühl in den Augen des Mannes. Das änderte nichts. Sie stellte sich direkt vor ihn. In dem kleinen Haus wimmelte es von Menschen. Einige waren in Uniform, andere trugen Straßenanzüge. Ein paar hatten dunkle Hosen und weiße Hemden mit Namensschildern auf der Brusttasche an. Sie gehörten zu dem weißen Kastenwagen, den sie – wie sie sich jetzt erinnerte – mit offener Hecktür am Bordstein hatte stehen sehen. Auf der Seite des Wagens stand das furchtbare Wort: *Gerichtsmedizin*.

Ein ziemlich großer Mann in einem abgetragenen grauen Anzug, mit widerspenstigen roten Haaren und durchdringenden Augen, das Gesicht voller Aknenarben, kam durch die Masse von Leuten auf sie zu. Er trat dicht an sie heran, zu dicht. »Sergeant Rickerson ... Ted«, sagte er. Er wollte seine Hand ausstrecken, doch dann merkte er, daß diese Geste unangebracht war, und ließ sie wieder fallen. »Wir sind uns schon mal begegnet, aber Sie werden sich vermutlich nicht daran erinnern. Damals waren Sie noch Staatsanwältin.«

»Wo ist sie?« Lara blinzelte hektisch mit den Augen, während sie sich suchend in dem Zimmer umsah. Sie sah nur die Umrisse von Gestalten und hörte eine Disharmonie unzusammenhängender Worte.

»Hören Sie, ich weiß nicht, ob es für Sie gut wäre, da reinzugehen.« Er drehte an seinem roten Schnurrbart und beugte sich noch näher zu ihr. »Wollen wir nicht einen Augenblick auf den Hof gehen und uns unterhalten? Lassen Sie die Leute ihre Arbeit machen.«

»Ich muß sie sehen. Bitte, Sergeant, lassen Sie mich meine Schwester sehen.« Sie strich sich mit der Hand über den Kopf, als ob sie eine Fliege verscheuchen wollte. Es waren zu viele Leute in dem kleinen Raum, und man konnte kaum atmen. Ein Polizist versuchte, sich an ihnen vorbeizuquetschen, dabei geriet sein Schlagstock auf obszöne Weise zwischen ihre Beine, schob den Rocksaum hoch, so daß man den oberen Teil ihrer Strumpfhose sehen konnte. Sie bemerkte das gar nicht.

Rickerson zog sie sanft zur Seite, von dem Schlagstock weg, und warf dem Polizisten einen giftigen Blick zu.

»Entschuldigung«, sagte der Mann mit einem leichten Grinsen, hob die Schultern und ging weiter. Er hatte keine Ahnung, wer die kleine dunkelhaarige Frau war und was sie hier zu suchen hatte.

»Kommen Sie«, sagte Rickerson leise. »Wir sollten rausgehen. Sie brauchen ein bißchen frische Luft.«

»Wo ist sie?« Sie wartete, zählte in Gedanken die Sekunden: eins, zwei, drei, vier, fünf, sechs. Es braute sich zusammen. Sie wußte es. Es fing irgendwo unten in ihrem Magen an und stieg wütend nach oben, bis sie den Mund aufmachte und schrie: »Schmeißen Sie diese verdammten Idioten hier raus und lassen Sie mich meine Schwester sehen. Sofort!«

Beinah jegliches Geräusch erstarb. Alle ließen von dem ab, was sie gerade taten, und starrten sie an. Ein paar Leute, die am Boden gekniet hatten, standen auf, um zu sehen, was los war. Sergeant Rickerson gestikulierte mit den Händen in Richtung Hauseingang und flüsterte den Leuten etwas ins Ohr. Darauf ging einer nach dem anderen zur Tür, und schon bald war das Wohnzimmer leer. »Im Schlafzimmer«, sagte er. »Der Gerichtsmediziner ist gerade drin.«

Sie befand sich in einem schwarzen Tunnel. Am Ende war die Schlafzimmertür. Vor ihr auf dem Beistelltisch stand ein Foto von ihr mit Barett und Umhang auf der Abschlußfeier in UCLA. Daneben war ein Bild, das vor Jahren an einer dieser Kirmesbuden bei der Knotts Berry Farm von ihr und Ivory aufgenommen worden war, auf dem sie beide Kleider aus dem Wilden Westen trugen. Ivory hielt ein Spielzeuggewehr in der Hand.

Sie sah den Türrahmen über ihrem Kopf vorbeiziehen, als sie in das Zimmer trat, fast als ob sie von einem Förderband oder einem Rollsteg in einem Vergnügungspark vorwärts bewegt würde. Irgendwie hatte sie sich bis zu dieser Stelle bewegt, ohne daß ihr Körper sich dessen bewußt war. Sie legte sich rasch die Hand auf den Mund, um ihre Schreie zu ersticken, und bohrte ihre Fingernägel in das zarte Fleisch ihrer Wangen. Die Wände waren mit Blut bespritzt. Es erinnerte an seltsame Muster auf einem abstrakten Gemälde. Sams Leiche lag halb auf dem Bett ausgestreckt, halb über den Rand, mit dem Gesicht nach unten. Sein Kopf war eine nicht identifizierbare Masse blutigen Gewebes. Im Zimmer roch es nach Tod, gerinnendem Blut und menschlichen Exkrementen. Die Vorstellung von dem, was sich in diesem kleinen Raum abgespielt haben mußte, schwebte wie eine dunkle Wolke über ihnen. Sie alle sahen es, spürten es und bestritten doch, daß es Realität war.

Zunächst sah sie Ivory nicht, und ihr Herz tat einen Sprung. Sie hatten sich geirrt. Ivory war am Leben. Jemand hatte ihren widerwärtigen Mann umgebracht, aber Ivory war noch am Leben.

Dann sah sie sie.

Ihre Leiche lag neben dem Bett auf dem Fußboden. Sie trug einen hauchdünnen BH, war aber von der Taille abwärts nackt. Ihre Beine waren auf obszöne Weise gespreizt. Beide Augen waren offen und quollen hervor. Ihre Lippen waren bläulich verfärbt, ihr Mund war in einer totenkopfartigen Grimasse fest geschlossen. Ihre schwarzen Haare waren mit Blut verklebt. Die makellose Haut war graublau, und blutige Streifen liefen ihr über Stirn und Wangen und bedeckten ihren Oberkörper. Lara riß den Blick von ihrem Gesicht los und betrachtete ihre Füße. Sie hatte verschlissene Tennisschuhe an, deren Schnürsenkel nicht zugebunden waren.

Ein Mann kauerte über der Leiche, ein anderer fotografierte. Der erstere stand auf. Er trug eine weiße Gesichtsmaske und dünne Plastikhandschuhe. Sie konzentrierte sich auf seine buschigen Augenbrauen, um ihm nicht in die Augen sehen zu müssen. Sie atmete aus und schluckte. Jedesmal wenn die Kamera klickte, zuckte Laras Körper fast krampfartig zusammen. Sie zwang sich einzuatmen. Sie war sensibel für Gerüche. Was sie hier roch, war der Tod. Tod und Angst. Ivorys Tod, ihre Angst.

»Soweit ich das bis jetzt beurteilen kann, wurde sie vermutlich mit einem Kissen erstickt. Beachten Sie die hervorgequollenen Augen, die roten und blauen blutunterlaufenen Streifen auf der weißen Bindehaut, die bläulichen gequetschten Lippen. Das deutet alles auf Ersticken hin. Das Blut, das Sie hier sehen, ist seins.« Er sah zu Sams Leiche auf dem Bett. »Ich glaube, wir haben die Mordwaffe für diesen Burschen. Sieht so aus, als hätte ihm jemand von hinten mit einer Zwanzig-Pfund-Hantel über den Kopf gehauen. Hat ihm den Schädel regelrecht gespalten. Die käseartige Masse hier ist Gehirngewebe«, sagte er, während er einen kleinen undefinierbaren Klumpen mit einer Pinzette von der Tagesdecke abhob und in eine Plastiktüte fallen ließ. Für Lara sah es wie Hafermehl aus.

Er machte einen Schritt über Ivorys Körper und ging auf die andere Seite des Bettes. Lara ließ sich auf die Knie fallen und versuchte sich zu zwingen, den Kopf über das Gesicht ihrer Schwester zu beugen. Sie brachte es nicht fertig. Sie starrte den Mann mit der Maske und den Handschuhen an, der sich jetzt über Sam lehnte. Ivorys Hand war kalt und schlaff, doch schon bald würde sie starr sein wie bei einer Statue. Lara nahm sie hoch, ohne Ivory anzusehen, und ließ sie wieder fallen. Sie hatte gerade begonnen, ihr die Schnürsenkel zuzubinden, da spürte sie, wie jemand sie mit den Händen unter den Armen faßte und sie langsam aufrichtete.

»Lassen Sie uns jetzt gehen. Hier können Sie nichts tun.« Sergeant Rickersons Augen waren voller Mitgefühl.

»Ich muß ihr das Gesicht waschen«, sagte Lara und sah auf das verspritzte Blut. Sie wußte, daß sie sich irrational verhielt, konnte aber nichts dagegen tun. Ivory hatte immer eine so wunderbare Haut gehabt. Schon von Geburt an. Die meisten Babys haben eine rötliche Gesichtsfarbe, aber wie ihre Mutter erzählt hatte, war Ivorys Haut vom ersten Tag an perfekt gewesen – glatt und weiß. Deshalb hatte ihre Mutter sie Ivory genannt, Elfenbein. Ivory würde nicht wollen, daß jemand sie so sieht, dachte Lara. Sie war stolz auf ihren wunderbaren Teint. Das war einer ihrer größten Vorzüge.

»Nein, nein«, sagte Rickerson. »Das ist nicht notwendig. Bitte lassen Sie uns rausgehen. Jemand wird Ihnen ein Glas Wasser oder eine Tasse Kaffee besorgen. Ein bißchen frische Luft. Dann wird es Ihnen bessergehen.« Er sprach leise. Er hatte einen Arm um ihre Schultern gelegt, als ob er sie umarmen wollte.

Lara sah ihm in die Augen und wandte den Blick dann wieder ab. Sie mußte ganz dringend etwas tun, aber sie konnte sich nicht mehr erinnern was. Sie konnte sich an gar nichts erinnern ... konnte nicht denken. Ohne sich noch einmal umzudrehen, verließ sie das Haus, der Sergeant eilte hinter ihr her. Ihr Kopf war völlig leer. Sie sah nicht die Menschen, die immer noch vor dem Haus standen. Die Menge wurde immer größer, weil die Leute allmählich von der Arbeit kamen. Einige waren nach Hause gegangen und hatten sich kalte Dosen Cola oder Bier geholt, Erfrischungen, wie im Kino. Sie sah nicht den Übertragungswagen und das Kamerateam, das sie genau in dem Moment filmte, als sie aus der Haustür trat. Ihre Bluse war schmutzig und fleckig, ihr Gesicht schweißnaß und fast so unbeweglich wie Marmor. Sie hörte nicht die Stimme des Reporters, der nur wenige Zentimeter von ihrem Gesicht entfernt in ein Mikrophon sprach.

»Wir sind hier in San Clemente, wo die Schwester und der Schwager von Lara Sanderstone, Richterin am Orange County Superior Court, brutal ermordet wurden. Judge Sanderstone«, sagte er und hielt ihr das Mikrophon hin, »können Sie uns dazu einen Kommentar geben?«

Sie ging an ihm vorbei, ohne überhaupt in seine Richtung zu gucken, geradewegs auf ihr Auto zu. Rickerson blieb auf dem Bürgersteig stehen und sah ihr nach, bis sie losgefahren war. Dann ging er ins Haus zurück. Es wäre ohnehin sinnlos, sie heute vernehmen zu wollen, dachte er. Sie war in einer anderen Welt.

Die Ermittlungsbeamten und uniformierten Polizisten, die in einer Gruppe auf dem Rasen vor dem Haus zusammengestanden hatten und von denen sich einige die Wartezeit mit Rauchen vertrieben hatten, während andere sich Notizen auf ihren Klemmbrettern machten, folgten dem Detective ins Haus zurück.

Richterin Lara Sanderstone hatte ihren Neffen völlig vergessen. Aber das galt auch für Detective Sergeant Ted Rickerson. Als ein Beamter mit einer Kiste mit Hanteln aus dem Schlafzimmer des Jungen kam, dieselbe Marke wie die Mordwaffe, ein Set, von dem alle Teile da waren bis auf eins, die Mordwaffe, dachte Sergeant Rickerson immer noch nicht an den vierzehnjährigen Josh. Außen an der Kiste klebte mit Tesafilm ein abgerissenes Stück Weihnachtspapier und ein kleines Kärtchen. »FÜR JOSH, VON MOM«, stand darauf. Ein Blick, und Rickersons Kopf wandte sich ruckartig dem ihm am nächsten stehenden Beamten zu.

»Hol mir den Jungen«, fuhr er ihn an. »Hol mir den verdammten Jungen«.

Kapitel 6

Lara fuhr ohne einen klaren Gedanken im Kopf. Schließlich hielt sie vor dem dreißig Jahre alten Cottage in Dana Point, wo sie aufgewachsen waren, parkte das Auto. Das Cottage sah noch nicht mal mehr so aus wie früher. Die neuen Besitzer – genaugenommen waren es in den zehn Jahren seit dem Tod ihrer Mutter mehrere gewesen – hatten ein erstes Stockwerk hinzugefügt und aus der kleinen Garage eine Art Spielzimmer gemacht. Es sah aus, als seien viele verschiedene Häuser zu einem einzigen zusammengesetzt worden. Verschwunden waren die schönen Rosensträucher, um die ihre Mutter sich Tag für Tag gekümmert hatte, einen breitkrempigen Hut auf dem Kopf und Stoffhandschuhe an den Händen. Vor dem Haus hatte man einen schmiedeeisernen Zaun errichtet und ein Tor, das mit einem Vorhängeschloß gesichert war, um Herumtreiber fernzuhalten. Alle Badeorte hatten einen gewissen Anteil an Herumtreibern und Obdachlosen. Dana Point, San Clemente und San Juan Capistrano, die nur wenige Meilen auseinander lagen, hatten mehr als genug davon. Innerhalb der Umzäunung war nichts als Beton. Kein Gras, keine Blumen, kein Fußweg zur Tür. Alles wurde zu Stein, Ivorys einstmals schöne Hände, der Vorgarten, in dem sie früher gespielt hatten. Alles war jetzt Stein.

Sie ließ den Jaguar aufheulen und raste davon. Die Vergangenheit war vorbei. Ihre Eltern waren beide tot. Sie hatten zu lange damit gewartet, eine Familie zu gründen; die Kinder waren fast so was wie ein nachträglicher Einfall gewesen. Als Lara geboren wurde, war ihre Mutter schon fast vierzig und ihr Vater Mitte Fünfzig gewesen. Sie waren bereits in fortgeschrittenem Alter, als Lara das College verließ, und ihr Vater erlebte den Abschluß ihres Jurastudiums nicht mehr. Nun war Ivory auch tot. Es war niemand mehr da, der sich an die sonnigen Tage längst vergangener Jahre erinnerte, an das Glück, das Lachen, die Hoffnungen und Erwartungen.

Ivory würde, wenn sie groß war, Schauspielerin werden – Filmschauspielerin. Alle glaubten das, selbst Dad, der noch nicht einmal glaubte, daß Lara das College schaffen würde, obwohl sie von der ersten Klasse an immer nur Einser gehabt hatte. Er war alles andere als ein Optimist, aber er glaubte allen Ernstes, daß seine hinreißende jüngere Tochter, die Sonne seines Lebens, eines Tages auf der Leinwand zu sehen sein würde. Sie war so hübsch, so lebenslustig und wollte es immer allen Leuten recht machen. Es machte ihr Spaß, sich für die Kamera in Pose zu werfen. Warum sollte die Welt sie nicht genauso lieben wie sie das alle taten.

Nachdem ihre Mutter tot war und bevor Charley starb, rief Lara Ivory häufiger an und schlug vor, sich irgendwo zum Mittagessen zu treffen. Sie wollte den Kontakt aufrechterhalten, die Familie zusammenhalten. Ivory pflegte dann immer zu sagen: »Ich muß erst Charley fragen, ich rufe dich zurück.« Sie hatten sich darüber gestritten. Lara war so selbständig, so stark, so rechthaberisch. Zwar mochte sie Charley, war sogar selbst mal auf der High School in ihn verknallt gewesen, bevor Ivory anfing, mit ihm auszugehen, doch sie konnte nicht dulden, daß ihre Schwester ihr gesamtes Leben von ihm bestimmen ließ, daß die Frau noch nicht mal eine so simple Entscheidung treffen konnte, wie mit jemandem zu Mittag zu essen, ohne ihren Mann zu fragen. Sie wußte, daß ihre Schwester unreif und nicht besonders klug war, aber jeder erwachsene Mensch mußte doch eine eigene Meinung haben, ein Gefühl für die eigene Identität. Alles, was Ivory von sich gab, waren Charleys Meinungen. Als Charley starb, war sie wie ein Kind, das sich verlaufen hat, leichte Beute für einen Mann wie Sam Perkins – im Grunde für jeden Mann.

In nur wenigen Monaten hatte Sam jeden Cent verpraßt, den Ivory besaß, das Geld von Charleys Lebensversicherung, das Sparkonto, das er für Joshs Ausbildung angelegt hatte. Er hatte sogar einen Kredit auf das kleine Haus in San Clemente aufgenommen, das Charley am Anfang seiner Ehe mit Ivory gekauft hatte.

Lara fuhr jetzt den Freeway in nördlicher Richtung nach Santa Ana. Am Mittag hatte sie alles in die Wege geleitet, damit sie in die Eigentumswohnung ziehen konnte, die quer über den Hof gegenüber von Emmets Wohnung lag. Vor der Arbeit war sie bei ihrem Haus vorbeigefahren und hatte einen Stapel Sachen zum Anziehen in den Kofferraum geworfen. Sie hatte selbst dem Detective nichts von dem Einbruch erzählt, nichts von den Drohungen im Gerichtssaal. Die beiden Ereignisse konnten unmöglich was miteinander zu tun haben, sagte sie sich. Woher sollte irgend jemand wissen, daß Ivory ihre Schwester war? Ihre Gedanken drehten sich im Kreis, immer noch in blinder Trauer und das Geschehen verleugnend. Sie war nur noch wenige Blocks von dem verstopften Behördenviertel entfernt, in dem die Gerichte und andere Bürokomplexe der Stadt- und Bezirksverwaltung sowie Dutzende privater Anwaltskanzleien untergebracht waren.

Dann dachte sie an Josh.

Sie hatten keine Verwandten. Vielleicht noch eine Tante in Georgia, aber die mußte mittlerweile über Achtzig sein, und irgendwo ein paar Cousins und Cousinen.

Sie würde Josh zu sich nehmen müssen.

Sie umklammerte das Lenkrad, bis ihre Knöchel weiß wurden, und wäre fast auf den Wagen vor ihr aufgefahren. Das arme Kind. Sie kannten sich kaum. Während der letzten zwei Jahre hatte Ivory ihr verboten, den Jungen auch nur zu sehen. Aber Lara hatte keine Entschuldigung für das, was sie getan hatte. Sie war einfach gegangen und hatte ihn ohne ein Wort zu sagen im Stich gelassen.

Sie versuchte zwischen den Autos vor ihr die Ausfahrt zu entdecken. Die Fahrzeuge bewegten sich nicht. Alles war so verstopft, daß der Verkehr praktisch zum Erliegen gekommen war. In das Haus in San Clemente konnte sie auch nicht mehr zurück. Es gab Dinge, die konnte ein Mensch einfach nicht tun, und das gehörte dazu. Sie ließ Ausfahrt Ausfahrt sein und nahm das Autotelefon aus der Konsole. Wen sollte sie anrufen? Die Polizei natürlich. Sie würde sie bitten, Josh zu der Wohnung zu bringen. Morgen würde sie dann alles weitere regeln.

Es waren Vorbereitungen für die Beerdigung zu treffen, Leute anzurufen, Dinge zu planen. Obwohl immer noch die Sonne schien, hatte sich der Himmel bewölkt, und die Sicht war verschwommen. Es war wie ein Alptraum, ein Fall, den sie vor Gericht verhandelt hatte, sagte sich Lara, die Schwester von jemand anderem war dort drüben ermordet worden. Nicht ihre Schwester. Die Tränen begannen zu fließen. Sie fühlten sich an wie eine scharfe Säure, die sich in ihr Gesicht ätzte, dessen Haut keineswegs makellos war, nicht zu vergleichen mit der schönen Haut von Ivory.

Sie rief über ihr Autotelefon die Polizeiwache an, aber Rickerson war noch nicht da. Sie bat die Einsatzleiterin, ihn über Funk anzusprechen und festzustellen, wo ihr Neffe sei. Das Mädchen bat sie dranzubleiben. Sie wartete.

»Er hat gesagt, der Junge würde hier auf die Wache gebracht. Er will wissen, ob Sie ihn abholen kommen.«

»Sagen Sie Rickerson, er möchte mich anrufen.« Sie würde ihn bitten, ihn zu der Wohnung bringen zu lassen. Sie gab Emmets Telefonnummer und die Nummer von ihrem Autotelefon an. »Wenn er mich nicht erreicht, werde ich ihn zurückrufen.«

Sie legte das Autotelefon zurück und nahm die Ausfahrt First Street, um zu der Eigentumswohnung zu kommen. Im Vorbeifahren sah sie auf die Fast-food-Restaurants, und ihre Gedanken rasten wirr durcheinander. Er würde was essen müssen. Sie mußte was einkaufen. Sie hatte keinen Platz für ihn zum Schlafen. Die Wohnung, die sie gemietet hatte,

hatte nur ein Schlafzimmer. Sie würde wieder in ihr Haus zurück müssen.

Nein, dachte sie, sie konnte nicht nach Hause. Jetzt nicht, nicht nach dem, was mit Ivory und Sam passiert war. Angst schien sie plötzlich einzukreisen. Sie fühlte sich in die Enge getrieben, gelähmt. Vielleicht waren sie hinter ihr her, wollten sie und ihre gesamte Familie umbringen. Es könnte der junge Mann sein, der sie im Gerichtssaal bedroht hatte... aber auch jeder andere. Sie hatte furchtbare Angst, geriet vollkommen in Panik. Du mußt damit aufhören, sagte sie sich. Sie mußte ihre innere Kraft wiederfinden, den mitleiderregenden Anblick ihrer toten Schwester so lange aus ihrem Kopf verdrängen, bis sie in der Wohnung war und sich überlegt hatte, was sie mit ihrem Neffen machen sollte.

Wie alt war er überhaupt? Sie wußte es nicht mehr. Er war ein liebes Kind. Er erinnerte sie an Charley, aber sie kannte ihn kaum.

Sie hatte immer selbst ein Kind gewollt, davon geträumt, eines Tages eine Familie zu haben. In gewisser Hinsicht hatte Sam recht gehabt, als er zu Ivory sagte, Lara sei eifersüchtig. Sie hatte Ivory beneidet, weil sie ein Kind hatte, eine Familie. Aber schließlich hatte sich Lara vor ein paar Jahren mit ihrer Kinderlosigkeit abgefunden; sie hatte gesagt, daß sie Dinge tat, die getan werden mußten, damit die Welt sicher blieb. Was für eine Ironie, dachte sie. Durch Ivorys Tod hatte sich alles in Rauch aufgelöst. War fortgeweht. Einfach so. Verschwunden. Die gesamte Grundlage, auf der sie ihr Leben aufgebaut hatte, war vernichtet. Wenn sie nicht in der Lage war, einen Unbekannten daran zu hindern, das Leben ihrer Schwester auszulöschen, dann war alles ein großer Fehlschlag.

Sie ging über den Parkplatz zu Emmets Wohnung. Heute morgen hatte sie noch nicht einmal nachgesehen, ob in der Wohnung, die sie gemietet hatte, ein Telefon war. Sie war sicher, daß keins da war. Es war eine kleine Wohnanlage, nur etwa vierzig Einheiten. Emmets Wohnung war im Erdgeschoß, vom Parkplatz aus schnell zu erreichen. Die Wohnung, die sie gemietet hatte, lag direkt gegenüber auf der anderen Seite des grasbewachsenen Hofes. Das Gebäude hatte keinerlei Sicherheitsvorkehrungen, obwohl in dieser Gegend eine hohe Kriminalitätsrate herrschte. Sie sah sich nach allen Seiten um und verfluchte sich, weil sie keine Waffe dabei hatte. Viele Richter trugen immer eine bei sich. Sie klopfte an Emmets Tür und wartete.

Er antwortete nicht. Sie begann, gegen die Tür zu hämmern. Er antwortete immer noch nicht. Sie zitterte ganz stark. Sie wußte nicht, ob sie in die Wohnung gegenüber gehen oder zur Polizei nach San Clemente fahren sollte. Schließlich ging die Tür mit einem Klicken auf, sie trat ein, machte die Tür hinter sich zu und lehnte sich mit dem Rükken dagegen.

»Emmet«, schrie sie, »bist du da?«

Er erschien im Flur. »Entschuldigung«, sagte er. »Ich... war... im Bad.« Dann bemerkte er ihr verweintes Gesicht, den Ausdruck ihrer Augen. »Was... ist passiert?«

Lara legte sich die Hand auf den Mund. Einige Sekunden lang war sie nicht in der Lage, die Worte auszusprechen. Emmet drückte einen Knopf an seinem Rollstuhl und fuhr durch den Raum auf sie zu. Er streckte eine Hand aus und berührte ihre Schulter. Dann ließ er die Hand wieder fallen. »Erzähl's... mir.«

»Meine Schwester, Emmet«, stammelte Lara. »Meine Schwester und mein Schwager sind ermordet worden.«

»Ermordet?« wiederholte er. »O nein... Wie... schrecklich.«

Sie erzählte ihm alles, was sie wußte. Dabei rasselte sie die Details in einer wilden Folge zusammenhangloser Sätze herunter. Sie lief zum Fenster, um nach draußen zu sehen. »Das könnte meinetwegen passiert sein. Sie sind vielleicht hinter mir her. Sie könnten mir hierher gefolgt sein und sind jetzt irgendwo da draußen.« Ihr Herz hämmerte, drückte gegen den Brustkorb. Ohne zu fragen, schnappte sie sich Emmets Telefon und rief noch einmal auf der Polizeistation an. Diesmal wurde sie mit Sergeant Rickerson verbunden.

Sie sprach sehr schnell und ging dabei in Emmets Wohnzimmer im Kreis herum. »Ich hab' Ihnen vergessen zu erzählen, daß vorgestern jemand in mein Haus eingebrochen ist. Der Ermittlungsbeamte glaubte, daß sie es auf mich abgesehen hatten, daß es kein gewöhnlicher Einbruch war. Und vor etwa drei Wochen wurde ich bedroht ... in einem Fall, den ich geleitet hatte. Der Mordfall Henderson. Sie haben vielleicht darüber gelesen.«

»Beruhigen Sie sich«, sagte der Detective. »Wo sind Sie?«

»Bei einem Freund in Santa Ana. Ich habe in seiner Wohnanlage eine kleine Eigentumswohnung gemietet. Der Beamte riet mir auszuziehen, bis sich die Wogen geglättet hätten, mich nicht in meinem Haus aufzuhalten. Ich bin zwar nicht sicher, aber da könnte eine Verbindung bestehen. Sie könnten Sam und Ivory ermordet haben, um mir weh zu tun.«

»Wenn Sie sich in der Lage fühlen zu fahren, dann kommen Sie doch zur Wache. Ich habe Ihren Neffen hier. Sie können mir dann alles genau erzählen.«

»Glauben Sie, das hat was mit dem zu tun, was mit meiner Schwester und Sam passiert ist?« Lara hatte die Telefonschnur um sich gewickelt und mußte sich jetzt in die andere Richtung drehen, um sich davon zu befreien. Ein paar Schritte von ihr entfernt saß Emmet ganz ruhig da.

Rickerson antwortete: »Das ist möglich, aber Sie könnten auch das Opfer eines ganz gewöhnlichen Einbruchs gewesen sein.« Er versuchte, sie zu beruhigen.

»Ich komme jetzt meinen Neffen abholen.«

»Das ist eine gute Idee. Wir müssen mit ihm reden, und wir würden auch Ihnen gern ein paar Fragen stellen. Ich wollte damit eigentlich bis morgen warten, aber wenn Sie kommen ...«

»Ich komme sofort«, sagte Lara. Der Hörer zitterte ihr in der Hand, sie umklammerte ihn mit beiden Händen, um ihn ruhig zu halten. »Er ist noch ein Kind. Es ist so furchtbar für ihn. Ich hab' ihn ganz vergessen. Ich hab' an gar nichts mehr gedacht.«

Sie beschloß, daß eine Polizeiwache im Moment genau der

richtige Ort für sie war. Außerdem hätte sie niemals ohne Josh wegfahren dürfen. Das war das einzige, was sie noch für ihre Schwester tun konnte – sich um ihr geliebtes Kind kümmern und ihre Beerdigung organisieren.

»Judge Sanderstone…« Er zögerte, seine Stimme klang nervös und unsicher. »Haben Sie was dagegen, wenn ich Sie anders anrede?«

»Lara«, sagte sie.

»Lara«, sagte er und sprach es wie Laura aus. Das taten alle. »Ich möchte Ihnen erst noch was sagen. Ihr Schwager wurde mit einer Hantel erschlagen. Diese Hantel gehörte Ihrem Neffen. Und ich möchte Ihnen noch was sagen, Ihr Neffe ist nicht gerade ein kleiner Junge. Der ist fast so groß wie ich. Verstehen Sie, was ich damit meine?«

Sie hatte keine Ahnung, was er meinte. Josh war also kein kleiner Junge mehr. Was hatte das mit diesem ganzen Alptraum zu tun? »Wer hat meine Schwester ermordet? Haben die Nachbarn was gesehen? Haben Sie im Haus was gefunden?« Ihre Stimme wurde immer schriller, obwohl sie versuchte, sich zu beherrschen. Sie hatte diese Gedanken ganz weit verdrängt, weil es im Augenblick zu schmerzhaft war, sich damit auseinanderzusetzen. Doch jetzt konnte sie sie nicht länger unterdrücken.

Er sprach leise und bedächtig. »Regen Sie sich nicht auf, Lara. Ich weiß, daß das für Sie schrecklich ist, und möchte Ihnen mein tiefstes Mitgefühl – und auch das meiner Kollegen – aussprechen, aber Sie werden sicher verstehen, daß wir hier unsere Arbeit tun müssen. Wir dürfen nichts außer acht lassen.«

Sie dachte schweigend nach. Plötzlich wurde ihr klar, was er ihr ganz diplomatisch hatte sagen wollen. Er hatte auf indirekte Art zu verstehen gegeben, daß Josh verantwortlich sein könnte. Das war absurd. Gewiß, Vatermord war nichts Ungewöhnliches. So furchtbar wie es war, es kam vor. Aber ihr eigener Neffe! Unglaublich! Bei dem bloßen Gedanken begann sich ihr bereits rebellierender Magen wie ein Riesenrad zu drehen.

»Kommen Sie doch einfach her, dann können wir persönlich über alles reden.«

»In Ordnung«, sagte sie.

»Was ... hat ... er gesagt?« fragte Emmet, nachdem sie den Hörer aufgelegt hatte. Sie stand nur da und starrte ins Leere.

»Er ... oh, Emmet, ich – ich muß meinen Neffen abholen gehen. Er glaubt, mein Neffe ...« Sie konnte es einfach nicht sagen. Sie ging zu Emmet und küßte ihn auf die Stirn. Dann eilte sie hinaus.

Die Polizeidienststelle von San Clemente war in einem kleinen, älteren Gebäude untergebracht. Es war keine große Abteilung. San Clemente war keine große Stadt. Auch wenn Richard Nixon eine Zeitlang hier gewohnt und die Leute den Namen schon mal gehört hatten, war es für viele immer noch mitten in der Wildnis zwischen Los Angeles und San Diego. Hier und da entstanden neue Siedlungen und Einkaufszentren, doch die Stadt selbst sah immer noch wie einer dieser kleinen Badeorte aus, wie man sie auch an der Ostküste finden kann.

Rickerson hatte in einer Hand einen Becher Kaffee, in der anderen eine Cola. Der Kaffee sah widerlich aus, aber er brauchte ihn. Solange er sich noch im Becher bewegte, war er wenigstens trinkbar. Die Cola war für Josh, der allein im Vernehmungszimmer auf ihn wartete. Er hoffte inständig, daß der Junge nicht für das Blutbad in dem Schlafzimmer verantwortlich war. Er hatte selbst zwei Kinder, und es war ihm zuwider, wenn er junge Leute wegen schwerer Verbrechen verhaften mußte. Ab und zu mal eine kleine Festnahme wegen Drogenbesitz, Trinken in der Öffentlichkeit oder Mißachtung der Ausgangsbestimmungen, das kümmerte ihn nicht, aber ein Verbrechen wie das hier war etwas anderes. Das hier würde eine große Sache werden. Alle Zeitungen würden sich darauf stürzen. Zwar waren die beiden Toten nicht weiter von Bedeutung. Die Frau war Hausfrau, und der Mann besaß ein kleines Pfandhaus im Zentrum des alten San Clemente. Aber die verwandtschaftliche Beziehung zu einer

Richterin würde für Schlagzeilen sorgen, zumal diese Richterin erst vor ein paar Wochen für Aufsehen in allen Zeitungen gesorgt hatte. Das war ein gefundenes Fressen für die Presse. Und wenn die davon Wind kriegten, daß der Junge zu den Verdächtigen gehörte, dann wäre die Hölle los.

»Hey, Josh, ich hab' dir 'ne Cola mitgebracht«, sagte er und wußte, daß sein Lächeln auf den grimmigen jungen Mann, der da vor ihm saß, nicht ansteckend wirken würde. Sein langes rotblondes Haar fiel ihm in die Stirn und verdeckte fast seine Augen. Er war ein recht hübscher Junge – klare Haut, nettes Gesicht, blaue Augen. Doch unter den gegebenen Umständen war es schwer zu sagen, wie er tatsächlich war.

Die Coladose blieb auf dem Tisch stehen. Der Junge griff nicht danach. Er saß mit vorgebeugtem Körper auf dem Stuhl, seine Schultern waren eingesunken, die Augen glasig und verquollen.

»Okay, laß uns ganz von vorn anfangen. Ich weiß, das ist schmerzhaft, mein Junge, und es tut mir leid, daß wir das machen müssen, aber es muß sein. Sobald wir hier fertig sind, kannst du mit deiner Tante nach Hause fahren und versuchen, dich etwas auszuruhen.«

Josh blinzelte und leckte sich die Lippen. »Meine Tante? Ich hab' meine Tante seit ...« Er brach ab und konzentrierte seinen Blick auf ein gerahmtes Poster an der Wand.

»Also, versuchen wir es hinter uns zu bringen. Du kamst aus der Schule und hast den Lieferwagen deines Stiefvaters vor dem Haus stehen sehen. Du hast meinem Kollegen erzählt, daß das ungewöhnlich war, daß er normalerweise nicht so früh aus dem Laden nach Hause kam. Ist das richtig?«

»Yeah.«

Er sah den Jungen mitleidig an. »Tut mir leid, junger Mann.« Er fuhr fort: »Du bist durch die Hintertür in die Küche gegangen. War sie auf oder hast du deinen Schlüssel benutzt?«

»Ich hab' meinen Schlüssel benutzt. Den verstecken wir über dem Türsims.«

Rickerson las in den Notizen seines Kollegen und sah dann Josh an. Seine Augen waren weit aufgerissen, und sein Mund stand offen. »Du bist an den Kühlschrank gegangen, hast dir 'ne Cola geholt und bist dann durch den Flur zu deinem Zimmer gegangen. Als du am Schlafzimmer vorbeikamst, stand die Tür offen, und du hast die Leichen gesehen. Ist das richtig?«

»Yeah.« Josh beugte sich nach vorne, noch näher an den Tisch heran. Er legte eine Hand um die Coladose und riß den Verschluß auf, trank aber nicht. Mit einer ruckartigen Bewegung schlug er sich die Haare aus den Augen und starrte weiter auf das Poster.

»Erzähl mir was von den Gewichten.« Er sah dem Jungen direkt in die Augen und versuchte, seine Reaktion festzustellen. Nichts. Selbst der Klang seiner Stimme war fast ausdruckslos.

»Gewichte? Wovon reden Sie?«

»Du weißt doch, der Satz Hanteln, den dir deine Mom letztes Jahr zu Weihnachten geschenkt hat. Trainierst du, Josh? Du bist wirklich gut gebaut.«

Ein schwaches Leuchten erschien in seinen Augen. »Mein Dad hat Bodybuilding gemacht. Mein richtiger Dad. Yeah, ich trainiere. Woher wissen Sie, daß meine Mom mir die Hanteln zu Weihnachten geschenkt hat?« Er schluckte bei der Erwähnung seiner Mutter und war nahe daran zu weinen.

»Wir haben sie in deinem Zimmer gefunden, mein Junge. Eine fehlte – die Zwanziger.«

Josh wandte sich dem Detective zu und sprach, ohne mit den Augen zu blinzeln. »Die Zwanziger?«

»Ja, die Zwanziger. Die war nicht bei den übrigen Hanteln.«

»Oh, yeah. Was hat das mit meiner Mom zu tun?«

»Warum beantwortest du nicht erst meine Frage, und dann werde ich deine beantworten. Ist das ein faires Angebot?«

»Alle Hanteln waren in der Kiste in meinem Zimmer, wo

sie immer sind. Ich hatte sie im Schrank, weil Mom...« Er hustete, seine Augen glänzten feucht.

»Erzähl bitte weiter.«

Die Tränen liefen ihm nun aus beiden Augen. Er machte keine Anstalten, sie wegzuwischen, und Rickerson tat so, als ob er sie nicht sähe. »Meine Mom mochte nicht, wenn sie überall in meinem Zimmer auf dem Boden rumlagen. Sie wollte, daß ich sie in der Kiste im Schrank aufbewahrte.«

»Die Zwanzig-Pfund-Hantel war also heute morgen, als du zur Schule gingst, in deinem Schrank?«

»Yeah, sicher. Das heißt, ich nehm's an. Ich hab' nicht nachgeguckt. Gestern abend war sie noch da.« Er schniefte. »Ich hab' sie vielleicht auf dem Boden liegenlassen. Ich kann mich nicht erinnern.« Die Tränen versiegten und trockneten auf seinem Gesicht. Sein Gesicht war staubig gewesen, und jetzt konnte man an einigen Stellen seine blasse Haut sehen, während der Staub sich in schmutzige Streifen verwandelt hatte.

»Nun ja«, sagte Rickerson, »da haben wir sie nicht gefunden. Alle Hanteln waren in deinem Schrank, nur die Zwanziger fehlte. Aber die haben wir im Schlafzimmer deiner Eltern gefunden.«

Josh starrte ihn durchdringend an und antwortete in scharfem Ton: »Das Schlafzimmer meiner Mutter. Das war nicht mein Dad. Hab' ich Ihnen doch gesagt. Mein Dad ist tot. Das war mein Stiefvater.«

Rickerson lehnt sich zurück und rieb sich seinen knurrenden und rebellierenden Magen. Er würde nachprüfen müssen, wie der richtige Vater gestorben war. Etwas an diesem Jungen ließ in ihm allmählich den Wunsch aufkommen, er hätte diese Woche wie geplant Urlaub genommen. Aber nein. Dafür hatte Joyce gesorgt. Nach fast zwanzig Ehejahren hatte sie ihm eines Morgens ganz überraschend erklärt, daß sie zurück ans College wolle, um Maschinenbau zu studieren. Ein paar Monate später hatte sie sich dann eine eigene Wohnung genommen und ihn mit seinen beiden Söhnen allein gelassen. Doch nach wie vor betonte sie, daß sie sich nicht scheiden lassen wollte, und rief ihn jeden Abend an, um ihm zu sagen, wie sehr sie ihn vermisse. Sie nahm ihm sogar das Versprechen ab, daß er in seiner Dienststelle niemandem etwas davon erzählte. Frauen, dachte er und drehte den goldenen Ehering an seiner linken Hand. Verdammtes Weibsstück. Er könnte jetzt auf Hawaii am Strand liegen, anstatt sich hier mit diesem Jungen befassen zu müssen.

»Okay, Josh«, sagte er, »dann beantworte mir nur eine Frage. Wie könnte deine Zwanzig-Pfund-Hantel in das Schlafzimmer deiner Eltern – entschuldige – in das Schlafzimmer deiner Mutter und deines Stiefvaters gekommen sein?«

»Keine Ahnung.«

»Kannst du dir irgendwie vorstellen, weshalb jemand das deiner Mutter und deinem Stiefvater antun sollte?« Er würde ganz bestimmt nicht mehr das Wort *Eltern* benutzen. Ein Blick von diesem Jungen genügte, um einem das klarzumachen.

»Weil Sam ein Schwein war! Ich hab' ihn gehaßt, Mann. Jeder muß ihn gehaßt haben, außer meiner Mom.« Jetzt griff er nach der Cola, trank die halbe Dose in einem Zug leer und stellte den Rest mit einem dumpfen Geräusch wieder auf den Tisch.

»Hast du sie umgebracht, Josh?« fragte der Detective leise. Er war sich bewußt, daß er sich auf unsicherem Gelände bewegte. Er konnte ihn über den Mord als Zeugen befragen, aber er durfte ihn nicht als Verdächtigen vernehmen, bis ein Elternteil oder ein Vormund dabei war. Doch die Chance hatte sich ergeben, und Rickerson konnte der Versuchung nicht widerstehen.

»Nein«, sagte Josh und sah ihm voll in die Augen. »Ich wünsche allerdings, ich hätte Sam umgebracht.«

Rickerson lehnte sich seufzend zurück. »Deine Mutter? Weißt du, wer deiner Mutter hätte weh tun wollen?«

»Keine Ahnung. Sam vielleicht. Der hat sie dauernd angebrüllt.«

»Hast du mal jemand im Haus gesehen, den du nicht

kanntest? Kannst du mir eine Liste von ihren Freunden geben?«

»Kann ich mich nicht erinnern, okay. Sie hatten nicht viele Freunde.« Sein Gesicht verfinsterte sich einen Moment. Er weigerte sich, den Detective anzusehen.

»Ist dir aufgefallen, ob irgendwas nicht stimmte oder anders war, als du heute nach Hause kamst, bevor du die Leichen gefunden hast?«

»Ich hab' bloß Sams dämlichen Lieferwagen gesehen. Er kommt sonst nie mitten am Tag nach Hause. Und alles war durcheinandergeschmissen, als ob wir ausziehen würden oder so was.«

Rickerson war müde und hungrig. Er kam nicht weiter. Entweder wußte der arme Junge nichts, oder er sagte nicht, was er wußte. Er stand auf, schob den Metallstuhl nach hinten, drückte die Hände gegen seinen schmerzenden Rücken und streckte sich. »Wir wollen jetzt Schluß machen. Das reicht für heute. Deine Tante müßte jeden Moment hier sein. Sie kommt dich abholen.«

Josh stand ebenfalls auf. Rickerson ging zur Tür. Dort wandte er sich um. Der Junge war einfach stehengeblieben. »Na komm schon«, sagte er noch einmal. »Du willst doch nicht die ganze Nacht hier verbringen, oder?«

»Warum muß ich zu meiner Tante? Sie ist ein Biest. Warum kann ich nicht zu mir nach Hause und dort bleiben? Ich brauche mein Fahrrad... und meine Klamotten – meine Sachen.«

Rickerson zuckte bloß mit den Schultern. Schwierige Situation, dachte er. In einem Fall wie diesem wird überhaupt nichts leicht sein, jetzt nicht und auch später nicht.

»Entweder zu deiner Tante oder in ein Heim, bis wir eine Pflegefamilie gefunden haben. Das kannst du dir aussuchen.« Er wartete nicht auf eine Antwort des Jungen. Die Antwort war offensichtlich. Er verließ den Raum und wartete auf dem Gang, wo er sich ein paar Sekunden mit dem Rücken gegen die Wand legte, um ihn zu entlasten. Kurz darauf kam der Junge heraus und schlurfte hinter ihm her zu seinem Büro. Hatte er den verhaßten Stiefvater umgebracht, fragte sich Rickerson, und dann seine Mutter erstickt? Schwer zu sagen bisher. Er hatte jedoch genügend Zweifel, die ihm in nächster Zeit einige schlaflose Nächte bereiten würden. Was die Befürchtungen von Richterin Sanderstone anging, daß jemand hinter ihr her sei, so glaubte er persönlich nicht daran. Ein Wohnungseinbruch war meilenweit entfernt von einem Doppelmord. Er ließ die Gegend von Beamten gründlich erkunden und hoffte, daß die Spurensicherung etwas herausfinden würde, woran man sich festbeißen könnte und womit man weiterkäme. Wenn nicht, dann sah es wirklich schlecht aus.

Er war so in seine eigene kleine Welt versunken, daß er aufschreckte, als der Junge neben ihm den Mund aufmachte.

»Das ist sie, oder?« sagte er und beobachtete, wie eine leicht ramponiert aussehende Frau den Gang entlang kam.

Rickerson blickte auf und sah Lara Sanderstone. »Kennst du sie denn noch nicht mal, mein Junge?« flüsterte er und fragte sich, ob mit dem Jungen alles in Ordnung war. Er mußte doch seine eigene Tante erkennen.

»Yeah«, sagte er, »ich kenne sie. Ich hatte bloß vergessen, wie sie aussieht, ist schon so lange her.« Er warf Rickerson einen stechenden Blick zu. »Ich hab' Ihnen doch gesagt, sie ist ein Biest. Das hat meine Mom immer gesagt. Sie sagte, wir wären ihr nicht gut genug. Daß sie uns für weißes Gesindel hielt und deshalb nicht mehr zu uns gekommen wär.«

»Oh, yeah«, sagte Rickerson. »Sie ist aber eine sehr kluge Lady. Warum gibst du ihr nicht eine Chance?«

Als Lara näher kam, blickte Rickerson auf und schüttelte den Kopf. Die Frau tat ihm leid. Nein, er wollte jetzt auf keinen Fall in ihrer Haut stecken. Schwester und Schwager ermordet und diesen schlaksigen, verbitterten Jungen am Hals. Sie war eine attraktive Frau, dachte er, während er sie von oben bis unten musterte. Selbst in dieser Streßsituation hatte sie noch etwas Ungewöhnliches, beinah Ätherisches an sich. Aber sie wirkte klein, verletzlich und gebrochen. Nicht wie die knallharte zierliche Anklägerin, die er aus ihrer Zeit bei der Staatsanwaltschaft in Erinnerung hatte.

»Josh«, sagte sie, als sie ihn sah, und lief auf ihn zu, um ihn in die Arme zu nehmen. »Es tut mir so leid, mein Lieber. Es tut mir so leid.« Dann trat sie wieder einen Schritt zurück und sah ihn an. »Du bist ja so groß ... mein Gott.« Sie legte eine Hand auf ihren Mund. Er sah aus wie sein Vater. Es war, als ob die Zeit rückwärts lief, zurück zu den Tagen, als sie alle auf der High School waren, den Tagen, als ... Sie unterbrach diesen Gedankengang, als sie den finsteren Blick in seinen Augen sah, einen Blick, der glatt durch sie hindurchging.

Josh stand einfach nur da. Er sagte kein Wort.

Kapitel 7

Auf der Polizeistation nahm Sergeant Rickerson Lara beiseite und schickte Josh den Flur hinunter, um sich Verbrecherfotos anzusehen, vielleicht war ja jemand dabei, den er in der Gegend oder im Haus seiner Eltern gesehen hatte. Eigentlich war das nur ein Versuch, die Situation zu entschärfen – die Spannung zwischen dem Jungen und seiner Tante. Josh hatte sich rundweg geweigert, mit ihr nach Hause zu gehen. »Vielleicht war es ein Fehler, daß Sie hierher gekommen sind«, sagte Rickerson. Sie standen auf dem Flur, der in die Eingangshalle führte. »Es war offenbar wirklich ein harter Schlag für ihn. Sie sollten nach Hause fahren, und ich werde versuchen, ihn ein wenig zur Vernunft zu bringen. Später fahre ich ihn dann entweder bei Ihnen vorbei oder versuche, ihn anderswo unterzubringen.«

Lara spürte immer noch den Blick ihres Neffen. Was sie in seinen Augen gesehen hatte, war reiner Haß. Sie sah den Detective an und schaute wieder weg. Vielleicht hatte er recht mit der Unterbringung. »Ich weiß überhaupt nichts über Jugendliche in dem Alter«, sagte sie. »Ich bin nicht verheiratet, wissen Sie.«

Rickerson fuhr sich mit den Fingern durch seine strubbeligen roten Haare, dann stützte er sich mit dem Rücken gegen die Wand. »Yeah, ich bin mir auch nicht sicher, ob ich da so gut Bescheid weiß, dabei hab' ich selbst zwei von der Sorte. Kinder sind halt wie sie sind. So ist das nun mal.«

Obwohl sie versucht war, Josh dem Jugendamt zu übergeben, brachte sie es nicht fertig. »Bitte reden Sie ihm zu, bei mir zu bleiben. Sagen Sie ihm, daß er mir viel bedeutet. Er ist das einzige Kind meiner Schwester. Ich muß ihn nehmen.« Lara suchte in ihrer Handtasche nach der Mietquittung, gab ihm die Adresse, und da fiel ihr plötzlich etwas ein – die letzte Nacht, in der sie Ivory lebend gesehen hatte. »Jemand war hinter meiner Schwester her«, platzte sie heraus und trat in einen Türeingang, als ein anderer Polizist an ihnen vorbeiging. »Vor ungefähr zwei Monaten kam sie spät in der Nacht zu mir. Sie war aufgeregt, hatte Angst, weigerte sich aber, mir zu sagen, was los war.«

»Haben Sie die Polizei angerufen, sich eine Beschreibung des Autos oder von sonst was geben lassen?« Rickerson war hellwach. Er stand nur ein kleines Stück von Lara entfernt; sein Atem und seine Kleidung stanken nach Zigarre, obwohl er im Augenblick nicht rauchte.

»Nein, sie wollte mir nichts sagen.« Lara sah auf das stark abgenutzte Linoleum. Der Fußboden mußte irgendwann mal weiß gewesen sein. Jetzt hatte er einen häßlichen Gelbton. »Wir hatten einen Streit. Ich habe keine Ahnung, was los war. Ich hab' sie rausgeschmissen.«

Ivory war vor zwei Monaten in Schwierigkeiten gewesen, in der Nacht, als sie zu ihrem Haus kam. Sie hatte keine Ahnung wieso und weshalb. Sie wußte nur, daß Ivory Probleme hatte. Sie hätte es begreifen sollen. Sie hätte versuchen sollen herauszukriegen, was los war. Wenn sie das getan hätte, wäre ihre Schwester vielleicht noch am Leben. Rickerson starrte sie an. Schweißperlen traten auf ihre Oberlippe. Sie wischte sie mit der Hand weg.

»Ich werde das Sheriffbüro anrufen und mich erkundigen, welche Fortschritte sie mit dem Einbruch in Ihrem Haus gemacht haben«, sagte er, weil er sich Sorgen um die Frau machte, die neben ihm stand, im Augenblick mehr Sorgen um ihren emotionalen Zustand als um irgendeine reale Bedrohung. »Hat nichts gefehlt, oder?«

»Nein, soweit ich weiß nicht«, sagte Lara gegen die weiß getünchte Wand gelehnt. »Ich meine, ich hab' nicht alles durchgesehen. Man hat mir gesagt, ich soll ausziehen, also bin ich ausgezogen.«

»Mir ist einiges über den Fall Henderson bekannt, aber nicht alles. Sie sagten, daß jemand Sie bedroht hat, jemand aus der Familie?«

»Der Freund des toten Mädchens«, sagte Lara, und die Worte hallten ihr im Kopf wider. Sie sah immer wieder Ivory in jenem Zimmer auf dem Fußboden. Würde man sie als die Schwester des toten Mädchens bezeichnen? »Ich weiß nicht mehr genau, was er gesagt hat. Ich meine, er hat mich als verdammtes Miststück beschimpft... hat gesagt, jemand sollte meine ganze Familie umbringen... so was in der Art. Zu dem Zeitpunkt wurde nicht mehr Protokoll geführt, deshalb haben wir es nicht schriftlich, aber der Staatsanwalt war im Gerichtssaal, und der Gerichtsdiener. Etliche Leute waren dabei.« Lara sah den Detective nicht an und sagte dann mit leiser Stimme: »Ich dachte, er wäre ganz einfach außer sich. Es war eine schwierige Situation.«

»Der Gerichtsmediziner glaubt, daß Ihre Schwester vor dem Ersticken sexuell mißbraucht wurde.« Er sagte das äußerst ungern, aber sie mußte es wissen.

Lara sah ihn schockiert an. »Nein... o Gott... sie wurde vergewaltigt. Ivory wurde vergewaltigt.« Dann preßte sie rasch die Lippen zu einer harten schmalen Linie zusammen. Ivory war tot. Daß man sie vergewaltigt hatte, war nebensächlich. Aber es war ein Teil des Leidens, der Qualen, die sie in den letzten Augenblicken ihres Lebens hatte ertragen müssen.

»War das Mädchen im Fall Henderson nicht auch vergewaltigt worden?« fragte Rickerson.

Laras Kopf wandte sich mit einem Ruck dem großen Detective zu. »Mein Gott, ja... Sie glauben doch nicht etwa, daß der Freund des Mädchens Ivory vergewaltigen und ermorden würde, um mir eins auszuwischen? Das wäre Wahnsinn! Alles was ich getan habe, war dem Gesetz entsprechend zu entscheiden. Mir waren die Hände gebunden.« Ihre Gesichtsmuskeln zuckten. Es war ihr schon lange egal, was Rickerson oder die Polizisten, die im Flur an ihnen vorbeigingen, von ihr dachten. Sie stand mit dem Gesicht zur Wand und schlug mit ihren Fäusten dagegen. Dann kam ihr ein Gedanke, und sie fuhr zu ihm herum. »Sind die denn sicher, daß das nicht in gegenseitigem Einverständnis geschehen ist? Vielleicht haben Ivory und Sam miteinander geschlafen, bevor sie ermordet wurde.«

Rickerson wandte den Blick nach unten. »Lara, der Gerichtsmediziner hat gesagt, es war eine Vergewaltigung. Und zwar ziemlich brutal nach dem, was er feststellen konnte. Mehrere üble Risse in ihrer Scheide.« Er sah ihr jetzt wieder ins Gesicht. »Wer auch immer das getan hat, wir werden ihn erwischen. Er wird bezahlen. Fahren Sie jetzt nach Hause. Rufen Sie irgend jemand an... eine Freundin, eine Verwandte. Hier können Sie nichts tun.«

Lara traten die Tränen in die Augen. Sie dachte an Thomas Henderson. Er hatte nicht bezahlt. Er saß in einer Klapsmühle und konnte jederzeit wieder raus, wenn ihm danach war. Sie drückte sich von der Wand ab und verließ das Gebäude in Richtung Parkplatz. All diese Jahre, all die Fälle, die zahllosen Gesichter. Sie waren jetzt ganz verschwommen, bewegten sich so schnell vor ihren Augen, daß sie sich an keines erinnern konnte. Wie viele Feinde hatte sie? Waren es Hunderte, gar Tausende? Lauerte ihr womöglich genau in diesem Augenblick jemand auf, der auf Rache aus war? War jemand so von Haß erfüllt, daß er ihre Schwester und ihren Schwager töten würde, nur um ihr weh zu tun?

Sie hörte sich, wie sie zu ihrer Zeit als Staatsanwältin vor Gericht plädierte: »Die Anklage glaubt, daß die Höchststrafe in diesem Fall sowohl angemessen als auch gerechtfertigt ist, Euer Ehren. Der Angeklagte ist ein Soziopath, eine Gefahr für die Gesellschaft, ein Tier...«

Diese Leute hatten Frauen und Kinder, Mütter und Väter, Brüder und Schwestern. Sie hatte bestimmt Fehler gemacht. Hatte sie möglicherweise einen Unschuldigen ins Gefängnis geschickt? Das System war nicht unfehlbar.

Lara Sanderstone galt als hart und unerbittlich, man sagte

von ihr, daß sie zu längeren Haftstrafen tendierte, die Strafen immer so hoch ansetzte, wie es ging. Niemand erwähnte ihren Namen zusammen mit dem Wort Milde in einem Satz. Leo Evergreen hatte sie sogar nur wenige Monate nach ihrer Ernennung in sein Amtszimmer gebeten und ihr die Leviten gelesen.

»Sie sind jetzt nicht mehr Anklägerin, Lara«, hatte er gesagt. »Als Richter muß man beim Verhängen von Strafen andere Faktoren in Betracht ziehen. Sie können nicht jeden Straftäter ins Gefängnis schicken. In manchen Fällen gibt es kalkulierbare Risiken. Die müssen wir eingehen.«

Die Wahrheit war ganz offensichtlich. Sie hatte Feinde, vermutlich sehr viel mehr noch als ein Drecksack wie Sam Perkins.

Lara sah auf die Uhr. Es war schon spät, fast elf Uhr. Das kleine Apartment, das sie gemietet hatte, sah aus wie eine Musterwohnung. An jeder zweiten Wand hingen Spiegel, damit das ganze größer wirkte. Die Möbel waren klein, täuschend klein, ebenfalls um die Illusion zu vermitteln, die Räume seien größer als sie in Wirklichkeit waren. Sie wollte eine Geräuschkulisse um sich haben, also ging sie zum Fernseher, um ihn anzustellen. Er war nicht echt, es war nur eine schwarze Plastikkiste, die aussah wie ein Fernseher. Sie kam sich vor wie in Disneyland.

Sie wartete immer noch darauf, daß der Detective Josh ablieferte.

Obwohl es kein Telefon gab, hatte jemand die Gelben Seiten in den Türeingang gelegt. Sie hob das Buch auf und blätterte den Teil durch, in dem die Bestattungsinstitute aufgelistet waren, doch schon bald begannen ihre Finger auf den dünnen Seiten zu zittern. Sie ließ das schwere Buch auf den Fußboden fallen und beschloß, daß Phillip sich morgen darum kümmern könnte. Sie würde ihm sagen, was sie wollte, und er würde die entsprechenden Anrufe erledigen.

Das ist der Moment, wo einem die Realität des Todes in aller Kraßheit bewußt wird, dachte sie. Wenn man ein Beerdigungsinstitut anruft und einen Sarg kauft, um einen geliebten Menschen in die Erde zu legen, unter den Dreck. Sie starrte die Tür an und versuchte, die morbiden Gedanken herunterzuschlucken wie eine Pille ohne Wasser.

Auf der Rückfahrt von San Clemente hatte sie fast alle Leute, die ihr einfielen, vom Autotelefon aus angerufen, größtenteils die Nummern, die sie gespeichert hatte. War das nicht das, was man tun sollte, wenn jemand starb? Sie hatte Irene Murdock angerufen. Irene war wie ein Fels in der Brandung – genau das, was sie jetzt brauchte, dachte sie. Irenes Anrufbeantworter hatte sich gemeldet. Lara hängte ein.

Dann hatte sie Benjamin England angerufen. Selbst wenn er im Bett ein Scheißkerl war, so war er doch ein Mann, und sie brauchte jemanden. Auch bei ihm erreichte sie nur den Anrufbeantworter. Sie hatte vergessen, daß er geschäftlich nach San Francisco mußte. Sie hinterließ keine Nachricht. Zuerst wollte sie es tun, aber dann brachte sie die Worte einfach nicht heraus. Einer Maschine zu erzählen, daß deine Schwester ermordet worden ist, war fast obszön.

Sie hatte Phillip angerufen. Er hatte zugehört und versucht, sie zu trösten, hatte ihr gesagt, sie brauche am nächsten Morgen nicht ins Büro zu kommen. Er würde Bescheid sagen, alles in die Wege leiten, Evergreen anrufen. Er fragte, ob er vorbeikommen solle, aber sie sagte nein.

Sie hatte ihren Exmann Nolan anrufen wollen, ein prominenter Anwalt in der Unterhaltungsindustrie, sich aber dann dagegen entschieden. Ihre kurze Ehe war vor etlichen Jahren mit großer Verbitterung auf beiden Seiten geschieden worden. Sie hatten nicht dieselben Ziele. Er betete den Gott des Geldes an; sie strebte nach Gerechtigkeit. Wie dem auch sei, dachte sie, Nolan hatte jetzt eine neue Frau und eine Villa in Beverly Hills. Sie bezweifelte, daß er bereit wäre, den ganzen Weg hierher zu fahren, nur um ihr zu helfen, ihre Schwester zu begraben.

Sie ging ans Fenster und spähte durch die Gardinen. Auf dem Couchtisch lag eine kleine Karte, auf der stand, daß die Gardinen ein Dekorationsstück seien. Sie gehörten nicht zur Einrichtung. In Emmets Wohnung brannte zwar noch Licht, aber es war schon fast Mitternacht. Es wäre nicht richtig, ihn zu stören. Seine Krankheit laugte ihn aus, und außerdem, überlegte sie, was könnte er schon tun?

Sie bekam Angst – von Minute zu Minute mehr. Sie hörte Geräusche, Geräusche, die anders waren, als bei ihr im Haus, Autos auf dem nahe gelegenen Freeway, Sirenen, Hupen, und Leute, die redeten; ihre Stimmen waren zwar weit weg, aber trotzdem hörbar. War jemand da draußen und wartete, wartete ganz einfach, bis sie die Augen zumachte, damit er hereinkommen und ihr den Schädel einschlagen oder sie mit ihrem eigenen Kissen ersticken konnte, wie er es mit Ivory gemacht hatte? Selbst hierher konnte er ihr gefolgt sein.

Sie ließ sich auf das Sofa fallen. Es war klein, eher wie ein großer Sessel. Sie würde hier schlafen und Josh das Bett überlassen. Gott sei Dank hatte Rickerson ihn überreden können, zunächst bei ihr zu wohnen. Er hatte vor einer Stunde angerufen und gesagt, er würde den Jungen vorbeibringen. Er war groß, körperlich so groß wie die meisten Männer. Er würde bei ihr sein.

Während sie schlaff auf dem Sofa lag, von Erschöpfung und Schmerz verzehrt, ließ sie ihrem Zorn gegen Sam freien Lauf. In ihren Augen war Perkins ein halber Krimineller. Obwohl ein Pfandhausbesitzer vom Gesetz her verpflichtet war, jedes angenommene Teil bei der örtlichen Polizei zu melden, tat Perkins das nur selten. Wenn die Polizei bei ihm Diebesgut fand, nahm er den Verlust einfach hin, bezahlte die Strafe und behauptete, die Unterlagen seien in der Post verlorengegangen. Er nutzte außerdem seine Verbindung zu Lara und dem Gericht aus, um sich der strafrechtlichen Verfolgung zu entziehen und seine Lizenz behalten zu können. Dreimal hatte sie den Mistkerl schon gegen Kaution freibekommen. Sie wußte, daß das falsch gewesen war, es verstieß gegen alles, woran sie glaubte, aber sie hatte es für Ivory getan. Außerdem taten alle Richter ab und zu mal jemandem einen Gefallen, und sie hatte ihm auch noch hunderttausend Dollar geliehen, für die sie hart gearbeitet hatte, damit er sich den Laden kaufen konnte.

Schließlich war ein leises Klopfen zu hören. Sie sprang auf, rannte das kurze Stück bis zur Tür und riß sie auf, ohne zu gucken, wer da war. Rickerson betrat die Wohnung gefolgt von Josh.

»Du bist so spät. Ich hab' mir Sorgen gemacht«, sagte sie, den Blick auf Josh fixiert. Sie wußte zwar, daß er vierzehn war, aber sie konnte einfach nicht glauben, wie groß er war, wie sehr er gewachsen war, seit sie ihn das letzte Mal gesehen hatte. Er mußte mindestens 1,75 Meter sein, und sein Körper war entwickelt wie bei einem erwachsenen Mann. Er hatte die ausgeprägte Armmuskulatur und die breiten Schultern seines Vaters auf einem schmalen, drahtigen Körper. »Hast du Hunger?« fragte sie. »Hast du was gegessen?«

Er gab keine Antwort. Nach ein paar peinlichen Augenblicken an der Tür ging er ins Zimmer und sah sich um. Rikkerson bat sie mit nach draußen.

»Hören Sie, beim nächsten Mal sollten Sie die Tür nicht öffnen, ohne vorher nachzusehen, wer da ist.«

»Ich weiß«, sagte sie verlegen. »Ich hab' halt die ganze Zeit gewartet...«

»Und vielleicht sollten Sie sich eine Waffe besorgen, falls Sie keine haben.«

Lara sah ihn an. »Glauben Sie tatsächlich, daß ich eine brauche?« Er verstärkte ihre Angst noch, machte sie verrückt. Warum konnte er nicht einfach lügen und ihr sagen, daß sie absolut sicher sei – daß das alles nichts mit ihr zu tun habe?

»Ich glaube, das ist durchaus möglich. Ich habe mit dem Büro des Sheriffs gesprochen. Bei Ihnen im Haus wurde nicht einfach eingebrochen, Lara, es ist völlig durchwühlt worden. Da hat jemand nach etwas gesucht. Und bei Ihrer Schwester hat man ebenfalls was gesucht. Die haben die ganze Wohnung auseinandergenommen.«

»Aber was?... Ich habe nichts, das für irgend jemand von Interesse sein könnte. Ich hab' noch nicht mal viel, was sich zu stehlen lohnt.«

»Irgendwas über einen Fall?« fragte er. »Nehmen Sie

Arbeit mit nach Hause, Beweismaterial, Polizeiberichte … so was in der Art?«

»Natürlich«, sagte sie, »aber in letzter Zeit nicht. Ich fange nächste Woche mit einem neuen Prozeß an, aber selbst wenn ich die ganze Akte mit nach Hause genommen hätte, sehe ich keinen Grund, warum jemand sie stehlen sollte. Der brauchte doch nur ins Archiv zu gehen, einen Zettel auszufüllen, und dann könnte er sie selbst einsehen. Sofern die Akte nicht versiegelt ist, ist sie für die Öffentlichkeit zugänglich.«

Er zuckte die Achseln. »Gehen Sie mit Ihrem Neffen zu einem Psychologen oder so was. Ich meine, das wissen Sie natürlich selbst. Er hat nichts gegessen. Er hat den ganzen Abend kaum mehr als drei Worte gesagt. Und hier«, sagte er und lächelte ihr halbherzig zu, »sagen Sie nicht, ich hätt' Ihnen noch nie was geschenkt.«

Lara starrte auf den Gegenstand in seiner Hand. Das Licht spiegelte sich auf dem bläulichen Stahl eines kleinkalibrigen Revolvers wider.

»Na los, nehmen Sie ihn«, sagte er.

»Nein«, sagte sie. »Ich will ihn nicht. Ich hasse Schußwaffen. Und Josh ist hier … Sie wissen doch, wie gefährlich es ist, eine Waffe im Haus zu haben, wenn ein Kind da ist.« Besonders ein solches Kind, dachte sie. Er war so groß, daß schon das Wort Kind völlig unzutreffend war. Und Rickersons Befürchtungen könnten stimmen. Josh könnte nach Hause gekommen sein, seinen Stiefvater über die Leiche seiner Mutter gebeugt gefunden und ihm den Schädel eingeschlagen haben. Jetzt brauchte sie dem Jungen nur noch Zugang zu einer Waffe zu verschaffen. Schon der bloße Gedanke brachte sie zum Zittern.

»Yeah«, sagte er, ließ das Wort im Raum stehen und sah ihr tief in die grauen Augen, fast so, als ob er ihre Gedanken lesen könnte. »Sie haben vielleicht recht.«

Rickerson trat noch näher an sie heran. Der Detective hatte die schlechte Angewohnheit, nicht genug Abstand zu halten. Wenn er wüßte, was gut für ihn wäre, würde er einen

Schritt zurücktreten. Er tat es nicht. Er steckte die kleine Faustfeuerwaffe wieder in seine Jackentasche.

Ein paar Meilen entfernt ertönte eine Sirene auf dem Freeway. Lara hielt die Luft an und dachte an Ivory, an die letzte Nacht, in der sie sie gesehen hatte. »Die Nacht, in der sie zu mir nach Hause kam, das muß am 7. Juli gewesen sein«, sagte Lara. »Ich dachte, ich erzähle Ihnen das einfach mal. Es war die Nacht vor meinem Geburtstag.« Ivory hatte noch nicht mal an ihren Geburtstag gedacht. Sie war mit Irene und noch ein paar Frauen in Los Angeles essen gegangen. »Was haben Sie im Haus an Beweismaterial gefunden?«

»Wir... ich... wir müssen uns morgen noch mal mit Ihnen in Verbindung setzen. Wir müssen alles durchgehen, feststellen, was wir haben. Die Leute von der Spurensicherung sind immer noch an der Arbeit, und ich muß auch gleich wieder hin. Danach machen wir uns über sein Pfandhaus her. Das haben wir auch abgesperrt.«

Es war kühl, und Lara schlug die Arme um ihren Körper, um sich zu wärmen, aber sie fror immer noch, als ob es draußen unter Null wäre und nicht ein kalifornischer Abend um die achtzehn Grad. Sie kam zu dem Schluß, daß die Kälte nicht in der Luft war, sondern in ihr steckte.

»Das muß es sein, wissen Sie?« sagte sie zu Rickerson. »Das Pfandhaus. Natürlich. Was sollte es sonst sein? Sie sind nicht hinter mir her. Wenn sie mich wollten, warum haben sie dann nicht mich getötet anstatt sie? Irgendwer war aus irgendeinem Grund stinksauer auf Sam, ist zu ihm nach Hause gekommen und hat sie beide umgebracht. Vermutlich hat der Kerl ihm was verpfändet, und dann hat Sam ihm sein Eigentum einfach unter dem Hintern weg verkauft. Der Kerl könnte ein Krimineller gewesen sein. Sam war nicht gerade ein Engel, müssen Sie wissen.«

»Das hab' ich gehört. Ihr Neffe hat's mir erzählt.«

Lara hob ruckartig den Kopf. »Was hat er gesagt? Weiß er irgendwas?«

Rickerson wollte die Frau nicht beunruhigen, indem er seine Befürchtungen wiederholte. Andererseits, falls der

Junge verrückt war, dann setzte er sie natürlich einer ganz schön riskanten Situation aus. »Hatten Sie ein enges Verhältnis zu Ihrer Schwester?«

»Nicht sonderlich.« Sie öffnete die Tür einen Spalt und linste in den Raum. Josh lag auf dem Bauch auf dem Sofa. Sie machte die Tür wieder zu. »In den letzten zwei Jahren hatten wir fast gar keinen Kontakt mehr. Ich hielt nichts von Sam, und sie wollte sich nicht von ihm trennen. So in der Art, verstehen Sie?«

»Yeah, aber der Junge? Was wissen Sie über den Jungen?«

»Nichts.« Sie wandte den Blick ab. Es war ihr peinlich, das zugeben zu müssen.

»Ihr Schwager wurde mit einem Gewicht ermordet, mit einer Hantel. Die Gewichte gehörten dem Jungen.«

»Das haben Sie bereits gesagt. Wollen Sie damit zu verstehen geben, was ich zu verstehen glaube?« Ein Mitbewohner des Hauses kam auf sie zu, Lara und Rickerson traten einen Schritt zurück, um ihn vorbeizulassen. Er nickte dem Mann zu, Lara ignorierte ihn und sah den Detective schräg von unten an.

»Sieht so aus. Kann es nicht ausschließen. Noch nicht.« Er rieb sich mit den Fingern über sein Gesicht und spürte die Aknenarben.

»Gott«, sagte sie und schüttelte den Kopf. Sie versuchte sich genauso zu überzeugen wie den Detective. »Das glaube ich nicht. Das ist einfach abartig. So was dürfen Sie noch nicht mal denken, und hören Sie…«

»Yeah.« Er griff in sein Jackett. Kurz darauf drehte er eine Zigarre zwischen seinen Fingern. Er zündete sie nicht an.

»Seien Sie bitte so anständig und verbreiten Sie nicht, daß mein Neffe etwas damit zu tun haben könnte. Er hat gerade seine Mutter verloren.«

Rickerson verzog das Gesicht. »Es wird nicht in der Pressemitteilung stehen, aber es ist auch keine vertrauliche Information. Ich meine, Dutzende von Polizeibeamten waren heute am Tatort, und die wissen alle, daß die Mordwaffe eine Hantel war und daß die Hanteln dem Jungen gehören. Wir haben sie in seinem Zimmer gefunden.«

Sie war empört. »Was seid ihr bloß für Cops?« Sie wurde rot. »Tut mir leid. Das kann ich nicht nachvollziehen. Bloß weil die Mordwaffe eine Hantel ist und das Kind einen Satz Hanteln besitzt, das heißt doch überhaupt nichts. Damit käme man vor keinem Gericht durch, dem ich angehöre, aber auch sonst nirgendwo. Sie klammern sich da an einem Strohhalm fest, Rickerson.« Sie drehte sich um und legte die Hand auf den Türknopf. »Ich will, daß alle Beamten, die Sie zusammentrommeln können, damit anfangen, diese dreckige Pfandleihe auseinanderzunehmen. Suchen Sie alle Leute auf, denen er jemals ein Darlehen gegeben hat, und überprüfen Sie, ob sie irgendwie vorbestraft sind. Dort werden Sie Ihren Mörder finden.«

»Ich schicke diese Nacht einen Mann rüber, der Ihre Wohnung im Auge behält.«

»Danke«, sagte sie. Zumindest würde sie schlafen können. Sie öffnete die Tür und wollte hineingehen. Rickerson ging über den Fußweg zum Parkplatz. Dann drehte er sich noch einmal um und sagte: »Niemand hat sich gewaltsam Einlaß verschafft. Wer auch immer sie umgebracht hat, kannte sie oder wußte, wie er ins Haus kam.«

Sie hörte ihn, aber sie konnte jetzt nicht darüber nachdenken. Sie würde sich daran gewöhnen müssen, Josh auf dem Sofa zu sehen. Doch bei all dem Grauen gab es viel schlimmere Dinge, an die man sich gewöhnen mußte. Zum Beispiel daran, daß er was damit zu tun haben könnte.

»Josh«, flüsterte sie, legte ihre Hand sanft auf seinen Rükken und beugte sich über das Sofa. Er hob den Kopf zwar nicht, aber er wandte ihr sein Gesicht zu. Das Sofa war so klein, daß er mit seinen langen Beinen über das andere Ende ragte. Sie sah, daß er geweint hatte. Er wirkte zwar erwachsen, aber er war es nicht. Er war immer noch ein Kind. Und diesem Kind hatte man übel mitgespielt, dachte sie. Er hatte seinen Vater bei diesem verdammten Motorradunfall verloren, und dann hatte Ivory Sam in ihrer beider Leben gebracht, was für ihn ganz bestimmt nicht angenehm gewesen war. Könnte ihn das so sehr verbittert haben, daß er bereit war zu töten?

»Es tut mir leid, Josh«, sagte sie. »Ich weiß, wie weh dir das tut. Ich hab' deine Mutter sehr lieb gehabt.« Ganz instinktiv streichelte sie ihm über sein Haar, so wie ihre Mutter es getan hatte, als sie und Ivory Kinder waren.

Er starrte sie mit seinen durchdringenden Augen an, die denen seiner Mutter so ähnlich waren. »Laß mich in Ruhe«, fuhr er sie an und stieß ihre Hand weg. »Okay?« Dann drehte er seinen Kopf zur Sofalehne.

Lara stand auf und ging in der Wohnung herum. Sie war so klein. Es war erdrückend, wie eine Kiste, wie ein Sarg. Sie mußte raus. »Josh«, sagte sie leise, »ich fahre jetzt zur Taco Bell und hole was zu essen. Die haben die ganze Nacht auf. Hast du Hunger?«

Er setzte sich auf und rieb sich mit den Händen seine roten Augen. »Ich will nach Hause«, sagte er lapidar. »Ich bleibe nicht bei dir.« Er stand auf und ging zur Tür. »Ich geh' zu Fuß, wenn du mich nicht fährst. Ich muß hier raus.«

Mit einem Satz hatte Lara ihn überholt und versperrte mit ihrem Körper die Tür. »Nein, Josh. Hör mir zu. Du kannst nicht nach Hause. Du mußt hier bei mir bleiben. Die Polizei wird dich nicht ins Haus lassen, und außerdem bist du zu jung, um allein zu wohnen.«

»Geh mir aus dem Weg«, stieß er zornig hervor. Er starrte aus seiner bedrohlichen Höhe wütend auf Lara herab, als ob er sie hochheben und durch das Zimmer schleudern wollte. »Du kannst mich nicht hier festhalten. Das ist kein Gefängnis.«

Lara spürte, wie ihr die Tränen übers Gesicht liefen, und wischte sie mit der Hand weg. Sie würde Josh nicht bei sich behalten können. Er war zu sehr gestört, und sie hatte keine Ahnung, wie sie mit ihm umgehen sollte. Doch egal, was passierte, sie würden diese Nacht durchstehen müssen. Sie holte tief Luft und sagte dann mit fester Stimme zu ihm: »Sieh mal, Josh, ich weiß, daß du mich nicht magst. Aber das war auch meine Schwester, die heute ermordet worden ist. Sie war nicht nur deine Mutter. Sie war meine Schwester. Ich werde mir jetzt was zu essen holen. Wenn du willst, kannst du mitkommen. Wenn nicht, kannst du hungern. Das mußt du entscheiden.«

»Ich hab' Hunger«, sagte er schließlich. »Ich komm' mit.«

»Gut.« Sie nahm ihre Handtasche und ging zur Tür. Dabei murmelte sie leise vor sich hin: »Wir müssen was essen, sonst werden wir krank.« Das hatte ihre Mutter immer gesagt.

Sie hatte eigentlich vorgehabt, durch das Drive-in zu fahren und das Essen mit nach Hause zu nehmen, aber sie konnte die Wohnung jetzt nicht ertragen. »Willst du drinnen essen?«

Er starrte aus dem Beifahrerfenster und sagte nichts.

Lara parkte das Auto und stieg aus. Josh folgte in einigem Abstand. Sie bekamen ihr Essen. Er hatte alles mögliche bestellt. »Ich bin froh, daß du mitgekommen bist, Josh«, sagte sie zu ihm. »Ich wollte nicht allein sein.«

Er sagte bloß: »Ich hab' Hunger.«

Auf dem Weg zum Tisch fiel Lara auf, daß sein Gesicht etwas sanfter geworden war. Sie nahm an, das hatte was mit dem Gesetz des Überlebens zu tun. Sie waren ohne ihr Zutun in diese Situation geraten. Keiner von ihnen konnte etwas daran ändern.

»Du bist echt Richterin?« fragte er, während er einen großen Burrito auspackte und ihn sich in den Mund schob.

Lara sah auf ihre Hände und bemerkte, daß sie schmutzige Fingernägel hatte. »Ja klar. Hat deine Mutter dir nie erzählt, daß ich Richterin geworden bin?« Sie betrachtete sein Gesicht, seine Augen.

»Ich hätte nie geglaubt, daß so'n hohes Tier wie 'ne Richterin in der Taco Bell ißt.«

»Dann weißt du jetzt ein furchtbares Geheimnis.« Sie unterhielten sich. Sein Tonfall war zwar immer noch sarkastisch, aber es war ein Anfang. »Ich bin ganz süchtig nach Fast food. Ich werd' bestimmt eines Tages an einem Herzinfarkt sterben von all der Chemie und dem Cholesterin, aber ich hab' gern, wenn's schnell geht. Ohne viel Theater. Verstehst du?«

Der Burrito war alle. Er warf das Papier zur Seite und machte sich über den Taco her. »Ich mag kein Bioessen«, sagte er mit vollem Mund. »Ich mach' Gewichtheben und sollte mich richtig ernähren. Tu ich aber nicht. Ich kann dieses Tofuzeug nicht ausstehen. Das ist eklig.«

»Ach ja«, sagte Lara, ihren Taco vor sich hin mampfend. Ihr fiel auf, daß er es tatsächlich geschafft hatte, einen vollständigen Satz zu sagen, ohne auf sie loszugehen. »Du würdest es auch eklig finden, wenn du wüßtest, was in diesem Taco ist. Ich denk' nicht drüber nach. Ich eß' ihn einfach.«

Nein, dachte sie. Er konnte nichts damit zu tun haben. Wenn er diese abscheuliche Tat begangen hätte, würde man das seinem Gesicht ansehen. Er konnte nicht jemand umgebracht haben und ein paar Stunden später hier sitzen und einen Burrito, einen Taco und einen ganzen Teller Nachos verputzen. Sie sah nichts als Kummer und Fassungslosigkeit. Das stand in seinem jungen Gesicht geschrieben, sprach aus seinen Augen. Genau wie sie bemühte er sich, Kraft zu finden und diese grauenhafte Sache durchzustehen.

»Was ist mit meiner Schule?«

Lara verschluckte sich fast an ihrem Taco. An seine Schule hatte sie überhaupt nicht gedacht. Sie konnte unmöglich jeden Morgen nach San Clemente und dann zurück ins Büro fahren. »Ich weiß es nicht, Josh. Das müssen wir alles regeln. Heute nacht wollen wir uns über nichts mehr Gedanken machen, einfach sehen, wie wir die Nacht überstehen.«

»Yeah«, sagte er, sein Blick schweifte ab, und er starrte mit erkennbarer Trauer aus dem Fenster.

Lara schob den restlichen Taco zur Seite und sah ihren Neffen an. Dann drehte sie den Kopf zum Fenster und nahm die Nacht in sich auf. Dunkelheit und Tod waren ganz eng miteinander verbunden. Zwei Scheinwerfer erhellten den Parkplatz, aber das leerstehende Grundstück dahinter war vollkommen finster. Der Mörder konnte dort irgendwo im Dunklen sein, bereit auf den Abzug zu drücken, sobald sie aus der Tür kamen. Sie legte ihre Hände auf den Resopaltisch und schob ihre Finger millimeterweise auf Joshs Finger zu, bis sie sie schließlich berührte. Er zog sie nicht weg, aber er sah Lara auch nicht an. Sie nahm ihre Hände vom Tisch und stand auf. »Fertig?« fragte sie.

»Wer hat meine Mutter und Sam getötet?« fragte er und sah sie endlich an.

»Wenn ich das wüßte, Josh.«

»Aber du weißt es nicht, oder?«

»Nein, ich weiß es nicht«, antwortete Lara zu ihm herunter gewandt. Aus dieser Perspektive wirkte er klein und hilflos. Er war auf dem Stuhl weit nach unten gerutscht, seine Haare fielen ihm in die Stirn und verdeckten ein Auge. Sie wünschte, sie könnte ihn in die Arme nehmen und ihn trösten. Doch was sie wirklich wollte, war ein Wundermittel, um seinen Kummer zu lindern und den Schmerz zu stillen. »Wir fahren jetzt nach Hause, Josh, und versuchen, ein bißchen zu schlafen. Ab morgen werde ich mich bemühen, Antworten zu finden.«

Als Lara sich alles noch mal durch den Kopf gehen ließ, kam sie zu dem Schluß, daß sie mit dem Freund des Opfers beginnen müsse, der sie im Gerichtssaal bedroht hatte. Dann würde sie ihre früheren Fälle durchsehen, um festzustellen, wer von den Angeklagten wieder auf freiem Fuß und möglicherweise auf Rache aus war. Und sie wußte, daß man im Leben von Ivory und Sam würde herumwühlen müssen, die Pfandleihe, das Haus in San Clemente, Freunde, Nachbarn.

Ganz in Gedanken versunken ging sie auf den Ausgang des Restaurants zu. Josh lief an ihr vorbei nach draußen. Als Lara ihn wieder sah, war er bereits über den halben Parkplatz gegangen, und von dem freien Grundstück her kam ein dunkel gekleideter Mann auf ihn zu.

»Nein«, schrie Lara und warf sich in absoluter Panik gegen die Tür. Sie raste über den Parkplatz, packte Josh von hinten und riß ihn mit sich zu Boden. »Beweg dich nicht«, flüsterte sie mit hämmerndem Herzen und richtete ihre Augen auf den Mann, den sie gesehen hatte. Der sah kurz zu ihnen hin und ging weiter.

»Laß mich los«, brüllte Josh. »Du bist verrückt. Übergeschnappt. Die ganze Welt ist verrückt.«

Lara stand auf und klopfte sich den Staub ab. »Ich hab' diesen Mann gesehen und Angst gekriegt«, sagte sie hastig. »Es ist spät. Das hier ist keine besonders gute Gegend. Ich will nicht, daß dir was passiert. Jedenfalls tut's mir leid, daß ich dich umgeworfen habe.«

»Es tut dir leid. Yeah, natürlich. Allen tut's immer leid.« Josh stand mit mürrischem Gesicht herum, während Lara den Wagen aufschloß. Als sie beide im Auto saßen, fuhr er fort, den Blick starr geradeaus gerichtet und mit messerscharfer Stimme. »Weißt du, wie oft ich diese Tut-mir-leid-Scheiße schon gehört habe? Jeden Tag, Mensch. Meine Mom hat immer zu mir gesagt, wie leid ihr alles täte. Und als mein Dad gestorben ist, da haben es auch alle Leute zu mir gesagt.« Er wandte sich um und kam mit dem Gesicht ganz nah an Laras heran. Sein Atem war heiß und säuerlich. »Tu mir einen Gefallen, okay? Vergiß den Quatsch mit dem Leidtun.«

Schweigend fuhren sie nach Hause.

Kapitel 8

Lara lag auf dem Sofa mit der geblümten Tagesdecke aus dem Schlafzimmer zugedeckt. Sie hatte darauf bestanden, daß Josh das Schlafzimmer nehmen sollte. Er war noch ein Kind, hatte sie beschlossen, und er hatte seine Mutter verloren. Alles, was sie ihm im Moment anbieten konnte, waren ein Bett und ein Burrito. Während sie tief und dennoch unruhig schlief, hörte sie, wie jemand sanft an die Tür klopfte. Ihr Puls beschleunigte sich, und sie ließ sich vom Sofa auf den Fußboden rollen, fest überzeugt, daß gleich jemand durch die Tür auf sie schießen würde. Die Uhr zeigte fünf Uhr morgens an. Sie nahm sie in die Hand und lauschte. Sie war echt, nicht ein weiteres Requisit.

»Hier ist Officer Ringers«, brüllte ein Mann durch die Tür, »Judge Sanderstone…«

Ihr Herz begann zu hämmern. Warum um alles in der Welt sollte man sie um diese Uhrzeit aufwecken?

»Tut mir leid, daß ich Sie wecken mußte«, sagte der junge Polizist, als Lara die Tür öffnete, »aber Detective Rickerson möchte, daß Sie zu dem Haus in San Clemente kommen.« Er blickte zur Seite. »Das Haus Ihrer Schwester, wissen Sie. Er ist die ganze Nacht dort gewesen und meint, es gäbe da ein paar Dinge, die Sie sehen sollten.«

»Jetzt? Sie wollen, daß ich jetzt dahin fahre?« flüsterte Lara. »Mein Neffe schläft. Hören Sie, Officer, ist das wirklich nötig?« Ihre Stimme klang schroff. Sie befühlte ihr Sweatshirt, das mit Schweiß durchtränkt war; feuchte Haarsträhnen fielen ihr ins Gesicht. Alpträume, an die sie sich nicht erinnern konnte, dachte sie, während sie das nasse Shirt vom Körper wegzog. Selbst im Schlaf kämpft der Verstand weiter und versucht, das Unfaßbare zu akzeptieren.

»Sergeant Rickerson hat das gesagt.«

»Meinen Sie wirklich, daß ich fahren sollte?«

»Yeah.« Er schaute sich um, als ob er sagen wollte, woher soll ich das wissen, Lady? Ich führe nur Befehle aus.

»Es wird wohl nicht viel Verkehr sein. Sagen Sie ihm, ich bin unterwegs. Sie bleiben doch hier, oder?« fragte sie den Beamten. Sie wollte Josh nicht allein lassen.

»Ich hab' um sechs Uhr frei. Die schicken eine Ablösung. Es wird jemand hier sein.«

»Gut«, sagte sie und schlug ihm die Tür vor der Nase zu. Sie wußte nicht, was sie mit Josh machen sollte, deshalb legte sie ihm eine Nachricht und etwas Geld auf den Küchentisch. Gleich gegenüber war ein McDonald's. Er könnte zu Fuß dort frühstücken gehen. Sie ließ ihm auch den Ersatzschlüssel für die Wohnung da.

Es war immer noch dunkel, als sie losfuhr, doch die Dunkelheit verwandelte sich langsam vor ihren Augen in ein dunstiges Morgengrau. Die Freeways waren leer, besonders die nach Süden, die von Los Angeles weg führten. Ein bitterer Geschmack stieg ihr in die Kehle. Was hatten sie gefunden? Eine Leiche. Etwas, das so grausig war, daß sie es sich nicht vorstellen konnte, grausiger als alles, was bisher passiert war. Vielleicht hatte Sam jemanden umgebracht, ihn zerlegt und die einzelnen Körperteile unter dem Haus begraben. Dann war jemand gekommen und hatte Sam und Ivory umgebracht. Ihr wurde schwindlig bei dem Gedanken, ihre Phantasie ging mit ihr durch.

Schon als sie Sam Perkins das erste Mal sah, hatte sie gewußt, daß es mit ihm nichts als Ärger geben würde. Sie hatte ein Auge für solche Dinge. Aber Ivory war so einsam und verzweifelt gewesen, versank allmählich in einem Nebel aus Alkohol und Drogen und schleppte fremde Männer aus Bars mit nach Hause. Zunächst hatte Lara geglaubt, daß die Ehe für sie das beste wäre. Besser ein Dreckskerl als ein Dutzend davon.

Vor dem Haus standen drei Autos. Alle Lichter waren noch an, obwohl die Sonne bereits aufgegangen war und der Tag klar und sonnig zu werden versprach. Sie hatte sich nicht die Zähne geputzt, ihr verheddertes Haar nicht gekämmt und trug immer noch das Sweatshirt und die Jeans von gestern abend. Sie hatte darin geschlafen.

Als sie ins Wohnzimmer kam, deutete Rickerson auf das Schlafzimmer, und sie folgte ihm widerwillig. Die übrigen Beamten setzten ihre Arbeit fort. Jede Schublade und jeder Schrank im Haus waren offen, und alles lag auf den Anrichten, dem Fußboden, überall. Sie schauderte, als sie über ein altes Fotoalbum und eine Footballtrophäe, die Charley gehört hatte, stieg. Man kramte in Ivorys gesamtem Leben herum. Nicht genug, daß der Gerichtsmediziner bald in ihren armen, leblosen Körper eindringen würde, der bereits verwüstet und geschändet war, diese fremden Menschen hier durchschnüffelten jeden Millimeter ihrer Existenz. Sie berührten ihre Unterwäsche und gingen ihre Toilettenartikel durch, ihre Tampons, ihr Midol, ihre Abführmittel. Es war ekelhaft und respektlos, aber Lara wußte, daß es sein mußte. Laß dich ermorden und du bist wie ein offenes Buch, für jedermann zugänglich.

Als sie das Schlafzimmer betrat, stürmten die blutigen Wände auf sie ein. Ihr wurde schwindlig. Sie schwankte hin und her, und ihr Magen rebellierte. Sie war kurz davor, die Reste des Tacos von vergangener Nacht zu erbrechen.

Rickerson bemerkte das und kam mit ausgestreckten Armen auf sie zu. »Halten Sie sich fest. Atmen Sie ein paarmal tief durch. Werden Sie mir bloß nicht ohnmächtig. Ich hätte diese Sachen wohl besser ins Wohnzimmer gebracht. Es tut mir leid. Ich dachte nur, Sie sollten sie dort sehen, wo ich sie gefunden habe.«

»Ist schon gut«, sagte sie schwach.

Er nahm aus dem Wandschrank, der mit einem Stück Teppichboden ausgelegt war, eine Dielenplatte heraus. Der flache Hohlraum unter dem Haus wurde sichtbar. Von dort angelte er eine große Plastikbox heraus, in der sich verschiedene

Dinge befanden. Teilweise handelte es sich um Kleidung, außerdem Zeitschriften und Zeitungen und einige Fotos. Sie versuchte, sie anzusehen, doch ihr Blick kehrte immer wieder zu den Wänden zurück, das Blut, dieser Alptraum in lebendigen Farben. Sie streckte die Hand aus und nahm sich ein Foto. Rickerson hatte sie auf dem Frisiertisch ausgebreitet.

Ihre Hände begannen zu zittern. Sie konnte nicht glauben, was sie da sah. »O Gott«, sagte sie, »solche Fotos hat er also von ihr gemacht, der schmierige Dreckskerl.« Sie nahm sich ein weiteres Foto. Darauf trug Ivory eine Art schwarze Korsage und schwarze Stiefel, die ihr bis zu den Oberschenkeln reichten, die gleichen albernen Stiefel, die sie in der Nacht getragen hatte, als sie zu Lara gekommen war. Sie trug eine Maske und hielt eine Reitpeitsche. Es waren dümmliche Bilder. Sie waren ekelhaft. Lara fand sie noch nicht einmal sexy. »Also ich verstehe nicht, was das zu bedeuten hat, Rickerson. Sie haben mich doch bestimmt nicht um fünf Uhr morgens hierher kommen lassen, bloß damit ich mir meine Schwester in dieser Aufmachung angucke. Das mag zwar ekelhaft sein, aber viele Männer machen aufreizende Bilder von ihren Frauen.«

Sie sah ihn mit einem Blick an, der besagte, er sollte doch wohl über diese Dinge Bescheid wissen. Er war schließlich ein Mann. Selbst Nolan hatte am Anfang ihrer Ehe mal ein Nacktfoto von ihr aufgenommen.

»Könnten Sie mal einen Moment die Luft anhalten?« fuhr Rickerson sie an. »Es geht um mehr als um die Bilder. Ihre Schwester und Ihr Schwager hatten es offenbar mit Fesseln, Sado-Maso-Zeug und ähnlichen Sachen. Wußten Sie das?«

Sie trat schockiert einen Schritt zurück. So erschreckend es auch war, allmählich gewöhnte sich ihr Verstand an die blutigen Wände. »Natürlich wußte ich das nicht.«

»Nun ja, wenn Sie sich diese Magazine und Fotos ansehen, werden Sie feststellen, daß sie mehr als nur ein bißchen an diesen Dingen interessiert waren. Ihre Schwester war in dem Gewerbe tätig, sie hat in Zeitungen inseriert.«

Laras Gesicht wurde weiß, und ihr fiel der Unterkiefer herunter. So wie Ivory in jener letzten Nacht angezogen gewesen war, als sie zu ihr kam... die falschen Brüste. »Meine Schwester war eine Prostituierte? Wollen Sie mir das sagen?« Er hielt eine dünne Zeitung hoch, und sie riß sie ihm aus der Hand. Um mehrere Kleinanzeigen hatte er einen Kreis gemacht. Sie versuchte, sie zu lesen, aber sie waren zu klein gedruckt, und sie hatte ihre Brille nicht dabei. Ihre Augen waren trocken und brannten vom Weinen. Sie hätte es wissen müssen. Sie drückte ihm die Zeitung wieder in die Hand. »Ich kann das nicht lesen. Ich hab' meine Brille nicht dabei.«

Rickerson trat näher an sie heran. Lara ging einen Schritt zurück. »Sie war keine Prostituierte«, sagte er. »Jedenfalls nicht so ganz. Sie war eine Domina und eine Sklavin. Das heißt, sie war für einen bestimmten Preis genau das, was ihre Kunden wollten. Wenn sie gepeitscht werden wollten, peitschte sie sie. Wenn sie sie peitschen wollten, ließ sie sich peitschen. Die meisten Mädchen in diesem Gewerbe machen entweder das eine oder das andere, doch manche spielen beide Rollen, um mehr Geld zu verdienen. Das hat auch sie offenbar gemacht.«

»Nein«, sagte Lara und zog das Wort ungläubig in die Länge, bis es fast im Raum widerhallte. »Auf keinen Fall. Ich kann das nicht glauben. Sie war Mutter. Sie hatte ein Kind. Sie wollen doch nicht behaupten, daß sie fremde Männer mit hierher gebracht hat, wo ihr halbwüchsiger Sohn im Haus war, sich so zurechtgemacht und sie gepeitscht hat.« Sie hielt immer noch das Foto in der Hand und winkte damit töricht vor ihm in der Luft herum.

Noch schlimmer, dachte Rickerson und wich ihrem Blick aus. Er hatte keinerlei Zweifel, daß dies der sensationellste Fall seiner Laufbahn werden würde. »Okay, ich möchte Ihnen nur erzählen, was wir rausgefunden haben. Wir haben die ganze Nacht hier gearbeitet.« Er sah sie an, als ob er Mitgefühl und Anerkennung erwartete. »Wir haben zwei private Telefonanschlüsse hier im Haus gefunden, einer davon hier im Schlafzimmer, ohne Nebenanschlüsse. In einigen dieser Annoncen war ein Foto von ihrer Schwester mit der Nummer, die man anrufen sollte. Wir haben das überprüft, es ist diese Telefonnummer. Es klingelt in diesem Zimmer. Außerdem muß ein Anrufbeantworter hier gewesen sein, um diese Gespräche anzunehmen, aber er ist verschwunden. Wir nehmen an, daß der Mörder ihn mitgenommen hat.«

Lara kaute an einem eingerissenen Fingernagel und ließ ihren Blick durch das Zimmer schweifen. Die Wände und das Blut verbreiteten wieder ihr volles Grauen. »Woher wissen Sie, daß hier ein Anrufbeantworter war?« fragte sie kleinlaut.

»Wir haben ein Netzteil und einen Stecker gefunden, der zu einem Anrufbeantworter paßt. Die haben das Gerät mitgenommen, aber die Kabel hiergelassen. Wenn Sie da unter das Bett schauen, können Sie den Eindruck im Teppich sehen, wo es gestanden hat. Es muß ein altes Gerät gewesen sein. Ziemlich groß, wissen Sie. Als die ersten Geräte rauskamen, waren sie viel größer als heute.«

Da unterhalten wir uns über den Fortschritt bei elektronischen Geräten, und Ivory hat ihren Körper jedem verkauft, der ihn haben wollte. Eigentlich sogar mehr als ihren Körper, sie hat ihren Willen verkauft, ihre Würde. »Dann hat sie das vermutlich vor langer Zeit gemacht und ist dann ausgestiegen. Die Pfandleihe hatte mit wirtschaftlichen Problemen zu kämpfen. Das hat sie mir erzählt. Vermutlich hat sie es ein paarmal gemacht und dann aufgehört.«

»Das haut nicht hin, Lara. Diese Annonce« – er hielt ihr die Zeitung vors Gesicht – »erschien regelmäßig. Sie haben sie vor zwei Wochen erneuert. Wir haben das überprüft. Und all diese Klamotten und sonstigen Dinge … alles Kostüme. Kostüme für Fessel- und Züchtigungsspielchen. Ich weiß nicht, ob sie die Kunden zu sich hat kommen lassen. Vielleicht hat sie auch Hausbesuche gemacht. Oder sie hat sie bedient, während der Junge in der Schule war.«

»Gebrauchen Sie dieses Wort nicht!« fauchte sie ihn an.

»Welches Wort?«

»*Bedient.* Das ist widerlich. Sie reden von meiner Schwester.«

»Entschuldigung, okay. Ich hab' Ihnen ja gesagt, ich war die ganze Nacht auf. Wir mußten so viele Leute ausfindig machen und anrufen. Die Telefongesellschaft, die Zeitung …«

Sie folgte ihm in Joshs Schlafzimmer. Überall waren Kleidungsstücke verstreut, und der Inhalt von Schubladen und Schränken lag mitten im Zimmer auf einem Haufen. Nicht nur Ivorys Leben war vor aller Augen ausgebreitet, auch das ihres Sohnes. Sie sah kleine Soldaten, mit denen er als kleines Kind gespielt hatte, ein paar Stofftiere und einige Spielzeugautos. Außerdem gab es Motorradzeitschriften und *Playboy*-Hefte, aus denen einige Seiten herausgerissen waren. Lara bückte sich und begann, ein paar Kleidungsstücke aufzusammeln, die sie mit in die Wohnung nehmen wollte.

Plötzlich ließ sie die Sachen wieder auf den Boden fallen und warf sich auf Joshs schmales Bett, das man bis auf die Matratze abgezogen hatte. Sie legte ihre Hand auf den Mund. Dann fing sie an zu schluchzen. Sie konnte nicht aufhören. Ihre Schultern bebten. Das war alles zuviel, einfach zuviel. Es war eine Art Traum, eine Sinnestäuschung. Sie war dabei durchzudrehen, ihr Verstand konnte das alles nicht mehr verkraften.

Konnte der arme Junge wirklich diese entsetzliche Tat begangen haben? Hatte er möglicherweise entdeckt, was da vor sich ging, und Sam umgebracht und dann seine Mutter töten müssen, als sie hereinkam und ihn sah? Sie konnte sich nicht auf Rickersons Worte konzentrieren, sie schwebten über ihren Kopf hinweg wie schwarze Vögel oder Geier.

»… meinen Sie? Es könnte sein, daß Josh nach Hause gekommen ist und Ihre Schwester tot vorgefunden hat. Er sah Sam Perkins über die Leiche gebeugt und holte die Hantel aus seinem Zimmer. Oder vielleicht hatte er sie gerade in der Hand, hörte Lärm und sah dann die Leiche. Der Junge nahm an, daß Perkins sie umgebracht hatte, was natürlich auch der Fall sein könnte. Und dann hat Josh ihn totgeschlagen, im Affekt. Das würde hinhauen.«

Rickerson sprach mit ihr, als ob sie zu den Ermittlungsbeamten gehörte. Ihre Schwester war tot, und ihr vierzehnjähriger Neffe stand kurz davor, wegen Mordes angeklagt zu werden. »Von all dem weiß ich nichts, aber ich weiß, daß dieses Tier, mit dem sie verheiratet war, hinter allem steckt. Darauf wette ich mein Leben.« Sie ging zur Tür. Auch wenn sie selbst ihre Zweifel hatte, was Josh anging, so war sie es ihrer Schwester doch schuldig, ihn zu verteidigen. Sie hatte sich in ihrem ganzen Leben noch nie so überfordert und verängstigt gefühlt.

»In gewisser Hinsicht wetten Sie bereits Ihr Leben«, sagte Rickerson leise und beinah spöttisch.

»Was... was wollen Sie denn damit schon wieder sagen, Rickerson?« Dann fiel ihr Blick auf die Kleidungsstücke, die sie mitnehmen wollte, sie hob sie auf und drückte sie an sich.

»Nun ja, schließlich leben Sie mit ihm zusammen.«

Sie gab keine Antwort. Sie würde vermutlich Sam Perkins' Beerdigung bezahlen müssen. Jetzt mußte sie vielleicht auch noch einen Anwalt engagieren, um das Kind ihrer Schwester gegen eine Mordanklage zu verteidigen, bei der es um mehr gehen könnte als um den Mord an seinem Stiefvater, der unter den gegebenen Umständen noch plausibel gewesen wäre, aber seine eigene Mutter, das war völlig unbegreiflich. Mit schweren Schritten ging sie zum Auto, warf die Handvoll Kleider auf den Rücksitz und fuhr los.

Nachdem Lara fort war, trat Rickerson aus dem Haus und machte sich die Zigarre an. Dann faßte er in seine Jackentasche und nahm einen Stapel Polaroidfotos heraus, die er in der Kiste aus dem flachen Hohlraum gefunden hatte und die mit einem Gummiband zusammengehalten wurden, Fotos, die er Lara Sanderstone nicht gezeigt hatte. Auf einem war ein Junge zu sehen, der in anzüglicher Pose nackt mit dem Gesäß zur Kamera stand und über die Schulter blickte. Er war sich nicht ganz sicher, denn das Kind war jünger, aber er hätte seinen letzten Cent gewettet, daß er Lara Sanderstones Neffen vor sich hatte. Er hatte auch noch andere Fotos gefunden, Fotos von Kindern, die mit einem erwachsenen Mann Geschlechtsverkehr hatten, der der Kamera den Rükken zeigte. Der Mann könnte sogar Perkins selbst sein. Er schüttelte den Kopf und sah in den Himmel. Er hatte es ihr erzählen wollen, sich aber dann anders entschieden. Falls der Staatsanwalt den Jungen anklagte, könnten die Fotos wichtige Trumpfkarten sein, und sie stand dem Jungen zu nahe, um sie auszuspielen. Richterin oder nicht, das hier war eine polizeiliche Ermittlung, und er hielt wertvolles Beweismaterial in der Hand.

Den anderen Fotos in dem Stapel entnahm er, daß der Junge ausgebeutet und mit größter Wahrscheinlichkeit sexuell mißbraucht worden war, ob bis in jüngster Zeit und bis zu welchem Grad wußte er nicht. Aber es war gewiß ein Grund, jemanden umzubringen, und das brauchte nicht unbedingt nur sein Stiefvater gewesen sein.

»Hey, Rickerson«, brüllte einer der Beamten und steckte seinen Kopf durch die Hintertür. »Da ist jemand für Sie am Telefon. Ein Reporter vom *Orange County Register.* Wollen Sie das Gespräch annehmen oder nicht?«

»Ich passe«, sagte er ganz in Gedanken versunken. Reporter waren ohnehin eine Plage. Wegen diesem Fall würden sie ihn noch genug piesacken.

»Was soll ich denen denn sagen?«

»Sag ihnen, es sei ein schwarzer Tag, Kumpel. Ihr Wetterbericht war ganz falsch, und ich habe keine Lust, mit ihnen zu reden. Die Sonne ist zwar da, aber sie scheint nicht. Verstehst du, was ich meine?« Er schob die Fotos wieder in seine Jackentasche und machte sich wieder an seine Arbeit.

Kapitel 9

Lara fuhr mit quietschenden Reifen auf den Parkplatz, wo sie mitten auf zwei Plätzen stehenblieb, lief zur Wohnung und riß die Tür auf. Dann eilte sie ins Schlafzimmer. »Alles in Ordnung?« fragte sie. »Ich hatte dir eine Nachricht hinterlassen. Ich mußte weg, ein paar Dinge erledigen.«

Josh saß im Bett und rieb sich die Augen. Sie waren geschwollen und rot.

»Wie hast du geschlafen?« Sie hätte das am liebsten zurückgenommen. Was erwartete sie schon, wie er schlief?

Er starrte sie wütend an. »Ich hab' geschlafen.«

»Okay, ich hab' mir folgendes gedacht.« Sie bemühte sich, so zu tun, als ob das ein ganz normaler Tag wäre, eine ganz normale Situation. »Du gehst gegenüber bei McDonald's frühstücken, und ich erledige ein paar Dinge im Büro. Hol dir einen Stift und schreib dir die Nummer auf. Wenn du was von mir willst, kannst du mich von dem Münztelefon an der Ecke anrufen. Ich bin gegen Mittag zurück.« Sie versuchte so zu sprechen, daß man ihr die Anspannung nicht anmerkte. Dazu mußte sie alle Kraft zusammennehmen.

»Denk dran, ich wohne nicht hier«, sagte er sarkastisch. »Keine Ahnung, wo ein Stift ist.«

»In der Küche liegt einer. Aber laß nur, ich schreib's dir auf.« Sie ging in die Küche, doch dann hatte sie eine bessere Idee. Sie mußte ihn im Auge behalten. Sie kam ins Schlafzimmer zurück. »Hör mal, vergiß, was ich gesagt habe, du kommst mit in mein Büro.«

»Wozu?«

»Mach dir darüber keine Gedanken. Dusch dich jetzt. Ich hab' ein paar saubere Sachen für dich.« Erneut betrachtete sie forschend sein Gesicht, seine Augen.

»Sachen von mir?« Er stand jetzt neben dem Bett und hielt sich das Laken um die Hüfte. Er mußte im Slip geschlafen haben. Sonst hatte er nämlich nichts an.

»Ich bin zum Haus gefahren und hab' ein paar von deinen Sachen geholt.«

Seine Augen wurden größer. »Hast du mein Fahrrad mitgebracht?«

»Nein, das hab' ich nicht. Geh jetzt duschen.« Sie waren schon ein verrücktes Pärchen, wie Dad immer zu sagen pflegte. Sie selbst machte auch nie viele Worte. Zwar lag ihr daran, das Wesen dieses Jungen zu ergründen, aber es störte sie nicht, daß er so kurz angebunden war. Das machte die Dinge im Augenblick etwas leichter.

Sie warf einen Blick auf seinen sehnigen Oberkörper. Sie würde ihm einen Morgenmantel kaufen müssen. So ging das nicht. Er war schon zu groß, um halb nackt herumzulaufen. Sie warf ihm die Handvoll Kleidungsstücke zu, und er ging ins Bad. Sie war froh, daß es zumindest zwei Bäder gab. Während er duschte, lief sie zu Emmet rüber und rief Phillip an.

»Es war gestern abend in den Nachrichten. Alle Welt hat angerufen. Seit ich um halb acht zur Tür hereingekommen bin, hat das Telefon nicht stillgestanden. Alle haben ihr Beileid ausgedrückt.«

»Hat Evergreen angerufen?«

»Noch nicht. Was kann ich tun?«

»Rufen Sie Evergreen an. Erklären Sie ihm, was passiert ist, und sagen Sie ihm, daß mich jemand für mindestens drei, möglicherweise auch fünf Tage vertreten muß. Die müssen heute jemand besorgen. Vielleicht einen Springer.« Ein Springer war ein hiesiger Anwalt, der bereit war, bei Bedarf das Richteramt zu übernehmen. Da zur Zeit mehrere Richter in Urlaub waren, würde es ein ziemliches Chaos geben. »Machen Sie das bitte als erstes, ich bin in etwa zwanzig Minuten da.«

Nachdem sie eingehängt hatte, wandte sie sich Emmet zu und ließ ihre Schultern sinken. »Ich hab' jetzt keine Zeit zum Reden«, sagte sie. »Aber ich werde versuchen, später am Abend vorbeizukommen.«

»Was... kann... ich tun?« sagte er. Sein Kopf rollte auf eine Seite des Rollstuhls, und er starrte sie durch seine dikken Brillengläser an.

»Sei ganz einfach mein Freund, Emmet. Das ist alles, was man im Augenblick für mich tun kann.«

Ohne sich zu verabschieden, lief sie zu ihrer Wohnung zurück, während er am Fenster sitzen blieb. Josh saß fertig angezogen auf dem Sofa und wartete. Er war schnell, dachte sie. Zumindest brauchte er keine Stunde zum Duschen und Anziehen wie viele Leute.

»Gehst du so zu deinem Gericht?« fragte er.

Sie sah an sich herunter und wurde blaß. Sie hatte immer noch das Sweatshirt und die Jeans an. Ein ungewohntes Gefühl machte sich in ihrem Magen breit. Sie streckte die Arme aus und legte sie spontan und unbeholfen Josh um den Hals. Sein Körper war ganz steif. »Das war nett von dir, daß du mir das gesagt hast. Ich hätte wie ein Idiot dagestanden.« Sie trat zurück und sah auf ihre Füße. »Man sollte nie unter Menschen gehen, wenn man sich nicht in der Gewalt hat, sich nicht von seiner besten Seite zeigt. Zumindest nicht, wenn man es vermeiden kann. Verstehst du, was ich meine?«

»Yeah«, sagte er mit ausdruckslosem Gesicht.

Sie ging ins Schlafzimmer, um sich umzuziehen. Sie brauchte nur fünf Minuten und sah dann in etwa so aus wie immer. Eine Andeutung von Lippenstift, das Haar mit einem der immer gleichen schwarzen Bänder unten im Nacken zusammengebunden, eine schlichte Bluse mit Rock, bequeme Schuhe. »Besser, was?« sagte sie und versuchte zu lächeln. Doch es gelang ihr nicht gut. Ihr versteinertes Gesicht verzog sich nur um Millimeter.

»Nein«, sagte er. »Für mich siehst du noch genauso aus.« Er zog die Schultern hoch und ließ sie wieder fallen.

»Ach«, sagte Lara und dachte, daß er wohl erwartet hatte, sie käme heraus und sähe so umwerfend aus wie seine Mutter, als sie noch am Leben war. Es mußte hart für ihn sein. Es gab gewisse Ähnlichkeiten, aber nicht viele. Ivory war schön gewesen, hatte fast glamourös gewirkt, ohne sich große Mühe zu geben. Auch wenn ihre Kleider nicht teuer waren, so waren sie doch immer farbenfroh und schmeichelhaft gewesen. Lara war hübsch, aber unscheinbar, sie fiel in der Menge nicht weiter auf. Ihre Schwester hatte immer gelächelt und gelacht, zumindest früher, bevor Charley gestorben war und Sam Perkins angefangen hatte, ihr Leben zu bestimmen.

Jetzt lächelte sie nie mehr.

»Wir fahren auf dem Weg zum Büro durch ein Drive-in. Ist McDonald's okay?«

Er nickte. Sie verließen das Haus.

Als Rickerson nach Hause kam, schliefen seine Söhne noch. Er hatte unterwegs eingekauft, stellte eine Tüte auf die Anrichte und nahm ein Brot, etwas Aufschnitt, eine Packung frischen Orangensaft und eine Tüte Äpfel heraus. Aus dem Gefrierschrank holte er ein paar rohe Hamburger, damit sie bis zum Abendessen aufgetaut waren. Dann ging er zum Becken, spülte ein paar Teller ab und stellte sie in die Spülmaschine. »Das wär's«, sagte er, wischte sich die Hände an einem Papiertuch ab und sah sich in der Küche um. Er würde einen der Jungen bitten müssen, diese Woche mal über den Fußboden zu wischen, aber ansonsten sah alles ganz ordentlich aus. Joyce hatte geglaubt, sie würden ohne sie im Schmutz versinken. Sie vermißten sie, daran konnte kein Zweifel bestehen, aber sie waren nicht dabei, im Schmutz zu versinken. Zumindest nicht, solange er was damit zu tun hatte.

Er ging über den Flur und schlug mit der Faust einmal gegen die Tür jedes Jungen. »Aufstehen«, rief er. »Raus aus den Federn, Jungs.« Er eilte zurück in die Küche und setzte eine Kanne Kaffee auf. Dann ging er in den Waschraum und warf eine Ladung schmutzige Wäsche in die Waschmaschine. Sein siebzehnjähriger Sohn Stephen steckte gähnend den Kopf durch die Tür. »Gibt's hier irgendwo saubere Unterwäsche, Dad?«

Rickerson öffnete den Trockner, zog ein Paar Jockey-Shorts heraus und warf sie seinem Sohn zu. »Vergiß nicht, den Trockner und die Spülmaschine anzustellen, wenn du heute nach Hause kommst.«

»Mach' ich«, sagte er. Er war groß, muskulös und rothaarig wie sein Vater. Außerdem war er ein hervorragender Schüler, hatte ein Stipendium für Stanford in Aussicht und war Mitglied der Golfmannschaft seiner High School. »Hey, bist du gerade erst nach Hause gekommen oder was?«

Rickerson lehnte sich gegen den Trockner und rieb sich über die dichten Stoppeln auf seinem Kinn. »Ja, du hast's erfaßt, Junge. Hab' gestern 'nen üblen Fall bekommen. Hier wird's wohl für 'ne Weile ziemlich rauh hergehn.«

Stephen stellte sich in den Türeingang. »Wie wär's mit 'nem sauberen Unterhemd? Liegt hier irgendwo eins rum?«

Rickerson nahm die ganze Ladung Wäsche aus dem Trockner und legte sie hinter sich auf die geflieste Ablage. »Greif nur zu. Sieht aus, als wär' uns wieder mal was in die Kochwäsche geraten. Wir müssen in Zukunft besser aufpassen.«

Stephen sah auf seine Unterwäsche und fing an zu lachen. Sie hatte einen hellen Blauton angenommen. Aber nicht nur seine Sachen, die gesamte Wäscheladung war blau. Sein vierzehnjähriger Bruder hatte seine nagelneue Levi's mit ihrer Unterwäsche gewaschen. »Irgendwie gefällt's mir, weißt du. Zumindest ist es nicht rosa wie beim letzten Mal.« Er ging hinaus, steckte dann aber noch mal den Kopf durch die Tür. »Mach dir keine Sorgen, Dad. Okay? Ich paß hier schon auf alles auf.«

Rickerson lächelte seinem Sohn zu. Er liebte diesen Jungen. Ohne ihn hätte er es nie geschafft, nachdem Joyce ausgezogen war. Doch zusammen machten sie ihre Sache verdammt gut, wenn man das so sagen durfte. »Kann sein, daß ich heute abend nicht zu Hause bin. Tu einfach die rohen

Hamburger in die Hamburgerpfanne und lies dir die Anweisung auf der Schachtel durch. Und achte darauf, daß dein Bruder seine Hausaufgaben macht.«

»Kein Problem«, sagte er aus dem Flur. »Wenn er das nicht tut, trete ich ihn in den Hintern.«

Rickerson ging durch den Flur ins Schlafzimmer. Seine Schuhe klapperten auf dem Parkett. Sonnenlicht schimmerte durch die Jalousien, und das ganze Haus war von einem warmen Gelbton durchdrungen. Er ließ sich mit dem Gesicht nach unten auf das Bett fallen, rollte sich dann auf den Rükken und starrte auf einen Lichtstrahl und die winzigen Staubpartikel, die in der Luft tanzten. Es war gar kein so schlechtes Haus. Es war zwar klein und man mußte einiges daran tun, aber für viele Jahre war es ein gemütliches Zuhause gewesen. Die Kinder waren draußen auf dem Bürgersteig mit ihren Dreirädchen gefahren. Sie kannten sämtliche Leute im Block. Sie hatten beobachtet, wie aus kleinen Bäumen hohe, kräftige Eichen wurden.

Aber Joyce wollte hier nicht mehr wohnen. Sie hatte gesagt, sie wollte mehr vom Leben. Das hieß ganz offensichtlich mehr, als er ihr bieten konnte. Zunächst hatte sie behauptet, daß sie nur einen Beruf, eine Ausbildung wollte, und ihm erklärt, wenn er so lange mit ihr Geduld hätte, bis sie an der Long Beach State University ihren Abschluß in Maschinenbau gemacht hätte, dann könnten sie ein neues Leben anfangen. Er verstand nicht, was an ihrem alten Leben nicht in Ordnung war. Genau in diesem Punkt, dachte er, hatte sie sich vollkommen von ihm gelöst. Sie hatten zwei wohlgeratene Söhne großgezogen. Ihr Haus gehörte ihnen, und sie hatten es geschafft, genügend Geld für die Ausbildung der Kinder zu sparen. Für seine Rente war gesorgt, und wenn er in Ruhestand ging, könnte er noch für einen privaten Wachdienst arbeiten. Sie hatten ihr Leben von Anfang bis Ende geplant, und sie hatte es einfach weggeworfen.

»Dad«, sagte Jimmy, der plötzlich im Türrahmen stand, »kann ich dich einen Augenblick sprechen?«

Rickerson richtete sich auf und stellte mit einem Schwung

die Füße auf die Erde. Er hätte sich gern eine Zigarre angezündet, aber zu Hause rauchte er nie. Die Jungen konnten das nicht ausstehen. »Na klar. Komm rein. Setz dich. Was hast du auf dem Herzen?«

»Wann kommt Mom wieder?«

Rickerson legte einen Arm um seinen jüngeren Sohn. Beide saßen vornübergebeugt auf der Bettkante. Während Stephen seinem Vater glich, sah Jimmy genauso aus wie Joyce. Er hatte das gleiche rotblonde Haar, die vollen Lippen, die klare Haut. Und wie Joyce nahm er leicht zu. »Jim-boy, ich wünschte, ich könnte dir das sagen, aber ich kann's nicht.«

»Aber sie ist doch jetzt schon drei Monate fort, und wir kriegen sie nie zu sehen.«

»Nun ja, sie ist auf dem College und muß hart arbeiten. Wenn du erst mal auf dem College bist, wirst du sehen, wie hart das ist.«

»Kommt sie denn überhaupt wieder?«

Rickerson seufzte. Genau diese Frage stellte er sich selbst mindestens fünfzigmal am Tag. »Ich weiß es nicht, mein Junge.«

»Werdet ihr euch scheiden lassen?«

Etwa achtzig Prozent seiner Kollegen waren entweder geschieden oder zum zweiten Mal verheiratet. Rickerson hatte immer geglaubt, bei ihm würde das anders sein. Seine Eltern waren sechzig Jahre verheiratet gewesen. In mancher Hinsicht war er altmodisch. Für ihn bedeutete eine Ehe, daß man für immer zusammenblieb, durch dick und dünn ging, ob arm oder reich, bis daß der Tod – all dieser sentimentale Kram. »Scheidung? Ich glaub' nicht, aber wir können es nicht ausschließen. Was auch immer eure Mutter entscheidet, wir müssen es einfach akzeptieren. Und sieh doch mal, wenn es zu einer Scheidung kommt, dann läßt sie sich von mir scheiden. Nicht von euch.«

Sein Sohn räusperte sich und stand auf. »Ich komm' zu spät zur Schule. Bist du heute abend zu Hause?«

»Vielleicht nicht zum Abendessen, aber ich versuche vorbeizukommen, bevor du ins Bett gehst.«

Jimmy blieb noch einen Augenblick stehen. Er war ein sensibles Kind. Er hatte ein rundes Gesicht und sanfte, ausdrucksvolle Augen, fast wie ein Babygesicht. »Sei vorsichtig, Dad«, sagte er.

Rickerson stand auf und zerzauste ihm das Haar. Dann zog er ihn unsanft an seine Brust und umarmte ihn. »Ich bin immer vorsichtig. Jetzt mach aber, daß du rauskommst, und gönn deinem alten Herrn etwas Schlaf.«

Er schlief bis gegen Mittag. Als der Wecker klingelte, sprang er aus dem Bett. Im Haus war es ruhig, die Kinder in der Schule. Er fühlte sich steif wie ein Brett und hatte höllische Schmerzen.

Vor Jahren hatte ihn ein Auto über den Haufen gefahren, als er gerade am Rand eines Highway ein Protokoll wegen Überschreitung der Geschwindigkeit ausschrieb. Er war zwischen zwei Fahrzeugen eingekeilt worden und hatte sich den Rücken und das rechte Bein gebrochen. Er hätte wegen Arbeitsunfähigkeit in Rente gehen können, aber er hatte weitermachen wollen. Im nachhinein hielt er das für den schlimmsten Fehler seines Lebens. Jetzt konnte er sich beklagen, soviel er wollte, man würde ihn niemals mehr für arbeitsunfähig erklären. Er hatte ja bewiesen, daß er trotz der Schmerzen arbeiten konnte.

In San Clemente ereigneten sich äußerst selten Mordfälle. Dieser hier, dachte er, während er ins Bad wankte, würde ihn bestimmt umbringen, sowohl emotional als auch körperlich. Er konnte nicht ertragen, wenn Frauen oder Kinder ausgebeutet wurden. Das löste etwas in ihm aus, machte ihn absolut rasend. Egal wie lange man diese Arbeit machte, es gab Dinge, die konnte ein Mensch einfach nicht verkraften.

Wie viele Darlehen mochte dieser Perkins vergeben haben? Möglicherweise waren da Tausende von Abschnitten, durch die man sich durchwühlen und denen man nachgehen mußte. Es würde Jahre dauern, auch nur einen Teil davon zu erledigen. Und jetzt, wo sie wußten, daß die Frau als Sado-Maso-Braut gearbeitet hatte, daß möglicherweise Kinderpornographie und sexueller Mißbrauch mit im Spiel waren, schienen die Möglichkeiten endlos zu sein. Lara Sanderstone hatte gefordert, daß sich alle Männer in seiner Dienststelle auf diesen Fall stürzen sollten, aber das war einfach nicht möglich. Es mußte auch jemand Streifendienst machen, sich um die gestohlenen Autos, die betrunkenen Fahrer und die Unfälle mit Personenschaden kümmern. Die Dienststelle war nicht sonderlich groß, und das war ein Fall von horrenden Ausmaßen.

Er stand unter der Dusche und ließ das heiße Wasser auf seinen schmerzenden Rücken prasseln. All das Bücken und Herumkriechen in der vergangenen Nacht und heute früh war Gift für ihn gewesen, und das war erst der Anfang. Bis er sich durch das Pfandhaus gekämpft hatte, würde er solche Schmerzen haben, daß er kaum noch gerade stehen könnte.

Als er sich gestern nacht kurz mit dem Gerichtsmediziner unterhalten hatte, waren beide der Meinung gewesen, daß man es durchaus mit zwei verschiedenen Mördern zu tun haben könnte. Es war sinnlos, einer Person den Schädel einzuschlagen und der anderen nicht. Zwei unterschiedliche Vorgehensweisen wiesen normalerweise auf zwei Mörder hin. Die Art, wie jemand ein Verbrechen beging, war fast so einzigartig wie seine Fingerabdrücke.

Es war ganz einfach, genauso wie er es Lara Sanderstone gesagt hatte. Der Junge kam nach Hause, fand seinen Stiefvater mit der Leiche seiner Mutter im Schlafzimmer und haute wie ein Wilder mit seiner Zwanzig-Pfund-Hantel auf ihn ein. Er hatte unumwunden zugegeben, daß er den Mann haßte, und es sah so aus, als hätte er guten Grund dafür.

Oder, überlegte er, vielleicht war Josh, nachdem er jahrelang mißbraucht worden war, einfach ausgerastet und hatte alle beide umgebracht. Das mußten sie jetzt nur noch beweisen, und wenn das geschehen war, würde der Junge vermutlich mit einem kleinen Denkzettel davonkommen, und Rikkerson würde endlich zum Lieutenant befördert.

Es war niemand gewaltsam ins Haus eingedrungen, was auch auf den Jungen hindeutete. Josh hatte zwar gesagt, es gäbe einen versteckten Schlüssel, aber es war unwahrscheinlich, daß jemand sich mit dem Schlüssel Einlaß verschaffen würde, die beiden Leute umbrächte und dann noch die Gelassenheit besäße, den Schlüssel genau an die Stelle zurückzulegen, wo er ihn gefunden hatte. Wenn das der Fall war, dann hatte er es mit einem ganz raffinierten Mörder zu tun, den er vermutlich nie schnappen würde, höchstwahrscheinlich ein Profi.

Das größte Problem waren die Sachen von dem Jungen. Kein Spritzer Blut darauf. Das hatten sie als erstes untersucht. Sie hatten das ganze Haus auseinandergenommen und kein einziges mit Blut beflecktes Kleidungsstück gefunden. Man konnte niemanden auf so brutale Weise totschlagen wie diesen Mann, ohne einen Spritzer Blut abzubekommen.

Er nahm ein Handtuch, schlang es um sich und betrachtete sein Gesicht im Spiegel. Als er einen Pickel entdeckte, ging er näher heran und drückte ihn aus. Dann schimpfte er mit sich selbst. Der Hautarzt hatte ihm schon vor Jahren gesagt, seine Narben kämen daher, weil er an seinen Pickeln herumgedrückt hätte. Alte Gewohnheiten legte man offenbar nur schwer ab. Er schmierte sich Rasiercreme ins Gesicht und begann sich zu rasieren.

Natürlich könnte der Junge sie umgebracht und seine blutbefleckten Sachen irgendwo vergraben oder weggeworfen haben, bevor er dann um vier Uhr nachmittags die Polizei anrief. Sie würden die ganze Gegend zu Fuß absuchen müssen. Außerdem müßten sie in seiner Schule nachfragen, ob er an diesem Tag tatsächlich in der letzten Stunde dagewesen war. Wenn sie erst mal die genaue Todeszeit hatten, könnten sie anfangen, den Tathergang genau zu rekonstruieren. Er brauchte Hilfe. Er würde heute zum Chef gehen müssen, damit er alle Leute bekam, die man auftreiben konnte.

Mit der Pfandleihe verschwendeten sie nur ihre Zeit. Der Junge war sehr wahrscheinlich aus reiner Profitgier in die Machenschaften seiner Mutter und ihres neuen Mannes hineingezogen worden. Ob Josh gewußt hatte, daß sie die Fotos von ihm verkauften, blieb noch dahingestellt, aber Rikkerson würde wetten, daß sie es getan hatten. Da alle bei Kinderpornographie hart durchgriffen, von den lokalen Behörden bis zum FBI, mußten solche Perversionen sündhaft teuer sein.

Möglicherweise hatten sie noch mehr verkauft als nur die Fotos von Josh. Es war denkbar, daß sie sogar den Jungen selbst verkauft hatten.

Lara hatte Josh in die juristische Bibliothek am Ende des Flurs gesetzt. Sie hatte ihm einen Stapel Zeitschriften auf den Tisch geworfen und ihn dann allein gelassen. Zum Frühstück hatte er sie überredet, sich einen McMuffin mit Wurst zu bestellen, und der brannte ihr jetzt ein Loch in die Magenwand. Außerdem war sie mit Adrenalin vollgepumpt, angespannt, zittrig, aber tatendurstig. Und sie war von Bitterkeit und Wut gegen denjenigen erfüllt, der diese abscheulichen Taten begangen hatte.

»Haben Sie Evergreen erreicht?« fragte sie Phillip. »Sind meine Termine verteilt?«

»Ja, es war ziemlich schwierig«, sagte der junge Mann und sah Lara in die Augen. Doch als sich ihre Blicke trafen, sah er wieder weg. »Er springt selbst für sie ein.«

Sie ging mit Phillip alles durch, was sie für die Beerdigung haben wollte. »Rufen Sie beim Leichenschauhaus an und erkundigen Sie sich, wann die Leiche freigegeben wird.« Sie nannte ihm den Namen des Friedhofs, wo sie bereits die Grabstellen für Charley und ihre Eltern gekauft hatte. »Kaufen Sie bitte zwei Gräber, nicht nur eins.« Sie trank von ihrem Kaffee, ließ die Augen über die Buchrücken im Regal vor ihr wandern, sah irgendwohin, nur nicht in Phillips Gesicht, das von Mitgefühl und Sorge gezeichnet war. Es war so schwierig. Er starrte sie an, und sie hatte das Gefühl, zerfließen zu müssen. Alles, betete sie, alles, nur keine Tränen. Noch mehr Tränen würde sie nicht ertragen können. Die zusätzliche Grabstätte war nicht für Sam Perkins, sondern für sie. Sie fand es nicht nötig, Phillip das zu erklären, aber sie und Ivory würden eines Tages Seite an Seite liegen, neben Charley und ihren Eltern. Ivory würde das gefallen, genauso wie sie wußte, daß Ivory ein weißer Sarg mit Messingbeschlägen gefallen würde. Sie mochte schöne Dinge. »Ich möchte einen weißen Sarg mit Messingbeschlägen. Sofern er weniger als zehntausend kostet, kaufen Sie ihn. Erledigen Sie das und kommen Sie bitte zurück, wenn Sie fertig sind.«

Lara senkte den Kopf und fing an, sich auf einem gelben Block Notizen zu machen. Da fiel ihr auf, daß Phillip immer noch mit einem seltsamen Gesichtsausdruck vor ihr stand. »Ja?« sagte Lara.

»Ich habe gar nicht gewußt, daß Sie eine Schwester hatten, bis die Polizei anrief.«

»Nun ja, wir hatten kein sehr enges Verhältnis. Jedenfalls nicht in den letzten Jahren.«

»Sie sehen so… ich…« Der junge Mann wurde kreidebleich. »Es tut mir leid. Ich werde jetzt die Anrufe erledigen.«

Bevor Lara das Gespräch fortsetzen konnte, hatte Phillip den Raum verlassen und die Tür hinter sich geschlossen. Er war extrem verschlossen. Manchmal machte sie sich Gedanken über ihn, über sein Privatleben. Heute sah er furchtbar aus, als ob er derjenige wäre, der einen geliebten Menschen verloren hatte. Vielleicht hatte er das, dachte sie kopfschüttelnd. Möglicherweise war erst kürzlich jemand gestorben, der ihm nahestand, und er hatte nichts davon gesagt.

Sie hatte nicht die geringste Ahnung, was sie mit Sam Perkins machen sollte. Ivory hatte nie Verwandte erwähnt, aber irgendwer käme bestimmt in den nächsten Tagen aus seinem Loch gekrochen, weil er glaubte, er würde mit der Pfandleihe ein gutgehendes Geschäft erben. Gott sei Dank hatte sie darauf bestanden, daß es unter ihrem Namen eingetragen wurde. Auch wenn es ein Scheißladen war, so hätte sie doch eine Möglichkeit, ihre Verluste zu decken. Sie würde das verdammte Gebäude verkaufen.

Was Sam betraf, so würde sie ihn in einer Schublade im Leichenschauhaus schmoren lassen, bis ihn jemand von seinem eigenen Clan abholen kam. Angesichts dessen, was er

Ivory angetan hatte, dachte sie sogar daran, eins dieser billigen Krematorien anzurufen, wo sie einem nur ein paar hundert Dollar berechneten. Wenn ihn niemand haben wollte, beschloß sie, dann hieß das für ihn: Ab ins Feuer.

Sie ging die Akten auf ihrem Schreibtisch durch und stellte fest, daß die Unterlagen für die Vormittagssitzung verschwunden waren. Evergreen mußte sie sich genommen haben. Sie fragte sich, wie lange es her war, daß der alte Knabe Anklageschriften verlesen hatte. Diese Aufgabe erforderte zwar eine gewisse Vorbereitung, aber nicht viel. Der größte Teil des Tages ging dafür drauf, daß die einzelnen Parteien Anträge stellten und bestimmte Dinge für das eigentliche Verfahren geklärt wurden. Bei der Festlegung von Kautionen waren einige juristische Ausführungen erforderlich, und sie las deshalb immer die Berichte der Bewährungsstelle, in denen eventuelle frühere Vergehen des Angeklagten aufgelistet waren, und überflog zumindest die Polizeiberichte über das vorliegende Verbrechen. Jemand wieder auf die Gemeinschaft loszulassen war eine folgenschwere Entscheidung. Ein Richter mußte nicht nur die Faktoren berücksichtigen, die für oder gegen eine Flucht des Angeklagten sprachen, er mußte auch beurteilen, ob er es möglicherweise mit einem Rückfalltäter zu tun hatte. Auch die Sicherheit des Opfers mußte in Betracht gezogen werden. Das war insbesondere bei Gewalttaten wichtig. Es kam vor, daß Verdächtige, die auf ihren Prozeß warteten, zu Ende führten, was sie begonnen hatten, und tatsächlich jemanden umbrachten. Lara bemühte sich stets, Gewalt- oder Sexualverbrecher vor dem Prozeß in Gewahrsam zu halten, selbst wenn sie es auf ihre eigene Kappe nehmen mußte.

Die meisten Fälle, die für diesen Tag angesetzt waren, hatte sie bereits durchgesehen. Sie nahm sich die einzelnen Akten für die Nachmittagsverhandlung vor und machte ausführliche Anmerkungen für Evergreen. Dann rief sie Phillip und bat ihn, die Akten in den Gerichtssaal zu bringen.

Als sie allein in ihrem Amtszimmer war, genoß sie die Abgeschiedenheit, die ihr ihre Position gewährte. Niemand kam unangemeldet zu ihr herein außer anderen Richtern und vielleicht mal ein Staatsanwalt. Heute war ihr das besonders wichtig. Sie sah, daß die Lämpchen von allen Telefonleitungen blinkten. Die Klingel in ihrem Zimmer war abgestellt. Wenn Phillip sehr viel zu tun hatte, nahm die Zentrale die überzähligen Gespräche entgegen. Mittlerweile hatten sich mindestens zwanzig rosafarbene Zettel mit Nachrichten angesammelt. Sie blätterte sie durch.

Irene hatte ihren Anruf von gestern abend erwidert. Offenbar hatte sie inzwischen von den Ereignissen erfahren. Lara warf den Zettel in den Papierkorb und überlegte sich, daß sie sie heute abend anrufen oder versuchen würde, sie in der Pause zu erwischen, bevor sie das Gebäude verließ.

Die meisten übrigen Anrufer drückten ihr Beileid aus und boten ihre Hilfe an. Benjamin hatte angerufen und die Nummer von einem Hotel in San Francisco hinterlassen. Die steckte sie in ihre Handtasche. Die übrigen Zettel las sie, merkte sich die Namen der Leute, die sich die Zeit genommen hatten anzurufen, und warf die Zettel dann ebenfalls weg. Nolan hatte angerufen. Vermutlich weil sie in die Schlagzeilen geraten war. Presse. Das liebte er. Wenn sie es unter diesem Aspekt gesehen hätte, wäre er möglicherweise letzte Nacht sogar gekommen. Er mochte solche Dinge. Das war Hollywood, ganz nach seinem Geschmack. Seine Nachricht warf sie nicht einfach weg. Sie nahm sich die Zeit, sie zu zerreißen. Danach ging es ihr etwas besser.

Sie drückte auf die Sprechanlage, und Phillip meldete sich. »Ich habe grade mit dem Beerdigungsinstitut gesprochen. Sie sind noch in der Leitung. Der Sarg wird mindestens fünfzehntausend kosten, sonst ist er nicht wasserdicht.«

Das hatte sie alles schon mal durchgemacht. Sie hatte ihren Vater und ihre Mutter begraben. Und sie hatte auch alles organisiert, als Charley gestorben war. Sie kannte die Tricks und Verkaufstechniken des skrupellosesten Gewerbes der Welt. »Sag dem Kerl, es ist mir egal, ob er wasserdicht ist. Sie ist tot. Sie kann nicht mehr ertrinken. Zehntausend und nicht einen Cent mehr.«

»In Ordnung. Sonst noch was?«

»Nein«, sagte sie kaum hörbar.

Sobald das Lämpchen ausging, rief Lara Phillip erneut über die Sprechanlage und bat ihn, sich die Henderson-Akte zu besorgen. Sie wollte, daß er Rickerson Namen und Adresse des jungen Mannes gab, der sie bedroht hatte. Er sollte ihn aufstöbern und feststellen, wo er gestern war. Sie mußte einen Teil dieser Angst loswerden, oder sie würde noch verrückt. Außerdem wollte sie aus der Wohnung raus und wieder in ihr eigenes Haus ziehen. Sie konnte nicht mehr allzu viele Nächte auf diesem Sofa verbringen.

Ihre Gedanken kehrten immer wieder zu Ivory zurück und zu den Fotos, die sie gesehen hatte. Was hatte man mit ihrer armen Schwester gemacht? Sie konnte die Vorstellung kaum ertragen. Sam mußte sie zur Prostitution gezwungen haben, genauso wie er sie gezwungen hatte, Lara um Geld zu bitten. Sie hätte sich am liebsten ein Streichholz genommen und den Dreckskerl selbst eingeäschert.

Es war die einzige Erklärung, sagte sie sich. Ivory konnte sich das unmöglich selbst ausgedacht haben. Das alles trug eindeutig den Stempel von Sam, diesem Widerling. Gewiß, schon bevor Ivory Sam kennenlernte, hatte sie getrunken und mit Kokain experimentiert. »Danach fühle ich mich so gut«, hatte sie Lara erklärt. »Es gibt mir das Gefühl, clever und selbstbewußt zu sein. So hab' ich mich in meinem ganzen Leben noch nicht gefühlt.« Vielleicht gab es Ivory auch ein Gefühl von Macht und Selbstvertrauen, wenn Männer sie für ihren Körper bezahlten. Möglicherweise genoß sie es sogar, sie zu peitschen und zu erniedrigen.

Lara hatte das Bedürfnis, jedes einzelne Blatt Papier und jede Akte von ihrem Schreibtisch gegen die Wand zu schleudern. Warum hatte sie es nicht erkannt? Warum hatte sie nichts dagegen getan? Das war ihre Schwester, und sie war Richterin, verdammt noch mal. Erwartete man nicht von ihr, daß sie einfühlsam und aufmerksam war? Hatte sie nicht gesehen, was mit ihrem eigenen Fleisch und Blut passierte?

In der Nacht, als Ivory zu ihrem Haus kam, war sie wie eine Nutte angezogen gewesen.

Lara merkte plötzlich, wie sie nach Luft schnappte. Sie drehte sich rasch mit dem Stuhl zum Portrait ihres Urgroßvaters herum. Als sie klein war, war ihr Großvater häufig zu Besuch gekommen und hatte ihr von der Vergangenheit erzählt, von ihren Vorfahren. Nicht aus Geschichtsbüchern hatte sie gelernt, wie weiße Männer ihnen ihr kostbares Land genommen und sie in Reservate gesteckt hatten. Sie hatte diese Dinge als kleines Kind erfahren, wenn sie zu Füßen ihres Großvaters saß und ihm zuhörte, wie er mit seiner tiefen Stimme immer weiter redete, und sie gebannt auf seine lederartige Haut starrte. Manchmal mußte man das Unvermeidliche akzeptieren. Das war etwas, das sie ganz früh im Leben gelernt hatte.

Es wurde Zeit, Josh zu holen und zu verschwinden, bevor nach und nach alle Leute zu ihr kamen und sie mit Mitgefühl überschütteten. Außerdem mußte sie ihn zu einem Psychologen bringen und anfangen, sich nach Schulen zu erkundigen. Wenn er nicht Sam oder jemand anders umgebracht hatte, würde er bestimmt eine Therapie brauchen, um darüber hinwegzukommen. Wenn er bei ihr wohnen mußte, was höchstwahrscheinlich der Fall sein würde, würde er bestimmt so lange einen Psychologen brauchen, bis er ins College kam. Sie wußte nicht, ob sie das Zeug hatte, einen Jugendlichen in dem Alter zu erziehen. Es würde ein langer, mühsamer Weg werden.

Dann kam ihr eine Idee: ein Internat. Perfekt. Sie wußte nicht, warum sie nicht schon früher darauf gekommen war. Nicht sofort, dachte sie, während sie an Phillip vorbeiging, der immer noch telefonierte, und durch den mit Teppichboden ausgelegten Flur zur Bibliothek lief, aber bald. Sobald der Psychologe glaubte, daß Josh soweit wäre. Mit diesem Gedanken im Hinterkopf war zumindest ein Ende in Sicht. Sie bezweifelte ohnehin, daß er bei ihr bleiben wollte.

»Komm mit, Josh«, sagte sie sanft. Er las nicht in den Zeitschriften. Er saß einfach nur da und starrte ins Leere.

Unter günstigeren Umständen könnte es sogar schön sein, mit ihm zu leben, dachte Lara, während sie den Flur entlanggingen. Was er brauchte war Stabilität, eine gewisse Struktur. Er brauchte warme Mahlzeiten auf dem Tisch, jemanden, der auf ihn wartete, wenn er aus der Schule kam, der ihm seine Sachen wusch und bügelte. Lara hatte dazu nicht die Zeit und leider auch nicht die Lust. Was wußte sie schon darüber, wie man einen halbwüchsigen Jungen erzieht. Nichts, absolut nichts.

Erneut schweiften ihre Blicke zu dem langhaarigen jungen Mann, der neben ihr herging. Er weinte nicht, beklagte sich kaum, redete nicht viel. Junk food schien er zu mögen. Wenn sie so einen Mann fände, würde sie vielleicht in Erwägung ziehen, noch mal zu heiraten.

Sie betraten die Sicherheitsebene, und er drückte den Knopf zur Garage. »Was machen wir jetzt?« fragte er.

»Wir fahren nach Hause, und dann besorgen wir dir einen Arzt, einen Psychologen. Jemand, mit dem du reden kannst. Unterwegs werd' ich noch ein Funktelefon kaufen.«

»Kommt nicht in Frage«, sagte er mit erstarrtem, abweisendem Gesicht. »Ich gehe zu keinem Irrenarzt.«

Lara war ohne Schuhe knapp ein Meter sechzig. Und sie trug nie hohe Absätze. Josh sah in der kleinen Fahrstuhlkabine auf sie herab. »Das muß aber sein«, erklärte sie ihm. »Ich bin keine besonders gute Zuhörerin. Du mußt dich darüber aussprechen. Wer weiß, vielleicht mach' ich das auch. Vielleicht gehen wir beide.« Das war reine Taktik. Sie bemerkte sofort, daß es nicht funktionierte.

»Du gehst bestimmt nicht«, blaffte er sie an. »Das sagst du nur, damit ich gehe. Stimmt's?«

»Stimmt. Ganz schön cleverer Junge«, sagte sie und brachte ein schwaches Lächeln zustande. »Aber vielleicht mach' ich's doch, ich sag's dir.« Die Fahrstuhltür öffnete sich, und sie gingen zu ihrem Auto.

»Darf ich fahren?« Seine Stimme hallte in der Tiefgarage wider. »Ich kann echt fahren. Mom läßt mich manchmal zum Supermarkt fahren, um Milch zu holen.«

Beide erstarrten. Er hatte in der Gegenwart gesprochen. An solche Dinge mußte man sich erst gewöhnen. Sie waren wie Nägel in einem Sarg. Sie sprangen einem immer wieder entgegen, auch wenn die betreffende Person schon längst tot war. Sie kannte das. Er fing an zu schniefen und schwer zu atmen. Lara wußte nicht, was sie tun oder sagen sollte, aber sie mußte dem Einhalt gebieten. Wenn der Junge zusammenbrach, dann würde sie es ihm gleichtun. Sie gab ihm die Autoschlüssel. »Fahr.« Dann kniff sie ihre Augen zusammen und schielte zu ihm hoch. »Hast du mir auch die Wahrheit gesagt? Kannst du wirklich Auto fahren? Wenn nicht, wirst du uns umbringen.«

Zum ersten Mal sah sie den Sohn ihrer Schwester lächeln. Sie fühlte sich, als hätte sie den Nobelpreis gewonnen. Es war eigentlich egal, ob sie dabei umkamen, dachte sie. Was einzig und allein zählte war, daß er lächelte.

Sie fuhren in Schlangenlinien aus der Tiefgarage hinaus und hätten um ein Haar die Betonwand erwischt. Lara machte sich fast in die Hose, konnte so gerade an sich halten. Statt dessen prüfte sie ihren Sicherheitsgurt, klammerte sich am Armaturenbrett fest und machte sich auf den Aufprall gefaßt – wenn es nicht die Wand war, würden sie bei seiner Fahrweise bald gegen etwas anderes fahren. Und zwar mit dem luxuriösesten Stück, das Lara je besessen hatte, der Jaguar, ihr ganzer Stolz. Ein breites Lächeln lag auf Joshs Gesicht. Er saß ganz dicht am Lenkrad und leckte sich vor Aufregung die Lippen.

»Ein Jaguar... ich kann es nicht glauben, ich fahr' einen Jaguar. Mann, was werden meine Freunde dazu sagen. Was kostet so ein Auto?«

Und wenn er den Jaguar zu Schrott fuhr, na und? dachte Lara. Sie war versichert. Es ist nur ein Auto, eine teure Ansammlung von Metall, Glas und Chrom. Lächle du nur weiter, sagte sie sich und sah zu ihm hin. Lächle einfach weiter, mein Junge, und wir werden das alles überstehen, und es werden wieder bessere Tage kommen.

Kapitel 10

Etwa zwei Blocks vom Behördenzentrum entfernt, bat Lara Josh, am Straßenrand anzuhalten und sie fahren zu lassen. Er war bei einer roten Ampel durchgefahren und hätte fast einen Frontalzusammenstoß verursacht.

»Warum wohnst du in dieser Bude?« fragte er. »Da ist überhaupt nichts drin. Ich dachte, du hättest ein Haus oder so.«

»Hab' ich auch«, sagte Lara. Nach allem, was er durchgemacht hatte, wollte sie dem Jungen auf keinen Fall sagen, daß möglicherweise jemand hinter ihr her war, und ihn damit in Angst und Schrecken versetzen. Sie räusperte sich und überlegte sich eine passende Lüge. »Weißt du, Josh, in meinem Haus wird gerade einiges umgebaut, deshalb hab' ich die Wohnung gemietet. Sie ist nicht weit vom Gericht.«

Er schwieg. Damit war das erledigt. Das Autotelefon klingelte, und sie ließ Josh abheben. Es war Rickerson. Er gab ihr den Hörer.

»Dachte, ich melde mich mal bei Ihnen. Wir gehen jetzt die Abschnitte aus dem Pfandhaus durch. Dann fangen wir mit seinen Büchern an.«

Sie hätte ihn gern nach der Autopsie gefragt, um zu erfahren, ob sie bereits abgeschlossen war und was man festgestellt hatte. Aber das war kein Thema, über das man in Joshs Gegenwart reden konnte. »Rufen Sie mich doch heute abend an, wenn Sie mit dem Arzt gesprochen haben. Wie steht's mit Fingerabdrücken?« Josh hörte ohnehin nicht zu. Er starrte aus dem Fenster. Das Lächeln war nur eine vorübergehende Erscheinung gewesen.

»Das Labor arbeitet gerade daran. Wir haben alle möglichen Abdrücke gefunden, aber wer weiß, wem die gehören... Ich wollte Sie noch auf was anderes hinweisen. Wie Sie sich erinnern, hat sich ja niemand gewaltsam Einlaß verschafft. Das heißt, daß entweder der oder die Mörder von Anfang an mit im Haus waren oder daß sie den Opfern bekannt waren und hereingelassen wurden. Glauben Sie nicht, daß dadurch die Leute wegfallen, denen Perkins ein Darlehen gegeben hat? Es macht einfach keinen Sinn, daß sie so jemandem die Tür aufgemacht und ihn in ihr Haus gelassen haben sollen.«

»Hören Sie mal, Rickerson, Ted... das haben Sie mir schon gestern nacht erzählt. Sind Sie nicht derjenige, der mir erklärt hat, man dürfe nichts außer acht lassen? Ich will, daß jeder einzelne Pfandabschnitt überprüft wird.«

»Es müssen mindestens tausend von diesen Abschnitten da sein. Einige reichen mehrere Jahre zurück. Wir werden nur denen nachgehen, die nicht älter als ein halbes Jahr sind, sonst wühlen wir uns ewig durch diese Scheiße. Außerdem sind wir dabei, die ganzen Telefonunterlagen zu überprüfen.«

Lara warf einen Blick auf Josh. In der einen Hand hielt sie das Telefon, mit der anderen lenkte sie den Wagen. »Dann haben Sie wohl sehr viel zu tun. Aber meinen Sie nicht, daß wir zumindest diese Spur verfolgen sollten? Die Pfandleihe.«

»Lara«, antwortete er mit einem Hauch von Sarkasmus in seiner rauhen Stimme, »Sie scheinen zu glauben, daß wir Hunderte von Beamten zur Verfügung hätten, um diesen Kram durchzusehen. Im Augenblick sind wir aber nur zu dritt. Ich versuche, noch mehr Männer zusammenzukriegen, aber wir können uns keinen aus dem Hut zaubern. Wenn es zu einem weiteren Schwerverbrechen hier in der Stadt kommt, werden wir nur noch zu zweit sein, und mit der Zeit bleibe dann nur noch ich übrig. Wir müssen außerdem das Haus noch mal durchsuchen und die Nachbarschaft nach Beweisstücken durchkämmen, die der Mörder möglicherweise weggeworfen hat, wie zum Beispiel blutige Kleidung...«

»Wissen Sie was. Lassen Sie die Pfandabschnitte zusammenpacken und in meine Wohnung bringen. Ich werde sie dann in den nächsten Tagen selbst durchsehen, und Ihre Leute können sich um die Telefonunterlagen kümmern. Wir sollten jedem Anruf nachgehen, der vom Haus aus gemacht wurde, und geben Sie mir eine Liste der Namen, wenn Sie sie durch den Computer gejagt und überprüft haben, ob gegen sie was vorliegt.«

Josh zog sie am Ärmel. »Sag ihm, sie sollen mein Fahrrad mitbringen, okay?«

Sie sah ihn an und spürte, wie ihr ganz warm ums Herz wurde. Alles, was ihm von seinem bisherigen Leben geblieben war, waren ein paar Kleidungsstücke. Seine Eltern waren tot, sein Zuhause verwüstet, und er war bei einer Frau gelandet, die er kaum kannte. »Ich hab's mir anders überlegt, Rikkerson. Ich komme selbst vorbei und hole die Pfandabschnitte. Aber Sie könnten mir einen Gefallen tun. Fahren Sie doch zum Haus und holen Sie das Fahrrad von dem Jungen. Wir treffen uns dann in der Pfandleihe in San Clemente. Ich bin in etwa vierzig Minuten da.«

Sie konnte Rickerson atmen hören. Er gab keine Antwort. Sein Atem war laut. Sie wollte gerade auflegen, da meldete er sich doch noch zu Wort. »Ich kann kein Beweismaterial in einem Mordfall freigeben.«

»Wir sollten jetzt mal einiges klarstellen, Rickerson. Mir gehört das Pfandhaus mehr oder weniger. Mein Name steht auf der Übertragungsurkunde. Ich habe die Mittel zur Verfügung gestellt, damit sie den Laden kaufen konnten. Sie müssen jetzt eine Entscheidung treffen. Sind diese Pfandabschnitte wichtiges Beweismaterial oder sind es bloß Pfandabschnitte? Sie scheinen zu glauben, daß es bloß Pfandabschnitte sind, und das Ganze für reine Zeitverschwendung zu halten. Ich biete Ihnen nur meine Hilfe an.«

»Ich hole das Fahrrad«, sagte er. »Und Lara, ich möchte Ihnen noch was sagen, Sie müssen den Jungen ganz schnell zu einem Psychofritzen bringen. Zögern Sie es nicht hinaus. Ich sage Ihnen, der Junge braucht eine Therapie.«

Lara sah erneut zu Josh. Zumindest zeigte sich der Detective aufrichtig besorgt. Das wußte sie zu schätzen. »Übrigens«, sagte sie, »hat Phillip Sie angerufen und Ihnen die Informationen über den Fall Henderson gegeben? ... Sie wissen schon, worüber wir gestern nacht gesprochen haben.«

»Yeah«, sagte er. »Einer meiner Männer versucht ihn gerade ausfindig zu machen. Wenn wir ihn haben, werd' ich mit ihm reden.« Damit hängte er ein.

Rickerson hatte recht. Sie mußte noch heute einen Psychologen für Josh finden. Sie fädelte sich in den Verkehr auf dem Freeway ein und fuhr zum dritten Mal in weniger als zwei Tagen nach San Clemente. Sie dachte über Joshs Freunde nach, seine Schule und darüber, wie er wieder ein normales Leben führen könnte, aber dafür war es noch zu früh. Jetzt mußten sie sich einfach zusammenreißen, mit der Trauer umgehen lernen, das Begräbnis überstehen und die finsteren Tage, die vor ihnen lagen. Wie Lara wußte, würde alles erst noch schlimmer werden, bevor es wieder besser wurde. Die furchtbare Wahrheit, daß man seine Mutter ermordet hatte, würde ihm schon bald bis ins Mark dringen. Lara selbst spürte es bereits. In ihrem Unterbewußtsein hatte sich die Realität breitgemacht, scharf wie ein Messer, das in all ihre Gedanken eindrang und ihr das Herz zerriß.

»Ist das nicht die Ausfahrt nach San Clemente?« fragte Josh, der aus dem Fenster sah. »Du bist grade dran vorbeigefahren.«

»Oh«, sagte Lara ganz in Gedanken. »Dann nehm' ich eben die nächste Ausfahrt.«

»Die wirst du auch noch verpassen«, sagte Josh ganz aufgeregt. »Fahr schnell auf die rechte Spur.«

Bald schon waren sie in der Stadt und näherten sich dem Pfandhaus. Lara spürte, wie ihr die Tränen in die Augen stiegen, und biß sich von innen auf die Lippen. Wenn man doch nur die Geschichte neu schreiben könnte mit dem Wissen, was einem bevorstand, das Rad des Lebens daran hindern könnte, eine falsche Abzweigung zu nehmen. Aber das entsprach natürlich nicht der Realität. Ein Kind ohne Eltern, dachte sie mit einem Blick auf Josh, und Ivorys Leiche in einem gefliesten Autopsieraum – das war die Realität.

Zunächst schleppten sie die beiden riesigen Kisten mit den Unterlagen aus dem Pfandhaus in die Wohnung, dann schickte Lara Josh noch einmal hinaus, um sein Fahrrad aus dem Kofferraum zu holen. Lara nahm sich das Funktelefon, das sie gekauft hatte, und rief Irene Murdock an. Sie erwischte sie in der Pause.

»Lara, Darling«, sagte Irene. »Ich habe mir solche Sorgen gemacht. Ich hab' immer wieder bei dir zu Hause angerufen, seit ich es in den Nachrichten gehört habe. Ist mit dir alles in Ordnung? Deine Schwester und dein Schwager. Wie entsetzlich.«

»Ich nehme an, du weißt inzwischen alles«, sagte Lara und ließ sich auf das Sofa fallen.

»Ich weiß nur, was in den Nachrichten kam. Was haben sie in der Hand? Wissen sie, wer diese abscheuliche Tat begangen hat? Gibt es irgendwelche Zeugen, Anhaltspunkte?«

»Nein«, sagte Lara. »Sie haben praktisch nichts.« Dann gab sie ihr die Nummer des Funktelefons und erklärte ihr, weshalb sie sich nicht in ihrem Haus aufhielt. »Wie denkst du darüber, Irene? Sag mir die Wahrheit. Glaubst du, daß ich in Gefahr bin, daß diese Verbrechen etwas miteinander zu tun haben? Könnte der junge Mann dahinterstecken, der mich bedroht hat?« Lara hatte die Worte gerade ausgesprochen, als Josh hereinkam.

»Das hört sich ganz offensichtlich nicht gut an. Wußtest du, daß mich mal ein Mann verfolgt hat? Das war vor ungefähr fünf Jahren. Ich hatte ihn wegen bewaffneten Raubüberfalls zu einer Gefängnisstrafe verurteilt. Als er rauskam, ist er mir vom Gericht aus gefolgt und hat vor meinem Haus geparkt. Es war schrecklich. Als die Polizei endlich kam, floh er. Schließlich erwirkten wir eine einstweilige Verfügung. Dann konnten wir nur darauf warten, daß er dagegen verstieß. Irgendwann landete er wieder im Gefängnis, aber es war eine qualvolle

Erfahrung. Danach hab' ich mir eine Pistole gekauft. Ich trage sie immer in meiner Handtasche bei mir.«

»Das hab' ich nicht gewußt, Irene«, sagte Lara, und sie wollte es eigentlich auch gar nicht wissen. Manchmal will man einfach so tun, als ob alles in Ordnung sei, auch wenn es nicht so ist. »Du meinst also, ich sollte nicht in mein Haus zurückgehen?«

»Nein, auf keinen Fall«, sagte sie. »Wo bist du jetzt? Du hast gesagt, du seist in einer Wohnung in Santa Ana? Vielleicht können John und ich heute abend vorbeikommen. Gib mir doch mal die Adresse.«

»Nein«, sagte Lara hastig, »aber vielen Dank.« Sie sah sich um und stellte fest, daß Josh ganz dicht hinter ihr stand. »Hör zu Irene, ich ruf' dich später noch mal an. Ich hab' meinen Neffen hier. Ich kann jetzt nicht reden.«

»Wenn wir heute abend nicht zu dir kommen, dann kommen wir aber morgen. Ich bringe dir was zu essen mit – ein paar Sachen, die du in der Mikrowelle warm machen kannst. Das arme Kind. Es ist alles so furchtbar traurig.«

»Ich sage dir Bescheid. Warte mal.« Lara bat Josh, einen Augenblick ins andere Zimmer zu gehen, damit sie ungestört mit Irene sprechen konnte. Als er im Schlafzimmer war und die Tür zugemacht hatte, ging Lara mit dem Telefon in die Küche und flüsterte: »Ich brauche für meinen Neffen einen guten Psychologen. Vielleicht kann John mir jemand empfehlen.«

»Ich weiß selbst jemanden. Einen Moment... ich hab' seine Nummer in meinem Rolodex. Er ist Psychiater. Das ist vielleicht besser, was meinst du? Die können auch Medikamente verschreiben. Sein Name ist Dr. Frederick Werner.« Sie rasselte die Telefonnummer herunter.

»Weißt du, Irene«, sagte Lara unter vorgehaltener Hand und guckte kurz um die Ecke, um zu sehen, ob Josh immer noch im Schlafzimmer war. »Ich weiß nicht, was ich mit dem Jungen machen soll. Er ist verbittert. Er ist ganz offensichtlich gestört. Es besteht sogar die entfernte Möglichkeit, daß er in diesen ganzen Alptraum verwickelt war.«

»Wie meinst du das? Hat er den Mörder gesehen? Ist er ein Augenzeuge?«

»Nein, ich ...«, Lara holte tief Luft. »Vielleicht hat er meinen Schwager umgebracht. Es kann sein. Er wurde mit einer Hantel erschlagen, und die gehörte Josh. Die beiden haben sich nicht gerade geliebt, mußt du wissen.«

Irene gab keine Antwort. Zunächst dachte Lara, sie wären unterbrochen worden. »Hast du mich verstanden?« fragte sie.

»Schlag dir das aus dem Kopf, Lara. Das ist ein furchtbarer Gedanke. Bring ihn zu einem Psychiater und such nach dem Jungen, der dich bedroht hat. Ruf mich später an, dann können wir uns ausführlicher unterhalten.«

Lara wollte ihr gerade von Ivorys Gewerbe und den furchtbaren Dingen erzählen, die sie in dem flachen Hohlraum unter dem Schrank gefunden hatten, da sagte Irene, sie müsse in den Gerichtssaal zurück. Auch gut, dachte Lara. Eigentlich sollte es auch niemand erfahren.

Josh hatte sein Fahrrad gegen die Eingangstür gelehnt. Jetzt, wo die Kisten und das Fahrrad in der Wohnung waren, schien sie nicht größter als ein begehbarer Einbauschrank zu sein. Sie setzte sich rasch mit dem Psychiater in Verbindung und machte für Josh noch für diesen Abend um sechs Uhr einen Termin aus. Dann klappte sie das Telefon zusammen und lehnte sich mit geschlossenen Augen auf dem Sofa zurück. Vielleicht mußte sie tatsächlich tun, was sie zu Josh gesagt hatte, und diesen Mann selbst konsultieren, dachte sie, sich eventuell ein Beruhigungsmittel verschreiben lassen, damit sie schlafen konnte.

Sie öffnete die Augen und betrachtete die Kisten. Es würde ewig dauern, all diese Pfandabschnitte durchzusehen. Und nicht nur das, sie hatte eigentlich überhaupt keine Ahnung, wonach sie suchte. Aber vielleicht wußte der arme Junge ja viel mehr, als er zugab, selbst wenn er sie nicht getötet hatte. Es gab nur eine Möglichkeit, das herauszufinden. Ihn zu fragen.

»Josh«, sagte sie, nachdem sie ihm zugerufen hatte, er

könne aus dem Schlafzimmer kommen, »setz dich her zu mir aufs Sofa.« Sie deutete mit der Hand auf den Platz neben ihr. »Ich möchte mich ein bißchen mit dir unterhalten. Im Kühlschrank steht die Cola, die wir gekauft haben, und auf der Anrichte liegen Schokoladenkekse. Hast du nicht Lust, die holen zu gehen?«

Es war fast Zeit zum Mittagessen. Kekse und Cola müßten reichen. Heute abend würde sie versuchen, etwas halbwegs Gesundes zu besorgen. Vielleicht kaufte sie in der Feinkostabteilung des Supermarkts ein gebratenes Hähnchen, bevor sie zu Dr. Werner gingen. Wenn der arme Junge nicht die gleiche Vorliebe für Junk food hätte wie sie, würde er verhungern. Noch brauchte sie sich jedenfalls keine Sorgen wegen falscher Ernährung zu machen. Zumindest die nächsten Tage noch nicht.

Sie saßen nebeneinander auf dem Sofa, kauten Plätzchen und tranken Cola aus der Dose. Sie sahen sich nicht an. Schließlich sagte Josh: »Worüber willst du mit mir reden?«

Lara stieß einen langen Seufzer aus. »Wie lief das so ab bei euch zu Hause?«

»Wie meinst du das?« Er stellte die Plätzchentüte hin und strich sich die Haare aus den Augen.

»Wie war das so mit deiner Mom und Sam? Haben sie sich gestritten? Hat er getrunken? Hat deine Mutter getrunken?«

»Weiß nicht.« Sein Rücken wurde ganz steif, und er starrte geradeaus.

Lara berührte seinen Arm, und er sah sie an. »So geht das nicht, Josh. Du hast in dem Haus gewohnt. Du bist ein kluger Junge. Du hättest gemerkt, wenn sie getrunken oder sich gestritten hätten.«

Er schwieg und blieb unzugänglich. Sie konnte fast sehen, wie die Erinnerungen in seinen Augen aufblitzten. Es waren keine glücklichen Erinnerungen. Dessen war sich Lara ganz sicher.

»Bitte, Josh, deiner Mutter zuliebe, du mußt uns helfen. Du bist gestern dort gewesen. Du hast gesehen, was passiert ist, was jemand in eurem Haus getan hat. Ich weiß, du willst genauso wie ich, genau wie wir alle, daß er dafür bestraft wird.

»Sam war ein Schwein.«

»Da will ich dir bestimmt nicht widersprechen. Red weiter… das kann doch nicht alles sein.«

Lara hatte die Vorhänge in der Wohnung nicht aufgezogen, und es war dunkel. Durch das kleine Küchenfenster hinter ihnen drang zwar ein wenig Licht, doch ihre Gesichter lagen im Schatten. Sie stand auf, um die Vorhänge aufzuziehen, dann überlegte sie es sich anders. Irgendwie schien es ihnen beiden leichter zu fallen, im Dunkeln darüber zu reden.

»Sam hat jeden Abend mindestens ein Sechserpack getrunken. Wenn er betrunken war, fing er an, sich mit uns zu streiten – mit Mom und mir. Sie haben sich wegen Geld gestritten und so Sachen. Manchmal hat Mom zu mir gesagt, ich sollte ein bißchen mit dem Fahrrad fahren. Wenn ich zurückkam, waren sie im Schlafzimmer, und die Tür war zu. Am nächsten Tag war dann wieder alles in Ordnung.«

»Josh, hat Sam deine Mutter geschlagen? Hast du jemals gesehen, daß er sie geschlagen oder ihr sonstwie weh getan hat? Sind andere Leute zu euch nach Hause gekommen? Du weißt schon, fremde Männer. Denk scharf nach. Irgendwer, den du nicht kanntest?«

Er sah Lara durchdringend an. »Ich kann mich nicht erinnern, okay? Alle löchern mich mit diesen Fragen, ich kann mich einfach nicht erinnern.« Er stand auf und sah zu seinem Fahrrad, das gegen die Tür lehnte. »Ich will nicht mehr darüber reden. Kann ich mit dem Rad raus?« Sein Gesicht war unbeweglich, die Lippen zusammengepreßt. Sie hatte einen wunden Punkt berührt.

»Warte, noch eine Minute, dann kannst du raus. Ich werde dich hier nicht gefangenhalten.« Sie mußte ihn aus dem Haus lassen. Sie würden beide verrückt, wenn sie stundenlang in diesem dunklen Loch säßen. Und falls tatsächlich jemand hinter ihr her war, konnte sie nur hoffen, daß der nichts von Josh wußte und auch nicht, wo sie wohnten. Er stand einige Schritte von ihr entfernt an der Tür, die Hände auf das Fahrrad gelegt.

Kein Wunder, daß er das Fahrrad haben wollte, dachte Lara. Es war für ihn die einzige Möglichkeit gewesen, allem zu entfliehen. Wenn es ungemütlich wurde, verschwand er. Und jetzt wurde es ungemütlich. Sie sprach mit ruhiger, sachlicher Stimme, jede Betonung vermeidend. »Hast du mal was gesehen, was du nicht verstanden hast? Vielleicht etwas, das mit deiner Mutter zu tun hatte?« Die Bilder vom frühen Morgen schossen ihr durch den Kopf. Sie wandte ihren Blick rasch wieder Josh zu, als sie die Tür aufgehen hörte und sah, wie er das Rad nach draußen auf den Gehweg schob.

»Josh, warte«, sagte Lara und ging zur Eingangstür. »Bleib in der Nähe der Wohnung. Ich will nicht, daß du dich in der Gegend herumtreibst. Und du mußt uns helfen, uns alles sagen, was du gehört oder gesehen hast.«

Er drehte sich um und starrte sie mit durchdringendem Blick und haßerfüllten Augen an. »Du verdammtes Miststück«, brüllte er. »Jetzt tust du so besorgt um meine Mom... um mich. Jetzt, wo sie tot ist. Als sie noch lebte, waren wir dir scheißegal. Ich geh' lieber ins Heim, als daß ich hier bei dir bleibe.«

Lara ging vorsichtig ein paar Schritte auf ihn zu. »Das ist nicht wahr, Josh. Ihr wart mir immer wichtig, du und deine Mutter.«

»Yeah, natürlich«, sagte er und schüttelte sich mit einer ruckartigen Kopfbewegung die Haare aus den Augen. Seine Stimme wurde schrill. Es war die Stimme, die er als kleiner Junge vor der Pubertät gehabt hatte. Sein Gesicht verzerrte sich, als ob er sich bemühte, nicht zu weinen. »Früher bist du mich immer besuchen gekommen, bist mit mir ins Kino gegangen, hast mir was gekauft. Dann bist du einfach nicht mehr gekommen... als ob wir nicht gut genug für dich wären. Für dich waren wir bloß Gesocks. Du...«

Das saß. »Josh«, flehte Lara ihn an, »hör mir bitte zu.

Deine Mutter wollte nicht, daß ich dich sehe. Es war nicht so, daß ich nicht wollte ... Sie war sauer auf mich ... Dann hat sie's mir auf diese Art heimgezahlt.«

Er warf ihr einen wütenden Blick zu, sprang aufs Rad und fuhr los.

Lara schloß die Wohnungstür und ging wieder zum Sofa. Sie saß dort im Dunkeln, vornübergebeugt und den Kopf in die Hände gestützt. Sie hatte keine Ahnung gehabt, daß ihre Besuche Josh tatsächlich etwas bedeutet hatten, daß er sie vermißt hatte und sogar glaubte, sie hätte ihn im Stich gelassen. Er war damals ein dürrer, unnahbarer Junge von zwölf Jahren gewesen. Sie hatte immer angenommen, daß ihre kleinen Ausflüge ihn zu Tode gelangweilt hätten. Sie hatte unrecht gehabt. Er war verbittert. Verbittert über Lara, seine Mutter und seinen Stiefvater, überhaupt über diese ganze erbärmliche Welt. Hoffentlich, so betete sie, nicht verbittert genug, um zum Mörder zu werden.

Lange Zeit saß sie einfach dort im Dunkeln. Sie versuchte nachzudenken, die Dinge vernünftig zu betrachten. Sie war völlig durcheinander, und ihre Gedanken rasten in tausend verschiedene Richtungen auf einmal. Schließlich stand sie auf und ging ins Bad. Sie wollte duschen. Vielleicht würde das was helfen. Als sie die Tagesdecke auf das Bett warf, sah sie, daß unter der Matratze etwas hervorlugte. Sie bückte sich und zog es raus. Es war ein Rucksack. Sie erinnerte sich vage daran, daß Josh letzte Nacht damit reingekommen war. Zunächst wollte sie ihn dahin zurücklegen, wo sie ihn gefunden hatte, doch dann setzte sie sich auf die Bettkante und fing an, seinen Inhalt zu durchwühlen. Es waren drei Schulbücher, ein Notizblock und ein paar Stifte darin. Sie nahm die Sachen raus und legte sie aufs Bett. Dann sah sie es.

Sie hielt ein zusammengerolltes T-Shirt in der Hand, das ganz unten in den Rucksack geschoben worden war. Auf dem T-Shirt war Blut.

Immer noch mit dem T-Shirt in der Hand lief sie zur Eingangstür und riß sie auf. Warum, wußte sie nicht. Dann schlug sie die Tür zu, ging ins Bad, setzte sich auf den Toilettensitz und starrte das T-Shirt an. »Nein, o Gott«, schrie sie. »Das kann nicht sein. Das kann einfach nicht sein.« Sie zitterte, das Herz schlug ihr bis zum Hals. Ihre Handflächen waren verschwitzt und ihr war kalt, unglaublich kalt. Sie breitete das T-Shirt aus und versuchte abzuschätzen, wieviel Blut das war. Es war nicht viel, bloß ein langer roter Streifen. Eine Sekunde lang dachte sie, es könnte Farbe sein. Sie hielt es an die Nase und roch daran. Dann versuchte sie, ein wenig mit dem Fingernagel abzukratzen. Es war keine Farbe. Es war Blut.

Sie verließ das Bad und begann, im Schlafzimmer auf und ab zu gehen. Sie hatte das Gefühl, Kopf zu stehen. Das Zimmer drehte sich und schwankte. In ihrem Kopf tauchten immer wieder Visionen auf, wie Josh Sam die Hantel über den Kopf schlug. Was sollte sie tun? Sie konnte doch ihren eigenen Neffen nicht der Polizei ausliefern. Andererseits konnte sie nicht zulassen, daß er ungestraft mit einem Mord davonkam. Ganz egal, was für ein Kerl Sam war oder was er getan hatte, er war immer noch ein Mensch. Einen Mord konnte sie auf keinen Fall akzeptieren.

Sie dachte sich alle möglichen Erklärungen für das Blut auf dem T-Shirt aus. Er könnte vom Fahrrad gefallen sein. Das war denkbar. Es könnte sogar Blut von einem Tier sein, von einem Hund oder einer Katze. Viele Jugendliche waren Mitglieder in Satanssekten, bei deren Ritualen Katzen geopfert wurden. Plötzlich kam ihr ein Gedanke. Sie schnappte sich die Schulbücher, las rasch die Titel und warf sie wieder in den Rucksack. Vielleicht hat er Biologie als Wahlfach, dachte sie, und hat einen Frosch seziert. Aber es war kein Biologiebuch dabei.

Sie geriet in Panik.

Sie sah zur Tür, und ihr wurde klar, daß er jeden Moment reinkommen könnte. Wenn er sie mit dem T-Shirt sah, würde er vielleicht sogar sie umbringen. Groß genug war er ja. Er könnte sie totschlagen, sie erwürgen, sie wie Ivory ersticken. Voller Angst rollte sie das T-Shirt so zusammen, wie sie es gefunden hatte, und packte alle Sachen wieder in den Rucksack.

Das Telefon klingelte. Rickerson war am Apparat. Sie hatte ihre neue Nummer bei der Telefonzentrale der Polizei von San Clemente hinterlassen.

»Das Sheriffbüro hat gerade angerufen. Sie haben einige der Fingerabdrücke in Ihrem Haus in Irvine identifiziert. Einen Teil können wir zwar noch nicht zuordnen, vermutlich von einem Freund von Ihnen, doch die übrigen stammen von einem zwielichtigen Kerl namens Packy Cummings. Er hat ein ellenlanges Vorstrafenregister und hat sogar schon mal in San Quentin gesessen. Bei mehreren Mordfällen gehörte er zu den Verdächtigen. Er ist ein übler Zeitgenosse, Lara. Wir versuchen jetzt, ihn zu schnappen. Im Haus Ihrer Schwester gibt's allerdings keine Fingerabdrücke. Die müssen Handschuhe getragen haben.«

Lara blieb die Luft im Hals stecken, und sie konnte nicht sprechen. Sie hatte kaum mitgekriegt, was der Detective gesagt hatte. Sie konnte ihm nicht sagen, was sie entdeckt hatte. Sie wollte zwar, aber sie konnte es einfach nicht. Nicht bevor sie sich Gewißheit verschafft hatte. Zumindest das war sie ihrer Schwester schuldig. Sie würden den armen Jungen auf die Polizeistation schleppen und ihn in die Zange nehmen. Selbst die Presse könnte davon Wind kriegen, und dann würde Josh vor Gericht gestellt und verurteilt, selbst wenn sich alles als gegenstandslos herausstellen sollte. Lara wußte nur zu gut, wie diese Dinge funktionierten. Wenn jemand erst mal in den Medien angeklagt worden war, konnten ihn – selbst nach einem ordnungsgemäßen Prozeß und Freispruch – Gerüchte und versteckte Andeutungen manchmal bis ans Ende seines Lebens verfolgen. »Ich ... Entschuldigung, sagen Sie das bitte noch mal.«

Das tat er. Sie hörte zu. Beim Namen Packy Cummings stutzte sie. »Warten Sie, Rickerson, legen Sie nicht auf. Wie lautet sein vollständiger Name? Etwa Packard Cummings?«

»Yeah«, sagte er. »Kennen Sie den Kerl?« Rickerson war ein bißchen schockiert darüber, es sei denn, sie kannte ihn aus dem Gericht. Natürlich hoffte er, daß es kein Freund von ihr war. Das wäre regelrecht absurd.

»Er stand auf meinem Terminkalender ... Ich glaube, das war ein Tag, bevor Ivory ermordet wurde. Er hat als Informant in einem Drogenfall für eine Bundesbehörde gearbeitet. Ich weiß nicht, für welche, aber das kann ich nachsehen.« Lara kamen plötzlich lauter verrückte Gedanken, wie zum Beispiel, daß man aus irgendwelchen Gründen ihr Haus mit dem eines Drogenhändlers verwechselt haben könnte. Der Ermittlungsbeamte hatte gesagt, es sähe so aus, als ob sie nach Drogen gesucht hätten. Solche Sachen kamen vor. Schon mehrmals war die Polizei von Los Angeles mit ihrem Rammbock, einem großen Panzerwagen, losgezogen und hatte das Haus eines Unschuldigen plattgemacht.

»Nein«, sagte Rickerson schließlich, »dieser Kerl arbeitet für niemanden auf dieser Seite des Gesetzes. Vor etwa sieben Jahren stand er sogar mal im Verdacht, einen Undercover-Polizisten umgelegt zu haben. Die müßten verrückt sein. Wer hat Ihnen das erzählt?«

»Leo Evergreen. Sie wissen doch, wer Leo Evergreen ist. Der Gerichtspräsident.«

Am anderen Ende herrschte Schweigen. Rickerson dachte nach. Das Sheriffbüro hatte ihn wegen dieses Kerls angerufen. Sie wußten nichts über ihn. Ein Drogenfall, das könnte auf die DEA, die Drug Enforcement Agency, hindeuten. Aber so einen Mann als Informanten zu benutzen? Da müßte er schon dabei helfen können, das kolumbianische Drogenkartell zu sprengen oder so was. Doch selbst wenn der Mann als Informant gearbeitet hatte, wie kam er dann dazu, in Häuser einzubrechen?

Rickerson konnte förmlich riechen, daß da etwas faul war.

»Ich muß ein paar Anrufe machen, dann melde ich mich wieder bei Ihnen.«

»Hören Sie«, sagte sie, »soll ich nicht einfach Evergreen anrufen und ihn fragen, für welche Behörde der Mann arbeitet? Sie haben ihn angerufen und ihn gebeten, Cummings ohne Kaution freizulassen, sozusagen als Gefallen unter Kollegen. Ich wollte es nicht tun, aber er hat mich unter Druck gesetzt. Es könnte sich um einen Irrtum handeln, wissen Sie. Einen ganz verrückten Irrtum.«

Erneut schwieg Rickerson und ließ sich die Dinge durch den Kopf gehen. Eine Richterin läßt einen Kerl ohne Kaution frei, und am nächsten Tag revanchiert er sich dafür, indem er ihr Haus verwüstet. Das ergab keinen Sinn. »Lara, mir gefällt nicht, wie sich diese Sache entwickelt. Ganz und gar nicht. Ich schicke Ihnen wieder einen Mann rüber, der Ihre Wohnung im Auge behält, und Sie können mir glauben, das täte ich ganz bestimmt nicht, wenn ich nicht das Gefühl hätte, daß Sie in Gefahr sind. Der Chef kriegt einen Anfall, wenn er das erfährt. Wir brauchen nämlich jeden verfügbaren Mann, damit er an diesem Fall arbeitet, und nicht, damit er auf einem Parkplatz rumsitzt.«

»Was ist mit Evergreen?« Sie sah zur Tür, durch die Josh jeden Moment zurückkommen würde. Sie hatte diesen Mann freigelassen. Den Mann, der in ihr Haus eingebrochen war. Und ihr eigener Neffe hatte ein blutbeflecktes T-Shirt in seinem Rucksack versteckt. Was könnte sonst noch passieren? Sie war völlig außer sich. Am liebsten hätte sie sich auf den Fußboden geworfen und geschrien. »Hören Sie«, sagte sie hastig zu ihm, »es interessiert mich nicht so sehr, wer in mein Haus eingebrochen ist. Ich will nur wissen, wer meine Schwester umgebracht hat.«

»Wenn das aber ein und dieselbe Person ist, dann ...«

In diesem Augenblick hoffte sie inständig, daß das der Fall war. Egal wer, bloß nicht Josh. »Ist das möglich? Ich meine, daß dieser Cummings der Mörder ist?«

»Alles ist möglich«, sagte er. »Behalten Sie das aber für sich, bis ich mich wieder melde. Sagen Sie niemandem was davon. Wissen Sie, selbst ganz oben sprechen sich Dinge herum. Wir sollten das geheimhalten, bis ich noch ein paar Sachen überprüft habe. Und hören Sie, Lara, ich mußte das Jugendamt anrufen. Sie werden sich vermutlich noch heute mit Ihnen wegen dem Jungen in Verbindung setzen.«

»Ted, ich möchte gern etwas wissen. Als Sie Josh in der

Mordnacht bei den Nachbarn abgeholt haben, hatte er da irgendwas bei sich?«

»Daran kann ich mich nicht erinnern. Kollegen haben ihn mit zur Wache genommen. Warum fragen Sie?«

»Schon gut«, sagte Lara rasch. Rickerson hängte ein, und sie saß nur da und lauschte auf das Freizeichen. Die Polizei hätte doch bestimmt seinen Rucksack auf Beweismaterial untersucht. Aber vielleicht hatten sie ihn zu diesem Zeitpunkt noch gar nicht als möglichen Verdächtigen in Betracht gezogen, oder sie hatten in dem ganzen Chaos nicht daran gedacht, den Rucksack zu durchsuchen.

Sie würde ihn ihnen überlassen, beschloß sie. Dann brauchte sie sich nicht mehr mit ihm auseinanderzusetzen. In gewisser Weise war sie sogar erleichtert. Sie begann, ruhiger zu atmen. Wenn zusätzliche Beweise auftauchten, daß Josh in die Sache verwickelt war, würde sie das T-Shirt herausrücken.

Das Jugendamt würde in jedem Fall kommen, ihre Wohnung überprüfen und sich vergewissern, ob sie für Josh geeignet war. Das war sie nicht. Lara kannte die Bestimmungen. Sie mußte für ihn ein eigenes Schlafzimmer haben. Das hatte sie nicht. Jedenfalls nicht, solange sie nicht in ihr Haus in Irvine zurückkehrte, wovon ihr alle abrieten. Außerdem war es ganz offensichtlich nicht in Ordnung, daß ein Kind bei jemandem lebte, der möglicherweise in Gefahr war.

Natürlich, überlegte sie, könnte mir auch von Josh Gefahr drohen.

Dann dachte sie an den Fall Adams, über den nächste Woche vor Gericht verhandelt werden sollte. Das ganze Jugendamt war deswegen in Aufruhr. Der Fall war äußerst umstritten und in den Medien sehr ausführlich behandelt worden. Es ging um einen tätlichen Angriff mit schwerer Körperverletzung. Victor Adams war ein beruflich erfolgreicher junger Mann, ein Orange-County-Yuppie, der bei McDonald Douglas einen hohen Posten als Raumfahrtingenieur bekleidete. Und er war Vater von zwei hübschen kleinen Töchtern. Das Opfer war eine Sozialarbeiterin. Laut

Polizeibericht hatte der Schulpsychologe dem Jugendamt mitgeteilt, daß eines der Mädchen von seinem Vater sexuell mißbraucht worden sei. Aufgrund dieser Information hatte die Bezirksbehörde eine gerichtliche Verfügung erwirkt und die minderjährigen Kinder von zu Hause weggeholt. Man brachte sie bei zwei verschiedenen Pflegefamilien unter, während die Anklage gegen den Vater vorbereitet wurde. Der Vorwurf sexuellen Mißbrauchs erwies sich als völlig unbegründet, aber die Familie wurde dadurch zerstört. Der Angeklagte verlor seinen Job, seine Frau erlitt einen Nervenzusammenbruch. Sie verloren ihr Zuhause, und die Kinder verbrachten sechs traumatische Monate von ihren Eltern getrennt, wobei sie nur ihre Mutter einmal in der Woche sehen durften.

Dann verstieg sich das Schicksal zu der tragischen Ironie, daß die jüngere Tochter, ein fünfjähriges Mädchen, tatsächlich im Haus der Pflegeeltern von einem Jungen im Teenageralter, der ebenfalls dort wohnte, sexuell mißbraucht wurde. Als der Vater das erfuhr, drehte er durch und verfolgte die Sozialarbeiterin bis zu ihrem Auto, schlug mit der Faust das Fenster ein und fügte ihr durch die Glassplitter schwere Verletzungen an Gesicht und Hals zu. Der ganze Fall war eine Tragödie, die das ganze System ad absurdum führte. Dem Vater war Unrecht geschehen, die Sozialarbeiterin, die nur ihre Pflicht getan hatte, trug bleibende Narben davon, die Kinder hatten leiden müssen, und die Familie war zerstört. Der entscheidende Punkt war, daß genau das Verbrechen geschehen war, das man hatte verhindern wollen. Ein trauriger Fall. Sowohl juristisch als auch moralisch äußerst interessant.

Lara ließ Luft ab. Sie sackte immer mehr auf dem Sofa zusammen, als ob die Schwerkraft sie nach unten zöge. Wenn es mit dem blutbefleckten T-Shirt nichts auf sich hatte – bloß ein kleiner Sturz vom Fahrrad oder so –, würde Josh ihr nie verzeihen, daß sie ihn erneut im Stich gelassen hatte. Aber wenn das Jugendamt ihn von sich aus holte, konnte er ihr keinen Vorwurf machen. Sie beschloß abzuwarten.

Dann wurde sie wieder unsicher.

Wenn man ihr den Sohn ihrer Schwester wegnahm und ihn bei einer Pflegefamilie unterbrachte, überlegte sie, die andere Seite abwägend, könnte der psychische Schaden, der dem Jungen zugefügt wurde, sogar noch größer sein. Sie konnte das einfach nicht zulassen, ohne nicht zumindest alles versucht zu haben. Auch wenn er sie vielleicht nicht mochte, dachte sie schniefend und bemühte sich, die Tränen zurückzuhalten. Schließlich waren sie die einzigen, die von der Familie übriggeblieben waren. Und wenn der Verdacht bestand, daß er in die Sache verwickelt war, dann könnte man das eher herausfinden, wenn man mit ihm zusammen war und ihn beobachtete, als wenn man ihn wegschickte. Sie konnte ihn nicht einfach abschieben, so gern sie das auch getan hätte.

Zunächst aber mußte sie feststellen, von wem das Blut auf dem T-Shirt war.

Kapitel 11

Die Praxis von Dr. Frederick Werner war nur wenige Meilen entfernt im benachbarten Costa Mesa. Während Lara den Jaguar auf den Parkplatz eines großen Ärztehochhauses mit getönten Glasscheiben lenkte, wandte sie sich an Josh, der schweigsam und abweisend war. Sie hatten eine weitere Auseinandersetzung gehabt. Er war bis nach Einbruch der Dunkelheit mit dem Fahrrad unterwegs gewesen, und Lara war in Panik geraten. Als sie ihm dann von dem Arzttermin erzählte, hatte er einen Wutanfall gekriegt, und sie hatte sein Fahrrad im Kofferraum ihres Wagens eingeschlossen. Seitdem hatte er kein Wort gesprochen.

»Wir sind da, Josh«, sagte sie, stellte die Zündung aus und legte die Hände in den Schoß. Sie hätte ihn gerne nach dem T-Shirt gefragt, aber jetzt war nicht der richtige Zeitpunkt. »Wenn dir dieser Arzt nicht gefällt, suchen wir einen anderen. Aber wir sollten ihm eine Chance geben, okay?«

Dr. Werners Praxis lag im zehnten Stock. In dem riesigen Wolkenkratzer herrschte eine unheimliche Leere. Es sah so aus, als ob die meisten Leute, die in dem Gebäude arbeiteten, bereits Feierabend gemacht hätten. Sie waren zu spät. Lara sah auf die Uhr und hoffte, daß der Psychiater nicht die Geduld verloren hatte und nach Hause gegangen war. Josh stand auf der anderen Seite des Fahrstuhls, so weit von Lara entfernt, wie es nur ging, und starrte auf die Anzeigetafel. Wenn er acht oder zehn gewesen wäre, hätte sie vielleicht eher gewußt, wie sie mit ihm umgehen sollte, aber bei einem Jungen in diesem Alter war sie völlig ratlos. Sie konnte ihm nicht den Hintern versohlen und ihn auf sein Zimmer schikken, wenn er ihr nicht gehorchte. Sie konnte nichts weiter tun als ihm das einzige nehmen, das er besaß – sein Fahrrad.

»Ich hab' das nicht so gemeint mit deinem Fahrrad«, sagte sie in dem Moment, als die Fahrstuhltür aufging. »Du kannst natürlich immer noch damit fahren. Aber du bist zu lange draußen geblieben, Josh, und du mußt einfach in eine Therapie.«

Auf der Tür standen neben Werner die Namen von sechs weiteren Ärzten. Lara blieb vor dem Empfangstisch stehen und schaute sich um, aber es war niemand zu sehen, nur ein Labyrinth von Fluren und Türen. Schließlich rief sie: »Hallo, ist hier jemand?«

Von hinten hörte sie das Quietschen eines Stuhls auf Kunststoff, und kurz darauf kam ein großer gutaussehender Mann Ende Dreißig, Anfang Vierzig auf sie zu und streckte seine Hand aus. »Ich bin Dr. Werner. Sie sind bestimmt Judge Sanderstone, und das hier ist Josh.« Er schüttelte Lara die Hand. Seine Hand war kalt und zart wie eine Frauenhand. Er versuchte, Josh ebenfalls die Hand zu schütteln, aber der Junge wollte ihn noch nicht mal ansehen. »Kommen Sie mit. Wir werden uns hier drinnen unterhalten.«

Sein Büro war sehr stilvoll eingerichtet mit einer bequemen Sitzgruppe aus blaßblauem Leder, das fast metallisch glänzte, einem Couchtisch mit Glasplatte in der Mitte und echten Kunstwerken an den Wänden. Lara fragte ihn nicht nach seinem Honorar, aber sie konnte es sich gut vorstellen. Sie sah sich nach einem Schreibtisch um und sah keinen. Das mußte der Therapieraum sein. An den Wänden hingen einige Zeugnisse. Lara ging hinüber, um sie sich anzusehen. Josh stand einfach nur da und weigerte sich, sich zu setzen.

Sie nahm Platz und strich sich eine widerspenstige Haarsträhne aus der Stirn. Sie spürte den Drang, sich zu entschuldigen und rasch in die Damentoilette zu schlüpfen, um Lippenstift oder etwas Rouge aufzulegen und sich vielleicht die Haare zu kämmen.

»Tja, vielen Dank, daß Sie uns empfangen, Dr. Werner«,

sagte Lara. »Wie Sie sehen, ist Josh nicht allzu glücklich darüber, aber er hat Furchtbares durchgemacht.« Sie sah den Psychiater wissend an.

»Ich verstehe«, sagte Dr. Werner bedächtig. »Laß mich doch bitte ein paar Minuten mit deiner Tante sprechen, Josh. Im Empfangsraum gibt es ein paar Zeitschriften und Fruchtsaft. Wir kommen dich in ein paar Minuten holen.«

Josh wirkte erleichtert, als er den Raum verließ, und knallte fast die Tür hinter sich zu. Lara wurde unter Werners durchdringendem Blick ganz nervös und schlug die Beine übereinander.

»Mir ist die Situation in etwa bekannt. Ich habe darüber in der Zeitung gelesen, und Richterin Murdock hat mich heute nachmittag angerufen. Wir sind Nachbarn, falls sie Ihnen das nicht erzählt hat. Ich kenne sowohl Irene als auch ihren Mann. Aber erzählen Sie mir doch alles der Reihe nach?«

Lara begann zu sprechen, zunächst zögernd, doch dann konnte sie anscheinend nicht mehr aufhören. Sie erzählte Werner von ihrer Beziehung zu Ivory, der Nacht, als sie zu ihr gekommen war, von dem Einbruch in ihr Haus. Im Grund das ganze grauenhafte Durcheinander. Dr. Werner hörte aufmerksam zu und nickte von Zeit zu Zeit mit dem Kopf. Was auch immer für ein Verhalten Psychiater an den Tag legen, um Leute zum Reden zu bringen, dieser Mann beherrschte es aus dem Effeff. Lara redete sich alles von der Seele und nahm vermutlich den größten Teil der Stunde in Anspruch. Schließlich unterbrach sie sich.

»Tut mir leid...«, sagte sie verlegen. »Eigentlich sollten Sie ja mit Josh sprechen. Ich werde ihn holen.« Sie stand auf und ging zur Tür, dann blieb sie stehen. Das eigentliche Problem hatte sie noch nicht zur Sprache gebracht. Sie mußte es jemandem sagen. »Dr. Werner, es besteht die ganz entfernte Möglichkeit, daß Josh etwas mit dem Tod meiner Schwester und meines Schwagers zu tun haben könnte. Ich weiß, es klingt furchtbar, daß ich so etwas überhaupt sage, aber...«

»Schon gut, Lara«, sagte er. »Ich darf Sie doch Lara nennen?« Sie nickte, und er fuhr fort. »Soweit ich das sehe, bestehen bei Ihnen eine Menge ungelöste Konflikte in bezug auf Ihre Schwester und die Umstände, unter denen sie ums Leben gekommen ist. Sie haben sehr starke Schuldgefühle und verhalten sich vielleicht sogar ein bißchen paranoid.« Als Lara blaß wurde, fügte er rasch hinzu: »Das ist vollkommen normal. Wenn jemand, der einem nahesteht, brutal ermordet wird, kann einen das sehr leicht ängstlich und verwirrt machen. Ich würde mich gern noch mal mit Ihnen unterhalten, nicht nur mit Ihrem Neffen.«

»Dr. Werner«, sagte sie kurz angebunden, »ich bin nicht paranoid. Ich wäre Ihnen sehr dankbar, wenn Sie der Möglichkeit nachgehen könnten, ob mein Neffe in die Sache verwickelt ist. Würden Sie das tun?«

»Selbstverständlich«, sagte er ruhig in seinen Sessel zurückgelehnt. »Aber ich würde gern auch einen weiteren Beratungstermin mit Ihnen ausmachen.«

Lara starrte ihn an. Er war ein Psychofritze aus dem Bilderbuch – mehr auf eine gewaltige Rechnung bedacht als darauf, herauszufinden, ob ihr Neffe ein Mörder war. Sie konnte sich neben allen anderen Kosten keine zwanzigtausend Dollar für den Psychiater leisten. »Mal sehen«, sagte sie. »Ich werde jetzt Josh holen.«

Seine Augen waren durchdringend, rostbraun mit gelben Sprenkeln. Trotz seiner Bemerkung, daß sie paranoid sein könnte, war Lara von seinen Augen bezaubert, dem dichten braunen Haar, dem kleinen schwarzen Muttermal über seinen vollen Lippen, das fast aussah wie ein Schönheitsfleck. Im übrigen könnte er recht haben. Das blutbefleckte T-Shirt könnte ein Zufall sein. Es war vielleicht schon monatelang da drin. Sie fragte sich, ob Werner verheiratet war, und schaute nach einem Ehering an seiner Hand. Es war keiner da.

Lara hatte einen dicken Kloß im Hals und versuchte, ihn herunterzuschlucken. Doch plötzlich war jeglicher Reiz, den dieser Mann auf sie ausüben mochte, verschwunden, und sie spürte, wie ihr das Blut aus dem Gesicht wich. Sie sah das Vorstrafenregister von Packard Cummings vor sich, die früheren Verurteilungen wegen Vergewaltigung. Sie hatte nicht mehr daran gedacht, als sie am Nachmittag mit Rickerson gesprochen hatte. Ivory war vergewaltigt worden. Und Cummings war in ihr Haus eingebrochen. Er könnte der Mörder sein. Das würde Josh ausschließen.

»Alles in Ordnung?« fragte Werner mit einer Spur von Besorgnis in den Augen. »Setzen Sie sich lieber noch mal hin, ich hole Ihnen ein Glas Wasser.«

»Nein, danke«, sagte Lara und ging weiter in Richtung Tür. »Ich hole jetzt Josh. Ich müßte nur mal telefonieren.«

»Auf dem Schreibtisch am Empfang steht ein Telefon.«

Sobald sie durch die Tür war, lief sie den langen Flur hinunter, schickte Josh zu Werner hinein und tippte hinter dem Empfang hastig im Stehen die Nummer der Polizei von San Clemente. Sie war zu nervös, um sich zu setzen.

»Er ist nicht da?« wiederholte sie. »Wissen Sie, wie Sie ihn erreichen können? Hier ist Richterin Sanderstone, und ich glaube, es ist dringend.«

Sie gab die Nummer des Apparats durch, setzte sich, nahm einen Stift und klopfte damit auf der Tischplatte herum. Man hatte ihr gesagt, sie könnten ihn finden. Wenige Sekunden später klingelte das Telefon. »Rickerson«, sagte sie rasch, als sie seine Stimme hörte, »dieser Cummings ist mehrfach wegen Vergewaltigungen und Sexualverbrechen vorbestraft. Ivory wurde vergewaltigt, also ... er könnte derjenige sein ... der sie getötet hat. Wir müssen ihn finden.«

Rickerson blieb gelassen. »Was Sie nicht sagen«, sagte er. Ihm war das Vorstrafenregister von Cummings sehr wohl bekannt. »Ich habe seine Beschreibung an alle Dienststellen in der Stadt und im ganzen Staat durchgeben lassen. Wir versuchen im Augenblick, über seinen Bewährungshelfer seine letzte bekannte Adresse zu erfahren. Der Mann selbst ist zwar zur Zeit nicht da, aber jemand sieht in seinen Akten nach.«

Die Front der Empfangstheke war ziemlich hoch. Lara konnte kaum darüber gucken. »Und der Freund von dem Mädchen, der mich bedroht hat?«

»Hören Sie mal, Lara«, sagte er mit leicht verärgerter

Stimme, »ich weiß, wie Ihnen im Augenblick zumute ist, aber warum lassen Sie mich nicht einfach meine Arbeit machen? Wir drehen zur Zeit wirklich nicht gerade Däumchen. Für einen Fall wie diesen kommen wir sogar ungeheuer schnell voran. Wenn Sie nicht in dieser Position wären, hätten wir jetzt noch nicht mal die Laborergebnisse vorliegen. Sowohl bei den Gerichtsmedizinern als auch in der Pathologie staut sich der Kram von Monaten. Sie haben noch nicht mal genügend Schubladen für all die Leichen aus der Innenstadt.«

Er hatte recht. Sie machte zu viel Druck, rief zu oft an. »Mir ist nur gerade sein Vorstrafenregister eingefallen. Ich war mir nicht sicher, ob Sie das ganze Ding gesehen hatten.«

»Ich hab' alles gesehen«, sagte er schroff, doch dann wurde seine Stimme sanfter. »Nehmen Sie es nicht zu schwer, Lara. Versuchen Sie, sich ein bißchen auszuruhen. Verhalten Sie sich unauffällig und bleiben Sie in dieser Wohnung. Kümmern Sie sich um Ihren Neffen und um sich selbst. Überlassen Sie die Polizeiarbeit mir. Ich bin der Cop. Sobald ich was weiß, ruf' ich Sie an. Abgemacht?«

»Abgemacht«, sagte sie zaghaft. Dann war er weg.

Ungefähr eine halbe Stunde später kamen Josh und Werner aus dem Zimmer. Es mußte Werners letzter Termin gewesen sein, weil er sich sein Jackett anzog und mit ihnen zur Praxistür ging. Dann gingen sie zusammen über den Flur, und er stieg mit ihnen in den Aufzug. Josh war mürrisch. Diesmal stellte er sich allerdings neben Lara. Das war offenbar immer noch besser als neben Dr. Werner.

Zu Hause erklärte Josh ihr, daß er Dr. Werner hasse, daß Werner nichts als ein aufgeblasenes Arschloch sei.

»Es ist mir egal, was du von ihm hältst«, erwiderte sie. »Du mußt zu ihm. Es geht nicht anders.«

»Ich lasse mich von dir nicht rumkommandieren. Du bist nicht meine Mutter. Meine Mutter ist tot. Ich hasse diese Wohnung. Ich hasse dich. Ich hasse diesen dämlichen Arzt.«

Lara ließ sich auf das Sofa fallen. Sie war kurz davor, selbst beim Jugendamt anzurufen. Er stand mitten im Zimmer und starrte sie wütend an. »Josh«, sagte sie, »bist du in letzter Zeit mal vom Fahrrad gefallen?«

»Ich falle nicht vom Fahrrad.«

»Ach so«, sagte Lara. »Betreibst du oder einer deiner Freunde irgendeinen Satanskult? Du weißt schon, Tiere opfern und so. Du brauchst keine Angst zu haben, es mir zu sagen, aber es ist wichtig, daß ich es weiß.« Sie versuchte, ruhig zu bleiben. Es war nicht leicht. Ihre Hände zitterten, sie schob sie unter die Oberschenkel.

Er sah sie an, als ob sie den Verstand verloren hätte. »Du bist verrückt. Ich kann überhaupt nicht glauben, daß du eine Richterin bist. Du stellst mir immer bloß alberne Fragen.«

Lara blieb standhaft. »Du hast meine Frage nicht beantwortet, Josh.«

»Nein«, brüllte er sie mit dröhnender Stimme an. »Seh' ich aus wie ein Teufelsanbeter? Willst du, daß ich da mitmache? Bist du so eine? Du siehst jedenfalls aus wie eine verdammte Hexe.«

Die Dinge gerieten rasch außer Kontrolle. Er atmete heftig und wurde ganz rot im Gesicht. »Okay«, sagte sie. »Laß uns einen Waffenstillstand schließen.« Sie stand auf. »Es ist schon spät. Wir sind beide müde. Wenn du mich schon als Hexe bezeichnest, kannst du diese Nacht auch auf dem Sofa schlafen.«

Lara ließ ihn einfach stehen, ging ins Schlafzimmer und machte die Tür zu. Wenige Minuten später klopfte er leise an die Tür, sein Gesicht war ganz ernst. »Kann ich wenigstens die Bettdecke haben?«

»Hier«, sagte Lara, riß sie vom Bett und warf sie ihm zu. Dann fiel ihr der Rucksack ein, und sie hob ihn auf. Einen Augenblick stand sie mit dem Rucksack in der Hand da und betrachtete forschend sein Gesicht. »Brauchst du das hier?« fragte sie und wartete mit Spannung auf seine Reaktion.

Josh streckte die Hand aus und griff nach dem Rucksack. Lara machte einen Schritt zurück, worauf Josh seufzte und die Hand fallenließ.

»Nein, ich brauch' nichts.« Er wickelte die Bettdecke um sich, ging die paar Schritte zum Sofa und ließ sich darauf fallen.

»Gute Nacht, Josh«, sagte Lara, als sie die Tür wieder zumachte. Sie öffnete den Rucksack und zog das blutbefleckte T-Shirt heraus. Um ganz sicher zu gehen, blieb ihr nur die Möglichkeit, das T-Shirt testen zu lassen, um herauszufinden, wessen Blut es war. Sie fragte sich, wie sie das hinkriegen konnte, ohne daß jemand etwas davon erfuhr. Sie wußte es nicht. Es kam wieder in den Rucksack. Morgen, dachte sie. Erst mal die Nacht überstehen, und morgen sehen wir weiter.

Es war dunkel im Zimmer. Sie beobachtete die Schatten, und in ihrem Gedächtnis blitzten Bilder von den blutbespritzten Wänden in dem Haus in San Clemente auf. Sie hielt die Luft an und lauschte auf Josh im anderen Zimmer. Er wußte, daß sie den Rucksack hatte, und könnte vermuten, daß sie über das T-Shirt Bescheid wußte. Er könnte hereinkommen, während sie schlief, und ihr den Schädel einschlagen oder sie ersticken. Plötzlich wurde ihr furchtbar übel. Sie stürzte ins Bad und umklammerte die Toilettenschüssel. Sie hatte nichts weiter im Magen als die paar Cola, die sie im Laufe des Tages getrunken hatte. Die brach sie jetzt aus. Josh hatte etwas gegessen. Sie konnte nichts runterkriegen, ihr blieb jeder Bissen im Hals stecken.

Schließlich stand sie auf und wusch sich das Gesicht. Dann hielt sie den Kopf unter den Hahn und ließ Wasser darüberlaufen. Sie warf ihre Kleider neben dem Bett auf den Fußboden, kroch unter die Decke und zog sie bis zum Kinn hoch. Sie starrte an die Decke. So blieb sie mindestens eine Stunde liegen, ihr Körper steif wie ein Brett, und lauschte auf Geräusche aus dem Nebenzimmer. Auf dem Nachttisch hörte sie die Uhr ticken. Um zwei Uhr machte sie das Licht aus, aber sie konnte immer noch nicht schlafen. Sie ging in Gedanken Fälle durch. Sie zählte Schafe. Um vier Uhr konnte sie die Augen nicht mehr aufhalten, und ihr erschöpfter Körper fiel in einen tiefen, traumlosen Schlaf.

Lara hörte das Telefon klingeln und öffnete die Augen. Sie war ganz steif, und ihr Kopf dröhnte. Sie hatte das Funktelefon in der Küche liegenlassen, und offenbar war Josh drangegangen. »Telefon«, brüllte er aus dem Wohnzimmer. Dann kam er zur Schlafzimmertür und blieb dort stehen, bis Lara sich ihren Morgenrock übergeworfen hatte und taumelnd auf ihn zukam, um das Telefon entgegenzunehmen.

»Lara«, sagte eine Frauenstimme, »hier ist Irene.«

»Irene, ich bin mit meinem Neffen bei Werner gewesen. Nicht schlecht. Aber weißt du, Josh mag ihn nicht.«

»Kann ich denn gar nichts für dich tun, Lara? Andere Leute hier im Gericht haben auch schon nach dir gefragt. Sie machen sich Sorgen. Es ist eine Tragödie. Eine furchtbare Tragödie.«

»Nein«, sagte Lara und setzte sich auf die Bettkante. »Da kann man nicht viel tun. Ich kümmere mich um die Beerdigung. Ich hoffe, daß ihr kommt. Wir haben ja keine Verwandten.« Das Selbstmitleid war deutlich in ihrer Stimme zu hören, und sie versuchte es zu unterdrücken. »Irene, ich habe etwas Schreckliches erfahren. Dieser Mann – dieser Mann.« Sie begann zu stammeln und nach Luft zu schnappen. Allein der Gedanke war mehr, als sie ertragen konnte. »Dieser Mann, der an dem Tag, bevor Ivory und Sam ermordet wurden, zur Festlegung der Kaution bei mir vor Gericht erschien. Er war es, der in mein Haus eingebrochen ist. Und ich habe den Scheißkerl freigelassen. Außerdem ist er wegen Vergewaltigung vorbestraft. Meine Güte, Ivory wurde vergewaltigt. Ich verliere noch den Verstand darüber, das kann ich dir sagen.«

»Warum hast du den Mann freigelassen?« fragte Irene. »Du sagst, es war eine ganz normale Kautionssache?«

»Nein«, sagte Lara. »Ich hätte ihm überhaupt keine Kaution gewährt, egal wie hoch. Evergreen selbst hat mich aufgefordert, ihn ohne Kaution freizulassen, hat gesagt, der arbeite als Informant für irgendeine Bundesbehörde … eine große Drogengeschichte oder so.«

»Also, meine Liebe«, sagte Irene, »das scheint mir nur ein

furchtbar unglückliches Zusammentreffen zu sein. Zumindest weißt du, wer er ist, und damit dürfte ein rasches Ende in Sicht sein. Das ist doch schon mal was, oder?«

»Aber ich hab' das Schwein freigelassen. Der Kerl stand genau vor mir. Ich sehe immer noch sein Gesicht.«

»Reiß dich zusammen, Schätzchen. Du weißt doch gar nicht, ob dieser Mann was mit dem Tod deiner Schwester zu tun hat. Vermutlich brauchte er Geld, als er aus dem Gefängnis entlassen wurde, hat versucht, in alle möglichen Häuser in der Gegend dort einzubrechen. Vielleicht hat er zehn verschiedene Häuser erwischt, und zufällig war deins dabei. Du wohnst ja nicht so weit vom Gefängnis entfernt. Und nach dem, was ich gehört habe, besteht keine eindeutige Verbindung zwischen den beiden Verbrechen.«

»Ich glaube nicht an einen Zufall, Irene«, sagte Lara entschieden. Normalerweise ließ sich Lara gerne davon einlullen, wenn Irene, die erheblich älter war als sie, mit ihren Kosenamen anfing. Aber heute klang das alles so abgedroschen.

»Sei vernünftig. Was sollte dieser Mann für ein Motiv haben? Du hast ihn ohne Kaution freigelassen. Du hast ihn nicht ins Gefängnis geschickt. Was du gestern über die Henderson-Geschichte erzählt hast, das war was anderes, das war eine regelrechte Drohung. Das hier mußt du dir aus dem Kopf schlagen.« Sie schwieg einen Moment und fuhr dann fort: »Schätzchen, hast du heute morgen die Zeitung gelesen?«

»Nein, ich bin gerade aufgewacht. Ich hatte eine üble Nacht. Ich weiß noch nicht mal, wie spät es ist. Was schreiben sie denn? Haben sie ein Foto von mir oder so was?«

»Lara, es ist viel schlimmer. Ich überbringe nur ungern schlechte Nachrichten. Hol dir doch mal deine Zeitung, lies es und ruf mich dann zurück. Ich kriege die *Los Angeles Times.* Hast du die auch abonniert?«

»Yeah«, sagte Lara. »Ich ruf' dich gleich zurück.« Schlechte Nachrichten hatte sie gesagt. Was könnte es denn jetzt noch für schlechte Nachrichten geben? Sie ging ins

Wohnzimmer und sah Josh, ein Bein über die Armlehne gestreckt, auf dem Sofa liegen. Offenbar war er wieder eingeschlafen. Sie öffnete die Wohnungstür und dann fiel ihr ein, daß sie ja nicht zu Hause war. Vor der Tür nebenan sah sie eine Zeitung liegen und nahm sie. Die Leute waren vermutlich schon zur Arbeit. Sie würde sie zurücklegen, bevor sie wieder nach Hause kamen.

Mit der Zeitung in der Hand schlurfte sie ins Schlafzimmer zurück. Sie streifte das Gummiband ab und band sich damit die Haare zu einem Pferdeschwanz zusammen. Dann streckte sie sich auf dem ungemachten Bett aus. In der Titelgeschichte war nichts. Vielleicht hatte Irene einen Fall gemeint, in dem sie ein Urteil gefällt hatte, das jetzt ohne ihr Wissen in einem Revisionsverfahren aufgehoben worden war.

Dann sah sie es. Es stand unten auf Seite eins.

»SADISTISCHE SEXMORDE IN ORANGE COUNTY.«

Sie legte sich eine Hand auf den Mund und sah zur Tür. Dann lief sie hin, machte sie zu und kehrte zum Bett zurück, nahm die Zeitung und legte sie auf den Teppich. Auf Händen und Knien hockend las sie den Artikel.

»Die Schwester und der Schwager von Lara Sanderstone, Richterin am Orange County Superior Court, wurden gestern brutal ermordet. Das Verbrechen steht offenbar mit sadistischen Sexualpraktiken in Verbindung. Ivory Perkins, 36, und ihr Mann Samuel Perkins, 38, wurden von unbekannten Tätern in ihrem Haus in San Clemente umgebracht. Der vierzehnjährige Sohn des Paares entdeckte die Leichen, als er aus der Schule nach Hause kam. Eingeweihten Kreisen bei der Polizei von San Clemente zufolge sind Informationen aufgetaucht, die darauf hindeuten, daß die Schwester der Richterin Kontaktanzeigen geschaltet hat und spezialisiert war auf ...«

Sie ließ die Zeitung auf den Boden fallen. Das hatte Rickerson zu verantworten, und sie würde dafür sorgen, daß er dafür zahlte. Mit einem Blick auf die Uhr auf dem Nachttisch stellte sie fest, daß es neun Uhr war. Sie zog sich eine ausgebeulte Jeans und ein altes Hemd über, verließ die Wohnung und lief über den Parkplatz zu ihrem Auto. Über Autotelefon rief sie sofort die Polizei in San Clemente an.

»Ist Sergeant Rickerson da?« fragte sie die Frau, die sich am Telefon meldete.

»Ja, er ist gerade gekommen. Ich verbinde sie.«

Lara hängte ein, trat aufs Gas und stürzte sich in den Vormittagsverkehr. Wenn ihr jemand vor den Wagen fuhr, hupte sie wie wild und brüllte wie eine Irre aus dem Fenster. Sie versuchte erst gar nicht, ihre Wut in den Griff zu kriegen. Statt dessen ließ sie sie anwachsen wie eine Welle weit draußen im Meer, wohl wissend, daß ihre Wut, wenn sie auf der Polizeistation ankam, groß genug sein würde, um die ganze Dienststelle und die halbe Stadt San Clemente wegzuspülen. Doch in erster Linie konzentrierte sie ihren Zorn auf Rickerson. Er war dafür verantwortlich, daß diese Schweinerei an die Presse durchgesickert war, und sie hatte große Lust, ihm dafür den Kopf abzureißen.

Sie parkte verkehrswidrig in einer roten Zone am Straßenrand. Sie riß die Tür auf und marschierte schnaufend und keuchend in die Polizeistation, als ob sie gerade sechs Stockwerke hochgelaufen wäre. Ohne den Mann am Empfang eines Blickes zu würdigen, ging sie geradewegs auf den hinteren Teil des Gebäudes zu, wo, wie sie wußte, das Ermittlungsbüro untergebracht war. Rickerson stand in Hemdsärmeln neben einem Aktenschrank, trank eine Tasse Kaffee und unterhielt sich gutgelaunt mit einem anderen Kriminalbeamten. Sobald er sie sah, ging er mit besorgtem Gesicht auf sie zu.

»Wie konnten Sie das tun? Dieses Zeug an die Presse durchsickern lassen«, sagte Lara am ganzen Körper zitternd und mit der Hand ausholend, als ob sie ihn schlagen wollte.

Zwei weitere Ermittlungsbeamte saßen an ihren Schreibtischen. Sie standen auf, weil sie sie im ersten Moment nicht erkannten, und einer ging rasch auf sie zu, die Hand auf die Waffe gelegt. Lara drehte sich um und starrte ihn an. Ihr

Blick veranlaßte ihn, auf der Stelle stehenzubleiben. Plötzlich wurde ihm klar, wer sie war, und er ging zu seinem Stuhl zurück.

»Lassen Sie uns rausgehen«, sagte Rickerson. »Es hat keinen Sinn, hier rumzuschreien und eine Szene zu machen.«

Lara atmete heftig, und ihr Gesicht war knallrot. Sie starrte Rickerson unverwandt an. »Warum haben Sie das getan? Mein Gott, ich hab' nicht im Traum gedacht, daß ich Ihnen das extra sagen müßte. Jeder Idiot würde wissen, daß man so was nicht an die Presse weitergibt.« Sie riß ihren Blick von Rickerson los und dachte an Josh. Jetzt würde er auf eine andere Schule müssen. Alle seine Freunde würden es wissen. Alle Welt wußte jetzt, was seine Mutter getan hatte.

Der Detective zog sie sanft an der Hand und versuchte, sie durch die hintere Tür hinauszuführen. Sie sträubte sich, stemmte ihre Füße fest gegen den Boden und weigerte sich, auch nur einen Schritt zu tun.

»Das kam nicht von mir«, flüsterte er nur wenige Zentimeter von ihrem Gesicht entfernt. »Wenn Sie nur kurz mit mir nach draußen kommen, können wir uns wie zwei vernünftige Menschen darüber unterhalten. Okay?«

Widerwillig folgte sie ihm. »Okay«, sagte sie, als sie auf einem kleinen Betonvorbau standen, von dem aus eine Treppe auf den Parkplatz führte, »sagen Sie's mir, und zwar schnell. Wer ist dafür verantwortlich?«

»Ich weiß es nicht«, sagte er kopfschüttelnd. »Einer meiner Kollegen muß etwas gegenüber der Presse gesagt haben, ohne sich was dabei zu denken, oder vielleicht hat er es seiner Frau oder seinen Kindern erzählt, und irgendwie haben die davon Wind gekriegt. Es könnte ein Büroangestellter von hier gewesen sein. Irgendwer. Aber Sie können ganz sicher sein, ich war's nicht.«

Sie starrte ihn an, versuchte an seinen Augen abzulesen, ob er sie belog. Ihr Atem ging jetzt ruhiger. »Widerrufen Sie es«, befahl sie. »Rufen Sie sofort dort an und sagen ihnen, sie sollen eine Gegendarstellung drucken.«

Die Sonne schien hell, und er blinzelte in dem grellen Licht. »Möchten Sie das wirklich? Denken Sie mal einen Augenblick darüber nach. Wenn die eine Gegendarstellung drucken, wobei ich mir noch nicht mal sicher bin, ob die das überhaupt tun würden, wird das nur noch mehr Aufmerksamkeit erregen. Möchten Sie das wirklich?«

Sie schwieg. Sie ließ ihren Blick über den Parkplatz und die Reihen der Polizeiwagen schweifen. Es war ein herrlicher Tag. Die Sonne strahlte, kein bißchen Nebel. Selbst die Luft roch frisch und rein, und vom Ozean wehte eine leichte Brise herüber. Irgendwie schien das nicht richtig zu sein. Lara wünschte, es würde sich zuziehen und aus allen Rohren schütten.

»Was dagegen, wenn ich rauche?« Rickerson langte in seiner Jackentasche nach einer Zigarre.

Lara sah ihn nicht an. Sekunden später wedelte sie sich den Zigarrenrauch aus dem Gesicht. Er hatte recht. Der Schaden war bereits angerichtet. Mit einem weiteren Artikel würde man nur noch Öl in die Flammen gießen. »Nein«, antwortete sie schließlich, »Sie haben wahrscheinlich recht.« Dann zeigte sie mit dem Finger auf ihn. »Ich will diese Person, Rickerson. Sie finden heraus, wer diese Sache an die Presse hat durchsickern lassen, und bringen ihn mir. Den Rest erledige ich.«

Sie drehte sich um, packte den Türknauf und zog an der Tür. Sie rührte sich nicht, und Lara wäre fast rückwärts von dem Betonvorbau gefallen. Rickerson trat hinter sie und steckte einen Schlüssel ins Schloß. »Die schließt automatisch«, sagte er, ohne die Zigarre aus dem Mund zu nehmen. »Kommen Sie, wir gehen irgendwo eine Tasse Kaffee trinken. Wir treffen uns gegenüber bei Denny's. Nach dieser Sache sollten wir uns nicht mehr im Büro unterhalten.«

Wenige Minuten später saßen sie an einem Tisch bei Denny's. Lara umklammerte mit beiden Händen ihre Kaffeetasse. Rickerson hatte einen dicken Aktenordner auf den Tisch gelegt.

»Wir sind die Telefonunterlagen durchgegangen. Ich habe

einen Ausdruck von der Telefongesellschaft. Für Sie hab' ich auch eine Kopie gemacht, vielleicht kennen Sie ja irgendwelche Nummern.« Er schob die Kopie über den Tisch, und Lara starrte darauf, sah aber nichts als ein weißes Blatt Papier. »Es sind eine Menge Anrufe, und sie gingen an viele verschiedene Leute. Ich laß im Augenblick das Archiv daran arbeiten. Wie Sie sehen, haben wir bereits die meisten Nummern identifiziert und Name und Adresse daneben geschrieben. Vielleicht haben wir ja Glück.«

»Ich will den ganzen Ordner kopiert haben.«

»Das kann ich nicht machen.«

»Sie schulden mir was.«

»Ich hab' Ihnen doch gesagt, ich habe nichts an die Presse durchsickern lassen.« Er hatte seine Zigarre von einem Mundwinkel in den anderen geschoben. Jetzt nahm er sie aus dem Mund und legte sie in den Aschenbecher.

Sie schlug auf die Tischplatte und brachte die Kaffeetassen und das Besteck zum Klirren. »Besorgen Sie mir Kopien von der ganzen Akte. Ich bin nicht irgend jemand von der Straße. Ich gehöre zum Gericht, verdammt noch mal. Ich will diese Akte.«

Rickersons von Aknenarben zerfurchtes Gesicht wurde bedrohlich. Er war nicht der Mann, der sich unter Druck setzen ließ.

»Als Angehörige des Gerichts«, sagte er sanft, um sie zu beruhigen, »sollte Ihnen klar sein, weshalb ich kein Beweismaterial in einem Mordfall weitergeben darf. Sie könnten auf die Idee kommen, irgendein Unschuldiger sei für den Mord an Ihrer Schwester verantwortlich, und erschießen ihn. Dann könnte man unsere Dienststelle verklagen.«

Sie stand auf. »Ich gehe mit Ihnen jetzt zur Wache zurück und warte auf dem Parkplatz, während Sie die Akte kopieren. Wenn ich das Zeug nicht in fünfzehn bis maximal zwanzig Minuten in Händen habe, dann werden Sie der unglücklichste Cop sein, den es je in diesem Bezirk gegeben hat. Ich werde Ihnen das Leben zur Hölle machen.«

Rickerson blieb sitzen und sah zu, wie sie mit energischen

Schritten auf die Tür zuging. »Als ob mein Leben nicht schon die reinste Hölle wäre«, murmelte er und warf ein paar Scheine auf den Tisch.

Als er aufschaute, sah er, daß sie zurückmarschiert kam. Als sie den Tisch erreichte, stützte sie ihre Hände in die Hüften und starrte ihn wütend an. Dann streckte sie eine Hand aus, riß ihm die Zigarre aus dem Mund und warf sie auf den Boden. »Nur zu Ihrer Information, ich hasse diese dämlichen Dinger. Außerdem habe ich Ihnen nie gesagt, daß Sie rauchen dürften.« Sie drehte sich auf dem Absatz herum und ging.

Kapitel 12

»Ihr Verdächtiger ist auf der Flucht«, teilte der Hilfssheriff Detective Rickerson telefonisch mit. »Wir haben das Haus umstellt und sind mit gezogenen Waffen rein. Wir haben nur einen leeren Raum voller Bierdosen und Kakerlaken vorgefunden. Keinen Packard Cummings.«

»Scheiße«, sagte Rickerson und schlug auf seinen Schreibtisch. »Läßt sich feststellen, wie lang er schon weg ist?«

»Ein Typ von gegenüber hat ihn heute morgen kommen sehen. Sah aus, als wäre er die ganze Nacht unterwegs gewesen. Der Mann sagt, er wäre raufgegangen und mit ein paar Müllsäcken zurückgekommen, waren vermutlich seine Klamotten und anderer Kram drin. Die hat er in den Kofferraum von seinem Auto geschmissen, und weg war er. Wir müssen ihn gerade verpaßt haben.«

»Und der Vermieter?« fragte Rickerson. »Weiß der nichts? Vielleicht 'ne Nachsendeadresse.«

»Nur daß er ihm ein paar Monate Miete schuldet. Das ist nicht die Art von Haus, wo man Kartei über die Mieter führt, Sarge. Das ist die reinste Wanzenbude. Der Vermieter wußte noch nicht mal genau, wie der Kerl heißt... meinte, alle zahlen bar.«

»Glauben Sie, er war geschmiert?«

»Von mir, mein Freund. Jedenfalls haben wir unsere Arbeit gemacht. Ich hab' die Beschreibung von dem Wagen weitergegeben. Wenn er den nicht irgendwo stehenläßt, wird er irgendwann auftauchen.«

Rickerson legte auf und erreichte dann endlich Packys

Bewährungshelfer. Der teilte ihm mit, daß Cummings sich offenbar abgesetzt hätte. Er hätte sich diese Woche nicht gemeldet und somit gegen die Bewährungsauflage verstoßen.

»War Ihnen bekannt, daß Cummings als Spitzel für eine Bundesbehörde arbeitete?« fragte Rickerson, weil er davon ausging, daß Packy jemand war, der mit so was bei seinem Bewährungshelfer angeben würde.

»Nicht den geringsten Schimmer«, sagte der Mann. »Hat nie so was erwähnt.«

Nachdem der Bewährungshelfer Beschreibung und Kennzeichen des Fahrzeugs, das Packy fuhr, bestätigt hatte, nannte er noch einige Adressen, wo dieser sich häufiger aufhielt. Rickerson hängte ein und wandte sich an den jungen Detective, der ihm für diesen Fall als Mitarbeiter zugeteilt worden war. Es handelte sich um Mike Bradshaw, den Sohn des Polizeichefs.

»Bitte sehr«, sagte er und legte einen Hefter mit allem, was er über Packy hatte, auf Bradshaws Schreibtisch. »Wenn Sie sich bewähren wollen, mein Junge, dann ist das die Gelegenheit. Schicken Sie ein paar Streifenwagen zu diesen Adressen, wo Cummings sich aufhalten könnte, und rufen Sie dann sämtliche Strafvollzugsbehörden in Südkalifornien an und stellen fest, ob irgendwer mal was von dem Kerl gehört hat. Er behauptet, als Informant zu arbeiten. Überprüfen Sie das.«

An seinem Schreibtisch nahm Rickerson den Stapel Polaroidfotos aus der Jackentasche und begann, sie wie Spielkarten zu mischen. Dann betrachtete er sie Stück für Stück. Er hatte lange genug gewartet, beschloß er, steckte die Fotos in einen braunen Umschlag und kritzelte etwas auf die Vorderseite, bevor er ihn versiegelte. Es war an der Zeit, zum Chef zu gehen.

»Okay, Bradshaw«, sagte er, »lassen Sie das von jemandem zum Kriminallabor in der Innenstadt bringen, und zwar schnell. Ich möchte, daß der Umschlag einer Frau Dr. Stewart persönlich übergeben wird und sonst niemandem.«

Bradshaw legte die Hand über die Sprechmuschel. »Ich spreche gerade mit der DEA. Was soll ich denn als erstes tun«, sagte er leicht verwirrt. »Ihn zu finden versuchen, bei den Behörden anrufen oder das ins Labor schaffen?«

»Alles«, sagte Rickerson und ging zur Tür. Dann blieb er im Eingang stehen und rollte eine dicke schwarze Zigarre zwischen seinen Fingern. »So wie es im Augenblick aussieht, Sie Naturtalent, ist Cummings unser Mann. Er hat das Haus der Richterin verwüstet, wir wissen allerdings nicht warum, vermutlich hat er auch die Morde begangen, und nun ist er auf der Flucht. Schnappen wir ihn uns!«

Als Lara nach ihrer Begegnung mit Rickerson nach Hause kam, fühlte sie sich schwach und zittrig. Sie nahm die Zeitung und stopfte sie auf dem Parkplatz vor ihrer Wohnung in den Mülleimer. Wie konnte sie jemals wieder ihren Freunden gegenübertreten, den Kollegen? Ihre Eltern waren anständige Leute gewesen. Einfach, aber allgemein geachtet. Gott sei Dank mußten sie das nicht mehr erleben. Es war eine Schande, eine absolute Schande.

Sie wollte gerade die Wohnungstür aufschließen, doch dann überlegte sie es sich anders. Sie ging über den Rasen zu Emmet.

»Hast du heute morgen die Zeitung gelesen?« fragte sie ihn.

»Ja, Lara ... hab' ich. Es tut mir leid.«

Emmet hatte gerade eine Kanne Kaffee gekocht. Er sagte, Lara solle sich welchen nehmen. Sie brachte auch eine Tasse für Emmet mit und folgte ihm in sein Büro. »Ich hab' ein Problem, Emmet. Ein wirklich ernstes. Ich weiß nicht, ob du mir helfen kannst, aber ich dachte, ich versuch's mal.«

Er drückte einen Knopf an seinem Stuhl, drehte sich zum Computer und stülpte die Metallvorrichtung über seinen Kopf. »Erzähl's mir, Lara«, tippte er. »Ich würde für dich alles tun, was in meinen Kräften steht. Und außerdem, Lara«, fuhr er fort, »reg dich nicht über den Artikel in der Zeitung auf. Du solltest dir keine Sorgen darüber machen, was andere

Leute denken. Wenn ich das täte, würde ich meine Wohnung überhaupt nie verlassen. Du hast so schon genug Probleme.« Er drehte den Stuhl herum und sah sie an.

»Bisher weiß es noch niemand, Emmet, aber ich hab' in Joshs Rucksack ein T-Shirt mit Blutflecken gefunden. Ich möchte es nicht der Polizei übergeben, bevor ich nicht sicher bin, daß es ein wichtiges Beweisstück ist. Nach dem, was heute in der Zeitung stand, möchte ich nicht wissen, was die tun, wenn sie davon hören. Ich meine, du hättest mal einen Freund erwähnt, der als Biologe in den Strand Laboratories arbeitet. Könntest du ihn bitten, das Blut zu untersuchen und festzustellen, ob es von meinem Schwager stammt? Ich kann seine Blutgruppe in den Polizeiunterlagen nachsehen.«

»Wo ... ist es?« fragte Emmet.

»In der Wohnung, aber ich kann es holen.«

»Hol ... es«, sagte er.

»Du glaubst also, du kannst es untersuchen lassen?«

»Ja«, sagte er langsam. »Hol ... es.«

»Ich bring' es rüber, sobald Josh mit seinem Fahrrad unterwegs ist. Und Emmet, ich möchte, daß du ihn kennenlernst. Bete, daß nichts dahintersteckt.«

Am nächsten Morgen gingen Detective Rickerson und Chief Bradshaw im Los Angeles County Crime Laboratory zusammen den Flur hinunter, nachdem sie sich zwei Stunden durch den morgendlichen Berufsverkehr gekämpft hatten. Terence Bradshaw war ein sehr gutaussehender Mann Mitte Fünfzig mit einem vorzeitig weiß gewordenen Vollbart und dunkel gebräunter Haut. Seine einzige Schwäche waren die Augen. Er trug ein schweres Brillengestell mit dicken Gläsern, die seine Augen vergrößerten und riesig aussehen ließen. Seine Männer hielten ihn für einen zähen Kämpfer. Der Mann lief jeden Tag sieben bis acht Meilen, egal wie das Wetter war, machte Gewichtheben, las jedes Buch, das er in die Finger kriegen konnte, und schaffte es immer noch, fünfzig bis sechzig Stunden pro Woche zu arbeiten. Er war so fit wie jemand, der zwanzig Jahre jünger war, und ganz bestimmt besser in Form als sein dreiundzwanzigjähriger Sohn. Polizeiarbeit war sein Leben.

»Warum zum Teufel haben Sie darauf bestanden, deswegen die ganze Strecke bis hierher zu fahren?« wollte Bradshaw wissen. »Ich meine, wir haben im Bezirk doch auch ein Labor. Alle sind der Meinung, daß die hervorragende Arbeit leisten.«

»Wegen einer Frau«, sagte Rickerson, während er durch die Glastüren in die Büros schielte. »Sie ist schnell, und sie versteht ihr Handwerk.«

»Wer?« fragte Bradshaw.

»Dr. Gail Stewart.«

»Ich glaube, ich hab' schon mal von ihr gehört, aber ich weiß nicht mehr wo.«

»Sie ist eine der herausragendsten Kriminologen im Land. Sie kann alles. Es gibt kein Gerät in diesem Labor, das sie nicht bedienen könnte, und ihr Spezialgebiet sind fotografische Beweismittel.«

Die Frau stand auf, als sie zur Tür hereinkamen. Dann drückte sie beiden die Hand. Es war nicht die Art Handschlag, die man von einer Frau erwarten würde. Er war kräftig. Alles an Gail Stewart war kräftig. Sie hatte auf sie gewartet.

»Gail Stewart«, sagte sie zu Bradshaw. »Kommt mit.«

Die beiden Männer folgten der stämmigen Brünetten im weißen Laborkittel. Sie war Ende Dreißig, hatte mindestens vierzig Pfund Übergewicht und den Gang eines Dragoners. Es war unmöglich, sie nicht zu mögen. Ihre Haut war weich und makellos, sie hatte runde, ausdrucksvolle Augen und war absolut vernarrt in ihre Arbeit. Sie verbrachte so viel Zeit im Labor, daß manche Leute glaubten, sie wohne dort.

»Wenn man dieser Frau was gibt«, flüsterte Rickerson seinem Chef zu, »dann zermahlt sie es zwischen ihren Zähnen, schluckt es runter und spuckt die Antwort aus. Die Frau ist eine Wucht.«

Sie führte sie in die Ecke eines Raumes, wo eine Leinwand und ein Diaprojektor aufgebaut waren. »Ich habe Dias von den Vergrößerungen«, sagte sie, »aber es waren Polaroidfotos, das heißt, die Qualität ist extrem schlecht. Ich gebe euch die Abzüge, wenn sie fertig sind.«

»Jetzt erzähl doch mal«, drängte Rickerson.

»Also«, sagte Stewart, »das sind alles keine besonders neuen Fotos. Wir haben sie in Gruppen geordnet. Gruppe A sind Fotos, die nach unserer Schätzung vor etwa zwei Jahren aufgenommen wurden. Wir können das Alter anhand der Beschaffenheit und Festigkeit der Fotos selbst bestimmen, insbesondere bei Fotos von einer Sofortbildkamera. Die werden gewöhnlich mit der Zeit immer spröder. Außerdem ist das ein Kodakfilm, und die machen solche Rückseiten schon seit mindestens zwei Jahren nicht mehr. Die Fotos aus der Gruppe B wurden mit einem Polaroid SX-70-Film aufgenommen, und sie sind wahrscheinlich etwa fünf Jahre alt oder älter.« Sie murmelte seufzend vor sich hin: »Ich wünschte, wir hätten Negative davon.« Dann dämpfte sie das Licht und ein Bild erschien auf der Leinwand.

»Das erste Dia ist, wie ihr seht, von einem einzelnen Jungen. Man kann seine Genitalien nicht sehen, aber er hat keine Haare unter den Armen. Wir schätzen ihn auf etwa elf oder zwölf, vorpubertär.« Sie drückte auf einen Knopf, und das nächste Dia erschien. »Das ist nicht derselbe Junge, obwohl sie sich ähnlich sehen. Es könnten sogar Brüder sein. Diese Bilder stammen aus der Gruppe A. Er ist noch jünger als sein Vorgänger. Unser Pathologe glaubt, daß er nicht älter als neun oder zehn ist. Dabei stützt er sich auf Größe, Muskulatur und andere Faktoren.«

»Ist das der Junge?« fragte Bradshaw.

»Nein«, sagte Rickerson. »Ich hab' das zuerst geglaubt, aber ich hab' mich offenbar geirrt. Ich bin mir ziemlich sicher, daß Josh McKinley auf keinem dieser Fotos ist.«

Als die Männer schwiegen, führte sie ein weiteres Dia vor. »Die folgenden Bilder gehören zur Gruppe B, es sind also die ältesten Fotos. Ganz offenkundig handelt es sich bei der nackten Person hinter dem Jungen um einen erwachsenen Mann, vermutlich Mitte Vierzig bis Anfang Fünfzig. Er könnte aber auch viel älter oder viel jünger sein. Man kann das nicht mit Sicherheit sagen, doch seine Haut scheint ein bißchen schlaff zu sein, deshalb haben wir ihn auf dieses Alter geschätzt. Aber wie bei fast allem sind da viele Möglichkeiten denkbar. Es könnte ein junger Mann sein, der gerade sehr viel abgenommen hat. Wer weiß? Jedenfalls ist das einzige, was wir deutlich erkennen können, daß er an Skoliose leidet, einer Verkrümmung der Wirbelsäule. Er ist auf allen Fotos – immer derselbe Mann. Und er blickt nie in die Kamera. Die Fotos macht jemand anders«, sagte sie. »Hier kann man seine Hand im Spiegel erkennen.«

»Hast du diese Aufnahme vergrößert?« fragte Rickerson. »Das könnte er sein. Josh McKinley. Er könnte die Fotos gemacht haben.«

»Natürlich«, sagte sie und ließ die Dias rasch durchlaufen, bis sie an das richtige kam. »Hier ist es. Sieht ziemlich jung aus. Achtet darauf, wie klein und schmal die Hand ist. Es könnte natürlich auch ein Mädchen sein. Wir nehmen einfach an, daß es ein Junge ist, weil sonst nur Personen männlichen Geschlechts auf den Fotos sind.«

Rickerson stand auf, ging zur Leinwand und betrachtete das Bild gründlich. »Kriegst du das denn nicht besser hin? Ich muß wissen, ob das der Junge ist.«

»Tut mir leid«, sagte sie. »Ich kann dir nichts geben, was nicht da ist. Aber wenn du dich ein bißchen geduldest, Ted, dann hab' ich doch was für dich.« Sie präsentierte ein weiteres Dia, ließ es einen Augenblick stehen und zeigte dann eine Vergrößerung von einem Ausschnitt dieses Fotos. »Hier haben wir Glück. Seht euch das an«, sagte sie. »Diese Fotos wurden nicht in einem Hotelzimmer aufgenommen, sondern bei jemandem zu Hause. Das hier ist eine Vergrößerung von etwas, das im Spiegel zu sehen ist, vermutlich auf dem Frisiertisch. Was ihr hier seht ist eine Fotografie in einem silbernen Rahmen. Es handelt sich um eine Frau mittleren Alters und einen jungen Mann. Augenblick«, sagte sie und ließ ein weiteres Dia einrasten. »Jetzt seht ihr die Vergrößerung von der Fotografie selbst. Ich weiß, daß es verzerrt ist, aber wenn man genau hinsieht, kann man die Ähnlichkeit der beiden erkennen. Ich würde wetten, daß der junge Mann der Sohn der Frau ist. Er sieht aus wie etwa siebzehn, oder? Wenn wir nun annehmen, daß der ältere Mann, der mit dem Rücken zur Kamera steht, der Vater des jungen Mannes ist, dann haben wir sogar noch mehr Anhaltspunkte.«

Chief Bradshaw und Detective Rickerson waren fasziniert. Sie verbrachten eine volle Stunde damit, Dia für Dia gründlich zu betrachten. »War das genug, meine Herren?«

Sie lehnte sich gegen einen Schreibtisch, legte ihre kräftigen Beine übereinander und wandte sich ihnen zu. Im Raum war es immer noch dunkel. Nur das Licht aus dem Nachbarlabor drang hinter ihnen durch eine Glasscheibe. Die Stimme von Dr. Stewart hallte in dem gefliesten Raum wider. »Was ihr gerade gesehen habt, ist die Fotosammlung eines Pädophilen. Wir ihr sicher wißt, bevorzugen die meisten Pädophilen vorpubertäre Kinder. In der Pubertät sind die Kinder nicht mehr begehrenswert und werden häufig fallengelassen.«

Sie stellte das Licht wieder an und fuhr fort: »Wenn ihr ihn findet, können wir ihn eindeutig anhand der Verkrümmung der Wirbelsäule identifizieren. Keine Wirbelsäule hat ganz genau die gleiche Krümmung wie die andere. Wir können das beweisen, indem wir den Rücken des Mannes fotografieren und dieses Bild dann auf das Foto, das ihr gerade gesehen habt, projizieren und seine Röntgenaufnahmen und die Unterlagen seines Arztes prüfen und vergleichen. Dann können wir das Ganze noch mit Hilfe der neuesten Computertechnologie untermauern.« Sie lächelte und auf ihrem runden Gesicht bildeten sich zwei tiefe Grübchen. »Ihr braucht ihn nur noch zu finden. Ein Kinderspiel, was?«

»Klar«, sagte Rickerson und tauschte einen Blick mit Bradshaw. »Ganz schön eindrucksvoll.«

»Ich hab' das Beste bis zum Schluß verwahrt. Kommt mit.« Sie folgten ihr über den gefliesten Boden in ein anderes Arbeitszimmer mit einem Computer-Terminal. »Nehmt Platz, meine Herren. Daran hab' ich die ganze Nacht gearbeitet.« Sie drehte sich um und sah Rickerson schräg an. »Und ich meine die ganze Nacht, Ted. Ich war nicht im Bett.«

Bis sich die Männer zwei Stühle herangezogen hatten, hatte Dr. Stewart bereits das Terminal in Gang gesetzt. »Das ist eine ganz neue Software. Wir haben dieses System erst vor kurzem bekommen. Man braucht dazu Hochgeschwindigkeits-Rechner.« Sie fuchtelte mit ihren Armen im Raum herum. Hinter einer Trennwand aus Glas standen mehrere Reihen riesiger Computer mit blinkenden Lichtern. Aus Druckern ratterten Lochstreifen. »Ich habe eine Computermontage aus dem jungen Mann von der Fotografie mit der Frau und einem Körper des nackten erwachsenen Mannes zusammengestellt. Unter der Annahme, daß sie miteinander verwandt sind, vielleicht sogar Vater und Sohn, haben wir eine weitere Photomontage entwickelt, wie nämlich dieser ältere Mann aussehen könnte. Natürlich haben wir ihn auch etwas älter gemacht.« Sie drückte ein paar Tasten und auf dem Bildschirm erschien ein Bild. »Da ist es. Was haltet ihr davon?«

Sowohl Bradshaw als auch Rickerson beugten sich vor und starrten auf den Bildschirm. Das Bild war dreidimensional. Während sie sich das ansahen, bewegte Dr. Stewart die Maus über das Pad, tippte einige Anweisungen in den Computer, und die nackte Figur begann tatsächlich, zu gehen, sich zu drehen und Arme und Kopf zu bewegen.

»Die Technologie, die ihr hier seht, nennt man computergenerierte Animation. Das ist das Allerneueste. So etwas Ähnliches hat man vor kurzem sogar in San Francisco in dem Prozeß gegen diesen Mann benutzt, der seinen Bruder ermordet hatte. Ihr wißt schon, die Pornokönige. Beim Film wird es schon eine ganze Zeitlang benutzt, aber es ist natürlich extrem teuer, deshalb haben wir's jetzt erst bekommen.«

»Das ist ja faszinierend«, sagte Bradshaw. »Sieht aus wie ein Videospiel oder ein Zeichentrickfilm.«

»Wißt ihr«, fuhr Dr. Stewart fort, »bisher ist das nur ein sehr grober Versuch. Deshalb sehen seine Gesichtszüge noch ziemlich unspezifisch aus. Es dauert wirklich Wochen, das perfekt hinzukriegen. Und wenn es richtig kompliziert ist, kann es sogar Monate dauern. Wir können einen Tatort rekonstruieren, die Verdächtigen in das Bild einfügen und sie dann so bewegen, als ob das Verbrechen gerade stattfände. Auf diese Weise können wir feststellen, ob jemand die Wahrheit sagt, ob die Aussage dieser Person mit dem zusammenpaßt, was tatsächlich passiert ist. Wir können auch den genauen Punkt ermitteln, an dem eine Kugel auftrifft, wenn sie von einer bestimmten Stelle abgeschossen wurde, in welche Richtung der Körper fallen würde, überhaupt jeden Aspekt des Verbrechens rekonstruieren. Es gibt unendlich viele Möglichkeiten.«

Sie sah beide Männer an, dann wandte sie sich wieder dem Bildschirm zu. »Jetzt achtet mal darauf, wie diese Figur geht. Ich hab' mir noch nicht viel Mühe mit dem Gesicht gegeben. Wir haben keine Möglichkeit festzustellen, ob der junge Mann und der nackte ältere Mann auf den Fotos tatsächlich verwandt sind, deshalb hielt ich das für etwas verfrüht. Euch wird jedoch auffallen, daß dieser Mann rechts ganz deutlich hinkt. Wir haben dies aus Daten entwickelt, die wir über die Skoliose in das Programm eingegeben haben. Ich kann es ausdrucken, aber dann ist es nicht mehr dreidimensional, so wie ihr es jetzt seht.« Sie drückte einen Knopf, und der Drucker setzte sich in Bewegung. Sie gab Rickerson den Ausdruck. »Ich werd' es noch weiter verbessern, und irgendwann habt ihr dann etwas, das ziemlich realistisch aussieht.«

»Du hast gute Arbeit geleistet, Gail«, sagte Rickerson sichtlich erregt. Er drehte sich zu Bradshaw um. »Ich hab' Ihnen doch gesagt, sie ist die Beste. Ihr kann niemand das Wasser reichen.«

»Yeah«, sagte Bradshaw und rieb sich das Kinn. Dann wandte er sich an Dr. Stewart. »Das ist alles sehr faszinierend, aber Sie haben den Nagel auf den Kopf getroffen. Solange wir ihn nicht finden, haben wir gar nichts. Das hier ist alles reine Spekulation. Davon auszugehen, daß die beiden Personen auf dem kleinen Foto seine Frau und sein Sohn sind, ist eine gewagte Hypothese. Möglicherweise sind sie überhaupt nicht miteinander verwandt.«

»Da haben Sie recht«, antwortete Dr. Stewart, »aber irgendwo muß man ja anfangen. Sehen wir uns doch noch an, wie der Mann geht, meine Herren. Der Gang eines Menschen ist ziemlich unverwechselbar, und dieser Mann hat eine so starke Rückgratverkrümmung, daß sie sich beim Gehen auf alle Gliedmaßen auswirkt.« Sie fing an, wie wild auf der Tastatur herumzutippen, worauf die Figur auf dem Bildschirm in einem Zimmer mit Türen, Möbeln und Fenstern erschien. Während sie sich das ansahen, bewegte sie ihn in den hinteren Teil des Zimmers und dann wieder nach vorne. »Eine Hüfte ist höher als die andere, daher das Hinken. Achtet auch darauf, wie er die Arme bewegt. Diese ausholende Bewegung hier ...« Sie hielt die Figur an und ließ sie regungslos verharren. »Das ist ein Kompensationsfaktor, was vereinfacht ausgedrückt bedeutet, daß er sich im Gleichgewicht halten muß, weil sein Körper durch diese Deformierung aus der natürlichen Balance geraten ist.«

Schließlich wandte sie sich vom Computer ab und boxte Rickerson mit einer gut gepolsterten Faust gegen den Arm. »Hey, großer Mann, du hast versprochen, mich zu einem Steak-Menü einzuladen, wenn ich alles andere stehen und liegen lasse und dir was liefere. Das hab' ich getan. Wann krieg' ich mein Abendessen?«

»Das kriegst du schon«, sagte Rickerson lächelnd. »Ich frag' mich nur, ob du's wirklich brauchst. Du siehst mir nicht sehr hungrig aus.«

»Arschloch«, sagte sie und schüttelte lachend den Kopf. »Warum bin ich nur immer so leichtgläubig? Nächstes Mal kannst du wie alle anderen warten, bis du dran bist.«

»Tausend Dank, Gail. Ich melde mich.« Mit Bradshaw im Schlepptau ging Rickerson zur Tür.

Dr. Stewart brüllte ihm nach. »Weißt du, was ich machen würde?«

»Was?« antwortete Rickerson.

»Ich würde Lois Anderson vom FBI diese Bilder zeigen. Sie leitet die Spezialeinheit für vermißte Kinder. Unter Umständen ist einer dieser Jungen ein Ausreißer, der inzwischen zu seinen Eltern zurückgekehrt ist. Ich hoffe, du schnappst dieses Schwein. Weißt du warum?«

Rickerson blieb stehen und starrte sie an. Natürlich wußte er warum. Wer auch immer dieser Mann war, er hatte das sichere Gefühl, daß er etwas mit dem Mord an Ivory und Sam Perkins zu tun hatte. Cummings mochte zwar die Tat ausgeführt haben, aber Rickerson vermutete inzwischen, daß es sich um einen Auftragsmord handelte.

»Ein aktiver Pädophiler, besonders wenn er schon so alt ist wie dieser Mann, kann in seinem Leben Hunderte von Opfern gehabt haben. Vielleicht ist es an der Zeit, daß der Kerl dafür zahlt.«

»Schick sie ihr rüber«, sagte Rickerson und dachte an all die jungen Leben, die dieser Mann zerstört hatte, an Kinder, die so geschädigt waren, daß sie sich vielleicht nie mehr davon erholen würden.

»Kein Problem«, sagte sie und ließ ihren voluminösen Körper auf einen Stuhl fallen, der aussah, als ob er unter ihrem Gewicht zusammenbrechen würde. Dann nahm sie sich einen Snickers-Riegel aus ihrem Schreibtisch, packte ihn aus und hielt ihn hoch. »Nahrung fürs Gehirn«, sagte sie. »Das Geheimnis meines Erfolgs. Man kann einfach nicht denken, wenn man Hunger hat.«

»Also, was meinen Sie«, sagte Bradshaw, während ihre Schuhe auf dem Linoleum einen unregelmäßigen Takt schlugen.

»Ich glaube, wir haben da einen verteufelt schwierigen Fall am Hals, Chief. Jemand hat die Perkins ermordet, um die Fotos in die Finger zu kriegen. Daran kann kein Zweifel bestehen. Ich hatte gehofft, wir könnten den Jungen da raushalten.«

»Das wird wohl nicht gehen. Wenn der Junge ausgebeutet oder sexuell mißbraucht wurde, dann haben Sie ein Motiv.«

»Ich glaube nicht, daß Perkins und seine Frau diese Bilder aufgenommen oder gar verkauft haben, wie ich ursprünglich dachte. Ich glaube, sie haben sie gefunden. Was halten Sie davon?«

»Sie haben sie so einfach gefunden? Interessant. Könnten Sie das etwas genauer erklären?«

Sie gingen durch die Doppeltür ins Freie. Es war bewölkt und schwül. Der Smog war so dicht, daß man ihn wie eine verpestete Wolke über der ganzen Stadt hängen sehen konnte. Sie blieben einige Minuten auf der Treppe stehen. Polizisten und andere Angestellte, die in das Gebäude strömten oder es verließen, kamen an ihnen vorbei. »Das ist ja unglaublich hier«, entfuhr es Rickerson. »Hier geht's zu wie in der Grand Central Station.«

»Yeah«, sagte Bradshaw desinteressiert. »Viele Verbrechen.«

Rickerson sah ihn an. »Letztes Wochenende hatten wir fünfundzwanzig Morde im Bezirk Los Angeles. Wir reden hier von einem Wochenende, Chief, ein lausiges Wochenende und fünfundzwanzig Tote.«

Bradshaw rülpste und sah den Detective an. Von Jahr zu Jahr stiegen die Verbrechenszahlen. Schon allein bei dem Gedanken drehte sich ihm der Magen um. Und die Gewalttaten breiteten sich allmählich von der Innenstadt in die Vororte aus, insbesondere seit den Krawallen. In der südlichen Innenstadt von Los Angeles war nicht mehr viel übriggeblieben außer ausgebrannten Häusern und Trümmern. »Möchten Sie mit mir über den Fall reden?«

»Okay, Ivory Perkins arbeitete als Prostituierte, wissen Sie«, sagte Rickerson an eine gewundene Säule vor dem Gebäude gelehnt, »mit Schwergewicht auf Sado-Maso. Ich vermute, einer ihrer Kunden war pädophil, stand also auf Sex mit Kindern.«

»Augenblick mal«, entgegnete Bradshaw. »Das ergibt doch keinen Sinn. Warum sollte ein Kerl, der auf Kinder steht, zu einer Nutte gehen? Das paßt nicht mit dem zusammen, was ich über Pädophile weiß. Normalerweise haben sie einen Horror davor, mit erwachsenen Frauen ins Bett zu gehen.«

Rickerson hatte darüber nachgedacht und eine Antwort parat. »Ich hab' bereits mit dem Psychologen vom Büro des Sheriffs gesprochen. Er glaubt, daß dieser Mann ein Masochist war, womöglich aus Schuldgefühlen wegen seiner Vorliebe für kleine Jungs. Ich meine, er hätte auch ein Sadist sein können, aber das haut nicht so gut hin. Als die Perkins ihn eines Tages bediente, stieß sie zufällig auf seine kleine, nicht jugendfreie Fotosammlung, und da kamen sie und ihr Mann auf die Idee, es mal mit Erpressung zu versuchen.«

»Klingt plausibel«, sagte Bradshaw und sah zum Himmel. »Meinen Sie, es fängt gleich an zu regnen?«

»Niemals«, sagte Rickerson und zündete sich eine Zigarre an. »Glauben Sie mir. Mit dem Wetter kenn' ich mich aus.«

»Was spielt Packy Cummings in dieser Sache für eine Rolle?«

»Nun, er ist derjenige, der das Ganze zusammenhält. Am 7. September, einen Tag vor den Morden, teilte Richter Leo Evergreen Lara Sanderstone mit, daß Packy ein Polizeiinformant sei, und bestand darauf, daß sie ihn ohne Kaution freiließ. Falls er ein Spitzel ist, so erhebt jedenfalls keine Behörde in Kalifornien auf ihn Anspruch. Und wenn Sie sich sein Vorstrafenregister ansehen, werden Sie mit mir übereinstimmen, daß die so einen Kerl nie benutzen würden. Menschenskind, der war vor ein paar Jahren Hauptverdächtiger bei einem Mord an einem Polizisten, ist zahlendes Mitglied der Aryan Brotherhood und bereits mehrfach wegen Vergewaltigung vorbestraft.«

»Tatsächlich?« sagte Bradshaw. »Was ist aus dem Fall geworden? Dem Mord an dem Polizisten?«

»Ist irgendwie davongekommen. Sie konnten's ihm nicht nachweisen. Jedenfalls glaube ich, daß Evergreen gelogen hat.«

Bradshaw begann die Treppe hinunterzugehen. Rickerson folgte ihm und blies dabei Wolken von Zigarrenqualm in die Luft. »Fahren Sie fort«, sagte Bradshaw. »Ich verstehe zwar nicht, warum Sie meinen, daß er gelogen hat, aber fahren Sie fort.«

»Ich glaube, er ist unser Mann.«

Bradshaw blieb mitten auf der Treppe stehen und sah Rickerson mit offenem Mund ins Gesicht. Seine Augen hinter den dicken Brillengläsern wirkten riesengroß. Einige Sekunden war er völlig sprachlos. »Der Gerichtspräsident von Orange County? Also wirklich, Rickerson, gehen Sie damit nicht ein bißchen zu weit? Außerdem sind wir ohnehin erst in der Anfangsphase unserer Ermittlung.«

»Nicht so ganz«, sagte Rickerson im Brustton der Überzeugung. Er sah das keineswegs so. »Haben Sie Evergreen mal kennengelernt?«

Der Chief war am Fuß der Treppe angekommen und wandte sich zu dem Detective um. »Nicht daß ich wüßte. Ich glaube, irgendwann hab' ich mal ein Bild von ihm in der Zeitung gesehen, aber ehrlich gesagt, ich würde ihn nicht erkennen, wenn ich ihn sähe.«

Rickerson schob die Zigarre auf die andere Seite und klemmte sie zwischen die Zähne. »Ich schon«, sagte er aus dem Mundwinkel. »Und ich werde diesen Kerl nie vergessen. Als es vor Jahren bei einem meiner ersten großen Fälle zum Prozeß kommen sollte, wurde die Klage aus formalen Gründen abgewiesen. Evergreen war der Richter.«

»Und ...«

»Hören Sie einfach mal zu. Mal angenommen, Leo Evergreen war Kunde von Ivory Perkins und hatte keine Ahnung, daß sie die Schwester von Richterin Sanderstone war. Ganz offensichtlich hängte die Perkins diese Information nicht an die große Glocke. Könnte manche Kunden ein wenig nervös machen. Verstehen Sie, was ich meine? Also schnappte Evergreen sich Packy Cummings, damit der für ihn die schmutzige Arbeit erledigte, was bedeutete, die Fotos wiederholen und die Leute umbringen, die sie hatten. Er wußte aus den Gerichtsunterlagen, daß Packy auf der Abschußliste stand, direkt wieder ins Gefängnis wandern würde, und zwar diesmal für eine ganze Weile. Der Staatsanwalt hatte vor, ihn als Gewohnheitsverbrecher anzuklagen und ihm für seine ganzen Vorstrafen jeweils diese fünf Jahre dranzuhängen. Der gute Packy hatte nichts zu verlieren, aber alles zu gewinnen.«

»Moment mal«, sagte Bradshaw, während gerade ein

stämmiger Motorradpolizist die Treppe herunterstürmte und ihn fast umgerannt hätte. »Warum ist der Kerl denn nicht einfach abgehauen, als er draußen war?«

»Dollars, Cash, Kohle«, sagte Rickerson und rieb Daumen und Zeigefinger gegeneinander. »Ohne das kommt man nicht weit, und ich hab' noch nie jemand erlebt, der aus dem Gefängnis kam und viele grüne Scheinchen hatte. Und davon mal abgesehen, das Arschloch hätte nur ein paar Schritte zu fahren brauchen, und schon hätte ihm Evergreen jeden Cop in der Stadt mit Stapeln von Haftbefehlen hinterherschicken können. Er hat sicher genügend Macht, um jemandem jede Menge Ärger zu machen, besonders wenn sich derjenige auf der falschen Seite des Gesetzes befindet.«

»Soweit ich informiert bin«, sagte Bradshaw, »hat man seine Fingerabdrücke in dem Haus von Mrs. Sanderstone in Irvine gefunden. Alles, was Sie bisher gegen ihn in der Hand haben, ist also Einbruch in eine Wohnung. Wie wollen Sie ihm die Morde anhängen?«

Die beiden Männer gingen auf ihr Auto zu. Typisch L. A., dachte Rickerson und schaute angewidert um sich. Fast jedes Gebäude und jede Mauer in Sichtweite waren mit Graffiti besprüht. Die Namen rivalisierender Gangs prangten dort in riesigen leuchtend bunten Druckbuchstaben.

»Lassen Sie mich mal meine Theorie erklären, Chief«, sagte Rickerson, als sie an der Ampel die Straße überquerten. »Ivory Perkins ist fast genau zwei Monate vor den Morden zum Haus ihrer Schwester gekommen und hat behauptet, daß jemand sie verfolgt. Wer auch immer das war, er hatte jedenfalls keine Ahnung, daß das Haus der Richterin gehört. Er glaubte vermutlich, daß Ivory selbst dort lebte oder so. Wie ich bereits sagte, wie sollte jemand auf die abwegige Idee kommen, diese beiden Personen miteinander in Verbindung zu bringen? Eine Prostituierte ... und eine Richterin.«

»Ihre Theorie lautet also, daß Evergreen Cummings dafür bezahlt hat, die beiden umzubringen und die Bilder wiederzuholen, nachdem er sie im Haus der Richterin nicht finden konnte. Doch als Cummings die Morde beging, hat er die Bilder dagelassen. Warum sollte er das tun?«

»Möglicherweise weil der Junge nach Hause gekommen ist und ihn gestört hat oder weil er den flachen Hohlraum einfach nicht gefunden hat. Durch den Teppichboden war er ganz gut verborgen, und außerdem stand eine Kiste mit alten Kleidern drauf. Die hat er durchgesehen, aber nicht daran gedacht, darunter nach dem Hohlraum zu suchen. Jedenfalls hat er das Haus von Mrs. Sanderstone in der Annahme durchwühlt, daß sie dort versteckt sind, und als das nichts brachte, war Evergreen ganz verzweifelt und gab den Mord in Auftrag.«

»Einen Mord? Das halten Sie wirklich für möglich? Ein Richter gibt einen Mord in Auftrag?«

Rickerson zog die Augenbrauen hoch. Bradshaw und er selbst waren lange genug im Dienst, um zu wissen, daß alles möglich war. »Vielleicht wollte Evergreen nur die Fotos zurückhaben... und das Tier, das er angeheuert hat – dieser Cummings –, ist einfach da drinnen durchgedreht. Hübsche Frau, äußerst sexy. Er ist ein Sexualverbrecher. Dann kam der Ehemann rein, und er mußte auch ihn aus dem Weg räumen.«

»Nun ja«, sagte Bradshaw nachdenklich. »Wenn Evergreen der Mann auf den Fotos ist, dann hätte er natürlich viel zu verlieren. Das ist ganz klar. Mensch«, sagte er und begann tatsächlich zu zittern, »bei dem Gedanken wird mir ganz kalt... lausig kalt.« Bradshaw blieb stehen und wandte sich dem Detective zu. »Ist Ihnen eigentlich klar, Rickerson, was man in der Hand haben müßte, um gegen den mächtigsten Richter im ganzen Bezirk vorzugehen? Glauben Sie nicht eine Sekunde daran, Sie könnten fadenscheiniges Beweismaterial zusammenbasteln und damit durchkommen.«

Bradshaw wartete, bis Rickerson das Polizeiauto aufgeschlossen hatte, und öffnete dann die Beifahrertür. Er schaute zum Himmel und hielt seine Hand in die Luft. Dabei lächelte er Rickerson zu. »Es regnet. Ich hoffe, Sie verstehen sich besser auf das Lösen von Mordfällen als auf die Wettervorhersage.«

Sie sahen sich über die Motorhaube des Polizeiwagens hinweg an. Vom Himmel tröpfelte es, es war gerade so viel, daß ein paar Spritzer auf der Windschutzscheibe zu sehen waren. Rickerson zog kräftig an seiner dicken Zigarre, worauf sein Gesicht fast hinter einer riesigen Rauchwolke verschwand. Bevor es richtig anfing zu gießen, verschwand der Detective im Polizeiauto und ließ seinen Chef im Regen stehen.

Der erste Schritt, Evergreen zu belasten, dachte Rickerson, bestand darin, ihn irgendwie mit den Morden in Verbindung zu bringen. Das Problem dabei war schlicht und ergreifend der Mangel an Beweisen. Sobald Bradshaw im Auto saß, ließ Rickerson den Motor an und gliederte sich in den Verkehr ein. »Ich hab' da viel heiße Luft abgelassen, Chief. Selbst wenn mein Gefühl mir sagt, es war Evergreen, wird es mir verdammt schwer fallen, das zu beweisen.«

Bradshaw hatte seine Brille abgenommen und wischte die Regentropfen ab. Rickerson hielt an der Ampel und warf einen Blick auf ihn. Komisch, dachte er, die Leute sehen ohne ihre Brille ganz anders aus.

»Ich glaube nicht, daß Sie bei diesem Fall überhaupt schon auf Grund gestoßen sind. Was ist mit den Kunden dieser Frau? Was, wenn dieser Perkins mit Kinderpornographie gehandelt hätte und an die falschen Leute geraten wäre? Das ist ein schmutziges Geschäft. Die Fotos, die wir gerade gesehen haben, waren noch nicht mal neu. Es ist völlig unklar, wo sie herkamen. Und der einzige Anhaltspunkt, den Sie haben, um Richter Evergreen mit diesen Verbrechen in Verbindung zu bringen, ist die Tatsache, daß er Richterin Sanderstone gebeten hat, Cummings ohne Kaution freizulassen. Warum befragen Sie nicht Evergreen und finden heraus, wer ihn gebeten hat, diesen Mann freizulassen?«

Bradshaw hatte zwar ein paar stichhaltige Argumente genannt, doch Rickerson würde Evergreen ganz bestimmt nicht befragen und ihm damit einen Wink geben. Er schätzte das Element der Überraschung, wollte, daß sein Opfer sich frei bewegte, während er sich heranpirschte. Auf diese Weise lief es ihm vielleicht direkt in die Arme. »In einer Sache haben Sie allerdings recht, Chief.«

»Yeah, was denn?«

»Selbst wenn Evergreen nicht unser Mann ist, muß jemand hinter den Morden stecken, der innerhalb der Justiz arbeitet, ein Richter, ein Staatsanwalt, ein Cop, jemand, der Zugang zu Polizeiakten und Vorstrafenregistern hat.«

»Zu solchen Informationen haben Tausende von Leuten Zugang«, sagte Bradshaw, »selbst Büroangestellte.«

»Wer auch immer die Entlassung von Packy Cummings arrangiert hat, ist unser Mörder, Chief. Vielleicht irre ich mich in bezug auf Evergreen, aber in dem Punkt hab' ich ganz bestimmt recht.«

Kapitel 13

Als Rickerson am Nachmittag zurück nach San Clemente kam, wartete Lara Sanderstone in seinem Büro. Sie saß auf dem kleinen Sessel neben seinem Schreibtisch. Heute war ihr Haar offen und nicht im Nacken zusammengebunden. Es fiel ihr dicht auf die Schultern, was äußerst schmeichelhaft wirkte. Das pechschwarze Haar auf ihrer hellen Haut, die hohen Wangenknochen, der Streß, unter dem sie offensichtlich stand, das alles trug dazu bei, ihr ein Aussehen von Verletzlichkeit und rührender Schönheit zu geben. Sie trug einen klassischen Hosenanzug und kleine schwarze Schuhe mit Zierknöpfen an den Spitzen. Josh wartete mit voll aufgedrehtem Radio draußen im Jaguar. Rickerson hatte ihn auf dem Weg ins Gebäude gesehen.

Lara stand auf, als er hereinkam, und sah kurz zu dem Beamten am nächsten Schreibtisch. Der Mann telefonierte, achtete gar nicht auf sie. »Ich wollte mich dafür entschuldigen, wie ich mich gestern benommen habe«, sagte sie mit zerknirschter Stimme. »Ich weiß, daß Sie die Sache nie an die Presse weitergegeben hätten. Es wurde mir einfach alles zuviel, und das hab' ich an Ihnen ausgelassen. Es tut mir leid.«

Er lächelte sie an. »Nun ja, wir haben alle mal einen schlechten Tag. Und Sie haben bestimmt mehr als genug davon gehabt. Vergessen Sie's.«

»Wissen Sie etwas Neues über diesen Mann ... Packard Cummings?«

Rickerson lockerte die Krawatte, ließ sich auf seinen Stuhl

fallen und legte die Beine auf den Schreibtisch. »Er ist abgehauen, aber wir werden ihn schnappen. Lassen Sie uns etwas Zeit. Wir arbeiten rund um die Uhr.«

»Haben Sie herausgefunden, für wen er arbeitet? Für welche Behörde?«

Er wollte sich nicht in die Karten sehen lassen und damit möglicherweise den größten Fall seiner Laufbahn vermasseln. Er sah zur Seite, wich ihrem Blick aus. »Wir sind noch dabei.«

»Weshalb fragen Sie nicht einfach Evergreen? Warum all diese Umwege? Wissen Sie, ich will in mein Haus zurück. Die Wohnung ist für Josh und mich zu klein. Ich will nach Hause.«

Rickerson stand von seinem Schreibtisch auf und stellte sich dicht neben Lara. »Hören Sie mir gut zu. Ich wiederhole das jetzt noch einmal. Ich hab' es Ihnen bereits neulich gesagt. Erzählen Sie keiner Menschenseele was davon. Niemandem, haben Sie mich verstanden? Wenn Sie erfahren wollen, wer Ihre Schwester umgebracht hat, dann tun Sie genau, was ich Ihnen sage, und stellen Sie keine Fragen. Und von jetzt an will ich, daß sie keinen Schritt mehr in die Nähe dieses Hauses tun. Verstanden?«

Lara wischte sich eine widerspenstige Haarsträhne aus dem Gesicht. »Ich bin heute morgen dort vorbeigefahren und hab' mir was zum Anziehen und noch ein paar andere Sachen geholt.« Rickerson sah sie finster an. »Jetzt gucken Sie mich doch nicht so an. Ich bin von dort nicht zu meiner jetzigen Wohnung gefahren, ich bin direkt hierher gekommen. Falls mir jemand gefolgt ist, dann wäre er mir nur hierher gefolgt.«

»Es ist Ihr Hals, den Sie riskieren, Lara«, sagte er. »Wenn Sie den Kerl zu Ihrer Wohnung führen, können Sie sich Ihre Sicherheit in die Haare schmieren. Und nicht nur das, wir können es uns auch nicht mehr erlauben, dort jemand die ganze Nacht sitzen zu lassen. Wir haben einfach zu wenig Leute. Sie sind ab sofort auf sich allein gestellt.«

»Was ist mit der Autopsie und den gerichtsmedizinischen

Untersuchungen? Ist der Bericht schon fertig? Ich möchte ihn sehen.«

»Nein, die arbeiten noch daran. Ich hab' Ihnen doch gesagt, es gibt keine Fingerabdrücke in dem Haus in San Clemente.«

»Keine Fingerabdrücke«, wiederholte sie. »Scheiße ...«

»Die ertrinken da unten in Arbeit. Der Gerichtsmediziner hat mir nur gesagt, er vermutet, daß es sich folgendermaßen abgespielt hat.« Rickerson nahm seine Zigarre, doch dann fiel ihm die Szene im Restaurant wieder ein. Er legte die Zigarre wieder in den Aschenbecher und drehte sich mit seinem Stuhl Lara zu. Er sprach mit leiser und beherrschter Stimme. »Irgendwie ist es dem Täter gelungen, ins Haus zu kommen. Ob er die Absicht hatte, sie zu töten, oder nicht, können wir nicht mit Bestimmtheit sagen. Wir wissen nur, daß er irgendwas in dem Haus gesucht hat, und es sieht so aus, als hätte er es nicht gefunden. Sie war da ... er hat sie vergewaltigt, ihr das Kissen ins Gesicht gedrückt, damit sie nicht schreien und auf sich aufmerksam machen konnte, dann hat er sie erstickt. Vielleicht hat sie sich gewehrt, vielleicht macht es ihm einfach Spaß, Frauen umzubringen, oder vielleicht hat ihn jemand dafür bezahlt, beide umzubringen. Höchstwahrscheinlich ist Ihr Schwager dann am Tatort erschienen. Der Verdächtige versteckte sich, vermutlich in Joshs Schlafzimmer, und schlug Perkins dann hinterrücks den Schädel ein, als der nach Ihrer Schwester sah. Sam fiel nach vorne aufs Bett, wo wir ihn auch gefunden haben.« Rickerson lehnte sich in seinem Stuhl zurück. »Zunächst glaubten wir, es handele sich um zwei verschiedene Mörder, aber jetzt gehen wir davon aus, daß es nur einer war. Im Labor haben sie ein paar Schamhaare, die nicht von Ihrem Schwager sind, und etwas Haut unter ihren Fingernägeln, doch ansonsten sind sie immer noch auf der Suche.«

Lara zitterte, sie stellte sich das Grauen vor, das Ivory durchgemacht hatte. Sie hatte nur zum Teil mitbekommen, was Rickerson gesagt hatte. Immer wieder sah sie die blutigen Wände vor sich, Ivorys leblosen Körper, Sams gespaltenen Schädel, in dem das Gehirn offen lag. »Gibt es denn nichts... was ich tun könnte?« stammelte sie. »Ich kann doch nicht zulassen, daß der Kerl damit durchkommt... meine Schwester... das kann ich einfach nicht.«

»Gar nichts. Wir tun alles Menschenmögliche, um den Kerl zu schnappen und die ganze Sache hinter uns zu bringen. Wir haben uns sogar einige pensionierte Männer geholt und ein paar beim Sheriff ausgeliehen. Wir tun, was wir können.«

»Nichts«, wiederholte sie mit steigender Frustration. »Einfach so, ich soll rumsitzen und nichts tun.«

»Genau das, meine Liebe«, sagte Rickerson, und in seinen rostbraunen Augen flackerte Mitgefühl auf. »Ich weiß, daß Sie die Show am liebsten selbst leiten, aber bei dieser hier halten Sie sich besser raus, sonst enden Sie noch als Star. Das ist mehr oder weniger das, was mit Ihrer Schwester passiert ist, und die ist tot.«

Lara atmete heftig. Sie stand auf, um zu gehen, sagte aber nichts. Gebannt starrte sie den rothaarigen Detective an. Er starrte zurück, bis sie den Blick abwandte. »Der Junge aus dem Fall Henderson? Haben Sie den schon ausfindig gemacht?« fragte sie.

»Er kommt heute abend von der UCLA zurück. Ich habe bereits mit seinen Eltern gesprochen. Ich werde noch heute abend mit ihm reden. Ehrlich gesagt, ich glaube eigentlich nicht, daß er was damit zu tun hat, aber ich versichere Ihnen, wir werden ihn hart in die Mangel nehmen.«

»Wissen Sie, ich habe Angst«, sagte Lara. Ihre Handflächen waren verschwitzt, und sie rieb sie an den Hosenbeinen ab. »Und ich denke immer wieder, daß er ungeschoren davonkommen wird. Zu viele Leute kommen mit den entsetzlichsten Verbrechen ungeschoren davon.«

Rickerson kam hinter seinem Schreibtisch hervor. Der andere Detective war rausgegangen. Mehrere Telefone klingelten. Um ihn herum herrschte große Hektik. Auch er mußte wieder an die Arbeit. Er legte seine großen Hände auf ihre Schultern und sah ihr in die Augen, nur wenige Zentimeter von ihrem Gesicht entfernt. »Eines Tages werden Sie mal jemandem vertrauen müssen, Lara. Warum fangen Sie nicht bei mir damit an? Er wird nicht ungeschoren davonkommen.«

Der Detective nahm seine Hände von ihren Schultern, und Lara verließ die Polizeistation. Packy Cummings lief immer noch frei herum. Sie versuchte, sich sein Gesicht von jenem Tag im Gerichtssaal ins Gedächtnis zu rufen, aber es war irgendwo in ihrem Unterbewußtsein begraben. War er ihr etwa hier zur Polizeiwache gefolgt? Hatte er jemanden angeheuert, um ihre ganze Familie zu beseitigen? Sie sah den Jaguar und Josh, der immer noch auf dem Vordersitz saß. Sie hätte ihn nicht allein lassen sollen.

Lara stieg in das Auto, drehte das Radio leiser und lächelte Josh zu. »Hast du Hunger? Ich sterbe vor Hunger. Wo möchtest du essen gehen?« Josh drehte den Kopf ruckartig zur Seite und starrte aus dem Fenster. Von Stunde zu Stunde wurde der Junge immer verschlossener und mißmutiger. Heute hatte er kaum gesprochen.

»Ja, Tante Lara, ich würde unheimlich gern was essen«, sagte sie und hoffte, daß ihn diese Peinlichkeit zum Reden bringen würde, daß er zumindest merkte, wie sehr sie sich bemühte.

Er drehte sich langsam zu ihr um und starrte sie düster und durchdringend an. »Ich habe keinen Hunger«, fuhr er sie an. »Und ich verstehe auch gar nicht, warum ich überall mit dir hin muß. Ich bin doch nicht dein Schoßhund.«

»Nein, Josh«, sagte Lara sanft, bemüht, sich ihre Verärgerung nicht anmerken zu lassen, »du bist nicht mein Schoßhund, aber du bist der einzige Verwandte, den ich noch habe. Es wäre schön, wenn wir uns gegenseitig helfen könnten, das alles durchzustehen, meinst du nicht?«

Josh gab keine Antwort. Lara spürte, wie ihre Finger das Lenkrad fester umklammerten. So furchtbar das auch sein mochte, sie wußte, daß sie ihren Neffen nicht ganz als Verdächtigen ausklammern konnte. Während die Polizei die Stadt nach dem Mörder durchkämmte, saß dieser womöglich direkt neben ihr.

Die Männer hatten sich im Sitzungsraum der Polizeidienststelle von San Clemente versammelt. Es war drei Uhr, also Zeit für die übliche Einsatzbesprechung zum Schichtwechsel, und der größte Teil der Anwesenden war in Uniform. Polizeichef Terence Bradshaw trat vor die Männer und begann zu sprechen.

»In wenigen Minuten wird Ihnen Detective Rickerson über den Stand der Ermittlungen im Mordfall Perkins berichten. Er ist der Leiter der Sondereinheit, die dieses Verbrechen untersucht, unterstützt von meinem Sohn, den Sie alle kennen.« Bradshaw schaute über die Männer hinweg und entdeckte das frisch gewaschene Gesicht seines ältesten Sohnes. Er war jetzt seit zwei Jahren bei der Polizei. Das würde seine erste Aufgabe in Zivil sein und die erste Chance, sich sowohl vor den erfahrenen Kollegen als auch vor seinem Vater zu beweisen.

»Wie Sie vermutlich inzwischen gehört haben«, fuhr Bradshaw fort, »hat jemand aus dieser Abteilung vertrauliche Informationen an die Presse weitergegeben.« Er ließ seine Augen drohend durch den Raum wandern. »Gegen diesen Mann werden, sobald wir wissen, wer es ist, entsprechende Maßnahmen ergriffen werden. Nun gebe ich weiter an Detective Rickerson.«

Bradshaw nahm in der ersten Reihe Platz, und Rickerson stand auf. »Es sieht folgendermaßen aus«, begann er seine Erläuterungen. »Ein Mann und eine Frau wurden in ihrem Haus in der San-Simeon-Siedlung hier in unserer Stadt ermordet aufgefunden. Der Gerichtsmediziner hat die Todeszeit festgelegt auf Mittwoch, den 8. September, zwischen dreizehn und fünfzehn Uhr. Niemand ist gewaltsam in das Haus eingedrungen, aber der oder die Mörder könnten sich durch die Hintertür Einlaß verschafft haben. Dort war nämlich ein Schlüssel versteckt. Der Mann ist mit einer zwanzig Pfund schweren Hantel erschlagen worden, die am Tatort gefunden wurde. Die Frau wurde erstickt. Auf der Mordwaffe befinden sich zweierlei Fingerabdrücke – von der Frau und von ihrem vierzehnjährigen Sohn.«

Rickerson trank einen Schluck Wasser aus dem Glas, das auf dem Tisch stand. »Wir haben jedoch, wie Ihnen inzwischen bekannt sein wird, einen Verdächtigen. Seine Fingerabdrücke wurden im Haus von Richterin Lara Sanderstone gefunden, der Schwester der Ermordeten, das einen Tag vor den Morden bei einem Einbruch verwüstet wurde.«

Rickerson nahm einen großen Stapel Flugblätter vom Tisch, den er einem Beamten zum Verteilen gab. »Dieser Mann ist vermutlich bewaffnet und gefährlich. Seien Sie äußerst vorsichtig, wenn Sie versuchen, ihn zu stellen. Sie haben sicher die früheren Durchsagen gehört und bereits nach dem Fahrzeug Ausschau gehalten. Der Verdächtige, ein gewisser Packard Cummings, ist auf Bewährung entlassen worden und kürzlich erneut wegen verdeckten Tragens einer Waffe verhaftet worden. Zur Zeit wird er lediglich zur Vernehmung und wegen Verstoß gegen die Bewährungsauflagen gesucht. Wenn Sie ihn haben, nehmen Sie ihn wegen der Bewährungsgeschichte fest und setzen Sie sich sofort mit mir in Verbindung. Verhören Sie den Mann nicht.«

Im Raum machte sich Unruhe breit. Beamte unterhielten sich miteinander und rutschten auf ihren Stühlen hin und her. Bisher hatte Rickerson ihnen nichts erzählt, was sie nicht bereits wußten, und sie konnten es kaum erwarten, loszufahren. Bradshaw senior stand auf, und der Lärm legte sich sofort. Als er sich wieder hingesetzt hatte, fuhr Rickerson fort.

»Die ermordete Frau, eine gewisse Ivory Perkins, arbeitete als Prostituierte, spezialisiert auf Sado-Maso. Wir haben Grund zu der Annahme, daß sie und ihr Mann Sam jemanden erpreßten, möglicherweise einen hohen Staatsbeamten.«

»Wer ist es? Sagen Sie uns wer«, rief eine Stimme aus den hinteren Reihen.

»Zu diesem Zeitpunkt werden noch keine Namen genannt.«

Bradshaw junior hob die Hand. Rickerson sah zu dessen Vater und dann wieder zu dem Jungen. »Ja, Mike.«

»Was für Beweise gibt es für eine Erpressung?«

Rickersons Meinung über den Sohn seines Chefs war ihm deutlich am Gesicht abzulesen, aber er ließ sich an seiner Stimme nichts anmerken. »Nächster Satz, Mike. Darauf wollte ich gerade zu sprechen kommen. Einen Augenblick Geduld.«

»Entschuldigung«, sagte der junge Mann und wurde rot im Gesicht. Die Männer brachen in Gelächter aus. Es war nicht leicht, Polizist in einer Dienststelle zu sein, wo der eigene Vater der Chef war. Sobald der junge Beamte den Mund aufmachte, fand jemand einen Grund, sich über ihn lustig zu machen.

»Kurz bevor sich die Morde ereigneten, fing Sam Perkins an, mit Geld um sich zu werfen – er bezahlte mit Hundert-Dollar-Scheinen aus einem dicken Bündel. Auf der Rennbahn von Del Mar wurde er beobachtet, wie er einen Packen beim Wetten verlor, und in dem Safe der Pfandleihe befanden sich etwa vierzigtausend Dollar in bar. Wir wissen nicht, wie er auf legale Weise an dieses Geld gekommen sein sollte. Sein Pfandhaus ging schlecht. Bis zu diesem Zeitpunkt war er stets von Gläubigern verfolgt worden. Außerdem vertrieb er in seinem Pfandhaus offenbar auch Hehlerware. Einen Teil davon haben wir sichergestellt und den rechtmäßigen Besitzern zurückgegeben.«

Ein stämmiger Polizist in der zweiten Reihe meldete sich zu Wort. »Ich habe mehrmals versucht, diesen Kerl dranzukriegen, weil er gestohlene Ware angenommen hatte. Aber er hatte Beziehungen. Richterin Sanderstone ist mir heftig auf die Füße getreten.«

Rickerson hustete und schaute auf die Erde. Gerade das hatte er in seiner Abteilung nicht an die große Glocke hängen wollen, daß eine Richterin am Superior Court ihre Stellung benutzte, um einen kleinen Gauner wie Perkins zu dekken. Angesichts der Summe Bargeld allerdings, die man gefunden hatte, hatte der offenbar an Format gewonnen und konnte nicht mehr klein genannt werden. »Wir wollen weitermachen, okay.«

Jetzt stand der Beamte, der gesprochen hatte, auf. Sein

Name war Connors. »Nein, wir wollen nicht weitermachen. Ich habe allmählich die Schnauze voll von der Mauschelei und Korruption in diesem Bezirk. Wir machen die Arbeit, und irgendein korrupter Richter schmeißt sie weg oder erklärt uns, wir sollen abhauen.«

»Wie ich bereits sagte, Connors, wir wollen weitermachen«, wiederholte Rickerson und warf einen Blick auf den Polizeichef. »Wir haben die Telefonunterlagen von dem Haus und zahlreiche Hinweise, denen wir nachgehen werden. Jeder, der irgendwelche Informationen zu diesem Fall hat, möge sich bitte sofort mit mir in Verbindung setzen.« Rickerson machte Anstalten zu gehen, kam dann aber widerwillig zurück, weil ihm eingefallen war, daß sich sein Chef im Raum befand. »Oder setzen Sie sich mit Mike Bradshaw in Verbindung, falls ich nicht da bin.«

Es kostete ihn einige Mühe, das herauszubringen. In einem so wichtigen Fall wie diesem den unfähigen Sohn des Polizeichefs am Hals zu haben, war schon ganz schön hart. Sobald er den Sitzungsraum verlassen hatte, nahm er eine Zigarre aus seiner Jackentasche, biß ein Ende ab und steckte sie sich zwischen die Zähne. Wenige Sekunden später war Bradshaw junior an seiner Seite.

Rickerson schaute auf ihn herab. Er hätte am liebsten gelacht. Der Mann war ja so klein. Knapp eins fünfundsechzig. Der Chief dagegen war ein Riese. Der Sohn mußte wohl auf seine Mutter kommen, überlegte er, in mehr als einer Hinsicht. Es war allgemein bekannt, daß er nicht allzu schlau war, daß er so gerade in die Abteilung hineingerutscht war. Rickerson ging zum Ermittlungsbüro, der junge Mann war ihm dicht auf den Fersen.

»Irgendein Anwalt hat angerufen und ganz viele Fragen zu dem Fall gestellt«, sagte er. »Hat gesagt, er wäre mit der Richterin befreundet.«

Rickerson fuhr zu ihm herum. »Wer? Wie war sein Name? Warum haben Sie mir das nicht schon früher gesagt? Sind Sie sicher, daß es ein Anwalt war? Vielleicht war es ein Richter?«

»Ach Gott, ich weiß nicht, aber er hat ganz bestimmt gesagt, er wäre Anwalt. Er war ziemlich penetrant, wollte wissen, ob wir irgendwelche Verdächtigen hätten. Ich meine, wir haben doch noch nicht mal einen richtigen Anhaltspunkt. Außerdem hab' ich den Namen von dem Typ verlegt. Ich hatte soviel Schrott auf meinem Schreibtisch, ich muß ihn wohl mit weggeschmissen haben.«

Rickerson verlor die Beherrschung und trat Mike Bradshaw voll auf den Fuß. Der junge Mann schrie auf und sprang auf dem Linoleum herum. Rickerson fauchte ihn an: »Sie unfähiger kleiner Idiot. Ich will alles wissen, haben Sie mich verstanden? Absolut alles. Und was haben Sie diesem Mann erzählt, na? Was zum Teufel haben Sie ihm erzählt?«

»Nichts ... Sie sind mir auf den Fuß getreten, Mann.«

Rickerson fixierte einen Fleck an der Wand, atmete tief ein und dann langsam wieder aus. Das hätte ihm gerade noch gefehlt, daß dieser kleine Scheißer zu seinem Vater lief. Seine Stimme wurde ganz sanft, als ob er mit einem Kind spräche. »Es tut mir leid, Mike. Das war keine Absicht. Aber meinen Sie nicht, daß Sie mich auf dem laufenden halten sollten? Haben wir uns da nicht von Anfang an drauf geeinigt?«

»Ich glaube, daß die Richterin was damit zu tun hat. Sehen Sie, ich denke da gab's einen großen Erpresser- und Gangsterring. Sie war der Insiderkontakt, sie deckte diese Leute.«

»Yeah«, sagte Rickerson, drehte sich um und ging so rasch den Gang hinunter, daß der kleine Mann fast laufen mußte, um mit ihm Schritt zu halten. »Also ich würde an Ihrer Stelle die Schnauze halten. Sie haben wohl zu viele Kriminalromane gelesen oder zuviel Fernsehen geguckt. Mag sein, daß sie Connors ein paarmal gebeten hat, ein Auge zuzudrücken, aber das ist auch alles.«

»Kann ich die Bilder sehen? Dad hat gesagt, einige wären ganz schön heavy.«

Rickerson blieb wieder stehen, und der junge Mann lief ihm genau in den Rücken. Er drehte sich um, sah ihn an und blies ihm mit voller Absicht den Rauch seiner Zigarre ins

Gesicht. »Nein, Sie können die Bilder nicht sehen. Es geht darum, solche Sachen zu unterbinden, nicht sie zu fördern.«

»Aber ich arbeite doch an dem Fall«, sagte er mit fast weinerlicher Stimme. »Ist jemand auf den Bildern, den wir kennen?«

»Mike«, fuhr Rickerson ihn an, »tun Sie einfach, was ich Ihnen sage, und stellen Sie keine Fragen, die Sie nichts angehen.«

Während der junge Mann völlig fassungslos dastand, ging Rickerson in die Herrentoilette. Sekunden später kam Bradshaw hinterher. Rickerson fuhr herum und packte ihn am Revers. »Ich will jetzt scheißen. Was dagegen?«

»Dad hat bloß gesagt, ich soll Ihnen nicht von der Seite weichen.«

Rickerson schüttelte den Kopf. Als ob er nicht schon genug Probleme hätte. »Jetzt hören Sie mir mal gut zu, Mike.« Er spuckte dem kleinen Mann die Worte förmlich ins Gesicht. »Ich weiß, wer die Sache an die Presse weitergegeben hat. Wenn Sie irgendeinen Scheiß machen, erzähl' ich das Ihrem Daddy.«

»Aber ich ...«

»Aber was? Sie haben gedacht, es war in Ordnung? Es hat Ihnen Spaß gemacht, den großen Mann zu spielen, der Presse ein paar pikante Leckerbissen zu geben. Aber diese pikanten Leckerbissen werden dem Jungen das Leben zur Hölle machen. Wie würden Sie sich fühlen, wenn es Ihre Mutter wäre? Und jetzt verschwinden Sie hier und lassen mich verdammt noch mal in Ruhe.«

Während Josh mit dem Fahrrad unterwegs war, nahm Lara das blutbefleckte T-Shirt aus dem Rucksack und brachte es zu Emmet.

»Ich habe Sams Blutgruppe noch nicht. Der Autopsiebericht ist noch nicht fertig.«

»Hast ... du die ... von Josh?«

»Augenblick mal«, sagte sie. »Die steht auf der Geburtsurkunde, oder? Ich hab' sie zwischen den Unterlagen aus der

Pfandleihe gesehen. Sie müssen all diese Sachen im Safe aufbewahrt haben.«

»Gut«, sagte Emmet, »dann... haben... wir einen Anfang.«

Lara lief in ihre Wohnung zurück und suchte die Geburtsurkunde. Sie hielt sie einen Augenblick in der Hand, betrachtete die winzigen Fußabdrücke und fragte sich, wie es wohl sein mochte, ein Kind zu gebären. Dann ging sie wieder zu Emmet und nannte ihm die Blutgruppe. Es war AB.

Er sagte, es würde ein paar Tage dauern. Lara sah zu, wie er das T-Shirt zusammenrollte und in eine Plastiktüte steckte. Dann adressierte er einen Federal-Express-Umschlag, gab ihn Lara und sagte ihr, sie solle ihn einwerfen, wenn sie ihre Wohnung verließ. Mit seinem Freund, dem Biologen, hatte er sich bereits in Verbindung gesetzt. Lara dachte schon daran, es selbst vorbeizubringen, aber sie mußte in ihre Wohnung zurück und auf Josh warten.

Sie hatte genaue Richtlinien gesetzt, ihm gesagt, wo er mit dem Fahrrad fahren und wie lange er wegbleiben durfte. Er war bereits zu spät. Die Minuten verstrichen und wurden zu Stunden. Sie ging immer wieder zum Fenster und sah nach draußen, dann setzte sie sich wieder auf das Sofa und starrte vor sich hin.

Schließlich stieg sie in den Jaguar und fuhr im ganzen Viertel herum. Von Josh keine Spur. Sie wußte nicht, was sie tun sollte. Auch gestern war er draußen gewesen und erst Stunden später zurückgekommen. Sie hatte furchtbare Angst, aber es blieb ihr nichts anders übrig als zu warten. Lara wußte, daß ihm allmählich bewußt wurde, daß seine Mutter wirklich tot war. Entweder das, oder er hatte Angst. Angst, daß man schon bald herausfinden würde, was tatsächlich in diesem Haus passiert war.

Nachdem sie noch etwa eine Stunde in der Wohnung auf und ab gegangen war, beschloß sie, ihm eine Nachricht zu hinterlassen und im Büro vorbeizufahren.

Egal was Rickerson gesagt hatte, sie mußte mit Evergreen reden. Sie brauchte zwar diesen Packy Cummings nicht unbedingt zur Sprache zu bringen, aber schließlich war Evergreen ihr Chef.

Phillip teilte ihr mit, daß alle Vorbereitungen für die Beerdigung getroffen seien. Sie sollte in drei Tagen stattfinden, an einem Montag. Der Gerichtsmediziner hatte verfügt, daß die Leichen heute dem Bestattungsunternehmen übergeben werden könnten, und Phillip hatte die Todesanzeige vorbereitet, die Lara ihm gestern im Büro diktiert hatte. Es war nur ein kurzer Absatz. »Was meinen Sie?« fragte sie ihn, weil sie wußte, daß er heute morgen die Zeitung gelesen hatte. »Soll ich nach dem, was passiert ist, das mit der Todesanzeige seinlassen? Reden schon alle darüber?«

Phillip sah auf seinen Schreibtisch und fing an, Papiere von einer Seite auf die andere zu schieben. »Ich meine, Sie müssen das entscheiden. Aber vielleicht wäre es besser, eine kleine, würdevolle Andacht zu halten und nichts in die Zeitung zu setzen.«

»Sie haben recht«, sagte sie, legte das Blatt wieder auf seinen Schreibtisch und ging in ihr Büro.

Einige Minuten später kam Phillip mit einem riesigen Stapel Papiere herein. »Sie müssen diese Dokumente unterschreiben. Viele sind schon überfällig. Ich hab' sie zurückgehalten, weil ich Sie nicht stören wollte.«

»Wissen Sie, ob Evergreen da ist?« fragte Lara und setzte ihren Namen unter ein Schriftstück nach dem anderen, ohne es zu lesen.

»Ich seh' mal nach. Er hat die Termine von einem Springer übernehmen lassen. Vermutlich ist er in seinem Büro.«

»Lassen Sie nur«, sagte sie, blätterte ein weiteres Dokument um und machte sich an das nächste. »Ich gehe selbst runter, wenn ich hiermit fertig bin. Sonst noch irgendwelche Anrufe?«

Der junge Mann seufzte. »Dutzende.«

»Was Dringendes ... was man nicht aufschieben kann?«

»Das Jugendamt hat angerufen. Die wollen Sie so bald wie möglich wegen Ihrem Neffen sprechen. Ich hab' ihnen Ihre neue Nummer nicht gegeben.«

»Gut«, sagte sie. »Ich rufe von zu Hause dort an.«

Es waren nur noch wenige Dokumente zu unterschreiben, da fiel Lara ein Formular auf, das sie nicht kannte. Sie setzte ihre Brille auf, überflog es rasch und sah dann zu Phillip. Er hatte ihr ein Formular von der Bank hingelegt, auf dem bestätigt werden mußte, wo er arbeitete und wieviel er verdiente. Phillip verdiente sechsunddreißigtausend im Jahr. Auf dem Formular hatte er aber sein Gehalt mit fünfzigtausend angegeben. »Hab' ich nicht erst vor ein paar Monaten eins von diesen Darlehenspapieren unterschrieben?«

»Äh, ja ... ich hoffe, es macht Ihnen nichts aus«, sagte er. »Ich hab' im Moment etwas finanzielle Probleme. Ich ... brauche diesen Kredit dringend. Ich muß meine Studiengebühren bezahlen ... und letzte Woche ist mein Auto kaputtgegangen.«

»Haben Sie denn keine Angst, daß die sich mit der Personalabteilung in Verbindung setzen und feststellen, daß Sie bei Ihrem Gehalt geschwindelt haben? Ich helfe Ihnen gerne, Phillip. Wir sind alle von Zeit zu Zeit mal in finanziellen Schwierigkeiten, aber es würde sich nicht gut machen, wenn man mich bei einer Lüge erwischte. Ich hab' im Augenblick schon genug Probleme.«

»Diese Bank wendet sich nicht an die Personalstelle. Sie wendet sich direkt an den Vorgesetzten des jeweiligen Angestellten. Ich weiß das, weil ich schon mal ein Darlehen von denen bekommen habe.«

Lara tat der junge Mann leid. Sie konnte sich nur allzu gut daran erinnern, was sie für Schwierigkeiten gehabt hatte, ihr Jurastudium durchzuziehen. Sie unterschrieb und gab ihm den Stapel Papiere zurück. »Verausgaben Sie sich nur nicht. Ich habe Jahre gebraucht, meine Studiendarlehen zurückzuzahlen.«

Phillip drückte den Stapel an seinen Oberkörper und sagte: »Ich weiß nicht, wie ich Ihnen danken soll. Das war wirklich sehr nett von Ihnen.«

»Kein Problem«, sagte Lara und stand auf. »Falls Sie mich brauchen, ich bin bei Evergreen im Büro.«

Sie ging durch den hinteren Flur zum Amtszimmer des älteren Richters. Auf den fensterlosen, mit Teppichboden ausgelegten Gängen war es ganz still. Sie sah auf ihre Uhr. In den meisten Gerichtssälen wurde noch verhandelt, denn es war erst kurz nach drei. »Ist er da?« fragte sie seine Sekretärin. Die Frau wurde rot und sah sie überhaupt nicht an. Lara vermutete, daß sie den Zeitungsartikel über Ivory gelesen hatte. Sie nickte schweigend, und Lara ging hinein.

Evergreen stand auf. Sie konnte die grauen Haarwurzeln seines rot gefärbten Haares sehen, aber er war elegant gekleidet wie immer, und Lara fand seinen Anzug toll.

»Lara«, sagte er. »Setzen Sie sich. Ich hab's schon gehört und heute morgen die Zeitung gelesen. Das ist wirklich eine unglückliche Situation. Mein herzliches Beileid.«

»Danke, Leo«, sagte Lara seufzend. »Es war hart.«

Sie blieb stehen, aber Evergreen sank in seinen schweren Ledersessel und drehte sich zu seinem Mahagonischreibtisch. Der sah wie immer makellos aus, keine Papiere, kein Durcheinander, nichts. Sie versuchte sich vorzustellen, wie er abends, wenn alle gegangen waren, sich hier mit einer Dose Möbelpolitur und einem Staubwedel zu schaffen machte. Nachdem sie ihn ein paar Sekunden angestarrt hatte, setzte sie sich hin.

»Ich wußte überhaupt nicht, daß Sie eine Schwester hatten. Sie haben nie von ihr gesprochen.« Evergreen begann, mit einem Stift auf seinen Schreibtisch zu klopfen, dann legte er ihn wieder hin. Er ließ seine Augen über die Tischplatte wandern, dann fixierte er ein Bild in einem Mahagonirahmen, der perfekt zu dem übrigen Holz im Zimmer paßte.

»Wie schlimm ist es?« fragte sie. »Sie wissen schon, das Gerede und alles … über den Zeitungsartikel.«

»Oh«, sagte er und schien leicht zusammenzuzucken, als ob sie ihn erschreckt hätte. »Die Leute rufen an. Sie machen sich Sorgen.«

»Die Beerdigung findet am Montag statt … nur im Familienkreis … ganz klein.« Sie holte so tief Luft, daß ihr fast die Lunge geplatzt wäre. Sie würde Sam beerdigen lassen müssen. Zwar haßte sie ihn, aber ihn verbrennen zu lassen, das ginge zu weit. Schon wegen Josh – es wäre einfach nicht richtig. Sie atmete aus und sank noch tiefer in den Sessel. »Am Dienstag bin ich wieder da, um den Adams-Prozeß zu eröffnen.«

»Ach so«, sagte er. »Warum nehmen Sie sich nicht ein paar Tage frei? Fahren eine Woche weg, statt sich sofort wieder in die Arbeit zu stürzen. Wenn Sie diesen Prozeß erst mal eröffnet haben, Lara, werden Sie kaum noch die Möglichkeit haben auszusteigen.«

Lara stand auf. Sie hätte ihn gern nach Packard Cummings gefragt, welche Behörde ihn wegen dieses Mannes angerufen hatte, aber Rickerson hatte ihr ausdrücklich davon abgeraten. Sie hielt das für töricht. Wozu diese Geheimnistuerei? »Ich muß arbeiten, damit ich auf andere Gedanken komme. Machen Sie sich keine Sorgen, ich schaff' das schon.«

»Ich bin mir nicht sicher, ob Sie emotional schon wieder in der Lage sind, auf Ihren Posten zurückzukehren.«

»Ich ... Leo.« Lara packte die Rückenlehne des Sessels und beugte sich nach vorne. Sie mußte arbeiten, mußte ihrem Leben wieder einen Anschein von Normalität geben. Sie wollte nicht irgendwo alleine hinfahren. Sie hatten ohnehin zu wenig Leute. »Mein Neffe wohnt bei mir, Leo. Ich kann nicht wegfahren.«

»Gibt es denn keine anderen Verwandten, die ihn aufnehmen könnten? Ihre Eltern zum Beispiel?«

»Nein«, sagte Lara energisch. »Die sind beide tot. Ich muß mich um den Jungen kümmern.«

»Ich verstehe«, sagte er bedächtig und leckte sich die Lippen. »Das Jugendamt hat heute morgen angerufen und sich nach Ihnen erkundigt.«

»Gott«, sagte sie. »Die haben auch schon bei Ihnen angerufen?«

»Ja«, sagte er mit zusammengezogenen Augenbrauen, »und sie waren besorgt wegen einer Sache, die sie von der Polizei in San Clemente erfahren hatten.«

»Weswegen denn?« fragte Lara und versuchte in Evergreens verschwommenem Blick eine Antwort zu finden. Die konnten doch unmöglich schon festgestellt haben, daß sie kein Zimmer für den Jungen hatte, überlegte sie. Hier im Gericht wußte noch nicht mal jemand, wo sie wohnte.

»Wie man mich unterrichtete, haben Sie offenbar Ihre Position benutzt, um Ermittlungen über die kriminellen Machenschaften Ihres Schwagers zu verhindern. Ich mußte dem ein wenig nachgehen und dabei ist herausgekommen, daß Sie Mitbesitzerin dieses Geschäftes sind – dieses Pfandhauses. Die Leute vom Jugendamt haben die Sorge geäußert, Sie könnten in diese ganze schmutzige Angelegenheit verwickelt sein. Ich habe ihnen natürlich versichert, daß Sie einen ausgezeichneten Ruf sowohl als Anklägerin als auch als Richterin an diesem Gericht haben, aber das sind jedoch ernstzunehmende Behauptungen, Lara.«

»Was?« sagte sie und wurde ganz blaß. »Was zum Teufel...« Sie war wirklich schockiert, ganz einfach schockiert. »Ich habe nichts weiter getan, als ihnen gesagt, sie sollen ein bißchen Nachsicht mit ihm haben. Ich habe nie geglaubt, daß er wirklich in kriminelle Machenschaften verwickelt war, Leo. Ich dachte, er wäre bloß schluderig, würde einfach vergessen, die Sachen zu melden, die er annahm. Er war nicht allzu intelligent.« Lara hatte immer befürchtet, daß ihr das eines Tages nachlaufen würde, doch was sie Evergreen gesagt hatte, entsprach mehr oder weniger der Wahrheit. Sam hatte noch nie ein eigenes Geschäft gehabt, und zu Anfang hatte sie diese Vorfälle auf schlampige Buchhaltung zurückgeführt. Beim letzten Anruf war ihr wohl allmählich die Wahrheit aufgegangen, sie hatte es einfach nur verdrängt. Alle Pfandhäuser nahmen einen gewissen Prozentsatz Diebesgut an. Das war allgemein bekannt. Selbst Leute, die äußerst gewissenhaft waren, gerieten manchmal in diese Situation.

Evergreen hob den Kopf und schob sein Kinn nach vorn. »Nun, wir machen alle ab und zu mal Fehler, aber das sieht nicht gut aus, insbesondere in Anbetracht der Ereignisse und all der Aufmerksamkeit, die dieser Fall in der Presse erregt. Es schadet dem Ansehen des Richterstandes.« Er räusperte sich und fing an, mit der festen, keinen Widerspruch duldenden Stimme zu sprechen, die er sich normalerweise für den Gerichtssaal aufhob. »Denken Sie nur an den *Kanon richterlicher Ethik*«, sagte er, setzte seine Lesebrille auf, nahm ein großes, in Leder gebundenes Buch von seinem Schreibtisch und fing an, daraus vorzulesen: »›Das Verhalten eines Richters in der Öffentlichkeit sollte keinerlei Ungebührlichkeit aufweisen, auch nicht den Anschein von Ungebührlichkeit; er sollte nicht mit dem Gesetz in Konflikt geraten; auch sein persönliches Verhalten, nicht nur auf der Richterbank und bei der Ausübung seiner richterlichen Pflichten, sondern auch im täglichen Leben, sollte über jeden Vorwurf erhaben sein.‹« Er klappte das Buch zu und schielte sie über seine Brille an.

Lara war sprachlos. Ihre Hände zitterten auf der Lehne, sie zog sie weg und legte sie an ihren Körper. Ihr Rücken war starr. »Habe ich Sie richtig verstanden?« Er warf ihr ganz unverhohlen Ungebührlichkeit und unethisches Verhalten vor.

»Ja, ich fürchte schon. Ich betrachte diese Angelegenheit als so schwerwiegend, daß eine vollständige Untersuchung erforderlich ist. Und selbstverständlich werde ich diese Informationen an die Dienstgerichtskommission in San Francisco weiterleiten müssen.«

Lara starrte ihn an, aber er verzog keine Miene. Zunächst glaubte sie, er wolle ihr vielleicht nur einen Schrecken einjagen, ihr eine Lektion erteilen wie ein Vater, doch der Ausdruck seiner Augen war alles andere als väterlich. Wie konnte er nur den Nerv haben, ihr das anzutun, und ausgerechnet jetzt? Ihr Herz fing an zu rasen, und sie legte eine Hand auf ihre Brust. Sie war drauf und dran, sich über alle Bedenken hinwegzusetzen und ihn unumwunden nach diesem Cummings zu fragen.

»Es tut mir leid, Lara, aber Sie müssen auch meine Situation verstehen. Wenn mir eine solche Sache zugetragen wird, wäre es eine Nachlässigkeit von mir, dem nicht nachzugehen«, sagte er sanft und drückte einen Knopf an seinem Telefon, der aufblinkte. »Wenn Sie mich jetzt bitte entschuldigen würden, ich muß diesen Anruf annehmen. Sie sehen ziemlich mitgenommen aus. Sie sollten nach Hause gehen und sich ausruhen.«

Sie sah ihm unverwandt in die Augen. Es spiegelte sich eine Kälte darin, als ob sie auf zwei Eisflächen starrte. Bevor das alles passiert war, hatte Lara geglaubt, sie lerne diesen Mann allmählich kennen, gewänne seine Achtung und Bewunderung. Jetzt konnte sie sehen, wie das alles vor ihren Augen zerrann. Natürlich sah sie mitgenommen aus. Wie sollte sie denn sonst aussehen, wenn ihr jemand ungebührliches Verhalten vorwarf? Als sie in ihr Büro kam, lief sie wortlos an Phillip vorbei, nahm ihre Handtasche vom Schreibtisch und ging zur Tür.

»Judge Sanderstone«, sagte Phillip, der aufgestanden war. »Wollen Sie nicht wissen, wer alles Nachrichten hinterlassen hat?«

»Ich rufe Sie später an«, sagte sie. Dann fiel ihr Sam ein. »Kaufen Sie noch einen Sarg, den billigsten, den es gibt, und sagen Sie in der Leichenhalle Bescheid, sie sollen meinen Schwager bis Montag da drin haben.« Sie sah sich nicht um. Sie ging einfach weiter. Vielleicht begrub sie am Montag ja mehr als ihre Schwester und Sam. Vielleicht begrub sie ihre gesamte Karriere.

Kapitel 14

Während Lara zur Wohnung zurückraste, hatte sie das sichere Gefühl, daß Josh zu Hause sein würde, aber das war er nicht. An der Wohnungstür klebte ein Zettel vom Jugendamt mit der dringenden Aufforderung, sofort dort anzurufen. Rickerson mußte ihnen gesagt haben, wo sie im Augenblick wohnte. Jetzt würde sie bestimmt nicht anrufen. Sie wußte ja noch nicht mal, wo der Junge war. Evergreen warf ihr ungebührliches Verhalten vor, und zu allem Überfluß war ihr nun auch noch der Sohn ihrer toten Schwester abhanden gekommen. Sie ging in die kleine Küche und suchte nach einem Glas, um etwas Wasser zu trinken. Sie zitterte, und ihre Kehle war trocken. Es war nichts da. Alle Schränke waren leer. Plötzlich wirbelte sie durch den kleinen Raum, knallte alle Schränke so fest zu, wie sie konnte, trat gegen die Wände, bis sie glaubte, sie hätte sich den Knöchel gebrochen, und schrie: »Warum? Warum ist das passiert?«

Sie beugte sich zum Wasserhahn herunter und ließ sich Wasser in den Mund laufen. Dann steckte sie den ganzen Kopf unter den Hahn, bis Gesicht und Haare ganz naß waren. Egal was sie auch tat, sie befand sich in einer kleinen engen Kiste, aus der sie nicht entfliehen konnte. Es war nicht nur die Wohnung. Es war die ganze Sache. Sie hatte alles in ihre Karriere investiert, und jetzt löste sich alles in Rauch auf. Noch nie war sie gemaßregelt worden. Sie hatte einen tadellosen Ruf.

Bald würde es dunkel werden. Sie wußte nicht, was sie wegen Josh unternehmen sollte. Sie hatte Emmets Kombi auf dem Parkplatz stehen sehen und ging über den Hof zu seiner Tür. »Emmet«, rief sie durch die Tür. »Hier ist Lara. Kann ich reinkommen?«

Sie wartete, bis er einen Knopf drückte und die Tür aufsprang. Er war in seinem Büro. Ihre Haare waren triefend naß und ihre Augen flackerten wild.

»Lara«, sagte er. Seine Stimme war schwach wie immer und sein Kopf rollte auf eine Seite. »Ich habe angerufen. Dein Neffe war dran ... und ... hat eingehängt.«

Manchmal war es schwierig, Emmet zu verstehen. Aufgrund seiner Krankheit sprach er sehr undeutlich, und die Leute ließen ihm nicht genug Zeit, um das zu sagen, was er sagen wollte. »Das tut mir leid, Emmet. Hast du ihn gesehen? Er ist mit dem Rad weggefahren und noch immer nicht zurück.«

»Nein«, sagte er. »Ich ... habe ... trainiert.«

Lara spürte, wie ihre Panik nachließ. Schon allein dadurch, daß sie hier bei Emmet war, fühlte sie sich stärker. Wenn er mit der harten Realität seiner Krankheit umgehen konnte, dann mußte auch sie die Kraft finden, mit ihrem eigenen Dilemma und ihren Sorgen fertig zu werden. Plötzlich fiel ihr auf, daß seine Haare genauso triefend naß waren wie ihre. »Hast du gesagt trainiert, Emmet? Ist alles in Ordnung mit dir? Deine Haare sind ganz naß.«

»Deine ... auch«, sagte er und brachte ein Lächeln zustande. »Weißt du ... ich möchte ... meine Kraft ... behalten, deshalb ... krieche ich ... von einem Zimmer ... zum anderen. Dann klettere ich ... in mein Bett ... und wieder raus.«

»Tatsächlich?« sagte sie. »Das hast du mir noch nie erzählt, Emmet.«

»Sieh mal«, sagte er und machte ein paar große Knieschoner los, die mit Klettverschlüssen an seinen zerbrechlichen Beinen befestigt waren, »hast du ... geglaubt, ich lauf' ... damit Rollschuh? Soll ... ich sie dir ... leihen?«

Lara lachte. Sie mußte wieder anfangen zu arbeiten. Dann brauchte sie nicht ständig über alles nachzudenken. Emmet arbeitete immer, entweder an seiner Physiotherapie oder an seinen Computern. Die meisten Leute fühlten sich von seinem Äußeren abgestoßen, von seiner Krankheit. Manche glaubten sogar fälschlicherweise, er sei geistig behindert. Aber sie hatten unrecht, absolut unrecht. Der gebrechliche junge Mann mit dem ausgelaugten Körper und der dicken Brille war hochintelligent. Seine Softwareprogramme wurden im ganzen Land von niemandem übertroffen. Die Krankheit war zwar fortgeschritten, aber noch nicht an dem Punkt angelangt, wo er seine Muskeln überhaupt nicht mehr unter Kontrolle hatte. Und er konnte stunden- und tagelang durcharbeiten, länger als die meisten gesunden Menschen.

Aber in nicht allzu ferner Zukunft würde er sterben. Das wußte er auch. Er lebte mit diesem Damoklesschwert über seinem Kopf.

»Kann ich ... etwas ... tun?« sagte er und sein Handgelenk schlug unbeholfen aus. »Ich möchte ... dir helfen, Lara.« Er hatte ihre Verzweiflung bemerkt. Emmet wußte, daß sie litt.

Lara mochte diesen Mann sehr gern. Er hatte etwas an sich, das persönliche Kraft und Stärke ausstrahlte, trotz der körperlichen Gebrechlichkeit, wie ein Hochleistungsmotor in einem zerbeulten Auto. Es blitzte aus seinen Augen. Wenn die Leute sich nur die Mühe machten hinzusehen, würden sie es merken.

Sie sah sich im Zimmer nach einem Stuhl um, dann beschloß sie, lieber wieder in ihre Wohnung zu gehen, falls Josh zurückkam. »Du könntest mich mal in den Arm nehmen«, sagte sie schließlich. Sie mußte jemanden berühren, seine Körperwärme spüren. Das würde ihr Kraft geben.

Sie ging zu seinem Rollstuhl, beugte sich herunter und küßte ihn sanft auf die Stirn. Er versuchte, den Arm zu heben, aber er fiel wieder auf die Stuhllehne zurück, zu geschwächt von den Übungen, um sie auch nur festzuhalten. Lara drückte ihren Körper gegen seinen und hielt ihn fest. Das war eine Emmet-Umarmung.

»Danke«, sagte sie. »Es geht mir schon besser.«

Emmet lächelte mit seinen Augen. Lara lächelte zurück.

»Das mit ... deiner Schwester ... tut mir so leid.«

»Yeah«, sagte sie. »Es tut mir auch leid, Emmet. So leid es einem nur tun kann.« Für ein paar Sekunden gelang es ihm, einen Augenkontakt aufrechtzuerhalten, doch dann bewegten sich seine Augen wieder unkontrolliert in eine andere Richtung. Sie brauchte ihm nichts von Schmerz und Kummer zu erzählen. Emmet wußte alles darüber. Sie verließ leise die Wohnung, während er sich wieder dem Computer zuwandte. Als sie aus der Tür trat, hörte sie das sanfte Klappern seines Stifts auf der Tastatur.

Immer noch keine Spur von Josh. Lara machte sich allmählich richtig Sorgen. Hoffentlich war ihm nichts passiert, dachte sie. War das bei Jungen in seinem Alter gang und gäbe, daß sie stundenlang wegblieben?

Sie rührte die Kiste mit den Pfandabschnitten im Flur nicht an, aber sie begann, die Kopien der Telefonunterlagen durchzusehen, die Rickerson ihr gegeben hatte.

Die Liste der Nummern und Namen von Leuten, die von dem Haus in San Clemente aus angerufen worden waren, war sehr lang und vielfältig. Den Ermittlern war es gelungen, von der Telefongesellschaft die Namen und Adressen zu bekommen, und Lara sah die Liste sehr gründlich daraufhin durch, ob sie Namen von alten Freunden von Ivory entdeckte oder von jemandem, den sie immer mal wieder erwähnt hatte.

Einige Namen kannte sie, bzw. sie kannte die Läden, in denen die Telefone hingen, die man angewählt hatte. Sehr viele Nummern gehörten zu Hotels, einige in Orange County, andere in Los Angeles. Lara schauderte. Es gab nur einen Grund für diese Anrufe, dachte sie: Kunden. Neben diesen Nummern waren keine Namen aufgeführt. Sobald die Anrufe von der Zentrale durchgestellt worden waren, konnte man sie nicht mehr weiterverfolgen.

Die Anrufe bei Leuten aus dem öffentlichen Leben waren milde gesagt irritierend. So hatten sie den Mann angerufen, der Leiter des Schulbezirks von Orange County war, und einen Mann, in dem sie den Präsidenten der Handelskammer von Anaheim erkannte.

Dann fing sie an nachzudenken und rieb sich die Stirn. Es gab eine Tatsache, die der Ausgangspunkt aller Überlegungen sein mußte, eine Tatsache, die Rickerson nur allzugut kannte, daß sich nämlich niemand gewaltsam Einlaß verschafft hatte. Wer auch immer Sam und Ivory ermordet hatte, war jemand, den sie gut genug kannten, um ihn in ihr Haus zu lassen. Sie konnte ihre Phantasie nicht so weit strapazieren, um zu glauben, daß Ivory Kunden ins Haus kommen ließ und sie dort »bediente«, wie Rickerson es genannt hatte, während Sam im Haus war. Aber andererseits konnte sie sich auch irren. Was wußte sie schon über derartige Aktivitäten? Sie hatte den Kopf voll von unbeantworteten Fragen, nicht nur was den Mord, sondern auch was das Leben anging, das ihre Schwester insgeheim geführt hatte. Welcher Mann würde seiner Frau erlauben, so etwas zu tun? Ein billiges, schleimiges Arschloch wie Sam, dachte sie und wünschte, er wäre noch am Leben, damit sie ihn umbringen könnte. Er hatte Ivorys Mangel an Intelligenz ausgenutzt, ihr fehlendes Selbstvertrauen, ihre Unreife. Er hatte sie vermutlich mit Drogen versorgt und sie jedesmal gelobt, wenn sie ihre Nummer brachte wie ein verdammter Köter. Er war ein Parasit, ein Raubtier. Ivory war ihr ganzes Leben lang von Menschen ausgenutzt worden. So traurig es auch war, ihre Schwester hätte alles getan, um von Leuten anerkannt zu werden. Von jedem, außer von ihrer eigenen Schwester. Nachdem Lara gedroht hatte, ihr Josh wegzunehmen, hatte Ivory sich nie mehr um ihre Anerkennung bemüht.

Josh war immer noch nicht zurück. Lara ging zum Fenster und linste durch die Gardinen. Sie wollte gerade die Polizei rufen, da ging die Wohnungstür auf. Er kam herein und schob sein Fahrrad über die Türschwelle.

»Wo in Gottes Namen bist du gewesen?« Sie brüllte ihn fast an. »Ich habe mir furchtbare Sorgen gemacht. Du hättest mir irgendeine Nachricht hinterlassen sollen.«

Er warf seine zottige Mähne zurück und starrte sie wütend

an. Seine Haut glänzte verschwitzt. »Na ja, als ich zurückkam, warst du nicht da, da bin ich noch mal rausgegangen.«

»Okay«, sagte sie und senkte ihre Stimme. »Tut mir leid, daß ich dich angebrüllt habe. Ich hab' mir einfach Sorgen gemacht. Du kannst hier in dieser Gegend nicht so ohne weiteres herumfahren. Es könnte dir was passieren.«

»Na und?« sagte er höhnisch und bekam plötzlich einen Wutanfall. »Das kann dir doch egal sein.«

Lara strich sich die Haare aus dem Gesicht und ging zu ihm. »Sieh mal, Josh, wir müssen das irgendwie hinkriegen. Du bist alles, was ich habe, und ich bin alles, was du hast. So sieht es aus, ob dir das paßt oder nicht.«

»Du bist häßlich. Du siehst aus wie eine Hexe. Diese Wohnung ist ein Schrotthaufen. Ich hasse das alles. Ich will meine Sachen ... meine Freunde ... ich will nach Hause.«

Trotz der harten Fassade, die er nach außen präsentierte, konnte Lara erkennen, wie sich sein Brustkorb heftiger bewegte, und wußte, daß er kurz davor war zusammenzubrechen. »Du kannst ruhig weinen, Josh. Du brauchst dich nicht zu schämen. Ich weiß, wie schrecklich du dich fühlst.« Sie trat in dem kleinen Flur unruhig von einem Fuß auf den anderen. »Ich hab' für dich einen weiteren Termin bei Dr. Werner gemacht.«

»Da geh' ich nicht hin«, schrie er. »Ich hab' dir doch gesagt, daß ich nicht zu diesem dämlichen Irrenarzt gehe. Ich hasse ihn. Ich bin nicht verrückt. Du kannst mich nicht zwingen. Ich werde weglaufen. Ich ...«

Er packte das Fahrrad am Lenker und machte Anstalten, es wieder durch die offene Tür zu schieben. Lara griff nach seinem Hemd und erwischte versehentlich ein Büschel Haare. »Bleib sofort stehen«, befahl sie ihm. »Du gehst jetzt nicht mehr raus. Es ist schon fast dunkel. Hier passieren eine Menge Verbrechen. Ich laß dich jetzt nicht gehen.«

»Laß meine verdammten Haare los. Du bist ein Biest. Du siehst aus wie diese Horrorfrau ... Elvira ... die Herrin der Dunkelheit. Laß mich los.«

Lara atmete ein paarmal tief durch und hielt ihn weiter an

den Haaren fest. »Ich laß dich erst los, wenn du mir versprichst, daß du nicht mehr rausgehst. Versprichst du das?« sagte sie und zog so stark an seinen Haaren, daß sie seinen Kopf zurückbog und ihm in die Augen sehen konnte. Wenn man so etwas tun mußte, um einen halbwüchsigen Jungen in den Griff zu kriegen, ihn vor Schäden zu bewahren, dann mußte das eben so sein.

Die Tür stand immer noch auf, und Josh schrie mittlerweile so laut, als ob sie ihn umbringen wollte. »Laß mich los«, kreischte er. »Du skalpierst mich. Okay, ich versprech's. Laß mich los.«

Lara ließ ihn los, und er richtete seinen Kopf ruckartig wieder auf. Dann standen sie beide einfach da und starrten mit offenem Mund. Nur wenige Schritte von ihnen entfernt auf dem Bürgersteig beobachteten zwei Frauen das ganze sehr aufmerksam. Sobald Lara zu ihnen herübersah, kamen sie auf den Eingang der Wohnung zu. Eine der Frauen hatte kurze blonde Haare und war spindeldürr.

»Ich bin Lucille Rambling«, sagte sie und streckte ihre Hand aus, »und das hier ist Madeline Murphy. Judge Sanderstone, nehme ich an?«

Lara spürte, wie sich ihr Magen mindestens fünfmal überschlug, und einen Moment glaubte sie, sie müsse sich übergeben. Sie schüttelte der Frau die Hand. Sie war kalt und schlaff.

»Wir kommen vom Jugendamt, Judge Sanderstone«, sagte die Frau. »Wir sind wegen Ihres Neffen hier.«

Lara hatte sich am Morgen nicht die Zeit genommen, das Bett zu machen oder die Wohnung aufzuräumen. Josh hatte den größten Teil seiner Sachen auf dem Wohnzimmerfußboden verstreut. Als die beiden Frauen das Zimmer betraten, rümpfte die dürre Blondine die Nase und stieg über das Durcheinander.

»Judge Sanderstone«, sagte Lucille Rambling, »wir müssen uns das Schlafzimmer Ihres Neffen angucken, den Raum, in dem er schlafen wird, solange er bei Ihnen ist.«

Lara versuchte rasch nachzudenken. Das war die Lösung. Sie könnte ihn ihnen überlassen. Das wäre bestimmt einfacher, als was sie im Augenblick durchmachte. Josh stand einfach nur herum mit einem mürrischen Ausdruck im Gesicht. »Hier«, sagte sie, ohne nachzudenken. »Hier ist sein Schlafzimmer. Ich habe natürlich ein großes Haus in Irvine. In ein paar Tagen werden wir dorthin zurückziehen.«

Die Frauen gingen in das Schlafzimmer und sahen sich um, warfen einen kurzen Blick in das kleine Badezimmer und gingen dann wieder ins Wohnzimmer. »Gibt es hier noch ein Zimmer?« fragte die andere Frau. »Sie wissen schon, ein weiteres Schlafzimmer.« Sie verrenkte sich fast den Hals und sah in Richtung Küche.

»Nein«, sagte Lara befangen. »Das ist alles.«

»Hmm«, sagte sie. »Wo schlafen Sie denn?«

»Ich schlafe auf dem Sofa ... hier. Ich hab' Josh das Schlafzimmer überlassen.«

»Hast du nicht«, sagte er mit zusammengekniffenen Augen, »du lügst. Du hast mir das Schlafzimmer nur in der ersten Nacht überlassen. Seitdem schlafe ich auf diesem dämlichen Sofa. Das ist vielleicht eine Tortur.«

Lara ließ die Schultern sinken. Wenn er bloß den Mund gehalten hätte, wäre ihnen das mit den Schlafverhältnissen möglicherweise nicht aufgefallen und sie hätten über die Szene hinweggesehen, in die sie hineingeplatzt waren. Aber vielleicht war es so auch das beste, sagte sie sich. Der Junge schien sie ohnehin abzulehnen, und sie war vollkommen mit den Nerven fertig.

»Warum gehen wir nicht einen Augenblick nach draußen?« sagte Mrs. Rambling.

»In Ordnung«, sagte Lara und blickte zu Josh hin. Siehst du, wollte sie ihm sagen, das hast du nun davon.

»Hören Sie«, begann Lucille Rambling, sobald sie draußen waren und die Tür geschlossen war. »Wir sind davon überzeugt, daß Sie in der besten Absicht handeln, wenn Sie sich um das Kind Ihrer Schwester kümmern wollen, aber es gibt bestimmte Auflagen, die erfüllt sein müssen, damit wir gestatten können, daß er hierbleibt. Eine davon ist, daß er ein eigenes Zimmer hat. Ein Junge in diesem Alter braucht seinen privaten Bereich.«

»Ich verstehe«, sagte Lara, »aber alle Regeln lassen doch einen gewissen Spielraum zu.« Sie schaute immer wieder zur Tür. Aus irgendeinem Grund spürte sie einen leichten Stich im Herzen. Sie wollte ihn nicht gehen lassen. »Wie ich bereits sagte, wir werden in mein Haus in Irvine zurückziehen, und dort wird Josh ein eigenes Zimmer haben. Wir könnten das sogar sofort tun, wenn es die Situation ändern würde.«

»Tut mir leid«, fuhr die blonde Frau fort und tauschte einen wissenden Blick mit der anderen Frau aus. »Martin Bradshaw von der Polizei in San Clemente hat uns davon unterrichtet, daß Sie sich hier verstecken, daß man fürchtet, Sie seien in Gefahr. Ich halte es nicht für richtig, wenn Sie Ihren Neffen irgendwo mit hinnehmen, wo er einem Risiko ausgesetzt wäre.«

»Natürlich nicht«, sagte Lara rasch und fragte sich, wer dieser Bradshaw sein mochte. Wenn er jedem erzählte, wo sie war, würde sie sich kaum noch lange verstecken können. »Ich könnte bestimmt eine größere Wohnung in dieser Anlage mieten. Es würde vielleicht ein paar Tage dauern, bis alles in die Wege geleitet ist, aber ich bin sicher, daß es gehen würde.«

»Wir können nicht zulassen, daß der Junge hierbleibt. Wir müssen ihn woanders unterbringen. Wenn sich Ihre Situation geändert hat, können Sie sich mit uns in Verbindung setzen, und wir kommen wieder vorbei. Glauben Sie mir, es wäre für alle Beteiligten weitaus besser, wenn er bei Ihnen bliebe, aber wir müssen unsere Richtlinien einhalten.« Ihre Gesichtszüge wurden etwas sanfter, und sie fuhr fast flüsternd fort: »Das Jugendamt wird zur Zeit genauestens unter die Lupe genommen, Judge Sanderstone. Ihnen ist der Fall Adams ja wohl bekannt. Der Direktor unserer Behörde hat die Anweisung erteilt, alle Bestimmungen ohne Ausnahme durchzusetzen. Und die Auseinandersetzung, die wir eben zwischen Ihnen und Ihrem Neffen erlebt haben ... nun ja, vielleicht tut Ihnen beiden eine gewisse Phase der Abkühlung mal ganz gut.«

Lara ließ den Kopf hängen. Sie dachte daran, ihren Einfluß geltend zu machen und darauf zu bestehen, daß sie Josh bei ihr ließen. Aber sie entschied sich dagegen. Eine Machtprobe würde diese Frauen nur noch in ihrem Entschluß bestärken, ihr Josh wegzunehmen. Lara mochte zwar Richterin sein, aber in dieser Situation hatten Lucille Rambling und Madeline Murphy alle Trümpfe in der Hand.

»Packen Sie doch bitte seine Sachen zusammen«, sagte Madeline Murphy zu Lara, »wir nehmen ihn jetzt mit.«

»Sehen Sie mal, am Montag ist die Beerdigung. Warum kann er nicht solange hierbleiben, und ich bemühe mich, eine andere Wohnung zu bekommen. Außerdem sucht die Polizei nach dem Mann, der das getan hat. Sobald sie ihn haben, können wir nach Hause.«

»Es tut mir leid«, sagte sie.

Lara sah die beiden Frauen nicht an, sie starrte auf den betonierten Fußweg. »Danke. Verbindlichsten Dank.« Sobald sie es gesagt hatte, tat es ihr schon leid.

»Es gibt keinen Grund, schnippisch zu uns zu werden, Judge Sanderstone. Wir tun nur unsere Pflicht ... gewiß ...«

»Entschuldigen Sie«, sagte sie zu der Frau und schaute endlich wieder auf. »Ich dachte bloß nach dem, was er durchgemacht hat, würden Sie vielleicht verstehen, daß es besser ist, wenn er bei einer Verwandten bleibt. Sie könnten doch die Vorschriften in dieser Situation etwas großzügiger auslegen.«

Madeline Murphy hatte stumpfe braune Haare und eine dicke Brille; ihre Augen waren so klein, daß sie wie glänzende schwarze Perlen aussahen. »Ich würde an Ihrer Stelle nicht über eine großzügige Auslegung der Vorschriften reden, Judge Sanderstone, nach allem, was wir gehört haben.«

Auf der Straße vor der Wohnanlage begannen Sirenen aufzuheulen. Erst rasten Polizeiautos vorbei, dann ein Krankenwagen. Der Lärm war so groß, daß sie nicht mehr weiterreden konnten. Einige Sekunden später kam noch ein Feuerwehrauto. Das war wirklich eindrucksvoll, dachte Lara. Jetzt fehlte nur noch, daß jemand mit einer abgesägten Schrotflinte an ihrer Haustür vorbeilief. Großartige Gegend, dachte sie. Prima Ort für ein Kind.

Schließlich verstummten die Sirenen. »Was wollen Sie damit sagen, Mrs. Murphy?« Lara wußte genau, wovon die Frau sprach, nämlich von der Tatsache, daß sie dafür gesorgt hatte, daß Sam von der Polizei nicht behelligt wurde, daß sie ihn ungewollt gedeckt hatte, als er in kriminelle Machenschaften verwickelt war. Sie erinnerte sich nur allzu gut an ihren kleinen Plausch mit Evergreen.

»Das spielt keine Rolle«, sagte die Frau. »Machen Sie jetzt bitte den Jungen fertig, damit wir weiterkönnen. Wir warten hier draußen. Schicken Sie ihn raus.« Die Frau griff in ihre Handtasche und gab Lara eine Visitenkarte. »Das mit Ihrer Schwester tut uns leid«, sagte sie. »Rufen Sie uns an, wenn Sie eine größere Wohnung haben.«

Lara ging rein, machte die Tür hinter sich zu und lehnte sich dagegen. Josh steckte den Kopf aus der kleinen Küche.

»Sind die alten Ziegen weg?«

Lara seufzte. »Das waren alte Ziegen, was?«

»Yeah, die waren häßlich.« Er lachte und schnitt eine Grimasse. »Hör mal, ich sterbe vor Hunger. Wir haben nichts zu essen da, noch nicht mal 'nen Keks. Du mußt zum Supermarkt.«

»Ich dachte, ich wäre die Herrin der Dunkelheit?«

»Tut mir leid«, sagte er und grinste sie schief an. »Ich war nicht gut drauf, okay?« Das Lächeln war so schnell verschwunden, wie es gekommen war.

»Tja, Josh, leider oder glücklicherweise, das kommt ganz darauf an, wie du es siehst, da du ja nicht bei mir bleiben willst ...«

»Moment«, sagte er. Ein Schatten glitt über seine Augen, während er ins Wohnzimmer ging und sich in einen Sessel fallen ließ. »Ich bleibe, okay? Ich hab' dir doch gesagt, ich war durcheinander.«

»Sie wollen nicht, daß du hierbleibst. Ich hab' nicht die richtige Wohnung für dich – ein eigenes Zimmer und so. Und sie haben unsere kleine Auseinandersetzung hautnah miterlebt. Ich muß deine Sachen zusammenpacken. Sie warten.«

»Nein«, sagte er und sprang auf. »Was haben die mit mir vor? Die können mich doch nicht einfach irgendwo hinbringen. Ich hab' gesagt, ich bleibe bei dir.«

Er zwinkerte heftig mit den Augen, und Lara sah, wie ihm die Tränen kamen. Sie ging auf ihn zu, und er verschwand in der Küche. Er wollte tatsächlich bei ihr bleiben. Sie war schockiert. Aber noch mehr war sie gerührt. »Josh«, sagte sie sanft, »ich kümmere mich darum. Ich laß mir was einfallen, okay? Du wirst vielleicht ein oder zwei Tage bei einer Pflegefamilie bleiben müssen, aber ich verspreche dir, ich hole dich, sobald ich kann. Am Montag ist die Beerdigung. Vielleicht hab' ich bis dahin was arrangiert.«

Josh drückte seine Stirn gegen die Kühlschranktür. »Du wirst mich niemals holen. Warum solltest du auch? Ich hab' dich beschimpft. Ich ... ich bin kein guter Mensch.«

Lara trat hinter ihn. »Josh, ich versteh' das ... glaub mir, bitte. Ich würde dich doch nicht im Stich lassen, bloß weil du mich beschimpft hast.«

Sein Körper begann zu zittern, und Lara streckte vorsichtig die Hand aus, um ihn zu berühren, ihm über die Haare zu streichen. Als er sich nicht wehrte, ging sie sogar noch näher an ihn heran, als ob sie ein wildes Tier streicheln wollte. Jetzt war sie so nahe bei ihm, daß sie sein Haar riechen konnte, seine Haut, seinen verschwitzten Jungengeruch. Er bewegte sich nicht und hielt die Stirn immer noch gegen die Kühlschranktür.

»Ich vermisse meine Mom ...«, sagte er. Seine Stimme war jetzt schwach und brüchig. »Ich hab' dauernd diese Alpträume, da ruft sie mich ... bittet mich, ihr zu helfen, und ich kann sie nicht finden. Ich suche im ganzen Haus, in jedem Zimmer, und sie ist nicht da.«

Lara drehte ihn sanft herum und nahm ihn in die Arme.

Sie spürte ein starkes Gefühl in sich aufsteigen, so stark, daß sie die Zähne zusammenbeißen und sich dagegen stemmen mußte wie jemand, der durch einen orkanartigen Wind geht.

»Sieh mal«, sagte sie und riß sich von ihm los, »sieh mich an.« Sie lachte nervös. Dann wischte sie sich mit den Fingern die Augen. »Und ich weine nie.«

Plötzlich streckte er die Hand nach ihr aus, fast in Zeitlupe, berührte nur eine Haarsträhne, während er ihr Gesicht betrachtete. Dann fiel seine Hand wieder nach unten.

So schnell wie er gekommen war, war dieser Augenblick auch wieder vorbei.

Josh verließ die Küche und fing an, die wenigen Dinge, die er hatte, auf einen Haufen auf den Fußboden zu werfen.

»Ich hol' dir eine Tasche oder so was«, sagte Lara und ging wieder in die Küche.

»Was ist mit meinem Fahrrad?« Er betrachtete das Rad, das im Eingang stand, sein einziges Eigentum, seine einzige Möglichkeit, allem zu entfliehen. »Das darf ich bestimmt nicht mitnehmen, oder?«

»Vermutlich nicht, Schatz, aber du kannst ja fragen.«

Wenige Minuten später ging er mit hängenden Schultern durch die Tür, die Tasche in der Hand. Er drehte sich zu Lara um. Sie verabschiedeten sich nicht voneinander. Er kam sein Fahrrad nicht holen.

Sobald sie fort waren, ging Lara wieder zu Emmet.

Die Wohnanlage war eigentlich gar nicht so schlecht, dachte sie, während sie den Hof mit der großen Trauerweide überquerte, deren Äste den Boden berührten. Allerdings nur wenn man die Umgebung übersah, in der sie lag. In dem Baum war ein Spatzennest, und jedesmal, wenn sie zur Tür heraustrat, hörte sie die Vögel tschilpen. Heute waren sie ruhig. Überall in der Anlage standen hohe Bäume, die Schatten spendeten und dem Ganzen ein üppig grünes Aussehen gaben. Sie glaubte, daß Emmet sich wohl durch die Bäume und die Grünanlage angezogen gefühlt hatte. Die Gebäude waren schon älter, die Zeit hatte ihre Spuren hinterlassen und ihnen Charakter gegeben. Lara gefielen solche Dinge. Sie hatte immer eher zurück als nach vorn geschaut. In Orange County war das meiste so glatt und neu. Reihenhäuser säumten die Straßen, und die Stadtplaner hatten alle Bäume niedergemäht.

Sie war noch nie im Leben so deprimiert gewesen. Sie mußte Josh wiederbekommen. Sie hatte durch die harte äußere Schale hindurchgesehen. Er war nur ein verängstigtes Kind, einsam und voller Schmerz. Natürlich war er verbittert. Wer wäre das nicht? Sie hatte keine Ahnung, was er vor den Morden durchgemacht hatte, aber es war bestimmt nichts Gutes gewesen.

Sie hatte versucht, Irene Murdock anzurufen, aber sie war nicht da. Alle schienen unterwegs zu sein. Bei dem ständigen Sonnenschein, Temperaturen um die fünfundzwanzig Grad und das Meer nur wenige Meilen entfernt, hielten sich die Leute in Südkalifornien nur selten in ihren Häusern auf.

Jedesmal, wenn sie an Emmet dachte, lächelte sie – selbst jetzt, wo ihr das Herz brach. Fast von dem Abend an, als sie ihn kennenlernte, hatte Lara sich als Emmet-Fan bezeichnet. Sie bewunderte ihn so sehr. Er kämpfte mit seiner Krankheit, ohne jemals in Selbstmitleid abzugleiten. Er führte ein selbständiges Leben und hatte sich ein erfolgreiches Geschäft aufgebaut. Außerdem war er ein wunderbarer Freund, viel interessanter als alle anderen Männer, die sie kannte. Er war witzig, intelligent und sensibel. Oft, wenn Lara Freitag oder Samstag abends keine Verabredung hatte – und das kam häufig vor –, ging sie Emmet besuchen und diskutierte mit ihm intensiv über Philosophie, Literatur und Naturwissenschaften. Emmet tippte die Antworten schneller in seinen Computer, als Lara sie lesen konnte, während sie hinter ihm stand und an einem Glas Wein nippte.

Emmets Wohnung war sparsam eingerichtet. Nachdem er sie gekauft hatte, ließ er alle Teppichböden entfernen und stellte fest, daß sich darunter ein Parkettboden befand. Da das Gebäude schon älter war, hatte es breite Flure und überdimensionale Türen, wodurch Emmet leichter mit seinem Rollstuhl von einem Zimmer zum anderen fahren konnte.

Seine Eingangstür war an den allgegenwärtigen Computer angeschlossen. Er mußte nur ein paar Knöpfe drücken, und dann sprang sie auf.

Lara ließ sich auf den einzigen Sessel fallen, eine Art Fernsehsessel. Wenn niemand da war, der ihm helfen konnte, benutzte Emmet eine trapezartige Vorrichtung, um sich in den Sessel zu hieven. Lara schob das Gerät beiseite. Jeden Abend zwischen sechs und sieben kam ein Krankenpfleger, um ihm zu helfen.

»Ich weiß nicht, was ich tun soll«, sagte Lara, nachdem er zu ihr ins Wohnzimmer gekommen war. »Selbst wenn ich gegen den Rat Rickersons und aller anderen wieder in das Haus in Irvine zöge, würden sie Josh immer noch nicht bei mir wohnen lassen. Natürlich haben sie ein stichhaltiges Argument: daß ich ihn dort einem Risiko aussetzen würde. Ich hab' ihnen gesagt, ich könnte vielleicht eine größere Wohnung besorgen, aber das kann ich nicht heute oder morgen tun, und natürlich würde ich keine kriegen, die möbliert ist, wie die Musterwohnung. Ich muß ihn einfach wiederhaben, Emmet. Er braucht mich. Er kann einfach nichts mit den Morden zu tun haben. Das weiß ich.«

»Ich... habe... eine... Idee.« Emmet brachte die vier Worte nur mit Mühe heraus. Gegen Ende des Tages strengte ihn das Sprechen noch mehr an. »Komm...« Er drehte seinen elektrischen Rollstuhl und steuerte auf sein Büro zu. Die Räder rollten über den Parkettboden. Lara folgte ihm.

Emmet steckte seinen Kopf wieder in den Stahlkäfig und begann, Wörter in den Computer einzugeben. Lara stand hinter ihm und las.

»Du kannst meine Wohnung haben, bis du eine andere gefunden hast, und ich wohne solange in deiner. Ich habe drei Schlafzimmer. Wir bringen einen Teil von meinen Geräten zu dir, und dann komme ich schon zurecht. Tagsüber, wenn du nicht da bist, kann ich hier arbeiten.«

»Emmet«, sagte Lara, »das kann ich nicht von dir verlangen … all das hier« – sie sah sich im Zimmer um – »gehört zu deiner Arbeit. Du brauchst diese Geräte. Wir müßten jemand kommen lassen, der alles abbaut und bei mir wieder zusammensetzt. Außerdem ist in meiner Wohnung Teppichboden. Nein.« Sie schüttelte den Kopf. »Das ist sehr nett von dir, aber es geht nicht. Ich werd' schon was finden.« Sie dachte an das Haus in San Clemente, die naheliegendste Möglichkeit. Es war unwahrscheinlich, daß die Mörder dorthin zurückkommen würden, aber sie wußte, daß es im Augenblick zu schmerzhaft wäre, in diesem Haus zu wohnen.

»Doch«, tippte Emmet, »es ist ganz einfach. Keine große Angelegenheit. Ich kenne eine Firma, die wird die Sachen, die ich in deiner Wohnung brauche, in nur wenigen Stunden aufbauen, und tagsüber kann ich ja hier arbeiten. Ich rufe bei der Telefongesellschaft an und lasse ein Modem installieren. Weil ich behindert bin, werden die das sofort tun. Laß dir von mir helfen, Lara. Es tut mir so gut, jemandem helfen zu können.«

Er hörte auf zu tippen und versuchte, ihr in die Augen zu sehen. Jedesmal, wenn sein Blick abschweifte, schien er ihn mit größter Konzentration zurückzuzwingen.

»Aber Emmet, vergiß nicht, ich hab' Teppichboden.«

Er drehte sich wieder zum Computer und tippte erneut in rasendem Tempo. »Wir können Plastikläufer drüberlegen lassen. Das funktioniert ganz gut. Außerdem brauche ich dann beim Training meine Knieschützer nicht.«

»In Ordnung«, sagte Lara, faltete ihre Hände, klatschte leise und preßte sie dann erleichtert fest zusammen. »Wir können sofort mit den Vorbereitungen anfangen. Du bist ein Held, Emmet. Ein absoluter Held.«

Sein Kopf rollte ganz weit zur Seite, fast bis auf die Armlehne des Rollstuhls. Seine Augen strahlten hinter den dikken Brillengläsern. »Ich … weiß«, sagte er. »Es macht … Spaß … ein Held … zu sein.«

Lara lachte. »Weißt du was? Wir rufen jetzt diese Leute an und versuchen, alles zu regeln. Es wird bestimmt nur für ein paar Tage sein. Sie versuchen zur Zeit, den Mann zu finden, und dann können wir nach Hause.«

»Ich ... erledige ... die Anrufe«, sagte er.

»Soll ich mich nicht darum kümmern, Emmet?« fragte Lara.

»Nicht nötig«, sagte Emmet. »Laß ... mich ... was tun.«

Lara gab ihm einen Ersatzschlüssel, verließ die Wohnung und überquerte den Innenhof. Sie würde dem Jugendamt gleich morgen früh mitteilen, daß sie jetzt genug Platz für Josh hatte.

Als sie wieder in ihrer Wohnung war, rief sie Benjamin England in seinem Haus in Tustin an. Auf seinem Anrufbeantworter hatte er gesagt, daß er an diesem Wochenende zurückkäme. Sie konnte es nicht länger ertragen, allein zu sein. Wenn sie allein war, kamen die Dämonen heraus und pirschten sich an sie heran. Das taten sie auch jetzt wieder.

Sie sah sich in einem dunklen, tiefen Schacht gefangen, wie sie sich an die Mauern krallte, um herauszukommen, und um Hilfe schrie. Immer wieder mußte sie an die Leiche ihrer Schwester denken, an Sams offenliegendes Gehirn und die schaurigen blutbespritzten Wände. Es hätte besser sie getroffen, dachte sie. Ivory hatte Josh. Sie nahm die Geburtsurkunde in die Hand und starrte erneut auf die winzigen Fußabdrücke. Sie hatte nichts. Wenn sie in diesem Augenblick mit Ivory tauschen könnte, würde sie es tun. In der Dunkelheit mußte Frieden liegen, dachte sie, ein Ende dieses chaotischen Daseins, das nirgendwohin zu führen schien und voller Qualen war.

Obwohl sie nie religiös gewesen war, fiel Lara neben dem kleinen Sofa auf die Knie. Sie beugte ihren Kopf und betete. Sie bat um die Kraft, ihren Neffen zu erziehen, den Mörder ihrer Schwester zu finden und ihren sinnlosen Tod zu rächen. Sie hatte ihre Schwester im Stich gelassen, die Zeichen nicht erkannt, daß ihr Leben aus dem Ruder lief. Mit ihrer eigenen Hand, mit einem Schlag ihres Hammers, hatte sie den Mann freigelassen, der möglicherweise für ihren Tod verantwortlich war. Sie bat um Kraft und Führung.

Lara lauschte in die Stille. Sie spürte die Antworten. Sie erhob sich und warf trotzig ihren Kopf zurück, während eine Woge von Ruhe und Entschlossenheit sich in ihr ausbreitete. Ihre Mutter pflegte immer zu sagen, daß man Gott um nichts bitten sollte, was man selbst erledigen konnte. Lara war die direkte Nachfahrin eines Cherokee-Häuptlings. Sie würde nicht in Schwäche und Selbstmitleid verfallen. Jetzt nicht und auch in Zukunft nicht.

Kapitel 15

Rickerson und seine beiden Söhne beendeten gerade ihr Abendessen an dem langen Eichentisch in der Küche. Schließlich hatte er sich doch ein paar Stunden frei nehmen müssen. Er war völlig erschöpft, und außerdem mußte er ohnehin noch mal raus, um mit dem jungen Mann zu reden, der Lara im Gerichtssaal gedroht hatte. Großer Fall oder nicht, Rickerson mußte einfach ab und zu nach Hause. Er hatte eine Familie, um die er sich kümmern mußte, und das leider im Augenblick alleine.

Stephen und Jimmy hatten das Essen ganz allein vorbereitet. Sie hatten ein Brathähnchen gemacht, dazu einen Salat und ein etwas klumpiges Kartoffelpüree. »Nicht schlecht«, sagte Rickerson. »Nächstes Mal solltet ihr aber den Herd in den letzten zehn bis fünfzehn Minuten etwas höher stellen. Dann wird das Hähnchen obendrauf schön knusprig.«

Jimmy hatte sich den Topf mit den Kartoffeln auf seinen Teller gestellt und schaufelte die letzten Reste heraus. »Wo hast du kochen gelernt, Dad? Mom hat nie gesagt, daß du das kannst.«

»Oh, yeah, ich kann auch nähen. Haltet ihr mich jetzt für einen Waschlappen?«

Jimmy fing an zu lachen. Er hatte einen kleinen Spitzbauch, der auf und ab hüpfte, wenn er lachte. Es würde ihnen nicht im Traum einfallen, ihren rauhbeinigen Vater für einen Waschlappen zu halten. »Erzähl mal«, sagte Jimmy und schob sich einen Löffel Kartoffelpüree in den Mund.

»Als ich noch klein war, lebten meine Eltern in Ohio. Wir

hatten eine Pension. Deshalb mußte ich meiner Mama beim Kochen helfen. Ich mußte auch Sachen flicken. Darum wollte ich auch immer, daß ihr zwei auf euch selbst aufpassen könnt. Man weiß nie, ob man nicht mal allein dasteht, und man kann sich nicht ein Leben lang darauf verlassen, daß immer andere Leute sich um einen kümmern.«

Stephen hörte aufmerksam zu. Er kannte die Geschichte mit der Pension. Er wußte auch, daß seine Mutter seinen Vater verlassen hatte, und er konnte ihr das einfach nicht verzeihen, so sehr er sich auch bemühte. An Stelle seines Vaters würde er nicht akzeptieren, wenn sie wieder zurückkommen wollte, egal was sie sagte oder tat. Sie war seine Mutter, und er würde sie immer lieben, aber sie hatte sie einfach verlassen. Er würde schon damit fertig, er käme nächstes Jahr aufs College. Aber Jimmy gegenüber war es ganz bestimmt nicht fair. Er war ziemlich unreif für sein Alter und vermißte sie ganz schrecklich. Manchmal hörte Stephen ihn nachts weinen.

Rickerson rollte eine Zigarre zwischen den Fingern und machte Anstalten, das Ende abzubeißen und sie sich in den Mund zu stecken. »Wenn du das Ding anmachst, Dad«, sagte Stephen, »dann geh' ich raus, und du kannst die Küche allein aufräumen. Ich kann diesen Gestank nicht ausstehen.« In diesem Augenblick schnappte Jimmy sich noch ein Brötchen. Stephen schlug es ihm aus der Hand. »Schluß jetzt. Willst du etwa drei Zentner wiegen? Du stirbst noch mit dreißig an einem Herzinfarkt.«

Rickerson blinzelte und legte seine dicke Zigarre auf den Tisch. »Hast du was Neues von deinem Stipendium gehört?«

»Steh auf, du Arsch«, sagte Stephen zu seinem Bruder. »Mach schon. Beweg dich. Ich muß noch meine Hausaufgaben machen. Ich will nicht den ganzen Abend hier in der Küche rumhängen.«

Sobald sein Bruder angefangen hatte, den Tisch abzuräumen, wandte Stephen sich seinem Vater zu. »Mein Tutor hat gesagt, daß ich auf jeden Fall ein Teilstipendium bekomme, aber das deckt nicht mein Zimmer und das Essen im Wohnheim ab und auch nicht den gesamten Unterricht. Sie überprüfen es noch mal, vielleicht krieg' ich ja doch mehr, aber ich weiß es nicht. Es wird zu teuer, Dad. Stanford ist eine teure Uni.«

Rickerson sah seinen Sohn an. Er war so ernst. Fast zu ernst. »Wie? Glaubst du, ich kann es mir nicht leisten, dich aufs College zu schicken?«

Stephen ließ den Kopf hängen. »Ich weiß nicht. Jetzt wo Mom studiert und so, ich – ich könnte ja woanders hingehen. Vielleicht könnte ich in Irvine zur Uni gehen und zu Hause wohnen. Da würden wir viel Geld sparen. Außerdem könnte ich dir mit Jimmy helfen, wenn Mom nicht zurückkommt.«

Rickerson beugte sich nach vorne und sah seinem Sohn in die Augen. »Ich hab' das Geld, Junge. Kümmer du dich nur um deine Noten, okay? Dein Alter kümmert sich schon um die Kohle.«

»Was ist mit Jimmy? Er kann nicht die ganze Zeit hier allein bleiben, wenn ich aufs College gehe. Dann frißt er nur noch und macht dummes Zeug. Er würde noch nicht mal seine Hausaufgaben machen.«

»Hey, bist du jetzt der Diät-Cop? Ich bin der richtige Cop, und du kontrollierst plötzlich die Ernährung deines Bruders. Hab ein bißchen Geduld mit dem Jungen. Und was nächstes Jahr angeht, darum kümmern wir uns, wenn's soweit ist.«

Rickerson stand vom Tisch auf, um ins Wohnzimmer zu gehen und dort seine Zigarre zu rauchen. Er ließ sich auf das Sofa fallen, lehnte den Kopf zurück und schloß die Augen. Dann streckte er seine langen Beine aus und schleuderte seine Schuhe von sich. Er ließ seine Gedanken zu Lara Sanderstone schweifen. Aus irgendeinem Grund dachte er von Tag zu Tag häufiger an sie. Sie hatte etwas an sich, das ihn anzog, und es hatte nicht bloß damit zu tun, daß sie viel Zeit zusammen verbrachten und jeden Tag mehrmals miteinander sprachen.

Es könnte die Tatsache sein, daß sie einsam war.

Darin kannte Rickerson sich aus. Er fühlte sich oft schrecklich einsam, und komischerweise hatte er sich schon so gefühlt, lange bevor seine Frau ihn verlassen hatte. Joyce hatte immer die Kinder gehabt, das Haus, ihre eigenen Freunde und Aktivitäten. Frauen, die mit Polizisten verheiratet waren, neigten dazu, ihr eigenes Leben zu führen.

Die einzigen Freunde, die er hatte, waren andere Polizisten, und mit denen redete er immer nur über die Arbeit. Nach all den Jahren war er es leid, sich immer wieder die gleichen vulgären Ausdrücke anzuhören, die gleichen aufgemotzten Räuberpistolen, die gleichen Klagen. Für Leute wie ihn war es wirklich schwer, gesellschaftliche Kontakte zu pflegen. Was hatte er schon mit einem Mann gemeinsam, der gebrauchte Autos verkaufte, wie sein Nachbar, oder mit einem Mann, der den ganzen Tag Zahlen in einen Computer eingab, und das in einem Raum, der ungefähr so groß war wie ein Wandschrank? Freitag- und Samstagabende, an denen sich Freunde normalerweise trafen, waren fast immer Zeiten, in denen Rickerson besonders viel zu tun hatte. Da wurden die Einheimischen rastlos, und überall flammten Gewalt und Verbrechen auf wie Buschfeuer.

Cops gehörten zu einer anderen Spezies. Wenn er mit Leuten außerhalb seines Berufs zusammen war, wollten die ohnehin die meiste Zeit nur was über seinen Job wissen. Polizist zu sein, das war, als trüge man einen Anzug ohne Reißverschluß, das war so etwas wie die Hautfarbe. Wenn man schwarz oder braun war, dann war man schwarz oder braun von dem Moment an, wo man aufstand, bis zu dem Moment, wo man wieder ins Bett ging. So war es auch, wenn man Polizist war.

Manchmal, wenn er mit Joyce schlief, hatte er sich auch andere Frauen vorgestellt. Er sagte sich, daß nach zwanzig Jahren Ehe selbst die besten Sachen zur Routine werden. Ja, er liebte seine Frau. In vieler Hinsicht war sie sein bester Freund gewesen, aber die Erregung war verschwunden. Beide hatten sie gespürt, wie ihre Uhr ablief. Ihre Jugend war vorbei. Jetzt konnten sie nur noch alt werden und sterben, das glaubte er zumindest. Nun sah es allerdings so aus, als würde er alleine alt werden und sterben. Er hätte nie und nimmer geglaubt, daß er in so eine Situation geraten könnte. Während der letzten drei Monate hatte er immer noch gehofft, aber die Hoffnung verließ ihn allmählich.

Letzte Nacht war Lara Sanderstone das Objekt seiner Sexualphantasien gewesen.

Er richtete sich auf dem Sofa auf und schlug sich auf den Oberschenkel. Es lag an diesen verdammten anzüglichen Bildern, daß er anfing zu träumen, daß die Säfte wieder in eine Richtung flossen, die er gerade gestoppt hatte, und das jetzt, ausgerechnet jetzt. Wenn er die Bilder von Ivory sah, stellte er sich Lara vor.

Er durfte sich diese Bilder einfach nicht wieder ansehen.

Lara Sanderstone würde sich niemals für einen Mann wie ihn interessieren. Er machte sich nichts vor. Sie war Richterin, dazu noch attraktiv, eine Klassefrau. Er hatte nie gut mit Frauen umgehen können. Joyce war die einzige gewesen, um die er sich ernsthaft bemüht hatte.

Sich um jemanden bemühen. Schon bei dem Gedanken schauderte ihn. Wenn Joyce allerdings nicht bald zurückkam, würde er anfangen müssen, sich nach einer Frau umzusehen, mit der er was unternehmen und ab und zu schlafen konnte. Er war zwar schon vierzig, aber er war noch nicht tot. Er war ein Mann. Er hatte ganz normale Bedürfnisse. Aber heutzutage hüpften Frauen nicht einfach mit jedem ins Bett, der ihnen über den Weg lief, bei all diesen Krankheiten, die im Umlauf waren. Und die meisten Frauen seiner Altersgruppe suchten nach Sicherheit, wollten versorgt sein, suchten einen Mann mit einem fetten Einkommen und einem schikken Auto. Er konnte es sich nicht einmal leisten, häufiger mit jemandem gut essen zu gehen. Dazu fehlten ihm die Zeit und das Geld.

»Dad«, sagte Stephen und steckte den Kopf durch die Küchentür. »Bradshaw ist am Telefon... du weißt schon, Baby Bradshaw.«

Rickerson versetzte sich seufzend in die Realität zurück. »Sag ihm, ich sei nicht im Dienst. Falls er nicht schon wieder 'ne Leiche hat, kann das bis morgen warten.«

Stephen verschwand, und Rickerson machte seine Zigarre an. Er rauchte entschieden zu viele von den Dingern, sagte er sich, während er sie zwischen den Fingern drehte. Allmählich fand er das selbst schon ekelhaft.

Wenige Sekunden später steckte Stephen schon wieder den Kopf zu ihm rein. »Er behauptet, er hat 'ne Leiche.« Der Junge zuckte mit den Schultern. »Hat er jedenfalls gesagt.«

»Nee«, sagte er. »Der nimmt dich auf den Arm. Dieser dumme kleine Scheißkerl. Der will nur, daß ich ans Telefon komme. Ich bring' ihn um... verdammt noch mal, ich bring' ihn um.«

Rickerson schlurfte durch das Wohnzimmer und betrachtete die zahlreichen Flecken auf dem Teppich. An einigen Stellen war er schon richtig durchgewetzt. So ist nun mal das Leben, sagte er sich.

»Bradshaw«, bellte er in den Apparat, »wenn Sie keine Leiche haben, dann nehmen Sie am besten Ihre Pistole und halten sie sich an den Kopf.«

»Ich hab' doch eine«, sagte der Beamte vor Aufregung keuchend.

Rickerson ließ die Zigarre, an der ein langer Speichelfaden hing, auf den Küchenboden fallen. »Her damit. Verdammt noch mal, wer und wo?«

»Dad«, brüllte Stephen und bückte sich nach der Zigarre, »das ist widerlich. Wir haben grad' heute den Boden geputzt.«

»Packy Cummings«, fuhr Bradshaw fort. »Jemand vom Büro des Sheriffs hat ihn vor ein paar Minuten gefunden. In einem Auto... Moment... Moment. Es war sein Auto, der rote Camaro. Ich bin im Funkraum. Sie geben's gerade durch.« Im Hintergrund hörte man die Einsatzleiterin sprechen und die Antwort aus dem Polizeifahrzeug am Tatort.

»Okay, okay«, sagte Bradshaw. »Er ist erschossen worden... ein Kopfschuß. Krankenwagen und Rettungsdienst sind unterwegs, aber die sind sicher, daß er tot ist.«

»Wo, Bradshaw?« brüllte Rickerson in den Hörer. »Sagen

Sie mir wo. Verdammt noch mal, ich kann nichts tun, wenn ich nicht weiß, wo ich hin soll.«

»Augenblick...« Im Hintergrund konnte man noch mehr Stimmen hören. »Santa Ana... First Street... Parkplatz eines Apartmentkomplexes in der Nähe des Gerichts. Der Beamte weiß die genaue Adresse nicht. Es wurde gerade durchgegeben.«

»Ich bin unterwegs«, sagte Rickerson. Wenn Bradshaw keinen Mist erzählt hatte, dann war die Stelle, die er beschrieb, ganz in der Nähe von Lara Sanderstones Wohnung. »Besorgen Sie mir die genaue Adresse und geben Sie sie mir über Funk durch.«

Als sein Vater auflegte, trocknete Stephen sich gerade die Hände an einem Geschirrtuch ab. »Der hatte wohl wirklich 'ne Leiche, was?«

»Yeah«, sagte Rickerson und eilte zur Tür. Dann kam er noch einmal zurück und umarmte kurz seine beiden Söhne. »Wartet nicht auf mich. Es wird bestimmt 'ne lange Nacht.«

»Sei vorsichtig, Dad«, sagten beide fast gleichzeitig.

»Bin ich doch immer«, antwortete er. Kurz darauf war er aus der Tür und setzte rückwärts aus der Einfahrt.

Der Parkplatz der Sea Breeze Apartments war mit Plastikband abgesperrt und von Streifenwagen umstellt.

Rickerson sprang aus seinem Fahrzeug, ließ die Wagentür offen und lief das kurze Stück bis zu Packy Cummings' rotem Camaro.

Ein uniformierter Beamter trat vor und hielt ihn an. »Augenblick, Kumpel. Hier ist ein Verbrechen passiert.«

Rickerson grinste spöttisch und zückte seine Dienstmarke. Dann befestigte er sie an seinem Gürtel und achtete darauf, daß seine Jacke offen blieb. »Was haben Sie bisher?« fragte er. »Und wer hat hier das Sagen?«

»Lieutenant Thomas«, sagte der Mann. »Da drüben.«

Thomas war ein großer Mann, fast zwei Meter. Für einen Lieutenant war er noch recht jung, und er fiel nicht nur durch seine Größe auf, sondern auch durch die Autorität, die er zur Schau stellte. Seine hellbraunen Haare waren ordentlich geschnitten, und er stand in der Nähe des Fahrzeugs, während die Beamten arbeiteten. Die Türen waren offen, und mehrere Männer aus der gerichtsmedizinischen Abteilung und vom Kriminallabor des Sheriffs waren damit beschäftigt, die Leiche zu fotografieren und nach Beweismaterial zu suchen. Packy saß auf dem Fahrersitz, den Kopf gegen die Kopfstütze gelehnt. Wenige Zentimeter über seinem linken Ohr befand sich ein Einschußloch. Blut war in häßlichen Strömen seinen Hals hinunter und auf sein weißes Hemd gelaufen. Das meiste war inzwischen getrocknet. Seine Augen waren auf, und auch sein Mund stand weit offen. Nach seinem Gesichtsausdruck war Rickerson bereit, jede Wette einzugehen, daß er seinen Tod nicht hatte kommen sehen. Jetzt trug er eine permanente Maske der Überraschung.

»Hat er wohl nicht erwartet, was?« Lieutenant Thomas war offenbar zum selben Schluß gekommen.

»Sind Sie sicher, daß er's ist?«

»Es ist das Auto«, der Lieutenant wies mit dem Kopf ruckartig zur Seite, »und der Mann da drüben ist sein Bewährungshelfer. Er hat ihn identifiziert. Die Bewährungsstelle ist nur fünf Minuten von hier entfernt.«

»Was haben Sie bisher?«

»Was weiß ich?« sagte Thomas. »Innen und außen an dem Fahrzeug wurden alle möglichen Fingerabdrücke gefunden, aber wer weiß, wem die gehören? Möglich, daß der Mörder nie einen Fuß in das Auto gesetzt hat. Sehen Sie«, sagte er und ging zu dem Fahrzeug, »das Fenster an der Fahrerseite war runtergedreht. Der Schütze könnte genau hier gestanden und den Abzug gedrückt haben.« Thomas nahm eine Schachtel Zigaretten aus der Tasche und bot Rickerson eine an. Er winkte ab.

»Was ist sonst noch da drin?«

»Hey, Stanley«, rief der Lieutenant einem seiner Männer zu. »Zeigen Sie mal dem Sergeant hier, was Sie im Kofferraum gefunden haben.«

Die beiden Männer gingen ein paar Schritte weiter. Auf dem Gehweg lag offenbar der größte Teil von Packys Habseligkeiten. Sie waren in einem großen Plastikmüllsack gewesen, und jetzt hatte man sie dort auf einer Segeltuchplane ausgebreitet.

»Mal sehen«, sagte Officer Stanley und stocherte mit seinen behandschuhten Fingern in den Sachen herum. »Hier haben wir etwas Unterwäsche, eindeutig nicht sauber, ein paar weiße Hemden von J.C. Penney, deren Hausmarke, und das da«, sagte er lachend und zog etwas heraus, das sich in kleinen Schachteln befand.

»Kondome?« fragte Rickerson.

»Ja. Er hat sich zwar abknallen lassen, aber zumindest wäre er nicht an Aids gestorben. Kluger Kerl, was?«

Alle Männer um sie herum fingen an zu lachen bis auf Rickerson. Für den Detective hatte diese Situation nichts Komisches.

Über Packy Cummings wäre man an die eigentlichen Drahtzieher herangekommen. Wer auch immer ihn umgelegt hatte, hatte das gewußt.

»Irgendwelche Zeugen?«

»Die kleine Lady da drüben«, sagte Stanley. »Sie wohnt in dem oberen Apartment, das auf den Parkplatz hinausgeht.«

Rickerson spürte, wie ihm das Abendessen hochkam, und er schluckte hastig. Wenn sie den Mörder gesehen hatte, dann könnte der Fall in ein paar Stunden erledigt sein. »Und ...«, sagte er aufgeregt.

»Sie war ein gutes Stück entfernt, und der Wagen wurde teilweise von den Bäumen verdeckt. Vor etwa zwei Stunden hat sie zwei Leute in dem Auto gesehen. Das heißt, sie können drinnen im Auto gewesen sein, aber sie können auch draußen gewesen sein. Sie ist sich nicht sicher.« Der Mann zog seine Lippe kraus. »Sie hat ihre Gardinen aufgezogen, ganz zufällig hinuntergeschaut und den Camaro gesehen. Es parkte noch ein anderes Auto in der Nähe, das ihrer Meinung nach keinem der Anwohner gehörte, und den Camaro hatte sie vorher auch noch nie gesehen. Gute Gegend für einen Mord, was?«

Rickerson sah zu den Bäumen rüber. »Stimmt. Das andere Auto ...?«

»Sie meint, es war ein grüner Mercedes oder ein blauer BMW oder ein schwarzer Ford.« Er sah Rickerson an und knallte mit seinem Kaugummi. »Sie verstehen?«

»Yeah«, sagte Rickerson. »Hat sie die Schüsse gehört?«

»Ja«, sagte der andere Mann und spuckte seinen Kaugummi auf den Asphalt. »Sie hat was gehört... dachte, es wäre ein Auto mit einer Fehlzündung. Wir kriegten den Anruf, als ein Junge diesen Kerl mit einem Loch im Kopf hier im Auto sah, und das bei laufendem Motor. Der Mörder war inzwischen weg. Wir können froh sein, daß er überhaupt angerufen hat. Die Leute hier in der Gegend halten sich am liebsten aus allem raus.«

Das brachte alles nichts, dachte Rickerson enttäuscht. Die Frau war eine beschissene Zeugin. Das galt für viele Leute. Er hatte schon Mordfälle erlebt, bei denen jemand nur zwei Schritte von anderen Leuten entfernt umgebracht worden war, und die konnten sich an nichts erinnern.

Typisch Kalifornien, dachte er. Das Land, wo die Leute nichts als Sonne und Luft im Kopf haben.

»War nichts in seinen Taschen, in seiner Brieftasche?«

»*Nada,* Kumpel, kein Glück«, sagte Stanley. »Der Kerl hatte nichts weiter als einen Fünfdollarschein in seiner Brieftasche. Falls er sonst noch was hatte, könnte ihm das natürlich jemand nach der Ermordung geklaut haben. Wir werden nie erfahren, ob's ihm der Mörder abgenommen hat oder irgendein Aasgeier hier aus der Gegend. Ein Typ mit 'ner Kugel im Kopf ist ein willkommenes Opfer für einen Dieb.«

»Waffe mit kleinem Kaliber?«

»Das Loch ist klein... ich nehm's an.«

Der Lieutenant war zum Auto zurückgegangen und schnipste seine Asche auf den Rasen. Er sah Rickerson an und winkte ihn herüber. »Wir machen gerade Abdrücke von den Reifenspuren. Sehen Sie«, sagte er und schaute zu dem Mann herunter, der dort arbeitete. »Ich würde sagen, der Mörder hatte sich hier mit dem Opfer verabredet, hielt an und parkte direkt neben dem Camaro. Der Mörder stand vor dem Fenster, und sie haben sich unterhalten. Dann hat er eine Schußwaffe gezogen und ihn abgeknallt. Cummings muß sich bei dieser Person ziemlich sicher gefühlt haben, denn sein eigenes Schießeisen lag noch im Handschuhfach.«

»Auf dem Türgriff könnten Fingerabdrücke von dem Mörder sein. Das Ganze könnte sich ja auch im Auto abgespielt haben.« Rickerson wußte, daß der Türgriff eine perfekte Oberfläche für Fingerabdrücke war. Er konnte noch hoffen. »Ihr habt doch wohl nicht Dutzende von Abdrücken darüber gemacht, als ihr hierher kamt, oder?« sagte er und beschuldigte damit praktisch die umstehenden Beamten, Beweismaterial zerstört zu haben.

»Moment mal, Sergeant«, fuhr ihn der Lieutenant an. »Wir sind doch keine Cops aus der Provinz. Wir wissen, wie man sich an einem Tatort verhält.«

Der Lieutenant revanchierte sich, indem er ihm klarmachte, daß er derjenige sei, der von einer kleinen Dienststelle kam. In ihren Augen waren sie die Profis. »Nun, dann nehm' ich an, Sie haben alles im Griff«, erklärte er ihm. »Ich warte auf die Berichte. Sobald Ihre Leute sie geschrieben haben, faxen Sie sie bitte an mein Büro.«

»Kein Problem«, antwortete der Lieutenant. »Glauben Sie, das ist Ihr Schütze?«

»Vielleicht sollten Sie sich doch die Fakten des Falls noch mal vor Augen führen«, rief er dem Mann noch über die Schulter zu, während er bereits über den Parkplatz ging. »Es war nie von einem Schützen die Rede. Die Opfer sind durch einen Schlag auf den Kopf und durch Ersticken umgekommen.«

Rickerson lächelte. Das sollte das Arschloch erst mal verdauen. Dann stieg er in seinen Wagen, warf den Rückwärtsgang ein und schoß mit Vollgas auf die Straße.

Lara war allein in der Wohnung und versuchte, Zeitung zu lesen. Aber sie konnte sich nicht konzentrieren. Sie überlegte, ob sie wieder zu Emmet gehen sollte, aber sein Krankenpfleger war gerade da. Sie mußte immer wieder an Josh denken und an das furchtbare Gespräch, das sie mit Evergreen geführt hatte. Würde er wirklich diese Angelegenheit verfolgen? All seinen Einfluß geltend machen und vielleicht ihre gesamte Karriere gefährden, bloß wegen ein paar Worten am Telefon über Sams Pfandleihe? Es schien unglaublich.

Das Telefon klingelte, und Lara hob ab. Sie nahm an, es sei Irene oder Benjamin. Sie hatte beiden eine Nachricht hinterlassen.

»Er ist tot«, sagte Rickerson.

»Wer ist tot?« fragte Lara mit klopfendem Herzen.

»Cummings. Jemand hat ihn heute nachmittag nicht weit von Ihrer Wohnung erschossen.«

»Mein Gott«, sagte Lara, und ihre Stimmung besserte sich schlagartig. »Dann kann ich ja nach Hause. Wenn der Mann, der bei mir eingebrochen ist, tot ist, bin ich in Sicherheit.« Sie würde nicht in Emmets Wohnung ziehen müssen. Sie könnte Josh wiederholen.

»Ich bin ganz in der Nähe«, sagte er. »Kann ich später noch vorbeikommen? Ich erzähle ihnen dann alles im einzelnen. Aber, Lara ...«

»Ja?« sagte sie. Sie saß ganz aufrecht. Es gab doch einen Gott, dachte sie. Er hatte ihre Gebete erhört. Jetzt würde alles gut werden. Sie konnte zwar Ivory nicht zurückholen, aber sie konnte sich um deren Sohn kümmern und ihr normales Leben wieder aufnehmen.

»Sie können noch nicht nach Hause, und... lassen Sie mich alles erzählen, wenn ich bei Ihnen bin. Jetzt muß ich noch was erledigen.«

Bevor sie etwas sagen konnte, hatte der Detective bereits eingehängt. So wie sie die Dinge sah, war das ein Grund zum Feiern. Sie duschte sich, zog saubere Sachen an und besprühte sich mit Parfum. Anschließend ging sie zu dem Getränkeladen an der Ecke und kaufte eine Flasche Wein. Dann wartete sie.

»Kommen Sie rein«, sagte die Frau an der Tür zu Rickerson. »Ian erwartet sie.«

Er trat in ein perfekt eingerichtetes Wohnzimmer. Die Möbel und die übrige Einrichtung hätten durchaus auf dem Titelblatt von *Schöner Wohnen* abgebildet sein können. Mrs. Berger blieb in der Tür stehen. Sie war Mitte bis Ende Fünfzig, gut angezogen, immer noch recht attraktiv und mit einem erfolgreichen Geschäftsmann verheiratet. Schließlich machte sie die Tür zu.

»Ich gehe Ian holen. Er ist in seinem Zimmer.« Sie drehte sich um und wollte gerade in den hinteren Teil des Hauses gehen, doch der Detective hielt sie zurück.

»Nein«, sagte er mit leiser Stimme. »Ich würde mich lieber in seinem Zimmer mit ihm unterhalten anstatt hier, wo ich alle anderen störe.«

Die Frau blickte hoch, ließ die Augen wieder sinken und zuckte mit den Schultern, als ob es ihr egal wäre. Dabei war sie krank vor Sorge wegen ihres Sohns. Das konnte man sehen. »Erste Tür links«, sagte sie.

Die Tür war auf. Ian Berger saß an einem kleinen Schreibtisch, vor ihm lagen mehrere aufgeschlagene Bücher. Er blickte auf. Unter seinen Augen waren dunkle Ränder. Rickerson schaute sich um. Mindestens sechs eingerahmte Fotos Jessica van Horns waren zu sehen. An der Wand hing ein riesiges Poster von dem ermordeten Mädchen, überlebensgroß. Der ganze Raum schien von ihrer Gegenwart erfüllt zu sein.

Ian stand auf und gab Rickerson die Hand. »Setzen Sie sich«, sagte er und deutete auf sein Bett. »Sie können aber auch hier sitzen, wenn Sie wollen. Ich meine, wir könnten auch ins Wohnzimmer gehen.«

Rickerson setzte sich auf die Bettkante. Er hatte sich dieses Zimmer ansehen wollen. Wenn jemand langsam den Verstand verlor und bereit war, etwas Unüberlegtes zu tun, dann spiegelte sich das normalerweise in seiner Umgebung wider. Dieser Raum hier mochte zwar eine Art Heiligtum für das tote Mädchen sein, aber es war nicht das Zimmer von jemandem, der durchgedreht war. Es war sauber und ansprechend.

Das Bett war gemacht, und alles lag an seinem Platz. Aber natürlich wohnte der Junge während der Woche in einem Apartment in der Nähe des UCLA-Campus. Daß dieses Zimmer so aufgeräumt war hatte vielleicht gar nichts zu bedeuten. Vermutlich machte seine Mutter es sauber.

»Wissen Sie, weshalb ich hier bin?« fragte er den Jungen.

»So in etwa...« Er hustete und beugte sich nach vorn. »Weil irgendwas mit dieser Richterin passiert ist, oder?«

Rickerson wechselte das Thema. Er spielte gern mit den Dingen herum, lenkte ein Thema in eine Richtung und schweifte dann auf ein anderes ab. »Was studieren Sie?«

»Wirtschaftswissenschaften.« Der Junge schien seinen Blick nicht von Rickersons Gesicht losreißen zu können.

»Gutes Fach«, sagte der Detective. »Aber ziemlich schwer, oder?«

»Yeah.«

»Ich war nie besonders gut in Mathe. Bei Wirtschaft hat man viel mit Mathe zu tun, stimmt's?«

»Hören Sie«, sagte Ian Berger, »können wir jetzt auf das zu sprechen kommen, weshalb Sie hier sind? Ich hab' nächste Woche eine wichtige Klausur. Ich muß lernen, sonst schaff' ich's in diesem Jahr nicht.«

»Wo waren Sie am Mittwoch, den 8. September, zwischen zwölf und drei?«

Der Junge dachte einen Augenblick nach, dann drehte er sich zum Schreibtisch und blätterte einen Terminkalender durch. »Ich war in der Uni... in einem Seminar.«

»Die ganze Zeit?« Rickerson stand auf und sah sich das Poster von dem toten Mädchen an. Wie bei der *Mona Lisa* schienen ihre Augen ihn durch das Zimmer zu verfolgen. Er hatte dem Jungen nicht erzählt, daß sich das Verbrechen am Nachmittag ereignet hatte und nicht nachts, aber Ian hatte das bereits gewußt. Vermutlich hatte er es in der Zeitung gelesen.

»Zwischen zwölf und eins war ich beim Mittagessen. Ich hab' wahrscheinlich in der Mensa gegessen. Da esse ich jeden Tag. Um eins hatte ich einen Kurs in Volkswirtschaft.«

»Ach ja«, sagte Rickerson. Er nahm eine Zigarre aus seiner Tasche und rollte sie zwischen den Fingern. Er hatte nicht die Absicht, sie anzuzünden. »Bis wann ging der Kurs?«

»Bis drei. Warum hören Sie nicht auf, um den heißen Brei herumzureden, und fragen mich direkt, was Sie wissen wollen?« Er wurde rot im Gesicht und setzte sich gerade. Sein Rücken wurde stocksteif. »Ich hab' diese Richterin bedroht. Darum geht es doch. Aber ich habe bestimmt nichts angestellt.«

Rickerson blieb stehen, starrte ihn verärgert an und zwirbelte an seinem Schnurrbart. »Sie haben sie also bedroht... ihr gesagt, jemand sollte ihre ganze Familie umbringen?«

Der Junge senkte den Blick. »Das wissen Sie ja. Alle im Saal haben es gehört. Ich... hab' das nicht wirklich gemeint. Ich war durcheinander, wütend.«

Rickerson steckte die Zigarre wieder in die Tasche und fuhr ihn an: »Vielleicht waren Sie wütend genug, um Ihre Drohung wahr zu machen, es ihr heimzuzahlen?«

Ian Berger schüttelte den Kopf. Schweißperlen erschienen auf seiner Stirn. Er war ein gutaussehender junger Mann mit dunklen Haaren und durchdringenden dunklen Augen, aber er wirkte jetzt älter als er war. Er würde nie mehr ganz unbeschwert sein. »Sie können das an der Uni überprüfen. Ich war da. Und außerdem, wenn ich jemanden umbringen wollte, würde ich diesen Wahnsinnigen umbringen, der Jessica ermordet hat, nicht diese dämliche Richterin.«

»Aber Henderson haben Sie nicht bedroht. Sie haben die Richterin bedroht. Stimmt's?«

»Ja«, sagte Ian. »Ich hab' einen Fehler gemacht, zugegeben. Ich hab' mich wie ein Idiot benommen. Ich weiß, sie hat nur getan, was sie tun mußte. Es war bloß so hart, das hinzunehmen... zu akzeptieren... Haben die was Neues in der Hand oder ist er immer noch frei?«

»Damit hab' ich nichts zu tun, mein Junge«, sagte Rickerson und ging zur Tür. Henderson war frei, aber das mußte er dem Jungen nicht unbedingt auf die Nase binden. »Schreiben

Sie mir den Namen des Professors auf, damit wir Ihre Aussage überprüfen können.«

Der junge Mann kritzelte etwas auf ein Stück Papier, ging zu dem Detective und gab es ihm. »Wenn sich der Professor nun nicht erinnert, ob ich an diesem Tag da war? Es ist ein großes Seminar.«

Rickerson sah Ian Berger forschend ins Gesicht. Er war sich nicht sicher, ob er Trauer oder Furcht darin sah. An der UCLA waren in manchen Seminaren über hundert Studenten, und es wäre nicht weiter erstaunlich, wenn der Professor keine Anwesenheitsliste führen würde. Wenn man seine Aussagen nicht untermauern könnte, würde Ian Berger weiter zu den Verdächtigen zählen. »Dann haben Sie vermutlich ein Problem, Ian. Wie steht's denn mit Freunden, Kommilitonen? Irgendwer muß Sie doch an diesem Tag gesehen haben.«

Ian senkte den Kopf. Ohne aufzuschauen sagte er: »Jessica war meine beste Freundin.«

Könnte er es getan haben? fragte sich Rickerson. Alle Voraussetzungen waren vorhanden. Er ließ seine Augen noch einmal durch den Raum schweifen. So wie es aussah, hatte Thomas Henderson mehr als ein Leben vernichtet. Der Junge, der da vor ihm stand, würde sich vielleicht nie mehr erholen. Er könnte sogar wegen Mord im Gefängnis landen. Rickerson hoffte, daß es nicht dazu kam. Er spürte ein überwältigendes Gefühl von Traurigkeit in dem Zimmer und hatte es eilig zu gehen. »Wir hören voneinander.«

»Sagen Sie der Richterin, ich hätte es nicht so gemeint, okay? Sagen Sie ihr, das mit ihrer Familie täte mir leid.«

»Mach' ich«, sagte Rickerson und ging ein Stück den Flur entlang. Dann kehrte er noch einmal in das Zimmer zurück. »Mein Junge, ich möchte Ihnen einen guten Rat geben. Hängen Sie diese Bilder ab. Sie ist nicht mehr da. Lassen Sie sie gehen. Leben Sie Ihr eigenes Leben. Sie hätte es so gewollt.«

Der junge Mann war an den Schreibtisch zurückgekehrt. Ohne sich umzudrehen sagte er mit gefühlsgeladener Stimme: »Das kann ich nicht. Ich kann es einfach nicht.«

Während Rickerson allein das Haus verließ, hallten ihm die eigenen Worte im Kopf wider. Sie ist nicht mehr da. Lassen Sie sie gehen. Leben Sie Ihr eigenes Leben. Du kannst gut Ratschläge geben, sagte er sich. Wird Zeit, daß du sie selbst mal beherzigst.

Es war fast zehn Uhr, als Rickerson zu Lara kam. Sie hatte bereits drei Gläser Wein getrunken.

Sie riß die Tür auf, und er spazierte gemächlich in das kleine Wohnzimmer. Er schien nicht gerade besonders gut gelaunt zu sein. »Machen Sie doch nicht so ohne weiteres die Tür auf. Eines Tages kriegen Sie noch 'ne Ladung Blei ins Gesicht.«

Sie blieb einen Augenblick an der Tür stehen. »Danke«, sagte sie. »Ich hab' gedacht, das wär' ein Grund zum Feiern. Der Mann ist tot. Haben Sie mir das nicht gesagt?«

Er drehte sich um und sah sie an, musterte ihren Körper von oben bis unten. »Zunächst einmal glaube ich, daß dieser Mann für mehr verantwortlich war als nur für den Einbruch in ihr Haus. Er könnte sogar unser Mörder sein, aber er wurde dafür bezahlt. Derjenige, der ihn beauftragt hat, läuft noch frei herum, und um ganz ehrlich zu sein, das nächste Opfer könnten Sie sein.«

Lara spürte, wie ihr Herz anfing zu rasen. Bis zu diesem Punkt war es reine Spekulation gewesen, daß die beiden Verbrechen etwas miteinander zu tun haben könnten. Jetzt bestätigte der Detective ihre schlimmsten Befürchtungen. Und sie hatte diesen Mann freigelassen. »Sie glauben also, daß jemand diese Morde in Auftrag gegeben hat? Aber warum? Mein Gott, warum?«

Rickerson sprach eindringlich, sein Gesicht war ganz rot. Sie standen immer noch mitten im Wohnzimmer, nur wenige Schritte voneinander entfernt. »Weil er glaubt, daß Sie etwas wissen oder eventuell etwas haben, das ihn belasten könnte.« Er ließ seine Worte einen Augenblick wirken, dann fuhr er fort. Er mußte sich entscheiden, wieviel er preisgeben wollte. »Wenn ich es richtig sehe, hat er den

Mann eliminiert, der ihn hätte identifizieren können – Cummings. Er ist gerade beim Großreinemachen, Lara, will offene Probleme aus der Welt schaffen. Sie sind ein offenes Problem, sonst wäre Ihr Haus nicht durchwühlt worden.«

»Aber ich kann niemanden identifizieren. Das ergibt einfach keinen Sinn.«

»Ihre Schwester kam zu Ihnen und hat behauptet, daß jemand hinter ihr her ist. Wenn derjenige, der Packard Cummings angeheuert hat, auch derjenige war, der Ihre Schwester verfolgt hat, dann muß er in Betracht ziehen, daß Sie etwas wissen, daß Ihre Schwester Ihnen was erzählt hat. Ich meine, Sie waren schließlich ihre Schwester. Wenn sie in Bedrängnis war, warum sollte sie es Ihnen nicht gesagt haben?«

»Hat sie aber nicht, und ich hab' Ihnen bereits erklärt, warum.«

»Ich weiß das, Lara, aber er weiß es nicht. Denken Sie mal darüber nach.«

Das tat sie. Das Schweigen lastete schwer im Raum.

»Ich verstehe, was Sie meinen«, antwortete sie schließlich. »Was jetzt? Und was ist mit dem Freund von Jessica van Horn?«

»Er sagt, er sei in einer Veranstaltung an der Uni gewesen. Wir müssen das überprüfen.«

»Glauben Sie, daß er die Wahrheit sagt?«

»Ehrlich gesagt, das ist schwer zu entscheiden. Er hat dieses Mädchen geliebt, und er ist außer sich vor Kummer. Wie weit außer sich, weiß ich nicht.« Rickerson zupfte an seinem Schnurrbart. »Übrigens, Thomas Henderson läuft wieder frei herum. Einer von unseren Leuten hat ihn gestern zufällig in Costa Mesa in der Nähe des Gerichts gesehen.«

»Verdammt«, sagte Lara. »Er war im Camarillo State Hospital, als ich das letzte Mal von ihm gehört habe. Er ist also raus?«

»Sie haben's erfaßt, Mädchen.«

»Nun ja, Henderson sollte mich eher küssen und nicht umbringen wollen. Ich hab' ihm ganz bestimmt nichts getan.

Er ist aufgrund meiner Entscheidung freigekommen.« Wunderbar, dachte Lara spöttisch. Im Moment ließ sie alle Mörder frei, anstatt sie einzusperren.

»Da haben Sie recht«, sagte Rickerson. »Vergessen Sie nur nicht, daß er wieder draußen ist.«

»Was ist mit den anderen Anhaltspunkten... die ganzen Kunden von Ivory? Einer von denen könnte sie und Sam umgebracht haben. Bloß weil dieser Packy in mein Haus eingebrochen war, daraus folgt doch noch nicht, daß er in die Morde verwickelt ist.«

Rickerson seufzte. In diesem Punkt hatte sie recht, obwohl er glaubte, daß er mit Evergreen noch in den Ring würde steigen müssen. »Wir haben fast alle von der Liste vernommen. Die meisten waren zur fraglichen Zeit bei der Arbeit und haben dafür Dutzende von Zeugen. Sie dürfen nicht vergessen, daß sich das Verbrechen am hellichten Tag ereignet hat. Natürlich lassen sich die Anrufe bei Hotels und anderen Einrichtungen nicht weiterverfolgen.« Plötzlich fiel ihm sein Gespräch mit Bradshaw ein. »Ich möchte Sie was fragen. Haben Sie einen guten Freund, der Anwalt ist?«

»Mein Gott, Rickerson, alle meine Freunde sind Anwälte. Entweder Anwälte oder Richter.«

»Ich will Ihnen sagen, worum es geht, Lara. Anscheinend hat jemand bei der Wache angerufen und gefragt, ob wir in dem Fall schon Verdächtige hätten. Er hat gesagt, er wäre ein guter Freund von Ihnen, und versucht, dem Sohn vom Chief Informationen aus der Nase zu ziehen.«

Lara stand einen Augenblick nachdenklich da. »Der einzige, der mir einfällt, ist Benjamin England. Er hat Thomas Henderson vertreten. Wir sind ein paarmal miteinander ausgegangen, aber er ist im Augenblick verreist, und ich habe seit dem Tod meiner Schwester noch nicht mal mit ihm gesprochen. Soviel ich weiß, kommt er morgen zurück.«

Rickerson nahm sein kleines Notizbuch heraus und kritzelte Englands Namen auf eine Seite. »Ich werde das überprüfen. Schon wieder Henderson. In diesem Fall hängen ja viele Leute drin.«

»Es ergibt keinen Sinn, daß Benjamin anrufen und sich nach der Sache erkundigen sollte, wenn er noch nicht mal mit mir gesprochen hat.«

»Vielleicht weiß er nicht, wo Sie sind, Lara«, sagte Rickerson. Der Mann könnte ein potentieller Verdächtiger sein, dachte er. Als Anwalt in Strafsachen hatte er Zugang zu Gerichtsinformationen. Dieser Freund von Lara könnte bei Evergreen angerufen und behauptet haben, er sei von einer Bundesbehörde, und ohne weiteres Cummings' Freilassung in die Wege geleitet haben. Jeder, der wußte, was man sagen und wen man anrufen mußte, hätte das problemlos schaffen können. Der Detective schüttelte den Kopf. Dieser Fall war, als ob man Schmetterlinge ohne Netz fangen wollte. Sobald er glaubte, er hätte was in der Hand, flatterte es wieder davon.

Lara warf sich mit dem Gesicht nach unten auf das Sofa. Der Wein, die Enttäuschung, der Streß der vergangenen Tage forderten ihr Tribut. »Ich hab' gedacht, es wär' vorbei«, sagte sie schwach mit hoher Stimme. »Und jetzt erzählen Sie mir, ich sei die nächste... daß mich tatsächlich jemand töten will, daß ich den Mann freigelassen habe, der meine eigene Schwester umgebracht hat. O Gott.«

In diesem Moment spürte sie Rickersons warmen Atem auf ihrem Nacken und seine kühle Hand auf ihrer Haut. »Rutschen Sie ein Stück«, sagte er sanft. »Was Sie jetzt brauchen ist eine Nackenmassage.«

Als er anfing, ihren Nacken zu kneten, wurde Lara ganz starr. »Entspannen Sie sich«, sagte er. »Ich bin doch nicht der große böse Wolf.« Dann flüsterte er. »Ich will nicht, daß dir irgendwas passiert, Lara.«

Sein Oberschenkel stieß gegen ihren Brustkorb und streifte ihre Brust. Sie konnte die Wärme seines Körpers fast durch seine Kleidung spüren. Und sie konnte ihn riechen. Kein starkes Eau de Cologne, wie es die meisten Männer benutzten, sondern ein männlicher, erdiger Geruch. Zigarren, Kaffee und Schweiß. Heute abend roch das nicht mal schlecht. So hatte ihr Vater gerochen, wenn er sie auf den Schoß nahm.

Während er ihr weiter den Nacken massierte, fragte sie sich, wie es wohl wäre, mit so einem Mann zusammenzusein. Ein Mann, der eine Waffe trug. Ein Mann, der vor nichts Angst hatte. Dann spürte sie etwas anderes. Seine Hände waren sanft und weich, als ob er mit Samt gepolsterte Handschuhe trüge. Sie spürte, wie ihr Körper reagierte, und stellte sich diese Hände auf ihrer Haut vor, auf ihren Brüsten, ihrer Hüfte, zwischen ihren Beinen. Sie zitterte. Was war los mit ihr? Das war Wahnsinn.

»Es ... es ist alles okay, Ted«, sagte sie und versuchte, sich umzudrehen. »Ich hab' mich wie ein kleines Kind benommen. Es ist mir peinlich. Lassen Sie mich aufstehen.«

»Sssch«, sagte er, ließ die Hände über ihren Rücken gleiten und massierte sie durch die Bluse. »Schlaf jetzt. Wir reden morgen weiter.«

Lara schloß die Augen. Mehrere Male wäre sie fast eingeschlafen, doch dann riß sie ihre Augen ruckartig wieder auf. Er ließ seine Hand wandern. Vielleicht bildete sie sich das auch nur ein. Sie glaubte ganz sicher zu spüren, wie er ihr Gesäß berührte. Sie wollte es spüren. Das war das Problem. »Ted«, sagte sie. »Danke für die Nackenmassage, aber ich glaube, ich gehe jetzt ins Bett.«

Seine Finger glitten seitlich von ihrem Rücken herab und streiften ihre Brüste. Er beugte sich über ihren Rücken und schob ihr das Haar aus dem Nacken. Sie atmete ein in der sicheren Erwartung, daß er sie küssen würde. Und genau dort, ausgerechnet da – an der Stelle, an der sie so empfindlich war. Sie schloß die Augen und wartete. Sie hielt die Luft an. Ihr Herz schlug so schnell, daß sie davon überzeugt war, daß er es merkte.

Nichts passierte. Sie hörte, wie die Tür zufiel. Rickerson war gegangen.

Kapitel 16

Am nächsten Morgen fuhr Lara zum Gericht. Es war Samstag, und der Parkplatz war fast leer. Sie wollte den Fall Adams noch mal durchsehen und einige Anrufe erledigen. Außerdem wollte sie aus der Wohnung heraus. Die ganze Nacht hatte sie sich im Bett herumgewälzt und nicht schlafen können. Ihre Gedanken kehrten immer wieder zu Ted Rickerson zurück, was für ein Liebhaber er war, wie er wohl ohne Kleider aussah, wie es sein würde, ihn in sich zu spüren. Sie war sicher, daß er verheiratet war. Er trug einen Ehering. Sie hatte noch nie erlebt, daß jemand einen Ehering trug und nicht verheiratet war. Und außerdem war er ein Cop. Wenn sie jetzt auch noch anfing, sich ihre sexuelle Befriedigung bei der Polizei zu holen, dann konnte sie ihre Karriere gleich in den Wind schreiben.

Sic war völlig mit den Nerven am Ende und total fahrig. Heute morgen war sie sich vorgekommen, als wäre sie die ganze Nacht in einem nicht jugendfreien Film gewesen. Wenn er einen echten Annäherungsversuch gemacht hätte, dachte sie, dann wären ihre Phantasievorstellungen wahrscheinlich verschwunden. Das war das Komische an Frauen. Anscheinend wollten sie immer das, was sie nicht haben konnten, und zumindest sie fühlte sich von wirklich aggressivem Verhalten normalerweise abgeschreckt. Nur schienen die Männer das nicht zu merken.

Doch die Art, wie der Detective sie berührt hatte, war so behutsam gewesen, so verführerisch. Sie schüttelte den Kopf und stieg aus dem Jaguar. Sie mußte sich das aus dem Kopf schlagen, und zwar schnell. Es war Unsinn. Für so etwas hatte sie überhaupt keine Zeit. Er mußte ja glauben, daß sie es verzweifelt nötig hatte. Hatte sie das? Es war eine Sache, allein zurechtzukommen, wenn nichts Besonderes passierte. Aber jetzt brauchte sie jemanden. Sie brauchte jemanden, der sie festhielt, damit der Schmerz nachließ.

Das konnte aber nicht Ted Rickerson sein. Soviel war klar.

Da am Wochenende kein Sicherheitsposten da war, mußte sie in ihrer Handtasche nach dem Schlüssel suchen, um in den Flur zu gelangen, der zu ihrem Amtszimmer führte. Bevor sie losgefahren war, war sie bei Emmet vorbeigegangen, der ihr gesagt hatte, er habe bereits alles mit der Firma geregelt. Man würde noch heute seine Sachen in ihre Wohnung bringen und seine Anlage aufbauen. Die Telefongesellschaft hatte seine Leitung bereits gestern angeschlossen.

Die Klimaanlage im Gebäude war entweder ausgestellt oder auf eine Art Klimakontrolle geschaltet, bei der die Luft kaum bewegt wurde. Da es in diesem Bereich des Gebäudes auch keine Fenster gab, war es unangenehm stickig.

Im Büro wählte sie die Nummer von der Karte, die ihr die Sozialarbeiterin gegeben hatte, und hinterließ dort ihre Nummer beim Gericht. Man hätte ihr zumindest mitteilen sollen, wie sie Josh erreichen konnte und wo man ihn untergebracht hatte, dachte sie und spürte, wie ihr Frustrationspegel um fünf Zentimeter stieg. Kein Wunder, daß Victor Adams ausgerastet war und es einem dieser Leute heimgezahlt hatte. Ihre Vorschriften waren einfach zu starr und ihr Verhalten zu überheblich. Gestern hätte sie am liebsten selbst beiden Frauen ins Gesicht geschlagen.

Sie mußte Josh etwas Passendes zum Anziehen kaufen. Am Montag war die Beerdigung.

Das Telefon auf ihrem Schreibtisch klingelte, und sie nahm ab. Es war Rickerson. »Woher wußtest du, daß ich hier bin?« fragte sie ihn.

»Ich weiß alles«, sagte er.

»Tatsächlich.«

Er senkte seine Stimme. »Wie hast du geschlafen?«

Sie räusperte sich. Bestimmt hätte sie viel besser geschlafen, wenn er neben ihr im Bett gelegen hätte. »Gut«, sagte sie. »Und du?«

»Gut.« Nach einem kurzen, verlegenen Schweigen fuhr er ganz geschäftsmäßig fort. »Ich wollte dir ein paar Fragen über Judge Evergreen stellen.«

»Evergreen? Warum?«

»Evergreen hat dich gebeten, Packy Cummings freizulassen. Wenn ich mich nicht irre, ist derjenige, der Cummings' Entlassung arrangiert hat, unser Mörder.«

»Aber doch nicht Leo Evergreen. Was könnte der für ein Motiv haben, meine Schwester und meinen Schwager umzubringen? Außerdem ist er ein alter Mann, Ted. Ivory wurde vergewaltigt. Was du da sagst ist absurd.«

»Lara, ich behaupte ja nicht, daß er sie selbst umgebracht hat. Wie ich bereits gestern abend sagte, bin ich der Meinung, daß jemand Packy angeheuert hat, um in dein Haus einzubrechen und dann Sam und Ivory umzubringen.«

Laras Stimme wurde um mehrere Dezibel lauter. »Aber warum?«

»Wie wär's mit Erpressung?«

»Ivory und Sam sollen Evergreen erpreßt haben? Weswegen?«

»Ivory war eine Prostituierte.« Er war nicht bereit, Lara von den Fotos zu erzählen, oder von dem Bargeld, das sie im Safe der Pfandleihe entdeckt hatten. Noch nicht.

»Evergreen hat bestimmt seit Jahren keinen Geschlechtsverkehr gehabt. Das kommt mir alles unsinnig vor«, sagte Lara und klopfte dazu mit ihrem Stift auf den Schreibtisch. »Ivory hatte eine ellenlange Kundenliste. Sie und Sam hätten Dutzende von Leuten erpressen können.«

»Lara, deine Schwester war auf Sadomaso spezialisiert. Ihre Kunden haben nicht immer mit ihr geschlafen.«

Lara schwieg.

Rickerson fuhr fort. »Was weißt du über Evergreens Privatleben? Ist er verheiratet? Hat er Kinder?«

»Ich glaube, seine Frau ist tot. Bin mir aber nicht ganz

sicher. Sie ist entweder tot oder hat sich vor Jahren von ihm scheiden lassen. Ich glaube aber, er hat einen Sohn.«

»Wie alt ist sein Sohn?« fragte Rickerson.

»Du liebe Zeit, Ted«, antwortete Lara. »Das weiß ich wirklich nicht. Bestimmt schon erwachsen. Mir fällt grad' ein, ich hab' mal ein Bild von seinem Sohn bei ihm auf dem Schreibtisch gesehen. Was hat das denn mit der ganzen Sache zu tun?«

»Bleib, wo du bist, Lara. Ich komme rüber.«

Bevor sie dem Detective sagen konnte, daß er nicht ins Gebäude käme, hatte er bereits aufgelegt. Also würde sie ihn auf dem Parkplatz treffen müssen.

Rickerson ging hinter Lara den langen, mit Teppichboden ausgelegten Flur entlang, der die Amtszimmer der Richter von den Gerichtssälen trennte. »Aber ich hab' dir doch gesagt, ich kann die Tür zu seinem Zimmer nicht aufschließen«, sagte sie. »Ich habe keinen Schlüssel. Aus Sicherheitsgründen schließen die Richter immer ihre Türen ab.«

»Hat dein Sekretär keinen Schlüssel von deinem Zimmer?«

Lara blieb stehen und drehte sich um. »Doch, hat er. Er schließt normalerweise auf, bevor ich morgens komme. Er muß schon deshalb einen Schlüssel haben, falls mal jemand eine Akte braucht, die bei mir im Zimmer liegt, und ich nicht da bin.« Lara schwieg. Der Detective machte sie ganz nervös. Sie war ohnehin schon in einem furchtbaren Dilemma, und jetzt wollte er auch noch in Evergreens Zimmer herumschnüffeln. »Ich weiß schon, was du sagen willst. Evergreens Sekretärin hat bestimmt auch einen Schlüssel, stimmt's?«

Er nickte.

Sie fuhr fort. »Aber sie schließt vermutlich ihren Schreibtisch ab. Phillip tut das ebenfalls. Ich laß nicht zu, daß du ihn aufbrichst. Denk das bloß nicht.«

Als sie zu Evergreens Büro kamen, steuerte Rickerson geradewegs auf den Schreibtisch der Sekretärin zu und nahm etwas aus seiner Tasche. Sekunden später durchwühlte er bereits die Schubladen.

Lara stand da, die Hände in die Hüften gestützt. »Wie hast du den aufgekriegt?«

»Mit einem Dietrich«, sagte er und hielt ihn hoch. »Diese billigen Büroschreibtische sind ein Kinderspiel. Mit der Tür könnte das schwieriger sein. Komm mit.« An seinen Fingern baumelte ein großer Schlüsselring aus Messing.

»Hör auf«, sagte Lara. »Das gefällt mir überhaupt nicht, ganz und gar nicht. Jetzt hast du mich schon soweit, daß ich in das Zimmer des Gerichtspräsidenten einbreche. Das wird mich meinen Job kosten.«

Rickerson hatte die Tür zu Evergreens Zimmer geöffnet und war bereits darin verschwunden. Lara stand immer noch kopfschüttelnd im Vorzimmer. »Vielleicht verlierst du deinen Job, aber besser das, als tot zu sein«, rief er ihr zu.

Sie betrat das Zimmer.

»Ist das das Bild?« fragte er und hielt ein Foto von einem jungen Mann Anfang Zwanzig mit einem Kindergesicht hoch.

Lara nickte.

Rickerson knackte das Schloß an Evergreens Schreibtisch und fing an, darin zu wühlen. Er fand einen Stapel Zahlungsbelege, die offenbar vom Privatkonto des Richters stammten, und blickte zu Lara. »Steh nicht bloß hier rum. Tu was. Geh damit zu einem Fotokopierer und kopier sie von beiden Seiten. Habt ihr hier auch einen Farbkopierer?«

»Ich glaube ja«, sagte sie. »Weiter hinten auf dem Gang.«

»Okay, dann nimm das Foto aus dem Rahmen und mach ebenfalls eine Kopie davon. Und beeil dich. Vielleicht kommt er ja auch am Wochenende hierher.«

»Wozu brauchst du ein Bild von Evergreens Sohn?« wollte Lara wissen.

Der Detective hatte bisher gestanden. Jetzt hatte er sich in Evergreens Ledersessel niedergelassen. »Vertrau mir«, sagte er.

Lara riß ihm das Foto und die Zahlungsbelege aus der

Hand, verließ das Zimmer und lief so schnell sie konnte den Flur entlang. Das hätte ihr jetzt gerade noch gefehlt, daß Evergreen sie mit diesen Sachen in der Hand erwischte. »Vertrau mir«, murmelte sie, Rickersons Sprechweise nachahmend. »Als hätte ich das noch nie gehört.« Im Kopierraum knallte sie die Belege mit der Vorderseite nach unten auf die Glasplatte und drückte den Knopf. Die Maschine begann zu surren.

Am Sonntag fuhr Lara zu der Adresse, die Madeline Murphy ihr gegeben hatte. Es handelte sich um ein weitläufiges älteres Haus aus Lehmziegeln im ärmeren Teil von Costa Mesa. Überall im Vorgarten lag Spielzeug verstreut. Lara mußte ein Skateboard vom Gehweg schieben, um überhaupt durchzukommen. Die Sozialarbeiterin hatte Lara gestattet, mit Josh einen Anzug für die Beerdigung kaufen zu gehen. Er machte die Tür selbst auf. Er war blaß und sah aus, als hätte er die ganze Nacht nicht geschlafen, seine Haare waren schmutzig und strähnig. Während er in der Tür stand, warf ein verwahrloster kleiner Junge ein Frisbee quer durch den Raum und traf Josh am Kopf.

»Hör damit auf, du dreckige kleine Kröte«, brüllte Josh, »oder ich komm' rüber und hau' dich zu Mus.«

»Leck mich, du Arsch«, brüllte der Junge zurück. Er war kaum älter als sieben, ein Straßenkind wie aus dem Bilderbuch.

Während der Fahrt schwiegen sie beide. Josh drehte den Kopf weg und sah aus dem Fenster.

»Hör mal, Schatz«, sagte sie zu ihm im Kaufhaus, »spätestens Dienstag bist du da raus. Wir ziehen in eine andere Wohnung in der Anlage. Nur vorübergehend. Sie gehört einem Freund von mir, Emmet, ich hab' dir von ihm erzählt.«

»Sie werden mich ewig dort festhalten. Ich hasse diese Leute. Die Frau ist ein Schwein und stinkt. Der Mann trägt seine Hosen so weit unten, daß man die ganze Zeit seinen behaarten Arsch sehen kann. Ich glaube, die baden nie. Dann sind da noch sechs schreiende kleine Kinder. Ich kann überhaupt nicht schlafen.«

Lara fuhr mit dem Kopf herum. »Ich dachte, du müßtest ein eigenes Zimmer haben. Du willst mir doch nicht sagen, daß du zusammen mit sechs Kindern in einem Raum bist?«

»Nein«, sagte er. »Ich hab' ein Zimmer, das ist ungefähr so groß wie ein Wandschrank. Wenn ich auf dem Bett sitze, kann ich beide Wände berühren. Und die Bälger kommen dauernd rein. Sie hauen auch gegen die Wände und werfen mit Sachen um sich.«

Und diese Leute hielt man für geeigneter als sie, dachte Lara. Es waren Pflegeeltern, Leute, die ihren Lebensunterhalt damit verdienten, daß sie sich um Kinder wie Josh kümmerten. Leider taten die meisten das nicht wegen der Kinder. Sie taten es wegen des Geldes.

Während Lara die Ständer mit den Anzügen durchsah, stand Josh einfach nur da und zeigte keinerlei Interesse. »Was hältst du von dem hier?« sagte sie und hielt einen marineblauen Anzug mit einem rötlichen Streifen hoch.

»Grauenhaft«, sagte Josh.

»Prima«, sagte Lara. »Selbst wenn du ihn grauenhaft findest, würdest du ihn bitte mal anprobieren, ob er paßt?«

Er riß ihr den Anzug aus der Hand und steuerte auf die Kabine zu. Sie wußte eigentlich gar nicht, warum sie sich diese Mühe machte. Es würde ohnehin niemand dort sein außer Irene und John Murdock, Benjamin England, falls er ihre Nachricht erhalten hatte, und Phillip. Dann dachte sie an Emmet. Irene könnte seinen Kastenwagen fahren und ihn mitbringen.

Der Anzug paßte. Sie kaufte ihn und warf ihre Kreditkarte auf die Theke. »Ich hol' dich morgen gegen zehn Uhr ab«, sagte sie zu ihm. Er antwortete nicht.

Auf dem Weg zum Parkplatz sprach er sie plötzlich an. »Warst du an meinem Rucksack?«

Lara blieb wie angewurzelt stehen. In dem Moment setzte ein Auto zurück, und sie trat zur Seite. »Ich ... ich hab' nach einem Stift gesucht, Josh. Es tut mir leid. Ich hätte dich fragen sollen.«

»Hast du mein Metallica-T-Shirt rausgenommen?«

Sie konnte ihn nicht anlügen. Sie schloß den Wagen auf und stieg ein. Sobald Josh auch im Auto war, wandte sie sich ihm zu. »Sieh mal, Josh, ich möchte ganz ehrlich zu dir sein. Ich hab' das T-Shirt genommen, weil Blut dran war. Jetzt, wo ich's dir gesagt habe, warum erzählst du mir nicht gleich, wessen Blut es ist?«

Seine Augen blitzten vor Zorn, und er langte nach dem Türgriff. Lara packte ihn hinten am Hemd. »Lauf nicht weg. Damit änderst du gar nichts. Du mußt es mir erzählen, Josh.«

»Nimm deine Scheißpfoten weg. Ich wußte ja, daß du ein Biest bist. Ich versteh' gar nicht, warum ich mal geglaubt habe, du wärst anders. Du meinst, ich hätte sie umgebracht, stimmt's?« Seine Gesichtsmuskeln begannen zu zucken, und er beugte sich ganz nah an Laras Gesicht heran.

Sie wich zurück, weil sie im ersten Moment glaubte, er wolle sie schlagen.

»Es ist mein Blut. Da... jetzt weißt du's. Bist du jetzt zufrieden?«

»Was ist passiert? Bist du vom Fahrrad gefallen? Hast du dich geschnitten?«

Er wandte sich ab und starrte aus dem Fenster. »Das kann ich dir nicht sagen.«

Lara langte über den Sitz und berührte seine Hand. »Josh, sieh mich bitte an. Du kannst es mir ruhig sagen. Liebling, ich muß es wissen. Das ist eine ernste Angelegenheit. Ich möchte, daß du von jedem Verdacht befreit bist.«

»Ich kann es nicht«, sagte er schniefend. »Es ist zu peinlich.«

Lara saß schweigend da. Dann ließ sie den Wagen an und fuhr vom Parkplatz. Sie hatte keine Ahnung, wovon er sprach. Warum sollte es peinlich sein? »Ich hab' eine Idee«, sagte sie. »Könntest du's nicht aufschreiben?«

»Vielleicht.« Seine Stimme war ganz kleinlaut. Er weigerte sich, sie anzusehen.

Schweigend fuhren sie zum Haus der Pflegeeltern zurück, beide ganz in Gedanken versunken. Nachdem sie davor angehalten hatte, griff sie in ihre Tasche und gab Josh einen Stift und ein Stück Papier. »Ich mach' jetzt einen kleinen Spaziergang. Schreib auf, was passiert ist, und laß es auf dem Sitz liegen. Ich verspreche dir, daß ich's nicht lese, bevor du im Haus bist. Abgemacht?«

Sie wartete seine Antwort nicht ab, sondern ging ein Stück den Bürgersteig entlang und überquerte die Straße. Sobald sie Josh aussteigen und ins Haus gehen sah, kehrte sie zum Auto zurück. Sie konnte nichts entdecken. In der Annahme, daß der Zettel zwischen die Sitze gefallen war, ging sie auf die andere Seite des Wagens, öffnete die Beifahrertür und suchte danach. Sie drehte sich zum Haus und stellte fest, daß Josh sie aus dem Fenster beobachtete. Nachdem sie noch einige Minuten dort stehengeblieben war, fuhr Lara los.

Als erstes rief sie Emmet an. »Weißt du inzwischen, welche Blutgruppe das auf dem T-Shirt ist?« fragte sie.

»Ja«, sagte er. »Ich habe... versucht... dich zu erreichen. Es ist... Gruppe AB.«

Lara fuhr an den Straßenrand und legte sich die Hand auf die Brust. »Gott sei Dank, Emmet. Darüber bin ich wirklich froh. Ich weiß nicht genau, wie sein Blut dahin gekommen ist, was er mit sich angestellt hat, aber ich nehme an, es ist alles in Ordnung. Ich meine, es ist ja seine Blutgruppe.«

»Es sei denn«, bemühte sich Emmet zu sagen, »dein Schwager... hätte... auch AB. Allerdings... nicht wahrscheinlich. Nur etwa vier Prozent... der Bevölkerung... haben Blutgruppe AB.«

»Ich werde das feststellen. Und vielen Dank. Ich bin in ein paar Minuten bei dir.« Sie fuhr rasch zurück. In der Wohnung herrschte zwar ein heilloses Durcheinander, doch zumindest hatte er jemanden gefunden, der bereit gewesen war, den Umzug am Wochenende durchzuführen. Armer Emmet, dachte sie, während sie über den Hof zu ihm hinüber ging.

Er saß in seinem Büro und arbeitete.

»Alles in Ordnung?« fragte sie. »Dieser Umzug war ja eine größere Sache, als ich erwartet hatte.«

»Mir geht's gut«, tippte er. »Ich lasse in meinem Büro alles so, wie es ist. Sieh mal in die Schlafzimmer. Ob sie alles so hingestellt haben, wie du es haben willst.«

Lara sah nach und stellte fest, daß die Schlafzimmermöbel aus der Musterwohnung in einem Raum standen und der andere so war, wie Emmet ihn hinterlassen hatte. Emmet hatte in beiden Räumen seine Computerausrüstung stehenlassen, und die Umzugsleute hatten Laras Kleider und ihre sonstigen Sachen darauf gelegt.

Sie ging zurück ins Arbeitszimmer und legte von hinten die Arme um Emmet. »Ich stehe für immer in deiner Schuld. Noch nie hat jemand so viel für mich getan.«

Er drehte sich nicht um, doch über den Bildschirm rasten die Worte, die er eintippte. »Die meisten Leute sind Dummköpfe. Ich nicht.«

Lara lachte. »Ist auch die Telefonleitung angeschlossen und alles?«

»Ja«, tippte er. »Ich hab' gestern ein Modem installieren lassen. Das Telefon benutze ich nur selten. Oh«, tippte er weiter, »wenn du willst, kannst du dich auch auf diese Weise mit mir unterhalten. Du setzt dich einfach hier an den Computer und folgst den Anweisungen auf diesem Blatt. Wir verständigen uns dann über das Message Board. Ich habe viele Freunde, mit denen ich mich die ganze Zeit so unterhalte. Wenn sie mir eine Nachricht schicken, ertönt ein akustisches Signal an meinem Computer.«

Lara brachte Emmet in ihre Wohnung, der Rollstuhl ließ sich auf dem Gras nur schwer schieben.

»Siehst du?« sagte er und zeigte ihr sein Bett. Er hatte dort eine Vorrichtung, mit der er sein Laptop zwischen Schreibtisch und Bett hin und her bewegen konnte. Auf diese Weise konnte er auch nachts arbeiten, wenn er nicht schlafen konnte.

Sein Krankenpfleger würde gleich kommen. Deshalb ließ Lara ihn allein und ging über den Hof zurück. Madeline Murphy hatte versprochen, daß sie am Dienstag kommen und ihre neue Wohnsituation überprüfen würden. Dann könnte sie Josh wiederhaben.

Im Wohnzimmer standen nur noch Emmets Sessel und ein Couchtisch mit einer Lampe. Es sah nackt und leer aus. Lara setzte sich. Sie war völlig erschöpft. Morgen kam Ivory unter die Erde. Dann würde das alles nicht mehr unwirklich sein, sondern viel zu wirklich.

Rickerson rief an. Stimmengewirr ertönte aus dem Hintergrund. Lara fragte sich, von wo aus er anrief.

»Ich möchte dich sehen«, sagte er. »Über ein paar Dinge reden. Können wir uns in dieser Bar Ecke Seventeenth und First Street treffen? Das ist nicht weit von dir.«

»Ich denke schon«, sagte sie. »Ich meine, wenn's wichtig ist.«

»Ich bin in einer Viertelstunde da.«

Bevor Lara etwas einwenden oder Fragen stellen konnte, hatte er bereits aufgelegt. Was war denn nun schon wieder? dachte sie. Wollte er mir sagen, daß sie noch jemanden freigelassen hatte, der jetzt irgendwo Leute umbrachte? Lara hatte das Bedürfnis, alles hinzuschmeißen, sich Josh zu schnappen und nach Kansas oder sonstwohin zu ziehen, diese ganze stinkende, widerliche Stadt hinter sich zu lassen. Sie nahm ihre Handtasche und ging zur Tür.

Sie war vor Rickerson an der Bar. Es war eine Spelunke. Da sie seinen zivilen Dienstwagen nicht auf dem Parkplatz stehen sah, rutschte sie tief in den Sitz. Sie würde hier im Auto auf ihn warten, beschloß sie und verriegelte die Türen.

Etwa eine halbe Stunde später wurde Rickerson von einem schwarzweißen Streifenwagen gebracht. Er streckte seinen Kopf in das Fenster des Jaguars und gab dann dem Polizisten ein Zeichen. Der Mann fuhr los. »Würdest du mich bitte reinlassen?« Lara entriegelte die Türen.

»Was ist los? Weshalb wolltest du mich hier treffen?« Heute abend rauchte der Detective keine Zigarre, sondern kaute an einem großen Kaugummi. Lara sah ihn an und schnupperte. »Hast du was getrunken?«

»'n paar Bier«, sagte er mit schleppender Stimme. »Der

Chef hat 'ne Grillparty gegeben. Hab' mein Auto dort stehenlassen. Jemand hat mich mitgenommen.«

»Willst du mir nicht sagen, warum ich hier bin?«

»Das Kundenbuch von deiner Schwester. Wir haben's gefunden.«

Lara sah ihn fragend an.

»Weißt du, jede Frau in diesem Gewerbe hat so 'n Buch, wo sie Informationen über ihre Kunden reinschreibt. Das haben wir gesucht. Aber erst mal nicht gefunden. Es lag in ihrem Auto unter der Fußmatte. Irgendein Idiot hatte es einfach zu dem Beweismaterial gelegt. Ich hab' die Sachen heute durchgesehen und bin drauf gestoßen. Es könnte nützlich sein.«

»Und ...«

Er zuckte mit den Schultern. »Das wird sich zeigen. Die meisten Nummern haben wir ja schon, aber man kann nie wissen. Eine klingt vielversprechend, eine Frau, vermutlich auch eine Prostituierte. Hab' versucht, sie zu erreichen, aber sie war wohl unterwegs, vermutlich bei der Arbeit.«

Eigentlich war auf dem Vordersitz des Jaguar nur sehr wenig Platz. Irgendwie kam es Lara komisch vor, mit diesem großen Mann hier im Dunkeln zu sitzen, das nur von einem Lichtstreifen aus der Bar durchbrochen wurde. Er war fast überlebensgroß, und das gesamte Innere des Wagens war von seiner Gegenwart erfüllt.

»Ist das alles?«

Rickersons rote Haare standen steil nach oben. In der letzten halben Stunde war ein heftiger Wind aufgekommen, und deshalb hatte er auch seinen Jackenkragen hochgeschlagen. Sie waren nicht weit weg vom Meer, und Lara konnte die salzige Seeluft riechen.

»Ich glaube, daß Evergreen hinter allem steckt. Er hat deine Schwester und deinen Schwager ermorden lassen.«

»Nicht schon wieder«, sagte Lara mit gerunzelter Stirn. »Leo Evergreen hätte meine Schwester und meinen Schwager umbringen lassen?«

»Yeah«, sagte er. »Hör mal, ich muß da rein. Ich muß auf

die Toilette.« Er sah sie an. Offensichtlich hatte er mehr als ein paar Bier getrunken. Er war völlig hinüber.

»Du bist betrunken«, sagte sie angewidert. »Ich kann es nicht glauben, daß du mich heute abend hierherkommen läßt, um diese lächerlichen Spekulationen fortzusetzen, daß der Gerichtspräsident von Orange County einen Mörder anheuert. Was erzählst du mir als nächstes, daß Mutter Teresa Waisenkindern Geld stiehlt oder daß die Marsmenschen dabei sind zu landen? Werd wieder nüchtern, Rickerson. Geh nach Hause.« Sie machte Anstalten, den Schlüssel im Zündschloß zu drehen.

»Ich muß raus«, insistierte er und langte nach dem Türgriff. »Ich muß pinkeln.«

»Also gut, ich fahr' jedenfalls nach Hause«, fuhr Lara ihn an.

»Ich möchte mit dir reden. Willst du, daß ich hinter einen Busch gehe? Das Bier...« Er rülpste und hielt sich den Magen.

»Zu mir?« sagte sie ausdruckslos.

»Aber beeil dich bitte«, antwortete er.

Lara starrte vor sich auf die Straße, während sich ihre Gedanken im Kreis bewegten. Rickerson versuchte, mit schnellem Sprechen durch den Nebel des Alkohols zu dringen, seine Worte gingen fast ineinander über wie bei einer Fremdsprache. Er wollte ihr erklären, wie er zu seiner Vermutung gekommen war.

Plötzlich brüllte er sie an, sie solle anhalten, stieg ohne ein Wort zu sagen aus und verschwand hinter einem Gebäude. Wenige Minuten später kam er wieder. »Tut mir leid«, sagte er, »es ging nicht mehr.«

Lara ereiferte sich von neuem. »Leo Evergreen ein Pädophiler? Er mag zwar ein Arschloch sein, aber ein Pädophiler, jemand, der Kinder belästigt? Niemals. Das kann ich nicht glauben. Du bist übergeschnappt, Ted. Du hast zuviel getrunken. Außerdem war er verheiratet. Er hat sogar einen Sohn. Du hast heute ein Foto von ihm gesehen.«

»Das stimmt«, sagte er und wurde von Sekunde zu

Sekunde ein wenig nüchterner. »Ich dachte, ihr Richter wüßtet alles? Seit wann heiraten Pädophile nicht und haben keine Kinder? Du weißt doch, daß so was in jedem Alter plötzlich auftauchen kann. Es ist nicht etwas, mit dem man geboren wird, wie zum Beispiel die Haarfarbe. Es ist eine Krankheit.«

»Sicher, und Ivory soll sich mit Leo getroffen haben? Soll diese Bilder, wo Leo mit kleinen Jungs drauf ist, gestohlen haben? Also wirklich. Das ist zu weit hergeholt.« Sie drehte ihren Kopf, um ihn anzusehen. »Das ist wirklich reine Phantasie. Wie willst du diese absurde Behauptung beweisen?«

Sie fuhr in den Apartmentkomplex und stellte das Auto ab. Es war miserabel geparkt. Mit den Vorderrädern stand der Jaguar auf der Bordsteinkante. »Ich wohne jetzt auf dieser Seite«, sagte sie, schlug die Autotür zu und machte sich noch nicht mal die Mühe abzuschließen. »Ich mußte wegen Josh umziehen. Die Frauen vom Jugendamt hatten was dagegen, daß er in der anderen Wohnung bei mir blieb.«

Rickerson ging nicht darauf ein, sondern lief einfach hinter ihr her.

Sie blieb auf dem Gehweg stehen. »Was für Beweise hast du? Willst du mir das sagen oder läßt du mich im dunkeln tappen? Komm rein«, sagte sie und schloß die Tür auf.

Rickerson sah sich um und warf sich in den einzigen Sessel, so daß Lara stehen bleiben mußte. Dann sprang er wieder auf und sagte ihr, sie solle sich setzen. Er ging auf und ab, redete dabei und ließ sein Jackett von den Schultern rutschen und auf den Boden fallen. »Gibt's hier irgendwo Kaffee?« sagte er und sah sich um. Unter seiner Jacke trug er ein blaues Strickhemd und eine Freizeithose. Der Stoff saß lokker über seinem Bauch, spannte sich aber über seinem Bizeps. Aus seinem offenen Hemdkragen guckten rotblonde Haarbüschel hervor. Er nahm sich eine Zigarre, steckte sie jedoch sogleich wieder in seine Tasche und fing an, heftig auf dem Kaugummi herumzukauen.

»Ich mache welchen«, sagte Lara, ging in Emmets Küche und suchte im Schrank nach Kaffee. Rickerson redete weiter.

»Also ich habe folgendes«, sagte er. »Das Labor hat die

Polaroidfotos, die wir wie gesagt im Haus gefunden haben, ausschnittweise vergrößert. Auf einem Foto sieht man im Spiegel ein weiteres Foto von einer Frau und einem jungen Mann. Ich glaube, daß es sich dabei um die Frau und den Sohn von Evergreen handelt. Man ist gerade dabei, das zu überprüfen. Deshalb hab' ich das Bild von seinem Schreibtisch gebraucht. Wenn es gut ausschaut, werden wir seinen Sohn ausfindig machen und mit ihm reden, um uns zu vergewissern, ob er es tatsächlich ist. Seine Frau ist tot. Ich hab' den Totenschein in seinem Aktenschrank gefunden. Sie ist vor ungefähr fünf Jahren gestorben.«

Der Kaffee kochte und erfüllte die kleinen Zimmer mit seinem Duft. Es handelte sich um eine besondere Kaffeesorte, die nach Zimt duftete. Lara nahm im Sessel Platz. »Ich höre zu. Red weiter.«

»Wir haben mehr als vierzig Riesen im Safe des Pfandhauses gefunden. Riecht das für dich nicht nach Erpressung?«

Lara sah ihn verständnislos an, als sie den Betrag hörte. »Vierzigtausend Dollar? Du machst Witze. Sam hätte in hundert Jahren nicht soviel Geld zusammengekriegt. Mit der Erpressung könntest du ja vielleicht recht haben, aber ich versteh' nicht, wieso Evergreen was damit zu tun haben soll.«

Rickerson warf Lara einen Blick aus den Augenwinkeln zu, dann begann er wieder auf und ab zu gehen. »Wir überprüfen gerade Evergreens Zahlungsbelege und seine Kontoauszüge, um die entsprechende Zahlung zu finden. Im übrigen überweist Evergreen jeden Monat tausend Dollar an Miramar-Immobilien. Er leistet auch Zahlungen an eine Hypothekenbank, vermutlich für sein Haus. Wir haben festgestellt, daß Miramar eine Firma ist, die Apartmentanlagen besitzt und verwaltet. Heute haben wir dort niemanden im Büro erreicht, aber ich schätze, daß Evergreen irgendwo heimlich eine Bude hat. Dort hat er sich mit deiner Schwester getroffen, und vermutlich geht er auch mit den Kindern dorthin, die er mißbraucht.«

»Unsinn«, sagte Lara und schüttelte den Kopf. »Du bist verrückt. Vermutlich zahlt er seinem Sohn die Miete oder so.

Ich kann das einfach nicht glauben, und ich verstehe auch nicht, wieso du deine Zeit damit verschwendest.«

Rickerson blieb stehen und sah sie an. »Ich glaube, daß Evergreen Cummings umgebracht hat, und jetzt weiß er nicht mehr weiter. Cummings hat, soweit wir das feststellen konnten, für keine Bundesbehörde gearbeitet. Entweder hat Evergreen gelogen, oder jemand anders innerhalb des Justizsystems hat Packys Entlassung arrangiert. Egal wie du es drehst, es muß jemand gewesen sein, der an Informationen über Häftlinge herankommt.«

Laras Mund klappte auf, und ihr Gesicht wurde aschfahl, beinah so grau wie der Bezug des Sessels. Einige Sekunden konnte sie nichts sagen. Sie machte mehrmals den Mund auf und zu. Er hatte recht. Jeder im Gericht, selbst Phillip, hätte sich Cummings' Vorstrafenregister sowie die Angaben über seine diversen Haftstrafen aus dem Computer heraussuchen und dann Evergreen anrufen und ihm weismachen können, er wäre von der Polizei. Lara war selbst schon ab und zu von Polizisten hiesiger Dienststellen um eine besondere Behandlung bestimmter Fälle gebeten worden. Sie hatte nie die Identität des Anrufers überprüft.

»Evergreen hat mich gebeten, Packy Cummings freizulassen, damit er meine eigene Schwester umbringen konnte? Wenn das tatsächlich so sein sollte, warum hat er sich dann nicht an einen der anderen Richter gewandt? Warum ausgerechnet an mich? Er müßte schon ein ausgemachter Idiot sein, un so was zu tun ... und du kannst mir glauben, Evergreen ist kein Idiot.«

»Er wußte es nicht, Lara«, sagte Rickerson. »Denk doch mal nach. Wenn er sich mit deiner Schwester traf, einer Prostituierten, glaubst du denn, sie hätte ihm erzählt, daß ihre Schwester Richterin ist, oder er hätte auch nur den leisesten Schimmer gehabt, daß ihr miteinander verwandt seid?«

Lara schwieg. Zumindest das ergab Sinn, wenn auch alles andere nicht. Vielleicht war der Detective doch nicht völlig übergeschnappt. »Du meinst also, er wußte nicht, daß wir verwandt waren. Sie haben ihn erpreßt, und er brauchte einen Killer. Aus irgendeinem Grund hat er sich für dieses Vieh von Packy entschieden und sich an mich gewandt, weil er einer meiner Fälle war?«

Rickerson stand nur da und zwirbelte seinen Schnurrbart. »Sieht so aus.«

»Und ich hab' den Mann freigelassen, der meine Schwester ermordet hat?« Lara landete immer wieder an diesem Punkt. Sie wußte, daß es langsam zu einer Zwangsvorstellung wurde, aber sie konnte sich nicht dagegen wehren. Sie verlor allmählich ihre Selbstbeherrschung. »Du hast doch gesagt, es könnte irgendwer im Fahndungsapparat sein, sogar ein Büroangestellter. Was ist mit meinem Sekretär? Er kennt das System wie seine Jackentasche. Und nicht nur das, er hat in letzter Zeit ein paar Darlehen aufgenommen, dabei sogar sein Gehalt falsch angegeben. Außerdem ist er jünger als Evergreen. Vielleicht hat er sich mit Ivory getroffen. Er hat nicht gewußt, daß sie meine Schwester war. Vor ihrem Tod hab' ich nie jemandem bei Gericht von ihr erzählt. Weißt du, wir sind nicht gut miteinander ausgekommen.«

Rickerson begann wieder auf und ab zu gehen. »Der Mann auf den Fotos war älter, Lara.«

Lara dachte schweigend nach. »Vielleicht war Phillip einer der Jungen auf den Fotos? Du hast gesagt, daß mehrere Jungen auf den Bildern waren und daß sie vor Jahren aufgenommen wurden.«

Rickerson blieb stehen und sah Lara in die Augen. »Ich werde ihn überprüfen, okay? Aber glaubst du nicht, daß ein Pädophiler mehr zu verlieren hat als sein Opfer? Ich meine, die Opfer werden normalerweise nicht erpreßt.«

»Du verstehst diese Art von Verbrechen nicht, Ted«, sagte Lara und beugte sich vor. »Das Heimtückische bei sexuellem Mißbrauch ist, daß die Opfer sich oft schuldig fühlen. Der Täter redet ihnen ein, daß sie seine Annäherungsversuche herausgefordert, ja ihn sogar ermutigt hätten. Die Opfer zeigen manchmal mehr Reue als die Täter.«

»Du meinst also, daß dein Sekretär als Verdächtiger in Frage käme?«

»Warum nicht? Er studiert Jura. Falls er tatsächlich in seiner Jugend mißbraucht wurde, würde er bestimmt nicht wollen, daß das jemand erfährt, besonders wenn der Täter ein erwachsener Mann gewesen ist. Vielleicht hat er sich deshalb um all diese Darlehen bemüht, um die Erpresser bezahlen zu können?«

»Ich werde dem nachgehen«, sagte Rickerson offenbar wenig begeistert. Bloß weil er das Gefühl hatte, der Mörder sei jemand aus dem Justizbereich, hieß das ja nicht, daß es Laras Sekretär war. »Hinkt Evergreen?«

Lara dachte einen Augenblick nach. »Ich würde es nicht direkt Hinken nennen, aber er hat eine unverwechselbare Art zu gehen. Aber das haben schließlich viele Leute.«

»Die Leute aus dem Labor glauben, sie könnten den Mann auf den Fotos anhand seines körperlichen Gebrechens identifizieren.«

Laras Gedanken schweiften ab, und sie bekam nur Bruchstücke von dem mit, was Rickerson sagte. Ein paar Türen weiter hatte jemand seine Stereoanlage voll aufgedreht. Es hörte sich an wie Etta James, ein schwermütiger Blues. Auf dem Freeway zischten die Autos vorbei. Wenn sie nicht genau hinhörte, könnte sie sich einbilden, es sei der Ozean und nicht der Freeway. Sie hatte einen brutalen Verbrecher aus dem Gewahrsam entlassen, und er hatte ihre Schwester umgebracht. Sie beugte sich nach vorne, stützte ihren Kopf auf die Hände und raufte sich die Haare. »Ich hab' ihn freigelassen. Ich hab' ihn freigelassen. Ich hab' den Mann freigelassen, der meine Schwester ermordet hat.«

Rickerson hörte auf, im Zimmer herumzuwandern, ging zu ihrem Sessel, ließ sich auf die Knie fallen und sah ihr in die Augen. »Hör damit auf«, sagte er. »Mit Selbstvorwürfen änderst du gar nichts.«

Sie beachtete ihn nicht. »Ich kann es nicht glauben. Ich kann es einfach nicht glauben. Mein ganzes Leben habe ich versucht, das Richtige zu tun. Und jetzt hab' ich tatsächlich den Tod meiner Schwester verschuldet.«

Rickerson streckte die Hand nach ihr aus, berührte sie

sanft oben auf dem Kopf und zog ihn dann an seine Schulter. »Es war nicht deine Schuld. Du hast nur getan, was Evergreen dir gesagt hat. Woher hättest du das wissen sollen?«

Er sprach sanft und leise und streichelte über ihr Haar. Sie konnte seine Bierfahne und den Zigarrenrauch in seiner Kleidung riechen, aber sie spürte auch seine Männlichkeit. Sein Körper war fest, hart wie ein Felsen. Sie ließ zu, daß er sie festhielt. Dann rückte sie von ihm ab und schob sich die Haare aus dem Gesicht. Einige Sekunden lang trafen sich ihre Blicke, und er versuchte ihr Innerstes zu ergründen, dort wo Chaos und Dunkelheit herrschte, ein verworrenes Labyrinth von Verwirrung und Trauer. Sie fing an, sich auf diesen Mann zu stützen, dachte sie, ihn so nahe an sich heranzulassen, daß er Seiten an ihr sah, die nur wenige Leute kannten. Sie mußte damit aufhören. Ihre Beziehung ging allmählich über Freundschaft hinaus, war auch nicht mehr nur reine Phantasie. Lara war nahe daran, seine Hand zu nehmen und ihn ins Schlafzimmer zu führen. Es ging ihr dabei nicht unbedingt um Sex. Jedenfalls im Augenblick nicht. Im Augenblick wollte sie nur, daß er sie in den Arm nahm, ihr sagte, daß alles in Ordnung sei, daß er sie beschützen würde.

»Du bist verheiratet, oder?« sagte sie schließlich.

»Yeah«, sagte er.

»Kinder?«

»Zwei.«

»Glücklich?«

Er stand auf und wandte den Blick ab. Wenn er es ihr sagen wollte, dachte er, war jetzt der richtige Zeitpunkt. Aber er konnte es nicht. Er wußte nicht warum, aber es ging einfach nicht. Was sollte er ihr auch schon sagen? Daß er getrennt lebte. Daß seine Frau ihn nach neunzehn Jahren Ehe verlassen hatte. Daß er sich möglicherweise scheiden ließ, oder auch nicht. Sie hatte eine Beziehung mit diesem Benjamin England, einen prominenten Anwalt. »Manchmal«, sagte er leise, »aber nicht immer. Niemand ist ständig glücklich, Lara. So ist das nun mal. Es gibt gute Tage und schlechte Tage. Das weißt du doch.«

»Yeah«, sagte sie und putzte sich die Nase mit einem Papiertaschentuch, das sie vom Couchtisch nahm. »Und wie ich das weiß.«

Dann herrschte Schweigen. Sie fühlten sich beide unbehaglich. Er gehörte einer anderen, dachte Lara. Diese Art von Diskussion führte für sie beide zu nichts.

»Ich weiß, wie du dich fühlst«, sagte er. Die Nachbarn hatten die Musik leiser gestellt, so daß sie jetzt nur noch die Bässe hörten, ein dumpfes Dröhnen, das die Wände vibrieren ließ. »Ich hab' mal jemand getötet.«

Lara hob ruckartig den Kopf. »Erschossen?«

»Nein, es war ein Unfall – ein kleines Kind, ein zweijähriger Junge.«

Lara wußte nicht, was sie sagen sollte. Sein Gesicht war von Schmerz verzerrt, weil ihn die Erinnerung überwältigte. Es war keine gute. Da nur die eine Lampe auf dem Couchtisch brannte, war die andere Hälfte des Raumes in Schatten getaucht. Er ging zur Rückwand und blieb dort für den Rest ihrer Unterhaltung stehen.

»Ich hatte die Schicht von Mitternacht bis acht Uhr ... das war vor vielen Jahren. Ehrlich gesagt, ich schlief in meinem Dienstwagen, den ich unter einer Freeway-Überführung geparkt hatte. Da kam eine Frau auf mich zugerannt, die schrie, ihr kleiner Sohn würde sterben, er würde nicht mehr atmen. Ich versuchte ihn durch eine Herzmassage wiederzubeleben, ich wollte ihn unter allen Umständen retten. Damals dachte ich, das wäre es, worum es in meinem Job eigentlich geht.« Er hörte auf zu sprechen, und sie konnte sein lautes und keuchendes Atmen hören. Es klang wie ein weiteres Instrument zu dem hämmernden Baß.

»Erzähl weiter«, sagte sie.

»Er war so winzig klein. Mein jüngerer Sohn war ungefähr im gleichen Alter. Die Frau geriet in Panik, sprang auf meinen Rücken und schlug wie wild mit ihren Fäusten darauf. Sie schrie, ich würde ihn umbringen, verlangte, ich solle ihn loslassen. Sie war schwer. Ich lehnte über dem Vordersitz ihres Autos und beatmete den Jungen. Dann fiel ich auf ihn drauf und drückte ihm das Brustbein ein. Er starb.«

»Das war ein Unfall«, sagte Lara rasch, weil sie nicht wußte, was sie sonst sagen sollte. »So etwas kann passieren. Du hast versucht, ihn zu retten.«

»Aber ich hab' ihn nicht gerettet«, sagte er. »Ich habe ihn umgebracht.«

Lara schwieg. Er fuhr fort. »Da bin ich nie drüber weggekommen. Das Gesicht des Jungen hat mich jahrelang verfolgt. Ich hab' davon geträumt, Tag und Nacht daran gedacht. Damals habe ich die Auffassung vertreten, daß jeder Mensch nur einmal im Leben die Chance hat, etwas Großes, Heroisches zu tun, daß das sozusagen vom Schicksal vorgegeben sei. Ich glaubte, man würde nur für diesen besonderen Augenblick leben, so Dinge wie jemand davor bewahren, in ein fahrendes Auto zu laufen, jemand vorm Ertrinken retten, sich auf einen Mann mit einer Pistole stürzen und ihn entwaffnen, bevor er jemanden verletzen kann. Und ich war davon überzeugt, ich hätte diese Chance verpaßt. Ich glaubte nicht, daß es noch mal eine gäbe.«

»Und gab's noch eine?« fragte sie.

»Nein, bisher jedenfalls nicht.« Er trat aus dem Dunkeln heraus. Die Vergangenheit zog sich zurück. »Aber vielleicht gibt es ja doch eine. Dieser Fall hier ... dir zu helfen ...«

»Aber sieh doch mal«, sagte Lara schließlich schwach mit gebrochener Stimme und wandte sich wieder dem Alptraum zu, der noch andauerte, »man kann sich nur schwer vorstellen, daß ein siebenundsechzigjähriger Richter einem Kerl wie Cummings nachstellt und ihm ein Loch in den Kopf schießt.«

»Stell es dir doch mal vor. Ich glaube, es hat sich folgendermaßen abgespielt. Cummings wollte vermutlich mehr Geld oder hat gemerkt, wie schmutzig die ganze Angelegenheit war – du, eine Richterin, Ivory, deine Schwester. Evergreen hatte Angst, bloßgestellt zu werden. Möglicherweise hat er gar nicht gewollt, daß Cummings sie umbrachte, sondern wollte nur die Fotos wiederhaben. Er könnte darüber wahnsinnig geworden sein. Weißt du, sich vor einer Bloßstellung schützen zu wollen, ist noch weit von einem Mord entfernt. Jedenfalls glaube ich, daß er Cummings auf dem Parkplatz getroffen und ihn abgeknallt hat. Es ist nur vier Blocks vom Gerichtsgebäude entfernt. Er könnte ihn erschossen haben, dann zum Gericht zurückgekehrt sein, und niemand hätte was gemerkt. Außerdem ist der Platz durch Bäume geschützt. Perfekt.«

»Phillip könnte das auch getan haben, ich meine, ihn erschossen haben und zum Gericht zurückgefahren sein.« Lara konnte nichts dagegen tun, je mehr sie darüber nachdachte, desto stärker wurde ihr Verdacht, daß Phillip in die Sache verwickelt sein könnte. »Er ist ein seltsamer Mensch, Ted. Glaub mir, ich würde das nicht sagen, wenn ich nicht glaubte, daß da was dran wäre. Und er hat sich in letzter Zeit merkwürdig verhalten, als ob er persönliche Probleme hätte.«

»Ich versuch' dir die ganze Zeit klarzumachen, daß Evergreen der Mörder ist, und du redest immer wieder von deinem Sekretär«, sagte Rickerson verärgert. »Darf ich jetzt mit meinen Überlegungen fortfahren?«

Lara nickte.

»Okay, selbst wenn wir beweisen können, daß Evergreen pädophil ist, können wir nicht unbedingt nachweisen, daß er für den Tod deiner Schwester verantwortlich ist. Aber wenn er tatsächlich ein Apartment hat, finden wir dort vielleicht ihre Fingerabdrücke.«

»Selbst das würde für einen Schuldspruch nicht ausreichen«, erwiderte Lara. »Verdammt, du hast doch die Liste gesehen. Einer ihrer Kunden zu sein heißt doch überhaupt nichts. Der halbe Bezirk gehörte zu ihrer Kundschaft.« Dann dachte sie darüber nach. »Die einzige Möglichkeit wäre zu beweisen, daß es eine direkte Verbindung zwischen Evergreen und Cummings gibt, und das kannst du nicht. Außerdem hast du noch nicht mal einen Beweis dafür, daß Cummings die Morde überhaupt begangen hat. In dem Haus in San Clemente waren keine Fingerabdrücke.«

»Aber möglicherweise haben wir bald Beweismaterial in der Hand. Das Labor versucht gerade festzustellen, ob die Schamhaare, die wir bei deiner Schwester gefunden haben, von Cummings stammen, ebenso die Hautpartikel unter ihren Fingernägeln. Er hatte ein paar Schürfwunden im Gesicht und an den Armen. Außerdem war Sperma in ihrer Vagina. Und das stammte nicht von deinem Schwager.«

»Aber bisher gibt es noch nichts?«

»Nein«, sagte er bedächtig, »noch nicht. Als Richterin glaubst du also, wir hätten noch nicht genug für einen Haftbefehl gegen Evergreen? Wenn ich damit zu dir käme, würdest du ihn nicht unterschreiben?«

»Einen Haftbefehl auf keinen Fall«, antwortete sie. »Eventuell einen Durchsuchungsbefehl, um Beweismaterial zu sammeln. Wenn du alles zusammenstellst, was du mir gerade erzählt hast, könntest du den kriegen.«

»Du würdest ihn unterschreiben?« sagte er.

»Du machst wohl Witze. Ich glaube nicht, daß irgendein Richter in diesem Bezirk ihn unterschreiben und sich damit gegen Evergreen stellen würde. Das hier ist eine ernste und üble Sache. Er könnte jeden, der sich darauf einläßt, gerichtlich belangen und den letzten Cent aus ihm rausholen – wegen übler Nachrede, widerrechtlicher Festnahme und wer weiß was noch allem. Er ist ein mächtiger und einflußreicher Mann. Er würde sich die besten Anwälte des Landes nehmen. Er würde ...«

Rickerson rieb sich die Stirn und setzte sich schließlich auf den Parkettboden. Er sah komisch dort aus. Er war so groß. Lara stand auf und überließ ihm den Sessel.

»Vom juristischen Standpunkt würde ich sagen, halt dich an den Mißbrauch von Kindern. Die Verjährungsfrist für derartige Vergehen ist verlängert worden, das wäre also unproblematisch. Aber du brauchst ein Opfer. Es gibt kein Verbrechen ohne ein Opfer.«

»Das stimmt«, sagte Rickerson und leckte sich die Lippen. Er wußte genau, was sie meinte. »Wir haben kein Opfer.«

Lara starrte ihn an. »Wenn nun Phillip dein Opfer ist?«

»Dann wäre Phillip der Mörder«, sagte Rickerson und schüttelte mißbilligend den Kopf. Er sagte nicht auf Wiedersehen. Er ging einfach hinaus. Lara wußte, daß sie noch nichts in der Hand hatten. Was sie bisher hatten war absolut nichts.

Wenige Minuten später kam Rickerson zurück und klopfte an ihre Tür. Lara hatte sich bereits ausgezogen und einen Morgenmantel übergeworfen.

»In deiner alten Wohnung, dieser anderen Eigentumswohnung, brennt Licht. Wer ist da? Ich hab' gedacht, die ist leer.«

»Ich habe nicht gesagt, daß sie leer ist. Ein Freund von mir wohnt da im Augenblick. Der Mann, der mir diese Wohnung zur Verfügung gestellt hat.« In gewisser Weise war es schon witzig. Lara hatte bisher außerhalb des Gerichtssaals ein ganz unspektakuläres, geruhsames Leben geführt, und jetzt zog sie wie eine Zigeunerin dauernd um, lebte quasi aus dem Koffer. Von heute auf morgen hatte sich ihr ganzes Leben verändert.

»Das war keine so gute Idee«, sagte er. »Wir haben keine Ahnung, ob du hier sicher bist. Evergreen könnte wissen, wo du wohnst, und vielleicht denken, daß die Fotos jetzt hier versteckt sind.« Er wurde rot im Gesicht. »Du hast ihm doch nichts gesagt, oder?«

»Nein, nein«, sagte Lara. Dann fielen ihr die Frauen vom Jugendamt ein. »Hast du eigentlich dem Jugendamt meine Adresse von hier gegeben?«

Er schüttelte den Kopf. »Natürlich nicht. Ich hab' ihnen gesagt, sie sollen dich im Gericht anrufen. Warum?«

»Sie waren gestern hier, und sie wußten über alles mögliche Bescheid. Angeblich hat es ihnen ein Beamter namens Bradshaw gesagt. Sie wußten von dem Fiasko mit der Pfandleihe, daß ich Sam in Schutz genommen habe. Sie wußten sogar, daß ich mich verstecke. Wer zum Teufel ist dieser Bradshaw?«

Rickerson geriet in Rage. »Dieser verdammte Bradshaw.

Eines Tages bring' ich das Arschloch noch um. Er ist der Sohn vom Chief.«

»Nun ja, im Augenblick kann ich an der Situation nichts ändern.« Sie sah über den Hof. Im Schlafzimmer brannte nur eine kleine Lampe. Emmet schlief vermutlich.

»Ich versuche, jemand aufzutreiben, der hier aufpaßt.«

»Das ist nett«, sagte sie. »Danke, Ted.«

»Lara«, sagte er, trat noch einmal in den Eingang und blieb nur wenige Zentimeter von ihr entfernt stehen. Sein Blick wanderte zu der Stelle, wo ihr Morgenrock vorne aufging und man ihre Beine sehen konnte.

»Ja«, sagte sie, »was gibt's?« Hoffentlich fragt er nicht, ob er noch mal reinkommen kann, dachte sie. Ich will nicht, daß das noch weiter geht, als es ohnehin schon gegangen ist. In diesem Moment hatte sie nämlich keinerlei Willenskraft mehr. Sie würden etwas tun, daß sie später bedauern würden. Und sie hatte bereits genug zu bedauern.

Plötzlich lief das Gesicht des kräftigen Detectives knallrot an und er stammelte: »Nein – nein ... schon gut. Sei bloß vorsichtig.« Dann war er verschwunden.

Das Schlafzimmer, in dem Laras Möbel standen, war offensichtlich Emmets Gästezimmer, denn Lara mußte durch sein Büro, um ins Bad zu kommen. Bevor er den Raum zu seinem Büro gemacht hatte, war dort sicher das Schlafzimmer gewesen, überlegte sie. So war es vermutlich einfacher für ihn, ins Bad zu kommen, wenn er arbeitete. Und Emmet arbeitete ständig.

Dann bemerkte sie es.

Der Computermonitor war an, und es stand etwas darauf. An der Konsole blinkte eine Lampe. Sie blieb stehen und sah auf den Bildschirm in dem Glauben, daß Emmet vergessen hatte, ihn auszustellen.

»Scheiße«, sagte sie, während sie den Text überflog und spürte, wie sich ihr die Kehle zuschnürte.

»Jemand ist hier drin. Habe Angst, mich zu bewegen. Er weiß nicht, daß ich hier bin. Kann Polizei nicht rufen ... Emmet.«

Lara stürmte durch den breiten Flur zur Wohnungstür, riß sie auf und fing an zu schreien. Gegen jede Vernunft hoffte sie, daß der Detective noch da war. »Rickerson … Rickerson.«

Sie bemerkte eine Bewegung im Dunkeln. Er trat heraus.

»Du hast gerufen«, sagte er mit einem komisch schiefen Lächeln im Gesicht.

»O Gott.« Sie stieß die Worte förmlich aus. »In der anderen Wohnung ist jemand. Mein Freund ist allein. Mach schnell was. Er ist behindert.«

»Bleib hier«, sagte Rickerson und riß seine Pistole mit einem schnappenden Geräusch aus dem Schulterholster. »Wähl 911 und sag, sie sollen ein paar Wagen schicken. Sag ihnen auch, daß ich hier bin, sonst bringen die mich um.«

Lara raste in die Wohnung zurück und tat, was er ihr gesagt hatte. Dann ging sie nach draußen und beobachtete durch die Zweige der Bäume, was passierte. Sie schlang die Arme fest um sich, ihr Herz raste.

Rickerson erreichte die Wohnungstür. Er klopfte und drückte sich dann platt gegen die Wand. »Polizei«, brüllte er. »Keine Bewegung, oder Sie sind ein toter Mann.«

Nur Sekunden später hörte Lara die Sirenen. Sie hielt die Luft an. Sie betete. Lieber Gott, mach, daß Emmet nichts passiert. Sie würde sich umbringen, wenn ihm was passierte. Sie würde sich auf der Stelle umbringen.

Rickerson trat die Tür ein. »Warte«, schrie sie, obwohl sie wußte, daß er sie nicht hören konnte, und lief in ihrem Morgenrock bis in die Mitte des feuchten Rasens. Andere Leute kamen ebenfalls aus ihren Wohnungen. Manche sahen aus den Fenstern. Er war ja verrückt, allein dort hineinzugehen. Die Unterstützung müßte jeden Augenblick da sein. Er hätte warten sollen. Sie konnte es kaum ertragen zuzusehen. Sie erwartete jeden Moment die Schüsse zu hören, die den Detective töteten. Und das war ihre Schuld. Alles war ihre Schuld.

Die Zeit stand still. Die Sirenen kamen näher.

»Nein«, schrie sie völlig verzweifelt. Niemand kam heraus. Emmet war bestimmt tot. Auch Rickerson könnte tot sein.

Sie lief in die Wohnung zurück und wählte erneut die 911. »Beeilen Sie sich«, schrie sie in das Telefon. »Der Detective ist da drin, und er kommt nicht mehr raus. Etwas Furchtbares ist passiert. Kommen Sie um Gottes willen ...«

»Beruhigen Sie sich«, sagte die Einsatzleiterin zu ihr. »Die Wagen müssen jeden Augenblick da sein. Hören Sie die Sirenen?«

»Ja«, sagte Lara. Sie waren noch näher gekommen. Sie legte den Hörer auf und lief wieder auf den Hof. Immer noch nichts. Inzwischen keuchte sie vor Panik. Sie beugte sich vor, weil sie glaubte, sie müsse sich auf dem Rasen übergeben.

Dann sah sie ihn und spürte eine Woge der Erleichterung. Er trat nach draußen und winkte sie zu sich herüber. Sie lief.

»Ihm ist nichts passiert«, sagte Rickerson und atmete tief durch. Sein Gesicht war ganz rot. »Im Schlafzimmer. Geh zu ihm. Ich warte auf die Wagen.«

Emmet lag noch im Bett, er trug einen Schlafanzug. Sein Bett war niedrig, offenbar damit er ohne Hilfe hineinkam. »Okay«, sagte er schwach. »Sie ... sind weg ...«

Emmets Sachen lagen auf dem Boden verstreut. Sein Laptop lag zerbrochen da. »O Emmet«, Lara lief zu ihm und fiel neben seinem Bett auf die Knie. »Es tut mir so leid. Ich hätte dich nie hier wohnen lassen dürfen. Ich bin ein absoluter Idiot. Bitte, verzeih mir. Kann ich dir irgendwas holen?«

»Nein«, sagte er, »alles ... okay.«

Sie trat zur Seite, weil Emmet sich aus dem Bett in seinen Rollstuhl schob und auf das Bad zusteuerte. Der Stuhl machte auf dem Plastikläufer komische Geräusche. Die Umzugsfirma hatte im Bad ein ähnliches Trapez installiert wie neben seinem Sessel. Sie wollte ihn nicht in Verlegenheit bringen, deshalb bot sie ihm nicht ihre Hilfe an. Kurze Zeit später öffnete er die Tür und rollte über die Fußmatte zurück.

»Hast du sie gesehen, Emmet?«

»Maske«, sagte er. »Er ... trug eine ... Maske. Großer Mann ... tiefe Stimme ... sehr dünn.«

Evergreen war nicht dünn, und er war auch nicht besonders groß, aber Phillip war groß und schlank. Lara konnte es kaum erwarten, Rickerson davon zu erzählen, aber zunächst mußte sie sich um Emmet kümmern. »Hat er dir weh getan? O Emmet, ich komme mir so schlecht vor. Ich weiß nicht, was ich sagen soll.«

»Nein ... vermutlich ... nicht gedacht ... Ich war stark genug ... ihm weh zu tun.«

Sie schob Emmet in das kleine Wohnzimmer, in dem es jetzt von Polizisten wimmelte. Die Leute von der Spurensicherung suchten nach Fingerabdrücken. Lara warf einen Blick auf die Wohnungstür und sah das beschädigte Schloß.

Rickerson sprach draußen mit einem der Männer und rauchte eine Zigarre. »Faß bloß nichts an«, zischte er unwirsch durch die Zähne, seine Nerven waren immer noch angespannt. »Gar nichts. Hast du mich verstanden?«

»Nichts«, sagte Lara und riß die Arme hoch. »Wer hat das getan? Du glaubst doch wohl nicht, das war Evergreen? Nicht so wie Emmet ihn beschreibt, groß und dünn. Phillip ist groß und dünn, und er weiß, wo ich wohne. Ich hab' dir doch gesagt, daß ich bei ihm ein komisches Gefühl hatte.«

»Ich glaube nicht, daß es dein Sekretär war. Evergreen hat sich einfach einen anderen Schläger besorgt«, behauptete Rickerson.

»O Gott«, sagte Lara, zog ihren Morgenrock enger um sich und band den Gürtel zu. »Wie gut, daß du noch da warst.« Dann zog sie die Augenbrauen hoch und legte den Kopf schräg. »Warum warst du überhaupt noch da?«

Er nahm sie am Arm und zog sie zur Seite. »Mach von jetzt an nichts mehr, ohne mir Bescheid zu sagen«, sagte er. »Leih niemandem deine Wohnung. Erzähl niemandem was. Geh nirgendwohin, ohne es mir zu sagen. Sag mir sogar vorher Bescheid, wenn du aufs Klo gehst. Sind wir uns darüber einig, Lara? Ist das klar?«

Sie senkte den Blick. Sie antwortete nicht. Es gab nichts zu sagen. »Warum bist du hiergeblieben?«

»Was glaubst du denn, wer hier die ganze Nacht sitzen und auf deine Wohnung aufpassen würde, Lara? Meinst du, ich kann einfach ans Telefon gehen und einen unserer Männer von der Straße holen, damit er sich hier die Nacht um die Ohren schlägt?«

»Wolltest du tatsächlich die ganze Nacht hierbleiben, damit mir nichts passiert? Das ist wirklich lieb, Ted. Ehrlich, das war sehr nett von dir. Und du wolltest es mir noch nicht mal sagen?« Sie schüttelte den Kopf. Irgendwie fand sie das wirklich rührend. »Danke«, sagte sie zärtlich. »Ich weiß nicht, was ich ohne dich machen würde, großer Mann.«

»O yeah.« Er riß sich die Zigarre aus dem Mund, als ob sie vergiftet wäre, und warf sie über den Hof. »Ich hasse diese stinkenden Dinger«, sagte er. Seine Wut war verraucht, und ein Lächeln spielte um seine Mundwinkel.

In dem Moment fiel Lara ein, daß sie mit ihrem Auto hierhergekommen waren und daß Rickerson von einem Streifenwagen gebracht worden war. »Jetzt weiß ich's wieder, du hast gar kein Auto dabei.«

Ein schelmischer Blick trat in seine Augen. »Was hast du gedacht, wie ich nach Hause komme? Den ganzen Weg nach San Clemente zu Fuß?«

»Oh«, sagte Lara mit zusammengekniffenen Augen, »deshalb bist du also zurückgekommen.« Er mußte sich wie ein Idiot vorgekommen sein, und es war ihm zu peinlich gewesen, es ihr zu sagen. »Da hast du aber ziemlich große Worte gemacht«, sagte sie kokett lächelnd. »Zumal du nur geblieben bist, weil du kein Auto hattest. Spielst wohl gern den Helden, was?«

»Wollte dir nur zeigen, daß du zu haben bist. Ein dämlicher Drittkläßler hätte dir in etwa fünf Minuten die Hose bis zu den Knöcheln runtergezogen.« Er räusperte sich. Dann sah er ihr unverkennbar sehnsüchtig in die Augen. »Und wenn du nicht aufpaßt, dann tu' ich das vielleicht eines Tages.«

Darauf wandte er sich rasch ab und ging zu den anderen Männern nach drinnen.

Kapitel 17

Sobald die Beamten bei Emmet fertig waren, ließ Rickerson sich nach San Clemente bringen, sprang dort in seinen Dienstwagen und sah in seinem Notizbuch die Adresse von Carol Montgomery nach. Es handelte sich um eine ziemlich teure Apartmentanlage in der Nähe des Pacific Coast Highway in Newport Beach, doch Montgomery war mehrmals wegen Prostitution vorbestraft. Egal wie sie wohnte, sie war eine Nutte.

Wenn man sie erwischen wollte, war jetzt wohl die richtige Zeit dafür. Es war fast zwei Uhr morgens. Selbst in ihrem Gewerbe hatte man jetzt vermutlich Feierabend. Morgen war Montag. Die Leute mußten zur Arbeit.

Es handelte sich um ein mit einer Überwachungsanlage ausgestattetes Hochhaus. Rickerson rief sie von dem Telefon in der Eingangshalle an. Zunächst wollte sie ihn nicht hereinlassen. Darauf sagte er ihr, er sei Polizist, und der Summer ertönte.

Als sie die Tür aufriß, spürte Rickerson, wie ihm die Luft wegblieb. Die Frau war umwerfend. Groß, wohlgeformt und blond, eine Art nordischer Typ. Sie trug einen durchsichtigen Seidenmantel, unter dem sie völlig nackt war.

»Kommen Sie herein«, sagte sie, nachdem sie sich Rickersons Dienstmarke hatte zeigen lassen. »Ich hab' schon geschlafen.«

Die Wohnung war luxuriös eingerichtet. Das Geschäft mußte gut laufen. Rickerson dachte zunächst daran, der Frau zu sagen, sie solle sich etwas anziehen, doch dann überlegte er es sich anders. Wenn er schon mitten in der Nacht Türklinken putzen mußte, sollte er ruhig etwas davon haben. Kleine Freuden dieser Art waren ohnehin dünn gesät. Er ging zu der großen Wohnlandschaft aus weinrotem Samt und ließ sich darauf fallen. Die Frau schlenderte an ihm vorbei in dem vollen Bewußtsein, daß er sie mit Blicken verschlang. Sie trug spitze Absätze, und ihre glatten, gebräunten Beine waren verführerisch.

Nachdem sie sich direkt ihm gegenüber niedergelassen hatte, nahm sie sich eine Zigarette aus einer Packung auf dem Couchtisch und zündete sie an. Das durchsichtige Gewand fiel auf und gab den Blick auf eine üppige weiße Brust frei, die Haut wie Buttermilch, die Brustwarzen zart rosafarben. »Also, was wollen Sie?« fragte sie und atmete eine dünne Rauchwolke aus.

»Also, ich ... ach verdammt«, sagte er und überlegte, wie lange er nicht mehr mit Joyce geschlafen hatte. War es jetzt vier Monate her ... oder fünf? »Darf ich rauchen?« fragte er und zog eine Zigarre hervor.

»Die nicht. Möchten Sie eine Zigarette?«

»Nein, ich ...« Ihre Brust war immer noch unverhüllt. Sie beobachtete, wie er hin und her rutschte. »Warum machen Sie Ihren Mantel nicht zu?« sagte er schließlich und merkte, wie er rot wurde. »Wissen Sie ...«

Sie tat es, aber es nützte nicht viel. Er konnte durch den Stoff hindurchsehen.

»Erzählen Sie mir, was Sie über Ivory Perkins wissen.«

»Sie ist tot. Das weiß ich. Es stand in allen Zeitungen.«

»Aber Sie kannten sie? Haben Sie gelegentlich zusammengearbeitet, gemeinsam Nummern geschoben?« Er konnte ihr Parfum im ganzen Zimmer riechen. Etwas Schweres und Süßes, er fragte sich, ob das tatsächlich Parfum war oder ob ihr Körper einfach so gut roch. Er sah gut aus, also mußte er auch gut riechen. Nein, sagte er sich, was er roch, war Laras Parfum von gestern abend, und er stellte sich vor, wie Lara wohl in so einem Gewand aussehen würde. Er rieb sich die Augen und dachte, daß er eine kalte Dusche oder eine Tasse schwarzen Kaffee gebrauchen könnte.

»Yeah, wir haben ein paarmal zusammengearbeitet«, sagte die Frau. »Manchmal wollte ein Kunde einen Dreier oder auch einfach nur zwei Frauen zusehen. Männer stehen auf so was. Wissen Sie, was ich meine?«

Natürlich wußte er das. Sie hatte ihre ellenlangen Beine übereinandergeschlagen und wippte beim Reden mit einem Bein. Er leckte sich die Lippen, räusperte sich und versuchte sich daran zu erinnern, warum er überhaupt hier war. »Kannten Sie einen ihrer Kunden? Jemand, der ihr vielleicht was hätte anhaben wollen? Jemand, den sie möglicherweise erpreßt hat?«

Sie drückte die halb aufgerauchte Zigarette im Aschenbecher aus und ging quer durch den Raum zu einer verspiegelten Bar, wo sie sich einen Wodka in ein geschliffenes Kristallglas schüttete. »Möchten Sie was trinken?« fragte sie. Rickerson schüttelte den Kopf. Während sie zurück zum Sofa ging, ließ sie ihren Mantel ganz auffallen. Das spärliche Schamhaar zwischen ihren Beinen war hellblond.

»Ivory... die arme Ivory. Sie hatte ein solches Arschloch zum Mann. Wußten Sie, daß er sie auf die Straße geschickt hat? So ein Dreckskerl. Die Kleine bekam keinen Cent von dem, was sie verdient hat. Keinen lumpigen Cent. Und dann der ganze Koks, Mann. Er hat sie damit gefüttert, als ob es Hühnersuppe wäre. Wenn sie high war, hätte sie mit jedem fast alles gemacht. Und ich will Ihnen was verraten, dem Mädel gefiel das. Es gefiel ihr sogar sehr.«

»Haben die mit Kokain gehandelt? Irgendwas in der Art?«

»Nein, nicht daß ich wüßte. Das meiste hat Ivory von ihren Freiern bekommen, oder ihr Mann hat es vermutlich auf der Straße für sie gekauft. Er war ein Säufer. Er hat das Zeug nicht genommen, aber ich kann Ihnen sagen, er hat immer darauf geachtet, daß sie high blieb.«

»Sie haben meine erste Frage nicht beantwortet«, sagte Rickerson. »Kennen Sie jemanden, der sie oder ihren Mann möglicherweise hätte umbringen wollen?«

»Als ich davon in der Zeitung las, hab' ich zuerst gedacht, er hätte sie umgebracht, aber er ist natürlich auch tot. Also ... was ihre Kunden betrifft, von denen kannte ich nicht viele. Sie hat viele Kunden gehabt, die auf Fesseln und Bestrafen standen. Ich nehme diese Leute nicht. Die werden manchmal ganz schön eklig. Meine Kunden lieben es auf die direkte Art, einfach Sex und ein bißchen Spaß. Die meisten sind Akademiker.«

»Hat sie schon mal von jemand bestimmtem gesprochen ... vielleicht von einem Stammkunden, den sie ständig sah? Vielleicht jemand in einer so wichtigen Position wie ein Richter?«

Carol Montgomery warf den Kopf in den Nacken und lachte. Es war ein wunderbares Geräusch, wie der Klang von Glocken. »Ein Richter? Ich kann mich nicht erinnern, daß sie einen Richter erwähnt hat, aber ich weiß, daß sie einen Kunden hatte, den sie häufig traf. Er war ein Stammkunde. Und gab auch reichlich Trinkgeld, nach dem, was sie mir erzählt hat. Irgendwie mochte sie ihn ganz gern. Aber ein Richter ...«

»Ich verstehe. Kennen Sie den Namen von dem Mann?«

Sie warf Rickerson einen wissenden Blick zu. »Niemand hat einen Namen. Jedenfalls nicht seinen richtigen Namen.« Einen Augenblick herrschte betretenes Schweigen. »Tut mir leid, daß ich Ihnen nicht helfen kann, Detective ... wie war doch gleich Ihr Name?« Sie lächelte. Sie hatte gerade weiße Zähne.

»Ted«, sagte er bedächtig. »Ted Rickerson. Berichten Sie mir von ihren anderen Kunden. Hat sie noch jemanden außer diesem Stammkunden erwähnt?«

Carol Montgomery drehte eine blonde Haarsträhne um ihre Finger, führte sie an den Mund und hielt sie herausfordernd über ihre Lippen. »Lassen Sie mich einen Augenblick nachdenken, okay? Manchmal verschwimmen diese Leute nach so langer Zeit in meinem Kopf. Ich kann mich dann nicht mehr erinnern, wer ihr Kunde war und wer meiner«, sagte sie, beugte sich vor und verschränkte die Arme über der Taille, so daß das Tal zwischen ihren Brüsten noch tiefer wurde. »Man sollte doch eigentlich meinen, wenn man jemanden gefickt hat, würde man sich an ihn erinnern, aber Sie können mir glauben, Ted, nach ein paar Tausend würde man den Trottel noch nicht mal erkennen, wenn man auf der Straße mit ihm zusammenstieße. Sie hatte da einen wirklich seltsamen Kerl. Auch ein Stammkunde.«

»Erzählen Sie mir von ihm.« Rickerson beschloß, daß er die Frau nicht ansehen mußte, um zu hören, was sie zu sagen hatte. Sobald er wegsah, merkte er, wie sie ihren Mantel schloß und sich auf dem Sofa zurücklehnte. Offenbar machte es keinen Spaß, wenn niemand mitspielte.

»Ein Weißer. Jung. Ganz dünn, hat sie mir erzählt. Er wollte, daß sie ihn in Windeln packte und ihn auf einem extra angefertigten hohen Stuhl fütterte. Dann sollte sie ihn schlagen. Er hat nie mit ihr geschlafen. Wollte sie noch nicht mal anfassen.«

»Kein Name, oder?«

Sie antwortete ihm erst gar nicht. Sie starrte ihn nur ärgerlich an.

»Wissen Sie zufällig, was dieser Kerl von Beruf war?«

»Jetzt möchte ich Sie mal was fragen, Ted«, sagte sie. »Wenn Sie zu einer Nutte gingen und sich von ihr in Windeln legen und füttern ließen, würden Sie der dann Ihren Lebenslauf erzählen? Nun machen Sie mal 'nen Punkt. Ich weiß nur, daß der Kerl keine Knete hatte. Wenn sie wenig zu tun hatte, gab sie ihm manchmal Kredit. Sie nannte das ein Studentendarlehen.«

»Er war also Student? Ging er aufs College?«

»Woher zum Teufel soll ich das wissen? Hören Sie, es ist spät.« Sie stand auf und kam auf ihn zu. Jetzt öffnete sie den Mantel ganz bewußt und stellte sich direkt vor ihn. »Ich meine, wenn ich Ihnen schon bei Ihrem Fall nicht helfen kann, vielleicht kann ich Ihnen auf andere Weise behilflich sein.« Sie hatte ein Bein über seine Beine geschwungen und stand nun mit gespreizten Beinen vor ihm. Sie faßte sich mit einer Hand zwischen ihre Beine.

»Nein«, sagte er kategorisch, stand auf und schob sie beiseite. Er rückte sein Jackett zurecht und ging auf die Tür zu. Dann drehte er sich noch einmal um. »Glauben Sie nicht, ich könnte mir Sie nicht leisten, Süße. Aber an Ihrer Stelle wär' ich echt vorsichtig. Wär' doch schade, wenn dieser herrliche Körper auf einem Tisch im Leichenschauhaus enden würde.«

Zum ersten Mal bemerkte er einen Riß in ihrem Selbstbewußtsein, ein leichtes Zittern der schmalen Hand, die nach einer weiteren Zigarette griff.

»Darf ich Sie was fragen?« sagte er. »Etwas, das mich wirklich beschäftigt. Ich weiß auch nicht warum, aber es ist so.«

»Sie haben mich doch eh schon alles mögliche gefragt«, sagte sie. »Schießen Sie los. Wenn Sie wissen wollen, wieviel ich nehme, zwei Hunderter. Das ist für das übliche. Alles andere kostet extra. Natürlich mach' ich für Polizisten einen Sonderpreis. Bei Cops nehme ich hundertfünfzig.« Sie lachte wieder.

»Machen Sie sich denn keine Sorgen wegen Aids? Hey, Lady, die Leute sterben daran. Wollen Sie denn nicht leben?«

Carol Montgomery runzelte die Stirn, und ihr Mund wurde zu einer schmalen, festen Linie. Sie schien vor seinen Augen zu altern. Sie schnipste die Asche auf den Teppich, griff unter das Sofa, zog einen großen Karton hervor und stieß ihn über den Boden, genau vor Rickersons Füße. Es sah aus, als ob einige Stangen Zigaretten darin waren. »Kondome, Sie Trottel. Die kauf' ich kistenweise beim Price Club. Wenn der Kunde keinen benutzt, wird nicht gefickt.«

Jetzt merkte er, wie knallhart sie eigentlich war. Ihre kleine Vorstellung war vorbei, und sie zeigte ihr wahres Gesicht. »Alle ficken, Officer«, fauchte sie mit gekräuselten Lippen, »das ist ein elementares Bedürfnis. Und sie werden immer weiter ficken, mit oder ohne dieses Scheiß-Aids. Solange sie ficken, kann ich davon leben. Und solange ich lebe, werde ich vom Ficken leben.«

Sie brachte ihn nicht zur Tür. Rickerson ging alleine hinaus. Auf der Liste hatte kein Student gestanden. Dann fiel ihm ein, daß Lara gesagt hatte, ihr Sekretär Phillip studiere Jura. Carol Montgomery hatte Ivorys Kunden als groß und dünn beschrieben. Lara sagte, Phillip sei groß und dünn. Rikkerson steckte sich einen Zigarrenstummel in den Mund, zündete ihn an und sah dabei zum Himmel. Kurz darauf fing er an zu husten und warf die Zigarre in den Müllcontainer, der neben seinem Auto auf dem Parkplatz stand. Dieser Fall würde ihn noch umbringen, dachte er. Er hatte Schmerzen im Rücken, und sein Kopf dröhnte. Was er jetzt am allerwenigsten gebrauchen konnte war ein weiterer Verdächtiger. Er stieg ins Auto und zog die Tür zu.

»Verdammt«, sagte er, ließ seinen Blick über den Parkplatz schweifen und schlug mit beiden Händen auf das Lenkrad. Er wollte Evergreen, nicht irgendeinen dürren Sekretär. Seit Evergreen diesen Fall abgewiesen hatte, als Rickerson noch ein Anfänger war, hatte er einen Groll gegen ihn gehegt. Er mochte diesen Mann nicht. Evergreen war zu selbstgefällig, zu kalt, und er hatte Rickerson an jenem Tag die Leviten gelesen, mitten im Gerichtssaal vor seinen Kollegen. Er hatte Rickerson vorgeworfen, er hätte den Fall verpfuscht. Es wäre schon eine Sache, den Gerichtspräsidenten zu Fall zu bringen. Hatte er die Ermittlung in eine Richtung gelenkt, die seinen eigenen Plänen entgegenkam? Es sah ganz so aus.

»Ich kann Evergreen nicht hinter Schloß und Riegel bringen, wenn er unschuldig ist«, sagte er, holte tief Luft und atmete wieder aus. Er ließ den Motor des großen Chrysler aufheulen, donnerte vom Parkplatz herunter und fuhr nach Hause.

Der Montag war ein schöner Tag. Ein schöner Tag, dachte Lara, wenn man an den Strand ging oder Rollschuh lief oder einen langen Spaziergang machte. Aber heute war der Tag, an dem sie ihre Schwester begrub und Josh seiner Mutter ein letztes Mal Lebewohl sagen würde.

Es gibt keinen schönen Tag für ein Begräbnis.

Am liebsten wäre ihr gewesen, wenn der Himmel sich aufgetan hätte und sie alle völlig durchnäßt worden wären, damit es wirklich scheußlich wäre und dem entsprochen hätte, was es wirklich war: ein Tag des Todes. Dieser Tag war endgültig. Von diesem Punkt gab es kein Zurück. Wer einmal begraben war, kam nicht mehr wieder.

Aber nein, dachte sie und sah nach oben, in Südkalifornien, nur wenige Meilen von Disneyland entfernt, verdunkelte sich der Himmel nur selten. Die Sonne schien, und es waren knapp 25 Grad. Eine sanfte Brise brachte den Geruch des Ozeans herüber.

Der Friedhof war in San Clemente, oben auf einem Hügel. Von einigen Stellen aus konnte man noch den Küstenstreifen sehen, aber zumeist war die Sicht durch Häuser versperrt. Knapp eine Meile von ihnen wurden gerade Grundstücke für eine neue Siedlung angelegt. Riesige Bulldozer, die an Dinosaurier erinnerten, verschlangen das Laubwerk und verwandelten was einst natürlich und grün war in unfruchtbare, staubige Erde.

Während die Leute herumstanden und sich leise unterhielten, ging Lara zu den Grabstellen, wo ihre Eltern und Charley beerdigt waren, und sah auf die schlichen Steine hinab. »Sie ist jetzt bei dir, Dad«, flüsterte sie. »Du, Mom, Charley und jetzt Ivory. Ihr seid alle zusammen.« Sie atmete tief ein, als sie sich bewußt wurde, daß sie eines Tages neben ihnen liegen würde. Bis auf Josh würde dieses Fleckchen Erde bald ihre ganze Familie beherbergen. Aus den Augenwinkeln sah sie Sams Sarg neben dem von Ivory auf dem Absatz der Böschung stehen, der Mann vom Bestattungsinstitut stand feierlich in seinem schwarzen Anzug daneben. »Es tut mir leid, daß Sam auch hier sein muß«, fügte sie hinzu. »Aber schließlich war er ihr Mann.«

Sie wandte sich der kleinen Gruppe zu. Außer ihr waren nur vier Leute da: Irene Murdock, Benjamin England, Phillip und Josh. Lara hatte in letzter Minute beschlossen, daß Emmet nicht mitkommen sollte nach dem, was er letzte Nacht durchgemacht hatte. Der arme Kerl war zu Tode erschreckt worden, und die Polizei hatte ihn die halbe Nacht nicht schlafen lassen. John, der Mann von Irene, hatte seine Arztpraxis nicht im Stich lassen können.

Sie standen in einem kleinen Kreis zusammen. Lara senkte den Kopf und sprach ein kurzes Gebet. Josh stand in seinem neuen Nadelstreifenanzug neben ihr. »Herr«, sagte sie, ohne recht zu wissen, was sie eigentlich sagen sollte, »segne diese beiden Seelen. Eine von ihnen war eine Ehefrau und Mutter, eine Schwester. Sie wurde geliebt, und wir werden sie vermissen.« Sosehr sie sich auch bemühte, sie konnte nicht verhindern, daß ihr hinter der dunklen Brille die Tränen in die Augen traten. »Sie sind jetzt in deinen Händen.« Sie machte eine Pause und sagte dann: »Amen.«

Alle waren still.

Lara hatte Josh an der Hand gefaßt. Er ging zum Grab und legte einen Brief in einem Umschlag auf den weißen, mit Messingbeschlägen verzierten Sarg, in dem jetzt seine Mutter lag. Er weinte nicht, aber seine Hand zitterte. Lara ließ seine Hand los und legte einen Arm um seine Taille. Eine Zeitlang standen sie einfach so da, aufeinander gestützt, während der Wind ihnen die Haare zerzauste.

Schließlich wandte sie sich wieder an ihre Freunde. »Ich glaube, das war's«, sagte sie. »Wir können jetzt gehen.«

Auf der schmalen asphaltierten Straße, die zu dem Teil des Friedhofs führte, wo die kleine Feier gerade stattfand, saß Rickerson in seinem Dienstwagen. Er war mit der ausdrücklichen Absicht gekommen, sein Beileid zu bekunden und Lara zu sehen, doch als er dann da war, brachte er es nicht über sich, aus dem Auto zu steigen. Sie hatte ihn nicht gebeten zu kommen und damit in gewisser Weise seine Gefühle verletzt. Es war ein Zeichen dafür, daß sie ihn außerhalb dieser Ermittlung nicht als einen Teil ihres Lebens betrachtete. Er sah den BMW und den Mercedes. Tolle Schlitten, dachte er, und dabei fiel ihm sein zehn Jahre alter Ford mit den zerfledderten Sitzen ein, der vor seinem Haus stand. »Sie ist eine Nummer zu groß für dich«, sagte er sich. Er nahm sein Fernglas vom Sitz und beobachtete die kleine Ansammlung von Leuten. Als er einen großen, schlanken jungen Mann bemerkte, richtete er das Fernglas auf ihn. Das muß Phillip sein, dachte er und studierte das Gesicht des Mannes mit lebhaftem Interesse. Morgen mußte er sich von Lara Nachnamen und Adresse geben lassen.

Als er merkte, daß die Gruppe sich in Bewegung setzen wollte, ließ er den Wagen an und fuhr ein Stück weiter, damit man ihn nicht sehen konnte. Dann schaute er noch einmal durch das Fernglas. Der Typ in dem teuren Anzug mußte Benjamin England sein, der Anwalt, den sie erwähnt hatte. Er sah, wie er Lara umarmte. »Dummes Arschloch«, sagte er und spürte, wie Eifersucht in ihm hochstieg, ein häßliches Gefühl, das ihm eigentlich fremd war. »Du gehörst auch zu den Verdächtigen, Kumpel.« Dann ließ er das Fernglas frustriert aus der Hand in seinen Schoß gleiten und umklammerte das Lenkrad. Es war Zeit zu verschwinden.

Lara und Josh waren mit Irene Murdock zum Friedhof gefahren. Sie war um neun mit ihrem BMW gekommen und hatte Essen in Plastikbehältern mitgebracht. Sie war stets gut angezogen, meist sehr klassisch und professionell und extrem teuer. Heute war sie dem Anlaß entsprechend in Schwarz gekleidet. Im Gegensatz zu Lara sah sie auch außerhalb des Gerichtssaals wie eine Richterin aus und verhielt sich dementsprechend. Sie verbreitete eine Aura von Stärke und Entschlossenheit um sich.

»Kommt doch bitte mit zu Lara«, sagte sie zu der kleinen Gruppe von Leuten und nahm damit wie gewohnt die Sache in die Hand. »Ich habe was zu essen vorbereitet. Das wäre doch sicher nett, oder?«

Benjamin England und Phillip fuhren mit ihren eigenen Autos zur Wohnung. Lara konnte es kaum erwarten, Irene von Rickersons Verdacht gegen Evergreen und ihren eigenen Vermutungen in bezug auf Phillip zu erzählen, aber da Josh mit im Auto war, mußte sie sich noch gedulden. »Wenn wir zu Hause sind, Josh«, sagte sie und wandte sich nach hinten zu ihm um, »werden wir meinen Freund Emmet abholen und zu uns bitten. Er ist im Augenblick in meiner alten Wohnung. Ich wollte schon die ganze Zeit, daß du ihn kennenlernst.«

»Warum müssen wir ihn abholen? Ruf ihn doch einfach an.«

»Er sitzt im Rollstuhl, Josh. Hab' ich dir das nicht erzählt?«

Die restliche Strecke legten sie schweigend zurück. Rickerson hatte gemeint, er glaube nicht, daß jetzt noch ein Risiko für Emmet bestände, wenn er dort blieb, wo er war. Sie hatten jetzt Laras Haus durchsucht und die Wohnung. Er bezweifelte, daß sie wiederkommen würden. Sie selbst sollte noch etwa drei Tage dort bleiben, bis das Beweismaterial gegen Cummings bearbeitet war, dann könnte sie seiner Meinung nach endlich in ihr Haus in Irvine zurückkehren. Der Mörder, so vermutete Rickerson, ging jetzt wahrscheinlich davon aus, daß Lara irgendwas mit den Fotos angestellt hatte, sie entweder der Polizei übergeben oder in ihr Bankschließfach oder ins Büro gebracht hatte. Wer auch immer dahintersteckte wußte offensichtlich, wo er sie finden konnte. Lara drehte sich um und sah nach Phillip in dem Auto hinter ihnen. Sie spürte, wie ihr vor Angst eisig kalt wurde. Sie legte ihre Arme um sich und blieb so sitzen, bis sie bei ihrer Wohnung ankamen.

Dort sprach Benjamin sie in der Küche an. »Lara«, sagte er, »wir müssen miteinander reden.«

Sie starrte in sein Gesicht. Unter seinen Augen waren dunkle Ringe, er sah furchtbar aus. »Spät geworden gestern, was?« sagte sie in der Annahme, daß er letzte Nacht mit irgendeiner jungen Sekretärin im Bett gewesen war, einer Frau, die ihn anlügen und ihm erzählen würde, was für ein fabelhafter Liebhaber er sei, in der Hoffnung dafür einen Ring am Finger und eine Mitgliedschaft im Country Club zu ergattern.

»Eigentlich nicht. Ich hatte die Grippe, und ich kann dir sagen, es ist verdammt kalt in San Francisco. Der Wind geht einem durch und durch.« Lara fuhr fort, das Essen aus den

Plastikbehältern auf Servierplatten anzurichten. »Lara, können wir über den Abend neulich sprechen, an dem wir zusammen waren. Ich hab' darüber nachgedacht und weiß, daß du wütend auf mich warst. Ich hätte nicht von dir verlangen dürfen, daß du mit dem Taxi nach Hause fährst. Aber ich war einfach so müde.«

»Vergiß es«, sagte sie. »Es ist erledigt.« Nach allem, was passiert war, schien der Abend in Englands Garten eine Ewigkeit her zu sein. »Übrigens«, sagte sie plötzlich, »hast du bei der Polizei in San Clemente angerufen und um Informationen über die Mordfälle gebeten?«

Er trat ein paar Schritte zurück und riß erstaunt den Mund auf. »Woher weißt du das?« fragte er. »Ich war wirklich sehr beunruhigt, als ich in der Zeitung von den Morden las, Lara. Und um ganz ehrlich zu sein, ich fand es nicht nett, daß du nicht auf meine Anrufe reagiert hast. Ich hatte geglaubt, wir stünden uns nahe.«

Er hatte recht, dachte Lara. Sie hätte ihn zurückrufen sollen. »Es ist soviel passiert, Benjamin. Das verstehst du doch sicher. Ich glaube, ich hab' dich ein- oder zweimal angerufen, dich aber nicht erreicht.«

»Treffen wir uns noch mal?«

Sie drehte sich nicht um. »Ich glaube nicht. Wir können aber Freunde sein. Ich brauche ein paar Freunde.« Es war fast so, als ob sie mit sich selber redete.

Er drehte sie zu sich. »Aber warum? Findest du nicht, daß du dich kindisch verhältst? Hab' ich wirklich etwas so Furchtbares getan?«

Lara warf einen Blick durch die Küchentür. Phillip und Irene sprachen miteinander und tranken Kaffee. Josh konnte sie nicht sehen. Sie sprach leise, fast flüsternd: »Das kommt darauf an, wie man es sieht. Sich selbst zu befriedigen, ohne in irgendeiner Weise auf den Partner einzugehen, ist meiner Meinung nach rücksichtslos und widerwärtig, aber ich bin schließlich kein Mann.« Lara war immer offen gewesen. Wenn man ihr eine Frage stellte, bekam man normalerweise auch eine Antwort.

»Mein Gott«, flüsterte er mit zusammengepreßten Lippen. »Was willst du tun? Mich wegen Nichterfüllung vertraglicher Pflichten verklagen oder was?« Er brach ab und schwieg. Schließlich sagte er: »Es tut mir leid. Ich war rücksichtslos. Ich habe nicht nachgedacht.«

»Ich muß das hier ins Zimmer bringen, und außerdem möchte ich jetzt Emmet holen«, sagte sie, um das Gespräch zu beenden. Sie wollte ins Wohnzimmer gehen, doch Benjamin trat ihr in den Weg.

»Können wir es nicht noch mal versuchen? Wir fahren irgendwohin, vielleicht nach Palm Springs. Dann hab' ich den Kopf frei.« Er lachte nervös. »Ich werde Bücher lesen. Du kannst mir was beibringen. Zum Lernen ist es nie zu spät... Ich habe mich wie ein Schwein benommen, was?«

Lara lächelte ihn an, das erste Lächeln an diesem Tag. Sie stellte das Tablett ab und lehnte sich gegen den Küchenschrank. »Das hast du allerdings«, sagte sie. Sie dachte über diesen eleganten Mann nach, der da vor ihr stand mit manikürten Fingernägeln, in einem Fünfhundert-Dollar-Anzug und einem gestärkten lavendelfarbenen Hemd, auf dessen Tasche seine Initialen gestickt waren. Zwischen ihm und Ted Rickerson lagen Welten, trotzdem konnte er sich irgendwie nicht mit ihm messen. Der Detective wirkte lebendig, sprühte geradezu vor Lebendigkeit. Er erkannte und fühlte ihren Schmerz. Außerdem hatte Rickerson etwas Sanftes an sich, etwas unglaublich Zärtliches und Einfühlsames. England hingegen war von einer unerträglichen Selbstsucht. »Wir sollten reingehen.«

Sobald Lara mit dem Tablett voller Essen in der Hand das Wohnzimmer betrat, sah sie sich suchend um. »Wo ist Josh?« fragte sie.

»Er sitzt dort unter dem Baum«, sagte Irene und deutete aus dem Fenster.

Lara gab ihr das Tablett und ging nach draußen zu Josh. »Hast du jetzt Lust, meinen Freund abholen zu gehen?« fragte sie.

»Yeah, na gut. Was fehlt ihm überhaupt?«

Auf dem Weg über den Hof erklärte Lara ihm Emmets Krankheit. In der Wohnung stellte sie die beiden einander vor. »Emmet, das ist mein Neffe Josh. Josh, das ist Emmet Daniels, einer meiner besten Freunde.«

Josh starrte Emmet bloß an. Dann räusperte er sich und sah zu Lara hin, als wollte er sie fragen, was er jetzt tun sollte. Emmet drückte den Knopf an seinem Stuhl und fuhr in sein Arbeitszimmer. Lara legte Josh eine Hand auf den Rücken und schob ihn hinter Emmet her.

»Magst... du... Videospiele?« fragte Emmet.

»Klar«, antwortete Josh, der sich im Raum umsah und dann wieder den Computer betrachtete. Er beobachtete, wie Emmet seinen Kopf in die Metallvorrichtung steckte und dann anfing zu tippen.

»Wenn du willst, kannst du später mit rüberkommen und spielen. Ich habe fast alle Spiele. Du kannst meine Anlage benutzen, wann immer du Lust hast. Das mit deiner Mutter tut mir sehr leid, Josh.«

»Yeah, danke«, sagte Josh. »Das ist echt cool, dieses Ding, das du dir über den Kopf stülpst. Und dein Rollstuhl ist auch cool. Ist der elektrisch?«

Während sie über den Hof zurückgingen, stellte Josh Emmet so ungefähr jede Frage, die ihm gerade einfiel, und Emmet gab sich alle Mühe, ihm zu antworten. Josh wollte wissen, wie lange er schon krank war, warum er den Metallkäfig zum Tippen benutzen mußte, wie er zur Toilette ging, wovon er lebte und wie schnell der Rollstuhl fuhr. Lara war froh, als sie endlich die Wohnungstür erreichten. Sie war sich nicht sicher, ob Joshs Fragen Emmet nicht unangenehm waren. Einige dieser Dinge hatte selbst Lara noch nie gefragt.

Drinnen saßen alle zunächst nur herum und sahen sich an. Schließlich begannen Irene und Phillip über Gerichtsinterna zu plaudern und über einen der Fälle, mit dem er sich im Studium beschäftigte. Benjamin England grübelte vor sich hin und war offensichtlich gelangweilt. Beerdigungen und Trauer schienen nicht seine Sache zu sein. Josh saß auf dem Fußboden; Emmets Rollstuhl stand neben Phillip.

»Emmet«, sagte Lara, »ich habe gedacht, dein Computer wäre letzte Nacht kaputtgegangen.«

»Ich... habe... Freunde«, sagte Emmet langsam. »Die haben alle... Computer.«

»Ah«, sagte Phillip und wandte sich an Lara. Offenbar nahm er an, er müsse für Emmet sprechen oder dolmetschen, bloß weil er neben ihm saß. »Er meint wohl, daß einer seiner Freunde ihm ein anderes Gerät vorbeigebracht hat. Ist das richtig, Emmet?«

Emmet nickte.

Keiner hielt sich lange auf. Nach dem Essen war Lara schweigsam und nachdenklich. Sie starrte aus dem Fenster, bis die anderen den Hinweis verstanden hatten und zum Gehen aufstanden. Es gibt nicht viele gemeinsame Erinnerungen, dachte sie, während sie sich im Zimmer umsah. Diese Leute waren nicht ihre Familie, sie hatte keine Familie mehr bis auf Josh. Beim Rausgehen bot Phillip sich an, Emmet in seine Wohnung zurückzuschieben.

Josh warf ihm einen bösen Blick zu. »Das ist ein elektrischer Rollstuhl, Blödmann. Er muß nicht geschoben werden.« Dann stand er auf und sah Lara an. »Darf ich mit zu Emmet?«

»Natürlich, Schatz«, sagte sie und war froh, daß sie vielleicht ein paar Minuten mit Irene allein sein würde.

Während Irene am Becken stand und ihre Plastikbehälter abspülte, um sie wieder mit nach Hause zu nehmen, trat Lara zu ihr. »Wie gut kennst du eigentlich Phillip?«

»Ich?« sagte Irene nervös, zeigte mit dem Finger auf sich und sah ihre Freundin an. »Er ist dein Sekretär, Lara. Warum fragst du? Macht er seine Arbeit nicht gut?« Irene wirkte abgespannt und müde. Sie sah ihre Freundin mitfühlend an.

»Ich weiß nicht. Er hat schon für viele Richter gearbeitet. Ich dachte, er hätte auch mal für dich gearbeitet.«

»Nein«, sagte Irene. »Er hat für Westridge gearbeitet. Und vor etwa zwei Jahren auch mal kurze Zeit für Evergreen. Sehr fähiger Mann, nach allem was ich höre.« Ihr Gesicht entspannte sich, und sie lächelte. »Ich würde auf der Stelle mit dir tauschen. Sag mir nur Bescheid.«

Darauf setzte Lara Irene über die Sache mit Evergreen ins Bild. Sie erzählte ihr nicht alle Einzelheiten. Rickerson hatte ja gesagt, sie solle es für sich behalten. Aber mit irgendwem mußte sie schließlich reden, und Irene war ihre Freundin.

Die große blonde Richterin hörte mit dem Abwasch auf und wischte sich die Hände an einem Geschirrtuch ab. »Das ist doch reiner Blödsinn«, entfuhr es ihr. »Evergreen ist zwar ein mürrischer alter Esel, aber der angesehenste Mann, den ich kenne. Er ist ganz bestimmt nicht... pädophil.« Sie schien das Wort kaum über die Lippen zu bringen.

»Was weißt du über ihn, Irene?« fragte Lara gegen den Küchenschrank gelehnt. Irene kannte Evergreen ziemlich gut. Sie gingen ständig zusammen Mittag essen. Wenn jemand über Leo Evergreen Bescheid wußte, dann Irene Murdock.

»Was willst du von mir hören?« Sie verhielt sich irgendwie defensiv. »Er ist ein intelligenter, integrer Mann. Seine Frau ist, wie du vielleicht weißt, vor ein paar Jahren gestorben.«

»Weißt du irgendwas über seinen Sohn?«

Irene zog die Augenbrauen hoch und schob ihre Brille wieder auf die Nase. »Sein Sohn?«

»Rickerson will mit ihm reden.«

»Früher haben wir ihn oft gesehen, aber in letzter Zeit nicht. Weißt du, als Elaine noch lebte, waren wir alle miteinander befreundet. Er hat am Konservatorium von Santa Barbara studiert. Er ist Musiker. Flötist.« Sie sah Lara ernst an. »Weißt du, Lara, wenn Evergreen Kinder mißbrauchen würde, was ich für vollkommen abwegig halte, wie sollte er denn an seine Opfer kommen? Er könnte es sich nicht leisten, um Schulen herumzulungern oder ähnliches. Er würde sich sehr unauffällig verhalten müssen.«

»Die meisten Kinderschänder können es sich nicht leisten, bloßgestellt zu werden«, entgegnete Lara rasch. Was der Wahrheit entsprach. In den meisten Fällen handelte es sich um angesehene Mitbürger, die gute Jobs hatten, jeden Sonntag zur Kirche gingen und ihre Rechnungen pünktlich bezahlten.

»Also ich sehe keinen Sinn darin, weiter darüber zu diskutieren«, sagte sie. »Ich finde das absurd.« Ihre Gesichtszüge wurden sanfter. »Ich mache mir Sorgen um dich, Lara. Leo ebenfalls. Er hält sehr viel von dir. Er wäre entsetzt, wenn er diese Andeutungen hörte.«

»Hält sehr viel von mir? Manchmal verhält er sich aber keineswegs so.« Lara wollte sich nicht auf ein Gespräch über ihr angeblich ungebührliches Verhalten einlassen. Jedenfalls nicht heute. Nicht an dem Tag, an dem sie ihre Schwester begraben hatte.

»Es könnte auch Phillip sein, Irene. Er hat Zugang zu Gerichtsinformationen. Außerdem hat er sich in letzter Zeit ziemlich viel Geld geliehen und sich merkwürdig verhalten. Wenn er nun vor Jahren von einem Pädophilen mißbraucht worden ist und Ivory und Sam die Bilder in die Finger bekommen haben? Der Mann, der letzte Nacht in die Wohnung eingebrochen ist, war groß und schlank.« Sie starrte ins Leere. »Phillip könnte sogar selbst pädophil sein. Ich weiß nichts über sein Privatleben. Er hat noch nie von einer Freundin gesprochen.«

Irene sah Lara eindringlich an und zwinkerte mit den Augen. »Ich glaube, du wirst langsam paranoid, Lara. Der ganze Streß...« Sie räusperte sich. »Vielleicht solltest du Dr. Werner bitten, dir ein Beruhigungsmittel zu verschreiben?«

Lara verzog das Gesicht und wandte den Blick ab. Irene glaubte also, sie würde durchdrehen. Vielleicht hatte sie ja recht.

»Wie läuft es mit dem Jungen?« fragte Irene, um das Thema zu wechseln, und sah sie besorgt an.

»Josh?... Oh, Irene, das war hart. Wirklich hart. Es war fast schon eine Erleichterung, als das Jugendamt ihn geholt hat, aber im Grunde weiß ich, daß er mich braucht. Ich weiß nur nicht, wie ich an ihn herankommen soll.« Lara nahm einen Schwamm und fing an, die Arbeitsflächen abzuwischen. »Hey, du hast doch zwei Söhne großgezogen. Gibt's da irgendein Betriebsgeheimnis?«

Irene lächelte und ihr Gesichtsausdruck wurde lebhaft. Sie liebte ihre beiden Söhne und hatte ein sehr enges Verhältnis zu ihnen. Wenn man Irene Murdock lächeln sehen wollte, brauchte man nur ihre Söhne zu erwähnen. »Bei meinen Jungen habe ich immer darauf geachtet, daß sie was zu tun hatten, sich mit etwas Positivem beschäftigten. So Sachen wie Little League und so. Matt hat Golf gespielt. Das ist ein hervorragender Sport für einen jungen Mann. Dabei lernt er, sich höflich und gesittet zu benehmen. Auf Golfplätzen gibt es keine üblen Elemente. Wenn Jugendliche zuviel Zeit zur Verfügung haben, kommen sie nur auf dumme Gedanken.«

Lara rieb sich über ihr Kinn. Sie konnte sich nicht vorstellen, daß Josh Golf oder Baseball spielte. Er war nicht der Typ dazu. Aber Irene hatte natürlich recht, Josh mußte sich mit irgendwas beschäftigen. Ihr fiel ein, daß er gern mit Gewichten arbeitete, und sie überlegte sich, daß sie Mitglied in einem Fitneßcenter werden könnten, wenn sie wieder in ihrem Haus in Irvine waren. »Danke, Irene«, sagte sie.

Irene sah sie an, kam dann auf sie zu und nahm sie in die Arme. »Schätzchen, ich bin so fertig wegen all dem, was mit dir passiert ist. Es bricht mir einfach das Herz. Du bist ein so guter Mensch und hast soviel Furchtbares durchmachen müssen.«

Als Irene sie wieder losließ, zuckte Lara mit den Schultern. »So ist vermutlich das Leben. Man muß lernen, die guten und die schlechten Seiten zu akzeptieren. Leider gab es in letzter Zeit nicht viel Gutes.«

Irene packte die Behälter in einen Einkaufsbeutel und brachte ihn ins Wohnzimmer, wo sie ihn neben die Tür stellte. Sie standen beide eine Weile nachdenklich da. »Diese Sache mit Evergreen, Lara ... ich glaube, du mußt dir einfach klarmachen, daß dieser Detective auf dem Holzweg ist. An deiner Stelle würde ich mich von diesen Anschuldigungen distanzieren und mich auch von diesem Mann distanzieren. Er könnte mit diesen Dummheiten deine Karriere zerstören.«

Lara wurde rot vor Erregung. »Wie kann ich mich da distanzieren, Irene? Meine Schwester ist ermordet worden.«

»Okay«, sagte Irene, »laß uns mal die Fälle durchgehen, mit denen wir selbst bisher zu tun hatten. In meinen hatten diese Leute meist irgendeine neuartige Masche gefunden, womit sie die Kinder anlockten. Einen Mann hatte ich mal, der war Führer bei den Pfadfindern. Leo paßt einfach nicht in dieses Profil. Bei Phillip weiß ich das nicht. Du könntest ja die Polizei bitten, ihn mal unter die Lupe zu nehmen, wenn du meinst, daß da irgendwas nicht stimmt, aber auf keinen Fall Leo. Womit um alles in der Welt sollte ein Mann in Leos Alter kleine Kinder anlocken? Siehst du denn nicht, wie unlogisch der Gedanke ist?«

Es war, als ob es in Laras Kopf plötzlich ganz hell würde. In Gedanken sah sie Josh am Computer sitzen, die geliebten Videospiele, von denen er ständig redete, die Spiele, die er gerade im Moment mit Emmet spielte. »Ich muß weg, Irene«, sagte sie.

Irene sah sie an, als ob sie den Verstand verloren hätte. »Was hast du in der Hand, Lara? Hast du irgendwelche Beweise? Zeig sie mir, vielleicht kann ich das Ganze dann eher ernst nehmen.«

»Nein«, sagte Lara, deren Gesicht rot vor Erregung war. Sie wünschte, sie könnte Irene von den Bildern erzählen. »Aber mir ist eine Idee gekommen.« Sie schob Irene beinah aus der Tür und machte sie hinter sich zu. »Du fährst jetzt nach Hause«, befahl sie ihr. »Ich rufe dich später an. Und red mit niemandem darüber. Versprich mir das.« Irene murmelte eine Antwort, aber Lara hörte nicht zu. Sie raste auf Strümpfen über den Hof und ließ Irene mit weit aufgerissenem Mund stehen.

Die Tür zur Musterwohnung war nicht abgeschlossen. Lara ging hinein und steuerte direkt auf Emmets Schlafzimmer zu. Was sie dort sah und hörte, ließ sie auf der Stelle stehenbleiben. Es sind die kleinen Dinge im Leben, die einen glauben lassen, daß da oben wirklich jemand sitzt und den

Schaden begutachtet, sagte sie sich – daß es wirklich so was wie einen Gott gibt.

Emmet und Josh hingen gebannt vor dem Bildschirm, auf dem überall kleine Figuren auftauchten. Wenn Emmet ganz schnell auf die Tasten haute, bewegten sich die Figuren. Dann fing Josh an zu lachen und tat dasselbe. Lachen. Sie hörte an diesem grauen Tag tatsächlich Lachen, an diesem Tag des Todes. Bisher hatte sie ihren Neffen überhaupt noch nicht lachen hören.

»Was macht ihr beide da?« sagte sie locker, trat hinter Josh und schaute auf den Bildschirm.

»Wir spielen Lemmings«, sagte Josh begeistert. »Emmet hat Super-NES. Weißt du, Super Nintendo. Er ist gut, Mann. Er hat alles hier.« Er blickte lächelnd auf. »Alle Videospiele der Welt... das allerneuste Zeug. Und er hat auch ein Modem. Er kann damit alles mögliche machen, fast jede Information kriegen, die man will. Außerdem hat er Prodigy. Das ist scharf, absolut scharf. Damit kannst du dir Sportstatistiken holen oder Konzertkarten bestellen. Du hast doch gesagt, du würdest mir einen Computer kaufen.«

Lara wartete, bis das Spiel zu Ende war, dann schickte sie Josh mit dem Fahrrad raus. Er wollte gar nicht gehen. Er wollte bleiben und weiter mit Emmet spielen. Soweit sie das beurteilen konnte, kümmerte Emmets Behinderung Josh überhaupt nicht. Er würde ganz bestimmt nicht versuchen, für Emmet zu sprechen. Sie sprachen dieselbe Sprache. »Geh jetzt«, sagte sie, nachdem er ihre erste Aufforderung überhört hatte. »Laß uns einen Augenblick allein.«

»Was ist los?« tippte Emmet, nachdem Josh den Raum verlassen hatte.

»Emmet, ich hab' eine Idee. Wir suchen einen Mann, der möglicherweise Kinder mißbraucht. Er hat einen Computer. Gibt es eine Möglichkeit, wie er Kinder mit seinem Computer anlocken konnte?«

»Anlocken...?« tippte Emmet. »Wie?«

»Du hast doch dieses Message Board erwähnt. Könnte er

auf diese Weise mit ihnen kommunizieren, sie dazu bringen, sich irgendwo mit ihm zu treffen?«

»Es ist alles möglich«, tippte Emmet. »Wie alt sind die Kinder?«

»Vorpubertät ... etwa acht bis dreizehn.«

»Wenn sie älter wären, gäbe es mehr Möglichkeiten. Ich muß darüber nachdenken«, tippte er. »Laß mir etwas Zeit. Ich werde daran arbeiten. Wie ist sein Name?«

»Es sind eigentlich zwei Namen, zwei Leute. Einer ist eine bekannte Persönlichkeit aus dem öffentlichen Leben. Er würde niemals seinen richtigen Namen benutzen.« Lara wußte, daß sowohl Evergreen als auch Phillip einen Computer hatten.

»Ich ... verstehe«, sagte Emmet und begann dann wieder zu tippen. »Die Menschen sind merkwürdig, Lara, selbst Leute, die etwas zu verbergen haben. Ich lese sehr viel. Ich mag True-Crime-Geschichten. Oftmals benutzen sie einen Teil ihres richtigen Namens, zum Beispiel ihre Initialen, irgendwas, das ähnlich klingt, damit sie es nicht vergessen. Wenn du willst, daß ich dir helfe, gib mir bitte die Namen.«

»Ich werde sie dir geben«, sagte sie, »aber du darfst die Namen nirgends erwähnen. Niemand darf das erfahren, Emmet. Bitte, diese Leute könnten unschuldig sein, und wir können sie nicht einfach verleumden. Das wäre nicht richtig.«

»Ich ... verstehe«, sagte er. »Die ... Namen, Lara?«

»Leo Evergreen und Phillip Ridley.«

Emmet wandte sich mit einem fragenden Blick vom Computer ab. »Phillip ... dein Sekretär?«

Lara nickte. Sie erwartete weitere Fragen. Aber Emmet war nicht Irene Murdock. Er wandte sich einfach wieder seinem Computer zu.

»Ich fange ... gleich an.«

Sie sah zu, wie Emmet den Namen Leo Evergreen eingab. Dann drückte er eine Reihe von Buchstaben und Zahlen, worauf sich der Bildschirm mit Worten füllte, die jeweils einen Teil des Namens enthielten. Sie ging hinaus und suchte nach Josh.

Kapitel 18

Madeline Murphy traf sich am Dienstagmorgen um acht Uhr mit Lara in der Wohnung und war damit einverstanden, daß Josh zurückkam. »Wir wollten Ihnen wirklich keine Schwierigkeiten machen, Judge Sanderstone«, sagte sie höflich. »Wir tun bloß unsere Pflicht.« Die Frau stotterte noch ein bißchen herum und machte Small talk über das Wetter. »Sie können Ihren Neffen heute abend abholen. Er sollte allerdings ab morgen wieder in die Schule gehen. Ich habe mit ihm gesprochen und habe den Eindruck, daß er sehr gern zu Ihnen möchte. Die kurze Abkühlungsphase hat also ihren Zweck erfüllt. Ich hab' Ihnen doch gesagt, ein bißchen Zeit...«

»Stimmt«, fiel Lara ihr ins Wort. Sie rollte den Kopf mehrmals herum, während sie die Wohnungstür abschloß. Ihr Hals war so steif, daß sie sich kaum bewegen konnte. »Entschuldigen Sie, aber ich muß mich beeilen, sonst komme ich zu spät zum Gericht.«

Nach der Vormittagssitzung war die Geschworenenliste im Fall Adams auf vier Personen angewachsen, und das nur, weil sie sich beeilten, aus irgendeinem Grund sogar extrem beeilten. Das sogenannte Voir dire, die Auswahl der Geschworenen, ist das Eintönigste, was man sich im Gerichtssaal vorstellen kann. Viele Richter schlafen dabei ein. Bereits am Mittag hatte Lara rasende Kopfschmerzen und konnte es kaum erwarten, den Tag hinter sich zu bringen.

»Ihr Freund Emmet ist sehr nett«, sagte Phillip beim Mittagessen. Rickerson hatte sie aufgefordert, Evergreen aus dem Weg zu gehen, deshalb hatte sie sich von Phillip einen Salat holen lassen, den sie in ihrem Zimmer essen wollte. Er hatte ihr den Salat gebracht und war dann vor ihrem Schreibtisch stehengeblieben. »Wissen Sie, ich nehme an der Aktion Großer Bruder teil, Lara. Vielleicht könnte ich mich ein bißchen um Ihren Neffen kümmern, mit ihm ins Kino gehen oder so. Es war für ihn bestimmt sehr hart. Mein Vater ist gestorben, als ich zwölf war, deshalb weiß ich, wie er sich fühlt.«

»Sie haben mir nie erzählt, daß Sie bei dieser Aktion mitmachen, Phillip«, platzte Lara heraus. Ihre Befürchtungen und ihr Verdacht nahmen schlagartig zu. Als Großer Bruder hatte man hervorragende Möglichkeiten, an Kinder heranzukommen. Ihr Rücken wurde ganz starr. Sie ließ ihre Hände in den Schoß fallen und bemühte sich, gelassen zu erscheinen. »Wie schaffen Sie es, neben dem Jurastudium und einem Ganztagsjob auch noch den Großen Bruder zu spielen?«

»Das ist nur ein Tag im Monat. Außerdem macht es sich gut in meinem Lebenslauf.« Er lächelte. »Ich stamme aus einer großen Familie. Ich bin der Älteste von fünf Kindern.«

»Haben Sie eigentlich eine Freundin, Phillip?«

Er sah sie durchdringend an, als ob er genau wüßte, was sie dachte, daß er nämlich schwul sei. »Ich hatte eine, Lara«, sagte er mit einem leicht sarkastischen Unterton in seiner hohen Stimme, »aber wir haben uns kürzlich getrennt. Ich hab' im Augenblick zuviel um die Ohren, um mich auf eine ernsthafte Beziehung einzulassen.«

»Mir geht's genauso, Phillip. Hören Sie«, sagte sie und wechselte das Thema, um nicht zu eindeutig zu werden, »Detective Rickerson hat mich nicht zufällig angerufen?« Auch unabhängig von dem Fall ging der Detective Lara nicht mehr aus dem Kopf. Jede Nacht vor dem Einschlafen dachte sie an ihn. Sie glaubte, das sei eine Möglichkeit, die Dämonen loszuwerden. Doch von Tag zu Tag wurden ihre Phantasien realistischer, ihre Begierden ausgeprägter.

»Nein, es war ausnahmsweise mal ruhig hier.«

»Wenn er wegen etwas Dringendem anruft, holen Sie mich bitte aus dem Gerichtssaal«, sagte sie im Hinausgehen.

»Mach' ich.« Er räumte die Papierteller zusammen. »Wenn der Mann anruft, hol' ich Sie sofort.«

Kaum zwei Schritte von ihrer Bürotür entfernt stieß Lara auf Irene Murdock. Zu allem Überfluß kam auch noch Leo Evergreen den Gang entlang.

»Lara«, sagte Irene. »Ich wollte gerade zu dir. Hast du ein paar Minuten Zeit?«

Lara warf einen Blick auf Leo. Er ging zwar in ihre Richtung, hatte aber den Kopf gesenkt. Sie wollte nicht mit ihm zusammentreffen. »Oje, Irene, ich muß sofort in den Gerichtssaal zurück. Geht's nicht später? Ruf mich doch an.« Lara war bereits weitergegangen, als Irene ihr etwas zurief.

»Kann ich Phillip kurz ausleihen? Meine Sekretärin ist krank, und ich muß ein paar Sachen getippt haben.«

»Klar«, sagte Lara und trat dann durch die Hintertür in den Gerichtssaal. Sie stieg rasch die drei Stufen hoch, und der Gerichtsdiener sagte: »Alles aufstehen.«

Die Nachmittagssitzung begann.

Lara hörte, wie der Verteidiger zum zwanzigsten Mal an diesem Tag dieselben Fragen stellte. »Haben Sie Kinder? Ist jemals eins Ihrer Kinder mißhandelt worden? Was haben Sie dabei empfunden? Was würden Sie empfinden, wenn man Ihnen Ihre Kinder nähme und sie zu einer Pflegefamilie brächte? Was würden Sie empfinden, wenn eins Ihrer Kinder bei einer Pflegefamilie sexuell mißbraucht würde?« So ging es immer weiter. Als dann am Ende des Tages der letzte potentielle Geschworene vernommen worden war, kriegte der Staatsanwalt auch noch einen Anfall wegen eines Antrags auf Offenlegung, den er gestellt hatte und auf den die Verteidigung nicht reagiert hatte.

»Mr. Steinfield versucht, Beweismaterial zu diesem Fall zurückzuhalten«, ereiferte sich der Staatsanwalt. »Dieser Antrag wurde bereits vor drei Wochen gestellt.«

Lara sah den Verteidiger streng an. »Mr. Steinfield, haben Sie auf den Antrag der Staatsanwaltschaft reagiert?«

»Nein, Euer Ehren, das hab' ich nicht. Während der letzten zwei Monate hatte ich mit einem anderen Prozeß zu tun. Das psychologische Gutachten ist zwar fertig, aber der Psychologe hat mir den Bericht noch nicht geschickt. Er hat versprochen, daß ich ihn bis heute abend auf dem Schreibtisch hätte.«

Der Staatsanwalt sprang auf. »Das ist ein ausgeklügelter Plan, um Zeit zu gewinnen und die Anklage zu unterminieren«, sagte er. »Mr. Steinfield sollte wegen Mißachtung des Gerichts belangt werden, da er es versäumt hat, einer gerichtlichen Verfügung nachzukommen.«

Lara sah den Staatsanwalt wütend an. »Ich entscheide, ob jemand die Würde des Gerichts mißachtet.« Dann wandte sie ihren Blick dem Verteidiger zu. »Mr. Steinfield, Sie haben bis morgen 15 Uhr Zeit, dem Offenlegungsantrag nachzukommen.« Sie schlug leicht mit dem Hammer auf den Tisch und sah in den Gerichtssaal. »Das Gericht vertagt sich auf morgen früh neun Uhr. Guten Abend, meine Herren.«

Rickerson hatte schließlich doch noch angerufen, doch als sie ihn zurückrief, teilte man ihr mit, daß er schon wieder weg wäre. Es war spät, Phillip war bereits gegangen. Als Lara aus dem Büro eilte, um Josh abzuholen, stieß sie mit dem Detective zusammen.

»Wir sollten damit aufhören, uns so zwischen Tür und Angel zu treffen«, sagte er und strahlte sie an. »Wir müssen miteinander reden.«

Sie fuhr herum und wollte schon wieder in ihr Amtszimmer zurückgehen, da packte er sie am Arm. »Nicht da drin. Evergreen könnte eine Abhörvorrichtung eingebaut haben. Er ist der große Boß. Richard Nixon hat's gemacht, also ...«

Lara verdrehte die Augen. »Das ist lächerlich. Wo willst du denn hingehen?«

»Wir wär's mit deinem Gerichtssaal? Da ist doch jetzt keiner, oder?«

»Nein, aber...« Er starrte sie so beharrlich an, daß sie nachgab. »Komm mit.«

Sie gingen rasch die wenigen Schritte, und sie betrat den Gerichtssaal erneut durch die Richtertür. Sie nahmen in der hintersten Reihe Platz, und Rickerson legte seine langen Beine über die Rückenlehne vor ihm. Lara starrte nachdenklich durch den Raum. Früher waren die Gerichtssäle mit Holztäfelung versehen und hatten Fliesen- oder Holzfußböden gehabt, so daß die Stimmen widerhallten. Außerdem hatten sie Fenster und Ventilatoren gehabt und keine Klimaanlage. Die Angeklagten mußten damals schwitzen, dachte sie, richtig schwitzen, wie sich das gehörte, wenn sie in einem solchen Raum vor dem Richter und den Geschworenen standen. Als junges Mädchen war sie in den Sommerferien häufig mit dem Bus zum Gericht gefahren und hatte sich vorgestellt, sie sei Anwältin. Manchmal war sie sogar so weit gegangen und hatte sich vorgestellt, sie säße auf der Richterbank. Dieser Gerichtssaal hier hatte Stühle mit leuchtend blauen Polstern, hellila Teppichboden, keine Fenster und war voll klimatisiert. Die Richter brauchten keine dröhnenden Stimmen mehr, die weit zu hören waren; sie hatten Mikrophone. Lara mochte den Stil von früher eigentlich lieber. Heutzutage war alles zu funktionell, zu schön, zu ordentlich. In ihren Augen war die Justiz zu modern geworden. Sie war dabei, ihre ganze Atmosphäre zu verlieren.

Das hier war ihre Welt, ihr kleines Königreich, sagte sie sich, während sie auf die amerikanische Flagge neben dem Richtertisch blickte. Sie wollte das nicht verlieren, indem sie wegen ungebührlichem Verhalten von ihrem Amt suspendiert wurde. Sie hatte ohnehin schon genug verloren.

»Hör dir erst mal an, was ich heute erfahren habe«, sagte sie. Ihre Stimme hallte durch den großen, leeren Raum. Rikkerson hatte bisher schweigsam und in Gedanken versunken dagesessen. »Phillip ist ein Großer Bruder.«

»Du meinst diese Organisation, die sich um Kinder kümmert?«

»Ja«, sagte sie laut und betont. »Glaubst du jetzt endlich, daß wir ihn als Verdächtigen in Erwägung ziehen sollten?«

»Ich bin dir etwas voraus, Lara. Ich habe heute seine Personalakte bekommen. Er hat keine Vorstrafen, aber das ist nicht weiter erstaunlich. Er lebt bei seiner Mutter in Costa Mesa, nicht weit von deiner derzeitigen Bleibe.«

»Bei seiner Mutter? Er hat nie erwähnt, daß er bei seiner Mutter lebt.«

»Er hat auch bisher nicht erwähnt, daß er ein Großer Bruder ist. Vielleicht hat er das nur erfunden, um an Josh ranzukommen.«

»Wieso Josh?«

»Josh weiß möglicherweise mehr, als du denkst.«

»Du kannst mir glauben, Phillip wird nicht auch nur in die Nähe des Jungen kommen. Jedenfalls jetzt nicht. Was ist mit dem Geld, den Darlehen?«

Rickerson runzelte die Stirn. »Das dauert – übrigens, ich war heute beim Staatsanwalt. Nicht sehr vielversprechend.«

»Bei wem warst du? Gleich ganz oben, bei Meyer?« Lawrence Meyer war der eigentlich Bezirksstaatsanwalt von Orange County. Alle anderen waren stellvertretende Staatsanwälte, die unter seiner Leitung arbeiteten.

»Ja. Er ist ein Arschloch.«

Lara sah ihn an. Für Rickerson gab es offenbar nur zwei Kategorien, Kinderschänder und Arschlöcher. Und das waren die Leute, die für die Strafverfolgung in Orange County verantwortlich waren. »Ich hatte nie Probleme mit ihm, als ich dort gearbeitet habe. Er ist ein hervorragender Ankläger, ein ausgezeichneter Chef. Er hat einen tadellosen Ruf.«

»Der hat mir gesagt, ich hätte nicht mehr alle Tassen im Schrank wegen Evergreen. Als ich dann insistierte, drohte er, mich rausschmeißen zu lassen.«

»Na großartig«, sagte Lara und warf dem Detective einen scharfen Blick zu. »Du hättest nicht zu ihm gehen sollen. Ich hab' dir doch gesagt, es ist zu früh. Mich hast du hoffentlich nicht erwähnt, oder?«

Rickerson nahm die Beine von der Rückenlehne des Sitzes. »Ich nicht, aber er.«

»Wie meinst du das?«

»Er hat ungefähr wörtlich folgendes gesagt. Lara Sanderstone hat Packard Cummings freigelassen. Wir haben dagegen argumentiert, das heißt der Staatsanwalt, der an dem Tag im Gericht war. Sie hat ihren Einfluß und ihre Stellung als Richterin benutzt, um die Machenschaften ihres Bruders...« Rickerson brach ab und sah Lara an. »Er hat geglaubt, Perkins wäre dein Bruder. Jedenfalls hat er dann gesagt, daß Cummings einen Tag nach seiner Entlassung jemanden umgebracht hat, und dafür seist du verantwortlich. Er meinte, wir sollten eher deine Aktivitäten überprüfen und nicht die von Evergreen, wenn wir überhaupt jemanden überprüfen wollten.«

»Dieser Schleimscheißer.« Lara war außer sich. »Ich kann kaum glauben, daß er das gesagt hat. Meint er etwa, ich hätte Cummings entlassen, damit er meine Schwester umbringt? Das ist furchtbar. Das ist krank.«

»Ich hab' doch gesagt, er ist ein Arschloch.«

»Was jetzt?«

»Wir müssen die Ergebnisse vom Labor abwarten, damit wir Cummings mit den Morden in Verbindung bringen können. Ich mache ihnen schon Dampf, aber es geht nicht schneller. Sie sind vollkommen überlastet.«

Lara stand auf, stieg über Rickersons lange Beine und ging im Gang auf und ab. »Das wär's dann wohl?« Sie ließ die Arme hängen und blieb abrupt stehen.

»Nun ja, wir haben noch den Terminkalender von deiner Schwester. Der ist ganz interessant.«

»Inwiefern? Sag's mir, Ted. Im übrigen muß ich Josh abholen, also mach's kurz.« Lara sah auf die Uhr. Sobald sie wieder in dem Haus in Irvine waren, würde Lara sich um eine andere Schule für Josh bemühen. Sie konnte nicht in diesem Tempo weiterarbeiten und ihn auch noch jeden Tag hin- und herfahren.

»In solchen Kalendern benutzt jeder seine eigene Kurzschrift oder Verschlüsselung, nicht nur Prostituierte tun das. Doch die Notizen deiner Schwester sind ziemlich rätselhaft, offenbar ohne Hand und Fuß. Sie hatte allerdings Stammkunden, und damit kann man schon mal was anfangen. So gibt es einen Kunden, der hatte jeden Mittwochnachmittag einen Termin. Sie hat ihn mit Buchstaben *LS* mit Bleistift unter der entsprechenden Uhrzeit eingetragen. Dann gibt's da noch eine Verabredung für den Abend des 7. Juli, das ist die Nacht, in der sie zu deinem Haus kam. Das war auch ein Mittwoch, falls das was zu bedeuten hat. Der Mann ist als *LP* mit Bleistift eingetragen. Nach diesem Datum gibt es keine Eintragung mehr.«

»Tatsächlich?« sagte sie. »Nun, *LP* konnte für Leo irgendwas stehen. Er hat vielleicht seinen richtigen Vornamen benutzt und einen falschen Nachnamen.«

»Da hab' ich auch schon dran gedacht, aber wofür steht dann *LS*? Jemand, der was von diesen Dingen versteht, hat mir gesagt, *LS* bedeutet, daß der Freier Sex will, *LP*, daß er auf Peitschen steht. Was hältst du davon?«

Lara zuckte nur mit den Schultern.

»Ich nehme an, daß Ivory keine Freier mehr gehabt hat, als sie mit der Erpressung Erfolg hatten. Das Buch endet abrupt mit jener Nacht im Juli, in der sie zu dir kam. Außerdem lagen viele ihrer Termine immer um den siebten, achten und neunten jedes Monats. Ich hab' keine Ahnung, was das zu bedeuten hat.«

»Vermutlich weil dann die Rate fürs Haus fällig war«, sagte Lara. »Da hat sie mich immer um Geld angehauen. Ich zeig' dir mal mein Scheckheft. Sam muß sie um diese Zeit gedrängt haben, anschaffen zu gehen.« Besonders nachdem sie aufgehört hatte, ihnen Geld zu geben, dachte Lara. Wenn sie ihnen nicht den Geldhahn zugedreht hätte, wären sie vielleicht beide noch am Leben.

»Also, ich habe mich mit einer anderen Nutte unterhalten, die mit ihr zusammengearbeitet hat. Das ist meine Expertin. Vielleicht benutzen sie alle die gleichen Abkürzungen.«

Lara blickte auf. »Eine andere Prostituierte? Ivory hat mit einer anderen Prostituierten zusammengearbeitet? Was hat sie dir erzählt?«

»Nicht viel. Nur daß sie einen Stammkunden hatte, der möglicherweise Student war.«

»Phillip ist Student«, platzte Lara heraus. Sie sahen sich in die Augen. Rickerson wußte darüber natürlich schon Bescheid. »Ich muß dich mal was fragen.«

»Schieß los.«

»Bist du dir ganz sicher, daß Josh auf keinem der Fotos war?«

Rickerson stand auf und trat dicht an Lara heran. Dann drehte er sich zur Seite und streifte sie mit seinem Jackett. Beide lehnten sich mit dem Rücken gegen das Geländer. »Warum fragst du?«

»Nur so eine Idee, weiter nichts. Ich weiß, daß er mißbraucht wurde, ich weiß nur nicht wie.« Dieser Gedanke hatte Lara nicht mehr losgelassen, seit sie mit Josh über das blutbefleckte T-Shirt gesprochen hatte. Sie hatte das Thema seitdem nicht mehr aufgebracht, aber es belastete sie. Er hatte gesagt, es sei etwas Peinliches passiert. Lara ging der Gedanke nicht aus dem Kopf, daß er vielleicht an einen Kinderschänder geraten war, vielleicht sogar zum Analverkehr gezwungen oder sonstwie verletzt worden war. Sie wußte, daß sie Josh irgendwann darauf ansprechen mußte.

Der Detective rückte noch näher an Lara heran. Sie wußte, daß er es mit Absicht tat. Sie standen jetzt Schulter an Schulter, und es fiel ihr schwer, sich auf das Gespräch zu konzentrieren. Sie sah immer nur den schmalen goldenen Ring an seiner linken Hand.

»Es besteht die entfernte Möglichkeit, daß Josh die Fotos aufgenommen hat, aber ich persönlich bezweifle das. Ich bin davon überzeugt, daß deine Schwester die Bilder gestohlen hat, deshalb glaube ich nicht, daß der Junge was damit zu tun hat.«

Lara wandte sich ab, um den Raum zu verlassen. Rickerson ging auf sie zu und ergriff fest ihre beiden Arme. »Wir kriegen dieses Schwein«, sagte er. Dann strich er mit einem Finger über ihre Nase und berührte ihre Lippen. Bevor sie etwas sagen konnte, hatte er sich bereits abgewandt, ging auf die vordere Tür zu und verließ den Gerichtssaal.

Die kurze Berührung ihrer Lippen durch seinen Finger

nahm ihr fast den Atem. Sie war wie ein Kuß, ein zarter, flüchtiger Kuß.

Lara ging zurück zum Flur, der zu ihrem Büro und zum Aufzug für die Richter führte. Im Gebäude war es jetzt still, es war kaum noch jemand da. Sie beeilte sich. Josh wartete.

Sie drückte den Knopf am Fahrstuhl, und die Tür ging auf. Lara schnappte nach Luft und trat schockiert ein paar Schritte zurück.

»Lara«, sagte der Mann im Aufzug, »Sie haben aber heute lange gearbeitet.«

Sekunden stand sie einfach nur da und wußte nicht, was sie tun sollte. Schweiß trat ihr auf Stirn und Oberlippe. Dann ging sie zu Leo Evergreen in den Aufzug, und die mechanischen Türen schlossen sich.

»Ja, das stimmt, Leo«, sagte Lara. »Wissen Sie, der Fall Adams...« Sie merkte, daß sie zitterte, und zwang sich, ruhig zu bleiben. Sie konnte jedoch nicht aufhören, ihn anzustarren. Er trug einen schwarzen Trenchcoat und hatte einen teuren Aktenkoffer aus Leder dabei. Er sah furchtbar aus. Seine vollen Backen waren eingefallen, und er hatte dunkle Ringe unter den Augen. »Geht es Ihnen besser?«

Als ob sie ihm ein Stichwort gegeben hätte, fing Evergreen an zu husten, nahm ein weißes Taschentuch heraus und hielt es sich vor den Mund. »Eigentlich nicht, um ehrlich zu sein. Diese Grippe ist eine von der üblen Sorte. Sie sollten viel Flüssigkeit zu sich nehmen und sich warm halten. Die kann einen nämlich ganz schön fertigmachen.«

Das stimmt, dachte Lara verbittert, als die Tür aufging und Evergreen davonschlich. Er kannte möglicherweise eine Menge Dinge, mit denen man Leute fertigmachen konnte. Ohne Zweifel hatte jemand Ivory fertiggemacht, und zwar endgültig. Mit einem Ruck drehte sie den Kopf zur Seite und beobachtete, wie er über den Betonboden der Tiefgarage ging. Dieser Mann hinkte nicht. Er war zwar alt und ging langsam mit steifen, beinah strauchelnden Schritten.

Aber soweit sie das erkennen konnte, hinkte Richter Leo Evergreen nicht.

Kapitel 19

Der abendliche Verkehr ins Zentrum von Los Angeles war fast zum Erliegen gekommen. Dichter Smog überzog den Himmel. Nachdem Rickerson von Lara weggefahren war, hatte er unterwegs angehalten, um sich einen Hot dog und eine Cola zu kaufen, die er im Auto zu sich nehmen wollte.

»Abendessen«, sagte er angewidert, schob sich den Hot dog in den Mund und aß ihn mit zwei Bissen auf. Dann trank er die Cola und warf den Pappbecher hinter sich auf den Rücksitz. Er war mit Dr. Gail Stewart im Labor verabredet. Irgendwann, so überlegte er, würde er tatsächlich all diese Steak-Menüs, Kinobesuche und langstieligen Rosen wahr machen müssen, die er ihr ständig versprach. Aber nicht heute.

»Okay«, sagte sie, »setz dich mit dem Arsch auf den Stuhl und dann geht's gleich los. Hast du zu Abend gegessen?«

»Ja«, sagte er. »Im Auto.«

»Du Glücklicher. Ich sterbe fast vor Hunger. Laß es uns rasch hinter uns bringen, damit ich nach Hause kann.«

Sie löschte das Licht und stellte den Diaprojektor an. »Jetzt guck dir das an. Der junge Mann auf dem kleinen Foto mit der Frau ist derselbe wie auf dem Bild, das du gestern vorbeigeschickt hast. Sieh mal, seine Gesichtszüge passen perfekt zusammen, wenn wir die Bilder aufeinanderlegen. Natürlich hält er auf diesem Foto den Kopf in einem anderen Winkel, deshalb mußten wir ein bißchen manipulieren, aber es ist zweifellos derselbe Mann. Wer ist es?«

»Der Sohn von Evergreen.«

»Verdammt noch mal, Kumpel, da bist du aber an einer heißen Sache. Evergreen ist der Mann auf dem Foto?«

»Allem Anschein nach muß er es sein. Das ist jedenfalls sein Sohn.«

Dr. Stewart setzte sich neben ihn und griff mit ihrem rundlichen Arm hinter sich in eine Schublade. »Hier«, sagte sie. »Nachtisch.« Sie warf ihm einen Schokoriegel zu und aß selbst auch einen, während sie weiterredete. »Wenn man nicht zu Abend ißt, kann man soviel Süßigkeiten essen, wie man will, ohne ein Pfund zuzunehmen.«

»Was ist das denn für eine Diät?« fragte Rickerson und steckte den Riegel in seine Tasche.

»Die Süßigkeiten-Diät natürlich. Ich hab' sie grade erfunden.« Nachdem sie ihren Riegel aufgegessen und das Papier weggeworfen hatte, wurde ihr Gesicht wieder ernst. »Der Mann muß nicht unbedingt der Vater des Jungen sein. Es könnte ja auch ein Freund der Familie, ein Nachbar, sonstwas sein. Bloß weil die Fotos bei jemandem zu Hause aufgenommen wurden, heißt das ja noch nichts.«

Rickerson zog eine Grimasse. »Es ist Evergreen. Glaub mir, ich bin noch nie so sehr von etwas überzeugt gewesen. Es paßt alles zusammen, Gail, und jeden Tag paßt es noch ein bißchen besser.«

»Hast du mir ein Videoband mitgebracht, auf dem man ihn gehen sieht?«

»Nee, noch nicht.« Er zwirbelte seinen Schnurrbart. »Ich glaube aber, daß ich eins besorgen kann, wo er beispielsweise aus dem Gerichtsgebäude rauskommt oder so. Hör mal, Gail, bist du ganz sicher, daß er durch diese Krankheit, oder was immer das ist, unbedingt hinken muß? Judge Sanderstone kann sich nämlich nicht erinnern, daß er humpelt. Sie behauptet, er hätte einen unverwechselbaren Gang, aber er würde nicht hinken.«

Gail schnaubte leicht verärgert. Sie konnte nicht vertragen, wenn Leute ihre Theorien in Frage stellten. Sie hatte sehr viel Arbeit in dieses Computerprofil gesteckt. »Ich sage dir, daß der Mann auf dem Foto hinkt. Allerdings könnte er operiert worden sein. Es gibt da eine neue Methode, bei der man eine Metallstange einsetzt, um die Wirbelsäule zu stärken. Alles ist möglich.«

Rickerson dachte darüber nach, wie er an einen Film kommen könnte, in dem man Evergreen gehen sah. Das Problem war, daß Evergreen überhaupt nie zu Fuß aus dem Gebäude kam. Um ihn zu filmen, müßte Lara dazu gebracht werden, daß sie einen Kameramann in die Tiefgarage ließ, in der die Richter parkten.

Dr. Stewart fuhr fort: »Was ich im Grunde brauche, ist eine Nacktaufnahme von seinem Rücken. Dann könnten wir dir was in die Hand geben, womit du wirklich was anfangen kannst. Wir könnten bestätigen, ob die Rückgratverkrümmung vorhanden ist, und du wüßtest eindeutig, ob er der Mann auf den Fotos ist. Und falls er operiert worden ist, würden wir die Narbe sehen.«

»Klar doch«, sagte der Detective, stand auf und schob den kleinen Metallstuhl wieder an den Schreibtisch. »Ich geh' einfach zu ihm, bitte ihn, sich auszuziehen und sich vor die Kamera zu stellen. Nun mach mal 'nen Punkt, Gail. Das ist doch wohl absurd.«

Sie beugte sich vor und starrte ihn an. »Cops«, sagte sie. »Alles Blödmänner.« Dann ließ sie sich wieder gegen die Lehne fallen. »Wetten, daß der in irgendein Fitneßcenter geht oder so was. Vielleicht spielt er Golf oder Squash, läßt sich massieren oder geht schwimmen. Wenn man sich richtig anstrengt, kriegt man fast von jedem ein Nacktfoto. Man muß sich nur lange genug in Umkleideräumen rumtreiben. In diesem Staat geht fast jeder in irgendeinen Club. Die Kalifornier sind doch die reinsten Fitneß-Fanatiker.« Sie hielt inne und lächelte. »Das heißt, alle außer mir. Mein Zahnarzt sagt, ich hätte faule Zähne. Ich will sterben, bevor sie mir ausfallen.«

»Gute Idee«, sagte Rickerson, während er gedankenverloren zur Tür trottete. Ihren Scherz hatte er nicht mitbekommen.

»Und noch was...«, rief sie hinter ihm her, als er bereits im Flur war.

Statt in den Raum zurückzugehen, trat Rickerson an das Fenster, auf dem sein Atem kreisrunde Kondensflecke bildete. »Yeah?« sagte er.

Dr. Stewart kam an die Scheibe und sprach so laut, daß er sie verstehen konnte. »Mach den Sohn ausfindig. Ich wette, der ist auch mißbraucht worden. Das ist meistens so.«

Rickerson tippte sich an die Stirn und lächelte. »Clever.«

»Das kommt von den Süßigkeiten«, sagte sie. »Glaub's mir.«

Rickerson nahm den Schokoladenriegel, den sie ihm gegeben hatte, aus seiner Hemdtasche, riß ihn vor dem Fenster auf, schob ihn sich ganz in den Mund. Sie lachte. Dann drehte er sich um und ging.

Lara konnte Josh nicht von Emmet wegbekommen. Nachdem er soviel in der Schule versäumt hatte, stapelten sich seine Bücher etwa einen halben Meter hoch auf dem Küchentisch, aber sie lagen einfach nur da, während er gegenüber mit seinem neuen Freund Videospiele spielte. Lara hatte bei Kentucky Fried Chicken etwas zum Essen geholt und ging mit den Tüten zu Emmet.

»Schluß jetzt«, sagte sie zu Josh gewandt, während sie in Emmets Schlafzimmer trat. Er hüpfte begeistert auf seinem Stuhl herum und drückte Knöpfe auf einem Action-Controller. »Keine weiteren Spiele, mein Junge.«

»Aber Mom...«, sagte Josh, ohne sich umzudrehen. Dann war es plötzlich ganz still im Raum. Lara fühlte sich geschmeichelt, aber ihr war sofort klar, daß Josh in die Vergangenheit gerutscht war. Sie versuchte erst gar nicht, ihn aufzuhalten, als er vom Computer aufstand und den Raum verließ. Doch nachdem sie kurz Emmet angesehen und den Kopf geschüttelt hatte, ging sie ihn suchen.

Er saß draußen auf dem Rasen unter der Trauerweide. Lara ging langsam auf ihn zu und blieb dann einfach stehen. Schließlich sagte sie: »Du solltest dich nicht hierhinsetzen. Du kriegst Grasflecken auf deiner Hose.«

Er stand auf und wischte sich den Schmutz ab.

»Josh, ich wünschte, deine Mutter wäre noch am Leben und das Ganze wäre nie passiert.« Er nickte, und sie fuhr fort: »Ehrlich gesagt, ich hab' mich eben sehr geschmeichelt gefühlt, auch wenn du mich nur aus Versehen Mom genannt hast.« Sie wandte sich um und ging in die Wohnung zurück. Es gab nichts weiter zu sagen.

»Ich... habe... was«, sagte Emmet, als Lara wieder bei ihm war. »Hab' den... ganzen Tag... daran gearbeitet.« Er drückte einen Knopf an seinem Stuhl und drehte sich wieder zum Bildschirm. Er löschte das Spiel, das sie gerade gespielt hatten, und holte sich ein Menü.

»Sieh mal«, sagte er, »hier... sind... kostenlose Dienste.« Er wählte etwas aus dem Computer-Menü aus, und eine Liste von Firmen mit gebührenfreien Telefonnummern erschien auf dem Bildschirm. Er bewegte den Cursor nach unten, bis er gefunden hatte, was er suchte, und drückte dann mit dem an seinem Kopf befestigten Stift einen weiteren Knopf. Lara beugte sich über seine Schulter und las.

SUPERGEHEIMNISSE – DER GAME MAN stand da zusammen mit einer gebührenfreien 800er Telefonnummer. Unter der Überschrift hieß es: »Wenn du der beste in deiner Gegend sein willst, dann wähl diese gebührenfreie Nummer, und du erfährst Tricks und Insiderinformationen über Videospiele. Dieser Service ist kostenlos. Nintendo, Super-NES, Sega...« Es würden alle möglichen Systeme und Spiele aufgeführt. Dann erschien der Name der Kontaktperson, ein gewisser Tommy Black. Die Telefonnummer gilt nur im Staat Kalifornien, stand da.

»Was willst du damit sagen, Emmet?« fragte Lara.

Emmet löschte den Bildschirm erneut und fing an zu tippen. »Es gibt viele Nummern dieser Art, Informationsdienste und andere Dinge, doch die meisten werden von den Herstellern dieser Spiele oder den Systemen selbst zur Verfügung gestellt. Ich hab' zunächst die anderen überprüft und festgestellt, daß sie alle legal sind. Diese Nummer ist mir aus folgenden Gründen aufgefallen. Es handelt sich um eine unabhängige Firma oder um eine Einzelperson, und mir ist nicht klar, wie die daran verdienen, falls sie nicht versuchen, andere Dinge zu verkaufen wie Zubehör oder Zeitschriften, irgend etwas, das mit Videospielen zu tun hat. Außerdem ist diese Nummer in mehreren Verzeichnissen an exponierter Stelle aufgeführt, insbesondere in Verzeichnissen, für die sich junge Leute interessieren, in denen es Informationen über Sport, Filme und ähnliche Dinge gibt. Die meisten dieser gebührenfreien Nummern gelten in allen Bundesstaaten. Auch wenn diese hier ausdrücklich auf Kalifornien beschränkt ist, funktioniert sie in Wirklichkeit nur in der unmittelbaren Umgebung, also Los Angeles und Vorstädte.«

Lara wurde ganz aufgeregt. Es war denkbar, daß ein Junge eine solche Nummer wählte, um herauszufinden, wie er bei einem bestimmten Spiel gewinnen oder seinen Punktestand verbessern konnte. »Das ist phantastisch, Emmet. Aber der Name von dem Mann? Wir kennen doch keinen Tommy Black.«

Emmet tippte. »Du hast doch gesagt, daß der Kinderschänder wahrscheinlich einen erfundenen Namen benutzen würde. Willst du ihn anrufen?«

»Wen anrufen?« fragte Josh, der hereingekommen war und plötzlich hinter ihnen stand. »Und wann gibt's was zu essen? Es ist gleich acht Uhr. Mir knurrt der Magen.«

Lara sah Josh an, und plötzlich kam ihr eine Idee. »Emmet, sollte Josh nicht besser anrufen? Dann wüßten wir, wie er mit einem Kind umgeht. Wenn ich anrufe, wimmelt er mich vielleicht ab.«

Sie beschlossen zu warten, bis Josh zu Abend gegessen hatte. Emmets Krankenpfleger hatte ihm bereits etwas zu essen gemacht, bevor sie gekommen waren, und Lara hatte keinen Hunger. Sie saßen am Tisch und überlegten, was er sagen sollte. »Sag ihm einfach, du riefst an, weil du dich in einem Spiel verbessern wolltest. Hast du ein Lieblingsspiel, über das du gut Bescheid weißt?«

»Yeah«, sagte Josh. »Ich steh' auf Joe and Mac. Mein Freund hat das. Es ist super. Emmet hat es auch.«

»Du darfst ihm allerdings deinen richtigen Namen nicht nennen, verstehst du?« sagte sie. »Das hat was mit meiner Arbeit zu tun, eine kleine Detektivaufgabe.«

Lara machte sich nicht zuviel Hoffnungen. Selbst wenn der Mörder ein Pädophiler war, war fraglich, ob er noch immer auf diese Weise nach Opfern suchte, nach allem, was passiert war. Doch als sie die ganzen Fälle durchging, mit denen sie es in der Vergangenheit zu tun gehabt hatte, wurde ihr klar, daß das Verlangen dieser Leute unter Streß offenbar noch zunahm. Einige hatten sogar noch Kinder belästigt, während sie auf ihren Prozeß warteten. Es war eine Art Zwang, fast so wie die Abhängigkeit von Heroin. Möglicherweise suchte dieser Mann jetzt verzweifelt die Gesellschaft eines jungen Menschen. Das gab ihm vermutlich das Gefühl von Macht und Selbstsicherheit.

»Vielleicht sollten wir noch abwarten«, sagte sie, als Josh gerade das Funktelefon aus ihrer Wohnung holen wollte. Ihr war eingefallen, daß Rickerson sie davor gewarnt hatte, von sich aus etwas zu unternehmen. Das hier war ein gefährliches Spiel. Drei Menschen waren bereits gestorben.

»Warum?« fragte Josh. »Das hört sich doch lustig an. Laßt mich anrufen.«

Sie machte sich unnötige Sorgen, dachte Lara. Es würde ohnehin nichts bringen, schließlich ging es nur um ein Telefongespräch. »Okay«, gab sie nach. »Ruf an. Geh das Telefon holen.«

Sobald er wieder da war, wählte er die Nummer. Sie warteten gespannt neben ihm. »Das ist ein Anrufbeantworter«, sagte er.

»Schnell«, sagte Lara und riß ihm das Telefon aus der Hand.

Sie wollte die Stimme auf dem Anrufbeantworter hören, weil sie davon ausging, daß sie Evergreen oder Phillip ganz bestimmt erkennen würde. Es war ein merkwürdiger, metallischer Klang. Es hörte sich noch nicht mal menschlich an. Als die Maschine sich ausschaltete, legte Lara auf und wählte noch einmal. Diesmal gab sie Emmet das Telefon. »Hör dir das an, Emmet«, sagte sie. »Ist das Band ausgeleiert, oder was ist da los?«

Emmet hörte nur ein paar Sekunden zu, dann fiel ihm das Telefon unbeabsichtigt auf den Schoß, seine Muskeln zuckten und rissen seinen Arm von der Stuhllehne. »Das ist... keine... wirkliche Stimme«, sagte er unter großer Anstrengung. »Es ist... eine... synthetische... Computerstimme.«

»Ein sprechender Computer?« fragte Lara.

»Ja«, antwortete Emmet.

Sie beschlossen, daß Josh noch mal anrufen und irgendeinen Namen und die Nummer des Funktelefons hinterlassen sollte. Das tat er, wobei er den Namen seines besten Freundes, Ricky Simmons, benutzte.

»Nun ja«, sagte Lara, die das Ganze für vergebliche Liebesmüh hielt. Die Chancen, daß etwas dabei herauskam, standen eins zu einer Million. »Es wird Zeit, daß du dich an deine Bücher machst, Josh. Keine weiteren Spiele, sonst bleibst du nächstes Jahr sitzen.«

»Wohl kaum«, sagte er empört. »Ich hab' einen Durchschnitt von 3,9. Um eine Woche aufzuarbeiten, brauch' ich ungefähr vier Stunden, dann bin ich wieder *à jour.*«

Lara wurde verlegen. Sie hatte Josh nie nach seinen Schulnoten gefragt, auch nicht, welche Fächer er hatte. Aus irgendeinem Grund hatte sie angenommen, daß er ein schlechter Schüler war, vermutlich wegen Ivorys Lernschwierigkeiten und wegen des lustlosen Eindrucks, den er machte. Plötzlich sah sie ihn in einem ganz anderen Licht. Er war ein äußerst intelligenter Junge, wahrscheinlich klüger, als alle ahnten. Insbesondere bezweifelte sie, daß seiner Mutter oder Sam Perkins das je aufgefallen war.

»Ich bin beeindruckt«, sagte sie. »Ehrlich, Josh. Ich bin ganz beeindruckt, daß du so ein guter Schüler bist, aber warum 3,9? Schaffst du's nicht auf eine 4,0?«

Er lächelte, und es kam zu einem wortlosen Gedankenaustausch zwischen ihnen. Wenn er schon so gut in der Schule war, ohne daß ihn jemand anspornte, wie gut mußte er dann erst unter Laras Anleitung sein. Sie beugte sich herunter und küßte Emmet zum Abschied auf die Stirn, dann gingen sie zur Tür. Als sie bereits auf dem Rasen im Hof waren, erschien Emmet in der Tür. »Zurück«, sagte er, so laut er konnte. »Das Telefon... klingelt.«

Sie hatten das Funktelefon auf dem Küchentisch liegengelassen. Josh sprintete in die Wohnung zurück und nahm es ungefähr beim fünften Läuten auf. Lara lief hinter ihm her und flüsterte ihm zu, falls es der Game Man wäre, solle er nicht vergessen, einen anderen Namen zu benutzen.

»Yeah«, sagte er. Er sprach bereits ins Telefon und deutete Emmet und Lara durch ein Nicken an, daß es der Mann sei. Er ging zu dem Schreibtisch in Emmets Schlafzimmer, und Lara und Emmet folgten ihm. »Ich habe Super-NES. Mein Lieblingsspiel ist Joe and Mac.« Darauf schwieg Josh und hörte zu, was der Mann ihm erzählte. »Okay«, sagte er schließlich, »Sie meinen also, ich sollte mir die Schlüssel aufheben, um aus dem geheimen Bereich ein paar Extras rauszuholen. Und wie weiter?«

Lara war frustriert. Es gab keinen zweiten Anschluß, an dem sie sich die Stimme des Mannes anhören konnte. Sie hielt den Atem an.

Josh war ganz cool. Er legte seine Beine auf Emmets Schreibtisch und lehnte sich im Stuhl zurück, als ob er mit einem seiner Freunde plauderte. »Stimmt«, sagte er. »Dann kann ich also die ganzen Fressalien einsacken und krieg' noch vier Extra-Männer. Wow! Das ist cool. Das ist echt cool.« Er warf Emmet einen Blick zu, der besagte, daß der Mann seine Sache verstand. Dann fing der Anrufer offensichtlich an, Josh Fragen zu stellen, zum Beispiel wie alt er war und in welche Schule er ging. Lara schnappte sich von Emmets Schreibtisch ein Blatt Papier und kritzelte ein paar Worte darauf, die sie Josh hochhielt. Er nickte verstehend.

»Yeah«, sagte er. »Ich bin zwölf.« Er schnitt Lara eine Grimasse, weil es ihm unangenehm war, sich jünger zu machen. »San Clemente Elementary«, sagte er zu dem Mann und nannte dann den Namen seines Freundes. »Ricky«, sagte er. »Äh, Ricky Simmons.« Darauf hörte er schweigend zu.

»Klar, das wäre super«, sagte er schließlich. »Umsonst... wirklich? Sie würden mir diese Spiele ganz umsonst geben? Prince of Persia, Smart Ball... auch Universal Soldier. Was muß ich dafür tun?«

Lara legte sich die Hand auf die Brust. Das wurde von Sekunde zu Sekunde besser. Sie war verblüfft, wie clever ihr Neffe war. Er hatte gemerkt, daß er schlecht sagen konnte, er sei auf der Junior High School, was der Realität entsprach, und hatte dem Mann statt dessen erzählt, er besuche die Grundschule. Das war schnell geschaltet. Daran hatte selbst sie nicht gedacht.

»Meine Eltern?« wiederholte Josh. Dabei sah er Lara an und verzog das Gesicht. »Yeah, ich...«

Lara sprang förmlich vor ihn und kritzelte, so schnell sie konnte, auf das Blatt Papier: »Dein Vater ist tot. Du lebst bei deiner Mutter.« Sie wußte aus Erfahrung, wie diese Leute vorgingen. Sie sahen sich nach Familien mit nur einem Elternteil um, insbesondere solchen, wo dem Jungen die Liebe und Zuwendung des Vaters fehlte. Solche Jungen waren die idealen Opfer für Pädophile, und in vielen Fällen wandten sich diese Leute sogar direkt an die Familie und redeten der Mutter des Kindes ein, sie wollten dem Jungen nur helfen und ihn ab und zu mal mitnehmen.

»Nein«, fuhr Josh Laras Anweisung aufnehmend fort, »mein Vater ist tot. Ich lebe bei meiner...« Er schluckte. Das war nicht einfach für ihn. »... Mutter.« Dann hörte er aufmerksam zu und antwortete erneut. »Sie arbeitet... yeah... im Krankenhaus.« Er sah Lara Zustimmung heischend an. Sie nickte. Wenige Sekunden später legte er auf.

»Was hat er gesagt?« fragte Lara aufgeregt. Sie wünschte, sie hätte ihm das Telefon aus der Hand gerissen und selbst die Stimme des Mannes gehört, aber dafür war es jetzt zu spät. Sie würden ihn später wieder anrufen, beschloß sie.

»Er hat mir ein paar Tips zu dem Spiel gegeben. Echt gute. Dann hat er gesagt, ich könnte ein paar Spiele umsonst kriegen, Demoversionen oder so. Er hat nicht direkt gesagt, wie und wann, bloß daß ich morgen nach der Schule wieder anrufen soll.«

»Was war mit den anderen Fragen?« wollte Lara wissen. »Den persönlichen Fragen. Und wie hörte sich seine Stimme an? War er jung oder alt?«

»Weiß ich nicht. Es war bloß eine Stimme. Ich kann nach der Stimme nicht sagen, wie alt jemand ist. Der Kerl hat mich nur nach meiner Familie gefragt, nach meinen Eltern, ob meine Mom arbeitet, ob ich gern ins Kino gehe, Spielhallen mag, lauter so Zeug. Du hast doch mitgehört...«

»Okay«, sagte Lara. »Du verschwindest jetzt von hier, Junge. Wir sehen uns gleich in meiner Wohnung. Und ich hoffe, daß ich dir nicht sagen muß, daß du diesen Mann niemals, absolut niemals anrufst, ohne mir vorher Bescheid zu sagen.«

»Was soll das denn alles?« fragte Josh. »An was für einem Fall arbeitest du da? Ich hab' immer gedacht, Richter machten so was nicht. Ist es nicht die Aufgabe von Cops, Leute zu schnappen?« Er dachte kurz nach und fuhr dann unbeirrt fort. »Was glaubst du überhaupt, was dieser Mann getan hat? Das ist nur ein Trick oder so. Er wird mir die Spiele gar nicht umsonst geben.«

»Geh jetzt«, sagte Lara und scheuchte ihn mit den Händen weg. »Hausaufgaben, klar?«

Nachdem Josh gegangen war, setzte sie sich hin und versuchte, sich auf das Ganze einen Reim zu machen. Sie hatte das deutliche Gefühl, daß sie auf einer wichtigen Spur waren, und dachte schon daran, Rickerson anzurufen. Doch dann gab sie diesen Gedanken wieder auf. Der arme Mann konnte schließlich nicht vierundzwanzig Stunden am Tag arbeiten. Sie würde morgen früh mit ihm telefonieren. Außerdem hatte Benjamin England vorhin angerufen und gefragt, ob er später vorbeikommen könnte. Sie hatte beschlossen, ihm noch eine Chance zu geben.

Doch in Wirklichkeit wollte sie wohl nur was gegen ihre wachsende Verliebtheit in Ted Rickerson unternehmen. Vielleicht half es, sich auf jemand anders zu konzentrieren.

»Mach … die Nummer … ausfindig«, sagte Emmet an der Tür.

»Klar doch, Emmet«, antwortete Lara. »Darauf kannst du Gift nehmen. Dieser Mann ist möglicherweise weder Evergreen noch Phillip, aber er hört sich eindeutig wie ein Kinderschänder an. Wer auch immer er ist, wir werden ihn überprüfen.« Sie betrachtete den kleinen Mann. »Das könnte tatsächlich der Mann sein, der meine Schwester ermordet hat. Es klingt unfaßbar, aber es ist möglich. Danke, Emmet. Du bist ein Genie.«

»Ich … weiß«, sagte er.

Lara lachte. Emmet mochte zwar stark behindert und gebrechlich sein, aber er hatte ein gesundes Selbstbewußtsein.

Als sie sich umdrehte, stand Josh hinter ihr. »Ich hab' dir doch gesagt, du sollst rübergehen und deine Hausaufgaben machen«, sagte sie streng. Sie hoffte, er hatte nicht gehört, was sie über Evergreen gesagt hatte, daß er nämlich für den Tod ihrer Schwester verantwortlich sein könnte.

Sein Blick war finster und starr. »Ich hab' meinen Schlüssel vergessen«, sagte er. Dann drehte er sich um und ging.

Josh war im Bett, und Lara saß mit Benjamin England im Wohnzimmer von Emmets Wohnung. »Es tut mir leid«, sagte sie. »Ziemlich asketisch, was?« Er saß auf dem einzigen schwarz und grau gepolsterten Sessel mit dem Polsterhocker, und sie saß im Indianerstil mit gekreuzten Beinen auf dem Parkettboden. Es war irgendwie unsinnig, von Indianerstil zu sprechen, wo sie doch tatsächlich Indianerin war. Sie und Ivory hatten als junge Mädchen häufig darüber gelacht. Sie tranken Wein. Das heißt, Lara trank ihren eigentlich gar nicht. Sie ließ ihn nur im Glas kreisen, ganz in Gedanken an die Vergangenheit versunken.

»Es scheint unfaßbar, daß all das passiert ist«, sagte sie schließlich. »Vor nur wenigen Wochen war meine Schwester noch am Leben. Ich hatte keine Ahnung, daß sie ihren Körper verkaufte und all diese Dinge tat.«

»Nun ja«, sagte England, »womit sie ihr Geld verdient hat, ist nicht das Problem. Die Tatsache, daß sie ermordet wurde, ist das Entscheidende. Und du glaubst, daß sie jemanden erpreßt hat? Einen hohen Beamten. Sag mir, Lara, wer ist es?«

»Ich kann es dir nicht sagen. Wir wissen es ohnehin nicht genau. Ich meine, es gibt ein paar Verdächtige, aber nichts Konkretes.«

»Nun komm schon, mir kannst du es doch sagen. Du weißt, daß ich alles, was du mir sagst, ganz vertraulich behandle. Ich möchte zu gern wissen, um wen es sich handelt. Sag's mir.«

»Nein«, erwiderte Lara. »Ich wünschte, ich hätte nie davon gesprochen. Ich bin im Augenblick wirklich nicht in der Lage, es dir zu erzählen.«

Er hatte sich in seinem Sessel vorgebeugt, weil er geglaubt hatte, Lara würde nun das Geheimnis enthüllen. Als sie es nicht tat, ließ er sich mit enttäuschtem Gesicht zurückfallen. »Dann hättest du nicht davon anfangen dürfen, wenn du's mir ohnehin nicht erzählst. Das ist gemein.«

Obwohl er lächelte, wußte sie, daß das ernst gemeint war. In vieler Hinsicht war er wie ein großes Kind.

»Wir könnten vielleicht in dein Schlafzimmer gehen«, sagte er. »Ich meine, da gibt's wenigstens was zum Sitzen.«

»Ach ja«, sagte sie, »da hast du wohl recht.« Obwohl sie ihn hatte sehen wollen, wäre sie ihn jetzt, wo er da war, am liebsten wieder losgeworden. Ihr schwirrte der Kopf von Visionen, wie man den Mörder schnappen könnte. Und falls sie recht hatten und es tatsächlich dieser Game Man war, dann könnten sie ihn vielleicht sogar auf frischer Tat ertappen, wenn er gerade versuchte, ein Kind zu verführen. Aber sie konnte Josh dafür nicht benutzen. Sie würde ihn niemals einer Gefahr aussetzen, und sie bezweifelte, daß man das überhaupt einem Kind zumuten könnte. Das Spiel war zu gefährlich geworden. Sie schob den Gedanken beiseite.

Sobald sie sich im Schlafzimmer auf die Bettdecke gelegt hatten, streckte Benjamin den Arm nach ihr aus und zog sie an sich heran. »Ich begehre dich wirklich. Ich habe die ganze Zeit an dich gedacht, seit dem letzten Abend, an dem wir zusammen waren. Du bist so klein und zart, Lara. Du hast einen Körper wie eine ganz junge Frau. Du wirst mein kleines Mädchen sein, ja?« Er streichelte ihren Arm.

Er sah sie an, und sie schmolz prompt dahin und erlaubte ihm, mit den Fingern durch ihre langen dunklen Haare zu fahren. Dann begannen seine Hände zu wandern und griffen unter ihrer Bluse nach ihren Brüsten. Sie schloß die Augen und stellte sich vor, es wären Rickersons sanfte Hände. Es war nicht zu vergleichen. Selbst in ihrer Phantasie war England einfach nicht mehr begehrenswert. Außerdem grapschte er nach ihr, statt sie zu streicheln. »Hör auf«, flüsterte sie. »Das führt zu nichts. Nicht wenn Josh im Nebenzimmer ist.«

Er ignorierte sie und schob seine Hand unter ihren Rocksaum. Seine Augen waren voller Lust. »Er schläft. Er kann uns nicht hören.«

Seine Hände glitten an ihrer seidenen Strumpfhose hinauf, bis sie zwischen ihren Beinen angekommen waren. Es war so lange her. Sie stöhnte, und sofort lag er auf ihr. »Mach mir die Hose auf«, sagte er, während er gleichzeitig seine Hand in ihre Strumpfhose schob und mit seinen Fingernägeln durch ihre Schamhaare fuhr.

»Nein«, sagte Lara sanft und schloß ihre Beine fest um seine Hand, damit er sie nicht weiter bewegen konnte. »Ich hab' dir doch gesagt, es geht hier nicht. Die Wände sind zu dünn. Ein anderes Mal. Nächstes Mal gehen wir zu dir. Hab ein bißchen Geduld.« Sie drehte den Kopf zu der Wand, an der Emmets Aktenschrank und seine Computerausrüstung standen. »Es ist zu früh, Benjamin. Ich bin noch nicht bereit dafür. Versuch es bitte zu verstehen. Und Josh ...«

Sie spürte seinen heißen Atem an ihrem Hals, und er preßte seine Hüften gegen sie. Das war eindeutig nicht sexy, dachte sie. Der Mann hatte sie noch nicht einmal geküßt. Außerdem begehrte er gar nicht sie. Er wollte irgendeine Frau, irgendeinen warmen, feuchten Hafen im Sturm. Er hatte bereits angefangen, ihre Bluse aufzuknöpfen, da schob

Lara ihn weg und setzte sich auf. »Ich hab' gesagt nein«, erklärte sie mit energischer, aber immer noch leiser Stimme. Sie wollte nicht, daß Josh sie hörte.

»Nun komm schon, Lara«, sagte er leidenschaftlich und völlig unbeirrt. »Was soll das Getue? Ich will dich. Ich will dir diesmal zeigen, daß ich dich befriedigen kann. Ich habe die ganze Zeit darüber nachgedacht, mir überlegt, was ich mit dir machen würde.« Er stand auf und ließ seine Hose fallen. »Der Junge schläft ohnehin.«

Lara fauchte ihn an: »Hör auf. Ein anderes Mal, hab' ich gesagt. Ich hab' jetzt Josh bei mir. Und ich hab' gerade meine Schwester begraben, Herrgott noch mal.«

Benjamin starrte sie wütend an, dann zog er seine Hose hoch und schloß den Reißverschluß. »Kann denn niemand anders den verdammten Jungen nehmen?« sagte er. »Warum mußt du ihn dir denn aufhalsen? Wird er jetzt ständig bei dir wohnen?«

Es war ja ganz nett, mit ihm auszugehen, dachte Lara, während er wie ein verwöhntes, bockiges Kind vor ihr stand, aber damit hörte es anscheinend auf. Sobald man das Abendessen und die gepflegte Konversation hinter sich gebracht hatte, verwandelte er sich direkt vor deinen Augen in den Prototyp eines Arschlochs.

Und seine Bemerkung, daß er sie befriedigen wolle, war eine glatte Lüge. Es gab nur einen Menschen, den Benjamin England befriedigen wollte, sich selbst.

»Geh nach Hause, Benjamin«, sagte sie und ärgerte sich über sich selbst, daß sie überhaupt noch mal mit ihm angefangen hatte. Sie hätte es wissen sollen. Sie hatte den Detective nicht aus ihren Gedanken vertreiben können. Ganz im Gegenteil. Durch Englands Unzulänglichkeiten wurden Rikkersons Stärken noch viel offenkundiger. »Und nun zu deiner Frage, ja, er wird jetzt ständig bei mir wohnen. Der Junge hat sonst niemanden, und er bedeutet mir viel. Nur zu deiner Information, er bedeutet mir verdammt viel mehr, als du das im Augenblick tust.«

»Ich verstehe«, sagte er höhnisch. »Ich nehme an, meine

Gefühle sind dir scheißegal ... es interessiert dich nicht, was ich will?«

Jetzt war sie nicht mal mehr zornig. Dieser Mann mochte zwar ein Rhodes-Stipendiat sein, aber er war ein solcher Idiot, daß sie überhaupt nichts für ihn empfinden konnte. »Verschwinde«, sagte sie, kniff die Augen zusammen und fixierte ihn mit einem eisigen Blick aus ihren schiefergrauen Augen, dem Blick, den sie benutzte, wenn im Gerichtssaal die Dinge außer Kontrolle zu geraten drohten. »Und ruf mich auch nicht mehr an. Sieh lieber zu, daß du deinen mordgierigen Mandanten Thomas Henderson ausfindig machst. Ich hab' nämlich gehört, er läuft wieder frei herum.«

»Schön«, sagte er giftig. »Und die Bemerkung über Henderson hättest du dir sparen können. Einmal Anklägerin, immer Anklägerin, Laradarling. Hast du das vergessen? Du bist doch angeblich Richterin.« Er drehte sich auf dem Absatz seiner teuren italienischen Schuhe herum, stürmte mit lauten Schritten über den Parkettboden aus der Wohnung und knallte die Tür hinter sich zu.

Lara fuhr beim Knallen der Tür zusammen, dann streckte sie sich wieder auf dem Bett aus. Sie zog das Kopfkissen an ihre Brust und kuschelte sich daran. Vermutlich wagte sie sich zu hoch die soziale Leiter hinauf, wenn sie mit Siegertypen wie England ausging. Deren Ego war einfach zu aufgebläht. Sie brauchten sie nicht, sie waren in sich selbst verliebt. Lara hatte sich immer mit Menschen identifiziert, die mit beiden Füßen auf der Erde standen. Ihre Eltern waren gute, einfache Leute gewesen. Rickerson war ... sie mußte damit aufhören.

Sie dachte an all die Freitagabende, die sie im Laufe der Jahre allein zu Hause verbracht hatte, an all die Silvester, die kamen und gingen. Vor vielen Jahren hatte sie häufig durch die Gardinen gelinst und beobachtet, wie Ivory zu Charley ins Auto stieg. Lara hatte freitags abends nie eine Verabredung gehabt, und Freitag war der Abend, an dem alle ausgingen. Selbst wenn sie mal mit einem Jungen ausging, wollte der sich immer montags oder dienstags mit ihr treffen, an irgendeinem Abend bloß nicht freitags. Ivory war hinreißend. Ivory ging mit dem gutaussehenden Football-Spieler. Ihre große Schwester war zwar in der Schule überaus selbstbewußt, aber vollkommen unsicher, wenn es um gesellschaftliche Kontakte ging, insbesondere zum anderen Geschlecht.

Lara unterbrach diese Gedanken. Ivory war tot, sie lebte.

Josh kam in seiner Schlafanzughose ins Zimmer und rieb sich die Augen. »Was ist passiert?« sagte er. »Ich hab' die Tür knallen hören.«

»Oh«, sagte Lara. »Das hatte nichts zu bedeuten. Es war Benjamin. Er ist gegangen.«

Josh machte Anstalten, wieder ins Bett zu gehen, blieb dann jedoch mit dem Rücken zu ihr eine Weile in der Tür stehen. »Ich wollte...«, begann er und brach dann ab.

»Ja, Josh?«

»Ich wollte nur sagen, daß ich sehr froh bin, daß du mich von diesem Haus weggeholt hast, von dieser Pflegefamilie, und dich um mich kümmerst, weißt du.« Er drehte den Kopf und sah sie über die Schulter mit Ivorys durchdringenden blauen Augen an. Eine Sekunde später war er verschwunden.

Rickerson rief Lara am nächsten Morgen um acht Uhr an, als sie gerade aus der Tür eilen wollte, um Josh zur Schule zu fahren. Es war eine weite Strecke, und sie schaffte es kaum, wieder pünktlich im Gericht zu sein. Sie sagte ihm, sie würde später zurückrufen, falls es nicht dringend sei, und wollte ihm bei der Gelegenheit dann auch von dem Game Man berichten.

»Ich brauche deine Hilfe«, sagte er rasch. »Ich muß herausfinden, wo Evergreens Sohn wohnt, das steht nicht in seiner Personalakte. Die hab' ich mir heute an Land gezogen, aber der Sohn war damals noch klein und ging noch zur Schule. All diese Informationen stimmen nicht mehr. Das ist seit Jahren nicht mehr korrigiert worden.«

»Ich hab' keine Ahnung, wo er jetzt wohnt.« Dann fiel ihr das Gespräch mit Irene Murdock ein. »Hör mal, ich muß los, sonst komm' ich zu spät. Ich versuche das rauszukriegen und ruf' dich an. Aber Ted …«

»Yeah.«

»Du mußt diese Sache mit Evergreen drangeben. Er hinkt nicht, und überhaupt ist das alles völliger Unsinn. Ich stimme dir zu, daß es jemand vom Gericht sein muß, aber nicht Evergreen. Es könnte jeder sein, absolut jeder.

Scheiße«, sagte sie, hängte ein und lief nach draußen, wo Josh bereits auf sie wartete. »Ich komme zu spät zum Gericht.«

Dann entspannte sie sich und ging langsam mit ihm über den Parkplatz, die Sonne und die Morgenluft genießend. Sollen sie doch warten, sagte sie zu sich selbst und betrachtete den jungen Mann neben sich. Es gab Prioritäten im Leben, beschloß sie, und sie hatte endlich für sich eine gefunden, die ihr sehr wichtig war. Eine Karriere war eine Karriere, und ein Mann war ein Mann, aber ein Mensch, der einen wirklich liebte, wie Josh es ganz sicher eines Tages tun würde, und der nichts von einem verlangte, als daß man ihn wiederliebte, das war schon etwas Seltenes.

Ihr wurde warm ums Herz. Eigentlich brauchte sie überhaupt keinen Mann mehr. Sie hatte ja Josh. Es war fast so, als hätte sie einen Sohn.

Und Josh verhielt sich ganz tapfer angesichts der Tragödie, die über ihn hereingebrochen war. Er versuchte, sein Leben weiterzuleben.

Und mit diesem Wunsch stand er nicht allein da. Lara tat das gleiche. Manchmal dachte sie nachts an Ivory und weinte sich in den Schlaf

Nachdem sie Josh an der Schule abgesetzt hatte, fuhr sie zum Gerichtsgebäude zurück. Sie parkte in der Tiefgarage und lief rasch zum Aufzug.

Lara ließ sich von Phillip die Nachrichten geben, die für sie hinterlassen worden waren, bat um eine Tasse Kaffee, ging damit in ihr Amtszimmer und schloß die Tür. Sie fragte sich, was Rickerson wohl über Phillip herausgefunden hatte. Es machte sie nervös, daß er direkt vor ihrer Tür war. Sie konnte sich kaum auf ihre Arbeit konzentrieren. Wenige Sekunden später meldete sich Phillip über die Sprechanlage. Es war bereits neun Uhr fünfzehn, und man wartete im Gerichtssaal auf sie. »Sagen Sie ihnen, ich bin in einer Viertelstunde da«, sagte sie und wählte dann sofort Evergreens Durchwahl.

»Louise«, sagte sie, als seine Sekretärin sich meldete, »hier ist Lara Sanderstone.«

»Ja«, sagte die Frau mit ihrer kratzigen Stimme. »Er ist nicht da. Er hat sich heute freigenommen.«

»Ach«, antwortete sie langsam. »Wissen Sie, Louise, ich wollte zu einem Konzert seines Sohnes gehen, aber ich hab' das Datum und die Adresse verlegt. Wissen Sie darüber Bescheid?«

»Augenblick bitte«, sagte sie und drückte die Wartetaste.

Sekunden später war sie wieder da. »Ich habe hier den Konzertkalender. Er ist sehr gut, wissen Sie. Ein ausgezeichneter Musiker. Das nächste Konzert findet Freitag abend um acht Uhr statt. Sie wissen sicher, wo die Konzerthalle in Santa Barbara ist, oder?«

Das wußte sie nicht, aber sie würde es herausfinden. Sie bedankte sich bei der Frau, legte auf und rief Rickerson an. »Er ist Flötist beim Santa-Barbara-Symphonieorchester. Ich weiß seinen Vornamen nicht, aber am Freitag abend um acht findet ein Konzert statt.«

»Hast du Freitag schon was vor?« fragte Rickerson.

»Du willst, daß ich mitkomme?« sagte sie. »Wenn nun Evergreen da ist?«

»Na und, wir leben doch in einer freien Welt. Wir können uns doch wohl Karten kaufen und in ein Konzert gehen wie andere Leute auch. Vielleicht wird's ohnehin Zeit, ihn ein bißchen schwitzen zu lassen. Er tut dann vielleicht etwas Überstürztes.«

»Stimmt«, sagte Lara und griff sich mit der Hand an den Hals. Etwas Überstürztes könnte das Ende ihrer Karriere bedeuten. »Ich weiß nicht, ob ich das so gut finde.«

»Hör mal, es ist unwahrscheinlich, daß Evergreen zu jedem Konzert nach Santa Barbara fährt. Ich will versuchen, mit seinem Sohn zu sprechen. Vielleicht ist er eher bereit zu reden, wenn eine Frau dabei ist. Wenn er erfährt, daß ich Polizist bin, sagt er unter Umständen keinen Ton, und wir verschwenden nur unsere Zeit.«

»Warum willst du mit ihm reden? Ich hab' gedacht, du wolltest nur wissen, ob er derjenige auf dem Foto ist.«

»Das erzähl' ich dir am Freitag«, sagte er. »Ich werde wohl bald die Adresse von dem Apartment haben, das er gemietet hat. Das ist ein hartes Stück Arbeit. Die mußten seine ganzen Zahlungsbelege durchgehen, um festzustellen, für welches Apartment er jeden Monat das Geld überweist. Evergreen muß es unter einem anderen Namen gemietet haben, aber er hat den Nerv, mit seinen eigenen Schecks dafür zu bezahlen. Hält sich vermutlich für unangreifbar. Hätte sicher nie gedacht, daß jemand mal unter sein Bett schauen würde. Verstehst du, was ich meine?« Während des gesamten Gesprächs schmatzte ihr Rickerson mit einem Kaugummi ins Ohr.

»Mann«, sagte sie, »dieser Kaugummi geht mir auf den Wecker.«

»Besser als Zigarren«, konterte er. »Sind wir nun verabredet oder nicht?«

»Wir sind verabredet«, sagte sie. Sie wollte gerade auflegen, da fiel ihr noch was ein. »Hat er denn nicht die Nummer von dem Apartment auf seine Schecks geschrieben? Wie sollen die denn sonst wissen, wofür das Geld ist?«

»Woher zum Teufel soll ich das wissen? Hat er jedenfalls nicht. Du hast doch die Belege gesehen. Da stand keine Apartmentnummer drauf. Vielleicht legt er einen Zettel dazu.«

»Das wäre möglich«, sagte Lara. »Sind auf Evergreens Konto größere Abbuchungen?«

»*Nada*«, sagte Rickerson, »aber er hat vielleicht irgendwo ein Schließfach voller Bargeld. Oder er hat ein Konto in einem anderen Staat.«

Lara senkte ihre Stimme zu einem Flüstern und behielt die Tür im Auge. »Hast du festgestellt, was Phillip mit dem Geld gemacht hat, das er sich geliehen hat? Der Name der Bank ist Orange National. Das ist mir gerade wieder eingefallen.«

»Lara, ich wollte es dir eigentlich erst am Freitag sagen, aber der junge Mann auf dem Foto ist tatsächlich Evergreens Sohn. Man hat es mir gestern bestätigt.«

»Nein«, sagte sie schockiert.

»Ich hab' dir doch gesagt, er hängt in diesem ganzen Schlamassel mit drin. Das hab' ich dir die ganze Zeit gesagt.«

»Nein«, sagte Lara noch einmal. Nachdem sie einen Augenblick gebraucht hatte, um zu verdauen, was sie gerade gehört hatte, fuhr sie flüsternd fort: »Selbst wenn das sein Sohn auf den Bildern war, heißt das noch lange nicht, daß Evergreen ein Mörder ist – oder daß er pädophil ist. Phillip könnte einer der jungen Männer auf den Fotos gewesen sein, wie ich die ganze Zeit gesagt habe. Vielleicht wurden er und Evergreens Sohn beide von dem unbekannten Mann auf den Bildern mißbraucht. Du hast gesagt, der Mann würde hinken, und Evergreen hinkt nicht. Außerdem hat Phillip mal für Evergreen gearbeitet. Dann ist die Vermutung nicht allzuweit hergeholt, daß er Evergreens Sohn schon vorher kannte.«

Rickerson sagte nichts dazu. »Orange National Bank, okay?«

»Ja.«

Er legte auf, und Lara lief in den Gerichtssaal.

Kapitel 20

In der Mittagspause kaufte Lara sich ein Sandwich und ging in den Park auf der anderen Straßenseite. Dort setzte sie sich auf eine leere Bank, aß und genoß den Sonnenschein. Egal was auch passierte, sie würde sich jetzt die Zeit nehmen, den Duft der Rosen zu riechen. Das Leben war verdammt kurz. Man brauchte nur daran zu denken, was mit Ivory passiert war.

Vor dem Tod ihrer Schwester hatte Lara die Mittagspause meist durchgearbeitet. Aber das war nichts Besonderes, schließlich hatte sie den größten Teils ihres Lebens immer nur gearbeitet, war sogar am Wochenende ins Gericht gegangen und jede Nacht lange aufgeblieben, weil sie sich Arbeit mit nach Hause genommen hatte. Was glaubte sie eigentlich, was sie davon hätte? Daß man ihr eine Medaille überreichen und ihr auf die Schulter klopfen würde? Vermutlich berieten die Mitglieder der Dienstgerichtskommission in San Francisco gerade über ihr Schicksal. Doch diese Ängste verfolgten sie nicht, waren nicht der Grund, weshalb sie mitten in der Nacht schweißgebadet aufwachte. Selbst mit dem Verdacht gegen Evergreen konnte sie umgehen. Es gab nur eine Sache, mit der Lara sich nicht abfinden konnte, sich nie würde abfinden können. Sie hatte den Mann freigelassen, der ihre Schwester ermordet hatte.

»Das ist heute gekommen«, sagte Phillip, als Lara hereinkam, und gab ihr einen Brief.

»Scheiße«, sagte Lara, während sie das Schreiben las. Es handelte sich um einen Brief der Dienstgerichtskommission.

Heute in zwei Wochen war ein Termin für die Untersuchung der Vorwürfe wegen ungebührlichen Verhaltens anberaumt worden. Ihr blieb die Luft im Hals stecken. Sie hatte gehofft, daß dieser Kelch an ihr vorübergehen würde. Sie hatte sich getäuscht. »Haben Sie das gelesen?« fragte sie. Sie wußte, daß er es gelesen hatte.

»Hm, ja ... es tut mir leid«, sagte er. »Aber ich bin sicher, daß alles gutgehen wird. Die werden Ihnen vielleicht einen offiziellen Verweis oder so was erteilen, aber die werden Sie nicht aus Ihrem Amt jagen. Ich meine, Sie haben nichts getan, was nicht alle anderen auch machen. Ich weiß das. Ich hab' doch schon für viele Richter gearbeitet.«

Lara sah auf die Uhr. »Eine Sache wissen Sie allerdings nicht, Phillip. Der Etat ist letzten Monat verabschiedet worden, und es sieht nicht sehr gut aus.«

»Was meinen Sie damit?«

»Im nächsten Haushaltsjahr werden wir eine Stelle weniger haben. Erhebliche Kürzungen sind vorgesehen, auch bei den Richtern.«

»Tatsächlich?« sagte er. »Wir haben doch jetzt schon zu wenig Leute. Wie können die das machen?«

»Ganz einfach«, sagte Lara und starrte auf das Blatt Papier in ihrer Hand. »Sie können mich rausschmeißen. Ich bin ohnehin in der schwächsten Position. Und jetzt, mit diesen Vorwürfen, weiß ich nicht, ob ich überhaupt noch eine Chance habe.« Sie ging an Phillip vorbei, nahm ihre Robe vom Haken und blieb dann stehen. »Könnten Sie mir bitte einen Gefallen tun. Hier sind meine Autoschlüssel. Holen Sie mir meine Aktenmappe. Sie ist bei mir im Auto im Kofferraum. Ich brauche sie, um heute abend ein paar Akten mit nach Hause zu nehmen.« Inzwischen war die Geschworenenliste vollständig, und der Adams–Prozeß lief auf vollen Touren.

»Sie wollen wohl bis spät in die Nacht arbeiten?« fragte Phillip.

»Genau«, sagte sie, während sie auf den Flur zuging. »Wenn ich meinen Job behalten will, muß ich verdammt gut darin sein.«

»Ich erhebe Einspruch«, sagte der Verteidiger. »Er beeinflußt die Zeugin.«

»Stattgegeben«, sagte Lara rasch.

Bei der Zeugin handelte es sich um die Schulpsychologin, die als erste gemeldet hatte, die Tochter von Adams würde sexuell mißbraucht. Der Staatsanwalt bemühte sich, seine Frage anders zu formulieren.

»Mrs. Mendelson, können Sie dem Gericht die genauen Umstände erklären, die zu Ihrer Meldung führten, Amy Adams würde von ihrem Vater sexuell mißbraucht?« fragte der Staatsanwalt.

»Amy hat mir erzählt, ihr Vater hätte sie am Abend davor geschlagen. Ich hab' sie gefragt, wie er sie geschlagen hätte, und sie hat gesagt: ›Mit den Händen.‹ Ich hab' sie dann weiter gefragt, an welcher Stelle ihres Körpers er sie geschlagen hätte, und sie hat zwischen ihre Beine gezeigt.«

»Also auf ihre Genitalien? Ist das richtig?«

»Ja. Ich habe ihr sogar eine anatomisch korrekte Puppe gezeigt, die wir für solche Fälle haben, und sie hat wieder auf die Genitalien gezeigt.«

»Sie waren also davon überzeugt, daß dieses Kind sexuell mißbraucht worden war und die Gefahr bestand, daß es weiter mißbraucht würde? Ist das korrekt?«

»Ja.«

»Keine weiteren Fragen«, sagte der Staatsanwalt und nahm wieder Platz.

Lara beugte sich über den Richtertisch zu der Frau, die aufgestanden war, um zu gehen. »Sie sind noch nicht entlassen. Bleiben Sie bitte sitzen.« Sie wandte sich an den Verteidiger. »Sie können mit Ihrem Kreuzverhör beginnen.«

»Mrs. Mendelson, haben Sie Amy Adams diese Puppe nicht schon gezeigt, bevor sie Ihnen gesagt hat, ihr Vater hätte sie an den Genitalien angefaßt? Haben Sie ihr die Puppe nicht sogar gegeben, auf deren Genitalien gezeigt und gefragt: ›Ist das die Stelle, an der dein Daddy dich angefaßt hat?‹«

»Nein, das habe ich nicht«, antwortete die Frau kategorisch.

»Mrs. Mendelson, stimmt es, daß Sie mehr als fünfzig Fälle von möglichem sexuellem Mißbrauch an ihrer Schule gemeldet haben, von denen nur acht bestätigt werden konnten?«

»Ja, das stimmt, aber es gab ...«

Lara beugte sich vor und sah die Zeugin an. »Beschränken Sie Ihre Antworten bitte auf die Fragen. Antworten Sie mit Ja oder Nein.«

»Ja«, antwortete sie und kniff die Lippen zusammen.

»Wir haben keine weiteren Fragen, Euer Ehren.«

Lara hatte das Gefühl, daß sie bereits jetzt eine Entscheidung hätte treffen können, aber daß war wohl nicht mehr nur Sache des Richters. Sie hatten eine Jury eingesetzt. Es war schneller gegangen, als Lara je erwartet hätte, in erster Linie, weil die Verteidigung bereits am ersten Tag ihre Möglichkeiten, Geschworene abzulehnen, ausgeschöpft hatte und der Staatsanwalt offenbar mit jedem einverstanden war. Selbst die Bezirksstaatsanwaltschaft schien Verständnis für diesen Mann und die Notlage zu haben, in die er geraten war, und das waren die Leute, die ihn eigentlich anklagen sollten.

Neben der Belehrung der Geschworenen, der Überwachung der Anwälte sowie der Entscheidung bestimmter Rechtsfragen läge Laras größte Chance, Einfluß auf den Fall zu nehmen, in der Bestimmung des Strafmaßes. Adams hatte das Verbrechen in einer extremen Streßsituation begangen, aber er hatte keine Möglichkeit, es abzustreiten. Allerdings gab es zahlreiche mildernde Umstände. Lara wußte, daß das Gesetz in solchen Fällen gleichsam im Namen der Gerechtigkeit einen gewissen Spielraum bei der Festlegung des Strafmaßes einräumte. Das System hatte versagt, und dieses Versagen hatte mehrere Leben zerstört. Die Schulpsychologin war übereifrig gewesen und hatte das kleine Mädchen bei seinen Äußerungen beeinflußt. Entweder log sie, oder sie konnte sich nicht mehr erinnern. Es war nicht leicht, einen solchen Irrtum einzugestehen.

»Würden die Anwälte bitte zum Richtertisch kommen«, sagte Lara, während die Zeugin den Stand verließ.

Als die beiden Anwälte dort standen, beugte sie sich vor und flüsterte. »Ich werde jetzt eine Pause anberaumen. Ich möchte Sie beide in meinem Amtszimmer sprechen.«

»Warum?« fragte der Staatsanwalt. Sie hatten gerade richtig angefangen, erst heute morgen hatten sie ihre Eröffnungsplädoyers gehalten.

Lara starrte ihn wütend an, bis er sich umdrehte und zu seinem Platz zurückging. »Das Gericht vertagt sich für eine halbe Stunde«, sagte sie, schlug leise mit dem Hammer und verließ den Richtertisch. Die Geschworenen gingen hintereinander aus dem Gerichtssaal und wurden vom Gerichtsdiener ins Geschworenenzimmer begleitet.

Die Anwälte folgten Lara in ihr Amtszimmer. »Meine Herren«, sagte sie, nachdem sie vor ihrem Schreibtisch Platz genommen hatten, »ich halte diesen Prozeß für eine Verschwendung von Steuergeldern und von Mr. Adams' Geld. Da er zur Zeit arbeitslos ist, sehe ich keinen Sinn darin.« Sie wandte sich an den Staatsanwalt. »Nach dem, was ich bis jetzt gelesen und gehört habe, sollte dieser Fall durch eine verbindliche Absprache zwischen den Prozeßparteien geregelt werden. Adams wird verurteilt, und ich setze die Strafe zur Bewährung aus. Die ganze Sache ist eine einzige Schande. Wir stehen alle ganz schön dumm da, unsere Gesellschaft hat zugelassen, daß so etwas passieren konnte.«

Parker Collins, der Vertreter der Anklage, war ein überaktiver junger Mann. Er sprang empört von seinem Stuhl auf und seine Stimme überschlug sich. »Wir sind bereits wegen einer Urteilsabsprache an die Gegenseite herangetreten. Wir haben ihnen sogar ein Urteil auf Bewährung angeboten, und sie haben das abgelehnt. Selbst das Opfer dieses Falls möchte die Sache hinter sich bringen. Doch Steinfield will bloß einen neuen Mercedes, und es ist ihm scheißegal, wer dafür bezahlt.«

»Sie vergreifen sich im Ton, Collins«, sagte Lara und sah ihn streng an. Früher arbeiteten die Leute für Anerkennung und Ehre. Heute arbeiteten alle nur noch für teures Spielzeug. »Mr. Steinfield, können Sie mir sagen, warum Ihr

Mandant das Angebot der Staatsanwaltschaft nicht angenommen hat?«

»Mein Mandant hat in der Raumfahrtindustrie auf höchster Geheimhaltungsstufe gearbeitet, bevor ihm der Staat seine Kinder weggenommen und sein Leben zerstört hat. Als Vorbestrafter würde er nie mehr einen Job kriegen.«

»Ich verstehe«, sagte Lara und lehnte sich in ihrem Sessel zurück. Sie nahm ihre Brille ab und rieb sich die Augen. »Haben Sie ihn davon unterrichtet, wie groß die Wahrscheinlichkeit ist, daß es zu einer Verurteilung kommt?«

»Natürlich habe ich das«, sagte Steinfield entrüstet über ihre Andeutung, er hätte seinen Mandanten womöglich nicht ausreichend informiert oder die Chancen für einen Freispruch übertrieben.

Sie wandte sich an den Staatsanwalt. »Wären Sie bereit, auf einfache Körperverletzung herunterzugehen?«

»Niemals«, sagte der Staatsanwalt emphatisch. Laras kleine Lampen mit den grünen Schirmen warfen Schatten auf sein Gesicht und gaben ihm einen leicht grünlichen Schimmer. »Diese Frau wird ihr Leben lang Narben zurückbehalten. Ich meine, es tut uns wirklich leid, was Adams durchgemacht hat, und natürlich war das eine absolut verkorkste Sache, aber Adams ist einfach Amok gelaufen. Das Ganze auf Körperverletzung zu reduzieren wäre völlig unakzeptabel.«

Lara seufzte. »Dann haben wir wohl nichts mehr zu besprechen«, sagte sie zu den Anwälten. Der Prozeß würde fortgesetzt, und Adams würde nicht nur unter der Verurteilung, sondern auch unter den immensen Prozeßkosten zu leiden haben. Offenbar wollte niemand auf seinen Auftritt vor Gericht verzichten, koste es, was es wolle. Der Staatsanwalt ging ins Vorzimmer, doch der Verteidiger blieb noch da.

Raymond Steinfield war ein distinguierter Mann Ende Vierzig mit sorgfältig geschnittenen braunen Haaren, einem dichten Schnurrbart und einem Gesicht wie Tom Selleck. Er sah allerdings im Sitzen viel besser aus als im Stehen. Er war klein und gedrungen. Wenn er stand, verschwand jede Ähnlichkeit mit Tom Selleck.

»Ja«, sagte Lara, als sie aufblickte und Steinfield bemerkte. »Gibt's noch was, Ray?«

Er lehnte gegen den Türrahmen. »Wissen Sie, daß die schon wieder versuchen, ihm die Kinder wegzunehmen?«

Lara ließ sich in ihren Sessel zurückfallen, der auf dem Kunststoffläufer quietschte. »Nein«, rief sie. »Sie meinen das Jugendamt? Warum sollten die das tun? Der Vorwurf wegen sexuellem Mißbrauch war doch, soweit ich weiß, völlig unbegründet.« Einen Moment glaubte sie, den Verstand zu verlieren. Sie hatte zwar alle medizinischen und psychologischen Gutachten gelesen, aber sie hatte unter großem Streß gestanden. »Nach allem, was passiert ist, warum wollen die ihm denn jetzt schon wieder die Kinder wegnehmen?«

»Seine Frau wurde letzte Woche in die städtische psychiatrische Klinik eingewiesen. Die Frau ist völlig am Ende. Sie geben ihr Medikamente, aber niemand weiß, wann sie entlassen wird. Man glaubt, daß sie möglicherweise eine Psychose erlitten hat.« Steinfield runzelte die Stirn. »Ich meine, man hat der armen Frau eingeredet, ihr Mann sei ein Kinderschänder und sie müsse sich von ihm scheiden lassen, um ihre Kinder wiederzukriegen. Wenn sie weiter mit ihm zusammengelebt hätte, hätte sie ihre Kinder nie zurückbekommen. Sie hat ihren Mann geliebt. Es war schrecklich für diese Leute, bloß ...«

»Fahren Sie fort«, sagte Lara. »Das erklärt immer noch nicht, warum das Jugendamt die Kinder schon wieder abholen will.«

»Weil Adams unter Anklage steht und sehr wahrscheinlich verurteilt wird. Außerdem ist er arbeitslos, ein nervöses Wrack ... na ja, Sie wissen schon ...« Er sah Lara ernst an.

Und wie gut sie das wußte. Nach dem, was mit Josh passiert war, glaubte sie allmählich, daß diese Leute mehr Schaden als Nutzen anrichteten. »Ihr Vorgehen ist unerhört. Warum lassen sie diesen Mann nicht in Ruhe?« sagte sie aufgebracht über die Ungerechtigkeit dieser ganzen Situation und schüttelte den Kopf. »Meinen Sie, die halten ihn für psychisch nicht in der Lage, sich um die Kinder zu kümmern?«

»Das wohl in erster Linie.« Steinfield zögerte. »Und er ist ja damals auch aus der Rolle gefallen.«

Lara biß sich auf die Lippen. Das war eine Untertreibung. Den Berichten zufolge würde sich die Sozialarbeiterin einer umfangreichen Gesichtsoperation unterziehen müssen, aber das war Steinfield bekannt. »Wie sieht's mit Verwandten aus?«

»Seine Mutter lebt noch, ist aber gebrechlich. Ihre Eltern wohnen in einer Seniorensiedlung im Norden des Staates New York. Kleine Kinder sind dort nicht erlaubt.«

Lara hatte Mitleid mit dem Mann. Sie stützte den Kopf in ihre Hände und dachte nach. Sekunden später blickte sie auf. »Wie wär's mit einer Haushälterin, die bei der Familie wohnt? Das würde doch sicher gehen?«

»Davon hat er schon drei gehabt. Sie haben alle gekündigt. Offenbar ist das kleine Mädchen, das bei der Pflegefamilie sexuell mißbraucht wurde, ernsthaft gestört. Sie schreit Tag für Tag nach ihrer Mutter und macht ein Riesentheater. Außerdem möchte niemand bei einem alleinstehenden Mann wohnen. Dazu kommt noch die massive Berichterstattung in der Presse. Die Leute glauben, der Mann sei gewalttätig. Tatsächlich *ist* er im Augenblick sehr verzweifelt. Ich mache mir wirklich Sorgen.«

»Das kann ich mir vorstellen«, sagte Lara nachdenklich. »Und Sie haben über all das mit ihm gesprochen, ihn zu überzeugen versucht, daß er eine Absprache akzeptieren sollte?«

»Das können Sie mir glauben«, sagte Steinfield. »Ich brauche keinen neuen Mercedes. Ich habe schon einen. Und außerdem arbeite ich in diesem Fall zum größten Teil umsonst.«

»Nun ja, wenn er mit einer Urteilsabsprache einverstanden ist, könnte er sein Leben halbwegs normal weiterführen, das Ganze hinter sich lassen und sich möglicherweise auch aus den Klauen des Jugendamts befreien. Möchten Sie, daß ich persönlich mit ihm spreche? Wenn Sie das für sinnvoll halten, tue ich es.«

Das wäre ein sehr ungewöhnlicher Schritt, aber Lara war eine sehr ungewöhnliche Richterin.

»Mal sehen«, sagte der Anwalt und stellte mit einem Blick ins Vorzimmer fest, daß der Staatsanwalt bereits in den Gerichtssaal zurückgekehrt war. »Vielleicht morgen. Er kann es sich einfach nicht leisten, wegen eines Verbrechens verurteilt zu werden. Er würde nie mehr so einen Job kriegen, wie er ihn gehabt hat. Seine Karriere wäre am Ende.«

Sie gingen zusammen in den Gerichtssaal. Lara betrachtete den Mann, der neben Steinfield am Anwaltstisch saß. Er sah blaß und verhärmt aus. Während sie ihn beobachtete, zuckten seine Gesichtsmuskeln, und er zwinkerte ungefähr alle fünf Sekunden mit den Augen. Allem Anschein nach, so dachte sie, stand er selbst kurz vor einem Nervenzusammenbruch. So tragisch es auch sein mochte, vielleicht tat das Jugendamt sogar das Richtige, wenn es ihm die Kinder wegnahm. Der ganze Fall war ein einziger Alptraum.

Am Ende des Tages war Lara völlig erschöpft, emotional und körperlich. Zumindest brauchte sie Josh nicht von der Schule abzuholen. Die Mutter von Ricky Simmons hatte sich bereit erklärt, ihn jeden Tag nach Hause zu fahren, bis sie umgezogen waren. Sie rief ihn in der Wohnung an und sagte ihm, sie würde etwas später kommen. Dann ging sie in ihrem Büro den Fall noch mal im einzelnen durch. Wenn sie nur die Staatsanwaltschaft überreden könnte, das Ganze auf eine Anklage wegen Körperverletzung zu reduzieren. Die Sozialarbeiterin, das Opfer in diesem Fall, drängte überhaupt nicht auf eine Verurteilung wegen einer Straftat. Das war der Staatsanwalt.

So sehr es ihr auch zuwider war, sie nahm den Hörer auf und rief Lawrence Meyer an, den leitenden Bezirksstaatsanwalt. Wie er dazu gekommen war, so etwas wie gestern über sie zu sagen, war ihr nicht klar. Doch selbst wenn er ihr in den Rücken fiel und sie mit Dreck bewarf, so waren hier doch Menschenleben betroffen, und sie mußte alles versuchen.

Zum Glück erwischte sie ihn in seinem Büro. »Kann ich kurz vorbeikommen?« fragte sie ihn. »Ich muß mit dir über einen Fall sprechen.«

»Selbstverständlich«, sagte er. Einer Richterin konnte er das schlecht abschlagen. »Ich könnte auch zu dir kommen, wenn du mit mir sprechen möchtest.«

»Nein«, sagte Lara. »Ich komme rüber. Ich habe lange genug gesessen.«

Anders als im Gericht herrschte in der Bezirksstaatsanwaltschaft noch reger Betrieb. Dutzende Anwälte liefen in den Büroräumen herum, und andauernd klingelten die Telefone. Die meisten Staatsanwälte verbrachten tagsüber soviel Zeit im Gericht, daß sie die Abendstunden nutzen mußten, um Dinge aufzuarbeiten, Plädoyers vorzubereiten, Anträge zu diktieren und Anrufe zu erwidern.

Lawrence Meyer stand auf, als Lara hereinkam. Er streckte die Hand aus, hielt den Blick jedoch auf seinen Schreibtisch gesenkt. »Setz dich«, sagte er. »Was kann ich für dich tun.«

Er war intelligent und gepflegt, hätte aber dringend etwas Sport treiben müssen, dachte Lara, der auffiel, daß er sein Jackett über dem Bauch nicht mehr zumachen konnte. Sie waren mal recht gut befeundet gewesen, als Lara noch Staatsanwältin und er der zweite Mann in der Behörde war. Seine harschen Bemerkungen gegenüber Rickerson hatten sie schwer getroffen.

»Ich meine, ihr solltet im Fall Victor Adams auf ein Vergehen wegen Körperverletzung runtergehen und es dabei bewenden lassen. Der arme Mann ist völlig fertig und läuft Gefahr, seine Kinder erneut zu verlieren. Ich glaube, er steht mit dem Rücken an der Wand.«

Meyer starrte Lara durchdringend an. »Seit wann bist du denn so ein Sensibelchen? Als du noch Anklägerin warst, hast du den Leuten richtig Dampf gemacht.«

Lara drückte sich fest gegen die Rückenlehne und verzog keine Miene. »Hör mal, Larry, ich bin in etwa so weit von einem Sensibelchen entfernt, wie man das nur sein kann, und das weißt du auch. Aber was zuviel ist, ist zuviel. Der

Justizapparat ist nicht ganz unschuldig an dem, was hier passiert ist, und sollte einige Zugeständnisse machen.«

»Wir sind nicht bereit herunterzugehen«, sagte er kategorisch. »Wenn wir das in diesem Fall tun, stehen wir wie die Idioten da. Die Umstände interessieren mich nicht, aber es geht nicht, daß jemand eine andere Person auf brutale Weise angreift, sie für ihr restliches Leben entstellt und dann nur wegen Körperverletzung belangt wird.«

Lara stand auf. Das war reine Zeitverschwendung gewesen. Sie wollte gehen, doch dann drehte sie sich noch einmal um. »Warum hast du neulich so abfällig von mir geredet?« fragte sie ganz impulsiv. »Ich dachte, wir wären Freunde.«

»Ach«, sagte er und wurde blaß, »dieser Detective – wie hieß er noch gleich – hat er dir von unserem Gespräch berichtet?«

»Sein Name ist Rickerson, und er hat mir davon berichtet.«

»Na ja«, sagte er, »red mal mit Evergreen. Er hat mich angerufen und dich wegen ungebührlichen Verhaltens beschuldigt. Er wollte, daß wir deine Angelegenheiten überprüfen, sogar auf der ganz persönlichen Ebene ... und ihm einen vollständigen Bericht liefern.«

»Was für persönliche Angelegenheiten?« fragte Lara zitternd vor Wut. Sie spürte, wie ihr der Schweiß auf die Oberlippe trat, und wischte ihn mit der Hand ab.

»Woher soll ich das wissen? Na ja, das Material, das wir üblicherweise zusammenstellen: Umgang, Finanzen, Liebschaften etc.«

»Hast du ihm diesen Bericht schon gegeben? Ist er schon fertig?«

»Schon vor einiger Zeit. Laß mich mal überlegen.« Er rieb sich die Stirn und dachte nach. »Vor einer Woche, vielleicht auch zwei ... irgend so was.« Er wurde ganz rot im Gesicht. »Es tut mir wirklich leid, Lara. Natürlich sind wir Freunde. Ich habe mich neulich nur furchtbar über diesen Rickerson geärgert, platzt hier herein und will einen Durchsuchungsbefehl, damit er Beweismaterial über Evergreen persönlich sammeln kann. Zum Teufel, das ist der Gerichtspräsident. Ich hab' gedacht, da wär' irgendein Krieg zwischen Evergreen und dir im Gange und wir wären mitten hineingeraten. Ich hab' mich nur zurückgezogen, das ist alles.«

»Danke«, sagte sie spöttisch. Er hatte sich wohl kaum elegant zurückgezogen, zumindest hatte Rickerson das anders dargestellt. »Nur zu deiner Information, Rickerson mag zwar ein paar rauhe Kanten haben und etwas übereifrig sein, was Evergreen angeht, aber er ist ein guter Ermittlungsbeamter. Ich bin selbst nicht ganz von der Stichhaltigkeit seines Verdachts gegen Evergreen überzeugt, doch ich hielte es auch nicht für vernünftig, wenn wir das einfach außer acht ließen.«

»Na schön«, sagte Meyer, stand auf und schnappte sich seinen Aktenkoffer, um mit Lara hinauszugehen. »Bring mir was Konkretes, und wir werden Evergreen mit allen Kräften verfolgen. Dann ist uns egal, wer er ist, dann werden wir ihm die Hölle heiß machen.«

Er bot Lara an, sie zu ihrem Wagen zu begleiten, doch sie hatte in der Tiefgarage geparkt. Also schlenderte sie allein zurück zum Gericht.

Lara packte die Gerichtsakte über Hobson in ihre Aktenmappe in der Hoffnung, sie sich heute abend gründlicher ansehen zu können, und ging zum Aufzug, um ihr Auto zu holen. Vielleicht könnte sie das Verfahren wegen irgendeiner Formsache einstellen. Das Opfer könnte dann Adams immer noch auf Schadensersatz verklagen. Das war die neueste Masche. Frauen verklagten Vergewaltiger, Eltern verklagten Kinderschänder, Söhne verklagten Väter. Erst kürzlich hatte ein Kind seine Eltern auf Scheidung verklagt und tatsächlich gewonnen. Jetzt hatten sie in Orange County bereits drei Fälle vorliegen, in denen Kinder ihre Eltern loswerden wollten. Es war absurd.

Rechtsanwälte gab es ja genug. Das war ein Teil des Problems. Sie konnten die Gerichte für die nächsten fünfzig Jahre mit Rechtsstreitigkeiten beschäftigen.

Sie hatte nichts für Josh zum Abendessen, ihr dröhnte der Kopf, und sie war immer noch stinksauer wegen Evergreen und der vor der Dienstgerichtskommission anhängigen Sache. Angesichts der beabsichtigten Etatkürzungen könnte Evergreen beschlossen haben, sie abzuservieren. Sie wußte, daß seine Stimme bei dieser Entscheidung viel zählen würde, und es war eine schwierige Entscheidung. Im nächsten Jahr würden sich mehrere Richter um dieselbe Stelle bewerben.

In der Garage stand nur noch ein Auto. Sie ging über den Betonfußboden zu ihrem Jaguar, und ihre Schritte hallten durch den leeren Raum. Während sie in ihrer Handtasche nach den Schlüsseln wühlte, hatte sie plötzlich ein komisches Gefühl und sah sich um. Sie hatte etwas gehört, als ob jemand mit einem Besen über den Boden fegte. Und das Geräusch war nahe bei ihr gewesen – sehr nahe.

Es war niemand da. Sie reckte ihren Hals und kniff die Augen zusammen in der Hoffnung, im Dunkeln der Garage etwas sehen zu können, aber sie sah immer noch nichts; es war vollkommen still. Vermutlich war es eine Ratte gewesen, dachte sie. Sie wollte nur noch ins Auto und fort.

Während sie mit den Schlüsseln und ihrer Aktenmappe herumhantierte, fiel ihr die Mappe aus der Hand. Sie schloß das Auto auf, hatte bereits ein Bein im Wagen und wollte gerade nach der Mappe greifen, da schoß eine Hand unter dem Auto hervor, und ihr Bein wurde wie von einem eisernen Schraubstock umklammert. Sie fiel nach vorne und schlug mit dem Kopf gegen das Dach; ihre Beine – eins draußen und eins drinnen – waren gespreizt wie beim Spagat, und die Muskeln in ihrem Unterleib waren bis zum äußersten gespannt. Bevor sie in zwei Teile gerissen wurde, zog sie das eine Bein aus dem Auto und lag plötzlich mit dem Rükken auf dem Betonboden.

Ein großer, dunkel gekleideter Mann kroch behende unter dem Auto hervor und trat ihr in den Bauch. Dann packte er wieder ihr Bein und zog sie über den Fußboden, wie ein Tier, das seine Beute in seine Höhle schleppt.

»Gott«, schrie sie. Das Herz schlug ihr bis zum Hals, und

sie versuchte mit ihrer ganzen Willenskraft, den Kopf zu drehen und das Gesicht vom Boden zu halten. Gleichzeitig trat sie mit dem anderen Bein um sich. Ihre Ellbogen schürften über die rauhe Oberfläche. Sie konnte zwar sein Gesicht nicht sehen, aber er war so groß, daß er ein Basketballprofi hätte sein können.

»Hilfe«, schrie sie. Ihr Herz schlug noch schneller, und das Geräusch dröhnte so laut in ihren Ohren, daß sie das Gefühl hatte, sie wäre unter Wasser. Ihre Blase entleerte sich, warmer Urin lief in ihre Strumpfhose.

Sie schrie noch einmal in absoluter Panik. »Gott, warum hilft mir denn keiner? Er wird mich umbringen. Hilfe!« Das konnte nicht wahr sein, sagte sie sich. Das konnte einfach nicht passieren. Sie würde genauso sterben wie Ivory.

Sobald sie ein Stück von dem Wagen entfernt waren, blieb der Mann stehen und starrte auf sie herunter. Sie hörte auf zu atmen. Sie hatte so panische Angst, daß sie glaubte, ihr Herz hätte ebenfalls aufgehört zu schlagen.

Sein Gesicht war verzerrt. Er wirkte grotesk, wie ein Wesen aus einem Alptraum oder einem Horrorfilm. Augen, Nase und Mund waren in einen Damenstrumpf gequetscht, der oben auf seinem Kopf verknotet war. Sie sah, wie er mit einem Bein ausholte, um sie erneut zu treten, und versuchte, über den Betonboden wegzurollen. Es gelang ihr nicht.

Er traf sie an den Rippen, und ein gewaltiger Luftschwall entwich aus ihrer Lunge. Ein wahnsinniger Schmerz durchzuckte ihren Korper.

»Wo sind die Bilder?« brüllte er mit haßerfüllter Stimme, seine Lippen bewegten sich kaum unter der engen Strumpfmaske. »Gib mir die verdammten Bilder, du Miststück.«

»In meiner Aktenmappe«, sagte Lara um Atem ringend. »Da drüben.« Dann schrie sie wieder in der Hoffnung, daß jemand, irgend jemand, sie hören würde. Ihre Stimme wurde von den Wänden der Tiefgarage zurückgeworfen, so daß sie von ihren eigenen schrillen Schreien umgeben war.

Er hielt ein großes Messer in der Hand, ein Jagd- oder

Tranchiermesser. Auf der funkelnden Klinge spiegelte sich das Licht der Deckenbeleuchtung.

»Nein«, brüllte sie noch einmal in völliger Panik. »O Gott, nein. Bitte. Bringen Sie mich nicht um. Ich werde alles tun.«

Das Messer war an ihrer Kehle, und sie wagte sich nicht zu bewegen. Sein Atem drang heiß und stinkend durch die Strumpfmaske an ihr Gesicht. Er drückte das Messer nach unten, und sie spürte die kalte Schneide an der empfindlichen Haut ihres Halses. Sie war außer sich vor Angst und schluckte und würgte, fest davon überzeugt, daß er ihr bereits die Kehle durchgeschnitten hatte. Sie bildete sich ein, der Schweiß, der ihr vom Gesicht tropfte und ihre Bluse feucht werden ließ, sei ihr eigenes Blut. Der Mann hatte einen starken Körpergeruch. Für Lara roch es wie der Tod.

Ich sterbe, dachte sie. Ich werde genauso sterben wie Ivory, und dann wird Josh allein sein. Ich werde hier in dieser Garage sterben, direkt unter den Gerichtssälen. Sie betete, bewegte schweigend ihre Lippen. Sie versuchte zu denken. Sie wartete darauf, daß der Mann ihr das Messer ins Herz stieß. Verzweifelt blickte sie um sich. Sie sah zur Decke, wo die Rohre kreuz und quer verliefen und dann in dunklen Ecken verschwanden. Ihr fiel ein, daß noch ein Auto in der Garage gestanden hatte. Sie betete, daß noch jemand kommen möge. Aber alle waren bereits nach Hause gegangen. Sie hatte das Auto, das ganz weit hinten in der Ecke stand, noch nie gesehen. Es war niemand da, der ihr helfen, der sie retten könnte.

»Wenn die Bilder nicht da sind, bring' ich dich um.« Der Mann spuckte ihr die Worte förmlich ins Gesicht. Dann nahm er das Messer von ihrer Kehle, stand auf und drehte sie mit der Schuhspitze wie einen Sack Müll auf die Seite.

Lara faßte sich mit der Hand an den Hals. Sie versuchte aufzustehen, fiel jedoch wieder auf den harten Boden. Eine Sekunde lang glaubte sie, sie würde ohnmächtig. Um sie herum wurde alles schwarz und erschien dann wieder in leuchtenden Farben. Er wirkte noch schrecklicher als vorher, überlebensgroß, ein Monster, das den tiefsten Tiefen der Hölle entstiegen schien, um sie zu vernichten, sie umzubringen und in winzige Stücke zu schneiden.

»Rühr dich nicht«, befahl er keuchend. »Keine Bewegung, sonst bist du tot. Du kannst nirgendwohin, und es kommt auch niemand, also kannst du dir dein Geschrei sparen.«

Lara war außer sich vor Wut. Ihr ganzer Körper bebte. Sie war eine Kämpfernatur. Sie würde nicht zulassen, daß dieser Mann ungestraft davonkam. Sie sprang vom Garagenboden hoch, stürzte sich auf ihn und versuchte ihm mit zwei Fingern die Augen auszustechen. Ihre Finger erwischten nur den Nylonstrumpf, der Mann lachte und schlug sie wieder zu Boden. Erneut raffte sie sich auf, und es gelang ihr, ihm auf den Rücken zu springen. Sie versuchte, ihm mit dem Arm die Halsschlagader zuzudrücken, wie sie das mal bei Polizeibeamten gesehen hatte. Sie machte sich auch ganz schwer, hing förmlich an seinem Körper herunter, aber er rührte sich nicht. Während sie ihn noch umklammert hielt, ging der Mann einfach los. Mit einem Gefühl von Ohnmacht und Hilflosigkeit landete Lara mit beiden Füßen auf dem Betonboden. Der Mann war ein Riese. Sie würde ihn nie zu Boden kriegen.

»Du bist ein dämliches Miststück«, sagte er. »Auf die Erde mit dir, und bleib da unten, sonst schlitz ich dir deine hübsche Muschi auf.« Er drehte sich um und hieb mit dem Messer um sich. Es sauste dicht an ihrem Körper vorbei. Sie wollte danach greifen. Doch sie erkannte, daß das reiner Wahnsinn wäre. Sie hatte die Klinge gespürt, sie würde ihr die Hand zerschneiden. Er fuchtelte weiter mit dem Messer vor ihr herum, dann beugte er sich vor und holte in Taillenhöhe aus. Als sie schreiend zurücktrat, um dem Messer auszuweichen, fiel sie rückwärts auf den Boden. Er fing wieder meckernd an zu lachen.

Diesmal tat sie, was er ihr befohlen hatte, hielt ihren Körper ganz starr, drückte die Arme fest an die Seiten und streckte die Beine aus. Das widerliche Gelächter des Mannes hallte durch die leere Garage. Kämpf nicht, sagte sie sich.

Kämpf nicht, oder er bringt dich auf der Stelle um. Sie mußte versuchen, Zeit zu gewinnen. Ihr lief die Nase, aber sie wagte nicht, sich zu bewegen. Sie beobachtete aus den Augenwinkeln, wie er den Inhalt ihrer Aktenmappe auf den Garagenboden kippte und zu durchwühlen anfing. Er warf die Papiere in die Luft und suchte wütend knurrend und fluchend in den Seitentaschen.

In diesen wenigen Momenten, in denen die Zeit stillzustehen schien, schossen ihr Bilder aus der Vergangenheit durch den Kopf. Sie sah Ivory neben sich von der Schule nach Hause gehen. Ihre pummeligen, kleinen Beinchen bemühten sich, mit der großen Schwester Schritt zu halten, und ihr Gesicht strahlte. Sie konnte sie fast riechen, auch den Kaugummi, den sie stets kaute und mit dem sie große Blasen machte, die sie dann vor ihrem Mund zerplatzen ließ. Lara schloß die Hand und glaubte, sie könne die Hand ihrer kleinen Schwester darin spüren. Dann sah sie sich am Tag ihres Juraexamens, wie sie voller Stolz auf ihre Leistung in der Menge nach den Gesichtern ihrer Mutter und Ivorys suchte. Sie sah sich, wie sie als Richterin vereidigt wurde. Obwohl an diesem Tag niemand von ihrer Familie anwesend war, war es der stolzeste Augenblick ihres Lebens gewesen. Sie würde die Dinge verändern, hatte sie gedacht, tatsächlich etwas bewirken. Wenn sie nicht Richterin geworden wäre, hätte sie niemals Ivorys Mörder freigelassen.

Der Mann machte jetzt ganz fürchterliche Geräusche. Unter der Strumpfmaske drangen kehlige Laute hervor. Lara wußte, daß er sie töten würde. Sie konnte es spüren, fühlen. Sie war vom Tod umgeben. Als er das Messer an ihre Kehle hielt, hatte sie seine Erregung bemerkt. Er machte Geräusche und roch wie ein wildes Tier. Eine Sekunde lang ließ sie ihren Blick zu ihm hinübergleiten und fragte sich, ob er ein wirkliches Lebewesen sei oder eine furchtbare Kreatur, die aus dem Sumpf der Stadt hervorgegangen war.

Sie fragte sich, was wohl Ivory in den wenigen Augenblikken vor ihrem Tod durch den Kopf gegangen sein mußte.

Dann sah sie Joshs Gesicht vor sich, und sie versuchte es

festzuhalten. In der Hoffnung, daß er sie auf irgendeine magische Weise hören könnte, flüsterte sie ihm zu: »Ich liebe dich, Josh. Ich habe mir schon immer ein Kind gewünscht. Sei nicht verbittert. Versuch weiterzumachen.« Tränen brannten ihr in den Augen und liefen ihr über das Gesicht. Ihre Zeit war abgelaufen. Bald würde alles vorbei sein. Sie zog sich in sich selbst zurück. Sie bereitete sich darauf vor zu sterben.

»Sie sind nicht da. Scheiße. Du verdammtes, verlogenes Miststück«, brüllte er mit dröhnender Stimme. Er trat zornig gegen die Papiere und kam dann mit gestrafften Schultern und gesenktem Kopf auf sie zu, wie ein wütender Stier. Dann blieb er abrupt stehen.

Das elektronische Tor ging mit einem knarrenden Geräusch auf, und ein weißer Lieferwagen fuhr die Rampe herunter. Der Mann drehte sich um und verschwand rasch im Dunkeln.

Lara setzte sich auf und schrie: »Hilfe! Hier drüben. Bitte helft mir. Gott, so helft mir doch.«

In dem Moment, als der weiße Lieferwagen neben ihr anhielt und zwei Männer in weißen Uniformen heraussprangen, donnerte ein Auto an ihnen vorbei und fuhr mit quietschenden Reifen die Rampe hinauf. Es war eine ältere blaue Corvette, die an einer Seite verbeult war. Die Scheiben waren getönt, deshalb konnte sie nicht hineingucken. Lara fixierte das Nummernschild und verengte ihr Blickfeld so weit, daß sie nur noch dieses Schild sehen konnte. Sie prägte es sich ein, sagte sich immer wieder die Buchstaben und Zahlen vor. »347PJG ... 347PJG ... 347PJG.« Die Männer waren jetzt neben ihr und versuchten ihr auf die Füße zu helfen. ORANGE COAST JANITORIAL stand auf ihren Hemden.

»Rufen Sie die Polizei«, brüllte sie. »Schnell, er entkommt. Wählen Sie 911 und sagen Sie, jemand hätte versucht, mich umzubringen. Blaue Corvette«, stammelte sie keuchend, »Kennzeichen 347PJG.«

Die Männer starrten sie kopfschüttelnd an.

»Schnell. Bitte. Er entkommt. Beeilen Sie sich. Rufen Sie

die Polizei. Ich bin Richterin.« Inzwischen stand sie zwar, fühlte sich aber zitterig und schwach. »Haben Sie mich nicht verstanden?« brüllte sie erneut. »Er hat versucht, mich umzubringen. Rufen Sie die Polizei. Was ist los mit euch? Seid ihr Idioten?«

Schließlich sprach der kleinere von den beiden Männern: »*No habla Inglés. No comprende*«, sagte er. »*Policia ...?*«

Lara schob sie beiseite und taumelte zu ihrem Wagen. Sie wählte 911 auf dem Autotelefon, wiederholte die Fahrzeugbeschreibung und ihren Standort. Rasende Schmerzen durchzuckten ihre Seite, und sie beugte sich über das Lenkrad, um nach Luft zu schnappen. Sie lebte noch, sagte sie sich immer wieder. Sie sollte jetzt noch nicht sterben, wo Josh sie doch brauchte. Es gab einen Gott, dachte sie. Niemand sonst hätte sie retten können. Sie hatte gebetet, und irgendwie hatte er sie gehört. Immer noch konnte sie ihren eigenen Tod auf der Zungenspitze schmecken. Sie war so nahe dran gewesen.

Er war vermutlich verschwunden. Sie hätte die Pistole nehmen sollen, die Rickerson ihr angeboten hatte. Hätte ich es doch nur getan, dachte sie, während sie die Zähne gegen die Schmerzen zusammenbiß und sein verzerrtes Gesicht vor sich sah. Hätte ich doch nur die Waffe genommen, wiederholte sie immer wieder und stellte sich die Pistole in ihrer Hand vor, den Finger am Abzug und den Knall, der durch die Tiefgarage hallte. Nachdem sie sich all die Jahre mit brutalen Verbrechen und brutalen Straftätern beschäftigt hatte, begriff Lara erst jetzt wirklich, wie ein Mensch an diesen Punkt jenseits aller Vernunft gelangen konnte. Sie wußte, was passiert wäre, wenn sie die Waffe angenommen hätte. Daran hatte sie keinerlei Zweifel.

Sie hätte ihn getötet.

Kapitel 21

Detective Rickerson tauchte erst auf, als die anderen Beamten fast schon wieder den Tatort verlassen wollten. Lara saß bei offener Tür seitlich auf dem Vordersitz ihres Wagens, die Füße auf dem Garagenboden. Sie hatte einen Bluterguß und diverse Kratzer auf der Stirn, ihre Bluse war zerrissen, ihre Strümpfe zerfetzt. Am Hals war ein dünner roter Streifen zu sehen, wo der Mann das Messer gegen ihre Kehle gehalten hatte. An einer Stelle war die Haut tatsächlich aufgeritzt. Die Sanitäter hatten die Schürfwunden an Ellbogen und Knien desinfiziert und verbunden.

»Alles in Ordnung mit dir?« fragte der Detective, der sofort zu ihrem Auto lief. »Ich bringe dich ins Krankenhaus, damit du richtig untersucht wirst.«

»Nein«, sagte sie. »Ich muß nach Hause. Josh ist zwar bei Emmet, aber ich will nach Hause.« Sie berührte ihre Seite und zuckte vor Schmerz zusammen. Darauf zog sie ihre Bluse hoch, um nachzusehen. Unter ihrem Brustkorb, dort wo er sie getreten hatte, war ein Bluterguß, der bereits dunkel wurde. »Das Schwein hat mich getreten«, sagte sie vorsichtig atmend. Jedesmal wenn sie tief durchatmete, durchfuhr ein heftiger Schmerz ihren Körper.

»Du hast vielleicht eine Rippe gebrochen. Laß dich von mir ins Krankenhaus bringen. Josh geht es gut.«

»Nein«, sagte sie entschieden. »Es ist nur ein Bluterguß. Nichts Schlimmes. Ich wünschte nur, ich hätte eine Waffe gehabt. Jetzt möchte ich diese Pistole haben«, sagte sie und sah ihm forschend in die Augen. »Wenn ich diesen Mann noch mal sehe, bringe ich ihn um. Ich schwöre, ich bringe ihn um.«

»Du hast dich gut verhalten«, sagte Rickerson und tätschelte sanft ihre Schulter. »Du hast das Autokennzeichen. Wir werden ihn kriegen. Es ist vermutlich derselbe Mann, der bei dir eingebrochen ist, als Emmet dort war. Der Wagen ist auf einen gewissen Frank Door zugelassen. Falls Frank Door tatsächlich dieses Auto gefahren ist, dann ist er einen Tag vor dem Einbruch aus dem Gefängnis entlassen worden.«

Lara riß die Augen weit auf. »Weshalb war er dort?«

Rickerson wandte den Blick ab, er hatte gehofft, Lara würde ihn das nicht fragen. »Mordversuch.«

»Scheiße«, sagte sie. »Wen hat er umzubringen versucht?«

»Ach.« Rickerson war klar, daß sie es ohnehin herausfinden würde, er wollte nur, daß sein Bericht eher beiläufig als beunruhigend wirkte. »Nur eine Exfrau. Er hat versucht, sie in der Leichenhalle, in der er arbeitet, ins Krematorium zu stecken. Netter Kerl, was? Ich nehme an, er wollte keinen Unterhalt zahlen.« Er kicherte nervös.

»Das ist nicht komisch, Ted«, sagte Lara. »Gott, er hat versucht, sie in den Verbrennungsofen zu stecken? Wirklich? So einen Fall hab' ich noch nie gehabt.« Schon bei der Vorstellung zitterte sie am ganzen Körper. Sie hatte ihren Angreifer ganz bestimmt richtig eingeschätzt. Wenn die Männer vom Hausmeisterservice nicht in dem Moment gekommen wären, wäre sie mit großer Wahrscheinlichkeit ermordet worden. »Wie ist er denn rausgekommen? Hat das Opfer sich geweigert, Anklage zu erheben, oder was?«

»Nein.«

»Dann war er auf Kaution draußen?«

»Nein.«

Sie starrte ihn wütend an. »Okay. Würdest du es mir jetzt bitte sagen und mit diesen Spielchen aufhören? Dafür bin ich nicht in der Stimmung, das kannst du mir glauben.«

»Das Gefängnis behauptet, sie hätten eine gerichtliche

Anordnung erhalten, ihn zu entlassen. Also haben sie ihn entlassen. Wir haben die Gerichtsakte überprüft, und morgen soll die Voruntersuchung stattfinden. Aus der Akte geht nicht hervor, weshalb er entlassen wurde. Die Anklagepunkte wurden nicht fallengelassen. Außerdem war ihm zunächst keine Kaution gewährt worden.«

Lara begriff allmählich. Die Geschichte schmeckte ganz nach der Sache mit Packy Cummings. Und nicht nur das, sie bekräftigte auch Rickersons Verdacht gegen Evergreen. »Also war es wahrscheinlich Evergreen? Stimmt's? Wessen Name stand auf der Anordnung?«

»Das Gefängnis sagt, sie kam von Abteilung siebenundzwanzig.«

»Das ist die Anklageverlesung. Hector Rodriguez macht das im Augenblick. Du glaubst, daß Evergreen ihn angerufen und ihm gesagt hat, er solle diesen Kerl entlassen, genau wie bei Packy Cummings?«

»Ich weiß es nicht, Lara. Auf der Anordnung stand nicht Hector Rodriguez.« Er sagte mit leiser Stimme: »Es stand dein Name drauf.«

Sie war schockiert. Alles Blut wich aus ihrem Gesicht, und sie lehnte sich gegen den Türrahmen. »Meiner? D-das ist unmöglich«, stammelte sie. »Ich habe keine Anordnung unterschrieben, daß dieser Kerl entlassen werden soll.«

»Dann muß jemand deinen Namen gefälscht haben. Da die Anordnung per Computer vom Gericht zum Gefängnis geschickt wurde, bin ich mir gar nicht sicher, ob überhaupt eine Unterschrift drauf war.«

»Mein Gott, das wird von Tag zu Tag seltsamer. Evergreen muß das getan und meinen Namen darunter gesetzt haben. Das verdammte Schwein. Wenn du mir die Pistole gibst, dann erschieße ich ihn vielleicht, damit wir es hinter uns haben.«

Rickerson wandte den Blick ab. Dieser Mann hatte ein noch schlimmeres Vorstrafenregister als Packy Cummings. Er war fünfmal wegen schwerer Körperverletzung und einmal wegen Vergewaltigung verurteilt worden. Lara hatte

Glück gehabt, mehr noch, als ihr selbst klar war. Wenn die Männer nicht aufgetaucht wären, hätte er sie möglicherweise vergewaltigt. Von seinem letzten Opfer hatte er sich verabschiedet, indem er der Frau eine Brustwarze abbiß. Sie hatten ihn anhand der Zahnabdrücke überführt. Er hatte einen Überbiß.

»Wir haben versucht, mit Richter Rodriguez zu sprechen. Er war nicht zu Hause, aber wir werden ihn morgen früh anrufen und nach den Einzelheiten fragen. Da die Anordnung aus seinem Gerichtssaal kam, sollte er darüber Bescheid wissen. Bete, daß er das tut, Lara. Ansonsten sitzen wir ganz tief in der Scheiße.«

»Ich bete ständig«, sagte Lara. »Das kannst du mir glauben.« Sie sah dem großen Detective tief in die Augen, füllte ihre Lungen mit Sauerstoff und stieß die Luft mit einem langen, schmerzhaften Pfeifen aus. »Ich kann es bald nicht mehr aushalten, es geht einfach nicht mehr, Ted.« Sie versuchte, die Tränen zurückzuhalten. Sie wollte nicht, daß der Detective sie weinen sah. Dann fiel ihr etwas anderes ein, die Etatkürzungen. »Ted, es gibt noch eine andere Möglichkeit. Ich meine, das ist weit hergeholt, aber auch nicht weiter als dein Verdacht gegen Evergreen.«

»Was?« sagte er abweisend.

»Im nächsten Jahr wird es eine Richterstelle weniger geben. Irgendeiner muß gehen.«

Rickerson zog die Augenbrauen hoch und zwirbelte an seinem Schnurrbart. »Du meinst, jemand würde das tun, um deine Stelle zu kriegen?«

»Vielleicht.«

»Das ist Unsinn, Lara. Einfach Unsinn. Die könnten versuchen, deine Glaubwürdigkeit zu zerstören oder so was in der Art, aber die würden doch nie einen brutalen Typ wie Frank Door hierherschicken, um dich zusammenschlagen zu lassen. Mit Evergreen liege ich schon ganz richtig.« Er sah sie ärgerlich an, und seine Stimme rutschte eine Tonlage höher. »Wann wirst du mir endlich glauben? Wenn er auf dich zukommt und dich wegpustet wie Packy Cummings?«

Lara antwortete nicht. Sie sah weg.

Er beugte sich herunter, um ihr beim Aufstehen zu helfen. »Wie ist das überhaupt abgelaufen? Hat er dich einfach angegriffen? Hat er etwas gesagt, dem du entnehmen konntest, warum er hier war? Hat er dich ausgeraubt?«

»Er wollte die Bilder. Wer auch immer ihn auf mich angesetzt hat, muß ihm gesagt haben, ich hätte die Bilder. Ich hab' gesagt, sie wären in meiner Aktenmappe. Als sie nicht da waren, wollte er mich in Stücke reißen. Ich glaube, er hätte mich mit bloßen Händen umgebracht. Ich glaube nicht, daß dieser Mann überhaupt ein Messer gebraucht hätte. Es macht ihm offenbar Spaß. Du weißt schon, das Töten, diese Brutalität.« Sie blickte zu dem Detective auf. Ihre Gesichtsmuskeln zuckten. Sie senkte ihre Stimme zu einem Flüstern: »Weißt du, ich bin noch nie so nahe ... am Tod gewesen.«

»Unheimlich, nicht?« sagte er. »Ich hab' in meinem Leben schon in den Lauf von ein paar Knarren gesehen. So was vergißt man niemals, das kann ich dir sagen. Aber denk mal drüber nach. Es hängt alles zusammen. Die Bilder, der Mord an deiner Schwester, die Einbrüche. Das hier konnte unmöglich was mit den Etatkürzungen zu tun haben.«

Einige Sekunden lang sahen sie sich nur in die Augen. Lara spürte so etwas wie Kameradschaft. Jetzt wußte sie, wie es war, Polizist zu sein. Es war kein Wunder, daß so viele von ihnen durchdrehten, hart und brutal wurden. Es gab kein größeres Unrecht, als daß jemand, den man nie zuvor gesehen hatte, versuchte, einem das Leben zu nehmen.

Rickerson schlug sich auf die Oberschenkel und unterbrach damit die Stille. »Das war ganz offensichtlich die Handschrift von Evergreen. Wenn der Angreifer die Bilder verlangt hat, war das bestimmt kein Zufall. Nachdem sie sowohl dein Haus als auch die Wohnung durchsucht haben, mußten sie annehmen, daß du die Bilder bei dir hast. War Evergreen in deinem Büro? Er könnte dein Büro durchsucht und sie nicht gefunden haben. Wo hast du normalerweise deine Aktenmappe?«

Lara schwieg einen Augenblick und dachte nach. Die anderen Beamten kamen vorbei und erklärten Rickerson, daß sie jetzt aufbrächen. Er trat zur Seite, sprach ein paar Worte mit ihnen und kehrte dann zu Lara zurück.

»Normalerweise hab' ich meine Aktenmappe im Büro«, sagte sie. »Es ist eine von diesen großen, eine Prozeßmappe. Es ist mühsam, sie mit sich herumzuschleppen. Doch in letzter Zeit, seit all das passiert ist, hab' ich keine Arbeit mit nach Hause genommen, deshalb war sie bei mir im Kofferraum. Ich habe sie erst heute wieder mitgebracht. Ich wollte den Fall Adams noch mal durchgehen. Und natürlich wäre es für Evergreen kein Problem, in mein Büro zu kommen. Aber was ist mit Phillip, Ted? Er könnte die Anordnung ans Gefängnis geschickt und meine Unterschrift gefälscht haben.«

»Das glaube ich nicht. Evergreens Sohn ist auf den Fotos und nicht Phillip. Komm, laß mich fahren. Ich ruf' dann von dir aus einen Streifenwagen, der mich abholt.« Dann hob er ihren Kopf leicht an, besah sich ihre Stirn und berührte sie leicht mit den Fingerspitzen. »Der Bluterguß hier ist nicht so schlimm, der wird in ein paar Tagen verschwinden. Aber der an deiner Seite sieht ziemlich übel aus.«

Er half ihr auf den Beifahrersitz. Kurz darauf ließ Rickerson den Motor des Jaguar aufheulen und fuhr die Rampe hinauf.

Josh war noch bei Emmet. Lara war froh darüber. Sobald sie in der Wohnung war, ließ sie ihn über den Computer wissen, er solle in einer Stunde zum Schlafen nach Hause kommen. Sie wollte nicht, daß er sie so sah. Der arme Junge hatte wahrlich schon genug durchgemacht. Er sollte nicht erfahren, daß jemand fast die einzige Verwandte umgebracht hätte, die er noch auf der Welt hatte.

Sie wusch sich das Gesicht, schnupperte an ihren Sachen und warf sie in den Abfalleimer. Angst riecht, dachte sie, während sie versuchte, den Bluterguß auf ihrer Stirn mit Make-up abzudecken. Rickerson wickelte eine Handvoll Eiswürfel in ein Handtuch. Das gab er ihr, als sie aus dem Bad kam.

»Hier«, sagte er, »halt dir das gegen deine Seite. Das hilft gegen die Schwellung.«

Dann ging er in die Küche zurück und goß ihnen beiden aus Emmets Schrank einen starken Drink ein. Lara hatte sich in dem grau-schwarzen Sessel zurückgelehnt, die Füße auf den Hocker gelegt und ihre Bluse hochgezogen. Das Eis lag auf ihrer Seite. Rickerson war wie aufgedreht. Er kippte den Drink in einem Schluck herunter, füllte sein Glas noch einmal, kam zurück und ging vor ihrem Sessel auf und ab.

»Wir sind nahe dran, Lara, ganz nah. Evergreen muß inzwischen wissen, daß wir ihm auf der Spur sind. Er muß es einfach wissen. Und ich vermute, daß er glaubt, Ivory hätte dir was erzählt. Wir wissen, daß er glaubt, du hättest die Fotos, also muß er auch zu der anderen Annahme gekommen sein. Vielleicht sollte Frank Door nicht nur die Fotos besorgen. Vielleicht sollte er dich sogar töten.«

Lara nahm das Eis weg und ließ es auf den Boden fallen. Ihre Bluse war naß geworden, und sie legte ihre Arme um sich, um nicht zu zittern.

Rickerson fuhr fort: »Ich glaube, Evergreen versucht, deine Glaubwürdigkeit zu unterhöhlen. Indem er das Gerücht verbreitet, du hättest deine Stellung mißbraucht, um deinen Schwager zu schützen, und eine Untersuchung gegen dich in die Wege leitet, schützt er sich selbst. Er rechnet damit, daß dir keiner mehr glauben wird, wenn du deine Anschuldigungen vorbringst. Alle werden denken, daß du dich nur rächen willst, daß du versuchst, ihm was anzuhängen, weil er dir was angehängt hat. Er plant das Ganze wie ein Profi.«

»Yeah«, sagte sie. »Er ist ein Profi.« Richter Leo Evergreen wußte mehr über Verbrechen als die meisten Verbrecher selbst, dachte Lara. Er war seit vierzig Jahren Mitglied der kalifornischen Juristenvereinigung, sechzehn Jahre als Ankläger und vierundzwanzig Jahre als Richter. Und er war ein großer Manipulator mit einer ungeheuren Macht, wenn es darum ging, das zu kriegen, was er wollte.

»Weißt du, was ich glaube?« sagte sie zu Rickerson. »Ich

glaube, der kauft diese Kerle ein, wie andere Leute Sachen aus einem Versandhauskatalog bestellen. Er hat einen Computer in seinem Büro und kann sich von jedem das Vorstrafenregister holen, das Verhandlungsdatum, Entlassungsdatum, die einzelnen Fälle. Was man sich nur vorstellen kann. Jede Behörde im Land wird ihm alles sagen, was er wissen will. Es gibt nichts, wo er nicht drankäme. Mit einem Knopfdruck kann er die Freilassung jedes beliebigen Gefangenen arrangieren. Er könnte eine ganze Armee von diesen Kerlen haben, die für ihn die schmutzige Arbeit erledigen. Und nicht nur das, er weiß auch, wie weit die gehen würden. Also wer von denen gewalttätig ist und wer nicht. Wenn er sie rausholt, dann brauchen sie Geld, um vor dem Gerichtstermin die Stadt verlassen zu können und bevor wir einen Haftbefehl erlassen und ins System eingeben. Die Situation ist perfekt.«

»Ziemlich unheimlich«, sagte Rickerson und sah Lara ernst an. Das wußte sie nach diesem Abend nur allzu gut. »Aber ich sag's dir, wir sind nahe dran.«

»Yeah«, sagte sie, »das mag schon sein. Aber ich bin heute abend fast umgebracht worden. Ich dachte, du wolltest aufpassen, daß mir nichts passiert.«

Rickerson wurde rot im Gesicht, und der Unterkiefer fiel ihm herunter. Dann zuckte er bloß mit den Schultern.

Soviel zum Thema Helden, dachte Lara. »Hast du was über das Apartment herausgefunden?«

»Nicht das, was ich wollte. Sieht so aus, als ob Evergreen ein Teil des Gebäudes gehört. Es ist eine Investition ... so was wie ein Konsortium, hat man mir gesagt. Weißt du, eine Gruppe von Investoren. Ich weiß nicht viel über diese Dinge, aber mir kommt das vor wie ein Steuermodell. Jedenfalls hat er zunächst eine größere Anzahlung geleistet und zahlt jeden Monat einen bestimmten Betrag.«

»Scheiße«, sagte Lara, nippte an ihrem Drink und stellte ihn auf den Fußboden. Dann hob sie den Arm und berührte ihren Hals an der Stelle, an der das Messer gewesen war. Sie konnte immer noch die Klinge spüren, die kalte Schneide auf ihrer Haut. »Was machen wir jetzt? Wir müssen all diese Verbrechen miteinander in Verbindung bringen, um ausreichendes Belastungsmaterial zu haben. Ich will nicht, daß er mit einer geringfügigen Anklage wegkommt. Ich will, daß er für alles büßt.«

»Ich schicke morgen einen Undercover-Mann in seinen Club. Er läßt sich jede Woche massieren. Wir wollen Fotos von ihm haben, auf denen er nackt ist, um sie mit den Bildern zu vergleichen, die wir haben, und ihn anhand der Wirbelsäulenverkrümmung zu identifizieren. Unser Mann wird sich in der Decke verstecken und versuchen, ihn durch den Schacht der Klimaanlage zu filmen. Wir hätten uns zwar auch seine medizinischen Unterlagen besorgen können, aber das wäre sehr verräterisch gewesen, und wir hätten dazu eine gerichtliche Anordnung gebraucht. Hör mal, sein Sohn gibt morgen schon ein Konzert in Los Angeles. Wenn du dich dazu in der Lage fühlst, sollten wir hingehen. Ich möchte nicht bis Freitag warten.«

»Klar«, sagte Lara. »Josh kann bei Emmet bleiben. Er liebt Emmet über alles. Die beiden sind unzertrennlich.«

»Ach, übrigens«, fuhr Rickerson fort, »schreib mir eine Erklärung, daß ich Josh morgen von der Schule abholen darf. Ich nehme ihn dann mit zur Wache und zeig' ihm eine Reihe von Fotos, bei denen auch Packy Cummings dabei ist. Er hat vielleicht mehr gesehen, als ihm klar ist. Vielleicht hat er den Kerl an dem Tag weggehen sehen oder so was und kann sich nicht mehr daran erinnern.«

»Klar«, sagte Lara. »Alles ...«

Lara geriet ins Grübeln. Wenn sie beweisen konnten, daß Packy Cummings zum richtigen Zeitpunkt in San Clemente war, dann könnten sie auch Evergreen mit den Morden in Verbindung bringen. Plötzlich fiel ihr der Game Man ein. Sie überdachte noch einmal die Ereignisse des vergangenen Abends und erzählte Rickerson, was sie erfahren hatten und daß sie die Angelegenheit noch nicht weiter vorangetrieben hatte.

Sein Gesicht wurde vor Aufregung ganz rot. »Das hat

Emmet rausgekriegt?« sagte er und sah in Gedanken den zerbrechlichen jungen Mann vor sich. »Das ist brillant, einfach phantastisch. Verdammt noch mal. Er sollte für uns arbeiten. Ich kann es nicht fassen. Das könnte er sein, Lara. Himmel, Arsch und Zwirn, dieser Spielertyp könnte tatsächlich Evergreen sein.«

Er grinste, schlug sich auf die Oberschenkel, kriegte sich kaum noch ein. Lara blieb eher reserviert im Sessel sitzen. »Wir wissen doch gar nicht sicher, ob er es ist. Übertreibst du's nicht ein bißchen mit deiner Begeisterung?«

»Du hast doch gesagt, sein Name sei Tommy Black?« Ein Lächeln breitete sich über sein pockennarbiges Gesicht aus und ließ ihn fast hübsch erscheinen. Seine rostbraunen Augen strahlten.

»Das stimmt«, sagte sie und beugte sich nach unten, um den Eisbeutel aufzuheben, fand aber nur eine Pfütze Wasser und ein nasses Handtuch. »Und was bedeutet das?«

»Rat mal, wessen Name auf Ivorys Kundenliste steht? Du weißt schon, die Anrufe, die vom Haus aus gemacht wurden. Rat doch mal, Lara.«

»Ich hab' keine große Lust zu raten. Warum erzählst du's mir nicht einfach?« sagte sie und starrte ihn an. Seine Erregung war ansteckend. Ihr Atem ging schneller.

»Tommy Black.«

Lara machte den Mund auf und konnte einen Augenblick nichts sagen. Sie war sprachlos. Dann stieß sie einen Freudenschrei aus, den man im ganzen Gebäude hören konnte, und Rickerson kam zu ihr, hob sie regelrecht aus dem Sessel und umarmte sie, bis sie schrie.

»Laß mich runter«, sagte sie, trotz der Schmerzen lachend. »Denk an meine Seite.«

Evergreen war am nächsten Tag nicht im Gericht. Lara rief in seinem Büro an, und seine Sekretärin sagte, er sei immer noch krank, käme aber vielleicht später noch. »Gut«, sagte Lara, während sie den Hörer auflegte. »Ich hoffe, du kriegst einen Herzinfarkt, du Schwein.« Er hatte offenbar Angst, zuviel Angst, um ins Gericht zu kommen. Er mußte wissen, daß sie nahe dran waren. Sie waren ihm auf den Fersen. Zum ersten Mal seit Ivorys Tod hatte Lara das Gefühl, die Dinge in der Hand zu haben. Selbst nach dem, was gestern abend passiert war, fühlte sie sich noch stark. Vielleicht hatte ihr die bloße Tatsache, daß sie mit diesem Frank Door zusammengetroffen war und es überlebt hatte, ihr neue Kraft gegeben. Die drohende Gewalt, die sie seit Ivorys Tod spürte, hatte Lara in wahnsinnige Angst versetzt. Obwohl sie versucht hatte, diese Angst zu unterdrücken, hatte sie gespürt, wie sie von Tag zu Tag wuchs und sie zu verschlingen drohte. Jetzt, nachdem ihr schlimmster Alptraum wahr geworden war, konnte sie nichts mehr erschüttern.

Während einer zehnminütigen Verhandlungspause steckte Richter Hector Rodriguez den Kopf in ihr Amtszimmer. Er war ein angenehmer Mann, ungefähr in Laras Alter, ziemlich klein, hatte dunkelbraune Haut und einen dünnen, drahtigen Schnurrbart.

»Ich hab' gehört, Sie sind gestern abend in der Tiefgarage überfallen worden«, sagte er und rieb sich dabei das Kinn. »Wie um alles in der Welt ist der Kerl da reingekommen? Unter den Toren durchgekrochen? Es ist erschreckend. Gar nichts ist mehr sicher.« Er sah sie befangen an. »Das Sheriffbüro hat mich angerufen. Die dachten, ich hätte den Mann freigelassen, der das getan hat.«

Lara atmete tief durch und versuchte, gelassen zu bleiben. »Und haben Sie das, Hector?«

»Äh, nein, natürlich nicht. Ich war an dem Tag überhaupt nicht bei der Verlesung dabei. Ich hatte in Los Angeles was zu erledigen.«

Lara hatte Gerüchte gehört, daß Hector sich um einen Richterposten am Bezirksgericht von Los Angeles bemühte. Der größte Teil seiner Familie lebte dort. Er wollte gerne wechseln. Sie hoffte, daß ihm das gelang, bevor der Etat gekürzt wurde. Das würde eine freie Stelle bedeuten, und das könnte ihr Job sein. »Wer hat Sie denn vertreten?« Sie hielt die Luft an und spürte, wie sich ihr Brustkorb dehnte. Bitte, lieber Gott, betete sie, laß es Evergreen selbst sein. Sie wartete.

»Irene Murdock«, sagte er.

Lara war schockiert. »Irene? Warum sollte sie so jemanden freilassen? Meine Güte, wenn jemand es mit solchen Dingen genau nimmt, dann Irene. So ein Fehler wäre ihr nie unterlaufen.«

»Eh, ich weiß nicht.« Rodriguez wurde allmählich nervös, weil er die Anspannung in Laras Gesicht bemerkte. »Warum fragen Sie sie nicht selbst?« Er fuhr sich mit den Händen durch seine dunklen Haare und sah sich im Zimmer um. »Es tut mir jedenfalls leid, daß Sie all diese Probleme haben. Wenn ich irgendwas für Sie tun kann, lassen Sie es mich wissen.«

»Machen Sie sich keine Sorgen deswegen, Hector. Es war ganz bestimmt nicht Ihre Schuld.« Sie holte tief Luft. »Ich werde mit Irene sprechen. Sagen Sie ihr bitte nichts von diesem Gespräch. Wir sind befreundet, wissen Sie.«

Als er sich zum Gehen wandte, sah Lara, daß er mit dem rechten Bein fester auftrat, und sie wäre fast aus der Haut gefahren. »Hector«, brüllte sie ihn ohne nachzudenken an, »was haben Sie mit Ihrem Bein gemacht?«

»Oh«, sagte er und sah nach unten, »das ... ich hab' mir vor ein paar Tagen beim Squash einen Muskel gezerrt. Bin wohl nicht mehr der Jüngste.«

Sie wurde allmählich völlig paranoid. Wenn sie so weitermachte, würde sie noch in der Klapsmühle landen. Sie überschüttete schon das ganze Gericht mit ihren Verdächtigungen. Sobald Hector aus der Tür war, rief sie Rickerson an. Bei dem pochenden Schmerz in ihrer Seite und nachdem sie jetzt auch noch erfahren hatte, daß ihre beste Freundin dieses Tier freigelassen hatte, hätte sie am liebsten den Kopf auf den Schreibtisch gelegt und geweint. »Stell dir vor«, sagte sie, als er an den Apparat kam, »Irene Murdock war an jenem Tag für die Verlesung der Anklageschriften zuständig. Ich werde sie gleich anrufen und fragen, ob Evergreen sie dazu aufgefordert hatte. Das Ganze ist ziemlich seltsam.«

Rickerson seufzte. »Und wie erklärst du dir, daß dein Name auf der Anordnung steht?«

»Evergreen könnte sie angerufen und ihr gesagt haben, sie solle ihn freilassen. Als das Büro dann die Anordnung fertig machte, haben sie aus Versehen meinen Namen eingesetzt. Ich war ein paar Wochen vorher in der Abteilung. Ich bin eine Richterin und Irene auch. Vielleicht haben sie bloß nicht aufgepaßt.«

»Muß so etwas nicht unterschrieben werden?«

»Natürlich. Normalerweise schicken wir es per Computer rüber und reichen dann die Hardcopy für die Akten nach, du weißt schon, das Original mit Unterschrift und allem. Sehr oft entlassen sie die Leute schon, bevor sie die Hardcopy kriegen. Das machen sie schon seit Jahren so. Sie wissen, daß die Anordnung gültig ist, wenn sie von unserem Terminal kommt. Wenn wir sehr viel zu tun haben, vergehen manchmal Tage, bis das Original drüben ist.«

»Dann ist es wahrscheinlich so passiert. Evergreen hat sie angerufen, sie hat die Anordnung erlassen, und dann hat bloß jemand im Büro einen Fehler beim Namen gemacht. So könnte es gewesen sein.«

Lara schwieg. Ihre Bürotür war geschlossen, deshalb legte sie den Detective auf den Lautsprecher und stützte ihren Kopf in die Hände. »Ich hab' Irene erzählt, daß wir Evergreen in Verdacht hätten. Ich verstehe nicht, warum sie mich nicht angerufen hat. Sie wußte doch, daß ich Cummings freigelassen habe.«

»Du hast was?« brüllte Rickerson in das Telefon. »Wiederhol noch mal, was du grade gesagt hast!«

Lara spürte, wie sich ihr Herzschlag beschleunigte. Ihr stand eine Strafpredigt bevor. Sie packte den Hörer, nahm Rickerson vom Lautsprecher, weil sie sicher war, daß er noch mal losbrüllen würde. »Hör mal, ich hab' ihr nichts von den Bildern oder sonstwas gesagt. Ich hab' ihr bloß erzählt, daß wir glauben, Evergreen sei pädophil und möglicherweise in den Mord an meiner Schwester verwickelt. Du lieber Gott, Rickerson, sie ist meine beste Freundin, und sie ist Richterin.

Sie kennt Evergreen gut. Ich hab' gedacht, sie könnte uns ein paar Informationen geben.«

»Richterin oder nicht, du bist ein verdammter Idiot«, sagte er und knallte den Hörer auf.

Lara wartete auf das Freizeichen und rief ihn dann noch einmal an. Jetzt war auch sie wütend. »Wag es bloß nicht noch mal – nicht ein einziges Mal – einfach einzuhängen, wenn ich mit dir telefoniere. Hast du mich verstanden?«

»Beruhige dich«, sagte er. »Es tut mir leid, okay, aber ich hatte dir doch gesagt, du sollst alles für dich behalten. Herrgott, Lara, sie ist möglicherweise direkt zu Evergreen gerannt. Du hast den ganzen Fall vermasselt.«

»Das hab' ich nicht«, beharrte sie. »Irene würde so etwas nie tun. Sie war aufrichtig besorgt. Ich werde sie jetzt anrufen und hören, ob Evergreen ihr wegen Frank Door Bescheid gesagt hat. Außerdem hab' ich das Gefängnis gebeten, mir eine Kopie der gerichtlichen Anordnung zu schicken. Ich werde der Sache auf den Grund gehen.«

»Mach nur«, schnauzte er sie an. »Warum posaunst du es nicht gleich in dem ganzen Scheißgericht herum? Am besten erzählst du es gleich Evergreen persönlich.« Erneut knallte er ihr den Hörer auf.

Lara beschloß, nicht mehr zurückzurufen. Sie war ziemlich sicher, daß Irene in ihrem Amtszimmer sein würde. Um diese Tageszeit machte sie immer eine Pause. Sie ging den Flur entlang und betrat das Büro. Irenes Sekretärin war offenbar nicht da.

»Lara«, sagte Irene über ihre Brille schielend. »Komm rein ... setz dich. Mein Gott, was ist mit deinem Gesicht passiert? Hattest du einen Unfall?«

»Gestern abend hat mich jemand in der Tiefgarage überfallen. Sein Name ist Frank Door. Sagt dir das was?« Lara setzte sich nicht hin, sondern blieb vor Irenes Schreibtisch stehen.

Irene sah weg, während Lara sprach, wich ihrem Blick aus. »Frank Door – der Name kommt mir bekannt vor, aber ich weiß nicht woher. Ich glaube, ich hab' ihn vor ein paar Jahren mal verurteilt.«

»Nun ja, laut unseren Unterlagen, Irene, wurde er neulich freigelassen, als du für Hector bei der Verlesung der Anklageschriften den Vorsitz geführt hast. Das Gefängnis hat eine Anordnung von Abteilung siebenundzwanzig erhalten. Aber dieser Mann ist ein gemeingefährlicher Irrer.« Lara verzog das Gesicht. »Du solltest die genauen Umstände seines Verbrechens hören. Mein Gott, Irene, er hat versucht, seine Frau lebendig einzuäschern. Kannst du dir das vorstellen? Er hat tatsächlich versucht, sie in den Ofen des Krematoriums zu stecken, in dem er arbeitete. Er sollte heute zu einer Voruntersuchung wegen Mordversuch vor Gericht erscheinen. Es war ganz bestimmt nicht beabsichtigt, ihn freizulassen. Hat Leo dich angerufen und dich gebeten, das zu tun, denn falls das so ist ...«

Irene unterbrach sie. »Nein, nein, ich glaube nicht.« Sie dachte einen Augenblick darüber nach, dann besann sie sich anders. »Ich meine, er könnte was gesagt haben. Ich hab' es vielleicht vergessen. Es ging ziemlich wild zu, wirklich wie im Zoo. Ich habe das nicht getan, Lara. Das schwöre ich. Zumindest glaube ich, daß ich es nicht getan habe.« Sie rieb sich bestürzt über die Stirn. Sie wirkte müde und abgespannt. »Und wenn ich es getan habe, dann war es ein fürchterlicher Irrtum.«

»Das stimmt«, gab Lara heftig zurück, ohne Rücksicht auf die Bestürzung ihrer Freundin. »Ein fürchterlicher Irrtum ist leicht untertrieben. Der Mann hat mich fast umgebracht.«

Irene machte jetzt einen äußerst verzweifelten Eindruck. Sie zuckte nervös mit den Augen, und Lara konnte sehen, wie sie heftig mit sich rang. »Ich bin das Tempo bei der Anklageverlesung nicht gewohnt. Ich kann mich nicht erinnern. Es tut mir so leid. Was für ein schrecklicher Irrtum. Haben sie den Mann erwischt?«

Lara wußte nicht, was sie sagen sollte. »Nein, sie haben ihn nicht erwischt«, erklärte sie schließlich. Dann wurde ihr Gesicht sanfter. Irene hatte bestimmt nichts tun wollen, womit sie jemand anderem schaden konnte. »Noch nicht. Denk nicht mehr darüber nach«, sagte sie.

Das Telefon auf Irenes Schreibtisch fing an zu klingeln. Sie sah es an, als ob sie es ignorieren wollte, entschied sich dann jedoch anders. »Ich fürchte, ich muß das Gespräch annehmen«, sagte sie, drückte auf den Knopf und nahm den Hörer ab. Dann hielt sie ihn von ihrem Ohr weg und flüsterte Lara zu: »Wir unterhalten uns später.«

Lara ging zur Tür. Sie mußte zurück in den Gerichtssaal. Sie war bereits zu spät und beeilte sich. Erneut hatte sie Krach geschlagen, wo sie sich hätte ruhig verhalten sollen. Schließlich war Irene ihre Freundin. Alle machten Fehler. Vielleicht hatte Evergreen das ohnehin zu verantworten, dachte sie. Er hatte möglicherweise eine Aktennotiz gemacht, und Irene hatte das einfach vergessen. Als sie gerade durch die Hintertür den Gerichtssaal betreten wollte, überlegte sie es sich anders und ging noch einmal in ihr Büro zurück.

»Ist diese Anordnung vom Gefängnis gekommen?«

»Ja«, sagte Phillip und übergab sie ihr ohne aufzublicken.

»Rufen Sie bitte im Gerichtssaal an und sagen Sie, ich sei in fünf Minuten da.«

Mit dem Computerausdruck in der Hand machte sie sich auf den Weg in den Saal, in dem die Anklageschriften verlesen wurden. Die Sitzung war in vollem Gange. Richter Hector Rodriguez führte den Vorsitz. Lara schlich sich hinein, um kurz mit der Assistentin zu reden. Rodriguez blickte sie kurz an und wandte sich dann wieder dem Gerichtssaal zu. Sie waren gerade mitten in der Verlesung einer Anklageschrift.

»Können Sie sich an diese Anordnung erinnern?« flüsterte Lara der Assistentin zu und legte ihr das Blatt Papier vor.

Die junge Frau warf einen Blick darauf und sah dann Lara an. »Nein. Warum?«

»Nun ja, sie wurde von diesem Gerichtssaal erlassen. Hier steht Abteilung siebenundzwanzig.«

»Aber das ist nicht unser Terminal. Sehen Sie?« Sie deutete auf eine Reihe von Ziffern in der Ecke des Dokuments. »Das ist nicht unser Terminal. Ich weiß nicht, wem dieses

Terminal gehört. Wir haben Nummer 45892. Das hier wurde von 45891 übertragen. Das muß irgend jemand am Superior Court sein, aber wir sind's nicht.«

Lara schnappte sich das Dokument und schlich aus dem Gerichtssaal. Während sie den Flur entlanglief, sagte sie sich immer wieder die Nummer vor. Dann fiel es ihr ein.

Terminal 45891 stand auf ihrem eigenen Schreibtisch.

Evergreen mußte in ihr Büro gegangen sein – vermutlich in der Zeit, als sie nicht da war, und als Phillip gerade in der Mittagspause war – und diese Anordnung von ihrem Terminal aus übertragen haben. Wenn sie versuchen würde, etwas deswegen zu unternehmen, würde ihr niemand Glauben schenken. Alle würden annehmen, daß sie das Ganze inszeniert hätte, entweder um die Sympathie der Leute zu gewinnen oder um die Aufmerksamkeit von sich abzulenken, jetzt, wo gegen sie ermittelt wurde. Leo war clever. Jeder Schritt, den er unternahm, war sorgsam ausgefeilt.

Im Gehen hielt sie die gerichtliche Anordnung vor ihr Gesicht und starrte auf die getippten Zeilen. Wenn sie mit ihren beschränkten Computerkenntnissen dieses Dokument getippt hätte, hätte sie Stunden dafür gebraucht. Konnte Leo Evergreen tippen? Die Worte standen exakt da, wo sie stehen sollten. Und nicht nur das. Was sie da vor sich hatte, war ein Formular, das im Textverarbeitungssystem gespeichert war und bei dem die Daten des Falls Door in die Leerstellen eingetragen worden waren. Würde der Gerichtspräsident wissen, wie er dieses Formular im umfangreichen Computerprogramm des Bezirks finden könnte, und wäre er selbst in der Lage, es auszufüllen?

Lara atmete tief durch und ging in den Gerichtssaal.

»Alles aufstehen«, sagte der Gerichtsdiener, während Lara am Richtertisch Platz nahm.

Sie nahm die Worte des Gerichtsdieners überhaupt nicht wahr. Sie sah über die Köpfe der Zuschauer und der Anwälte hinweg, als ob sie gar nicht da wären. Evergreen mochte vielleicht nicht wissen, wie man mit der Textverarbeitung umging, aber Phillip wußte es ganz bestimmt.

Kapitel 22

Rickerson ließ Josh auf der Wache in der Obhut von Baby Bradshaw zurück, der ihm die Polizeifotos zeigen sollte, und eilte nach Hause, um mit seinen Kindern früh zu Abend zu essen. Er hatte Lara versprochen, auf dem Weg zu ihr für Josh und Emmet was zu essen zu besorgen. Sobald er sein Essen hinuntergeschlungen hatte, duschte er und zog sich für das Konzert um.

Nachdem Stephen den Tisch abgeräumt hatte, kam er zu seinem Vater ins Badezimmer und sah ihm beim Rasieren zu. »Mom hat heute angerufen«, sagte er gegen den Türrahmen gelehnt.

»Ach ja?« antwortete Rickerson.

»Sie will, daß du ihr Geld schickst, und sie ist sauer, weil du sie in letzter Zeit nicht angerufen hast.«

»Klar doch«, sagte er und sah mit gerunzelter Stirn in den Spiegel. »Ich werde gleich ein paar Scheine drucken. Wenn sie noch mal anruft, sag ihr, wir haben noch etwa fünfzig Dollar bis zum nächsten Zahltag. Sie muß sich einen Teilzeitjob suchen oder ein Darlehen aufnehmen.«

»Ich hab' mich heute bei Baskin and Robbins beworben. Sie können mich wahrscheinlich ein paar Tage pro Woche nach der Schule gebrauchen.«

Rickerson legte den Rasierapparat auf das Waschbecken, schnappte sich sein Handtuch und sah seinen Sohn an. »Ich will nicht, daß du arbeitest. Erstens brauch' ich dich hier im Haus, und zweitens sind deine Noten wichtiger als die zwanzig Dollar oder so, die du verdienen kannst. Es wird deiner

Mutter nicht weh tun, sich einen Job zu suchen. Schließlich war das alles ihre Idee.« Er spülte sich das Gesicht ab und besprühte sich mit After-shave. »Außerdem wird uns der nächste Gehaltsscheck über den Berg helfen. Ich habe haufenweise Überstunden gemacht.«

Er ging zu seinem Schrank, nahm sein bestes Sakko heraus und legte es auf das Bett. Dann holte er sich ein Oberhemd aus der Kommode. »Welche Krawatte sieht am besten dazu aus?« fragte er seinen Sohn und hielt ihm zwei oder drei hin.

»Die braune mit dem Paisleymuster. Hey, Dad, was hast du noch mal gesagt, wo du heute abend hingehst?«

Rickerson sah seinen Sohn an und bemerkte das Funkeln in seinen Augen. »Ich arbeite.«

Stephen grinste breit. »Tatsächlich? Du arbeitest? Du machst dich so schick, bloß um zur Arbeit zu gehen? Du hast bestimmt 'ne Verabredung. Endlich kriegst du den Hintern hoch und gehst aus. Echt cool, Dad. Wurde aber auch Zeit.«

Rickerson machte ein ärgerliches Gesicht. »Ich arbeite, okay? Ich arbeite undercover. Außerdem, wer würde schon mit mir ausgehen?«

»'ne ganze Menge Frauen. Leslie hält dich für 'nen tollen Hecht. Das hat sie mir selbst neulich gesagt.«

Leslie war eine geschiedene Frau, die drei Häuser weiter wohnte. Sie war eine von den wenigen, die wußten, daß Joyce fort war. Sie brachte ständig Kasserollen mit Essen für die Kinder. Die Frau wog ungefähr zwei Zentner, war knapp 1,50 Meter und hatte vier schreiende kleine Kinder. »Danke«, sagte Rickerson, »aber nein, danke, mein Junge. Ich mag's zwar nötig haben, aber so nötig nun auch wieder nicht.«

Kurz darauf ging Rickerson zu Jimmy, sprach mit ihm und nahm ihn kurz in den Arm. Dann verließ er das Haus.

Lara sah auf die Uhr und stellte erleichtert fest, daß der Tag vorbei war. Sie hatten bis nach sechs Uhr durchgemacht. Der arme Victor Adams wirkte heute noch angespannter als gestern. Er stand kurz vor dem Zusammenbruch, aber niemand konnte ihn retten, außer dem Staatsanwalt, und der hatte es abgelehnt. Sie belehrte die Geschworenen, klopfte mit dem Hammer und vertagte die Verhandlung. Dann verließ sie den Richtertisch. Rickerson hatte Josh mit zur Wache genommen, damit er sich die Polizeifotos ansah. Sie hatte ihn gebeten, Josh bei Emmet abzusetzen und sie dann in ihrer Wohnung abzuholen.

In ihrem Amtszimmer wollte sie sich nur rasch ihre Handtasche nehmen und dann gehen. Phillip war bereits fort. Doch als sie aufschaute, sah sie Leo Evergreen in der Tür stehen.

»Leo«, stieß sie vollkommen verblüfft hervor. »Ich dachte, Sie seien krank.«

»Das war ich auch«, sagte er und nahm vor ihrem Schreibtisch Platz. »Ich bin nach dem Mittagessen reingekommen. Seit einem Monat kämpfe ich nun schon mit dieser Grippe. Ich glaube, das ganze Gericht hat sie.«

Lara ging rückwärts hinter ihren Schreibtisch zurück. Dort fühlte sie sich sicherer. Ihr Herz raste. Sie konnte nicht aufhören, Evergreen anzustarren. Dieser Mann, dachte sie, am ganzen Körper zitternd, könnte für den Tod meiner Schwester verantwortlich sein. Jetzt befand er sich, nur wenige Schritte von ihr entfernt, mit ihr in einem Zimmer und atmete dieselbe Luft.

Sie zwang sich, sich hinzusetzen, und fing an, Papiere hin und her zu schieben. »Äh, was kann ich für Sie tun?« sagte sie schließlich.

»Ich habe gehört, Sie sind gestern überfallen worden. Schrecklich ... üble Sache.« Er schüttelte den Kopf ohne aufzublicken. »Sie sollten nicht so lange bleiben und dann allein zu Ihrem Auto gehen. Ich weiß, daß Sie das sehr oft machen.«

Sie sagte nichts. Was sollte sie auch sagen? Irgendwer hatte Frank Door in die Tiefgarage gelassen. Ein Mensch konnte zur Not unter den Toren durchkriechen, aber Frank Door hatte es geschafft, ein ganzes Auto mit nach unten zu nehmen. Dafür brauchte er eine Kontaktperson. Und die saß jetzt möglicherweise gemütlich vor ihr auf dem Stuhl.

Er fuhr fort: »Da ist noch eine andere Sache aufgekommen. Ich erwähne das nur ungern nach dem, was Sie durchgemacht haben, aber ich habe das Gefühl, mir bleibt nichts anderes übrig. Treffen Sie sich privat mit Benjamin England?«

Lara versuchte, in seinen Augen zu lesen. Sie waren ausdruckslos, dunkle, wäßrige Tümpel, die nichts preisgaben. Ihre Hände zitterten. Sie legte sie auf den Schoß, damit er das nicht sah. Sie wollte nicht, daß er merkte, daß sie Angst hatte. Selbst auf ihrem Schoß hörten ihre Finger nicht auf zu flattern. Ein Fuß begann ungewollt zu klopfen, und sie hielt das Knie mit den Händen fest. Er wartete auf ihre Antwort. Seine Frage war ihr entfallen. »Tut mir leid«, sagte sie. »Was haben Sie gesagt?«

»England ... ob Sie sich privat mit Benjamin England treffen?«

»Ich bin ein paarmal mit ihm ausgegangen«, sagte sie. »Was soll das?«

»Ach«, sagte er und machte eine lange Pause, während der er mühsam Luft holte. »Ich hatte gehofft, es wäre nicht wahr. Die Staatsanwaltschaft will eine Beschwerde einreichen. Es ist durchgesickert, daß Sie mit England ausgegangen sind, und nun glaubt man, daß Sie bei Ihrer Entscheidung im Fall Henderson voreingenommen waren.«

Lara ließ sich so heftig in ihren Sessel zurückfallen, daß sie über den Plastikläufer rutschte und sich auf ihre Absätze stemmen mußte, um wieder an den Schreibtisch zu kommen. Dann konnte sie sich nicht länger beherrschen, die Spannung stieg ihr vom Magen in den Mund, und sie explodierte. »Das ist doch reinster Irrsinn. Erstens bin ich, als die Entscheidung im Fall Henderson fiel, überhaupt noch nicht mit England ausgegangen. Ich würde nie mit jemandem ausgehen, der Verteidiger in einer Sache ist, über die ich gerade verhandele. Und zweitens hätte ich dieselbe Entscheidung getroffen, selbst wenn ich mit dem verdammten Staatsanwalt geschlafen hätte.«

»Ich verstehe«, sagte Evergreen. »Beruhigen Sie sich, Lara. Mit so etwas müssen Sie sich als Richterin auseinandersetzen. Sie müssen bei allem, was Sie tun, sehr vorsichtig sein. Das habe ich Ihnen seit Ihrer Ernennung klarzumachen versucht.«

Laras Augen funkelten vor Zorn, aber sie sagte nichts. Schweiß trat ihr auf Stirn und Oberlippe und lief zwischen ihren Brüsten hinunter.

»Sie wollen, daß die Entscheidung aufgehoben und die Sache erneut vor Gericht gebracht wird«, fuhr Evergreen fort. »Ich muß ihnen möglicherweise entgegenkommen. Haben Sie eine sexuelle Beziehung zu Benjamin England?«

Lara drehte sich mit ihrem Stuhl zur Wand. So konnte es nicht weitergehen. Sie nahm einen Briefbeschwerer, hielt ihn in der Hand und befürchtete, daß sie ihm das Ding jeden Moment an den Kopf schmeißen würde. »Ich habe keine Lust, dieses Gespräch noch länger fortzuführen, Leo«, sagte sie mit einer festen, entschiedenen Stimme, die sie kaum als ihre eigene erkannte. »Ob England und ich eine sexuelle Beziehung haben, geht einzig und allein mich was an. Ich wiederhole, als die Entscheidung im Fall Henderson fiel, bin ich überhaupt noch nicht mit ihm ausgegangen. Das haben wir zum ersten Mal etwa eine Woche danach gemacht. Inzwischen treffe ich mich nicht mehr mit ihm. Wenn die ein vollständiges Ermittlungsverfahren eröffnen wollen, dann können sie das von mir aus tun.«

Sie drehte sich nicht eher um, bis Evergreen fast aus der Tür war. Dann knallte sie den Briefbeschwerer so fest sie konnte auf den Schreibtisch, worauf sich der ältere Mann umdrehte, bevor er endgültig das Zimmer verließ.

Ihre Augen füllten sich mit Tränen. Vorhin hatte sie sich so stark gefühlt, so selbstsicher. Jetzt war sie erschüttert und wütend zugleich. Wohin sie sich auch wandte, was sie auch tat, alles war plötzlich verdächtig. Irgendwie war sie, eine bisher allseits geachtete Richterin, in eine Situation geraten, in der sie alles zu verlieren drohte. Sie nahm ihre Handtasche und stand auf. Im Hinausgehen ließ sie ihren Blick durch ihr Amtszimmer schweifen und fragte sich, ob sie noch lange hier sein würde. Nur eines war tröstlich an der ganzen Sache.

Im Augenblick war ihr das ziemlich egal.

Es war nicht viel Verkehr, und Lara war im Nu zu Hause. Sie eilte in die Wohnung und sprang unter die Dusche. Als sie herauskam, blieb sie nackt vor dem Spiegel stehen und betrachtete sich. Eigentlich hatte sie keine schlechte Figur. Sie war schlank, und ihre Brüste hingen noch nicht herunter. Irgendwann würden sie es tun. Das war ihr klar. Es war alles nur eine Frage der Zeit. Sie drehte sich um und betrachtete ihren Hintern. Auch der würde schneller, als sie ahnte, schlaff herunterhängen. Sie nahm ihr gesamtes Make-up heraus, legte es auf die Ablage und begann sich zu schminken. Heute abend wollte sie gut aussehen. Sie wollte hübsch und feminin aussehen. Im Grunde wollte sie wie Ivory aussehen, aber das war unmöglich. Manchmal glaubte sie, daß Josh es ihr übelnahm, daß sie seiner Mutter ähnlich war. Er sah sie an und wurde vielleicht deshalb wütend, weil sie am Leben und seine Mutter tot war.

Während sie Rouge auf ihre Wangen auftrug, starrte sie sich in die Augen. »Du wirst mit ihm schlafen«, sagte sie.

In Rickersons Gegenwart stieg ihre Temperatur, und ihr Puls beschleunigte sich. Sie zog sich die Augenbrauen dunkel nach und warf dann den Stift auf die Ablage. Ihr plötzlicher Anfall von Eitelkeit, die Tatsache, daß sie ständig an diesen Mann denken mußte – sie wußte, daß es passieren würde. Sie fand sich damit ab. Er war also verheiratet. Sie wollte seine Familie nicht zerstören und ihn seiner Frau nicht ausspannen. Sie hatte ganz bestimmt nicht den Wunsch, ihn zu heiraten. Sie wollte ihn sich nur für eine Nacht ausleihen, für einen Tag, ein paar gestohlene Stunden. War das so abscheulich? Nach allem, was sie durchgemacht hatte, hatte sie da nicht ein bißchen Vergnügen verdient?

»Ja«, sagte sie. »Du bist abscheulich.« Sie wußte nicht,

wann es passieren würde, aber sie wußte, daß sie dazu bereit war.

»Was kann mir ein kleines Stelldichein mit einem Cop schon schaden?« fragte sie ihr Spiegelbild. »Sie wollen mich rösten. Dann kann ich ja auch gleich in einer großen Rauchwolke aufgehen.«

»Ich möchte die Pistole haben«, sagte sie im Auto zu Rickerson. Als er hereingekommen war, hatte er recht schick ausgesehen. Er trug ein gut geschnittenes, rostfarbenes Sakko, das ihm sehr gut stand und ausgezeichnet zu seinen roten Haaren paßte.

»Kein Problem«, sagte er und griff nach unten, wo er die Waffe mit ein paar Lederriemen an sein Bein geschnallt hatte. Er gab ihr eine kleinkalibrige Pistole, dieselbe, die er ihr schon einmal angeboten hatte. »Sei vorsichtig. Sie ist geladen. Das ist meine Reservewaffe.«

Lara nahm sie in die Hand, spürte, wie leicht die Waffe war. So ein kleines Ding, dachte sie und fragte sich, wieviel sie wiegen mochte. Doch dieser kleine Gegenstand reichte aus, um das Leben eines Menschen innerhalb von Sekunden zu beenden. Es war erstaunlich. Sie öffnete ihre Handtasche und ließ die Pistole hineinfallen. Sie steckten im Verkehr nach Los Angeles fest. Das Konzert begann um acht.

»Rodriguez ist ein ziemlich geradliniger Typ«, erklärte sie ihm. »Als Richter lateinamerikanischer Herkunft in Orange County muß man das wohl auch sein. Ich denke, er wird den Haftbefehl unterschreiben, wenn wir alles zusammenhaben. Ich glaube nicht, daß er auch nur eine Minute zögern wird, wenn das Beweismaterial stichhaltig ist.«

»Klingt gut«, sagte Rickerson mit einem süffisanten Gesichtsausdruck. »Ist das alles, was du heute erreicht hast?«

»Ich glaube schon«, sagte sie. Sie hatte ihm bereits von der gerichtlichen Anordnung erzählt, daß sie nämlich über ihr eigenes Terminal gelaufen war. Und sie hatte ihm von dem Gespräch berichtet, das sie kurz vor Feierabend mit Evergreen geführt hatte. »Ich war ganz aufgeregt. Ich dachte, das wärst du auch.« Sie war enttäuscht. Was sie ihm erzählt hatte, schien ihn überhaupt nicht zu beeindrucken. Einen Richter zur Kooperation zu bewegen war doch schon ein Fortschritt.

»Und ob ich aufgeregt bin, Lady. Ich kann dir sagen, ich piß mir vor Aufregung fast in die Hose.«

Sie beugte sich nach vorne und stützte sich am Armaturenbrett ab. »Du machst ein Gesicht wie die Katze, die den Kanarienvogel verspeist hat. Willst du mir nicht auch was abgeben?«

Er schlug auf das Lenkrad. »Wir haben Glück gehabt. Ich weiß nicht, warum ich nicht schon vor 'ner Woche auf die Idee gekommen bin. Hat ihn sofort aus den ganzen Fotos rausgepickt.«

»Nein ... tatsächlich? Wieso? Er hat doch gesagt, er hätte an dem Tag nichts gesehen.«

»Weil er nicht wußte, was er da sah. Offenbar hat er Cummings' Gesicht in einem Auto gesehen, daß den Berg runterkam. Josh machte immer eine kleine Verschnaufpause, bevor er hochfuhr. Packy war auf der Flucht, gab Gas und raste die Straße runter. Und Jungs wie Josh lieben Camaros. Das ist ein heißer Schlitten, und dazu war er auch noch rot, der würde jedem Jungen in dem Alter auffallen. Er hat ihn gesehen, aber natürlich gab es keinen Grund, sich daran zu erinnern. Als er nach Hause kam und die Leichen fand, dachte er nicht mehr an den Mann im Auto. Aber heute ist es ihm wieder eingefallen.«

Lara legte die Hände zusammen, als ob sie betete, und schaute zur Wagendecke. »Gott, ich danke dir«, sagte sie in dramatischem Tonfall. »Ich habe nicht geglaubt, daß es dich gibt, aber ich habe mich wohl geirrt.« Dann wandte sie sich an Rickerson. »Weiter, erzähl mir noch mehr. Das ist ja besser als Sex.«

»Er hat ihn möglicherweise bei dir in der Straße rumlungern sehen, gegenüber bei McDonald's. Nach dem, was er sagte, muß das um die Zeit gewesen sein, als Cummings erschossen wurde. Er sagte, er hätte einen Mann dort telefonieren sehen und gemeint, daß er ihn schon einmal gesehen hätte, aber er konnte sich nicht erinnern, wo.«

»Jetzt ist er fällig«, sagte Lara. »Stimmt's?«

»Genau, Kleines. Jetzt ist er fällig. Wenn Evergreen dich überredet hat, Cummings ohne Kaution freizulassen, was er tatsächlich getan hat, dann haben wir die Verbindung, nach der wir gesucht haben. Und nicht nur das, das Labor hat heute abend zu dem Ganzen noch das Tüpfelchen auf dem i geliefert. Die Hautproben, die man bei deiner Schwester unter den Fingernägeln gefunden hat, stammen von Packy Cummings, und die Spermaprobe ebenfalls.«

Rickerson sah eine Lücke im Verkehr und trat auf das Gaspedal. Da bremste die Autoschlange vor ihm schon wieder. Als er die Warterei satt hatte, jagte er die nächste Ausfahrt hinaus und bei der Einfahrt gleich wieder rein. Während der restlichen Fahrt wiederholte er diese Technik mehrmals und ließ so eine ganze Menge Verkehr hinter sich.

»Haben wir denn genug für eine Verhaftung?« fragte sie. Ihr wurde richtig leicht ums Herz, am liebsten hätte sie sich geradewegs durch das Autodach in die Lüfte erhoben.

»Hey, du bist die Richterin.«

»Was ist mit Phillip?«

»Bradshaw meint, der sei sauber. Er hat tatsächlich zwei Darlehen aufgenommen. Vor ein paar Monaten eins über zehntausend und kürzlich eins über fünfzehn. Seine Telefonnummer stimmt mit keiner auf der Liste überein. Ich denke, damit scheidet Phillip aus.«

»Ich bin mir da nicht so sicher, Ted. Er könnte irgendwo ein Apartment haben. Vielleicht gibt er einfach die Adresse seiner Mutter auf seinen Personalunterlagen an. Viele Leute machen das, besonders junge Leute, die ständig umziehen.«

»Lara, er hat insgesamt fünfundzwanzig Riesen aufgenommen. Wo hat er die restlichen fünfzehn hergekriegt? Wir haben vierzigtausend im Safe gefunden, erinnerst du dich?«

»Ich weiß nicht«, sagte sie. »Von seiner Mutter geliehen.«

Rickerson rollte mit den Augen und warf Lara einen Blick

zu, der deutlich sagte: nun gib es doch endlich auf. Da konnte sie sich nicht mehr zurückhalten und fing einfach an zu lachen. Allein die Tatsache, daß sie mit ihm zusammen war, feingemacht und auf dem Weg in ein Konzert, machte Lara ganz schwindlig.

»Bekommt Josh die vierzigtausend?« fragte sie. »Ich meine, ich könnte das gut für seine Ausbildung brauchen. Der Mörder wird bestimmt nicht zurückkommen und sein Geld verlangen.«

Rickerson lächelte sie an. »Da hast du recht. Darüber hab' ich bisher noch nicht nachgedacht. Meinst du, wir haben genug für einen Haftbefehl gegen Evergreen?«

»Ja«, sagte sie. »Ich denke schon. Ich glaube, wir können morgen früh zu Rodriguez gehen, falls du nicht warten willst, bis du festgestellt hast, wer hinter der Telefonnummer des Game Man steckt. Ich habe gedacht, das wolltest du heute tun.«

»Ich habe Baby Bradshaw – du weißt schon, der Sohn vom Polizeichef – das machen lassen, und er hat's wie üblich vermasselt, hat die Leute nach der falschen Nummer suchen lassen. Als ich es erfuhr, war es bereits zu spät. Wir haben die Adresse von diesem Tommy Black, ein Apartment, aber ohne Durchsuchungsbefehl können wir nicht rein. Ich bin sicher, daß die Telefonnummer dazugehört – zu dem Apartment.«

Lara lehnte sich zurück und schloß die Augen. Rickerson schwieg. Dann spürte sie etwas. Er hatte seine Hand über den Sitz zu ihr herübergleiten lassen und berührte leicht ihre Finger. Sie bewegte sich nicht, öffnete auch nicht die Augen. Sie genoß den Kontakt, den Austausch von Energie. Sie spürte plötzlich große Zuneigung zu diesem Mann. Es war noch nicht einmal körperliches Verlangen. Es waren echte Gefühle und wirkliche Bewunderung. Er war stark, aber sensibel. Er hatte altmodische Wertvorstellungen. Er würde einen großartigen Vater für Josh abgeben. Sie unterbrach sich. Eine kurze Affäre könnte sie mit ihrem Gewissen vereinbaren. Doch was sie jetzt dachte, war völlig daneben. Um Himmels willen, er hatte zwei Kinder. Als ob er ihre Gedanken lesen könnte, verschwand die Hand, und der Augenblick war vorbei. Rickerson steuerte das Auto auf den Parkplatz vor der Konzerthalle und parkte.

»Für mich sieht es folgendermaßen aus«, sagte er und erläuterte ihr seine Theorie, Evergreen habe seinen eigenen Sohn mißbraucht. Dann sagte er ihr, was er vorhatte. »Nach dem Konzert gehen wir hinter die Bühne. Halt ein Auge auf die Flötistin und versuch, ihn ausfindig zu machen. Wir werden ihm irgendwas erzählen. Ich weiß nicht. Daß wir Musikkritiker wären und ihn interviewen wollten. Wie klingt das?«

»Ich habe keine Ahnung von Musik, Ted«, sagte Lara und lehnte sich einen Augenblick gegen das Auto, weil ihre verletzte Seite nach der langen Fahrt pochte. »Ich weiß nicht, ob ich so was hinkriege. Können wir uns nicht was anderes einfallen lassen? Und weshalb sollte er einem Musikkritiker erzählen, daß er von seinem Vater mißbraucht wurde? Das ist absurd.«

Es wurde langsam dunkel, und die Leute liefen an ihnen vorbei auf die Türen der Konzerthalle zu. Lara nahm den Geruch von Eau de Cologne und After-shave wahr. Rickerson kam zu ihr, stellte sich rechts neben sie und nahm ein Päckchen Kaugummi heraus. Er bot Lara davon an, aber sie winkte ab. Sie schnupperte. Selbst Rickerson roch gut. Er roch tatsächlich nach Eau de Cologne. Und er rauchte keine Zigarre.

»Du siehst wirklich hübsch aus heute abend, Lara«, sagte er. »Ich glaube, ich hab' dich noch nie so hübsch gesehen.«

Sie lächelte. Das war das Make-up. Sie sollte es jeden Tag benutzen. »Ich hab' nicht viel zum Anziehen in der Wohnung«, sagte sie und musterte ihr einfaches Jerseykleid.

»Mir gefällt es«, sagte er und sah auf ihre Beine. Dann ließ er seinen Blick zu ihrer Brust wandern. Das Kleid war eng. Sie hatte darin eine bessere Figur als in Wirklichkeit.

Sie wandte sich ihm zu und berührte sein Jackett, strich mit ihren Fingern am Revers entlang. »Schönes Jackett.«

»Gefällt's dir?«

»Du gefällst mir«, sagte sie. Sobald sie es ausgesprochen hatte, hätte sie es am liebsten zurückgenommen. Sie steuerte über den Parkplatz auf die Konzerthalle zu. Sekunden später war er neben ihr, und ein weiterer Moment war verstrichen. »Sollen wir noch mal durchgehen, was wir machen werden?«

»Ja«, sagte er. »Wir erzählen ihm die Sache mit den Musikkritikern, überreden ihn, mit uns einen Kaffee zu trinken, und dann erzählen wir ihm 'ne andere Geschichte. Du mußt bitten und betteln. Erzähl ihm nichts von deiner Schwester. Erfind eine Geschichte, dein Sohn wäre von seinem Vater mißbraucht worden. So was in der Art. Verstanden?«

»Verstanden«, sagte sie. »Hoffentlich funktioniert's.«

Lara entdeckte Evergreens Sohn sofort. Sie hatte sein Foto oft genug auf dem Schreibtisch seines Vaters gesehen. Sie genoß das Konzert, genoß es, neben Rickerson zu sitzen, wie ihre Oberschenkel sich berührten und alle um sie herum sie als Paar sahen. Mehrmals während des Konzerts drehte er sich zu ihr und starrte sie einfach an. Sie wartete darauf, daß er etwas sagte, aber er brachte die Worte nicht heraus. Einmal nahm er ihre Hand und legte sie auf seinen Schoß. Sie kriegte Panik und zog sie zurück. Wahrscheinlich war ihm nicht mal bewußt, was er getan hatte. Vielleicht hielt er die Hand seiner Frau immer so, dachte sie. Das genügte, um ihren Gefühlen einen Dämpfer zu versetzen.

Sobald das Konzert vorbei war, rasten sie hinter die Bühne. »Robert Evergreen«, sagte Rickerson und schüttelte ihm die Hand. »Das ist meine Kollegin Shirley Brown. Wir sind von *Music Today*. Können wir Sie einen Augenblick sprechen?«

Er war Anfang Zwanzig und offensichtlich furchtbar schüchtern. Er sah keinen von ihnen auch nur ein einziges Mal direkt an. »*Music ... World?*« stammelte er. »Hab' ich noch nie von gehört. Ist das eine Zeitschrift?«

»Ja, eine neue Zeitschrift. Wir wollen Sie für das erste Heft ... wir wollen ein Interview mit Ihnen bringen. Sie waren heute abend hervorragend. Phantastische Darbietung. Voller Inspiration. Fandest du nicht, Shirley?«

Der junge Mann sagte nichts. Er scharrte mit den Füßen und umklammerte sein Instrument mit der rechten Hand. »D-das fand ich nicht«, sagte er schließlich so leise, daß sie ihn kaum hören konnten. »Entschuldigen Sie mich, bitte.«

»Warten Sie«, sagte Rickerson und berührte ihn am Ärmel seines Smokings. »Geben Sie uns doch eine Chance. Wir sind eine neue Zeitschrift. Wir brauchen das Interview. Und es wird auch für Ihre Karriere nützlich sein.«

Der junge Mann machte ein paar Schritte vorwärts und blieb dann stehen. Rickerson stand ihm im Weg. »Was muß ich tun?«

»Großartig«, rief Rickerson laut und wandte sich an Lara. »Ist das nicht großartig? Wir kriegen ein Interview mit Robert Evergreen. Mensch, der Boß wird beeindruckt sein.« Er wandte sich wieder dem Mann zu. »Sie brauchen nur mit uns eine Tasse Kaffee trinken zu gehen. Wir stellen Ihnen ein paar Fragen, das ist alles. Dann sind Sie unsterblich – im Druck verewigt. Ihr Vater wird begeistert sein.«

Das war's. Beide sahen es. In dem Moment, wo sie seinen Vater erwähnten, erstarrte er völlig, und alles Blut wich aus seinem Gesicht.

»Was ... wovon reden Sie? Kennen Sie meinen Vater? Hat er das arrangiert?«

»Wir haben natürlich von ihm gehört. Er ist ein wichtiger Mann. Ich bin sicher, daß er sich darüber freuen wird.«

»Ich muß weg«, sagte er und versuchte noch einmal, sich davonzumachen.

»Bitte«, sagte Rickerson und sah Lara hilfesuchend an.

»Ja«, sagte sie. »Bitte, man hat mich nur zur Probe angestellt. Wenn ich heute abend kein Interview kriege, könnte ich meinen Job verlieren.«

Er blinzelte mehrmals und blickte schließlich auf. »Okay, entschuldigen Sie mich eine Minute.«

»Kein Problem«, sagte Rickerson. »Wir warten hier.«

Der Mann verschwand in der Gruppe der Musiker. Rickerson nahm sich wieder ein Kaugummi. »Still und nervös, was?«

»Ja«, sagte Lara. »Zu still. Du könntest recht haben, daß Evergreen ihn mißbraucht hat. Er paßt in das Profil.«

Sie warteten. Aus zehn Minuten wurden zwanzig. Die Lichter auf der Bühne gingen aus, und die meisten Musiker waren an ihnen vorbei und durch die Hintertür hinausgegangen. »Ob der ins Klo gefallen ist?« sagte Rickerson. Dann sprach er einen der Musiker an. »Hier gibt's doch keine andere Tür mehr, oder?«

»Doch«, sagte der Mann, der einen großen Cellokoffer trug. »Da drüben hinter dem Vorhang. Die führt direkt auf den Ost-Parkplatz.«

»Er ist abgehauen.« Der Detective packte Lara an der Hand und rannte mit ihr in den hinteren Teil des Gebäudes. Sie sahen in allen Räumen nach. Rickerson suchte sogar auf der Herrentoilette.

Robert Evergreen war verschwunden.

Kapitel 23

Auf der Rückfahrt nach Santa Ana pochte Laras Seite vor Schmerzen, ihre Ellbogen brannten von den Schürfwunden, und sie war erschöpft. Am allermeisten ärgerte sie sich darüber, daß Rickerson sie zu diesem fruchtlosen Unterfangen mitgenommen hatte. Sie hätte es wissen müssen.

»Warum hätte uns Evergreens Sohn auch was erzählen sollen?« sagte sie bissig. Sie rutschte auf ihrem Sitz hin und her, um eine bequeme Position zu finden. »Das war reine Zeitverschwendung.«

Rickerson schwieg. Er drehte das Fenster herunter und beschleunigte sein ziviles Polizeiauto auf achtzig Meilen pro Stunde. Der Wind schlug ihm ins Gesicht. Er wünschte, er hätte eine Zigarre und fühlte in seiner Tasche nach, obwohl er wußte, daß er keine dabeihatte.

»Ich hab' eigentlich noch keine Lust, nach Hause zu fahren«, sagte er. »Sollen wir einen kleinen Ausflug machen?«

Sie antwortete nicht, sondern sah ganz in Gedanken aus dem Beifahrerfenster.

»Ich nehme an, das heißt ja. Okay?«

Sie antwortete immer noch nicht. Er nahm die nächste Ausfahrt und fuhr Richtung Strand. Es gab in der Nähe von Long Beach dieses Stück Straße auf einem Hügel, von wo aus man auf das Meer und auf die Stadt sehen konnte. Er war seit Jahren nicht mehr dort gewesen.

Sie fuhren eine kurvige, schmale Straße hinauf, und Rikkerson bemühte sich festzustellen, ob sie in die richtige Richtung fuhren. Hier veränderte sich alles so schnell. Manchmal erkannte er eine Gegend schon nach ein paar Monaten nicht mehr wieder, weil soviel gebaut worden war. Die Aussicht von hier oben war atemberaubend, besonders in einer so klaren Nacht wie dieser. Er wollte dort stehen und sich die Lichter angucken und sehen, wie sich der Mond im Wasser spiegelte.

Und er wollte das mit Lara Sanderstone zusammen tun.

Er hielt am Straßenrand und stellte den Motor ab.

»Es tut mir leid, daß ich dich so angeschnauzt habe«, sagte Lara und sah ihn an. »Ich nehme an, es war alles zuviel. Du weißt schon, gestern abend ... heute Evergreen ... die ganze Sache. Und dann die Geschichte mit diesem Frank Door ... erst glaube ich, ich werde damit fertig, und plötzlich merke ich, daß das gar nicht stimmt. Verstehst du, was ich meine?«

Das tat er. »Komm, laß uns aussteigen. Es ist phantastisch hier oben.«

Als sie am Rand der Schlucht standen und über die Lichter auf das Meer hinausschauten, streckte er die Hand nach ihr aus, berührte sanft ihre Finger und ließ sie wieder los.

»Es ist sehr schön hier oben, Ted«, sagte sie, streckte ihrerseits die Hand aus und legte ihre Finger um seine. »So ruhig und friedlich.«

Er drückte ihre Hand und zog sie näher an sich heran. Dann legte er einen Arm um ihre Schultern. Keiner von beiden rührte sich. Sie sahen sich auch nicht an. Es war ein schwieriger Moment. Beide wußten, daß es der erste Schritt war, eine kleine Geste, aber eine bedeutungsvolle. Lara kam sich merkwürdig vor, wie sie da stand und Rickersons Arm um sich spürte. Sie hatte es sich gewünscht, aber jetzt war sie nur nervös und beklommen. Nach einem schier endlos scheinenden Moment zog er sie ganz beiläufig noch näher an sich, so daß sie nun geschützt unter seinem Arm stand. Trotz des Windes konnte sie ihn atmen hören. Es klang mühsam. Er war ebenfalls nervös.

»Ich bin gestern in Panik geraten, als ich hörte, du wärst überfallen worden. Ich hab' das Auto zu Schrott gefahren.« Seine Stimme war sanft und leise. Lara mußte sich bemühen, ihn zu verstehen.

»Das Polizeiauto?«

»Du sagst es. Ich bin einer Frau mit drei Kindern voll hintendrauf gefahren. Zum Teufel. Gott sei Dank wurde niemand verletzt.«

Während er redete, sah er sie nicht an. Sein Blick war fest auf das Meer gerichtet. Lara konnte es nicht fassen. Er war tatsächlich so besorgt um sie gewesen, hatte sich so erschrokken, daß er das Auto zu Schrott gefahren hatte. Das muß ihm furchtbar peinlich sein, dachte sie. Dann fragte sie sich, ob er für den Schaden aufkommen mußte. Sie drückte ihren Kopf an seine Schulter und spürte das grobe Gewebe seines Jacketts. Es gab jemanden, dem sie wirklich etwas bedeutete.

Plötzlich drehte er sich zu ihr um und nahm sie in den Arm. Sie wehrte sich nicht. Er küßte sie nicht. Es war eine sehr emotionale Umarmung, wie man ein verloren geglaubtes Kind umarmt, einen Ehemann, der aus dem Krieg zurückkommt, ein Elternteil, das man seit Jahren nicht gesehen hat. Er drückte sie noch fester, legte seine Wange gegen ihre. Bis auf seinen Schnurrbart war seine Haut sanft und glatt, frisch rasiert. Sie dachte nicht mehr an die Aknenarben. Im Augenblick war er für sie der attraktivste, männlichste und anziehendste Mann, den sie je gekannt hatte. Im Augenblick war er der verloren geglaubte Liebste, der endlich zurückkehrt.

Ihre Brüste lagen an seiner Brust. Sie atmete sein Eau de Cologne ein, den Geruch seines Haars. Hier oben wehte ein kräftiger Wind, und die Abendluft war kühl. Doch sie fühlte sich warm und beschützt.

»Ted«, sagte sie leise.

»Sag nichts.« Seine Stimme war rauh. »Bitte, laß mich dich einfach nur im Arm halten. Ich wollte dich schon seit Tagen so in den Arm nehmen ... fast schon seit dem ersten Tag, als ich dich in dem Haus in San Clemente sah.«

Sie hielten sich umarmt. Augenblicke verstrichen. Dann drehte er sie um, zog sie mit dem Rücken an sich und schlang seine Arme um ihre Taille. Dabei bemühte er sich, ihre verletzte Seite nicht zu berühren. Er wollte nicht, daß sie den

Ausdruck in seinem Gesicht sah, den Blick in seinen Augen. Er wollte nicht, daß sie die Aknenarben sah. Statt dessen wollte er, daß sie sich vorstellte, er sei schön, reich und erfolgreich. Und am allermeisten wollte er, daß sie ihn wollte.

»Lara«, flüsterte er, sein Gesicht nahe an ihrem. »Ich habe meine Frau nie betrogen. Kein einziges Mal. Glaub mir. Nicht einmal in all den Jahren.«

»Dann solltest du jetzt nicht damit anfangen«, sagte sie leise.

»Ich möchte dich nur im Arm halten, dir ein paar Minuten ganz nah sein. Dann fahren wir zurück.«

»Liebst du deine Frau?« fragte Lara. Sie lehnte sich noch enger an seinen Körper, spürte sein Glied durch seine Hose und fragte sich, ob er bereits erregt war oder ob das, was sie spürte, normal war. Wie dem auch sein mochte, es fühlte sich gut an. Sie bewegte die Hüfte hin und her. Es wuchs. Ihr Herz raste. Sie wollte ihn. Offensichtlich empfand er dasselbe. Sie war in Versuchung, hinter sich zu greifen und ihn einfach zu packen. Sie konnte nicht länger warten.

»Ich habe meine Frau geliebt, Lara, und ich habe versucht, ihr ein gutes Leben zu ermöglichen, aber sie wollte mehr. Sie – sie hat mich verlassen.«

Lara riß sich aus seinen Armen und drehte sich zu ihm um. »Du bist geschieden?« sagte sie, das Herz schlug ihr bis zum Hals.

»Nein«, sagte er, »ich bin nicht geschieden, aber meine Frau ist vor mehr als drei Monaten ausgezogen. So wie es aussieht, kommt sie nicht wieder.«

»Aber du – du trägst einen Ehering«, stammelte sie. Der Wind peitschte ihr das Haar ins Gesicht. Sie nahm die Spange heraus und ließ die Haare flattern. Am liebsten hätte sie all ihre Sachen ausgezogen und sie einfach vom Wind wegwehen lassen. Dann würde sie hier nackt stehen mit diesem Mann, der nur um Armeslänge von ihr entfernt war. Ihr Herz schlug höher. Er lebte von seiner Frau getrennt. Er stand kurz vor einer Scheidung. »Wenn du mich anlügst, Ted, ich schwöre dir, ich bring' dich um.«

»Ich lüge nicht«, flüsterte er. »Warum sollte ich bei so etwas lügen?«

Sie standen sich gegenüber, das Mondlicht warf Schatten auf ihre Gesichter. Sein Haar sah nicht mal mehr rot aus. Es wirkte dunkelbraun. Die Form seines Gesichts, die Linie seiner Nase, seine großen, ausdrucksvollen Augen, all das ließ ihn unglaublich attraktiv aussehen.

»Ich will dich, Lara.« Seine Stimme war nicht die Stimme, die sie kannte. Sie war sanfter und tiefer. Sie knisterte gleichsam vor Erregung und Begehren.

»Ted«, sagte sie und warf sich ihm so heftig in die Arme, daß er fast umfiel. Er fing an, ihr Gesicht zu küssen, ihre Nase, ihre Wangen. Sein Schnurrbart kitzelte. Sie genoß es.

»Du bist so schön«, sagte er, fuhr mit seinen Fingern durch ihr dunkles Haar und legte sein Gesicht daran, damit er es riechen konnte. Dann nahm er sich eine Strähne und drehte sie sich um den Finger.

»Nein, das bin ich nicht«, sagte sie leise und bedeckte sein Gesicht mit kleinen, zarten Küssen. Sie fühlte sich, als ob sie wieder sechzehn wäre; sie wäre am liebsten jauchzend hochgesprungen. Sie war in ihrem ganzen Leben noch nie so stark erregt gewesen. Sie packte sein Ohrläppchen mit den Zähnen und hätte fast hineingebissen. Sie hatte sich gefragt, wie seine Haut wohl schmecken würde; sie schmeckte salzig und süß zugleich.

»Doch, das bist du. Du weißt gar nicht, wie hübsch du bist, das macht dich vielleicht so schön.«

Diesmal trafen sich ihre Münder. Seine Lippen waren so weich, das Innere seines Mundes so rein. Sie ließ ihre Zunge über seine Zähne gleiten. Vielleicht hatte er in Erwartung dieses Augenblicks aufgehört, Zigarren zu rauchen, fragte sie sich kurz. Er grapschte nicht nach ihren Brüsten oder fummelte zwischen ihren Beinen herum, wie es die meisten Männer getan hätten. Er nahm sie einfach in die Arme und hielt sie so fest er konnte.

»Sag mir bitte nur eins«, sagte er vor Verlangen keuchend. »Sag mir, ob du das gleiche empfindest – ob du mich genauso willst, wie ich dich.«

»Ja«, sagte sie, all ihre Vorsicht über Bord werfend. »O Gott, ja. Merkst du das nicht? Bist du blind? Ich hab' von dir geträumt. Ich dachte, du wärst glücklich verheiratet. Ich dachte ...«

In dem Moment nahm er sie auf den Arm und trug sie zum Auto. Er legte sie auf die Motorhaube, stellte sich zwischen ihre geöffneten Beine und strich mit den Händen von den Knöcheln bis zum Ende ihrer Oberschenkel an ihren Nylonstrümpfen entlang. Sie seufzte. Er hob sie mit einer Hand um die Taille hoch und schob den Rocksaum mit der anderen Hand nach oben. Dann legte er sie wieder auf das Auto und begann, an ihrer Strumpfhose zu ziehen. Als er sie nicht herunterbekam, zog Lara sie selbst aus. Sie spürte das kalte Metall des Wagens auf ihrer Haut, an ihrem Gesäß. »Komm«, sagte sie und streckte die Hand nach seinem Schritt aus, weil sie seine Lust befriedigen, ihn berühren wollte.

»Nein«, sagte er außer Atem, »noch nicht.«

Im Mondschein konnte sie seine Augen kaum sehen, aber sie konnte die Leidenschaft darin erkennen. Sie waren dunkel und glänzten.

»Ich habe zu lange darauf gewartet. Ich will nicht, daß es schnell geht«, stöhnte er und schob sich noch weiter zwischen ihre Beine, drückte sie noch mehr auseinander. »Ich will, daß es lange dauert. Ich will jeden Zentimeter deines Körpers erkunden.«

Seine Hand kam wie aus dem Nichts und war plötzlich zwischen ihren Beinen. Er streichelte sie langsam mit seinen sanften, weichen Fingern, erregte sie, machte sie feucht. Ihr Kopf fiel auf seine Schulter, sie schloß die Augen und ließ die Arme schlaff herunterhängen. Sie wollte sich ganz dem Gefühl hingeben, den Schmerz der letzten Woche ausschalten. Es war, als ob er auf einem Musikinstrument spielte – und zwar auf einem, das er gut kannte. Mit der anderen

Hand streichelte er ihr Haar, schob es im Nacken hoch und strich mit seinen Fingernägeln sanft über die empfindliche Stelle.

»Gott«, sagte sie. Sie spürte das Feuer zwischen ihren Beinen. Er war so zärtlich, seine Berührung so gefühlvoll und sinnlich. Es war Qual und Vergnügen zugleich. Sie schob ihn zurück. Sie wollte ihm genausoviel Lust bereiten wie er ihr.

»Nein«, sagte er. Er legte sie wieder auf die Motorhaube des Wagens, zog ihr das Kleid über den Kopf und ließ es einfach auf den Boden fallen. Dann hakte er ihren BH auf und warf ihn ebenfalls zur Seite. Sie war jetzt völlig nackt und starrte nach oben in die Sterne. Rickerson vergrub seinen Kopf zwischen ihren Beinen.

Sie wurde verlegen. Das war schamlos. Sie versuchte, sich aufzurichten, aber er schob sie wieder herunter. Die kühle, feuchte Luft strich über ihre Brustwarzen. Sie waren ganz hart. Er streckte die Hand danach aus und liebkoste sie sanft und zärtlich. Lara schwebte; zwischen ihren Beinen vibrierte es jetzt. Noch nie hatte sie eine solche Lust empfunden, eine derartige Leidenschaft. Es war mehr, als sie aushalten konnte. Alles andere verschwand: Ivory, Josh, Phillip, England. Sie wollte nicht, daß es aufhörte; sie wollte, daß es immer so weiterging.

Das tat es auch. Fast.

Schließlich richtete sie sich auf und zog ihn sanft an ihre Brust. Dann rutschte sie von dem Auto herunter und machte ihm die Hose auf, nahm ihn in die Hand und genoß es, ihn zu fühlen. Sie hatte sich über diesen Teil seiner Anatomie bereits Gedanken gemacht. Ob er klein war. Ob seine Schamhaare genauso rotblond waren wie die Haare auf seiner Brust. Im Dunkeln konnte sie das nicht feststellen. Doch was sie in ihren Händen spürte war der Inbegriff der Männlichkeit dieses Mannes. Seine Haut war so weich wie die eines Babys. Sie kniete sich auf den Boden und nahm ihn in den Mund. Er war sauber, beinahe köstlich. Sie spürte den Schotter an ihren aufgekratzten Knien nicht. Sie spürte überhaupt nichts mehr außer Lust.

Er versuchte, sie auf die Füße hochzuziehen, aber sie stieß seine Hände weg. Sie ließ ihn immer wieder in ihren Mund gleiten, nahm ihn ganz darin auf. Er stöhnte. Dann rief er: »O Gott ... das ist gut.« Er legte seine Hand auf ihren Kopf und drückte sie noch enger an sich.

Als sie merkte, daß er keinen Augenblick mehr warten konnte, zog er sie an den Armen hoch und lehnte sich gegen das Auto. Dann hob er sie hoch und ließ sie heruntergleiten, bis er in ihr war. Er küßte ihren Mund, erkundete ihn mit seiner Zunge. Sie schlang ihre Beine um seine Taille und die Arme um seinen Hals. Mit seinen Händen bewegte er ihren Körper. Aber es geschah langsam, zentimeterweise. Und es war gut. Er hob ihr Gesäß nach oben, bis sie fast auseinander waren, dann ließ er sie wieder hinuntergleiten, bis er ganz tief in ihr drin war. Sie fühlte sich klein, zerbrechlich und schwerelos. Jegliches Verantwortungsgefühl fiel von ihr ab, als ob nichts auf der Welt sie etwas anginge.

Er bewegte sie immer wieder auf und ab. Seine großen, weichen Hände hielten ihr Gesäß umfaßt. »Oh, Ted«, sagte sie. Plötzlich öffnete sie die Augen und sah nur noch weiße Lichtblitze. Sie warf ihren Oberkörper nach hinten, beugte sich lustvoll zurück und spürte, wie ihr Haar über ihren Rücken strich. Er mußte sie festhalten, damit sie nicht fiel. Sie dachte überhaupt nicht mehr an den Boden unter ihr, so sicher fühlte sie sich in seinen Armen. Sein Gesicht war von Leidenschaft verzerrt. »Jetzt«, stöhnte sie. »Jetzt, Ted. Jetzt gleich.«

»Nein«, sagte er. »Noch nicht.«

Er trug sie auf den Rücksitz des Wagens und legte sich auf sie. Seine langen Beine ragten aus der Wagentür. Sie schlang ihre Beine um seine Taille. Dann richtete er sich auf, und sie legte ihm die Beine um die Schultern, schob ihr Becken so hoch sie konnte, weil sie genau spüren wollte, wie er in sie stieß.

Plötzlich konnte sie das Meer draußen hören, wie unter ihnen die Wellen donnernd an den Strand schlugen. Es war, als ob sie irgendwo auf einer Insel wären. Sie konnte sich nicht mehr beherrschen. Sie war kurz davor, hielt sich zurück, wollte nicht, daß es aufhörte. Er stoppte abrupt und zog sich aus ihr zurück. Erneut ging er mit seinem Mund zwischen ihre Beine, während er ihren Oberkörper mit seinen starken Armen festhielt. Sie wand sich, stöhnte, schrie auf. Dann gab es eine Explosion von Lust, und es war vorbei. Ihre Arme glitten herunter auf den Sitz, und sie spürte nur noch Befriedigung. Sie konnte nicht sprechen.

Er lag wieder auf ihr und bewegte sich jetzt schneller und heftiger. Ihre Arme und Beine waren zwar wie Gummi, doch das Gefühl begann sich erneut aufzubauen, sie konnte nichts dagegen tun, hatte keine Kontrolle darüber.

»Herrgott«, rief er mit einer Stimme, die ganz tief aus seiner Kehle zu kommen schien. Er schwitzte. Beide waren am Bauch ganz naß und glitschig vor Schweiß. Während er sich noch schneller bewegte, gab es komische schmatzende Geräusche, als ob sie aneinanderklebten, sich festgesaugt hätten.

Lara schrie erneut auf und warf den Kopf hin und her. Noch nie im Leben hatte sie eine so starke Lust empfunden. Genau in diesem Augenblick tauchte er ganz tief in sie hinein, und sein Körper erstarrte wie eine Statue. Er schrie nicht auf. Er schien die Luft anzuhalten, die Lust tief in sich zu verschließen. Eine Sekunde später brach er auf ihr zusammen.

»Lara, ich liebe dich«, sagte er.

Ihre Augen füllten sich mit Tränen. Er konnte sie nicht lieben. So wunderbar es auch war, es war nur Sex. Sie antwortete nicht. Sie hielt ihn einfach nur im Arm, sog seinen Geruch ein und ließ sich von ihren Gefühlen dahintragen. »Du bist der beste Liebhaber, den ich je hatte«, flüsterte sie. »Und das meine ich ernst, Ted. Der beste.«

»Du bist die aufregendste Frau, die ich je kennengelernt habe«, sagte er.

Sie richteten sich auf. Er stieg aus und ließ Lara im Wagen sitzen, während er ihre Kleider suchte und sie ihr zurückbrachte. Gegen die Wagentür gelehnt, sah er zu, wie sie sich anzog. »Ich werde keine Richter mehr ansehen können, ohne den Wunsch zu haben, sie auszuziehen«, sagte er locker.

»So, so«, sagte sie lächelnd. »Ich würde aber darauf achten, ob es sich um ein weibliches Exemplar handelt.«

»Du hast mir die Augen geöffnet«, sagte er. Er beobachtete, wie sie sich auf dem Rücksitz des Autos mit ihren Sachen abmühte, und grinste von einem Ohr zum anderen. »Außerdem bist du echt süß.«

Dann brachte er seine eigenen Sachen in Ordnung; an seinem Hemd waren die Knöpfe auf, sein Jackett war verschwunden. Seine Hose hatte er neben dem Auto von sich getreten. Lara glaubte nicht, daß er Unterwäsche angehabt hatte. Falls doch, war auch die verschwunden.

Er stellte die Scheinwerfer an und fand dann ihre restlichen Kleidungsstücke: sein Jackett und ihre Schuhe. Ihre Strumpfhose war offenbar weggeweht worden.

Sie standen lange Zeit schweigend am Rand der Klippe und sahen auf das Meer hinaus. Er hatte den Arm um sie gelegt, und sie schmiegte sich an ihn. Das Phantasieren war vorbei. Es war besser gewesen, als sie es sich je erträumt hatte. Niemals hatte ein Mann sie sexuell so erregt und so vollkommen befriedigt, wie dieser hier es getan hatte. Und dann diese Worte, diese Worte von Liebe, gingen ihr immer wieder durch den Kopf. Konnte das wirklich wahr sein? Hatte sie den Mut, alles über Bord zu werfen und sich wirklich auf diesen Mann einzulassen?

»Erzähl mir von deinen Kindern, Ted«, sagte sie und machte sich aus seiner Umarmung los. »Erzähl mir alles.«

»Meine Kinder ... nun ja, Jimmy ist vierzehn und Stephen siebzehn. Sie gehen beide auf die St. Catherine's Catholic School in San Clemente. Sie wohnen bei mir, Lara.«

»Warum?« fragte sie, begierig, etwas zu erfahren, und zwar schnell. Sie kam sich vor wie an Ankläger, der einen Zeugen vernimmt.

»Weil Joyce, meine Frau, wieder aufs College gegangen ist. Sie ist auf der Long Beach State und studiert Maschinenbau.«

»Da muß sie aber klug sein«, sagte Lara. »Hast du die Scheidung eingereicht?«

»Bisher gab's keinen Grund. Vor heute abend, bevor ich dich kennenlernte, hatte ich eigentlich gehofft, sie würde zurückkommen.« Er sah zu ihr hin, aber sie starrte auf das Meer, auf die Lichter.

»Wirst du jetzt die Scheidung einreichen?« Sie konnte ihn nicht ansehen, aber sie mußte es wissen. Sie konnte es sich nicht leisten, sich in ein Gefühlschaos zu stürzen.

»Ja«, sagte er leise und streckte die Hand nach ihr aus. »Jetzt werde ich sie einreichen.«

Ihre Hände waren verschwitzt, obwohl es fast kalt war. Er war nicht dumm. Er wußte, worum es bei diesem Gespräch ging. »Stört es dich nicht, daß ich bloß ein Cop bin? Ich meine, als Richterin bist du ja in einer ganz schön hohen Position.«

»Um Himmels willen, nein.« Sie hatte nicht mehr als eine Sekunde darüber nachdenken müssen. »Außerdem bist du ein verdammt guter Cop. Du bist ein verdammt guter Cop, ein verdammt guter Liebhaber und ein wunderbarer Mann.«

»Ich weiß«, sagte er nervös lachend. »Ich bin auch ein guter Vater. Weiß nicht, warum meine Frau das nicht kapiert hat.«

»Sie ist dumm«, sagte Lara und sah ihn an.

»Eben hast du noch gesagt, sie wäre klug.«

»Ich habe mich eben geirrt, Ted.« Dann fragte sie ganz ernsthaft: »Hast du wirklich das Polizeiauto zu Schrott gefahren, als du gehört hast, ich sei überfallen worden?«

»Nein«, sagte er. »Aber es hat funktioniert, nicht wahr? Ich fand, es hörte sich unheimlich gut an.«

Lara boxte ihn mit der Faust an den Arm. »Du Mistkerl.« Dann fing sie an zu lachen. Rickerson begann ebenfalls zu lachen, und sie konnten beide kaum aufhören. Ihr Lachen hallte zurück aus dem Cañon unter ihnen und umgab sie. Lara liefen bereits Tränen über die Wangen, aber sie konnte immer noch nicht aufhören. Sie war die intellektuelle Richterin, er der Straßencop. Und dieser Mann hatte sie regelrecht verführt, es alles genauestens geplant. Die ganze Zeit hatte sie ihn gewollt und geglaubt, sie könnte ihn nicht haben. »Du weißt doch, mich anzulügen könnte als Meineid betrachtet werden.«

»Wohl kaum«, sagte er. »Habe ich dir nicht neulich nachts gesagt, daß du zu haben wärst?«

Sie lachte immer noch. Sie wußte, er machte nur Spaß. Im übrigen hatte er sogar recht. Sie war reif gewesen, genommen zu werden. Das Ironische daran war nur, daß sie eigentlich geplant hatte, ihn zu verführen. Er war nur schneller und geschickter gewesen.

»Laß uns fahren«, sagte er, nachdem sie beide aufgehört hatten zu lachen.

Sie trat auf ihn zu, sah ihm in die Augen, und er nahm sie noch einmal in die Arme. Er war so groß und sie so klein. Sie standen schweigend zusammen, während der kalte Wind um sie fegte. Für wenige Augenblicke stand die Zeit still. »Ich glaube, ich liebe dich auch«, sagte Lara schließlich.

»Du glaubst es? Du bist dir nicht sicher?«

»Nein«, sagte sie. »Noch nicht.«

Er zog sie spielerisch am Arm, und sie stolperte hinter ihm her zum Auto. Er öffnete die Tür, und sie stieg ein. »Du wirst es bald wissen«, sagte er und schlug die Tür zu.

Sobald er hinter dem Steuer saß, fuhren sie den Berg hinunter.

Auf der Heimfahrt schlief Lara ein. Zunächst tat sie nur so, lehnte sich zurück und schloß die Augen, weil sie alles, was passiert war, noch einmal genießen und sich einprägen, überhaupt ihre Gedanken ordnen wollte. Dann gewann die Erschöpfung die Oberhand, und sie fiel in einen tiefen Schlaf. Sie rutschte immer tiefer in ihren Sitz, ihr Kopf rollte zur Seite gegen das Fenster. Rickerson stellte den Polizeifunk so laut, daß er ihn hören konnte. Er sah zu Lara, ob sie davon aufwachte, aber sie bekam jetzt nichts mehr mit.

Er hörte dem Einsatzleiter zu. Sie schickten gerade einen Beamten wegen eines bellenden Hundes hinaus. Nachdem er seit Jahren schon nicht mehr Streife gefahren war, konnte er sich kaum noch vorstellen, daß man einen Polizisten wegen eines so blöden Anrufs in Marsch setzte. Aber das gehörte mit zum Job, ob es einem paßte oder nicht. Auch er hatte seine Zeit abgeleistet, sich mit Familienstreitigkeiten auseinandergesetzt, mit lauten Partys und Streitereien zwischen Nachbarn. Es war nicht ständig was Aufregendes los. Er sah immer wieder zu der Frau neben sich. Ihre Haare waren zerzaust und ihr Make-up verschmiert. Er war in Hochstimmung.

Dann hörte er etwas, was ihm die Haare zu Berge stehen ließ. Ein Beamter kam über Funk, er schrie. Im Hintergrund plärrte seine Sirene. Man konnte sogar das Dröhnen vom Motor des Streifenwagens hören, mit dem er durch die Nacht raste. Er war hinter jemandem her.

Das Auto, das er verfolgte, war die Corvette von Frank Door.

Rickerson, der schon fast in Santa Ana war, schaute auf die Namen der Freeway-Ausfahrten. Er war gar nicht so weit davon entfernt.

Lara hatte keine Ahnung, wo sie waren, als sie die Augen aufschlug. Der Wagen donnerte über die Straße. Rickerson saß dicht am Lenkrad und hielt es mit beiden Händen umklammert. Das Polizeiradio plärrte auf voller Lautstärke.

»Angeschnallt?« fragte er Lara, wobei er brüllen mußte, um das Radio zu übertönen. Sie nickte nur und rieb sich die Augen. Dann schlug Rickerson auf das Lenkrad und verlor fast die Kontrolle über den dahinrasenden Wagen. »Ich hätte nicht vom Freeway runterfahren sollen. Scheiße. Ich fürchte, wir haben ihn verloren.«

Lara war benommen und bemühte sich herauszufinden, worüber er sich so aufregte. Er nahm eine Abkürzung durch ein unbebautes Grundstück, Staubwolken wirbelten auf, der Polizeiwagen hüpfte auf und ab wie ein Jeep, die Fenster klapperten und vibrierten. »Was zum Teufel soll das?« schrie Lara. »Sag mir, was los ist.«

»Halt die Klappe!« schnauzte er sie an. »Halt dich nur am ...«

»Halt die Klappe? Du hältst jetzt sofort an ...«

Er holperte von dem Grundstück runter, flog über den Bordstein, knallte mit dem vorderen Kotflügel auf die Straße, fuhr hin und her schleudernd in eine Seitenstraße und trat dann wieder auf das Gaspedal. »Da«, sagte er, »siehst du, da ist er. Jetzt haben wir den Scheißkerl. Wahnsinn. Direkt vor der Nase.«

Ungefähr zwei Wagenlängen vor ihnen fuhr eine blaue Corvette mit dunkel getönten Scheiben. »Mein Gott, das Auto«, sagte Lara, klammerte sich an das Armaturenbrett und versuchte, das Kennzeichen zu entziffern. »Das ist es«, schrie sie. Ihr Herz begann schneller und heftiger zu schlagen. »Es war 347PJG. Das ist das Auto. Wie hast du es gefunden?«

Rickerson verringerte den Abstand. »Ich hab' es nicht gefunden«, brüllte er. »Ein anderer Polizist hat das Auto entdeckt und die Verfolgung aufgenommen ... Dann hat er es verloren, ganz in unserer Nähe. Ich hab' ihn wieder gefunden. Gut, daß ich heute abend den Polizeiwagen genommen habe.«

Rickerson schnappte sich das Mikrophon. »Station eins, hier ist 654. Ich habe das Fahrzeug. Ich wiederhole, ich habe das Fahrzeug direkt vor mir. Wir fahren Richtung Norden auf der ...« Er schaute hektisch auf die Straßenschilder. »Wir sind auf der Harbor ... fahren gerade an Orangewood vorbei. Besorgen Sie mir Unterstützung. Sagen Sie den Leuten, sie sollen den Freeway an der Ausfahrt Harbor verlassen.«

Die Corvette fuhr mit überhöhter Geschwindigkeit, hatte aber offenbar noch nicht gemerkt, daß sie verfolgt wurde. Doch als sie fast an ihrer Stoßstange klebten, beschleunigte die Corvette plötzlich und bog scharf ab nach rechts in eine Seitenstraße.

»Beeil dich«, schrie Lara, jetzt ganz bei der Sache. »Schnapp ihn dir. Schnapp dir das Schwein.«

»Ich brauche Unterstützung«, brüllte Rickerson noch einmal in das Funkgerät. »Ich habe eine Zivilperson im Wagen.« Er umklammerte das Lenkrad und wandte sich zu Lara.

»Scheiße, diese 'Vette ist frisiert. Keine Ahnung, was die unter der Haube hat.«

Er sah auf den Tachometer. Sie rasten mit etwa fünfundachtzig Meilen pro Stunde durch eine Wohngegend. Rickerson bemühte sich verzweifelt, nicht die vor den Häusern parkenden Autos zu rammen und sie beide umzubringen, oder möglicherweise eine arme Seele zu erwischen, die im Dunkeln die Straße überquerte.

Sie rasten eine andere Straße hinunter, diesmal eine mit zwei getrennten Fahrbahnen. Rickerson versuchte immer wieder, sich rechts neben die Corvette zu setzen. Während Lara wie gebannt auf die Straße starrte, nahm er die rechte Hand vom Lenkrad und zog seine Pistole aus dem Schulterholster. »Duck dich auf den Sitz«, befahl er ihr. »Und bleib unten, egal was passiert.«

Sie reagierte nicht sofort.

Er brüllte noch einmal: »Runter mit dir.« Dann nahm er seine Pistole in die linke Hand und drückte mit der rechten ihren Kopf herunter. Der Motor dröhnte, der ganze Wagen vibrierte. »Es geht los«, brüllte er. »Preß dein Gesicht auf den Sitz. Halt dich fest.«

Kaum hatte er das gesagt, da machte der Wagen einen Satz nach links und stieß mit einem lauten metallischen Krachen gegen das andere Auto. Dann geriet der Polizeiwagen außer Kontrolle und drehte sich in rasendem Tempo um die eigene Achse. Rickerson kämpfte mit dem Lenkrad, versuchte gegenzusteuern und das Auto zum Stehen zu bringen. Lara grub ihre Fingernägel in den Sitz und schrie.

Dann stand das Auto.

Rickerson sprang heraus und ließ die Tür offenstehen. Sie konnte ihn brüllen hören: »Polizei. Bleib liegen, du Arschloch, sonst knall' ich dich ab.«

Lara öffnete ihren Sicherheitsgurt und hob vorsichtig den Kopf an das Beifahrerfenster. Nur ihre Augen waren zu sehen, als sie zu erkennen versuchte, was sich draußen abspielte. Der Detective hatte eine Waffe auf einen Mann gerichtet, der am Boden lag. Die Corvette stand auf dem

Kopf, die Räder drehten sich, der Motor lief noch, und aus der Motorhaube quoll Dampf und Qualm. Lara senkte den Kopf, machte die Autotür einen Spalt auf und rief: »Kann ich rauskommen?«

»Alles in Ordnung?« fragte er, ohne seine Augen von dem Mann abzuwenden.

»Ich glaube schon«, sagte Lara, die jetzt auf wackeligen Beinen neben dem Wagen stand. Ihr zitterten die Knie, aber sie war offenbar nicht verletzt. »Mir fehlt nichts. Ist er das?«

»Sieh ihn dir an«, sagte Rickerson und ging näher an den Mann heran. Er lag mit dem Gesicht auf dem Asphalt. Rikkerson trat ihn mit dem Fuß, und der Mann rollte auf die Seite. Aus einer Schnittwunde an seinem Kinn floß Blut, und sein Arm war unnatürlich abgewinkelt.

»Scheiße, mein Arm ist gebrochen«, sagte der Mann. Dann spuckte er auf den Bürgersteig. Sein Mund war voller Blut.

Da er nicht bewaffnet zu sein schien, ging Lara ein paar Schritte näher heran. »Das ist er«, sagte sie. Ohne den Strumpf wirkte er nicht ganz so bedrohlich, aber sie wußte, daß er es war. Er war groß und dünn, seine Beine sahen wie Stelzen aus. Sie erkannte die schwarze Polyesterhose. Sie war ihm etwa fünf Zentimeter zu kurz.

»Du Schwein«, fauchte sie ihn an. »Du verdammtes Schwein. Ich sollte dich eigenhändig erschießen.«

»Möchtest du ihn ein bißchen aufmischen?« fragte Rickerson. Seine Schultern zuckten, und die Pistole bewegte sich in seinen Händen auf und ab. Er hatte noch nicht mal Handschellen dabei. Schließlich war er in ein Konzert gegangen und hatte nicht damit gerechnet, daß der Abend mit einer Verfolgungsjagd enden würde. »Du hast es verdient«, drängte er sie. »Mach schon! Tritt ihn! Tritt ihn in die Eier!«

Lara erstarrte.

Sie hatte noch nie im Leben einem anderen Menschen mit Absicht weh getan. Er war zwar ein gemeiner Dreckskerl, aber sie konnte es nicht tun. Sie starrte ihn bloß an, beobachtete, wie das Blut aus der Schnittwunde an seinem Kinn tropfte. Er fing an, sie auszulachen. Doch Sekunden später bekam er einen Hustenanfall, drehte sich um und spuckte noch mehr Blut.

»Ich kratze ab, Mann«, sagte er. »Mein Arm ... mein Arm.«

Rickerson sah sich zu Lara um. »Mach es. Jetzt gleich. Tritt ihn gegen den Arm! Mal gucken, wie ihm das gefällt, selbst mal was abzukriegen.«

Lara stand immer noch regungslos da. Schließlich ging sie ein paar Schritte vor. Jede Sekunde des furchtbaren Abends in der Garage lebte in ihr wieder auf, und sie bewegte ihren Fuß, holte langsam damit aus, um ihn zu treten. Sie atmete angestrengt. Das war ihre Chance, sich zu rächen. Sie konnte ihm weh tun. Sie konnte ihm ins Gesicht treten, ihm in die Eier treten.

»Mach schon«, sagte Rickerson. »Wir haben nicht die ganze Nacht Zeit.«

Sie ging dicht an Rickerson heran und flüsterte: »Ich kann's nicht. Ich kann es einfach nicht.«

»Hab' ich auch nicht erwartet«, sagte er lächelnd. »Ehrlich gesagt, ich hab's auch nicht mit solchen Sachen, aber ich dachte, ich biete es dir mal an.«

»Ich hab' Schmerzen, Mann«, schrie Frank Door.

»Geh bitte telefonieren und sorg dafür, daß die einen Streifenwagen schicken. Das Funkgerät ist kaputt.« Er sah sich nach einem Straßenschild um. »Nimm deine Handtasche und die Pistole mit. Das hier ist nicht gerade die beste Gegend. Beeil dich.« Er hielt inne und fügte dann hinzu: »Du solltest wohl auch einen Krankenwagen rufen.« Dann brüllte er den Mann auf dem Boden an. »Das heißt, falls du nicht wegrennen willst, du Arschloch, und ich dir ein Loch in deinen verdammten Rücken schießen kann.«

Lara nahm ihre Handtasche und lief auf die nächste Straßenlaterne zu. An der Ecke gegenüber war ein Stop'n'Go. Die mußten ein Telefon haben.

Zusammen mit Rickerson wartete Lara auf den Abschleppwagen, dann mußte sie zur Polizeiwache, um ihre

Aussage zu machen und Door eindeutig als den Mann zu identifizieren, der sie überfallen hatte. Rickerson mußte seinen Bericht noch fertig machen und Frank Door ins Bezirksgefängnis einliefern. Er hatte einen Streifenwagen organisiert, der sie nach Hause fahren sollte. Nachdem er etwa fünf Tassen schwarzen Kaffee getrunken hatte, war er hellwach und aufgedreht. Bevor Lara ging, zog er sie rasch in das leere Büro des Captains und schloß die Tür. Dort nahm er sie in den Arm und küßte sie.

»Das war wahrscheinlich eine der schönsten Nächte meines Lebens«, sagte er zu ihr. »Ich möchte dich am liebsten gar nicht gehen lassen.«

»Das tust du doch auch nicht, Ted«, sagte sie und strich mit ihren Fingern durch seine Haare. »Aber ich habe morgen einen Prozeß. Ich muß wenigstens ein paar Stunden schlafen.« Sie wollte zur Tür gehen, doch er hielt sie zurück.

»Ich könnte dich schon wieder lieben – gleich hier in diesem Augenblick.«

»Nein, Ted«, sagte sie und machte sich energisch los. »Nicht hier. Keine Angst, ich werde schon nicht verschwinden. Glaub mir, mir hat das genausoviel bedeutet wie dir. Nächstes Mal sollten wir's mit einem Bett versuchen. Ich bin ein bißchen zu alt für den Rücksitz im Auto.«

»Morgen«, sagte er. Seine Blicke folgten ihr, während sie den Raum verließ und ihn dort im Dunkeln stehenließ.

Wenige Sekunden später steckte sie den Kopf noch einmal zur Tür herein und flüsterte: »Morgen. Schlaf dich gut aus.«

Dann suchte sie den Streifenbeamten, der sie nach Hause fuhr.

Es war bereits vier Uhr morgens, als Lara endlich ins Bett fiel. Josh hatte im Schlafsack bei Emmet auf dem Fußboden geschlafen. Weil sie immer noch nicht aufgestanden war, als er bereits angezogen war und gefrühstückt hatte, kam er sie wecken. »Bist du krank?« fragte er besorgt.

»Nein«, sagte sie und zwang sich, die Füße neben das Bett zu setzen. »Ich bin in fünf Minuten fertig.«

Während sie zusammen zum Parkplatz gingen, ging sie in Gedanken noch einmal die Ereignisse der vergangenen Nacht durch. Sie hatten Frank Door buchstäblich am Boden gehabt. Das war ganz schön befriedigend gewesen, auch wenn sie es nicht fertiggebracht hatte, ihn ins Gesicht oder die Hoden zu treten. Ihr hatte es gereicht, ihn bluten zu sehen. Sie dachte an Ted Rickerson. Schon allein bei dem Gedanken an ihr Liebesspiel auf der Klippe wurde ihr warm und wohlig zumute. Alles schien ein bißchen heller und klarer, die Sonne, der Duft der Blumen vor dem Apartmenthaus, die sanfte, warme Luft auf ihrem Gesicht.

Sie fuhr Josh zur Schule. Es gab keinen Grund, ihm zu erzählen, was sich letzte Nacht mit Frank Door abgespielt hatte. Josh wußte noch nicht mal von dem Überfall in der Garage. Sie warf einen Blick in den Rückspiegel und betrachtete ihr Gesicht. Der Bluterguß auf der Stirn verblaßte bereits, und sie hatte ihn mit Make-up überdeckt.

Frank Door war jetzt sicher hinter Schloß und Riegel. Er hatte sich geweigert, auf seine Rechte zu verzichten, und einen Anwalt verlangt. Rickerson bezweifelte, daß er je reden würde, wenn der Staatsanwalt ihm keinen Deal anbot. Steckte tatsächlich Leo Evergreen hinter dem Tod ihrer Schwester? Nachdem Josh Packy Cummings identifiziert hatte, konnten sie ihn mit den Morden in Verbindung bringen. Evergreen hatte sie aufgefordert, ihn freizulassen. Außerdem war Evergreens Sohn auf einem der pornographischen Fotos. Obwohl ihr das Ganze unbegreiflich war, mußte sie zugeben, daß allmählich einiges an Beweismaterial zusammenkam. Was ihr immer wieder in den Sinn kam, war die gerichtliche Anordnung, Frank Door freizulassen. Sie konnte sich einfach nicht vorstellen, wie Leo sich in ihr Büro schlich und allein herausfand, wie er dieses Dokument erstellen und übertragen konnte. Er hätte natürlich eine Sekretärin oder Büroangestellte bitten können, es für ihn zu tun, überlegte sie, aber damit wäre er ein zu großes Risiko eingegangen.

Ein anderer Gedanke kam ihr plötzlich in den Sinn. Wenn

nun Evergreen der Game Man war, dann würde er sich ausgezeichnet mit Computern auskennen. Dann tauchte ein weiterer Gedanke auf. Phillip liebte Videospiele. Bereits mehrmals war sie in ihr Büro gekommen, als er gerade etwas auf dem Terminal spielte. Phillip könnte der Game Man sein.

Sie schob den Gedanken beiseite und versuchte, sich mit Josh zu unterhalten.

Der redete im Augenblick nur von Emmet. Lara war der Meinung, sie hätte schon vor ein paar Tagen wieder in ihr Haus in Irvine ziehen können, aber sie hatte es hinausgezögert, weil ihr nicht wohl bei dem Gedanken war, Josh von Emmet zu trennen. Die beiden hatten sehr schnell zusammengefunden, waren Freunde geworden. In gewisser Weise waren sie zu einer Art Familie geworden. Und Lara wußte, daß Josh diese Gesellschaft brauchte, daß er Leute um sich haben mußte. So wie sie die Dinge sah, hatte Emmet mehr für den Jungen getan, als Dr. Werner in hundert Sitzungen hätte tun können. Er redete jetzt mehr und warf ihr auch keine Beleidigungen mehr an den Kopf. Sie erkannte allmählich, was für ein großartiger Junge er im Grunde war – der zornige junge Mann war nahezu verschwunden.

»Emmet ist so klug«, sagte Josh. »Er ist ein Genie. Und er beklagt sich niemals. Ich meine, er beklagt sich über gar nichts.«

Lara streckte den Arm aus und nahm seine Hand. »Du beklagst dich auch nicht viel, Josh. Ich glaube, du und Emmet, ihr habt eine Menge gemeinsam. Ihr habt beide nicht allzuviel Glück im Leben gehabt, aber du bist ein prima Junge.«

»Yeah«, sagte er. Seine Augen verdüsterten sich, und er umklammerte Laras Hand fester. »Man muß halt hinnehmen, was kommt, und das Beste daraus machen. Das sagt Emmet auch. Wußtest du, daß seine Mutter ihn verlassen hat, als seine Krankheit erkannt wurde? Sie ist einfach abgehauen. Er hat seitdem nichts mehr von ihr gehört oder gesehen.«

Lara seufzte. Das hatte sie nicht gewußt. Eigentlich wußte

sie noch nicht einmal genau, wie alt Emmet war. Nach dem, was er ihr erzählt hatte, hatte sie angenommen, daß er Ende Zwanzig, Anfang Dreißig sei. Er hatte am MIT studiert. Dann hatte er noch eine Magisterprüfung an der Long Beach State University abgelegt. Aber so wie Josh von ihm redete, hatte sie sich vielleicht geirrt. Emmet konnte genausogut erst Anfang Zwanzig sein. Vermutlich war er ein außergewöhnlich begabtes Kind gewesen und bereits mit vierzehn aufs College gegangen. Manchmal wirkte er wie ein Kind, fast völlig hilflos, und ein anderes Mal schien er alles zu wissen, was es auf der Welt zu wissen gab.

»Emmet sagt, daß er manchmal Angst bekommt«, fuhr Josh fort. »Er fürchtet sich davor, allein zu sterben. Er hat mir erzählt, daß er manchmal mitten in der Nacht aufwacht und darüber nachdenkt – was passiert, wenn man stirbt. Weißt du, was Emmet glaubt? Er glaubt, nachdem er gestorben ist, wird er in einem anderen Körper zurückkommen, in einem gesunden Körper. Weil Gott ihn in diesem Leben soviel hat leiden lassen, glaubt er, daß er es im nächsten Leben viel besser haben wird. Aber seine Mutter? ... Wie konnte sie ihn einfach so verlassen?«

»Weißt du, Josh, manche Leute können einfach nicht mit Krankheit umgehen. Manche Leute sind schwach, aber das heißt nicht, daß sie schlecht sind. Vielleicht kommt es daher, daß sie nicht genug geliebt worden sind oder daß ihnen jemand weh getan hat. Ich weiß es nicht.«

»Ist das auch mit meiner Mutter passiert?« fragte Josh leise und sah Lara an. Sie fuhren gerade vom Freeway ab, waren also fast in San Clemente.

»Nein, nein, deine Mutter ist sehr geliebt worden, zumindest bevor sie Sam heiratete. Unsere Eltern waren sehr liebevoll, und dein Vater hat sie ganz bestimmt geliebt. Aber sie war unsicher, verängstigt. Sie war nicht so furchtbar klug, und manchmal glaube ich, daß die Welt für sie einfach zu kompliziert war, zu viele scharfe Kanten hatte. Aber sie war ein guter Mensch, Josh. Ganz gleich was passiert ist und was sie am Schluß getan hat, sie hat dich sehr geliebt.«

Er schwieg. Er machte das Radio an und schaltete einen Sender mit Rockmusik ein. Dann begann er über den Lärm hinweg wieder zu reden. »Ich hoffe, Emmet hat recht«, sagte er.

Lara wandte sich zu ihm. Sie hielten an einer roten Ampel ganz in der Nähe der Schule. »Womit?«

»Daß die Leute nach dem Tod wiederkommen. Ich hoffe, meine Mom kommt in einem neuen Körper wieder – und daß sie jetzt glücklich ist.«

»Das hoffe ich auch, Josh«, sagte Lara. »Wirklich.«

»Ein paar Leute in meiner Klasse haben gemeine Sachen zu mir gesagt.«

Lara holte tief Luft und umklammerte das Lenkrad. Sie hatte das befürchtet, aber bis jetzt hatte Josh behauptet, in der Schule sei alles okay. »Was haben sie gesagt?«

»Daß meine Mutter eine dreckige Hure war und ich ein Bastard.«

Sie wußte nicht, was sie sagen sollte. Sie hielt vor der Schule an. »Schatz, wer auch immer das gesagt hat, der hat selbst Probleme. Manche Menschen müssen andere Leute niedermachen, damit sie sich selbst großartig vorkommen können.« Sie dachte nach. »Wirst du damit fertig? Wenn das so weitergeht, könnte ich mit dem Direktor sprechen. Oder wir suchen für dich eine andere Schule. Das werden wir wahrscheinlich ohnehin tun, sobald wir wieder in dem Haus in Irvine sind.«

»Nein«, sagte er, die Hand bereits am Türgriff. »Ich komme schon damit klar. Werden sie den Mann bald verhaften, der meine Mutter getötet hat? Gestern abend habe ich doch diesen Kerl aus einem Stapel Fotos rausgepickt. Ich hab' ihn an jenem Tag die Straße runterfahren sehen ... an dem Tag, an dem es passiert ist. Aber Detective Rickerson hat mir gesagt, der Mann wäre tot, jemand anders steckt hinter dem, was mit Mom und Sam passiert ist.«

»Wir sind nah dran, Schatz. Es dauert nicht mehr lange. Unser Beweismaterial reicht noch nicht ganz für eine Verhaftung aus, aber bald.«

Nachdem er ausgestiegen war, drehte er sich noch einmal um und verzog seine Mundwinkel zu einem schwachen Lächeln. Sie sah ihm nach, als er weiterging. Von allen Seiten kamen Kinder, lachten und rempelten sich gegenseitig an. Wie konnten sie so grausam sein? dachte sie. Dann sah sie Josh zum Auto zurückkommen, und sie spürte einen heftigen Stich im Herzen. War was passiert? Hatte schon wieder eins von diesen dämlichen Kindern was zu ihm gesagt? Er öffnete die Autotür und stieg wieder ein. »Was ist los?« fragte Lara mit besorgter Stimme.

»Nichts«, sagte er. »Ich hab' bloß was vergessen.«

Lara versuchte sich zu erinnern, ob sie ihm Geld zum Mittagessen gegeben hatte. Das hatte sie. »Was? Ich hab' dir Geld fürs Mittagessen gegeben. Hast du deine Bücher vergessen?«

Einen Moment lang blickte er geradeaus. Dann drehte er plötzlich den Kopf zur Seite, beugte sich zu ihr und gab ihr einen Kuß auf die Wange. »Das«, sagte er nervös lächelnd.

Lara wurde rot. Sie spürte, wie ihr ganzer Körper vor Freude erbebte. Er hatte sie hier, wo es alle Kinder sehen konnten, geküßt. Teenager machten so etwas normalerweise nicht. Kein Mann auf der Welt hätte ihr dieses Gefühl von Stolz und Freude geben können, das sie gerade empfand – noch nicht einmal Rickerson.

Sie sagte nichts, sondern genoß diesen Augenblick, von Wärme erfüllt. »Ich-ich ... Josh«, stammelte sie.

Er stieg aus und beugte sich noch einmal durchs Fenster, ein breites Lächeln auf seinem hübschen Gesicht. »In meinem ganzen Leben«, sagte er, und das Lächeln verschwand, während er sprach, »hat meine Mom mich nicht ein einziges Mal in die Schule gefahren.«

Dann zog er den Kopf aus dem Fenster und verschwand in der Menge der Kinder.

Als Lara am Gericht ankam und dort parkte, sah sie etwas Weißes auf dem Beifahrersitz liegen. Es mußte Josh aus der Tasche gefallen sein. Es war ein Blatt Papier. Sie faltete es auf und las. »Ich wollte dir das mit dem T-Shirt erzählen«, stand dort in seiner zierlichen, sauberen Handschrift. »Bisher war es mir zu peinlich, es zu erzählen, aber ich will, daß du es weißt. Sam hat mich gezwungen, ein ganzes Fertiggericht zu essen. Ich mußte auch die Alufolie mitessen. Ich habe sie in kleine Stücke zerrissen und mit dem Kartoffelpüree gegessen. Am nächsten Tag in der Schule fing ich an zu bluten. Ich wußte nicht, was ich tun sollte, deshalb hab' ich mir mein extra T-Shirt in die Hose gestopft. Ich wollte nicht, daß die anderen Kinder Blut in meiner Hose sahen. Sie hätten mich aufgezogen. Sie hätten gesagt, ich sei ein Mädchen. Du weißt schon, ich hätte das, was Mädchen jeden Monat haben. So war das. Mach dir keine Sorgen. Es geht mir wieder gut. Aber Folie schmeckt nicht so toll, falls du dich das je gefragt haben solltest.« Unterschrieben war es mit »Josh. Dein Neffe«.

Lara legte den Kopf auf das Lenkrad und fing an zu weinen. In seinem kurzen Leben hatte dieser Junge mehr gelitten als sie in ihren achtunddreißig Jahren. Und er hatte alleine gelitten, wie auch Emmet alleine gelitten hatte. Sie würde sich nie wieder beklagen. Gestern abend hatte ihr Ted in einer Nacht mehr Liebe geschenkt als Nolan während ihrer ganzen Ehe. Und heute hatte Josh sie geküßt, ein eindeutiges Zeichen, daß er sie mochte. Selbst wenn man sie aus ihrem Amt vertrieb, beschloß sie, würde sie damit fertig werden. Wenn das alles war.

Kapitel 24

Detective Rickerson war am nächsten Morgen um acht Uhr auf der Polizeistation von San Clemente. Nach dem Abend mit Lara und der Festnahme Frank Doors sowie wegen der anstehenden Ermittlungen hatte er noch keine drei Stunden geschlafen, trotzdem war er voller Energie. Mit seinem Jagdinstinkt hatte er jetzt den Geruch des Tötens gewittert.

Er goß sich im Detective-Büro eine Tasse schwarzen Kaffee ein und dachte über die Tragweite ihres Unternehmens nach. Es war eine Sache, kleine Gauner zu schnappen. Aber einen Mann wie Evergreen festzunehmen, war ein regelrechter Coup. Aus seiner Sicht war es seine einzige Chance, ganz nach oben zu kommen. Es war die Chance, auf die er sein Leben lang gewartet hatte.

Seine Spezialeinheit war seit dem Beginn der Ermittlungen erheblich gewachsen. Mehrere Beamte aus dem Streifendienst arbeiteten ganztags in Zivil an dem Fall, dann hatte er Baby Bradshaw, der mehr Unheil anrichtete als Nützliches tat, sowie mehrere Reservepolizisten. Das waren Männer, die eigentlich Polizisten sein wollten, aber schlau genug waren, lukrativeren Tätigkeiten nachzugehen. Sie wurden ausgebildet, erhielten Uniformen und Waffen und durften eine bestimmte Anzahl von Tagen pro Monat die Polizeibeamten begleiten. Wenn sich eine Katastrophe ereignete wie ein Erdbeben, eine Überschwemmung oder ein größeres Feuer, wurden diese Männer einberufen. Einige kamen aus gehobenen Berufen, waren Ärzte, Zahnärzte oder Wirtschaftsprüfer.

Andere waren absolute Idioten, die wie Kinder Räuber und Gendarm spielen wollten.

Er konnte es sich nicht leisten, wählerisch zu sein. Er hatte jeden genommen, den er kriegen konnte, und die zusätzliche Hilfe hatte sich bezahlt gemacht.

Obwohl man immer noch vielen Hinweisen nachgehen mußte und die Ermittlungen keineswegs abgeschlossen waren, hatte er das Gefühl, daß der Faktor Zeit von entscheidender Bedeutung war. Lara war bereits einmal überfallen worden. Beim nächsten Mal könnte sie unter Umständen in der Leichenhalle landen. Darauf konnte er es nicht ankommen lassen. Sie mußten etwas unternehmen.

Er hatte Lara gebeten, für den nächsten Tag um zwölf Uhr ein Treffen mit Richter Rodriguez zu arrangieren. Er wollte nicht, daß es direkt vor Evergreens Nase im Gericht stattfand, statt dessen sollte man sich auf der Polizeiwache treffen. Er setzte sich mit Gail Stewart im Labor in Verbindung, die bereit war, vorbeizukommen und eine Vorführung zu machen.

Jetzt, wo Frank Door verhaftet worden war, mußten sie rasch handeln. Sie hatten ihn im Gefängnis zwar in eine Einzelzelle gesperrt, aber sie konnten ihm nicht verbieten zu telefonieren. Die erste Person, die er höchstwahrscheinlich anrufen würde, damit sie ihn rausholte, würde der gute Richter selbst sein.

Lara hatte sich mit Judge Rodriguez in der Mittagspause verabredet. Sobald sie den Gerichtssaal verlassen hatte, rief sie in Evergreens Büro an. Seine Sekretärin teilte ihr mit, daß der Richter einen Rückfall erlitten habe und wieder krank sei. Lara wurde allmählich nervös, bekam Angst, daß er aus der Stadt verschwinden könnte. »Hat er Ihnen gesagt, wann er damit rechnet, wieder arbeiten zu können?« fragte sie die Frau. »Ich habe etwas Wichtiges mit ihm zu besprechen. Ist er zu Hause?«

»Ja klar«, sagte sie kurz angebunden. »Wo soll er sonst sein? Er ist doch krank.«

Vielleicht in einem Flugzeug nach Neuseeland, dachte Lara, während sie den Hörer auf die Gabel legte. Dann ging sie über den Flur zum Amtszimmer von Richter Rodriguez. Entweder das, oder er saß zu Hause, sah sich die Angebote am Bildschirm an und suchte vielleicht gerade ein paar neue Gorillas.

»Hector?« rief sie vom Türrahmen aus. Der kleine Mann stand auf und bot ihr einen Platz an.

Hector Rodriguez war alles andere als ordentlich. Auf seinem Schreibtisch türmten sich Papiere, offene Aktenordner, Gesetzbücher und Kaffeetassen. Auf dem Bücherregal hinter ihm sah es noch schlimmer aus. Hier lagen die Zeitschriften und Akten mindestens einen halben Meter hoch gestapelt. In den Zimmerecken standen Kartons mit persönlichen Dingen herum, die er bisher noch nicht ausgepackt hatte, und staubten vor sich hin. Er war erst vor drei Monaten auf diesen Posten beim Superior Court berufen worden. Zuvor war er am Municipal Court gewesen, genau gesagt am Verkehrsgericht. Und er dachte schon wieder an eine Veränderung, wollte nach Los Angeles wechseln.

Lara ging alles langsam mit ihm durch, wobei sie viele Fakten mehrfach wiederholte. Rodriguez hörte zu, nickte und machte sich auf einem gelben Block Notizen. Falls er schockiert war, ließ er es sich nicht anmerken. Nachdem Lara alles berichtet hatte, lehnte sie sich abwartend auf ihrem Stuhl zurück. Der nächste Schritt mußte von ihm kommen.

»Morgen?« sagte er zögernd. »Sie möchten, daß ich morgen auf die Polizeiwache komme?«

»Ja«, sagte Lara und setzte sich gerade hin. »Ich kann nicht von Ihnen erwarten, daß Sie aufgrund meiner Ausführungen eine Entscheidung treffen. Detective Rickerson wird eine Vorführung organisieren und Experten hinzuziehen, die das Beweismaterial erläutern. Ich möchte, daß Sie das alles mit eigenen Augen sehen.« Eigentlich ging es um noch mehr, dachte Lara. Sie wollte, daß es Rodriguez' Entscheidung war und nicht ihre. Wenn er das Beweismaterial, das der Detective zusammengestellt hatte, für ausreichend hielt, um einen Haftbefehl zu erlassen, dann sollte es so sein.

Er drehte sich mit seinem Sessel zur Seite und starrte auf die Flagge neben seinem Schreibtisch. »Ich meine, wir sollten bei der Dienstgerichtskommission anrufen, damit die jemanden per Flugzeug herschicken zu dieser Vorführung. Das ist eine ernste Angelegenheit, Lara. Äußerst ernst ... sie betrifft uns alle. Denken Sie nur daran, was die Presse daraus machen wird, wenn wir damit an die Öffentlichkeit gehen. Nicht nur Evergreen wird darunter leiden. Die öffentliche Meinung über unser Rechtssystem ist derzeit sowieso auf dem Tiefststand. Wir werden alle ziemlich übel dastehen.«

»Mir ist das recht«, sagte sie. »Von mir aus können Sie den Papst kommen lassen. Ich will diese Sache bloß ins Rollen bringen, einen Haftbefehl bekommen und ihm präsentieren, bevor er die Stadt verläßt.«

Richter Rodriguez drehte sich mit seinem Stuhl wieder zum Schreibtisch zurück. Er öffnete ein Gesetzbuch, senkte den Kopf und blätterte, bis er gefunden hatte, was er suchte. »Wenn Sie sich Abschnitt 1029 des Strafgesetzbuchs ansehen, da steht eindeutig, daß die Dienstgerichtskommission verständigt werden muß, wenn ein Richter einer kriminellen Handlung beschuldigt wird. Und wenn der Staatsanwalt bereit ist, den Fall zu übernehmen und eine Klage einzureichen, muß er selbstverständlich einem anderen Zuständigkeitsbereich übergeben werden. Niemand von uns kann diesen Prozeß führen.«

»Okay«, sagte Lara und stand auf. »Ich werde Lawrence Meyer anrufen und ihn informieren und bitten, morgen zu kommen. Sie setzen sich inzwischen mit der Dienstgerichtskommission in Verbindung.«

An der Tür drehte Lara sich noch einmal um. Rodriguez war immer noch ganz in Gedanken versunken. »Hören Sie, Lara, vielleicht sollten wir sogar das FBI hinzuziehen wegen der Kinderpornographie. Die haben umfangreiche Unterlagen über diese Dinge.«

»Gute Idee. Ich kümmere mich darum. Übrigens, Hector«,

sagte sie, »danke für Ihre Bereitschaft, sich dieser Sache anzunehmen. Manche Leute würden sich davor drücken, weil sie sich die Finger nicht schmutzig machen wollen. Sie hätten Angst vor einer Konfrontation mit Evergreen.«

Der kleine Richter lächelte. Seine Vorderzähne waren schief. Offenbar hatte sich seine Familie, als er klein war, keinen Kieferorthopäden leisten können. »Wo ich herkomme«, sagte er, »also in den Straßen von South Central L. A., im Barrio, dort gegen jemanden anzutreten, der keine Pistole oder kein Messer in der Hand hat, ist überhaupt nichts.« Er hielt inne und lächelte wieder. »Außerdem hab' ich Evergreen nie besonders gemocht. Irgendwas an ihm hat mich abgestoßen. Ich glaube, unter seiner glatten Oberfläche hat er ganz schöne Vorurteile gegen Minderheiten. Das ist einer der Gründe, weshalb ich von hier wegwill. Ich glaube, wenn im nächsten Jahr die Stelle gestrichen wird, dann werde ich gehen müssen.«

Lara lächelte zurück und ging. Richter Hector Rodriguez mochte zwar klein von Statur sein, aber im Augenblick wirkte er ganz schön groß.

Ricky Simmons' Mutter fuhr Josh nach Hause. Das erste, was er tat, war seine Bücher in der Wohnung abzuladen, um zu Emmet rüberzugehen. Auf dem Weg zur Tür schnappte er sich eine Tüte Plätzchen und das Funktelefon für den Fall, daß Lara anrief. Er klopfte, aber Emmet machte nicht auf. Er hatte einen Schlüssel. Emmet hatte ihm gesagt, er könne jederzeit vorbeikommen. Dann fiel es ihm ein. Heute war der Tag, an dem Emmet zum Physiotherapeuten ging. Sie bemühten sich verzweifelt, seinen Zustand stabil zu halten und zu verhindern, daß die Kraft in seinen Muskeln noch mehr nachließ.

Josh setzte sich ins Schlafzimmer und lud den Computer. Dann spielte er Videospiele und aß dabei Plätzchen. Er spielte gerade Wanders from Y's. Er fand nicht den richtigen Dreh und hatte einen ziemlich niedrigen Punktestand. Morgen würde er bei Ricky übernachten, und er wollte ihn besiegen. Natürlich war Ricky viel besser. Er hatte einen eigenen Computer und haufenweise Spiele. Nicht ein einziges Mal hatte Josh ihn bisher geschlagen. Auf einem Blatt Papier neben der Konsole stand die Nummer des Game Man. Er wählte sie nur so zum Spaß, und der Mann antwortete.

»Hi«, sagte er. »Eh, hier ist Ricky Simmons. Ich hab' neulich schon mal angerufen. Ich dachte, sie könnten mir vielleicht ein paar Tips zu Wanders from Y's von Super-NES geben.«

Der Mann begann zu reden, und Josh hörte aufmerksam zu. Er löschte den Bildschirm und fing von vorne an. Er wiederholte die Anweisungen des Mannes. »Okay, ich hab' jetzt hier den Namen des Herstellers. Das ist American Sammy. Up, down, up, down, select drücken. Das hab' ich gemacht. Was jetzt?« Josh hatte sich das Telefon zwischen Ohr und Schulter geklemmt. »Auf dem zweiten Controller starten? Okay. Das sieht genauso aus. Das ist einfach der Anfang von dem Spiel.« Er war ein bißchen enttäuscht. Der Mann gab ihm noch weitere Anweisungen. »Okay«, sagte er, »jetzt hab' ich den Status-Bildschirm. Auf dem zweiten Controller select drücken? Yeah. Hab' ich. Da steht ›Debug‹.«

»Also, wenn du *damaged* bist«, sagte die Stimme des Mannes, »und deine Trefferzahl auf Null fällt, kannst du dir ein zweites Leben holen.«

»Cool«, sagte Josh. Er konnte es kaum erwarten, das Ricky zu zeigen. »Danke.« Er starrte auf den Bildschirm und wollte gerade das Gespräch beenden, als der Mann erneut zu sprechen anfing.

»Ich hab' diese ganzen Demos für dich«, sagte er zu Josh. »Sie sind ganz neu ... die allerneusten Spiele.«

Josh wurde langsam nervös. Lara hatte ihm gesagt, er solle diesen Mann nicht anrufen, aber er sah nicht ein, was an einem kurzen Telefongespräch so schlimm war. Aber wenn sie irgendwie dahinterkam, dachte er, würde sie böse sein. »Hey, ich muß jetzt aufhören. Ich hab' noch Hausaufgaben zu machen.«

»Warte«, sagte der Mann mit leichter Panik in der

Stimme, »leg noch nicht auf. Laß uns noch ein bißchen reden. Schließlich hast du mich angerufen, und ich hab' dir geholfen. Da ist es nicht sehr nett, jetzt einfach aufzulegen.«

»Klar«, sagte Josh. »Tut mir leid. Wir können reden.« Er hatte keine Ahnung, worüber der Mann mit ihm reden wollte.

»Hast du eine Freundin, Ricky?« fragte er mit einer zarten, fast kindlichen Stimme.

»Da gibt's ein Mädchen bei mir im Matheunterricht, aber die spricht noch nicht mal mit mir.« Er dachte an Heather Reynolds mit ihren langen blonden Haaren und den großen blauen Augen. Er war fast über seine Schnürsenkel gestolpert, als er sie am Anfang des Schuljahres gesehen hatte. Während der Sommerferien hatte sie Brüste bekommen. Es war unglaublich. Heather Reynolds war schon immer toll gewesen, aber Heather Reynolds mit Titten war der Himmel auf Erden.

»Ich verstehe«, sagte der Mann bedächtig, und dann war ein leises schmatzendes Geräusch zu hören.

»So, ich muß jetzt Schluß machen«, sagte Josh.

»Rufst du mich noch mal an, Ricky? Willst du diese Demos nicht?«

»Yeah, klar«, antwortete er und machte das Telefon aus. Dann verließ er Emmets Wohnung, ging über den Rasen zu Lara und fing an, seine Hausaufgaben zu machen.

Nachdem Josh Mathe und Englisch erledigt hatte, rief er Ricky an, um sich zu vergewissern, ob wegen morgen abend alles klar war. »Ich könnte ein paar Spiele umsonst kriegen«, sagte er. Er war sicher, daß der Game Man nichts mit dem Mord an seiner Mutter zu tun hatte. Der Typ war echt cool. Er wußte einfach alles über Videospiele, sogar noch mehr als Emmet.

»Und wie willst du das machen?« fragte Ricky. »Hast du vor, sie im Laden zu klauen?«

»Willst du Smart Ball haben?«

»Scheiße, ja. Ich spare schon die ganze Zeit mein Taschengeld dafür.«

»Ich werd' mal sehen, was ich tun kann.« Josh schaltete das Telefon aus. Er langweilte sich. Emmet hatte seinen Fernseher mit in die Musterwohnung genommen. Wenn er seine Hausaufgaben fertig hatte, ging er normalerweise zu Emmet rüber und blieb dort, bis Lara nach Hause kam. Er dachte daran, mit dem Fahrrad rauszufahren, entschied sich jedoch dagegen. Nach etwa einer Stunde purer Langeweile rief er den Game Man noch einmal an.

»Ich würde diese Spiele gern haben, Mann«, sagte er. »Was muß ich dafür tun? Ich habe kein Geld. Sie haben gesagt, die wären umsonst?«

»Ja, Ricky, die sind umsonst. Ich muß nur diesen Fragebogen über dich ausfüllen. Die Firma, für die ich arbeite, möchte gerne wissen, wie ihre Käufer sind ... so eine Art Profil.«

Er fing an, Josh Fragen zu stellen. Einige davon hatte er ihm bereits gestellt, zum Beispiel, wo er wohnte, ob sein Vater noch lebte, wo er zur Schule ging. Dann fragte er ihn nach seinem Aussehen, welche Haarfarbe er hätte, welche Augenfarbe, ob er schlechte Haut hätte. Josh beantwortete alles. Bei einigen Fragen log er. Er hatte deswegen zwar ein schlechtes Gewissen, aber er hatte ja bereits beim ersten Anruf gelogen. Da konnte er ihm jetzt schlecht die Wahrheit sagen.

»Gehst du gern ins Kino, Ricky?«

»Klar«, antwortete Josh.

»Spielst du gern Minigolf?«

»Yeah, sicher.«

»Was ist mit Bowling? Spielst du gern Bowling?«

»Ich weiß nicht, wie das geht.«

»Ach so«, sagte der Mann. »Hast du schon mal mit einem Mädchen geschlafen?«

»Was?« fragte Josh. Er verstand nicht, was das mit Videospielen zu tun hatte.

»Du weißt schon, ihn in sie reingesteckt, es mit ihr getrieben.«

»Nein«, sagte Josh völlig hypnotisiert. Die sanfte Stimme

des Mannes lullte ihn ein, und er stellte sich vor, wie es wohl wäre, so etwas mit Heather zu machen, tatsächlich ihre Brüste zu berühren. Sie hatte da so eine weiße Bluse. Immer wenn sie die in der Schule trug, konnte er ihren BH durch den dünnen Stoff sehen. Im letzten Jahr hatte sie noch gar keinen BH getragen. In diesem Jahr war er gut gefüllt.

»Ich habe bei mir zu Hause ein paar Filme«, fuhr der Mann mit dieser seltsamen Stimme fort. »Du weißt schon, unanständige Filme. Wie sieht dieses Mädchen aus?«

Josh merkte, wie er anfing zu schwitzen. Er rutschte auf seinem Stuhl hin und her. Seine Jeans wurde ihm zwischen den Beinen zu eng. Er wurde erregt. Normalerweise passierte ihm das nur nachts, wenn er im Bett lag. Manchmal berührte er sich und hatte unanständige Gedanken. Dieser Kerl am Telefon hörte sich überhaupt nicht mehr wie ein Erwachsener an. Er klang wie Bart Miller aus seiner Schule. Bart hatte ständig unanständige Fotos von Mädchen, die er bei seinem Vater aus der Zeitschrift *Penthouse* riß. »Sie hat lange blonde Haare. Die glänzen ganz toll.«

»Du solltest diesen Film sehen, Ricky. Ich schau' ihn mir gerade an. Da ist so ein Mädchen mit langen blonden Haaren und riesigen Titten.« Der Mann kicherte wie ein Kind. »Sie berührt sich gerade selbst. Das solltest du sehen. Sie steckt sich ihre Finger da rein. Ich möchte wetten, sie sieht genau wie deine Freundin aus.«

Josh riß sich aus seiner Trance los. Er kam sich schmutzig und widerwärtig vor. Was war bloß mit diesem Mann los? Er sollte nicht solche Dinge zu ihm sagen und ihm anbieten, sich schmutzige Filme anzusehen und überhaupt. Das war einfach nicht richtig. »Ich muß jetzt Schluß machen, Mann«, sagte er rasch und schaltete das Telefon aus. Jetzt würde er Ricky sagen müssen, daß er die Spiele doch nicht kriegte. Ricky würde stocksauer sein. Er schaute aus dem Fenster und sah Emmets Rollstuhl vor dem Eingang der Wohnung.

Er ging über den Hof, wartete, bis Emmet sich von der Frau verabschiedet hatte, die ihn immer fuhr, und rief dann: »Hey, Emmet, kann ich reinkommen?«

Josh und Emmet spielten ungefähr eine Stunde lang Videospiele. Josh war unkonzentriert, und Emmet schlug ihn jedes Mal. Er mußte dauernd an die seltsame Stimme des Mannes denken, wie er so albern geklungen hatte, fast wie ein Kind, und an die Dinge, über die sie gesprochen hatten. Schließlich wandte er sich an Emmet. »Ich will dir was erzählen, Emmet, aber du mußt mir versprechen, es Lara nicht weiterzusagen. Wenn du's mir nicht versprichst, erzähle ich es nicht.«

»Ich ... verspreche.«

Josh berichtete von seinem Erlebnis mit dem Game Man, und Emmet hörte ruhig zu. Dann erzählte Josh ihm, was er darüber dachte. »Der Mann ist krank, weißt du. Ich bin doch nicht zurückgeblieben. Erwachsene sollten mit Kindern nicht über Sex und so Dinge reden. Er ist pervers, oder? Einer von diesen Leuten, die Kinder mißbrauchen, von denen man dauernd hört.«

»Ja«, sagte Emmet. »Ruf ... den ... Mann nicht an.«

»Das ist ein schlimmer Mann.« Josh stand auf und begann, im Kreis zu laufen. Er blieb stehen und schob sich seine langen Ponyfransen aus der Stirn. »Du mußt mir die Wahrheit sagen, Emmet. Wir sind doch Freunde. Hatte dieser Mann was damit zu tun, was mit meiner Mom und Sam passiert ist? Will Lara ihn deshalb schnappen?« Plötzlich fiel ihm das Gesprach zwischen Emmet und Lara ein, das er zufällig mitbekommen hatte, und er wußte, daß er recht hatte.

Emmet antwortete zunächst nicht. Dann sagte er: »Vielleicht.«

Josh ließ sich wieder auf den Stuhl fallen. Es war ein Stuhl mit Rollen, und er rutschte ein Stück über den Boden. »Ich kann es nicht glauben«, sagte er immer wieder. »Ich kann es einfach nicht glauben. Sie wissen, daß er's ist, aber sie haben nicht genug Beweise.« Seine Augen verdunkelten sich, und er versank in Gedanken. Sie saßen eine Zeitlang da, ohne zu reden, vielleicht eine Viertelstunde, und Emmet dachte ebenfalls nach. Josh sah Emmet ab und zu an und sah dann wieder weg. Kurz darauf sah Emmet dann Josh an, bis seine Augen ungewollt abschweiften.

Draußen stritten sich ein paar kleine Kinder um ein Spielzeug und schrien sich an. Josh machte das Fenster auf und brüllte ihnen zu: »Ruhe, ihr kleinen Ungeheuer. Wir versuchen nachzudenken.«

Er setzte sich wieder hin und starrte weiter an die Wand. »Mir ist jetzt alles klar. Sie müssen ihn erwischen, nicht wahr? Sie müssen ihn dabei erwischen, wie er was Schlimmes tut. Ansonsten hätten sie ihn längst verhaftet. Stimmt's?« sagte er und sah Emmet ins Gesicht. »Stimmt's?«

Emmet drückte einen Knopf, worauf sich der Stuhl drehte. Er löschte das Spiel vom Bildschirm und steckte seinen Kopf in die Drahtvorrichtung. Bereits eine Sekunde später sausten die Worte über den Bildschirm. Emmet hämmerte wie wild. »Ich werde Lara nicht erzählen, daß du diesen Mann angerufen hast. Das habe ich dir versprochen. Aber du darfst ihn nicht noch mal anrufen. Sie sind nicht sicher, ob er was mit dem Tod deiner Mutter zu tun hat, aber er könnte sehr gefährlich sein. Überlaß das der Polizei. Und jetzt mußt du mir was versprechen. Versprich mir, daß du den Mann nie wieder anrufst.«

Emmet hörte auf zu tippen und drehte sich um, um Josh anzusehen. Der wollte gerade das Schlafzimmer verlassen und lehnte sich gegen den Türrahmen. »Das kann ich dir nicht versprechen, Emmet. Sie war meine Mutter. Das verstehst du doch, oder? Sie war meine Mutter.«

Bevor Emmet etwas sagen konnte, war Josh schon aus der Tür. Emmet schaltete die höchste Geschwindigkeit an seinem elektrischen Rollstuhl ein, aber bis er im Wohnzimmer war, hatte Josh die Wohnungstür bereits geschlossen. »Scheiße«, sagte Emmet. Er drückte den Schalter, und der Stuhl bewegte sich vorwärts. Dann drückte er ihn wieder, und er bewegte sich rückwärts. Quietschend bewegte sich der Stuhl auf den Plastikläufern immer wieder vor und zurück.

»Scheiße«, sagte der kleine Mann zu dem leeren Zimmer.

Am nächsten Morgen um 11.30 Uhr ging Rickerson in das Sitzungszimmer und überprüfte alles. Sie hatten einen Diaprojektor, eine Leinwand und eine Videoanlage aufgebaut. Neben der Leinwand hingen zwei Tafeln, auf denen sie die wichtigsten Fakten des Falles mit Kreide skizziert hatten. Außerdem gab es eine Pinnwand, auf der Baby Bradshaw alle Fotos, die sie in dem Haus in San Clemente gefunden hatten, mit Heftzwecken befestigt hatte. Während er dort stand, kam einer der Reservepolizisten mit einer großen Kaffeekanne herein. Ein anderer kam mit Pappbechern hinterher.

Sie waren bereit.

Er nahm Platz und starrte auf seine eigene Handschrift an der Tafel. Ob es wohl reichte? Er war nicht sicher, aber es ging ja auch nicht darum, genügend Beweismaterial zu haben, um ihn zu verurteilen, sondern nur genug, um einen Haftbefehl zu bekommen und die Räder der Justizmaschine in Bewegung zu setzen.

Gail Stewart kam als erste. »Schade, daß wir keinen Computer haben«, sagte sie.

»Meinst du, wir brauchen einen?«

»Nee, wir haben genug.« Sie ging durch den Raum und goß sich einen Kaffee ein. »Du hättest was zum Mittagessen besorgen sollen«, sagte sie zu ihm.

»Wenn alles klappt, spendiere ich dir das beste Mittagessen deines Lebens, Süße«, sagte Rickerson zu ihr.

»Klar«, sagte sie und nippte an dem Kaffee, den sie sich mit beiden Händen vor den Mund hielt. »Wo hab' ich das nur schon mal gehört?«

Lara und Judge Rodriguez kamen um Viertel nach zwölf herein. Direkt hinter ihnen kam ein großer, dünner Mann mit Anzug und Krawatte. Da Rickerson ihn nicht kannte, nahm er an, das sei der Richter aus San Francisco. Wenige Minuten später kam der FBI-Agent und nahm Platz, nachdem er sich zunächst eine Tasse Kaffee eingegossen und kurz mit dem Chief geplaudert hatte. Lara trug eine schlichte weiße Bluse und einen schwarzen Rock, ihre Haare wurden im Nacken wieder von einer Spange mit Schleife zusammengehalten. Sie lächelte Rickerson zu und nahm in der ersten Reihe Platz. Jemand bot Rodriguez eine Tasse Kaffee an, aber er lehnte ab.

»Fangen wir an«, sagte Rickerson und stand auf. Sobald alle aufgehört hatten, zu reden und auf ihren Stühlen hin und her zu rutschen, begann er. »Okay, wir wollen versuchen, das Ganze chronologisch zusammenzustellen. In den frühen Morgenstunden des 7. Juli kam Ivory Perkins, die Schwester der Richterin Sanderstone, in deren Haus in Irvine und behauptete, sie würde verfolgt. Sie wollte ihrer Schwester keine weiteren Einzelheiten erzählen und ging kurze Zeit später mit ihrem Mann Samuel Perkins fort.

Am 7. September trat Richter Leo Evergreen an Richterin Sanderstone heran und bat sie, einen Mann namens Packard Cummings ohne Kaution freizulassen, obwohl dieser Mann ein umfangreiches Vorstrafenregister hatte, mit der Begründung, er arbeite als Informant für eine nicht näher bezeichnete Bundesbehörde. Das tat sie. Bis heute hat allerdings keine Bundesbehörde diese Information bestätigt.«

Er wartete und ließ seinen Blick über die Gesichter der Zuhörer wandern, bevor er fortfuhr.

»Die Fotos auf der Pinnwand hinter mir wurden in dem flachen Hohlraum unter dem Haus in San Clemente gefunden, in dem Ivory und Sam Perkins am 8. September ermordet wurden.« Er bemerkte, wie sich der kleine Richter vorbeugte und auf die Bilder schielte. »Wenn Sie sich noch ein bißchen gedulden, werden wir Ihnen Dias von den Vergrößerungen dieser Fotos zeigen.«

Er schwieg kurz und fuhr dann fort: »Nur einen Tag vor den Morden wurde das Haus von Richterin Sanderstone durchwühlt. Das gleiche geschah auch am Tatort in San Clemente. Der Mörder suchte offenbar nach dem, was Sie an der Wand hinter mir sehen. Die Spurensicherung des Sheriffs fand im Hause der Richterin einige Fingerabdrücke, die später Packard Cummings zugeordnet werden konnten.

Am 12. September wurde Packard Cummings auf dem Parkplatz der Sea Breeze Apartments in Santa Ana erschossen, nur wenige Blocks von Richterin Sanderstones Wohnung entfernt. An dem Fahrzeug waren keine Fingerabdrücke. Auf jeden Fall sieht es so aus, als hätte er seinen Angreifer gekannt. Seine eigene Waffe wurde im Handschuhfach gefunden.

Vor drei Tagen wurde Richterin Sanderstone in der Tiefgarage des Gerichts überfallen. Der Verdächtige verlangte von ihr, daß sie ihm diese Fotos aushändigen sollte. Sie konnte sein Fahrzeug beschreiben und sich die Nummer merken, und der Verdächtige wurde letzte Nacht festgenommen. Sein Name ist Frank Door. Er ist in Haft. Richter Evergreen muß in das Amtszimmer von Ms. Sanderstone gegangen sein und von ihrem Computer aus die Anordnung erteilt haben, diesen Mann freizulassen. Es handelt sich um einen gefährlichen Gewaltverbrecher.

Gestern hat Josh McKinley, der Sohn der Ermordeten, Packard Cummings aus einer Reihe von Fotos eindeutig als den Mann identifiziert, den er am 8. September gesehen hat, wie er den Tatort in einem roten Camaro verließ. Außerdem haben wir den gerichtsmedizinischen Nachweis, daß Haut- und Spermaspuren an dem Opfer von Cummings stammen. Das ist ein wichtiges Faktum, weil dadurch Richter Evergreen mit den Morden in Verbindung gebracht wird.

Ivory Perkins hatte einen Kunden, der sich Tommy Black nannte. Das ging aus der Liste der Telefonanrufe hervor, die aus dem Haus in San Clemente gemacht wurden, und die Nummer gehört zu einem Apartment, das ebenfalls unter diesem Namen gemietet wurde. Bei einer Überprüfung der Meldeunterlagen sind wir auf fünfzehn Tommy Blacks in der unmittelbaren Umgebung gestoßen. Die meisten von ihnen konnten wir ausschließen. Einer wurde bei einem Verkehrsunfall getötet, einer ist im Gefängnis, ein anderer in einem Pflegeheim, einer ist erst siebzehn Jahre alt usw. Deshalb glauben wir, daß es sich um einen fiktiven Namen handelt, den Leo Evergreen angenommen hat. Wir brauchen einen Durchsuchungsbefehl für dieses Apartment. Dort könnten Fingerabdrücke von Ivory Perkins zu finden sein.

Tommy Black inseriert außerdem als Experte für Videospiele und gibt dabei eine gebührenfreie Telefonnummer an, unter der junge Leute Tricks und Hinweise erfahren können. Wir haben festgestellt, daß die Telefonnummer zu jenem Apartment gehört. Er scheint auf diese Weise junge Leute anzulocken, indem er ihnen kostenlose Videospiele und andere Attraktionen verspricht. Damit gewinnt er ihr Vertrauen, freundet sich mit ihnen an und mißbraucht sie dann.« Rickerson machte eine Pause und betrachtete sein Publikum.

»Meine Herren«, sagte er, »wir haben es hier mit einem verzweifelten Mann zu tun, der zu einem gefährlichen Mann geworden ist. Für jemanden in einer solchen Position wie Evergreen wäre es eine absolute Schande, des sexuellen Mißbrauchs von Kindern, insbesondere kleiner Jungen, beschuldigt und schließlich auch vor Gericht gestellt zu werden. Außerdem weiß Evergreen nur zu gut, daß es Kinderschändern in Gefängnissen nicht besonders gut ergeht. Sie sind der Abschaum des Gefängnissystems, das Allerletzte, und werden oft brutal behandelt oder sogar innerhalb der Gefängnismauern ermordet.«

Rickerson senkte einen Moment den Blick und schaute dann wieder auf. »Wir wollen beweisen, daß Judge Leo Evergreen und Tommy Black ein und dieselbe Person sind, daß Evergreen pädophil ist und daß Evergreen den Mord an Sam und Ivory Perkins geplant hat.« Er nickte Gail Stewart zu. »Das ist Dr. Gail Stewart vom Kriminallabor des Bezirks Los Angeles. Sie wird jetzt übernehmen.«

Hinten im Raum drehte jemand den Dimmer herunter, und Rickerson nahm neben Lara Platz. »Wie war ich?« flüsterte er.

»Großartig«, sagte sie. »Du hörst dich an wie ein Ankläger. Du hättest das Schwein fast verurteilt.«

Der Diaprojektor klickte, und das erste Dia erschien auf der Leinwand. »Was Sie hier sehen«, erklärte Dr. Stewart, »sind Vergrößerungen von Ausschnitten aus den Fotos an der Pinnwand, die man in dem Haus in San Clemente gefunden hat. Wie Sie sehen, handelt es sich bei einigen davon um Einzelaufnahmen von nackten, vorpubertären männlichen Jugendlichen. Wir konnten diese Jungen nicht identifizieren.« Ein weiteres Dia erschien auf der Leinwand. »Das ist der Rücken eines nackten Mannes, der die Genitalien eines Jungen streichelt, während jemand anders das Foto aufnimmt. Auch wenn Sie es vielleicht mit bloßem Auge nicht sehen können, dieser Mann leidet an Skoliose, also einer Verkrümmung der Wirbelsäule. Beim nächsten Dia können Sie es besser in der Vergrößerung sehen. Achten Sie darauf, wie krumm das Rückgrat ist. Wenn wir Evergreen inhaftiert hätten, könnten wir ihn eindeutig identifizieren.«

Darauf ließ Dr. Stewart die Dias rasch durchlaufen, bis sie gefunden hatte, was sie suchte. Sie ließ es einen Augenblick kommentarlos stehen und trank einen Schluck Kaffee. »Dieses Dia ist die Vergrößerung eines Spiegelbilds, das auf einem der Fotos zu sehen ist, die man in dem Haus in San Clemente gefunden hat. Was Sie hier sehen, ist eine Fotografie, die bei irgend jemand auf dem Frisiertisch steht. Es handelt sich um eine Vergrößerung aus einem der Schnappschüsse mit dem Mann, den wir für Evergreen halten. Der junge Mann und die Frau auf dieser Fotografie sind die Frau und der Sohn von Leo Evergreen.« Das Dia verschwand und ein anderes erschien. »Das ist ein relativ neues Foto von Robert Evergreen. Er ist ein paar Jahre älter, aber offensichtlich handelt es sich um dieselbe Person wie auf dem ersten Foto. Licht an«, sagte sie. »Das ist alles, was ich habe.«

Als Gail Stewart sich hingesetzt hatte, stand Rickerson wieder auf. »Es sollte inzwischen klar sein, worauf das Ganze hinausläuft. Richter Evergreen traf sich mit Ivory Perkins. Ivory Perkins war eine Prostituierte. Sie kam zu ihm, fand per Zufall die kompromittierenden Fotos und begann dann zusammen mit ihrem Mann, ihn zu erpressen. Er muß ihnen einiges gezahlt haben, zumindest über vierzigtausend Dollar, denn das ist die Summe, die wir in dem Safe des Pfandhauses gefunden haben. Dann müssen sie noch mehr verlangt haben, und er hat beschlossen, dem Ganzen ein Ende zu setzen. Zu diesem Zeitpunkt hat Evergreen dafür gesorgt, daß Cummings freigelassen wurde, und ihm den Mordauftrag gegeben. Wir glauben, daß er Cummings selbst umgebracht hat, als er sich mit ihm auf dem Parkplatz traf, vermutlich unter dem Vorwand, ihn zu bezahlen. Warum er ihn umgebracht hat, wissen wir nicht genau, aber höchstwahrscheinlich, um seine Spuren zu verwischen. Vielleicht versuchte Cummings, seinen Anteil zu erhöhen, und Evergreen fürchtete, bloßgestellt zu werden.

Evergreen mußte die Fotos wiederhaben. Obwohl er mit dem Rücken zur Kamera steht, muß er befürchten, daß wir eines der Opfer identifizieren und ihn auf diese Weise belasten können, oder ihm ist klar, daß sein eigenes Zuhause auf diesen Fotos abgebildet ist. Nachdem er also Cummings beseitigt hatte, sorgte er dafür, daß ein weiterer Straftäter freigelassen wurde, traf sich mit ihm außerhalb des Gefängnisses und gab ihm den Auftrag, erneut bei Richterin Sanderstone einzubrechen, und zwar diesmal in die Wohnung, in der sie sich versteckte. Als er die Fotos dadurch immer noch nicht zurückbekam, ließ er Ms. Sanderstone in der Tiefgarage überfallen, weil er glaubte, die Fotos seien in ihrem Auto oder in ihrer Aktenmappe. Wenn die Männer vom Hausmeister-Service nicht genau in dem Augenblick gekommen wären, wäre Judge Sanderstone meiner Ansicht nach jetzt tot.«

Rickerson wandte sich nun direkt an Richter Rodriguez. Seine Unterschrift auf dem Haftbefehl war das grüne Licht, das sie brauchten. »Wir beantragen einen Haftbefehl gegen Richter Evergreen wegen Mord ersten Grades im Fall von Packard Cummings, wegen Anstiftung zum Mord im Fall von Ivory und Sam Perkins und wegen Anstiftung zum Angriff mit einer tödlichen Waffe bei dem Überfall auf Richterin Sanderstone. Das könnte sogar unter Abschnitt 217.1 des Strafgesetzbuches fallen in dem Sinne, daß er versucht hat, Judge Sanderstone zu ermorden bzw. an der Ausübung ihrer Pflicht zu hindern.« Er atmete tief durch. Dabei sah er Lara fest in die Augen.

Rickerson setzte sich neben sie. Gail Stewart machte noch ein paar Minuten Small talk und ging dann. Rodriguez, der Richter aus San Francisco, der Staatsanwalt und der FBI-Agent standen in einer Ecke des Sitzungszimmers und berieten sich flüsternd. Sie gingen zu der Pinnwand und betrachteten die Fotos. Dann lasen sie noch einmal die Fakten des Falls durch, so wie sie mit Kreide an die Tafel geschrieben waren. Der Richter aus San Francisco schaute kurz zu Lara hin und sah dann wieder die anderen Männer an. Er schüttelte den Kopf. Dann gab er Rodriguez die Hand und verließ den Raum. Er ging sehr schnell, als ob er ein Flugzeug bekommen müßte, und hielt den Kopf gesenkt. Wenige Minuten später löste sich der FBI-Agent aus der Gruppe und ging. Jetzt steckten nur noch Lawrence Meyer und Rodriguez die Köpfe zusammen. Schließlich gelangten sie zu einer Entscheidung.

Heute abend um fünf, so sagte man Rickerson, würde er den Haftbefehl und die Durchsuchungsanordnung in der Hand haben.

Rickerson drehte sich zu Lara um und lächelte. Sie waren einen Schritt weiter gekommen. Für Gerichtspräsident Leo Evergreen, den mächtigsten Richter in Orange County, würde es der Anfang vom Ende sein.

Kapitel 25

Josh ging nach der Schule mit zu Ricky Simmons nach Hause. Außer ihnen beiden war niemand da. Rickys Mutter war unterwegs.

Sie nahmen sich ein paar Dosen Cola und Kartoffelchips und gingen in Rickys Zimmer. Josh hatte seinen Freund stets beneidet. Er hatte einfach alles. Ein schönes Zuhause, immer sauber und ordentlich. Eine Mutter und einen Vater, die ihn liebten und die sich sogar für seine Schule engagierten. Außerdem hatte Ricky einen großen Collie namens Viceroy, den Josh über alles liebte. Er ließ sich im Flur auf die Knie fallen, legte ihm die Arme um den Hals und ließ sich von ihm sogar mit seiner roten klebrigen Zunge durch das Gesicht lecken.

»Ich kann es nicht glauben, daß du ihn das machen läßt«, sagte Ricky. »Der leckt sich doch auch die Eier. Der leckt sich sogar das Arschloch.«

Ricky hatte die Wände mit Postern von Rockstars beklebt. In dem Zimmer standen zwei Einzelbetten mit Tagesdecken aus brauner Chenille, ein Schreibtisch, auf dem sich Bücher und Papiere stapelten, und natürlich der Computer. Er hatte seiner Mutter erzählt, daß er ihn unbedingt für seine Hausaufgaben brauchte. Er benutzte ihn allerdings ausschließlich für Spiele. Wenn er nicht gerade vor einem Videospiel hockte, machte er Hanteltraining genau wie Josh. Er wollte seinen Körper aufbauen, allerdings nicht um jemanden zusammenschlagen zu können, sondern um den Mädchen zu imponieren. Ricky war fast fünfzehn. Er war ganz schön heiß auf Mädchen. Dabei gab es nur ein Problem, dachte Josh, während er seinen Freund betrachtete. Ricky war völlig unattraktiv. Er war klein und dürr, trug eine dicke Brille und hatte im letzten Jahr eine Menge schlimme Pickel im Gesicht bekommen. In der Schule gab es kein einziges Mädchen, das Ricky Simmons auch nur angesehen hätte, geschweige denn, sich von ihm anfassen lassen würde. Selbst Josh war das klar, und der Junge war sein bester Freund.

Im Zimmer waren die Gardinen zugezogen. Ricky mochte es so am liebsten. Dunkel. Wenn er nicht gerade Videospiele spielte, las er Bücher von Stephen King. In einer Ecke hatte er ein großes Aquarium mit exotischen Fischen, und die Pumpe machte ein ständig gluckerndes Geräusch. Seine Mutter machte ihm jeden Tag was zum Mittagessen und putzte sein Zimmer. Sie bügelte sogar Rickys Sachen. Er bekam alles, was er wollte. Aber Ricky nahm das als selbstverständlich hin, dachte Josh, während er sich umsah. Für ihn würde das nie selbstverständlich sein. Aber schließlich hatte er auch nie Gelegenheit dazu gehabt.

»Du willst das wirklich machen? Diesen Mann anrufen und so?« sagte Ricky, schob sich mampfend eine Handvoll Kartoffelchips in den Mund. »Ich will zuhören, wenn er schmutziges Zeug redet. Er redet über Titten und alles? Wow. Was hat er sonst noch zu dir gesagt? Erzähl's mir, Mann.«

Josh sah ihn böse an. »Das ist kein Spiel, Blödmann. Das ist eine ernste Sache.«

»Leck mich«, sagte Ricky und bewarf Josh mit ein paar Chips. »Seit wann spielst du Sherlock Holmes?«

»Seit jemand meine Mutter ermordet hat.« Josh hielt das Telefon in der Hand. Er guckte verärgert. Seit seinem gestrigen Gespräch mit Emmet konnte Josh nur noch an den Game Man denken und wie sie ihn erwischen könnten.

»Tut mir leid«, sagte Ricky leise und schob seine Brille zurecht. »Manchmal vergesse ich das. Ich meine, du hast nie von ihnen gesprochen, deshalb vergeß ich's einfach.«

»Okay, halt die Klappe oder geh raus. Geh ins Bad und hol dir einen runter oder mach sonstwas.«

Er hielt die Klappe.

Nachdem Ricky sich auf die Kante des einen Bettes gesetzt hatte, streckte Josh sich auf dem anderen aus und wählte die gebührenfreie Nummer. Der Game Man meldete sich.

»Hey«, sagte Josh und richtete sich auf, wich aber Rickys Blicken aus. »Hier ist Ricky. Sie wissen schon, von gestern. Hören Sie, ich hab' nachgedacht, ich würde diese kostenlosen Spiele wirklich gern haben. Meine Mom ist heute nicht da, deshalb könnte ich sie mir bei Ihnen abholen, wenn Sie mir sagen, wo Sie wohnen.«

»Hattest du letzte Nacht einen feuchten Traum, Ricky?« sagte der Mann bedächtig. »Ist dein kleiner Schwanz gewachsen?«

Josh wurde knallrot, und Ricky beugte sich weiter nach vorne. »Laß mich mithören«, flüsterte er. »Scheiße, du hast ja meinen Namen benutzt.« Josh starrte ihn wütend an, und er war wieder still.

»Y-yeah«, stotterte Josh. »Zeigen Sie mir auch den Film, von dem Sie gesprochen haben? Den mit der Blonden?«

Die Stimme des Mannes wurde nun fast geschäftsmäßig, der anzügliche Ton von vorhin war verschwunden. »Hast du einen fahrbaren Untersatz?« fragte er.

»Ich hab' ein Fahrrad«, antwortete Josh und sah Ricky an. Er hatte es nicht dabei, aber Ricky hatte eins.

»Ich verstehe«, sagte der Mann langsam. »Wenn du hierherkommst, muß das aber unser kleines Geheimnis bleiben. Wann mußt du wieder zu Hause sein?«

»Wann ich will, Mann.« Josh hielt die Luft an und hoffte, daß der Mann darauf eingehen würde. »Ich kann zu Ihnen nach Hause kommen.«

»Nein, das wäre zu weit. Du wohnst doch in San Clemente, oder? Kannst du nicht an die Ecke der Avenue Palizada in San Clemente kommen? Da ist doch so ein Lebensmittelladen, oder?«

Josh dachte einen Augenblick nach. Es war eine ziemlich lange Straße. »Sie meinen direkt am Freeway? An der Ecke?«

»Ja«, sagte der Mann. »Ich komme in einem goldfarbenen Lexus. Wie werde ich dich erkennen?«

Josh sah auf seine Klamotten. »Ich hab' ein blaues T-Shirt mit Iron Maiden auf dem Rücken an. Wissen Sie, diese Band. Und ich hab' lange Haare.«

»Oh«, sagte der Mann mit erregter Stimme. »So lange Haare wie ein Mädchen, Ricky? Ich mag das. Ich mag lange Haare. Hast du heute gebadet?«

Joshs Magen gluckerte, als ob er ein Glas mit Goldfischen verschluckt hätte. Er antwortete: »Ja, ich hab' heute gebadet. Können wir uns vielleicht in einer halben Stunde treffen?« Dieser Kerl war krank, dachte er, echt krank. Er hatte schon üble Dinge erlebt, aber so etwas Abartiges hatte er noch nie gehört. Es klang so, als ob der Mann ihn zum Abendessen verspeisen wollte. Ihn zu fragen, ob er gebadet hatte. Und dann machte er beim Sprechen diese leisen, schmatzenden Geräusche. Josh hätte sich am liebsten übergeben. Einen Augenblick herrschte Schweigen, und dann sprach der Mann.

»Ich warte auf dich, Ricky.«

Im Adams-Prozeß wurde immer noch verhandelt, während Lara auf die Uhr sah und die Sekunden zählte. Sie hatte Rikkerson das Versprechen abgenommen, daß er Evergreen nicht ohne sie verhaften würde. Weil sie erst spät mit der Nachmittagsverhandlung begonnen hatten, hatten sie nicht um fünf Uhr Schluß gemacht. Inzwischen war es schon nach sechs. In der ersten Reihe hinter dem Tisch des Verteidigers saßen zwei hübsche kleine Mädchen. Lara wußte, daß es die Töchter von Victor Adams waren. Sie hatte beobachtet, wie sie vor etwa einer Stunde von einem Babysitter im Gerichtssaal abgeliefert worden waren. Sie waren lebhaft und störten, sprangen immer wieder auf und liefen die Gänge hinunter, zogen sich gegenseitig an den Haaren und schrien. Ihr Vater hatte sich mehrfach umgedreht und sie zu bändigen versucht, doch sie langweilten sich und hatten keine Lust stillzusitzen. Lara empfand solches Mitleid mit dem Mann, daß sie die Störung hatte durchgehen lassen. Sobald der

Zeuge den Stand verließ, wandte Lara sich an den Gerichtssaal. »Das scheint mir ein geeigneter Moment, für heute Schluß zu machen. Wir wollen morgen früh um neun weitermachen.« Sie klopfte mit dem Hammer.

Lara sah zu dem Angeklagten hin. Sein psychischer Zustand schien sich von Tag zu Tag zu verschlechtern. Sein Haar sah ungewaschen aus, das Hemd war verknittert, und er schien der Verhandlung nicht zu folgen. Eins der kleinen Mädchen sprang ihm auf den Schoß, während das andere auf dem Anwaltstisch eine Tasse Kaffee umkippte, so daß alle Papiere naß wurden. Adams saß regungslos da, als ob die Kinder gar nicht da wären; seine Augen waren leer und ausdrucklos. Die Anwälte packten ihre Sachen zusammen, die Geschworenen hatten bereits den Saal verlassen, aber Lara blieb noch am Richtertisch sitzen.

»Mr. Steinfield«, sagte sie. »Könnten Sie einen Augenblick zu mir kommen?«

Als er da war, beugte sie sich vor und sprach leise zu ihm. »Ihr Mandant kann seine Kinder nicht mit in den Gerichtssaal bringen. Sie sind zwar niedlich, aber äußerst störend.«

»Ich weiß das, das können Sie mir glauben.« Er warf einen Blick über seine Schulter. »Dieser durchweichte Stapel Papiere ist ein Schriftsatz, den ich für einen anderen Fall brauche. Er hat Probleme, einen Babysitter zu bekommen.«

»Ich verstehe«, sagte Lara nachdenklich. »Ich habe eine Idee. Wäre Ihr Mandant bereit, sich einem psychologischen Test zu unterziehen?«

»Ich weiß nicht«, sagte er. »Warum?«

»Nun, ich bin mir nicht sicher, ob er im Augenblick psychisch dazu in der Lage ist, einen Prozeß durchzustehen. Vielleicht könnten wir das Verfahren zeitweilig einstellen und ihm irgendeine Therapie besorgen. Dann könnte er versuchen, sein Leben wieder in den Griff zu kriegen, und der Prozeß könnte zu einem späteren Zeitpunkt fortgesetzt werden. Das hielte ich für sinnvoll. Ich könnte für ihn per gerichtlicher Verfügung ein psychologisches Gutachten beantragen.«

Steinfield stand einen Augenblick schweigend da und warf dann einen Blick nach hinten zu seinem Mandanten. »Darauf wird er sich nicht einlassen. Wir haben jetzt die Hälfte hinter uns, wissen Sie. Er will es einfach hinter sich bringen.«

»Ich verstehe«, sagte Lara. Sie sprach immer noch leise. Der Staatsanwalt musterte sie mißtrauisch, als ob er sich fragte, was sie mit der Verteidigung zu besprechen hätte. »Aber ist er in der Lage, an seiner Verteidigung aktiv mitzuwirken, Herr Anwalt?«

»Vermutlich nicht«, sagte er und sah wieder zum Tisch der Verteidigung. »In letzter Zeit spricht er kaum, und wenn, dann unzusammenhängend.«

Lara bemerkte, daß die Assistenten, der Gerichtsdiener, die Protokollführerin und der Staatsanwalt abwartend herumstanden, weil sie sich nicht sicher waren, ob sie entlassen waren oder noch weitermachen sollten. Die Protokollführerin hatte bereits begonnen, ihre Maschine wegzupacken, doch auch sie zögerte nun.

»Das ist jetzt nicht mehr fürs Protokoll«, erklärte Lara. »Mr. Steinfield und ich haben noch etwas zu besprechen. Sie können alle gehen.«

Darauf hörte man ein lautes Papiergeraschel, und die Leute verließen nach und nach den Saal, um sich in den Berufsverkehr zu stürzen und zu ihren Familien zurückzukehren.

»Nun, Mr. Steinfield«, sagte Lara, »was meinen Sie?«

»Ich werde ihn fragen.«

»Schön«, sagte sie. »Geben Sie mir morgen, bevor wir weitermachen, Bescheid.«

Lara verließ den Richtertisch und ging in ihr Zimmer. Dort wartete Rickerson auf sie. Sein Gesicht war gerötet, und seine Augen glänzten vor Aufregung.

»Du fährst mit mir«, sagte er und kaute auf einem großen Kaugummi herum. »Wir treffen uns mit den anderen bei Evergreen vorm Haus. Er wohnt in Anaheim Hills. Der Verkehr wird mörderisch sein.«

»Hast du den Haftbefehl?« fragte sie, während sie ihre Robe aufhängte. Phillip war bereits gegangen.

»Hier drin«, sagte er und klopfte auf seine Jackentasche. »Frisch aus der Presse. Der Staatsanwalt kommt ebenfalls. Und natürlich haben wir auch einen Durchsuchungsbefehl für das Haus und für dieses Apartment. Du weißt schon, was auf den Namen Tommy Black gemietet ist.«

Lara sah Rickerson an. »Jetzt ist es wohl soweit. Ich kann es nicht glauben. Ich weiß, daß es passiert, aber ich kann es einfach nicht glauben. Ich kann kaum erwarten, sein Gesicht zu sehen, wenn wir hereinkommen. O Gott«, sagte sie und sah Rickerson fest in die Augen, »ich bin so nervös. Ich will das so sehr. Aber man kann ja nie wissen.«

Der Detective trat dicht an sie heran und strich ihr eine Haarsträhne aus der Stirn. Dann beugte er sich herunter und küßte sie sanft auf die Lippen. »Wenn das vorbei ist, werden wir feiern.«

Lara lächelte ihn an. »Ich möchte deine Söhne kennenlernen. Jimmy ist so alt wie Josh. Das ist doch schön, oder? Glaubst du, daß sie sich mögen werden?«

»Klar«, sagte Rickerson leicht gequält. Er wußte sehr viel mehr über Kinder als Lara. Seine Söhne würden eifersüchtig auf Lara sein. Und Josh würde ihm gegenüber mißtrauisch und eifersüchtig sein. Jimmy und Josh würden sich höchstwahrscheinlich auf den ersten Blick hassen, aber ansonsten würde alles wunderbar werden.

»Laß es klingeln«, sagte Rickerson, als Laras Telefon anfing zu läuten. »Wir müssen los. Alle warten.«

»Es könnte wichtig sein«, sagte sie und nahm den Hörer. Es war Emmet.

»Wo ist ... Josh?« fragte er.

»Oh, das tut mir leid, Emmet. Er ist mit zu einem Freund gegangen. Das hätte ich dir sagen sollen.«

»Welcher ... Freund?«

»Ricky Simmons. Warum? Ist irgendwas nicht in Ordnung, Emmet? Brauchst du was?«

»Ich ... muß ... ihn ... anrufen«, sagte er. »Er ... hat meinen ... Computer ... durcheinandergebracht.«

»Oh, Emmet, das tut mir leid. Warte.« Lara sah Rickerson

an. Er ging auf und ab und wollte unbedingt los. Sie kramte die Telefonnummer von Ricky Simmons aus ihrer Handtasche und ging wieder ans Telefon. Als sie Emmet die Nummer gegeben hatte, legte sie auf und ging zur Tür.

»Du warst heute großartig«, sagte sie zärtlich zu Rickerson, während sie über den leeren Flur gingen. »Ganz ehrlich, Ted. Ich war sehr beeindruckt.«

Seine Augen strahlten. »Nee«, sagte er. »Du bist diejenige welche, Lara. Du hast diese ganze Sache tapfer durchgestanden. Selbst als dein Leben bedroht war und du dich um deinen Neffen kümmern mußtest, hast du nicht klein beigegeben oder angefangen zu heulen. Du bist von diesem Arschloch überfallen worden und hast nicht einen Tag frei genommen. Weißt du, ich bewundere dich.« Er räusperte sich. Sein Gesicht war ganz rot geworden. In diesem Augenblick öffnete sich die Aufzugstür. Sie waren allein im Aufzug. »Was machst du mit Joshs Schule?«

»Ich weiß nicht«, sagte Lara und lehnte sich seufzend gegen die Rückwand. »Ich glaube, ich werde ihn auf eine Schule in Irvine gehen lassen.«

»Das solltest du besser nicht tun. Zumindest im Augenblick noch nicht. Sein ganzes Leben hat sich verändert. Laß ihn wenigstens bei seinen Freunden.«

Sie senkte den Blick. Er hatte vielleicht recht. »Ich werde darüber nachdenken. Danke.«

Sie verließen das Gebäude und gingen zu seinem Polizeiwagen. »Apropos Emmet«, sagte er und wechselte das Thema, als sie am Auto waren, »dem schulde ich auch noch eine Tasse Kaffee.«

Rickersons Krawatte saß schief. Lara trat vor ihn und zog sie gerade. »Kaffee, Rickerson?« sagte sie. »Du schuldest ihm ein Abendessen. Verstanden? Wir wollen doch nicht knauserig sein.«

»Worauf warten wir noch?« sagte er und riß die Wagentür auf. »Fangen wir uns diesen großen Fisch und ziehen ihn an Land. Ich glaube, er fängt schon an zu stinken.«

Sowie Emmet das Telefongespräch mit Lara beendet hatte, wählte er die Nummer von Ricky Simmons. Er war in seiner eigenen Wohnung und hatte deshalb ein Telefon zur Verfügung. Zunächst konnte Ricky ihn nicht verstehen und dachte, jemand hätte sich verwählt. Dann erzählte er Emmet, daß Josh fortgegangen sei. »Sie sind Emmet, ja?« sagte Ricky. »Josh sagt, Sie hätten Prodigy. Das find' ich so cool. Ich wollte meine Mom ...«

»Wo ... ist ... er ... hin?« unterbrach Emmet den Jungen. Er war nervös und hatte deshalb noch mehr Schwierigkeiten mit dem Sprechen. Er machte sich furchtbare Sorgen um Josh. Er hatte bereits daran gedacht, Lara zu erzählen, was er wußte, aber er hatte dem Jungen sein Wort gegeben.

»Um ein paar kostenlose Videospiele zu kriegen, Mann. Hey«, sagte er zu Emmet, »mehr weiß ich nicht. Irgendein gruseliger Typ will sie ihm geben.«

»Ricky«, sagte Emmet, die Worte kamen jetzt schneller, weil er alle Kraft zusammennahm. »Du mußt mir sagen ... wo Josh ist. Dieser Mann ... ist ... gefährlich. Bitte.«

»Ich weiß nur, daß er sich mit ihm bei dem 7-Eleven am Freeway treffen wollte. Dem auf der Avenue Palizada. Er ist mit meinem Fahrrad hingefahren.«

Emmet dankte dem Jungen und legte auf. Seine Befürchtungen hatten sich bestätigt. Das war schlimm, äußerst schlimm. Er mußte etwas tun. Egal was er versprochen hatte, er konnte nicht zulassen, daß Josh etwas passierte. Er versuchte Lara noch einmal im Gericht anzurufen, aber es meldete sich niemand. Sein zerbrechlicher Körper zitterte. Er wählte die Nummer der Polizei.

»Ich ... ich ... möchte melden ...«, sagte Emmet.

»Sir«, sagte die diensthabende Beamtin. Das Aufnahmegerät, das die Polizei bei jedem Anruf mitlaufen ließ, piepste alle paar Sekunden, und im Hintergrund hörte man den Funkverkehr. »Sie müssen lauter sprechen, ich kann Sie nicht verstehen.«

»Ich ... Junge ... San Clemente.« Je mehr Emmet sich

bemühte, sich verständlich zu machen, um so weniger schien er herauszubringen.

»Es tut mir leid«, sagte die Beamtin. »Die Verbindung ist offenbar sehr schlecht.«

Emmet war mittlerweile völlig frustriert. »Helfen Sie ihm. Er ... wird ... ihm ... weh ... tun.«

»Wie sagtest du, war dein Name? Ich brauche deinen Nachnamen und deine Adresse. Dann schicke ich einen Beamten los. Ist jemand anders da, mit dem ich reden kann? Deine Mutter vielleicht, weil ...«

Emmet ließ das Telefon vor Wut fallen. Die dämliche Frau hielt ihn für ein Kind. Bis er ihr klargemacht hatte, was er sagen wollte, würde es zu spät sein. Er schaltete seinen Stuhl auf die höchste Geschwindigkeit und fuhr auf die Wohnungstür zu. Es blieb nicht mehr viel Zeit. Er mußte Josh aufhalten. Keine Sekunde durfte er länger warten. Er fuhr den Gehweg entlang und stoppte vor der Tür der Frau, die ihn normalerweise fuhr, aber sie war nicht zu Hause. Darauf fuhr er zu seinem Kastenwagen auf dem Parkplatz. Der hatte einen Handhebel für Gas, Bremse und Automatik. Bis zum letzten Jahr war Emmet noch in der Lage gewesen, selbst zu fahren. Er steckte den Schlüssel in die Hecktür, betätigte den Lift und zählte die Sekunden. Schließlich war er im Wagen und saß hinterm Steuer. Schweiß tropfte ihm vom Gesicht, und seine ausgemergelten Muskeln zuckten vor Erschöpfung. Er brachte eine Kraft auf, von der er gar nicht gewußt hatte, daß er sie noch besaß, packte mit einer Hand den Handhebel und mit der anderen das Lenkrad. Sekunden später war er auf der Straße nach San Clemente, den Kopf gegen die Seitenscheibe gestützt und die Augen starr geradeaus gerichtet.

Josh trat in die Pedale, so schnell er konnte. Ricky Simmons wohnte am Rande des Hügels, ganz in der Nähe von Joshs altem Zuhause, und mit dem Game Man hatte er sich im Zentrum von San Clemente verabredet. Er versuchte, die vertraute Umgebung nicht zu betrachten, als er die höchste

Stelle des Hügels erreichte und das Rad dann hinunterlaufen ließ. Der Wind zerzauste ihm die Haare. Sein Leben war in zwei getrennte Bereiche zerfallen, in das Leben vor den Morden und in das danach. Wenn er an sein altes Leben dachte, als seine Mutter noch lebte, versuchte er sich vorzustellen, daß er nicht Josh McKinley sei, daß diese Leute nicht seine engsten Angehörigen waren. Die Leute, deren Leichen er an jenem Tag gesehen hatte.

Es war nicht so, daß er seine Mutter nicht geliebt hätte. Aber manchmal war er auch wütend auf sie gewesen, selbst jetzt war er es noch, selbst nach ihrem Tod. Nachdem sie Sam geheiratet hatte, war sie praktisch nicht mehr seine Mutter gewesen. Und sie hatte sich umbringen lassen, hatte Dinge getan, die falsch waren, Dinge, die er einfach nicht verstehen konnte. Sie war so schön gewesen, als sein Vater noch lebte. Und das war nicht nur ihr Äußeres gewesen. Es war etwas in ihrem Inneren. Die Art, wie sie lachte, wie sie lächelte – wie sie roch, als er noch klein war und sie sich über sein Bett beugte, um ihm einen Gutenachtkuß zu geben. Sie roch nach Babypuder. So frisch und so rein. Er würde diesen Geruch nie vergessen. Nachdem sein Vater gestorben war, hatte sie ihm nie mehr einen Gutenachtkuß gegeben. Wenn sie in seine Nähe kam, roch er ihre Bierfahne und ein widerlich süßes Parfum.

Er würde sie immer vermissen, von ihr träumen, um sie weinen. Aber sie war fort, und daran ließ sich nichts ändern. Kein Weinen, Bitten oder Schreien würde das je ändern können.

Er hatte ein System. Jeden Tag versuchte er ein Stückchen von der Vergangenheit loszulassen, es wie Wasser durch seine Finger rinnen zu lassen. Insbesondere die schlechten Zeiten. Die wurden als erstes abgestoßen. Er arbeitete hart daran. Wenn er tagsüber im Leseraum saß, redete er vor sich hin und sagte sich, daß er nicht an die schlechten Zeiten denken durfte. Er wollte sich nur an die Zeit erinnern, als sein Vater noch lebte und als sie alle zusammen und glücklich waren.

Er hatte angefangen, Lara Sanderstone zu lieben. Er konnte es ihr zwar noch nicht sagen, aber es war so. Nicht wie er seine Mutter geliebt hatte, sondern anders. Vielleicht liebte er sie so, wie er seine Großmutter lieben würde, wenn sie am Leben wäre, oder einen älteren Bruder oder eine Schwester. Er war sich nicht sicher, aber er kannte das Gefühl. Es war Liebe, die auf Respekt beruhte. Sie war so klug, so selbstsicher. Sie wußte immer, was sie wollte. Manchmal beobachtete er sie, betrachtete ihr Gesicht und sah, wie sich ihre Züge zu einem Ausdruck formten, den er nur zu gut kannte.

Er hatte diesen Ausdruck im Spiegel gesehen.

Sie waren sich ähnlich. Er wußte nicht genau inwiefern, aber er wußte, daß sie sich ähnlich waren. Sie zogen sich in sich selbst zurück, um sich gegen schlechte Zeiten zu wappnen. Sie machten weiter, selbst wenn sie glaubten, daß es nicht mehr ginge.

In diesem Sinne waren sie sich ähnlich.

Als er zu Anfang bei Lara lebte, nachdem seine Mutter und Sam ermordet worden waren, hatte er sie gehaßt. Jedesmal, wenn er sie ansah, sah er seine Mutter in ihrem Gesicht, ihre Haare, ihre Augen. Allerdings war sie nicht ganz so hübsch wie seine Mutter. Sie war außerdem strenger, ein sehr viel ernsthafterer Mensch. Aus irgendeinem Grund hatte es ihn geärgert, daß sie seiner Mutter einerseits so ähnlich und andererseits auch wieder so unähnlich war. Aber in letzter Zeit waren diese Gefühle verschwunden. Manchmal redete er sich sogar ein, daß sie seine Mutter wäre.

Der Game Man hatte etwas mit dem Tod seiner Mutter zu tun. Er wußte nicht was, aber er wußte, daß es so war, daß Lara genau aus diesem Grund hinter ihm her war. Er war ein schmutziger Perverser. Seine Mutter war eine Prostituierte gewesen. Da war eine Verbindung, auch wenn er sie nicht verstand.

Er hielt an und ruhte sich aus, wühlte in seiner Tasche und nahm einen Zettel heraus. Darauf hatte er die Nummer der Polizeidienststelle aufgeschrieben, die Nummer, unter der

Detective Rickerson zu erreichen war. Er hatte keine Angst. Er würde es sich nicht gestatten, Angst zu haben. Er würde etwas Unerschrockenes und Wichtiges tun. Es würde sein letztes Geschenk an seine Mutter sein.

Er stieg wieder auf das Rad und fuhr weiter. Er war schon fast da. Weiter hinten konnte er bereits den Freeway sehen. Direkt neben dem Freeway war der Lebensmittelladen.

Er sah viel fern, deshalb wußte er, was er tun mußte. Fast in jedem Programm gab es eine Polizeisendung oder eine True-Crime-Sendung. Er mochte am liebsten *Top Cops* und *America's Most Wanted*.

Er mußte diesen Widerling dazu kriegen, etwas Schlimmes zu tun. Dann könnten sie ihn verhaften. In Gedanken grenzte er ab, wie weit er ihn gehen lassen würde. Anfassen könnte er ihn. Josh war sich sicher, daß er damit fertig würde, sofern der Mann nicht grob und furchterregend war, nicht gerade so aussah, als ob er ihn in Stücke schneiden und essen würde. Heutzutage gab es viele üble Typen, die so etwas machten. Er sah das in den Nachrichten. Er hatte dort einen Kerl gesehen, der die Köpfe von Menschen im Kühlschrank aufbewahrte. Sie hatten die Köpfe und andere Dinge in Kisten rausgetragen.

Und dieser Kerl hatte auch kleine Jungs gemocht.

Josh schwitzte. Sein Haar war triefend naß, und der Schweiß tropfte auf den Lenker. Er glaubte nicht, daß das nur wegen der Anstrengung vom Fahrradfahren war. Er wußte, daß er Angst hatte. Er hielt bei ein paar Sträuchern an, ging dahinter, um zu pinkeln. Er war so nervös, daß er schon wieder mußte, obwohl er erst nach der Schule bei Ricky auf der Toilette gewesen war. Dann wischte er sich die Hände an seiner Jeans ab und setzte sich wieder aufs Fahrrad. Er fuhr unter dem Freeway durch direkt auf den Lebensmittelladen zu.

Er wartete.

Die schwarzweißen Polizeiwagen parkten einen Block von Evergreens Haus entfernt. Das FBI hatte darauf bestanden, bei der Durchsuchung dabeizusein, weil sie feststellen wollten, ob Kinderpornographie vorhanden war oder ob es einen Grund zu der Annahme gab, Evergreen hätte eigene Filme hergestellt. Lawrence Meyer, der Bezirksstaatsanwalt, war in einem Zivilfahrzeug gekommen. Er hatte einen weiteren Staatsanwalt mitgebracht, einen ihrer Ermittlungsbeamten. Der Chief und sein Sohn waren ebenfalls dort. Alle warteten auf Rickerson.

»Ich meine, wir sollten jetzt reingehen«, sagte der Chief, nachdem er aus seinem Dienstwagen ausgestiegen und zu den anderen Fahrzeugen gegangen war. Er war nervös. Schließlich verhaftete man nicht jeden Tag einen Gerichtspräsidenten. »Er könnte Beweismaterial zerstören, versuchen zu fliehen. Kommen Sie.«

Meyer meldete sich aus seinem Auto zu Wort. Einige der übrigen Beamten waren inzwischen ausgestiegen. »Warum warten wir denn nicht auf Rickerson?« sagte er zum Chief. »Er steckt vermutlich im Verkehr fest. Schließlich ist das sein Fall. Wir wollen ihm doch nicht die Schau stehlen.«

Der Chief dachte einen Augenblick nach und fuhr sich mit den Händen durch seine weißen Haare. »Sie haben recht.« Er drehte sich um und ging zu seinem Dienstwagen zurück, sein Sohn folgte ihm. Dann kehrten auch die übrigen Männer in ihre Fahrzeuge zurück, und alle warteten weiter.

Etwa zwanzig Minuten nachdem Josh bei dem 7-Eleven angekommen war, hielt ein goldfarbener Lexus mit einem Mann am Steuer an. Er sah kurz zu Josh und ließ dann seinen Blick über den Parkplatz schweifen. Josh hatte die Ärmel seines T-Shirts hochgezogen und seine Muskeln waren deutlich sichtbar. Obwohl er seit längerer Zeit nicht mehr trainiert hatte, war er noch ganz schön stark. Wenn der Kerl irgend etwas Seltsames versuchte oder aussah, als ob er ihn auffressen, in Stücke schneiden oder sonstwas mit ihm machen würde, würde er ihn zusammenschlagen. Er beobachtete ihn durch die Scheiben des Lexus. Mit dem würde er fertig. Er sah nicht aus wie Sam oder so. Er war sehr viel älter. Und außerdem lag etwas Weichliches und Schwaches in seinem Gesicht.

»Hey«, sagte er und schob das Fahrrad neben das Seitenfenster des Wagens, nachdem er eine gewisse Zuversicht gewonnen hatte, »sind Sie der Game Man? Ich bin Ricky.«

Das Gesicht des Mannes wurde weiß. Er starrte Josh an. In seinen Augen lag ein merkwürdig milchiger Blick, als ob er geschlafen hätte. »Du bist Ricky?«

»Yeah«, sagte er, »haben Sie mich nicht verstanden? Ich bin Ricky.«

»Du bist keine zwölf«, sagte der Mann, und sein Gesicht gewann wieder etwas Farbe. Das war ein reifer Junge mit einer gut entwickelten Muskulatur. Er hatte die Pubertät schon hinter sich. Das war offensichtlich.

»Doch, bin ich«, beharrte Josh. »Ich bin halt groß für mein Alter. Gehen wir nicht zu Ihnen? Sie haben gesagt, Sie wollten mir diese Spiele geben.«

Der Mann starrte schweigend aus dem Fenster. Josh wußte nicht, was mit ihm los war. Er schien in einer anderen Welt zu sein. Erst bat er ihn, hierherzukommen, und dann verhielt er sich, als ob er so was wie einen Geist gesehen hätte. Schließlich wandte sich der Mann ihm zu. »Steig ein«, fuhr er ihn an.

»Was ist mit meinem Fahrrad, Mann?«

Sie drehten sich beide gleichzeitig zu dem Lebensmittelladen um. Dort gab es einen Fahrradständer, und Ricky hatte ein Schloß. Josh ging hinüber, kettete das Rad an den Ständer und stieg auf der Beifahrerseite in den Lexus. Der Mann fuhr auf die Straße, sagte aber nichts. Er wirkte enttäuscht.

»Was ist los?« fragte Josh. »Gefalle ich Ihnen nicht, oder was? Hab' ich was Falsches gesagt?«

»Nein, nein«, sagte er ganz plötzlich, als ob sich seine Laune gebessert hätte. Er ließ eine Hand über den Sitz wandern und berührte Joshs Hand. »Ich finde, du bist ein prächtiger Junge. Du siehst bloß viel älter aus, als ich erwartet hatte.«

Josh fiel ein, daß Lara ihn aufgefordert hatte, dem Mann

zu sagen, er sei erst zwölf. Er hatte keine Ahnung, warum. Es ergab keinen Sinn. Er betrachtete das Gesicht des Mannes. Josh atmete tief ein und wieder aus und ließ sich in den Ledersitz sinken. Der Typ sah nicht aus wie ein Mörder. Aber er sah gruselig aus. Er hatte irgend etwas an sich. Er war gut angezogen mit einem Sportjackett und einem Strickhemd. Er roch stark nach Eau de Cologne. Sein Haar war ordentlich geschnitten, aber trotzdem sah er merkwürdig aus. Er wirkte nervös und angespannt. Josh glaubte zu sehen, wie sein Körper zitterte, und er dachte, vielleicht sei der Mann erregt und nicht angespannt – furchtbar erregt. Außerdem atmete er schwer, seine Nase wurde weiter und zog sich wieder zusammen, und seine Zunge kam hervor, fast wie bei Rickys Hund. Wenn der Mann einen Schwanz hätte, dachte Josh, würde er vermutlich damit wedeln.

»Wo wohnen Sie?« fragte Josh, als der Mann auf den Freeway einbog und nach Norden fuhr, zurück in Richtung Los Angeles. Plötzlich spürte Josh, wie ihm die Angst aus dem Magen in die Kehle hochkroch. Wenn er mit ihm nun weiter wegfuhr, irgendwohin, wo es kein Telefon gab und wo er keine Hilfe holen konnte?

Der Kerl könnte ihn umbringen.

»Hören Sie«, sagte er. Seine Stimme überschlug sich, sosehr er auch versuchte, sie in den Griff zu kriegen. »Ich habe mich vertan. Ich muß heute abend zu Hause sein. Ich sollte um acht zu Hause sein, sonst dreht meine Mom durch und fängt an, nach mir zu suchen. Sie könnte sogar die Polizei holen.«

»In Ordnung«, sagte der Mann, ohne Josh anzusehen. Seine Hände umklammerten das Lenkrad.

Wegen der dunklen Brille, die er jetzt trug, konnte Josh seine Augen nicht sehen. Beide schwiegen, das einzige Geräusch in dem Lexus war das schwere Atmen des Mannes.

»Darf ich dich Rick nennen?« fragte der Mann schließlich. »Für mich bist du eher ein Rick als ein Ricky.«

»Yeah«, sagte Josh. »Sie können mich nennen, wie Sie wollen.« Als der Mann ihn ansah, zwang Josh sich zu lächeln.

Emmet schnappte nach Luft und bemühte sich angestrengt, den Wagen auf der Straße zu halten. Gott sei Dank herrschte nicht viel Verkehr, weil er aus Los Angeles rausfuhr. Auch als er noch selbst am Steuer gesessen hatte, war er immer langsam gefahren und hatte Nebenstraßen benutzt. Jetzt raste er über den Freeway, drückte die ganze Zeit das Handgas voll durch. Er sah die Ausfahrt nach San Clemente und lenkte den Wagen vom Freeway hinunter. Dann sah er den 7-Eleven und begann, nach Josh Ausschau zu halten. Ein Auto fuhr vom Parkplatz. Emmet starrte hinüber. Ihm schlug das Herz bis zum Hals. Er sah Josh auf dem Beifahrersitz und einen Mann am Steuer. Er versuchte, den Wagen zu drehen, und landete mit den Hinterreifen auf dem Bordstein.

Er würde sie aus den Augen verlieren.

Kapitel 26

Obwohl es von Santa Ana nach Anaheim Hills nicht so weit war, gerieten sie auf dem Freeway 405 in den Stoßverkehr. Rickerson versuchte, sich mit dem Chief in Verbindung zu setzen und ihm mitzuteilen, daß sie unterwegs wären, aber er befand sich außerhalb des Funkbereichs. »Wir versuchen's mal mit der Frequenz des Sheriffs«, sagte er und drückte einige Knöpfe an dem Polizeifunkgerät. »Der Chief hört normalerweise deren Funk mit, wenn er aus der Stadt fährt, für den Fall, daß was Wichtiges passiert, damit er direkt im Bilde ist. Sie können eine Nachricht an ihn weiterleiten, ihm sagen, daß wir aufgehalten worden sind.«

Sie hörten dem Funkverkehr zu. Es herrschte Hochbetrieb. Rickerson mußte abwarten, bis er dran war, bevor er seine Nachricht übermitteln konnte. Man schickte gerade Krankenwagen und Sanitäter los. »Da ist irgendwas passiert«, sagte er. »Vermutlich ein schwerer Unfall, und überall liegen Leute auf der Straße rum. Ich bin froh, daß ich damit nichts zu tun habe.«

Lara hörte etwas, das ihr bekannt vorkam. Sie setzte sich gerade und bemühte sich, genau zu verstehen, was da gesagt wurde. Die Stimmen wurden von atmosphärischen Störungen überlagert. »Ted«, sagte sie, »hast du die Adresse mitbekommen, die sie gerade genannt haben, wo sie die Unfallwagen hinschicken?«

»Nein«, sagte er. »Ich hab' nicht zugehört. Warum?«

»Ich meine, die hätten Fairmont gesagt – 820 Fairmont. Kannst du da nachfragen? Es ist wichtig.« Sie hielt die Luft an. Falls sie sich nicht täuschte, war 820 Fairmont die Adresse von Victor Adams. Sie hoffte, daß sie sich irrte.

Schließlich erwischte Rickerson eine Lücke im Funkverkehr und nahm das Mikrophon in die Hand. »Station drei, hier ist Wagen 654, San Clemente. Wiederholen Sie bitte die Adresse, wo Sie die Wagen eben hingeschickt haben. Wir sind in der Gegend.«

»820 Fairmont«, sagte die Einsatzleiterin. »Wir haben hier einen dreifachen Mord. Ein Mann und zwei Kinder. In einem Fall könnte es sich um Selbstmord handeln.« Sie hatte die Worte kaum ausgesprochen, da schickte sie auch schon einige Experten von der Spurensicherung los und weitere Beamte, um den Verkehr zu regeln und die Umgebung abzusperren.

»O Gott«, schrie Lara auf. Sie war kreidebleich, und Schweißperlen erschienen auf ihrer Stirn. »Das ist die Adresse von Victor Adams. Er hat zwei Kinder. Bitte, Ted, erkundige dich, was passiert ist. Sie haben gesagt dreifacher Mord ... möglicherweise Selbstmord. Gott, er muß sich und die Kinder umgebracht haben. Er hat eben erst meinen Gerichtssaal verlassen. Ich wußte, daß etwas Furchtbares passieren würde. Ich wußte es einfach.« Noch vor einer Stunde waren die hübschen Mädchen am Leben gewesen.

Rickerson sprach mit der Einsatzleiterin und bat sie, die Nachricht zu verschlüsseln. Er wußte, daß sie über Funk keine Namen von Opfern bekanntgeben durfte. Er drückte einen Knopf an seiner Konsole und schaltete das Chiffriergerät ein. Dann mußten sie warten, bis die Frau einen Augenblick Zeit für sie hatte.

»San Clemente 654«, sagte die Einsatzleiterin. »Wir haben hier einen gewissen Victor Adams und seine beiden Töchter. Alle drei waren sofort tot. Im Augenblick keine weiteren Informationen. Unsere Leute sind am Tatort.«

Während Lara Tränen die Wangen herunterliefen, fragte Rickerson weiter: »Todesursache?«

»Die tödlichen Verletzungen stammen von einer Schrotflinte. Ein Nachbar hat es gemeldet. Es ist vor ungefähr zehn Minuten passiert.«

Lara konnte es nicht glauben. Ihr wurde schlecht, und sie hätte sich fast im Auto übergeben. Als sie Adams heute gesehen hatte, hatte sie ein schreckliches Gefühl überkommen, als ob eine dunkle Wolke über dem Gerichtssaal hinge. Er war am Ende seiner Kräfte gewesen, vollkommen fertig. Und das war die Schuld des Apparats. Dort saßen die eigentlichen Mörder. Sie hatten sein Leben zerstört, es praktisch ausgelöscht. Diese beiden niedlichen Mädchen tot, von ihrem eigenen Vater getötet. Lara sah aus dem Fenster auf die Autoschlange vor ihnen, auf die geschmacklosen Reklametafeln, den Müll am Straßenrand und die dicke Smogschicht am Horizont. Draußen war es noch hell, erst etwa halb acht, aber sie sah nur Dunkelheit und blutroten Tod. Sie sah zerstörte Träume: zwei hübsche kleine Mädchen, die niemals Make-up benutzen, niemals zu einem High-School-Ball gehen, niemals heiraten würden. Sie sah sie noch quicklebendig die Gänge hinunterlaufen, kichernd und lachend.

»Scheiße«, sagte Rickerson. An der nächsten Ausfahrt fuhr er heraus und raste dann weiter über Landstraßen. Er streckte seine Hand nach Laras Hand aus und drückte sie. »Das war der Mann, der gerade vor Gericht stand, oder?«

»Ja«, sagte Lara und suchte schniefend in ihrer Handtasche nach einem Kleenex. »Warum hat Evergreen sich nicht erschossen statt Victor Adams? Und warum mußte er die Kinder umbringen? O Gott.«

»Es kommt nie so, wie es soll. Die Bösen werden hundert Jahre alt, und die Guten sterben jung.«

Einige Minuten später hielten sie bei den anderen Polizeiwagen an, und Rickerson beugte sich aus dem Fenster. Der Chief kam auf ihn zu. Die übrigen Beamten blieben in ihren Autos sitzen.

»Na, dann los«, sagte Rickerson zum Chief. »Wir sollten die Show eröffnen.«

Lara saß schweigend neben ihm. Evergreen war ihr im Augenblick ziemlich gleichgültig. Sie konnte nur noch an Victor Adams und seine Töchter denken.

Der Mann in dem Lexus fuhr auf einen Parkplatz. Josh beugte sich nach vorne und versuchte festzustellen, wo sie waren. Soweit er sehen konnte, waren sie irgendwo in Irvine, und das Gebäude vor ihnen sah aus wie eine Apartmentanlage. Sie waren nicht weit vom Freeway entfernt. Die meisten Gebäude hier waren Hochhäuser, in denen Gewerbebetriebe und medizinische Labors untergebracht waren.

Der Mann betrachtete Josh liebevoll und nahm den Duft der Jugend in seine Lungen auf. Der Junge hatte geschwitzt. Er konnte diesen köstlichen Geruch in seiner Nase spüren. Der Junge mochte zwar älter sein, als er geglaubt hatte, aber er produzierte noch keinen üblen Körpergeruch. Sein Geruch war warm, sauber und frisch. Wenn er mit der Zunge über seine Haut fahren würde, würde sie leicht salzig schmecken.

Dieser junge Mann stand erst am Anfang seines Lebens. Er beneidete ihn. Manchmal glaubte er, seine sexuellen Bedürfnisse wären im Grunde das Verlangen, wieder jung zu sein. Wenn er diese Jungen liebte, reiste er in der Zeit zurück und eignete sich ein Stück ihrer Jugend an. Es war eine fast mystische Erfahrung, als ob ihre Lebenskraft, ihre Vitalität auf ihn überginge. Wenn er mit ihnen zusammen war, fühlte er sich wieder jung. Fühlte sich lebendig.

Er fuhr hinter den Gebäudekomplex und parkte auf dem für ihn reservierten Parkplatz. »Komm mit«, sagte er zu dem Jungen. »Ich hab' eine wunderbare Überraschung für dich.«

»Was ist mit Ihrem Bein los?« fragte Josh, als er beobachtete, wie der Mann über den Parkplatz humpelte. »Haben Sie sich weh getan oder was?«

»Nein«, sagte der Mann und drehte sich zu Josh um. »Ich habe eine Verkrümmung der Wirbelsäule.«

»O yeah?« sagte Josh aufrichtig mitfühlend. »Ich hab' einen Freund, der leidet an ALS. Wissen Sie, was das ist?«

»Amyotrophische Lateralsklerose«, sagte der Mann, ohne

nachzudenken, während er an seinem Schlüsselring nach dem richtigen Schlüssel suchte. »Das ist traurig. Er ist aber nicht so jung wie du, oder? Diese Krankheit befällt normalerweise etwas ältere Menschen.«

»Nein«, sagte Josh. »Er ist älter, aber er ist trotzdem mein Freund.«

Der Mann öffnete die Tür zu dem Apartment und drückte auf den Lichtschalter. Der Raum erwachte zum Leben. Er hatte in letzter Zeit ein Vermögen für Computerausrüstung ausgegeben, die hier in diesem Apartment installiert war. Niemand wußte von dieser Wohnung. Die Miete hatte er für ein Jahr im voraus bezahlt.

Er ging zu einem Psychiater und nahm sogar Medikamente. Aber die machten ihn nur müde. Sie nahmen ihm nicht das Verlangen, mit jungen Männern zusammenzusein. Dagegen gab es kein Mittel.

Das wußte er. Er hatte jahrelang allein dagegen angekämpft. Schließlich hatte er gelernt, es zu akzeptieren. Zunächst hatte er geglaubt, er sei homosexuell, und war voller Selbsthaß gewesen. Dann hatte er erkannt, daß es etwas ganz anderes war. Er hatte keine Lust, mit Männern zu schlafen. Er begehrte nur kleine Jungen, Jungen, die ganz zart und knackig waren, die das Leben noch nicht verdorben hatte. Jungen, die zu ihm aufsahen, ihn bewunderten.

Außerdem tat er diesen Jungen nicht weh. Er liebte sie. Für ihn war diese Liebe ganz real. Er wurde ihr Freund und Vertrauter; er lehrte sie das Leben. Die meisten Jungen, mit denen er es in all den Jahren zu tun hatte, waren ohne Vater aufgewachsen. Er war ihr Vorbild. Er machte ihnen Geschenke, unternahm wunderbare Ausflüge mit ihnen und gab ihnen Ratschläge für die Zukunft. Und er machte sie glücklich. Daraus bezog er seine Lust, wenn er ihnen Lust bereitete, wenn er zum ersten Mal diesen Ausdruck von Glückseligkeit auf ihren strahlenden jungen Gesichtern sah.

Manchmal brauchte er den Sex noch nicht einmal. Manchmal reichte es ihm schon, nur mit diesen Jungen zusammenzusein. Ihre bloße Gegenwart vertrieb die Dämonen, seine ständige Angst vor dem Tod und seine Angst zu versagen.

Er konnte nicht aufhören. Es war ein Zwang, eine Sucht. Die einzige Möglichkeit, damit aufzuhören, wäre sich umzubringen, und dazu hatte er nicht den Mut. Früher war er von Schuldgefühlen verzehrt worden und hatte mehrfach versucht, sich umzubringen. Manchmal betete er nachts, daß ihn jemand umbringen würde, damit es endlich vorbei war, daß jemand tun würde, wozu ihm die Kraft fehlte.

Er hatte sich damit abgefunden, daß er niemals geheilt werden würde. Für die Krankheit, an der er litt, gab es keine Heilung.

Die meisten Geräte waren eingeschaltet, und auf den Konsolen flackerten Lichter. Er ging rasch durch den Raum und stellte die Bildschirme an. »Nun«, sagte er und legte entzückt die Hände zusammen, »was hältst du davon?«

Einen Augenblick war Josh sprachlos. Er hatte noch nie einen solchen Raum gesehen, außer im Fernsehen und in Kriegsfilmen, wenn sie die Kommandozentrale zeigten. »Wow«, sagte er ehrlich beeindruckt, »das ist phantastisch, Mann.«

Auf jedem Monitor war ein anderer Kanal. Die Computereinrichtung nahm eine komplette Wand ein. »Mein Freund Emmet würde verrückt, wenn er das sähe.« Der Mann lächelte. Josh drehte sich um und sah ihn an.

Der Mann legte sich eine Hand auf den Mund und kicherte. Dann zog er sie wieder weg und sagte: »Ich wußte, daß es dir gefallen würde. Aber du hast das Beste noch nicht gesehen.«

Er schlenderte durch den Raum, sah sich zu Josh um und zog dann ein Bettuch von einem großen Gegenstand fort. »*Voilà*«, sagte er mit einer leicht ausholenden Handbewegung. »Darf ich dir Henry vorstellen?«

Josh konnte es nicht glauben. Dieser Mann hatte tatsächlich einen kleinen Roboter. Während er durch den Raum ging, tat der Mann etwas hinter dem Rücken des Roboters und der Roboter erwachte zum Leben. Auf seinem Kopf begannen Lämpchen zu blinken, und seine Augen nahmen einen merkwürdig roten Farbton an.

»Mein Name ist Henry«, sagte der Roboter. »Was kann ich für Sie tun?«

»Das ist ja echt cool«, rief Josh. »Mein Gott, so was Cooles hab' ich noch nie gesehen. Was kostet so was? Und was kann er alles? Wo haben Sie ihn her?«

»Ich hab' ihn im vergangenen Jahr auf einer Ausstellung für Unterhaltungselektronik in Las Vegas bekommen«, erklärte ihm der Mann. »Das war nur so ein Gag. Weißt du, die bauen so was, um die Leute an ihre Stände zu locken. Ich hab' sie überredet, ihn mir zu verkaufen.«

Josh war so beeindruckt von all diesen Geräten. Er konnte es gar nicht fassen. Vielleicht hatten ja alle unrecht, was diesen Typ betraf, und er war bloß ein High-Tech-Freak oder so was. Er schien recht nett zu sein, und er hatte Probleme beim Gehen. Das erinnerte ihn an Emmet. Manchmal wurden Leute, die Probleme hatten, von anderen Leuten nicht verstanden. Das wußte er inzwischen.

Aber diese Händchenhalterei im Auto, das ging nicht, sagte er sich. Das war abartig.

Der Roboter fing an wie ein riesiger Staubsauger über den Boden zu laufen. »Möchtest du gerne was Kaltes trinken?« fragte der Mann. »Vielleicht ein schönes kaltes Bier? Ich hab' auch Wine-Coolers.«

»Yeah«, sagte Josh. »Ich nehm' einen Wine-Cooler.« Er hatte schon immer mal einen probieren wollen. Sie waren bei den Schülern an der High School sehr beliebt.

Der Mann verschwand, und der Roboter sauste über den Fußboden hinter ihm her. Wenige Minuten später erschien der Roboter mit dem Wine-Cooler auf einem kleinen Tablett im Türrahmen. »Ihr Drink«, sagte er mit dieser merkwürdigen Computerstimme.

Josh lachte und griff nach dem Wine-Cooler. Seine Kehle war ganz ausgedörrt von der langen Fahrt von Rickys Wohnung bis ins Zentrum von San Clemente. Es schmeckte wie Kool-Aid. Er trank ihn fast in einem Schluck aus. Als der

Mann wieder ins Zimmer kam, trug er eine Hausjacke aus Samt und knappe Seidenshorts. Josh mußte ein Lachen unterdrücken. Der Mann sah so komisch aus. Obwohl sein Oberkörper recht kräftig war, waren seine Beine ganz dürr und weiß.

Der Mann sah die leere Flasche auf einem der Tische, nahm sie sofort weg und schaute nach, ob sie keinen Kranz hinterlassen hatte. »Du solltest immer einen Untersetzer unter dein Glas tun, junger Mann. Siehst du«, sagte er und hielt einen Untersetzer hoch, »hier lag einer. Möchtest du noch einen Wine-Cooler?«

»Yeah, gerne«, sagte Josh. Er hatte immer noch Durst. Oder war seine Kehle ganz trocken vor Nervosität? »Haben Sie Smart Ball?« fragte er. »Sie haben gesagt, das hätten Sie. Ich hab' es meinem Freund versprochen.«

»Natürlich«, sagte der Mann. »Die ganzen Spiele sind da in der Kiste neben dem Computer. Fang doch einfach an zu spielen, und ich geb' dir ein paar Tips. Und wenn du nachher gehst, kannst du die Spiele mitnehmen.«

Josh lud den Computer, und das Spiel begann. Der Mann beugte sich dicht über ihn und erklärte ihm, wie er mehr Punkte erzielen konnte. Josh war begeistert. Wenn Ricky das erst sieht, dachte er. Als das Spiel vorbei war, sah Josh auf sein Endresultat. »Ich kann es nicht glauben«, sagte er zu dem Mann. »Warten Sie, ich will meinen Namen reinschreiben. Ich wette, daß ich mit diesem Punktestand ganz oben liege.«

»Ich kann dir eine Menge beibringen, Rick«, sagte der Mann. Er schob seinen Stuhl näher an Josh heran und lehnte sich an ihn. Dann legte er ihm die Hand auf den Oberschenkel. Josh merkte es überhaupt nicht.

»Kann ich noch mal spielen? Ich wette, daß ich beim nächsten Mal noch mehr Punkte kriege.«

»Ich hol' dir noch einen Wine-Cooler«, sagte der Mann.

Als der Mann wiederkam und Josh den Wine-Cooler gab, berührte er Joshs Hand. Dabei trat ein seltsamer, törichter Ausdruck in seine Augen, als ob er drauf und dran wäre, ein

Geheimnis zu erzählen. »Möchtest du diesen Film sehen?« fragte er und zog seine dünnen Augenbrauen hoch.

Josh hätte lieber weitergespielt, aber ihm fiel ein, weshalb er überhaupt gekommen war. »Ich glaub' schon«, sagte er. Der Mann ging in den hinteren Teil der Wohnung, und Josh folgte ihm. In der Tür zum Schlafzimmer blieb er stehen. Drinnen war es dunkel. Er würde nicht im Dunkeln mit diesem Kerl da reingehen. Auf keinen Fall.

Josh blieb im Türrahmen stehen, während der Mann mit dem Videorecorder herumhantierte, bis der Film auf dem Bildschirm erschien. Dann kam der Mann auf Josh zu. Josh trat zur Seite und ließ ihn vorbei. »Ich muß jetzt ein paar Dinge erledigen, also viel Spaß beim Film.« Er ging durch den Flur in einen anderen Teil der Wohnung.

Josh warf sich auf das Bett und schaute sich den Film an. Auch den neuen Wine-Cooler stürzte er fast in einem Zug herunter.

Derweil begann der Mann, im Wohnzimmer die Computer auszuschalten. Er haßte Energieverschwendung. Das war eine seiner guten Seiten. Er war immer sparsam gewesen. Dann sah er es. Der Name des Jungen leuchtete auf dem Bildschirm neben dem Namen des Rechteinhabers auf.

»Josh«, sagte er mehrfach vor sich hin und geriet in Panik.

Der Junge hatte ihn angelogen. Er hatte gesagt, er hieße Ricky. Der Mann spürte einen stechenden Schmerz in der Brust. Sein Atem ging flach. Dieser Junge wohnte in San Clemente. Die furchtbare Prostituierte und ihr Mann, die ihm die Fotos gestohlen und ihn erpreßt hatten, hatten auch in San Clemente gewohnt. Selbst der Name kam ihm vertraut vor. Er fiel nach vorne über den Computer und preßte die Hand gegen die Rippen. Er wartete auf den reißenden Schmerz, der einen Herzinfarkt anzeigte, aber der kam nicht. Schließlich richtete er sich auf, öffnete mit zitternden Fingern eine Schublade und nahm den Zeitungsartikel über die Mordfälle heraus, den er aufbewahrt hatte.

Da stand es: Josh McKinley war der Sohn von Ivory und Sam Perkins.

Emmet gelang es, den goldfarbenen Lexus an der Ampel einzuholen. Er blieb mindestens eine Wagenlänge dahinter, während er ihm nach Irvine folgte. Wenn er anhielt, um die Polizei zu rufen, überlegte er, dann würden sie ihm entwischen, und er hätte keine Ahnung, wo der Mann Josh hinbrachte. Als das Auto auf den Parkplatz der Apartmentanlage einbog, konnte Emmet den Wagen nicht schnell genug herumlenken.

Er verlor sie aus den Augen.

»Scheiße«, murmelte er. Er war verzweifelt und wütend, verfluchte seinen schwachen Körper und wünschte sich, daß er stark und gesund wäre. »Scheiße«, sagte er noch einmal. Er kurvte immer weiter auf dem Parkplatz herum, kämpfte mit dem Lenkrad und wurde von Sekunde zu Sekunde verzweifelter. Trotz seiner totalen Erschöpfung war er entschlossen weiterzumachen. Wenn Josh etwas passierte, war das seine Schuld. Er hätte Lara die Wahrheit sagen sollen.

Dann fand er den Lexus, aber er war leer. Sie waren bereits ins Haus gegangen. Er fiel nach vorne auf das Lenkrad. Seine Brille glitt ihm von der Nase und landete auf dem Boden. Aufheben konnte er sie nicht. Er hatte keine Ahnung, in welchem Apartment der Mann wohnte oder wo er überhaupt mit Josh hingegangen war. Es gab nur eine Möglichkeit. Er brauchte Hilfe, und zwar schnell.

Er mußte einfach die Polizei rufen.

Josh saß in dem dunklen Zimmer auf dem Bett und sah sich den Pornofilm an. Er fing an, müde zu werden, und wäre mehrmals beinah eingeschlafen. Aber er würde ganz bestimmt nicht in diesem Haus und bei diesem Mann einschlafen, sagte er sich. Er stellte die leere Flasche Wine-Cooler auf den Nachttisch. Obwohl es wie Kool-Aid schmeckte, begann Josh allmählich den Alkohol zu spüren. Ihm war schwindelig, und er hatte das Gefühl, als ob ihm schlecht würde.

Der Film war schwachsinnig. Er hatte so etwas ohnehin schon gesehen. Sam hatte stets eine ganze Schublade voll damit im Schlafzimmer gehabt.

Plötzlich schaltete sich das Video aus, und eine sanfte Musik ertönte. Es war eine altmodische Musik mit vielen Geigen und so Sachen. Ihm wurde davon ganz anders. Manchmal spielten sie solche Musik in Horrorfilmen, dachte er. Seit der Film ausgegangen war, war es in dem Zimmer vollkommen dunkel. Josh versuchte, etwas zu erkennen. Er hatte den Eindruck, daß das Ganze allmählich zu einem Horrorfilm wurde. Er wollte nur noch hier raus. Vielleicht war das doch keine so gute Idee gewesen, sagte er sich, und seine Angst wuchs. Er hatte sich wohl zuviel zugemutet.

Dann sah er den Mann in der Tür stehen.

Er war nackt. Er war nur eine Sekunde lang zu erkennen, dann war er im Raum verschwunden. Josh hielt die Luft an; sein Herz hämmerte ihm in den Ohren. Er mußte hier raus und die Polizei rufen. Dann hörte er ein Rascheln neben dem Bett und sah die Umrisse des Mannes.

»Du hast mich angelogen, Josh«, sagte der Mann. Seine Stimme klang ganz anders als vorher. Er hörte sich jetzt an wie der Rektor einer Schule, verärgert und streng.

»Ich hab' Sie nicht angelogen, Mann«, sagte Josh und stand auf, bereit, aus dem Zimmer zu stürzen.

»Ricky Simmons? Du bist nicht Ricky Simmons.«

Scheiße, dachte Josh. Wie hatte der Mann das rausgekriegt? Und was machte er hier ohne seine Klamotten? »Natürlich bin ich das. Hab' ich Ihnen doch gesagt. Jedenfalls muß ich jetzt nach Hause. Meine Mom wartet auf mich.«

»Deine Mutter wartet nicht auf dich, Josh. Deine Mutter ist tot.«

Josh brach der Schweiß aus. Er hatte furchtbare Angst. Das mußte der Mann sein, der seine Mutter und Sam umgebracht hatte. Er rollte über die Bettkante und begann, im Dunkeln zur Tür zu kriechen. Dann hörte er eine schnelle Bewegung und spürte einen starken Schmerz in seiner Hand. Er versuchte, sich weiterzubewegen, aber es ging nicht. Er war buchstäblich festgenagelt. Der Mann war über ihn getreten und stand auf seiner Hand. »Bitte«, schrie Josh. »Lassen Sie mich los. Sie brechen mir die Hand.«

»Und du«, sagte der Mann, »du meinst, es wäre richtig, mich anzulügen, mich auszutricksen und zu betrügen. Das machen die Leute dauernd mit mir. Jungen wie du. Erst nehmen sie alle Geschenke von mir an, und dann wenden sie sich gegen mich, machen sich über mich lustig und beschimpfen mich auf gemeine Weise. Sie nutzen mich aus, Josh. Sie sind undankbar.«

»Nein«, sagte Josh flehend. »Ich wollte Sie nicht austricksen. Bitte, lassen Sie mich aufstehen. Ich werde Sie nicht beschimpfen. Ich werde überhaupt nichts tun. Das verspreche ich.«

»Du bist genau wie deine Mutter, mein kleiner Josh. Wie die Mutter, so der Sohn. Sie hat mich benutzt und dann verlangt, daß ich ihr Geld gebe. Selbst als ich das getan habe, war es noch nicht genug. Sie wollte mehr, immer mehr. Sie war habgierig. Du weißt doch, was mit ihr passiert ist? Du weißt doch, was mit Leuten passiert, die lügen und betrügen, die andere Leute ausnutzen, oder etwa nicht?«

Josh weinte. Seine Hand tat höllisch weh, und er war außer sich vor Angst. »Bitte, lassen Sie mich doch einfach nach Hause. Ich werde niemandem was sagen. Das verspreche ich. Bitte.«

»Nein«, schrie der Mann. »Nein. Das hast du dir selber zuzuschreiben. Nach dem, was du getan hast, kannst du nicht nach Hause. Ich kann dich nicht nach Hause gehen lassen.« Er bückte sich und zog Josh an den Haaren hoch. »Das mußt du mir büßen, Josh. Du mußt genau das tun, was ich dir sage. Dann unterhalten wir uns darüber, ob du nach Hause kannst.«

»Ich mach' alles, Mann«, sagte Josh. Er rieb sich die Hand und sah sich verstohlen im Zimmer nach etwas um, das er als Waffe benutzen könnte. »Tun Sie mir nur nicht mehr weh.«

»Leg dich aufs Bett«, befahl der Mann. Dann wurde seine Stimme zu einem leisen Keuchen. »Sei still und mach die Augen zu. Mach deine Hose auf. Ich werde dir nicht weh tun. Ich werde dich lieben.«

Es spielte keine Rolle, was er mit dem Jungen anstellen

würde. Er konnte sich ganz seinen Begierden hingeben. Josh McKinley wußte bei weitem zuviel, um diese Wohnung jemals lebendig zu verlassen.

Bevor sie in Evergreens Einfahrt fuhren, stellte Rickerson das Funkgerät wieder auf die Frequenz von San Clemente. Sie waren nun nah genug, um das Signal zu empfangen. Fast in dem Moment, wo er umschaltete, teilte ihm die Einsatzleiterin mit, daß Dr. Gail Stewart vom Labor angerufen hätte.

»Station eins«, antwortete er, »hat Sie gesagt, worum es geht? Ich bin gerade sehr beschäftigt.«

»Wagen 654, sie hat gesagt, es sei dringend. Ich habe die ganze Zeit versucht, Sie zu erreichen. Dr. Stewart wartet in ihrem Büro.«

»Verdammt«, sagte Rickerson an Lara gewandt. Dann teilte er dem Chief per Funk mit, sie möchten sich noch einen Augenblick gedulden. Sie waren nur noch wenige Schritte von Evergreens Einfahrt entfernt. Er versuchte, Gail Stewart mit seinem Funktelefon zu erreichen, aber sie war schon gegangen.

Er teilte dem Chief mit, daß sie bereit wären, und fuhr in die Einfahrt. Im selben Moment, als Rickerson ausstieg, kam ein weißer Dienstwagen angerast und hielt mit quietschenden Bremsen. Gail Stewart sprang heraus und lief auf ihren stämmigen Beinen auf Rickersons Fahrzeug zu. Ihr Busen wogte, und ihr Gesicht war gerötet.

»Gott«, sagte sie keuchend, beugte sich nach vorne und hielt sich die Seite. »Ich hab' dich gefunden. Du ahnst gar nicht, was ich für Klimmzüge machen mußte, um an Evergreens Adresse zu kommen. Ihr wart noch nicht drinnen, oder?«

»Ich hoffe, es ist was Wichtiges, Gail«, sagte er. »Wir sind gerade dabei, den Scheißkerl festzunehmen. Vermutlich beobachtet er uns schon aus dem Fenster.«

»Das mußt du entscheiden. Ich bringe nur die Tatsachen. Dein Mann hat es endlich geschafft, die Nacktaufnahmen von Evergreen zu machen. Sie wurden im Umkleideraum des

Fitneßcenters in Irvine aufgenommen. Er war dort gestern zur Massage.« Sie atmete tief durch, dann platzte sie heraus: »Evergreen ist nicht der Mann auf den Fotos.«

»Verdammte Scheiße«, rief Rickerson. Lara, die neben ihm stand, legte eine Hand auf die Brust.

»Evergreen ist nicht der Mann?« wiederholte Lara fassungslos. »Wer denn dann? Mein Gott ... was geht hier vor?«

Rickerson ignorierte Lara und starrte Gail Stewart wütend an. Die übrigen Männer waren mittlerweile aus ihren Fahrzeugen gestiegen und standen um Evergreens kreisförmige Einfahrt herum. Sie warteten darauf, daß Rickerson ihnen das Signal gab. Er sprach leise auf sie ein, während er auf einen großen Baum in einer Ecke des Hofes zuging. Lara folgte ihnen. »Okay, Gail, würdest du mir jetzt bitte sagen, wie du auf diese Hiobsbotschaft gekommen bist?«

»Er leidet nicht an Skoliose. Er ist schlicht und ergreifend nicht der Mann auf den Fotos, nicht der Mann mit den Jungen.« Gail schob einen Ast von ihrem Gesicht weg.

»Aber es ist sein Sohn. Du hast doch bestätigt, daß es sein Sohn und seine Frau sind. Er muß es sein. Du mußt dich irren.« Rickerson schwitzte. Er ließ seinen Blick über die zahlreichen Polizeiwagen gleiten. Da wollten sie gerade wie die Marines über den Gerichtspräsidenten von Orange County herfallen, und nun erzählte sie ihm, das sei nicht der richtige Mann.

»Ich kann es nicht glauben«, sagte Lara und sah erst zu Gail Stewart und dann wieder zu Rickerson. »Ich hab' gedacht, ihr wärt ganz sicher.«

»Gail«, blaffte Rickerson, »sag mir jetzt endlich, was los ist. Wir waren uns doch alle einig, daß er der Kerl ist. Weißt du das nicht mehr?«

Sie wurde langsam wütend. Ihre rundlichen Wangen erstarrten zu Stein. Jetzt war kein einziges Grübchen mehr zu sehen. »Hör mal, Rickerson, ich hab' dir gesagt, der Mann auf den Bildern muß nicht unbedingt mit den Leuten, deren Foto man im Spiegel sieht, verwandt sein. Und das hab' ich dir mehrmals gesagt. Du hast aber darauf bestanden, daß es so sein muß. Er könnte einfach nur ihr Haus benutzt haben, ein Freund oder sonstwas sein. Es war Evergreens Sohn, daran besteht keinen Zweifel. Deshalb nehme ich an, daß er irgendwas damit zu tun hat. Außerdem hat er dafür gesorgt, daß dieser Cummings freigelassen wurde.« Sie atmete schwer. Sie machte eine kurze Pause, bevor sie einlenkend fortfuhr. »Hey, jetzt hack nicht so auf mir rum. Du bist schließlich der Cop. Ich bin nur Kriminologin.«

»Scheiße«, sagte Rickerson und zertrat eine Schnecke, die gerade über die Einfahrt kroch. Dann stand er einfach nur da, starrte auf die anderen Männer und versuchte zu verstehen, was er gerade gehört hatte. Sein Atem ging heftig. Er war nervös und wütend zugleich.

»Mein Gott«, sagte Lara, »was machen wir jetzt?« Sie gestikulierte wild mit den Armen herum, als ob sie kurz vor einem hysterischen Anfall stünde. »Ich werde ganz sicher meinen Posten verlieren. Ich werde wie ein Idiot dastehen. Und was ist mit all diesen Männern ... mit dem Haftbefehl?«

Rickerson schwieg, er versuchte sich zu konzentrieren, alles neu zu ordnen. Schließlich hatte er eine Entscheidung gefällt. »Evergreens Sohn war auf den Bildern, und Evergreen hat die Anweisung gegeben, Cummings freizulassen. Auch wenn er den Mord nicht in Auftrag gegeben hat, dann weiß er zumindest, wer's getan hat.«

Er sah Lara an. »Wir gehen rein.«

Emmet öffnete die Hecktür des Lieferwagens. Weil er nicht auf den Lift warten wollte, stieß er den Rollstuhl einfach hinaus. Denn kletterte er selbst aus dem Wagen und fiel auf den Asphalt. In diesem Moment sah er die Zahl, die vor dem goldfarbenen Lexus auf den Bordstein gemalt war. Sie lautete 212. Ihm war sofort klar, daß das die Nummer des Apartments sein mußte, daß der Mann einen festen Parkplatz hatte.

Er schaffte es, den Stuhl auseinanderzuklappen, und hievte sich auf den Sitz. Er schaltete die Höchstgeschwindigkeit ein und fuhr über den Parkplatz. Er ließ seine Augen über die Zahlen an den Türen wandern, beugte sich nach vorne, damit es noch schneller ging, und suchte verzweifelt nach Nummer 212. Er mußte Josh aus dieser Wohnung rausholen. Wenn er die Polizei anrief, würde es ewig dauern, bis sie ihn verstanden hätten. Dann würde er auf den Beamten warten müssen. Und die ganze Zeit über schwebte Josh in großer Gefahr.

Emmet beschloß, daß er Josh selbst retten müsse.

Wenn der Mann ihn angriff, hätte Josh vielleicht eine Chance zu entkommen. Und Emmet hatte wenig zu verlieren. Wenn der Mann ihn schlug, so wäre das nichts Neues. Das Leben hatte ihm bereits genug Schläge verpaßt, seinen einstmals kräftigen Körper zu einem bloßen Schatten seiner selbst gemacht. Falls der Mann ihn umbrachte, nun ja, dachte Emmet, er würde ohnehin in naher Zukunft sterben. Josh war jung und gesund. Emmet nicht. Und Josh hatte Emmets Leben um einiges bereichert, um Lachen, um Freundschaft, um ein Gefühl der Zusammengehörigkeit. Josh akzeptierte ihn vollkommen so, wie er war. Er nahm keine Notiz von den Verwüstungen seiner Krankheit.

Schließlich sah Emmet Apartment 212. Seine Augen wanderten nach oben, und er drückte sich noch fester in den Rollstuhl. Was Emmet da vor sich sah, war wie die eisige Nordwand des Mount Everest. Er suchte nach einem Aufzug, aber es war keiner da. Dann kehrten seine Augen zu dem Hindernis zurück, eine ekelhaft steile Treppe.

Apartment 212 lag im ersten Stock.

Sie klopften und gaben sich lautstark als Polizisten zu erkennen. Dann klingelten sie und warteten. Wenn Evergreen nicht bald aufmachte, würden sie die Tür eintreten. Lara saß in Rickersons Dienstwagen, der in der Einfahrt stand, und sah aus dem Fenster. Sekunden später kam Evergreen an die Tür. Er war im Bademantel, einem abgetragenen Teil aus braun und grün gemustertem Flanell. Ein Geruch schlug ihnen entgegen. Nach Menthol. Rickerson ging noch näher an die Tür heran. »Richter Leo Evergreen«, sagte er, obwohl er wußte, daß er es war. Er mußte streng nach Vorschrift vorgehen und eine Identifikation vornehmen.

»Ja«, sagte er, zog seinen Bademantel vorne enger zusammen und starrte auf die Polizeiwagen. »Was ist los? Ist meinem Sohn etwas zugestoßen?« Er wurde blaß und sah aus, als ob er in Ohnmacht fallen würde, und suchte an der Tür Halt.

»Nein, Richter Evergreen«, sagte Rickerson. »Ihrem Sohn geht es gut. Wir haben einen Haftbefehl für Sie und einen Durchsuchungsbefehl für Ihr Haus. Dürfen wir hereinkommen?«

Die Worte schienen ihn gar nicht zu erreichen. Evergreen wirkte alt und müde. Er fing an zu husten. »Einen Haftbefehl für mich?« wiederholte er, nachdem der Anfall vorüber war, und machte ein paar Schritte ins Haus. »Was in aller Welt geht hier vor, Officer? Kommen Sie herein. Hier muß es sich um einen Irrtum handeln. Wissen Sie, wer ich bin?«

Evergreen trat zurück, und sie gingen hinein. Die Männer schwärmten in den hinteren Teil des Hauses, um mit der Suche zu beginnen. Evergreen schaute ihnen entsetzt hinterher. Rickerson las ihm seine Rechte vor. »Es tut mir leid, aber wir müssen Sie mit zur Wache nehmen«, sagte er, als er fertig war und die kleine Karte, von der er abgelesen hatte, wieder in die Tasche gesteckt hatte. Er machte Anstalten, ihm Handschellen anzulegen.

»Aber – aber, ich kann das nicht glauben. Das ist ungeheuerlich. Was um Himmels willen soll das? Das muß ein Fehler sein ... ein furchtbarer Irrtum.«

Rickerson las die Anklagepunkte vor und sah dann den Richter an. »Verzichten Sie auf Ihr Recht, einen Anwalt beizuziehen?« fragte er. »Denn dann können wir gleich hier über alles reden.«

»Ja – ja«, stammelte Evergreen. Sein Körper wurde von einem weiteren heftigen Hustenanfall geschüttelt. »Ich habe nichts getan, weswegen ich einen Anwalt brauchte. Ich habe nichts zu verbergen. Erklären Sie mir das Ganze gleich hier, Officer.«

Das tat Rickerson. Sie nahmen auf dem Sofa im Wohnzimmer Platz. Es war mit gelbem Brokat überzogen, bestimmt schon zwanzig Jahre alt. Auf dem Couchtisch standen Fotos in kleinen Rahmen, deren Silber angelaufen war. Evergreen war sprachlos und völlig in Gedanken versunken. Er antwortete leise und mit schwacher Stimme. »Ich habe nie ein Kind belästigt. Ich bin Richter am Superior Court. Ich habe in meinem ganzen Leben gegen kein einziges Gesetz verstoßen. Das ist lächerlich. Woher kommen diese Anschuldigungen?«

»Richter Evergreen«, sagte Rickerson mit beruhigender Stimme, »haben Sie nicht Richterin Sanderstone gebeten, einen gewissen Packy Cummings freizulassen, und ihr gesagt, er sei ein Informant?«

Evergreen dachte einen Augenblick angestrengt nach und rieb sich die Stirn. Dann blickte er zu Rickerson auf. »Ich erinnere mich an diesen Namen. Ich glaube, das war der Mann, wegen dem Irene Murdock mich angerufen hatte. Sie hatte mir gesagt, er sei ein Polizeiinformant, und mich gebeten, seine Freilassung in die Wege zu leiten, was ich natürlich getan habe.« Seine blassen, wäßrigen Augen suchten die des Detectives. »Wir versuchen euch Burschen doch immer bei eurer Arbeit zu unterstützen.« Nach seinem Gesichtsausdruck zu urteilen, würde das allerdings in Zukunft nicht mehr der Fall sein.

Rickerson stand auf. Seine Gedanken drehten sich wild im Kreis. »Dann war es also Richterin Murdock, die diesen Mann entlassen haben wollte? Packy Cummings. Sind Sie sich ganz sicher?«

»Ja, natürlich. Ich habe ein sehr gutes Gedächtnis, Officer.« Er sah Rickerson an, als wenn er sich fragte, ob der Detective ihn für senil hielt. »Das habe ich wirklich.« Dann fing er wieder an zu husten.

»Schön«, sagte Rickerson und ging geradewegs zur Tür hinaus zu dem Polizeiauto, wo Lara auf ihn wartete. Er stieg ein, setzte sich und versuchte, seine Gedanken zu ordnen.

»Sie haben dich über Funk gerufen. Ich wußte nicht, wie das funktioniert, deshalb habe ich nicht geantwortet.«

Rickerson nahm das Mikrophon in die Hand.

Emmet wartete am Fuß der Treppe neben dem Müllcontainer und hoffte, daß jemand vorbeikommen würde, den er davon überzeugen könnte, die Polizei zu rufen. Und wenn das nicht klappte, daß ihm zumindest jemand die Treppe hinaufhelfen würde. Er sah zwar Leute auf den Parkplatz fahren, aber die gingen alle woandershin. Er versuchte zu schreien, aber seine Stimme war so schwach, daß ihn niemand hörte. Er sah in den Müllcontainer und nahm eine leere Erbsendose heraus, von der er den scharfkantigen Deckel abriß. Den könnte er als Waffe benutzen. Irgendwer hatte ein altes, fleckiges T-Shirt weggeworfen. Er riß es auseinander, wickelte den runden gezackten Deckel darin ein und steckte ihn in seine Hemdtasche. »Ich habe dich nie um viel gebeten, Gott«, sagte er in Gedanken, »aber gib mir nur dieses eine Mal die Kraft, die ich dafür brauche, und dann werde ich dich nie mehr um etwas bitten.« Er schob seinen Körper vom Rollstuhl auf den Gehweg, den Blick immer auf die steile Treppe gerichtet. Er mußte Josh zu Hilfe kommen. Seine Krankheit durfte ihn nicht daran hindern. Auch wenn es das letzte war, das er auf dieser Welt tun würde, er war entschlossen, es zu tun.

Emmet holte tief Luft und begann zu kriechen. Er zog seinen gebrechlichen Körper von einer Stufe zur nächsten und achtete nicht auf den Schmerz, wenn er sich die Ellbogen an dem Beton aufkratzte. Er hatte nur einen Gedanken im Kopf: Josh.

Josh lag in dem dunklen Zimmer auf dem Bett. Er hatte seine Hose aufgemacht, wie der Mann ihm gesagt hatte. Dann fing das Telefon an zu klingeln, und der Mann ging in den Nebenraum. Josh sprang vom Bett und schnappte sich eine Figur vom Frisiertisch. Er konnte den Mann im Nebenzimmer reden hören, hörte, wie er seinen Namen erwähnte. Er sprach mit jemandem über ihn. Josh bezog hinter der Tür Stellung und wartete. Wenn der Mann zurückkam, würde er ihm die Figur über den Kopf hauen.

Er wartete. Seine Hände waren verschwitzt, und er hatte

Angst, die Figur fallenzulassen. Vorsichtig spähte er hinter der Tür hervor und sah den Mann auf sich zukommen. Er hatte die Hausjacke wieder übergezogen. Josh hob die Statue und hielt die Luft an. Plötzlich blieb der Mann stehen. An der Eingangstür war ein komisches Geräusch. Es war kein Klopfen, eher als ob eine Katze oder ein Hund daran kratzte. Der Mann warf einen Blick zum Schlafzimmer und sah dann wieder zur Tür. Das Kratzen wurde zu einem Pochen. Er ging ein paar Schritte weiter.

An der Schlafzimmertür sagte der Mann: »Bleib da drinnen.« Ihm war nicht klar, daß Josh nicht mehr auf dem Bett lag. »Komm nicht raus, bis ich es dir sage. Und mach keinen Lärm.«

Josh wollte ihm gerade die Figur über den Schädel schlagen, da machte der Mann kehrt und ging zur Eingangstür. Josh stand im Dunkeln und beobachtete ihn.

Der Mann schaute durch den Spion. Dann rief er durch die Tür. »Wer ist da?« Nachdem er ein paar Sekunden gewartet hatte, schob er den Sicherheitsriegel zur Seite und öffnete die Tür. Er starrte nach draußen und wollte die Tür schon wieder schließen, da langte eine Hand nach seinem Fuß.

Es war Emmet.

»Was zum Teufel ...«, brüllte der Mann, als er Emmet vor der Tür auf dem Boden liegen sah. Er fing an, mit dem Fuß um sich zu treten, aber Emmet hielt ihn fest. Plötzlich schrie er auf: »Mein Knöchel. Was hast du da gemacht? Was willst du überhaupt, du dreckiger Bettler?«

Josh rannte zur Tür. Er stieß gegen den Couchtisch und verletzte sich an der scharfen Kante den Oberschenkel. Die Figur fiel ihm aus der Hand und zerbrach, aber er lief einfach weiter. Er hatte Emmet gesehen. Er durfte nicht zulassen, daß dieser Mann Emmet etwas zuleide tat.

Josh warf sich knurrend von hinten auf den Mann, als wollte er einen Footballspieler im Ballbesitz zu Fall bringen. Der Mann stürzte über die Eingangsstufe und landete mit dem Gesicht direkt neben Emmet. Aus einer tiefen Schnittwunde an seinem Knöchel sickerte Blut und lief auf den

Treppenabsatz. Er versuchte aufzustehen, aber Josh holte aus und versetzte ihm einen heftigen Schlag mitten ins Gesicht. Er fiel wieder hin. Dann warf Josh sich auf den Mann und hielt ihn mit seinem ganzen Körpergewicht fest.

»Emmet«, sagte er keuchend. »Wie geht's dir?«

»Josh«, stammelte Emmet. »Ich ... hatte ... solche ... Angst.«

Der Mann war still, seine Augen wurden glasig. Josh und Emmet sahen ihn an und dann wieder weg. »Komm«, sagte Josh, streckte die Hand nach Emmet aus und zog ihn näher zu sich. »Willst du mir helfen, Emmet? Verdammt, für mich hast du kein bißchen ängstlich ausgesehen. Ich war derjenige, der Angst hatte, Mann. Glaub mir, du hast noch nie so gut ausgesehen, Emmet. Ich hätt' dich am liebsten geküßt.« Josh holte tief Luft und fuhr dann fort: »Womit hast du ihn überhaupt geschnitten?«

Emmet saß auf den Beinen des Mannes und Josh auf seinem Oberkörper. Er lächelte stolz. »Damit«, sagte Emmet und hielt den blutigen Lumpen mit dem Deckel der Erbsendose hoch, um ihn Josh zu zeigen.

»Stark«, sagte Josh. »Absolut stark, Emmet. Du hast den Kerl mit einem Konservendeckel außer Gefecht gesetzt. Das muß ich Ricky erzählen. Echt Wahnsinn. Das gefällt mir.«

Josh sah, wie eine Frau aus einer der Wohnungen unter ihnen hinaufstarrte, und brüllte sie an. »Hey, rufen Sie die Polizei. Schaffen Sie das, ja? Können Sie die Polizei rufen? Wir haben was für die. Außerdem brauchen wir ein bißchen Hilfe.« Er holte tief Luft und brüllte dann noch einmal los. »Und sagen Sie ihnen, sie sollen sich beeilen. Wir haben keine Lust, die ganze Nacht auf dem Kerl zu sitzen. Wissen Sie, wir haben auch noch was anderes zu tun.«

Dann wandte er sich dem kleinen Mann zu und lächelte.

Als Detective Rickerson endlich Funkkontakt mit der Einsatzleiterin hatte, berichtete sie ihm folgendes: »Das Sheriffbüro hat Sie zu erreichen versucht. Sie sind in einer Wohnung in Irvine und möchten, daß Sie sich mit ihnen dort in

Verbindung setzen. Sie haben einen gewissen Josh McKinley bei sich, und der hat nach Ihnen gefragt. Sie hatten die telefonische Meldung erhalten, daß ein Verdächtiger von einer Zivilperson festgehalten würde, also eine vorläufige Festnahme.«

»Josh.« Lara fing an zu schreien, sobald sie seinen Namen gehört hatte. »Josh müßte bei einem Freund in San Clemente sein. Da muß was passiert sein.« Sie boxte Rickerson auf die Schulter. »Schnell, erkundige dich, wie es ihm geht. Frag, was los ist.«

»Station eins«, fuhr Rickerson fort, ohne auf Lara zu achten. Er steckte im tiefsten Schlamassel seines Lebens, und jetzt sollte er sich auch noch um einen Jungen kümmern, der sich als Cop aufspielte. »Geben Sie mir die Telefonnummer, dann rufe ich dort an.«

Sie gab ihm die Nummer, und Rickerson rief über Funktelefon den Vertreter des Sheriffs an. Er hörte zu, und plötzlich wurden seine Augen ganz groß. »Wollen Sie mich verarschen?« fragte er.

Lara zog ihn so fest am Ärmel, als ob sie ihn abreißen wollte. »Sag's endlich«, schrie sie. »Ist alles in Ordnung?«

»Ja«, fuhr er Lara an. »Um Himmels willen, beruhige dich.« Dann nahm er das Gespräch wieder auf. »John Murdock, ja? Der Name war John Murdock? Wie lautet der Name seiner Frau?« Er hörte zu und antwortete dann: »Das hab' ich mir gedacht. Richterin Irene Murdock. Wir kommen so schnell wie möglich. Behalten Sie den Jungen da. Ein gewisser Emmet Daniels? Yeah, ich weiß, wer das ist. Er ist auch da? Scheiße, das ist ja das reinste Irrenhaus hier.« Er schaltete das Telefon aus und warf es auf das Armaturenbrett. Es knallte dagegen und fiel dann zu Boden.

»Irene und John«, wiederholte Lara. »Sag mir, was das soll! Na los, Rickerson. Ist Irene und John etwas zugestoßen? Und du hast von Emmet gesprochen ... ist Emmet was passiert?«

»Bleib hier«, blaffte er. Von seiner Gelassenheit war nicht viel übriggeblieben, seit er gesehen hatte, wie sich sein

Beweismaterial gegen Evergreen vor seinen Augen in nichts auflöste. »Josh geht es gut. Emmet ebenfalls. Und ich würde mir im Augenblick keine Sorgen um deine guten Freunde John und Irene machen«, sagte er sarkastisch. Dann atmete er tief durch und sah Lara an. »Ich muß was überprüfen, und dann holen wir sie ab.«

Er lief ins Haus zurück zu Leo Evergreen, der immer noch auf dem gelben Sofa saß. »Richter Evergreen«, fragte er sehr viel höflicher, als ihm zumute war, »haben Sie irgendwann mal Ihr Haus zur Verfügung gestellt? Möglicherweise John Murdock?«

Evergreen hob den Kopf und schob sein Kinn nach vorn. »Das ist der Mann von Irene. Er ist Arzt. Das sind sehr gute Freunde von mir. Warum sollte ich jemand mein Haus zur Verfügung stellen?«

»Ja, das ist der Mann von Irene Murdock«, sagte Rickerson. Er wußte, wer der Mann war. Das brauchte ihm Evergreen nicht zu erzählen. »Haben die Murdocks sich mal während Ihrer Abwesenheit um Ihr Haus gekümmert?«

Evergreen sah auf seine Hände und dachte eine Weile darüber nach. Dann sagte er: »Ja, ich glaube, das stimmt. Das ist aber viele Jahre her. Nach dem Tod meiner Frau bin ich nach Europa gereist, ich hatte mich von meinem Posten beurlauben lassen. Alle hatten mir dazu geraten. Ich wollte eigentlich gar nicht fahren.« Diese traurige Zeit trat ihm offenbar lebhaft vor Augen. »Irene und John haben sich um meine Hunde gekümmert und die Blumen gegossen und so. Und sie haben für unseren Sohn gesorgt. Er war damals erst sechzehn. Wir haben ihn adoptiert, wissen Sie? Meine Frau hat den Jungen sehr geliebt. Sie hat sich so sehr Kinder gewünscht.« Die Worte schienen ihm in der Kehle steckenzubleiben. »Es würde ihr das Herz brechen, wenn sie wüßte, wie sich die Dinge entwickelt haben. Mein Sohn und ich, wir stehen uns nicht sehr nahe.«

Rickerson hatte plötzlich Mitleid mit dem Mann vor sich. Nach seinem Gesichtsausdruck zu urteilen, hatte er nicht viel, wofür es sich zu leben lohnte. Er wirkte so einsam in seinem riesigen Haus. Er war nichts weiter als ein alter, kranker Mann, der noch immer um seine tote Frau trauerte.

»Was soll das alles?« Evergreen sah dem Detective forschend ins Gesicht und gewann etwas von seiner Autorität zurück. »Officer, ich verlange sofort eine Erklärung, oder Sie verlassen mein Haus.«

»Hören Sie, Richter, wir haben einen schweren Fehler gemacht. Ich kann Ihnen jetzt nicht die Einzelheiten mitteilen, aber wir werden Sie zu gegebener Zeit vollständig informieren.« Darauf trommelte Rickerson seine Leute zusammen. Sie stöberten überall herum, durchwühlten das ganze Haus. »Wir wollten nur unsere Pflicht tun«, sagte er im Hinausgehen zum Richter.

Er fand den Chief im Schlafzimmer. Er würde nicht gerade begeistert sein. Rickerson informierte ihn. »Evergreen ist nicht unser Mann. Es ist John Murdock.«

Der Chief sah ihn an. »Wer zum Teufel ist John Murdock?«

»Der Mann der Richterin Irene Murdock. Der Sheriff hat ihn festgenommen. Wir sollten los. Lassen Sie nur ein paar Leute da, die hier wieder ein bißchen aufräumen.«

Der Chief starrte ihn wütend an und warf ein paar von Evergreens Sachen in die Schublade zurück, in der er sie gefunden hatte. »Diesmal sollte es aber klappen, Rickerson«, sagte er. Sein Mund war fest zusammengepreßt, und seine Augen blitzten hinter den dicken Brillengläsern. »Diesmal sollte es aber verdammt gut klappen.«

Drei Stunden später saßen Josh, Emmet und Lara wartend in der Vorhalle der Polizeiwache von San Clemente. John Murdock saß seit über zwei Stunden mit Detective Rickerson und seinem Anwalt in einem Vernehmungsraum. Der Chief hatte Irene Murdock angerufen und sie aufgefordert, zur Polizeistation zu kommen, wo man ihren Mann festhielt. Man hatte ihr mitgeteilt, daß er leicht verletzt sei, sich aber geweigert, ihr mehr zu sagen. Bis jetzt war sie noch nicht erschienen.

Josh und Lara saßen nebeneinander in einer Ecke der Vorhalle. Emmet war erschöpft und saß ganz still auf der anderen Seite des Raumes, sein Kopf fiel immer wieder auf eine Seite des Rollstuhls herunter. Er war bereits mehrmals eingenickt.

Lara schüttete schwarzen Kaffee in sich hinein und schimpfte mit Josh. »Ich kann es nicht fassen, was du getan hast. Du hast gegen mein ausdrückliches Verbot gehandelt und dich in eine ganz schlimme Lage gebracht. Wer weiß, was er dir alles hätte tun können. Er hätte dich umbringen können.«

Er lächelte ungerührt über Laras Strafpredigt. Seit Stunden sagte sie mehr oder weniger dasselbe. »Aber schließlich haben wir ihn. War Emmet nicht cool? Kannst du dir vorstellen, wie er den Kerl mit dem Deckel von 'ner Erbsendose geschnitten hat?«

Lara seufzte. »Ja, wir haben ihn. Ja, ich bin total beeindruckt über das, was Emmet gemacht hat. Aber Josh, wenn du noch einmal so was tust, werde ich dich für den Rest deines Lebens einsperren.«

»Na prima«, sagte er und konnte nicht aufhören zu lächeln. »Emmet und ich sind Helden. Du kannst keinen Helden einsperren.«

»O doch«, sagte sie. »Du bist ein Held, okay. Aber ich kann dich immer noch einsperren, wenn ich das will, und glaub bloß nicht, daß ich es nicht tun würde.« Dann stellte sie die Kaffeetasse hin und drückte ihn fest an sich. »Ich könnte es nicht ertragen, wenn dir was passiert«, flüsterte sie ihm ins Ohr. »Verstehst du das? Weißt du, wieviel du mir bedeutest?«

»Ja«, flüsterte er zurück. »Ich hab' dich auch sehr lieb, Tante Lara.«

Als sie ihn schließlich losließ, hatte sie Tränen in den Augen. Aber sie lächelte.

Sie warteten noch eine Stunde, aber Irene Murdock tauchte nicht auf. Schließlich kam Rickerson aus dem Vernehmungszimmer und ging auf Lara und Josh zu. »Er hat alles ausgekotzt, obwohl sein Anwalt ihm davon abgeraten hat. Ich glaube, in gewisser Hinsicht ist er erleichtert, daß es vorbei ist. Er war in psychiatrischer Behandlung, bei einem gewissen Dr. Werner.«

»Werner?« sagte Lara. »Das ist der Psychiater, den mir Irene für Josh empfohlen hat. Glaubst du, er hat davon gewußt?«

»Er hat sicher gewußt, daß Murdock pädophil war, aber ich bezweifle, daß er über die Verbrechen Bescheid wußte. Selbst wenn er es gewußt hat, war er in einer schwierigen Situation. Du weißt schon, ärztliche Schweigepflicht und so. Er hätte nicht zu uns kommen können.«

»Was ist mit Irene?« fragte sie. »Jetzt sag mir bloß nicht, Irene hat gewußt, was John trieb. Es fällt mir schon schwer genug, das mit John zu glauben, aber Irene ...« Lara spielte es in Gedanken durch. Sie ging zu der Wand, an der Fotos von Polizeibeamten hingen, die bei der Ausübung ihrer Pflicht ums Leben gekommen waren, und sah sie sich an. Dann wandte sie sich wieder Rickerson zu.

»Erzähl mir alles«, sagte sie und fügte mit einem Blick auf Josh hinzu: »Ich nehme an, er kann es auch hören. Er steckt bis über beide Ohren mit drin.«

Die drei setzten sich auf das Sofa in der Vorhalle, Rickerson am äußersten Ende und den andern zugewandt. Emmet drückte einen Knopf an seinem Rollstuhl und kam zu ihnen gerollt, ganz begierig, alles mitzubekommen. »Murdock hat seit Jahren kleine Jungen belästigt. Wie viele, werden wir vermutlich nicht mal schätzen können. Seit einiger Zeit schon hat er nur vormittags Patienten in seiner Praxis behandelt. Die Nachmittage verbrachte er in dem Apartment und nahm Anrufe von Kindern entgegen.«

»Ich kenne Irene und John schon seit Jahren«, sagte Lara schockiert. »Natürlich kannte ich Irene besser als John, aber da wäre ich nie drauf gekommen. Um Himmels willen, er war Arzt. Sie gehörten zu den Stützen der Gesellschaft.«

»Nun ja, er behauptet, er habe absolut nichts mit dem

Mord an Packy zu tun. Er ist so eine Art Pantoffelheld. Ganz offensichtlich hat Irene die Hosen an und sagt, wo's langgeht. Als deine Schwester ihn zu erpressen anfing, versuchte er, es allein zu regeln. Aber da gab es ein Problem. Ihr gesamtes Vermögen ist auf gemeinsamen Konten angelegt, bei denen immer beide unterschreiben müssen. Und sämtliche Banken wußten, daß Irene Richterin ist. Da wollten sie ganz bestimmt keinen Fehler mit ihrem Geld machen. Murdock sagte, es sei ihm gelungen, die ersten fünfzigtausend ohne Irenes Wissen abzuheben, aber als er die nächsten fünfzig haben wollte, setzte sich die Bank mit ihr in Verbindung.«

»Die nächsten fünfzig?« sagte Lara. »Könntest du mir das bitte erklären?«

»Zunächst verlangten deine Schwester und Perkins fünfzig Riesen. Nachdem er gezahlt hatte, müssen sie beschlossen haben, weitere fünfzig aus ihm rauszuholen. Die Bank wurde nervös, weil Murdock eine so große Summe in bar haben wollte, und bei all den Scheidungsfällen – du weißt schon, ein Ehepartner räumt dem andern das Konto leer – da haben sie Irene benachrichtigt. Murdock mußte es ihr also sagen. Deine Schwester und Sam drohten, mit den Bildern zur Polizei zu gehen. Ich vermute, das war ein ziemlicher Schock für sie, vielleicht drohte sie sogar, sich scheiden zu lassen. Sie zwang ihn, eine Therapie bei Werner anzufangen. Doch laut Murdock war das Schlimmste für sie, daß ihre Söhne es erfahren und daran zerbrechen könnten und daß ihre eigene Karriere und ihre gesellschaftliche Position zerstört würden. Sie sagte ihm, sie würde sich darum kümmern. Offenbar studiert ein Sohn Medizin und der andere ist in Harvard. Sie hängt wohl sehr an ihnen.« Rickerson dachte daran, daß ihre Bemühungen umsonst gewesen waren. Die beiden jungen Männer würden es jetzt ohnehin erfahren. »Sie muß Packy rausgeholt haben, und nach dem, was Murdock erzählt, ist Packy einfach ausgerastet. Er hat deine Schwester vergewaltigt und dann alle beide umgebracht. Als den Murdocks klar wurde, daß Sam und Ivory mit dir verwandt waren, Lara, und als Packy die Preise erhöhte, mehr Geld verlangte, hat Irene ihn vermutlich umgebracht.«

»Irene?« sagte Lara. »Nein. Das ist unmöglich. Irene ist meine Freundin. Sie würde niemals jemanden umbringen. Nicht Irene. Du mußt dich irren.« Lara ging wieder zu der Wand und lehnte sich mit der Stirn dagegen. »Dann war es Irene, die in mein Zimmer gegangen ist und die Anordnung getippt hat, Frank Door zu entlassen? Gott, er hätte mich umbringen können, und ihr war das egal.«

Rickerson fuhr fort: »John Murdock weiß es nicht genau, aber ich vermute, daß sich Irene an jenem Tag mit Packy getroffen und ihn durch das Fenster des Wagens erschossen hat. Ihr Mann wußte noch nicht mal, daß er tot war. Das heißt, wenn wir glauben können, was er uns erzählt. Jedenfalls hat es Packy erwischt, weil er nicht darauf vorbereitet war. Irene hat John nämlich gezwungen, ihn anzuheuern und alles in die Wege zu leiten, um die Fotos zurückzubekommen. Das einzige, was sie getan hat, war Leo Evergreen anzurufen. Meine Vermutung ist, daß Packy von Irene nichts gewußt hat, außer daß jemand in die Sache verwickelt war, der einen hohen Posten im Justizsystem hat. Als sie an jenem Tag auftauchte, hatte er vermutlich keine Ahnung, wer sie war.«

»O Gott«, sagte Lara und wandte sich Rickerson und Josh zu. »Das ist unglaublich. Da wäre ich im Traum nicht drauf gekommen ... nie im Leben. Und John hat Evergreens Haus benutzt, um dort Kinder zu belästigen?«

»Das ist schon länger her. Aber er hat noch mehr getan, Lara. Er hat Evergreens Sohn mißbraucht. Nach seiner Aussage hat Robert Evergreen die meisten Fotos aufgenommen. Er hat angefangen, den Jungen zu mißbrauchen, als er ungefähr elf war, noch bevor Evergreens Frau gestorben ist. Er hat ihn häufig abgeholt, ist mit ihm Minigolf spielen gegangen und so. Evergreen war schon älter. Der Junge ist adoptiert. Er hat sich nicht viel um seinen Sohn gekümmert. John Murdock, der selbst zwei Söhne hat, wurde so was wie ein Ersatzvater.«

»Was ist mit seinen eigenen Söhnen? Hat er die auch mißbraucht?«

»Er sagt nein. Ein Sohn war bereits auf dem College, als das losging. Der andere auf der High School. Vermutlich waren sie schon zu alt, um für ihn anziehend zu sein. Nachdem Robert Evergreen aus der Pubertät heraus war, hörte Murdock auf, ihn zu belästigen. Dann benutzte er ihn als Fotografen. Außerdem half er Murdock, neue Opfer zu finden. Das ist wirklich sehr traurig. Nach dem, was er sagt, ist Robert Evergreen inzwischen homosexuell und lebt mit einem anderen Mann zusammen, auch einem Musiker. Er und sein Vater reden selten miteinander. Der alte Mann konnte nicht damit umgehen.«

»Weiß Leo davon ... von diesen Kindesmißhandlungen? Weiß er, was mit seinem Sohn geschehen ist?«

»Ich bin sicher, daß Evergreen nichts davon weiß«, sagte Rickerson.

»Sollen wir es ihm sagen?« fragte sie und dachte an all das, was der arme Mann ihretwegen durchgemacht hatte. Sie mußten sich zumindest bei ihm entschuldigen. »Es könnte ihn umbringen.«

»Nein«, sagte Rickerson. »Außer wenn es unbedingt nötig ist. Jetzt müssen wir erst mal Irene Murdock finden und festnehmen. Ich hab' einen Streifenwagen zu ihr nach Hause geschickt, aber sie war nicht da. Wir haben alle Flughäfen verständigt. Vermutlich versucht sie, das Land zu verlassen. Als John Murdock merkte, wer Josh war, hat er Irene angerufen. Sie war zu dem Apartment unterwegs, offenbar um zu entscheiden, was getan werden sollte, als Emmet auftauchte.« Er sah Lara an. Beide dachten dasselbe – daß nämlich die Murdocks möglicherweise drastische Maßnahmen ergriffen hätten.

Rickerson fuhr fort: »Wir hätten sie wahrscheinlich nicht anrufen dürfen, weil sie dadurch wußte, was ablief, aber zu dem Zeitpunkt war ich mir nicht sicher, ob sie in die Sache verwickelt war. Eine Frau ... Ich bin nie auf die Idee gekommen, daß der Mörder eine Frau sein könnte. Ich denke, Irene

Murdock ist fast wahnsinnig geworden, als Packy deine Schwester und deinen Schwager umgebracht hat. Sie wollte nur die Fotos zurückhaben. Ich glaube nicht eine Sekunde, daß sie ihm den Auftrag gegeben hat, sie umzubringen. Als sie erkannte, wie gefährlich Packy war, was er da angerichtet hatte, beschloß sie, ihn umzubringen. Sie konnte ja schlecht die Polizei rufen und ihn verhaften lassen. Das wäre Selbstmord gewesen. Wenn er festgenommen worden wäre, hätte er mit Sicherheit ihren Mann und auch sie belastet. Schließlich hatte sie seine Freilassung arrangiert. Sie mußte befürchten, daß das am Ende auf Sie zurückfallen würde.«

Lara war still. Es war kaum zu verstehen. »Wie ist denn dieser Packy in das Haus gekommen? Du bist doch immer wieder darauf herumgeritten, daß niemand gewaltsam eingedrungen ist.«

»Ach ja«, sagte Rickerson. »Ich habe ganz vergessen, dir das zu erzählen. Das hat sich vor drei Tagen geklärt. Die Leute des Sheriffs haben unter dem Vordersitz des Camaro eine falsche Dienstmarke gefunden. Die muß er in einem Geschäft für Polizeibedarf oder in einem Krimskramsladen gekauft haben. Wir nehmen an, daß er sie deiner Schwester unter die Nase gehalten und ihr gesagt hat, er sei ein Cop. Darauf hat sie ihn reingelassen. Vermutlich ist es ihr irgendwie gelungen, Sam im Pfandhaus anzurufen, weil sie glaubte, daß sie verhaftet werden sollte, und als er nach Hause kam, hat Packy ihn umgebracht. Nach Meinung des Gerichtsarztes war Ivory zu dem Zeitpunkt bereits tot.«

Emmet schüttelte den Kopf. Josh starrte auf den Fußboden. Lara legte ihm die Hand auf die Schulter. Sie bedauerte jetzt, daß sie ihm erlaubt hatte zuzuhören. Es war für ihn bestimmt nicht einfach, diese Sachen über seine Mutter zu hören.

»Übrigens«, sagte Rickerson, »rat mal, wer an Skoliose leidet?«

»Murdock, stimmt's? Ich hab' ihn aber nie hinken sehen. Kannst du mir das erklären, Rickerson? Du und deine Leute, ihr habt mir die ganze Zeit erzählt, der betreffende Mann müßte hinken.«

Rickerson stand auf. Er mußte in den Vernehmungsraum zurück. Dort wurde gerade Murdocks Aussage getippt, und er wollte sie ihm zur Unterschrift vorlegen. »Bis vor etwa einer Woche hat Murdock Spezialschuhe mit einem erhöhten Absatz getragen. Dann bekam er ein Problem an der Ferse, ein vorstehender Knochen oder so was, und konnte sie nicht mehr anziehen.«

»Es fällt mir immer noch schwer, das zu verdauen«, sagte Lara. »Ich meine, Irene hätte doch wissen müssen, daß ich das war. Sie wußte doch, daß ich ein Haus in Irvine gekauft hatte.«

»Hat sie dich jemals dort besucht?« fragte Rickerson.

»Nein, normalerweise haben wir uns im Büro getroffen oder in ihrem Haus in Newport. Ab und zu hat sie Dinner-Partys gegeben. Wenn ich genau darüber nachdenke, kann es sein, daß ich ihr noch nicht mal die Adresse gegeben habe. Ich habe selten Leute eingeladen. Aber man sollte doch annehmen ...«

»Was? Daß sie deine Adresse nachgeschlagen hat oder sie sich von der Personalabteilung hat geben lassen? Überleg doch mal, Lara! Sie hatte keinen Grund, dich mit dieser Sache in Verbindung zu bringen.«

»Vermutlich hast du recht.« Lara stand seufzend auf. »Du meinst also, wir können endlich wieder nach Hause? In mein Haus in Irvine? Wir müssen nicht länger in dieser Wohnung bleiben?«

»Du hast es erfaßt«, sagte Rickerson. »Und du kannst ganz sicher sein, daß wir sie kriegen. Jeder Cop in der Stadt weiß Bescheid. Sie kann nicht weit kommen.« Er lächelte. »Es ist vorbei. Du kannst endlich wieder nach Hause. Wie Dorothy im *Zauberer von Oz*, was? Es geht nichts über ein Zuhause.«

»Das stimmt«, sagte Lara. Sie legte einen Arm um Josh und wandte sich Emmet zu.

Rickerson ging zu dem kleinen Mann und drückte ihm die Hand. »Ich schulde dir jetzt wohl mehr als ein Abendessen, Emmet. Du bist ein ganzer Kerl. Hut ab vor dir, Kumpel. Du hast das mit dem Deckel von 'ner Erbsendose gemacht?«

»Ich ... bemühe mich«, sagte Emmet bescheiden. Dann lächelte er stolz. »Weißt du ... man muß ... sich halt was ... einfallen lassen.«

»Und weißt du was, Lara«, sagte Rickerson, »wenn du Emmet nicht um seine Mitarbeit gebeten hättest, hätten wir vielleicht nie erfahren, daß es Murdock war. Dann säße Leo Evergreen jetzt im Gefängnis und müßte sich gegen diese Anschuldigungen verteidigen.«

Lara sagte nichts. Sie wollte nicht, daß Rickerson sich noch schlechter fühlte, als er es ohnehin schon tat. Aber es war ein erschreckender Gedanke, daß Evergreen wegen eines Verbrechens strafrechtlich verfolgt worden wäre, das er gar nicht begangen hatte. Sie waren in Aufbruchsstimmung. Rickerson konnte den Blick nicht von Lara abwenden. Er machte Anstalten, in Richtung Flur zu gehen, blieb dann wieder stehen und sah sie erneut an.

»Ach übrigens, Lara«, sagte er, als ob er etwas vergessen hätte, »kann ich dich einen Moment unter vier Augen sprechen?«

»Klar«, sagte sie. Sie folgte ihm den Flur entlang zu einem leerstehenden Vernehmungszimmer. Er schloß die Tür, und sie standen sich gegenüber und sahen sich in die Augen. »Gott sei Dank, daß es vorbei ist«, sagte Lara und wandte den Blick ab. »Ich meine, sie haben Irene noch nicht geschnappt, aber einfach zu wissen ... verstehst du?«

»Yeah«, sagte er nachdenklich. »Hältst du mich immer noch für einen guten Cop? Im Augenblick komme ich mir wie ein Idiot vor.«

Lara fiel ihm um den Hals und grinste ihn an. »Ja, du bist ein großartiger Cop. Ich war davon überzeugt, daß es Phillip war, weißt du noch? Wie lange hast du hier noch zu tun?«

»Ich muß Murdock noch dazu bringen, die Aussage zu unterschreiben. Dann lasse ich ihn von einem Streifenwagen ins Gefängnis bringen. Warum?« Seine Augen blitzten. »Hattest du was Besonderes vor?«

Lara ließ ihn los und spielte an seinen Jackenaufschlägen herum.

»Ich dachte, du könntest mit uns zu Abend essen. Und später ... wer weiß?«

»Ich kann erst zu euch stoßen, wenn ich fertig bin.«

»Das macht nichts. Wir warten auf dich«, sagte Lara. »Carl's Junior weiter unten an der Straße? Kannst du damit leben?«

Er hielt sie in seinen Armen. Er küßte sie nicht, er hielt sie einfach nur fest. Nach einer Weile sagte er: »Yeah, damit kann ich leben.«

Sie machte sich langsam von ihm los und ging zur Tür. Dort drehte sie sich noch einmal zu ihm um. »Wann? In ungefähr einer Viertelstunde?«

»Alles klar«, sagte er.

Dann verließ sie das Vernehmungszimmer und ging in die Vorhalle. »Seid ihr bereit, Freunde?« sagte sie zu Emmet und Josh. Es wurde Zeit, wieder ein normales Leben zu führen. Jedenfalls brauchte sie sich nun wegen der Etatkürzungen keine Sorgen mehr zu machen. Dafür hatte Irene gesorgt. »Hey, habt ihr Hunger? Wie wär's mit einem Abendessen bei Carl's Junior? Wißt ihr, da gibt's wirklich gute Schinken-Cheeseburger mit einem riesigen Berg Fritten.«

»Gebongt«, sagte Josh und schlang einen Arm um ihre Taille. So gingen sie auf den Ausgang der Polizeiwache zu, während Emmet neben ihnen herfuhr. »Wir ziehen jetzt wieder in dein Haus in Irvine, oder? Heißt das, daß du irgendwann mal richtig kochen wirst? Ich meine, ich hab' nichts gegen Fast food, aber du darfst nicht vergessen, daß Emmet und ich Helden sind.«

Lara lachte, warf den Kopf zurück und ließ den ganzen Streß von sich abfallen. Der Alptraum war vorbei. »Wer weiß, Josh, vielleicht kaufen wir für dich das Motorrad, das du dir so sehr gewünscht hast. Als eine Art Belohnung. Und Emmet, du solltest eine richtige Auszeichnung kriegen, von der Stadt vielleicht.«

»Ich ... nicht«, sagte Emmet.

Lara sah Josh an.

»Nee, ich will kein Motorrad«, sagte er nachdenklich. »Ich

habe beschlossen, daß ich einen Hund möchte. Dann sind wir eine richtige Familie. Uns fehlt nur noch ein Hund. Ich hab' noch nie einen Hund gehabt.«

»Einen Hund?« sagte Lara. Das hörte sie zum ersten Mal. Bisher hatte er immer nur von dem Motorrad geredet.

Er sah sie ernst an. »So ist mein Vater umgekommen – mit einem Motorrad.«

Josh half Emmet auf den Vordersitz des Jaguars und kletterte selbst auf den Rücksitz. Also, dachte Lara, hat Josh gelernt, was die meisten jungen Leute erst lernen, wenn es zu spät ist. Er hat den Wert dieser vergänglichen Sache namens Leben erkannt. An diesem Abend waren drei Leben in einer sinnlosen Tragödie geendet, Victor Adams und seine beiden Töchter. Ihre engste Freundin war für den Tod ihrer Schwester verantwortlich. Ein Mann, den sie seit Jahren kannte, den sie geschätzt hatte, war ein aktiver Pädophiler. Lara schaute zum Himmel. Sie fragte sich, warum diese schrecklichen Dinge passierten, warum Menschen auf solche Abwege gerieten. Aber darauf gab es keine Antwort. Das wußte sie. Man konnte nichts weiter tun, als immer wieder darum zu kämpfen, anerkannt zu werden. Wie ihr Vater ihr immer gesagt hatte, man durfte den Mut nicht sinken lassen.

Lara öffnete den Kofferraum und hievte Emmets Rollstuhl hinein. Dann warf sie einen Blick durch das Heckfenster des Autos. Josh und Emmet plauderten lachend miteinander. Nein, dachte sie, nichts konnte Ivory zurückbringen oder Victor Adams und seine kleinen Töchter. Aber irgendwo in diesem ganzen Elend waren Josh, Emmet und Lara über einen neuen Anfang gestolpert. Und sie hatte Ted Rickerson gefunden. Die Götter da oben hatten sie irgendwie alle an ihre Stelle geschoben, dahin, wo sie hingehörten. Sie dachte kurz an die Anhörung wegen des Vorwurfs ungebührlichen Verhaltens, die ihr bevorstand. Das einzige, was sie tun konnten, war ihr eine offizielle Rüge zu erteilen. Die Vorwürfe konnten unmöglich als so schwerwiegend angesehen werden, daß man sie von ihrem Posten suspendierte. Es war halt ein Makel in ihrer Personalakte, doch nach allem, was sie durchgemacht hatte, war das bestimmt nichts, was einem schlaflose Nächte bereiten konnte. Sie stieg in den Jaguar und fuhr los.

Eine Stunde später wurde Irene Murdock verhaftet, als sie versuchte, am John Wayne Airport einen Flug zu bekommen. In ihrer Tasche befand sich eine kleine Pistole Kaliber 25, die sie sich vor Jahren gekauft hatte, um sich vor Angeklagten zu schützen, die ihr ans Leder wollten, und mit der sie Packy Cummings umgebracht hatte. Sie war bei der Kontrolle mit dem Metalldetektor aufgefallen.

In ihrer Hast, sich einer Festnahme zu entziehen, hatte Irene Murdock völlig vergessen, daß sie die Waffe in ihrer Handtasche hatte.

Sie wurde in Handschellen durch das überfüllte Terminal abgeführt. Das war ungefähr zu der Zeit, als Josh, Lara, Emmet und Rickerson ihre Cheeseburger bekamen.